KB246895

린드그렌 전쟁 일기 1939-1945

ASTRID
LINDGREN
COMPANY

린드그렌 전쟁 일기

1939-1945

린드그렌이 남긴 전쟁의 기록과 삶의 고백

아스트리드 린드그렌 지음 이명아 옮김

SIGONGSA

일러두기

1. 이 책의 지명과 인명은 각국에서 통용되는 표기를 기본으로, 국립국어연구원의 외래어 표기법에 따라 적었습니다.
2. 제2차 세계 대전 당시 러시아는 소비에트 사회주의 공화국 연방, 즉 '소련'이었으나, 원서 표기를 존중해 본문에는 러시아와 소련이 혼용되어 있습니다.
3. 이 책은 아스트리드 린드그렌의 일기를 원문 그대로 옮긴 것으로, 일부 역사적 사실과 차이가 있을 수 있습니다.
4. 각주는 옮긴이주와 편집자주입니다.

차례

1 sept. 1939

Oh! Idag började kriget. Ingen ville tro det. I går eftermiddag satt Elsa Gullander o. jag i Vasaparken och barnen sprang och lekte runt omkring oss och vi skällde i all gemytlighet på Hitler och kom överens om att det nog <u>inte</u> skulle bli krig – och idag! Tyskarna har bombarderat flera polska städer tidigt i morse och tränger in i Polen på alla håll. Jag har i det

1939년

9월 1일

어떻게 이럴 수 있을까! 오늘 전쟁이 일어났다. 아무도 그 사실을 믿으려 하지 않았다. 어제 오후만 해도 난 엘사 굴란데르와 바사 공원에 앉아 있었고, 아이들은 우리 곁에서 뛰어다녔다. 우리는 아무렇지도 않게 히틀러를 욕했고 전쟁은 일어나지 않을 거라고 입을 모았다. 그런데…… 오늘, 아침 일찍 독일군이 여러 도시에 폭탄을 퍼부으며 사방에서 폴란드를 침공했다. 지금까지 사재기는 피하려 했지만, 오늘은 코코아와 차, 비누와 다른 몇 가지 물건을 조금 구해 놓았다.

모두 끔찍한 압박감에 시달리고 있다. 온종일 라디오에서 새로운 뉴스들이 일정한 간격으로 보도되고 있다. 많은 징집 대상자가 소집되고 있고, 개인 자동차 운행이 금지되었다. 하느님, 광기가 몰아치는 불쌍한 우리 행성을 지켜 주소서!

9월 2일

마음이 무너지는 듯한 날이다! 전쟁 공고문을 읽고 스투레가 징집될 줄 알았는데, 아직은 아니었다. 하지만 오늘과 내일 사이에 많은 이들이 집을 떠나야 한다. 스웨덴에 '경계경보 강화령'이 내려졌다. 신문 기사가 맞다면 사람들은 믿을 수 없을 정도로 사재기를 하고 있다. 특히 커피, 비누, 세제, 양념이 불티나게 팔리고 있다. 우리 나라에 1년 3개월치 정도의 설탕이 비축되어 있다지만, 사재기를 멈추지 않으면 설탕은 곧 부족해질 것이다. 오늘 생필품 상점에 가 보니 설탕이 1킬로그램도 남아 있지 않았다(물론 다시 상점에 들어올 거다.).

커피 4분의 1킬로그램을 사러 단골 커피 가게에 들렀는데 '오늘 영업 종료'라는 쪽지가 붙어 있었다.

오늘은 어린이날이다. 아, 이런 어린이날이라니! 오후에 카린을 데리고 공원에 갔는데, 공원에서 1898년생 남자들의 징집 소식을 알리는 공고문을 보았다(스투레가 1898년생이다.). 카린이 미끄럼틀을 타는 동안 신문을 읽으려고 했지만, 눈물이 앞을 가려 읽을 수가 없었다.

사람들은 평소와 별 차이가 없어 보이지만 어딘가 더 어둡고 우울해 보인다. 모두가, 심지어 모르는 사람끼리도 전쟁 이야기를 하고 있다.

9월 3일

햇살이 내리쬐고, 세상은 따스하고 아름답다. 지구는 사람들이 살기에 더없이 멋진 곳 같다. 오늘 오전 11시에 영국이 독일에 선전 포고 했다. 프랑스도 독일에 선전 포고 했는데, 정확한 시간은 모르겠다. 영국은 독일에 최후통첩을 전달했다. 11시까지 폴란드에서 군대를 철수하고 협상에 들어가면 폴란드 침공을 없던 일로 하겠다는 것이다. 하지만 11시까지 아무 움직임도, 아무 답변도 없었다. 이에 영국 총리 체임벌린은 일요일 오후 연설에서 영국 국민에게 "결국 우리 나라는 독일과 전쟁을 시작하게 되었습니다."라고 밝혔다.

체임벌린은 영국 의회에서 "이 일은 단 한 사람에게 책임이 있습니다."라고 말했다. 만약 이번 폴란드 침공이 다시 세계 대전으로 이어진다면 아돌프 히틀러는 역사의 준엄한 심판을 받게 될 것이다. 많은 사람들이 백인종과 문명의 몰락이 코앞에 닥쳤다고 믿고 있다.

이제 각국 정부는 이 상황을 두고 누구에게 책임이 있는지 다투고 있다. 독일은 폴란드가 먼저 공격해 왔으며 폴란드인들이 영국과 프랑스의 비호 아래 무엇이든 제멋대로 할 수 있었다고 주장한다. 하지만 스웨덴에서는 히틀러가 전쟁을 원하거나, 아니면 체면을 구기지 않고 전쟁을 피할 방법이 없다고 판단한 것으로 보고 있다. 체임벌린은 끝까지 평화를 시키기 위해 최선을 다한 게 분명하다. 오로지 평화를 지키려고 뮌헨에서 양보한 것이다.* 히틀러는 이번에 '그란스크**와 회랑 지대***'를 요구했지만, 그의 가장 깊은 속셈은 전 세계를 지배하는 걸 거다. 이탈리아와 러시아는 어떤 입장을 취하게 될까? 폴란드 발표에 따르면 전쟁이 일어난 지 이틀 만에 폴란드에서 1,500명이 목숨을 잃었다고 한다.

9월 4일

오늘 저녁에는 안네마리에가 집에 왔는데, 이렇게 우울한 만남을 갖기는 난생처음이었다. 우리는 전쟁 말고 다른 이야기를 해 보려고 애썼지만 도저히 불가능했다. 코냑을 마셔서라도 기분을 풀어 보려 했는데, 그것도 아무 소용 없었다.

1,400명이 탑승한 거대한 영국 여객선이 독일의 어뢰 공격을 받았다. 독일은 이를 부인하며 선박이 기뢰에 부딪힌 게 분명하다고 주장한다. 하지만 영국은 스코틀랜드 북서부 해역에 어떤 기뢰도 설치해 놓지 않았다. 처음에는 모든 승객이 구조된 줄 알았다.(사망자가 60명, 아니, 더 많은 128명?) 일부 사람들

* 1938년 9월 30일 독일 뮌헨에서 영국, 프랑스, 독일, 이탈리아가 체결한 뮌헨 협정을 말한다. 뮌헨 협정에서는 독일이 체코슬로바키아의 수데티(주데텐란트) 지역을 합병하는 것을 허용했다. 실패한 유화 정책의 예로 꼽힌다.

** Grańsk. 폴란드 북부에 있는 항구 도시. 독일어로는 단치히(Danzig)라고 한다. 1919년에 베르사유 조약에 의해 독일에서 분리되어 자유 도시가 되었으나, 1939년에 독일이 병합을 강요하며 폴란드에 침입하여 제2차 세계 대전의 직접적인 원인이 되었다.

*** 제1차 세계 대전 후에 베르사유 조약으로 폴란드령이 된 서프로이센과 포즈난의 북부 지방. 폴란드와 발트해를 잇는 긴 땅이다.

은 서던 크로스호를 타고 유람 중이던 베너그렌 덕분에 구조되었다. 그는 엄청난 양의 기름을 배에 비축해 두어 언론의 뭇매를 맞았다.

영국은 독일에서 공격을 시도했는데, 폭탄 대신 선전 전단을 쏟아부었다. 전단에는 영국 국민은 독일 국민과 그 어떤 전쟁도 벌이길 원하지 않으며, 오로지 나치 정권과 전쟁을 치르려 한다고 적혀 있었다. 영국은 독일 내부에서 혁명이 일어나기를 기대하는 것 같다. 어쨌거나 이런 전단은 외국 방송을 수신하면 감옥에 가두고, 외국 방송 내용을 유포하면 사형에 처하기까지 하는 히틀러를 분노하게 할 것이다.

작고 평화로운 덴마크 에스비에르에 정체불명의 비행기가 나타나 폭탄을 떨어뜨렸다. 집 한 채가 폭삭 무너지고 2명이 목숨을 잃었는데 그중 1명은 여성이다.

내일부터 스톡홀름의 버스 운행이 제한된다. 개인 자동차 운행이 금지되면서 거리는 이미 텅 빈 것 같다.

오늘 나는 그동안 사들인 약간의 물건을 부엌 한 귀퉁이에 모아 놓았다. 나중에 다락으로 옮기려고 한다. 설탕 2킬로그램, 각설탕 1킬로그램, 쌀 3킬로그램, 감자 전분 1킬로그램, 커피 1.5킬로그램, 세제 2킬로그램, 퍼실 세제 2봉지, 비누 3개, 코코아 5봉지, 차 4봉지, 그리고 몇 가지 양념들이다. 머지않아 물가가 오를 게 확실하니 시간을 두고 조금씩 더 장만해 두어야겠다.

어젯밤 카린이 침대에 누웠을 때 물을 마시고 싶어 했다. "어쨌거나 물은 절약할 필요가 없잖아." 카린은 전쟁이 나면 우리가 물과 잼만 먹고 살아야 한다고 생각하고 있다.

9월 5일

체임벌린이 라디오에서 독일 국민을 향해 연설했다. 물론 독일 국민이 체임벌린의 라디오 연설을 듣는 것은 금지되어 있다.

서부 전선에서는 여전히 아무 일도 일어나지 않고 있다. 하지만 독일은 폴란드를 끝장내기로 마음먹은 게 분명하다.

가격이 오르기 전에 내 신발과 아이들 신발을 샀다. 카린에게는 한 켤레에 12.50크로나짜리 두 켤레, 라세에게는 19.50크로나짜리 한 켤레를 사 주고, 나는 22.50크로나짜리 한 켤레를 샀다.

9월 6일

프랑스군이 서부 전선에서 "우리는 발포하지 않는다."라는 플래카드를 내걸었다고 한다. 그러자 독일군도 "우리도 발포하지 않는다!"라는 플래카드로 답했다는 것이다. 하지만 사실이 아닐 것이다.

내일부터는 화물차 운행도 제한될 것이다.

9월 7일

시프카 고개는 조용하다.• 하지만 독일군이 곧 바르샤바에 도착할 거다.

9월 8일

그렇게 되고 말았다. 오늘 독일군이 폴란드 곳곳을 점령했다. 가엾은 폴란드! 폴란드인들이 주장하길, 독일군이 바르샤바 점령에 성공한다면 그것은 폴란드의 마지막 병사까지 전멸했다는 뜻이란다.

9월 17일

오늘 러시아군이 '러시아 소수 민족의 권익을 지키기 위해' 폴란드로 진군해 들어왔다. 폴란드는 더 이상 물러설 곳이 없을 만큼 궁지에 몰렸다. 결국 독일에 협상 대표를 파견하는 방안을 검토하는 것 같다.

서부 전선에서 별다른 일은 일어나지 않고 있다. 하지만 오늘 신문에 따르면 히틀러가 영국을 상대로 대규모의 공습을 준비하고 있다고 한다. 바다도 불안하기는 마찬가지다. 기뢰가 폭발하고, 수많은 선박이 어뢰 공격을 받고 있다. 내 생각에는

• 시프카 고개는 불가리아의 발칸산맥에 있는 고개로, 러시아-오스만 제국 전쟁(1877~1878년) 당시 결정적인 전투가 벌어진 장소이다. 여기서는 전쟁이 벌어지기 전의 폭풍 전야를 비유한 것으로 보인다.

독일로 가는 보급로가 상당히 차단된 것 같다.

10월 3일

여전히 전쟁이 계속되고 있다. 폴란드가 항복했고, 그곳에는 혼돈만이 가득하다. 독일과 러시아가 폴란드를 둘로 나누어 가졌다. 20세기에 이런 일이 벌어지고 있다는 사실이 좀처럼 믿기지 않는다.

러시아가 이번 전쟁에서 가장 큰 이득을 보고 있다. 러시아는 독일이 폴란드를 굴복시키고 나서야 들어와 전리품을 챙기고 있는데, 그 양이 결코 적지 않다. 독일은 이런 상황이 달가울 리 없지만 불평할 수도 없을 것이다. 러시아는 이 정도로도 만족하지 않고 발트 삼국•에까지 계속해서 요구하며 원하는 것을 얻어 내고 있다.

이제 독일은 우리 중립국을 상대로 전쟁을 하려는 게 분명하다. 북해에 있는 우리 선박들이 나포되거나 침몰되고 있다. 독일은 항구에 정보원을 두고 배의 화물과 목적지를 통제하는데, 다른 중립국으로 가는 배까지도 침몰시키고 있다. 대체 독일이 무슨 생각을 하는지 알 수가 없다.

서부 전선에서는 아직 주목할 만한 큰 사건은 일어나지 않고 있다.

• 발트해 동쪽 연안에 있는 에스토니아, 라트비아, 리투아니아를 이른다.

집에서는 자질구레한 일들과 씨름해야 한다. 예를 들면 더 이상 흰색 재봉실을 구할 수 없고, 세제도 겨우 4분의 1킬로그램만 살 수 있다.

이번 위기 때문에 많은 사람이 실업자가 되었다. 아무도 히틀러를 쏘아 죽이지 않다니, 안타깝다. 다음 주는 '극적으로' 흘러갈 것이란다. 독일뿐 아니라 영국도 이렇게 예고했다. 독일은 영국이 받아들일 수 없는 평화 협정을 제안할 것으로 보인다. 하지만 전 세계 사람들은 평화를 원하고 있다

10월 14일

이제 본격적으로 전투가 시작되었고, 전쟁은 우리 일이 되었다. 핀란드가 제일 먼저 휘말렸지만, 우리도 머지않았다. 발트 삼국의 외무부 장관들이 번갈아 모스크바로 '초대'되었고 이번에는 핀란드 차례다. 파시키비 장관이 며칠 동안 스탈린을 만나고 있는데, 이 기간 내내 핀란드와 우리 그리고 전 세계가 긴장 상태에 있다. 헬싱키 주민 대부분이 대피했고, 핀란드는 간절히 피하길 원했던 전쟁에 대비하고 있다. 북유럽 국가들은 그 어느 때보다 굳건하게 단결하고 있다. 구스타브 국왕은 북유럽 국가 정상들을 다음 주에 열릴 스톡홀름 회의에 초청했다. 지금 핀란드는 스웨덴을 믿고 있다. 이곳에도 곧 국가 동원령이 내려질 것이다. 라르스가 학교에서 혹시 모를 대피에 필요한 준비물 목록을 받아 왔다. 오늘 스테키그 부인과 푸브 백화점

에 가서 우리 아들들을 위한 배낭과 속옷을 샀다.

영국 함선 로열 오크호가 침몰했다. 1,000명의 선원들이 타고 있었는데, 몇 명이나 구조됐는지 알 수 없다.

10월 18일

오늘 구스타브 국왕의 초대를 받은 북유럽 4개국 정상들이 각국 외무부 장관과 함께 스톡홀름에 모였다. 빛나는 태양이 이 역사적인 날을 더욱 환히 비췄고, 도시는 펄럭이는 온갖 깃발로 더없이 아름다워 보였다. 펠레 디에덴과 나는 오페라 그릴렌에서 점심을 먹었다. 저녁에 10만 인파가 거리로 쏟아져 나와 궁전 주위로 모여들었다. 우리는 집에서 라디오를 들었다. 10시경 세 국왕과 칼리오 대통령이 모두 레욘바켄• 위쪽의 발코니로 나왔고 군중들은 환호하며 인사했다. 군중들이 "칼리오, 칼리오."라고 맹렬히 외치자 이 친절한 작은 노인은 어쩔 수 없이 한 번 더 모습을 나타내야 했다. 전 세계의 시선이 스톡홀름으로 쏠려 있다. 루스벨트와 남아메리카의 공화국 대통령들도 모두 구스타브 왕에게 위로의 전보를 보냈다.

토요일 저녁에 파시키비가 모스크바로 돌아가면 그 후로 어떻게 될지 지켜봐야겠다.

• 스웨덴 스톡홀름 왕궁 북쪽으로 이어지는 경사로.

11월 12일

파시키비와 다른 핀란드인들이 아직도 모스크바에 머물고 있다. 이들은 러시아 혁명 기념 축하 행사에도 참가해야 했다. 실란페는 노벨상을 받았고, 다른 북유럽 국가들은 모두 핀란드로 보낼 돈을 모금하고 있다. 앞으로 어떻게 될지 아무도 모르는 가운데, 지난 며칠 동안 세계의 눈은 다른 곳으로 쏠려 있었다. 바로 얼마 전 뮌헨에서 히틀러를 노린 심각한 폭탄 테러가 있었던 것이다. 히틀러는 1923년의 뮌헨 폭동•을 기념하려고 뮌헨에 머물렀고, 맥주 홀 뷔르거브로이켈러에서 연설했다. 그가 홀을 떠나고 20분 만에 폭탄 아니면 폭발 장치가 터졌는데, 8명이 사망하고 60명이 부상을 당했다. 안타깝게도 타이머가 20분 늦게 맞춰져 있었던 것이다. 하지만 '안타깝게도'라고 말하면 안 될 것 같다. 이번 암살은 증오만 부추겼을 뿐이다. 독일은 다른 때와 마찬가지로 이번 사건의 책임을 영국에 떠넘기고 있다.

서부 전선에는 여전히 아무 일도 일어나고 있지 않지만, 긴장감은 이루 말할 수 없다. 사람들은 이제껏 세계가 겪어 온 것들을 훨씬 능가하는 독일의 공세를 예상하고 있다.

네덜란드의 빌헬미나 여왕과 벨기에의 레오폴드 국왕은 평

• 1923년 11월 독일 바이에른 자유주에서 극우 단체들의 연합체인 독일투쟁동맹이 일으킨 반란. '맥주 홀 반란'으로도 불린다. 이 사건에서 아돌프 히틀러가 투쟁동맹의 지도자로 추대되었으며, 반란 실패 후 수감 중 《나의 투쟁》을 집필하여 합법 정치 노선으로 전환했다.

화를 위한 새로운 행동을 시작했다. 이들은 불쌍한 조국을 몹시 걱정하고 있다.

네덜란드 일부가 이미 물에 잠겼다.• 언제든 독일의 침공이 있을 수 있기 때문이다.

아, 우리가 평화를 찾을 수 있다면! 이 지구에 평화가 있다면! 어제는 전쟁을 멈춘 지 21년이 되는 휴전의 날이었다.

11월 30일

엘리 엘리 라마 사박다니!(나의 하느님, 나의 하느님, 어찌하여 나를 버리시나이까!)•• 누가 이 세상에 살고 싶을까! 러시아군이 오늘 헬싱키와 핀란드의 다른 몇몇 지역을 폭격했고, 동시에 카렐리야 지협•••으로 진격했다 격퇴당했다. 오랫동안 우리는 절망과 희망 사이를 오갔다. 결국 핀란드 대표단이 합의를 이루지 못한 채 모스크바를 떠나오자, 갑자기 모든 것이 조용해졌다. 대피했던 많은 사람들이 헬싱키로 돌아왔다. 그런데 갑자기 러시아군은 핀란드가 국경에서 총격전을 벌였다고 주장하고, 핀란드군은 이를 부인하고 있다. 하지만 러시아군은 싸움을 원한다. 이들은 자신들을 향한 전 세계 여론의 반대를 무릅쓰고 이제 전쟁을 시작했다.

• 네덜란드는 독일 침략을 막기 위해 일부 지역을 의도적으로 침수시키는 수공 전략을 썼다.

•• 마태복음(마가복음)에 실린 예수의 마지막 외침.

••• 발트해의 핀란드만과 라도가 호수 사이에 있는 지협. 상트페테르부르크와 핀란드 사이의 군사·교통 요충지이다.

이렇게까지 암울한 날은 기억나지 않는다! 아침에 '스웨덴 도매업자 협회'에 있는데, 심부름꾼 아이가 와서 이 끔찍한 소식을 전해 주었다. 조금도 믿기지 않는 현실이었다. 온종일 다리가 후들거렸다. 저녁에 안네마리에와 스텔란의 집에 가서 슬픔을 달랬다. 이제 어떻게 될까? 앞으로 우리에게 어떤 운명이 닥쳐올까? 그리고 가엾은 핀란드는?

12월 7일

오, 하느님, 이럴 수도 있군요! 핀란드가 놀라울 정도로 러시아를 막아 내고 있다. 하지만 러시아는 어제 분풀이로 가스를 쓰기 시작했다. 카렐리야 지협과 페차모 주변에서 격렬한 전투가 이어지고 있다. 날씨 때문에 폭격은 몇 차례 없었다. 러시아군은 매우 열악한 장비만 갖춘 채 눈보라에 갇혀 나아가지 못하고 있다. 러시아는 많은 병사를 잃었고, 전 세계는 핀란드의 방어에 찬사를 보내고 있다. 하지만 스웨덴 국경을 넘어온 핀란드 북부의 민간인들은 여전히 힘겹게 지내고 있다. 스웨덴에서는 핀란드로 보내기 위한 모금이 계속되고 있다. 엄청난 옷과 돈이 모여 핀란드로 전달됐다. 난 어제 다락에 올라가 챙길 수 있는 물품을 모두 긁어모았다. 그중에는 스투레의 마부용 코트와 시어머니가 짠 괴상망측한 스웨터도 있다. 핀란드 사람들은 이미 말할 수 없는 고통을 겪고 있는데 거기에다 그 괴상한 스웨터까지 더하게 되다니!

세계는 모두 분명히 핀란드 편에 서 있다. 독일만 조용하다. '추축국 형제' 이탈리아가 소련에 가장 격렬하게 분노하고 있다. 최근 이탈리아 비행기 스물한 대가 브롬마•에 착륙했다가 연이어 핀란드로 비행해 갔다. 하지만 이 사실에 관한 신문 보도는 허용되지 않고 있다. 영국과 미국은 신용을 담보로 무기를 공급할 계획이고, 미국은 전쟁 때문에 생긴 핀란드의 빚을 면제해 주려고 한다. 하지만 핀란드는 세계가 보다 긍정적인 결과를 위해 더 적극적으로 행동해 주기를 기대하고 있다. 직접적으로 언급된 건 아니지만, 오늘 신문에 우리도 참전해야 한다는 요구가 있었다. 스웨덴의 많은 지원병이 참전을 원하고 있다.

핀란드의 공산주의자인 쿠시넨이라는 악당은 모스크바의 지시를 받아 테리요키••에 핀란드 민주 공화국을 세웠다. 그러자 핀란드는 국제 연맹에 사정을 알리고 간곡하게 도움을 요청했다. 하지만 몰로토프는 회의 참석을 거부했다. 러시아는 자신들이 핀란드와 전쟁을 벌이려는 것이 아니라, 해방을 거부하는 고집불통의 핀란드 사람들을 진심으로 해방시키려는 것이라고 우긴다.

모든 일이 불안하다. 오늘 사무실에서 국가 동원령에 대한 소문을 들었지만, 아마 사실이 아닐 거다. 어쨌거나 노를란드

• 1936년에 개항한 스톡홀름의 주요 공항 중 하나. 제2차 세계 대전 당시 중립국 스웨덴의 전략적 위치 때문에 여러 외국 항공기의 이동 경로로 사용되었다.

•• Terijoki. 현재의 러시아 젤레노고르스크.

에서는 공식적으로 군사 동원이 시작되었다. 지난 며칠 새 많은 이들이 노를란드로 보내졌다.

서부 전선은 여전히 휴전 중이다. 여러 소문이 떠도는데, 히틀러가 감방에 들어앉았고, 괴링은 완전히 망가졌으며, 괴벨스, 힘러, 리벤트로프가 권력을 쥐게 될 것이라고 한다.

오늘의 유머에는 이런 것이 실렸다.

전차에 탄 2명의 진지한 신사.

"이 세계 대전이 무엇 때문에 일어난 거죠? 대체 뭘 원하는 겁니까?"

"형제여, 그건 이미 전쟁 시작 전부터 분명했죠. 누가 그단스크(단치히)를 차지하느냐의 문제죠."

그렇다. 이것이 이 미친 짓의 원인이다. 그런데 사실 페차모는 그단스크에서 멀리 떨어져 있지 않나! 독일은 러시아 야만인들을 유럽에 풀어놓은 것에 대해 영원히 책임져야 할 것이다.

12월 13일

어제 새 정부가 구성되었다. 산들레르, 엥베리, 스트린드룬드와 다른 몇몇 인사가 정부를 떠나야 했지만, 결국 그 사람이 그 사람으로 케케묵은 당의 거물들뿐이다. 그래도 산들레르가 떨어져 나간 것은 확실히 잘된 일이다.

오늘 5,000명 규모의 군대가 스웨덴을 떠나 핀란드로 향했다고 한다. 사실이길 바란다. 어제는 너무 우울해서 하느님 말씀에서 위안을 구했고, 성경에서 이런 답을 찾았다. "여호와여, 힘이 강한 자와 약한 자 사이에는 주밖에 도울 이가 없사오니 우리 하느님 여호와여 우리를 도우소서."•

제발 그럴 수만 있다면! 핀란드는 지금까지는 잘 버티고 있지만, 앞으로 어떻게 될지 모르겠다. 국제 연맹이 회의를 열었지만, 결과는 초라하다.

제야

핀란드가 사상 최대의 승리를 거뒀다는 소식이 오늘 저녁 7시 뉴스에 보도되었다. 이들은 약 1,000명의 러시아군을 죽였고 온갖 종류의 무기를 한꺼번에 빼앗았다고 한다.

하지만 사람들은 새해를 앞두고 두려움에 휩싸인 채 미래를 바라보고 있다. 스웨덴은 전쟁과 거리를 둬야 할까, 아니면 참전해야 할까? 많은 지원병이 핀란드로 향하고 있다. 우리가 참전하게 되면 스코네는 독일과 영국의 전쟁터가 될 거라고들 한다.

어쨌든 우리는 500만 크로나가 넘는 돈을 모았고 무기와 대공 장비 등 가능한 것을 모두 모아 핀란드로 보냈다.

• 성경 역대하 14장 11절로 추정된다.

네스의 여름.

위에서부터 여동생 스티나와 오빠 군나르, 사촌 오마르와 그의 부인 리디아, 가운데 흰 모자를 쓴 아스트리드, 그 왼쪽으로 군나르의 부인 굴란, 아버지 사무엘 아우구스트와 손주인 군보르(안겨 있는 아이)와 카린, 여동생 잉에예르드와 사촌 엘렌.

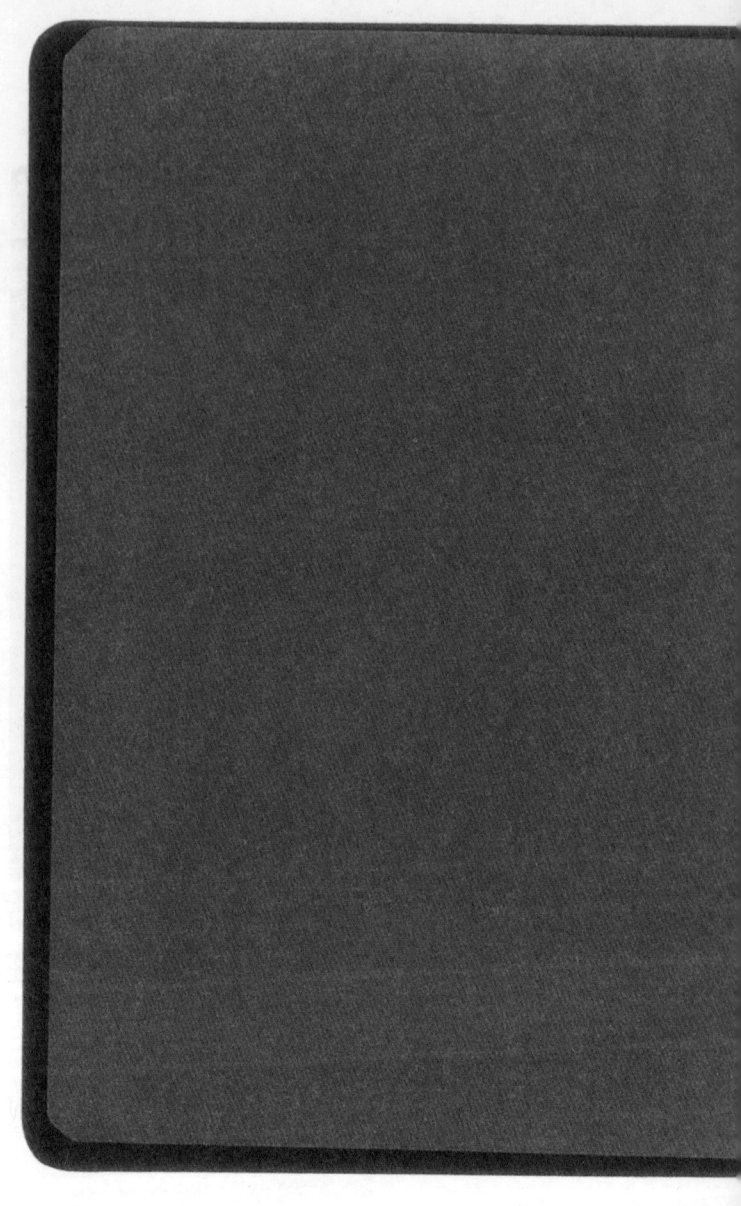

1939년

1 sept. 1939

Oh! Idag började kriget.
Ingen ville tro det.
I går eftermiddag satt
Elsa Gullander o. jag i
Vasaparken och barnen
sprang och lekte runt
omkring oss och vi
skällde i all gemyt-
lighet på Hitler och
kom överens om att
det nog inte skulle
bli krig – och
idag! Tyskarna
har bombarderat
flera polska städer
tidigt i morse
och tränger in i
Polen på alla håll
Jag har i dete

1939년 9월 1일. 린드그렌의 첫 번째 전쟁 기록.

längsta undvikit
all hamstring men
idag har jag köpt
lite cacao, lite te
lite såpa och en
del annat.
En beklämning
som är fruktans-
värd, ligger över
allt och alla. Radion
meddelar nyheter
med jämna mellan-
rum hela dan.
Många värnpliktiga
inkallas. Förbud
mot privat bil-
körning har utfär-
dats. Gud hjälpe
vår arma av vanvett
slagna planet!

앞 페이지에서 계속. 1939년 9월 1일.

13 okt. 1940.

Nej, det var lögn! Det är visst meningen, att norrmännen ska få ha sin flagga kvar.

Förra lördagen blev det fläskkort, och nu (i går) var vi allmänt inställda på smörkort, varför jag – för mina barns skull – hamstrade tre eller fyra kilo smör.

1940년

1940.

att begripa; men hans land hade också en annan representant, Jarl Hemmer, vars ord ljödo med en stolthet, ödmjukhet och kraft som måste gripit var och en i hjärtat:

Hur spruckna och förstämda klämta
världens nyårsklockor,
ett mordmoln är Guds rena rymd, ett
ormbo jordens ort.
I haven ligga levande vår lömskhets
djävulsrockor,
men ännu finns ett litet land, där allt
är klart och stort.

Här frodas inga frasers kram, här vet
var själ som andas
att han är vägd på rättens våg och
vald till dess soldat.
O, Du, som länkar livets gång, när
nästa nyår randas,
då låt oss upprätt stå som nu till värn
mot lögn och hat!

Må grannarna vid varma härdar nyårs-
lyckor stöpa
och öppna famn och penningpung för
våra barn och oss.
Men ingen kan sin framtid utan hårda
offer köpa:
så sänd oss, vänner, vapenhjälp mot
djävulens koloss.

Sist läste Gunnar Mascoll Silfverstolpe, och man undrade om han någonsin skrivit något bättre. Rad efter rad fastnade i minnet, och om de två sista kan det sägas att de voro Sveriges hälsning till Finland denna nyårsnatt:

Hotet som förr är oss nära;
ingen oss fordom betvang.
Frihet, vår nordiska ära,
tala i klockornas klang!

Östanhavs tiger dock
kyrktornens mörka malm.
Gömda och flock vid flock
sjunga soldater en psalm.

Hetare sång än denna
steg ej mot stjärnornas bloss.
Så kan sin tro bekänna
Finland, som kämpar för oss!

Syskon, se natten är stor,
tecknet på natthimlen hårt.
Värnande det som är vårt
står nu vår yngste bror.

Bort mot hans frostiga mosse
tankarna gå från en värld:
Benjamin, fältklädde gosse,
välsignad vare din färd!

När nyårsklockorna ringde in 1940, läste nordens skalder sina dikter i radio. Alla de nordiska ~~skalderna~~ länderna var representerade, men

'잊을 수 없는 새해 전야. 운명적이고 책임감 있는 한 해의 전환점', 《스벤스카 다그블라데트》(이하 SvD), 1940년 1월 2일.

[……] 하지만 그의 조국에는 얄 헴메르스라는 또 다른 대변인 이 있었다. 그의 언어는 모든 사람의 가슴을 파고들며 긍지와 경건함, 그리고 강인함을 보여 주었다. 032~033p

갑작스레, 어긋나는 가락으로 제야의 종소리가 울리네.
하느님의 순수한 공간은 죽음의 구름으로 덮이고, 지상의 터전은 뱀 구덩이가 되었네.
바다 깊은 곳의 악마는 비겁한 존재일 뿐,
그러나 이 작은 나라는 여전히 위대함의 피난처.

여기엔 부풀려진 미사여구는 없지, 그리고 모든 영혼은 알고 있네.
싸우러 가는 길에서, 어떤 대가라도 치러야 한다는 것을.
우리 삶의 길을 주관하는 당신,
내년에는 우리를 자유로운 세상에서 살게 하소서.

이웃들이 따뜻한 난롯가에서 새해를 축하하기를,
다만 우리 아이들에게 작은 도움을 보태 주기를.
우리는 알지, 미래란 목숨을 걸 가치가 있는 것임을.
그러니 친구들이여, 우리에게 무기를 보내 주기를.

끝으로 군나르 마스콜 실베르스톨페를 읽었다. 이것이 그가 지금까지 쓴 글 중 최고가 아닐까 싶었다. 구절구절 머릿속에 새겨진다. 마지막 두 구절은 새해 전야에 스웨덴이 핀란드로 보내는 인사말이라고 할 수 있겠다.

눈앞의 위협은
결코 정복되지 않았네.
그러나 자유와 명예는
종소리에 실려 메아리치네.

바다 동쪽에선 교회 종탑들이
청동으로 만들어진 병사들처럼 침묵하네.
그러나 은신처 곳곳에선 병사들이 찬송가를 부르네.

이 열정의 노래는
미처 별에 가닿지 못했네.
이렇게 우리의 투쟁 속에서 핀란드는
변함없이 믿음을 가질 수 있지.

형제자매여, 보라, 이 캄캄한 밤을.
밤하늘은 암담해 보이지만
우리 젊디젊은 형제들은 싸우고 있네.
악(惡)의 군대에 맞서, 우리를 위해.

이제 그의 생각은 깊은 눈에 묻힌
고향집을 향하네.
야전복 입은 소년, 벤야민이여
우리는 할 수 있는 무엇이든 다 하리라!

1940년 새해를 알리는 종소리가 울려 퍼지자 북유럽의 시인들
은 라디오에서 자신의 시를 낭송했다. 모든 북유럽 국가의 대
표가 참여했지만, 나는 가장 강렬한 울림을 낳은 얄 헴메르스
032~033p 와 실베르스톨페의 시를 스크랩했다. 그들의 낭송이 가슴으로
파고들어서다. 새해로 넘어가는 일은 쉽지 않다. 미래는 너무
절망적이고 위협적으로 다가온다. 아무도 기뻐할 수 없다.

"우리 삶의 길을 주관하는 당신, 내년에는 우리를 자유로운 세상에서 살게 하소서."

1월 15일

끔찍한 폭격이 불쌍한 핀란드를 덮치고 있다. 그렇지만 한 달 반의 전쟁을 치르고도 러시아는 아무것도 얻지 못했다. 아니

오히려 수많은 병력과 물자를 잃었다. 얼마 전《다겐스 뉘헤테르》는 전쟁이 시작되고 러시아가 10만 병력을 잃었다고 주장했다. 물론 매서운 추위 역시 병력 손실에 큰 몫을 한 것 같다. 게다가 핀란드는 새해로 접어들며 수오무살미에서 몇 번의 큰 승리를 거뒀다.

매일 스웨덴의 지원병들이 핀란드로 떠나고 있다. 의사들도 가고 있고, 적십자사는 구급차 두 대를 마련해 보냈다. 전국적인 모금액이 거의 900만 크로나에 이른다. 그 밖에도 스웨덴 정부가 7,000만 크로나를 기부했다. 우리는 헌혈 받은 피, 말담요, 옷 등 보낼 수 있는 것을 모두 모아 보내고 있다. 목 보호대와 무릎 보호대 등도 보낸다. 그렇다고 우리가 할 일을 충분히 하고 있는 걸까? 미래가 판단해 주겠지.

2월 1일

어제저녁에 군나르를 만났다. 그는 농민연합 대표단으로 핀란드에 머물다 막 집에 돌아오는 길이었다.

군나르는 러시아가 핀란드 위로 엄청난 폭탄을 쏟아붓는데도 시민들이 평소처럼 행동하는 것을 보고 감탄했다고 한다. 군나르는 비행기가 여성들과 아이들을 기관총을 쏘며 추격했다고 말했다. 그중에는 한 여성과 2명의 아이도 있었는데, 여성은 총에 맞았지만 아이들은 기적처럼 살아남았다고 한다. 이런 식의 전쟁은 전혀 의미가 없고, 러시아 경제는 파탄 날 것이다.

드디어 스웨덴 지원병 수를 알게 되었다. 8,000명이다. 나는 지원병 수가 더 많기를 바랐고 그렇게 믿고 있지만, 그래도 핀란드는 스웨덴에 몹시 고마워하고 있다. 하지만 더 많은 지원이 필요하다. 물론 대규모는 아니고 몇 개 사단 정도면 충분하다고 한다. 러시아가 전체 병력을 전선에 투입할 수도 없고, 러시아 병사들의 물자 보급 상황과 전투 사기가 말 그대로 처참하기 때문이다.

군나르는 핀란드군이 러시아군 1만 2,000명을 얼어붙은 키안타예르비 호수에서 전멸시킨 이야기를 들려주었다. 러시아군은 숲 한가운데서 끝나는 길을 따라 들어왔다 꽁꽁 언 호수로 가야 했다. 그리고 이 호수에서 핀란드군에게 포위되었다. 핀란드군은 그들에게 세 번이나 항복하라고 경고했지만, 러시아군에게 포로가 되는 것은 금지되어 있었다. 핀란드군은 세 번째 경고를 끝내고 불안에 떠는 무리를 향해 포격과 비행기 사격을 시작했다. 1만 2,000명 가운데 900명만 남게 되자 이들은 항복했다. 불쌍한 악마들. 그렇지만 1만 1,000명이 넘는 러시아 군인들이 아직도 키안타예르비 호수의 얼음 위에 누워 있다. 봄이 되어 날씨가 따뜻해지면 어떻게 될까?

2월 9일

대체 세상은 왜 이 모양이고, 삶은 왜 또 이 지경이란 말인가! 신문을 읽으면 희망이 사그라든다. 핀란드에서는 여자들과 아이들이 폭탄과 기관총에 쫓겨 다니고, 바다는 기뢰와 잠수함이 가득하며, 중립국 선원들은 여러 날 굶주린 채 끔찍하게 뗏목에 매달려 있다 가까스로 구조되거나, 목숨을 잃는다. 폴란드인들은 감춰진 비극(아무도 무슨 일이 일어나는지 알면 안 된다지만, 많은 이야기가 새어 나와 신문에 실린다.)에 시달린다. 이제 전차에 '독일 우월 민족'을 위한 특별 칸이 마련되었고, 저녁 8시가 지나면 외출조차 허용되지 않는다. 이런 식의 일들이 점점 많아지고 있다. 독일인들이 폴란드인들에게 '가혹하지만 정당한 조치'에 대해 말하는 걸 들으면 알 수 있다. 얼마나 큰 증오를 불러오게 될지 말이다! 세계는 결국 증오로 가득 차고 우리는 모조리 그 증오에 질식되고 말 것이다.

세상에 신의 심판이 내린 듯하다. 엎친 데 덮친 격으로 우리는 유례없이 혹독한 겨울을 나고 있다. 얼음 때문에 해상 교통이 말할 수 없이 방해받고 있고, 석탄은 눈에 띄게 부족하다. 우리 아파트도 말 못 하게 춥지만, 이 추위에 익숙해지기 시작했다. 전에는 1년 내내 창문을 조금 열어 두고 잠을 잤지만, 이제 신선한 공기를 마시거나 집 안을 환기하는 일은 거의 포기했다. 덴마크는 연료 공급 사정이 우리보다 더 좋지 않고, 집들도 제대로 지어진 것 같지 않다. 난 그사이 모피 코트를 한 벌 샀다. 이 옷이 낡기 전에 라그나뢰크•가 올 것 같다.

• 북유럽 신화에 나오는 세계 종말의 날. 여러 신과 악마들의 싸움으로 온 세상이 멸망한다고 한다.

2월 18일

"난 죽을 때까지 중립을 지킬 것이다."라고 프리다•가 말했고 페르 알빈 한손도 같은 말을 했다. 핀란드 정부가 스웨덴에 직접적인 군사 지원을 요청했다가 거절당한 일이 누군가의 경솔함 때문에 언론《폴케츠 다그블라드》에 새어 나왔다. 페르 알빈 한손은 해명을 할 수밖에 없었지만, 그 해명은 궁색하기만 했다. 그는 한 달 전 의회 토론에서 보여 준 관점에서 한 발짝도 벗어나지 못했다. 줄여 말하면, 스웨덴은 '죽을 때까지 중립'을 지키겠다는 것이다. 도대체 올바른 전술이 무엇인지 알 수 없어 이렇게 괴로워야 하다니 참담하다. 핀란드 사람들과 많은 스웨덴 사람은 스웨덴을 위해 당장 무기를 드는 것이 가장 현명하다고 본다. 언젠가 러시아가 핀란드를 무릎 꿇게 한 후 토르네강•• 앞에서 멈출 거라고 믿는 것이야말로 어리석기 때문이다. 하지만 모든 상황을 속속들이 알고 있어야 할 스웨덴 정부는 러시아와 공개적인 전쟁에 휘말리지 않으려고 한다. 그렇게 되면 스웨덴에 대한 독일의 반감을 자극해 스웨덴이 거대 세력의 전쟁터가 될 수도 있기 때문이다. 저주 받을 독일 같으니! 우리를 좀 내버려두면 핀란드를 도와 러시아와 싸울 수 있을 텐데. 최근 며칠 동안 만네르헤임 전선•••이 위태로워 보인

• 스웨덴의 시인이자 소설가인 비르예르 셰베리의 노래집에 나오는 주인공 이름이다.

•• 핀란드와 스웨덴 국경을 따라 흐르며 발트해로 흘러드는 국경 하천.

••• 핀란드가 소련의 침공을 막기 위해 만든 방어선. 겨울 전쟁을 이끈 핀란드 총사령관이자 이후 대통령이 된 만네르헤임의 이름을 따서 만들어졌다.

다. 그곳에서 이뤄진 공격은 세계 역사상 유례를 찾아볼 수 없을 정도로 격렬했다. 만네르헤임은 핀란드군이 조금 후퇴했지만 만네르헤임 전선은 무너지지 않을 것이라고 한다. 하느님, 제발 그렇게 되게 해 주소서!

어제 독일의 알트마르크호•가 노르웨이 영해에서 영국 구축함에 나포되었고, 500명의 영국 포로가 풀려났다. 불쌍한 노르웨이는 항의했지만 아무 소용 없었다. 독일은 증오로 가득 찬 말을 쏟아 냈고, 사람들은 최악의 사태를 예상하며 두려워하고 있다. 영국은 중립을 침해한 것에 대해 노르웨이에 한 마디의 사과조차 하지 않을 것이다. 해상 전쟁으로 주로 중립국 상선들이 피해를 입고 있다. 이런 상황이지만 난 죽을 때까지 중립을 지키고 싶다.

지금 도시에는 등화관제가 이어지고, 지난번보다 천 배 더 나쁜 상황이다. 그때는 사람들이 이렇게까지 전쟁이 심각해지리라고는 생각하지 못했다.

3월 12일

오늘, 모스크바에서 평화를 되찾게 될지에 관한 결정이 내려질 것 같다. 스웨덴의 중재로 평화 회담이 열리게 되었지만, 전쟁은 걷잡을 수 없이 계속되고 있다. 뤼티와 파시키비, 그리고 다른

• 제2차 세계 대전 초기 독일 해군의 습격함에 탄약과 식량, 연료 등 물자를 공급해 주고 포로를 인수하던 위장 보급선.

두 나라 대표가 이미 모스크바에 가 있다. 하지만 러시아가 어떤 조건을 내걸고 평화 협정을 맺으려는지는 아직 아무도 모르고 있다. 핀란드도 부당한 조건을 받아들여 무조건 합의해야 하는 상황은 아니다. 사실 모든 조건이 '불합리'한데, 러시아는 도대체 무슨 근거로 핀란드 땅을 한 조각이라도 얻어 내려는 걸까?

서구 강대국들은 러시아와 핀란드 사이의 평화를 전혀 원하지 않는다. 이들은 러시아가 독일을 지원할 수 없도록 러시아를 핀란드 전선에 묶어 두는 것이 유리하다고 판단하고 있다. 또한 강대국들은 핀란드에 필요한 모든 것을 지원할 준비가 되어 있다고 하지만, 먼저 핀란드가 직접적으로 도움을 요청해야 한다. 하지만 핀란드는 아직 그런 요청을 하지 않았다.

서구 강대국들은 핀란드의 공식적인 요청이 있어야만 노르웨이와 스웨덴을 거쳐 핀란드로 곧장 진군할 수 있다. 이것이 바로 그들이 가장 원하는 것이며, 이 때문에 스웨덴은 프랑스 언론의 거센 비판을 받고 있다. 프랑스 언론은 우리가 핀란드에 평화 협정을 맺으라고 압박했다고 주장하지만, 스웨덴 정부는 이를 단호히 부인한다. 우리 정부는 단지 러시아의 평화 협상 제안을 전달했을 뿐이다. 서구 강대국들은 독일이 우리에게 이런 중재 역할을 맡겼다고 믿고 있지만 실제로는 독일이 러시아에게 평화 협상을 추진하도록 유도했을 가능성이 크다. 평화 협정이 체결되면 독일에게는 매우 유리하지만 서구 강대국들에게는 매우 불리하기 때문이다.

오늘 핀란드의 한 남자아이가 비행기를 타고 투르쿠•에서 우리에게 오기로 되어 있었는데, 아직까지 아무 소식이 없다. 오늘 밤에나 도착하려나?

이제 온수가 나오지 않은 지도 일주일이 넘었다.

아, 그래도 평화만 찾아온다면! 최소한 핀란드 사람들이라도 평화를 되찾고 황폐해진 나라를 재건할 수 있도록 우리가 도울 수 있다면 좋겠다.

방금 뉴스를 들었지만, 협상 결과에 관해 확인된 소식은 없었다. 오늘 밤 11시에는 새로운 소식이 있을지도 모른다. 하늘에 계신 아버지, 부디 온전한 평화를 허락하소서. 핀란드가 받아들일 수 있고, 적어도 핀란드의 자결권이 보장되는 진정한 평화를 허락하소서. 제발 평화가 찾아오길!

평화?!?

3월 13일

맞다! 어젯밤에 평화가 찾아왔다! 아침에 일어나니 스투레가 신문을 가져왔다. 신문의 머리기사에는 큼지막한 글씨로 "핀란드-소련 평화"라고 적혀 있었다. 하지만 이 소식을 보고 진심으로 기뻐할 사람은 거의 없을 것이다. 처음엔 잠시 기뻤지만, 그 기쁨은 금세 사그라들었다. 이건 씁쓸한 평화다. 러시아는

• Turku. 핀란드 남서부의 도시. 스웨덴어로는 '오보(Åbo)'라고 한다

앞으로 30년 동안 핀란드 남부 해안의 항코•를 점령하고 해군 기지를 세울 것이다. 카렐리야 지협은 비보르크와 라도가 호수 서쪽 기슭, 소르타발라까지 러시아 영토로 편입된다. 오늘 12시 무렵, 마침내 적대 행위가 멈췄다. 더는 아이들과 여자들이 살해되지 않는 데서 위안을 찾으려 하지만, 마음 한편이 쓰라리다. 가장 쓰라린 점은 핀란드 정부가 스웨덴에 영국과 프랑스 군대의 통과를 허용해 달라고 요청했지만 우리가 이를 거절했다는 사실이다. 이제 바깥 세계의 분노가 폭풍처럼 우리를 덮칠 것이다. 하지만 만약 우리가 그들의 통과를 허락했다면, 이 땅은 강대국들의 전쟁터가 되었을지도 모른다. 어쨌거나, 지금 독일은 승기를 잡고 있다.

오늘 라우노 비르타넨이 이곳에 도착했다. 이 아이는 투르쿠에서 밤 비행기를 타고 왔다. 눈물을 삼키며 앉아 있는 남자아이를 바라보는 것은 오랜 시간 동안 겪은 일 중 가장 힘겨웠다.

참 힘든 날이다. 1940년 3월 13일, 오늘은.

4월 9일

평화다. 정말 평화인가? 아니, 아니다. 그 어느 때보다 평화로부터 동떨어져 있다. 오늘 저녁은 죽도록 피곤해 글을 쓰기도 힘들다.

• Hanko. 스웨덴어로는 Hangö. 핀란드 남부 우시마 지역에 위치한 항구 도시.

노르웨이는 이른 아침부터 독일과 전쟁 상태에 돌입했다. 덴마크는 독일에 점령당했고, 독일군은 아무런 저항에 부딪히지 않고 행정부를 장악했다. 노르웨이와의 전화 연결은 끊겼지만, 노르웨이 사람들은 아직 저항을 이어 가는 것 같다. 독일이 "노르웨이의 중립성을 무장으로 보호한다."라며 나선 공식적인 이유는, 영국군이 어제 아니면 그제 노르웨이 해역에 기뢰를 설치했기 때문이다. 나르비크에서 독일로 광물을 수송하는 것을 방해하기 위해서라고 한다. 하지만 독일의 침공은 이미 오래전부터 계획된 게 틀림없다. 독일 군대가 곳곳에 상륙했고, 베르겐, 트론헤임, 오슬로를 비롯한 여러 지역이 점령당했다. 노르웨이 정부는 하마르로 옮겨 갔다. 연합군은 노르웨이에 즉각적인 지원을 약속했다.

이제 북유럽이 전쟁터가 되었고, 북유럽 나라 중에 스웨덴만 다른 나라 군대와 접촉하지 않은 유일한 나라가 되었다. '유럽의 평화 지역'이라니. 하! 하! 우리는 국가 동원령에 대비하고 있다. 독일이 우리의 중립성을 '보호'한다고 나서는 것도 시간 문제다.

오늘 루들링 변호사 사무실에 있다가 끔찍한 이야기를 들었다. 이 변호사는 사무실로 들어와 평소의 건조한 말투로 말했다. "네, 전쟁이에요. 여기서 계속 이러고 있는 게 무슨 의미가 있는지 정말 모르겠군요!" 그 순간 온몸에 피가 솟구치는 것 같았다. 당장 집에 있는 아이들에게 달려가고 싶었지만, 잠자코 앉아 이혼과 부동산 매매에 관한 편지를 썼다. 거리의 사람들은 전과 별로 달라 보이지 않는다. 우리는 이런 상황에 익숙해지기 시작했다.

하지만 행복하게 지낼 수 없기에 속상하다. 겨우내 핀란드를 짓누르던 매서운 추위가 물러가고 다시 태양이 빛나기 시작했다. 다가오는 봄과 여름을 맞이할 기대에 부풀어 오른 순간도 잠시, 끔찍한 소식이 우리를 강타했다. 또다시 하루 앞도 내다볼 수 없게 되었다. 사람들은 더 이상 아무것도 계획할 수 없다. 계획할 수 있는 것은 오로지 대피뿐이다. 오늘 저녁에 대피 신고서를 제출했다.

4월 12일

1940년 4월 12일. 오늘은 스톡홀름에 걱정과 두려움, 깊은 슬픔이 가득한 하루였다. 도시 전체가 소문으로 떠들썩하다. 오늘 6시에 우리가 독일에게 노르웨이로 향하는 독일군의 통과를 허용할지 통보하기로 되어 있다는 이야기가 돌았다. 하지만 이것도 수많은 소문들처럼 그저 헛소문일 수 있다. 모두가 떠들고, 모두가 제각각 다른 소문을 듣고, 모두가 이 도시를 떠나고 싶어 한다. 오늘 정오에 스투레는 군 복무에 관한 특급 우편을 받았고, 오후 3시 15분에 스폰가행 버스를 타고 떠났다. 그 후로는 아무 소식도 없다. 사실상 국가 동원령이 내려진 것이나 다름없다. 단지 그렇게 부르지 않을 뿐이다.

몇몇 학교가 문을 닫았다는 소식이 들려온다. 노라 라틴어 학교도 휴교하면 좋을 텐데. 그러면 아이들과 함께 곧장 네스• 로 떠날 수 있을 것이다. 하지만 안타깝게도 카린이 열이 나고 목이 아파 침대에 누워 있다. 모든 것이 엉망진창인 지금 상황에서는 이런 일이 당연하게 여겨진다.

요즘 같은 때에 아이들을 오로지 혼자서 책임져야 한다고 생각하면 막막한 기분이 든다. 안네마리에는 내일 세 아이를 데리고 떠날 것이다. 오슬로가 아무 준비 없이 기습당한 사건을 보고 스톡홀름 사람들은 더 도망치고 싶어졌을 것이다. 어떤 일이 일어날지 알 수만 있다면……!

4월 13일

예비군 69 2-1918 린드그렌이 첫 휴가를 얻어 집으로 돌아왔다. "그가 얼마나 장엄한 모습이었는지, 그 기억은 결코 사라지지 않으리."•• 사실 그의 모습은 그렇게 장엄하지 않았다. 그는 머리 꼭대기에 챙이 달린 작은 군모를 쓰고, 말도 안 되게 흉측하고 몸에 맞지 않는 군복 외투를 걸치고 있었다. 외투 속에는 짧은 재킷과 두꺼운 양모 스웨터를 껴입었고, 바지는 너무 꽉 끼어 배를 팽팽하게 조였다. 가족 모두가 그를 둘러싸고 웃음

• Näs. 아스트리드 린드그렌의 고향.
•• 핀란드 시인 요한 루드비그 루네베리의 '기수 스톨 이야기(The Tales of Ensign Stal)'의 한 구절.

을 터뜨렸지만, 사실 그 외에는 웃을 일이 하나도 없었다. 스투레는 어제 동원령이 떨어지기 전에 점심을 먹고 나서 한 숟갈도 입에 넣지 못했다. 기름때가 낀 식기를 보고는 도저히 먹을 엄두가 나지 않았다고 한다. 그는 구운 고기와 감자를 순식간에 해치웠다. 어제 스투레는 군복을 입은 채 평소에 입던 외투를 걸치고 바닥에 짚을 조금 깔고 밤을 보냈고, 결국 동태처럼 몸이 얼어 버렸다. 스투레가 최악의 상황을 견딜 수 있도록 라세의 침낭과 배개 커버, 식기를 빌려주었다. 스투레는 밤 10시에 다시 폭풍우 치는 바깥으로 나가 스폰가로 돌아가야 했다. 그가 너무 안쓰러웠다.

4월 14일

얼마나 서글픈 날인지……. 쏟아지는 진눈깨비로 세상은 온통 잿빛이다. 카린은 아직도 아파서 누워 있다. 라르스는 스카우트에 갔고, 스투레는 전화로 휴가를 나오지 못한다고 전했다.

그런 다음 스텔란이 잠깐 들렀고, 조금 있으니 스투레가 불쑥 나타났다. 하지만 8시 반에 돌아가야 했다. 그를 보내고 나는 알리, 엘사, 카린 L.과 영화 〈유월의 밤〉을 보러 갔다. 하지만 긴장을 풀 수 없었다. 온종일 불안에 짓눌리는 것만 같다. 영국군이 스웨덴 영해를 제외한 발트해 전체에 기뢰를 설치했다. 노르웨이에서는 전쟁이 계속되고 있고, 호콘 국왕은 폭격기에 쫓겨 숲으로 도망쳐야 했다. 독일의 노르웨이 기습은 대부분

기밀이 새어 나간 결과였다. 노르웨이 나치들이 조국을 배신한 것이다. 하지만 노르웨이 북부 지방의 저항은 성공적으로 진행 중이며, 영국과 노르웨이가 나르비크를 탈환했다.

미래를 그려 보면 너무 암울하다. 우리가 전쟁을 피할 수 있다 해도 마찬가지다. 서방으로의 수출은 완전히 막혀 버렸고 당연히 수입도 이루어지지 않는다. 가스 회사는 가스를 절약하지 않으면 재앙이 닥칠지도 모른다고 협박한다. 아무리 그래도 물은 데워 써야 하는데 어떻게 가스를 더 줄이라는 말인가. 얼마 지나지 않아 가스가 바닥날지도 모른다. 그런 다음에는? 가스 토큰 가격은 25외레에서 50외레로 올랐다. 오르지 않은 게 있기나 한가? 20외레이던 버스표는 25외레가 되었고, 전차 1회 요금도 20외레다. 전기료도 올랐고, 식료품, 음료 모두 마찬가지다. 설탕은 며칠 전 킬로그램당 4외레가 더 올랐고, 이제 차와 커피처럼 배급제로 바뀌었다. 하지만 이건 분명 시작에 불과할 것이다. 수출과 수입의 전면 봉쇄가 시행된 지 얼마 지나지 않았으니 말이다. 앞으로 더 나빠질 거라는 사실로 위안을 삼아야 할지도 모르겠다.

4월 29일

노르웨이에서는 여전히 격렬한 전투가 이어지고 있다. 수많은 도시와 마을이 폭격으로 폐허가 되었고, 많은 사람들이 집을 잃었다. 노르웨이의 상황은 핀란드보다 더 심각해 보인다. 내부 전선이 허술하게 무너졌기 때문이다. 전체적으로 노르웨이의 저항은 매우 약했던 것 같다. 연합군의 지원 역시 지금까지는 형편없었다. 영국군과 독일군 모두 상당한 병력을 투입한 것으로 보이지만 말이다. 다만, 노르웨이 북부에서는 동원령이 비교적 차질 없이 진행되었고, 영국군이 상황을 장악하고 있는 것 같다.

하지만 노르웨이 남부 전체가 독일 수중에 떨어졌고, 독일은 집중적이고 효율적으로 무섭게 진군하고 있다. 베를린에서 대규모 기자 회견이 열렸고, 그 자리에서 리벤트로프가 연설 중에 문서를 공개했다. 연합군이 노르웨이를 침공할 계획이었으며, 독일의 개입으로 이 침공이 무산되었다는 내용의 문서였다. 또한 리벤트로프는 노르웨이 정부가 중립적이지 않은 반면, 스웨덴 정부는 중립을 철저하게 지켜 왔다고 말했다. 외신들은 스웨덴의 입지가 크게 개선되었다고 보도하고 있다. 하지만 우리는 여전히 군사적으로 최고 단계의 경계 태세를 유지하고 있으며, 끔찍한 전쟁이 끝날 때까지 이 상황이 변하지 않기를 바라고 있다.

5월 2일

봄이 왔다. 발푸루기스의 밤•에 웁살라 학생 합창단이 부르는 〈오, 미소 짓는 5월의 아름다운 태양이여!〉를 라디오에서 들었

• 독일, 스웨덴 같은 중·북유럽 지역에서 4월 30일 밤에서 5월 1일에 걸쳐 지내는 봄의 민속 축제.

다. 마음이 아플 정도로 아름다운 곡이었다. 주말 내내 햇볕이 쏟아졌고 끔찍했던 지난겨울을 뒤로하고 마침내 따스한 기운이 퍼졌다. 어제는 스톡홀름의 거의 모든 사람이, 게르데트•로 이동하여 정당을 초월해 시위를 벌였다. 나는 아이들과 스테키그 부인, 예란과 시위를 지켜봤다. 도시 전체가 벌집을 쑤셔 놓은 것처럼 윙윙거렸다.

오늘은 카린과 유다른 숲과 호수에 가서 마침내 봄이 온 것을 확인했다. 올봄은 아주 묘하다. 봄이 온 것을 마냥 기뻐하고 싶지만, 햇빛이 비치고 꽃이 피어나는 동안에도 사람들은 서로 죽이고 있다. 이런 생각을 하면 견디기 힘들다.

5월 6일

며칠 전, 영국군이 철수하면서 노르웨이를 포기했다. 사실상 나르비크를 제외하고 노르웨이를 완전히 포기한 것이다. 이제 노르웨이는 동맹국 없이 홀로 남겨졌다. 곧 독일이 노르웨이 남부 지역을 차지했고, 모든 저항이 멈추었다. 북부에서는 전투가 이어지고 있지만 영국의 형편없는 지원 때문에 사람들의 불만이 크다. 아마도 이번이 연합군이 겪은 최초의 참패일 텐데, 연합국 측의 언론조차 이를 두둔하지 않고 있다. 이제 지중해에서의 상황이 악화되고 있다고 한다. 사람들은 이탈리아가

• Gärdet. 스톡홀름의 외스테르말름 지구 근처의 아주 넓은 평지 공원.

끝내 '베를린-로마 추축'(핀란드에서 전쟁을 치르는 동안은 조용했다.)을 기억해 내고 독일 편에 서서 참전할까 봐 우려하고 있다. 지금 발칸반도가 불안하다. 언제 폭발할지 모르는 화산 같다.

5월 10일

다행히 그렇지는 않았다. 발칸반도는 조용했고 모든 것이 눈속임에 불과했다. 5월 10일 이른 새벽, 독일군은 네덜란드와 벨기에, 룩셈부르크에 이르는 '가장 넓은 전선'을 전면적으로 침공했다. 히틀러의 작전 명령에 따르면 오늘 시작된 전투는 '다음 천년 동안 독일 민족의 운명'을 결정지을 거라고 한다. 독일 국민의 운명뿐만 아니라 인류 전체의 운명이 걸려 있을지도 모를 일이다. 이제 전쟁이 본격적으로 시작되었다.

독일이 내세운 명분은 늘 그렇듯, 임박한 연합군의 공격을 막기 위한 예방 조치라고 한다. 언제나 그렇듯, 이러한 침공을 뒷받침할 '증거'가 담긴 문서를 확보했다고 주장한다. 게다가 독일은 벨기에와 네덜란드가 엄격하게 중립을 지킨 것이 아니며, 연합군이 이들 국가의 영토를 통과할 수 있도록 허용했다고 비난했다. 현재 폭격과 전투가 맹렬하게 이어지고 있다. 벨기에는 방어 시설이 잘 갖춰져 있기 때문에 네덜란드보다 방어에 더 유리할 것으로 보인다. 네덜란드는 일부 지역을 침수시켜 방어에 나서고 있다. 벨기에의 레오폴드 국왕은 직접 군대의 선두를 이끌고 있다.

네덜란드의 율리아나 공주가 셋째 아이를 임신 중이다. 이런 시대에 왕실의 어머니가 되는 것은 전혀 기쁘지 않은 일일 것이다. 사실, 이 시대에는 어떤 어머니라도 마찬가지다.

어제저녁, 영국 총리 체임벌린이 총리직에서 물러났고 처칠이 그 뒤를 이었다.

북유럽을 통틀어 현재 스웨덴만 전쟁 중이 아니거나 아직 전쟁터가 되지 않은 유일한 나라다. 하지만 곧 다음 차례가 될지 모른다. 독일은 일정한 간격을 두고 새로운 희생 제물을 끌어내리기 위해 지옥에서 기어 올라오는 사악한 괴물 같다. 20년마다 인류 전체를 적으로 몰고 가는 민족이라면, 분명 무언가 문제가 있을 것이다.

성령 강림절• 월요일

아, 이제 스웨덴 전역에서 등화관제가 시작되었다. 하필이면 성령 강림절 연휴 중에 공지가 내려왔다. 스웨덴 남부와 서부에서는 이미 오래전부터 시행되고 있었지만, 지난밤부터는 나라 전체에 '추후 공지가 있을 때까지' 시행된다고 한다. 성령 강림절을 앞두고 비누, 청소 세제, 세탁 세제, 마가린도 배급제로 전환되었다. 5월 26일부터 마가린의 개인 판매는 완전히

• 부활절 후 50일째 되는 날로, 성령 강림을 기념하는 기독교의 축일.

금지될 예정이다.

현재까지 배급 대상 품목은 커피, 차, 설탕, 세제, 마가린이다. 하지만 이것은 단지 시작에 불과하다는 예감이 든다. 지금 커피, 차, 설탕의 배급량은 적어도 우리 집에서는 충분하다.

어제 성령 강림절은 정말 형편없었다! 비바람이 몰아치고 지독하게 추웠다. 스투레는 아침 6시부터 오후 5시까지 군에서 근무했다. 한편, 카린한테 이상한 농포가 돋았는데, 아마 박테리아 감염 때문인 것 같다. 집에서 쉬게 해야겠다. 라르스는 예란, 세게르펠트와 함께 웁살라로 자전거 여행을 떠났다.

5월 15일

어제 네덜란드가 항복했다. 빌헬미나 여왕과 정부는 런던에 있다. 벨기에 왕실의 아이들도 그곳에 있는 모양이다.

벨기에는 아직 저항을 이어 가고 있다. 지난 제1차 세계 대전의 전쟁터에서 격전이 벌어지고 있다. 저녁 신문에 따르면 마지노선 어딘가가 뚫렸다고 한다. 사실이든 그렇지 않든, 파리와 런던은 불안에 떨 만하다. 그건 우리 모두 마찬가지다. 독일군은 무시무시할 정도로 효율적으로 진군하고 있다. 공수부대가 이렇게 전투에 투입되어 실질적인 성과를 거둔 것도 세계 역사상 처음 있는 일이다.

5월 18일

브뤼셀이 독일군에게 점령당했다. 독일군은 마지노선의 상당히 넓은 구간을 돌파하고 파리를 100킬로미터 앞에 두고 있다고 한다. 매일 신문을 펼치는 게 두렵다.

내일 새로운 자동차 운행 제한 조치가 시행된다. 개인 승용차 운행이 대부분 금지될 것이다.

5월 21일

오늘 카린이 여섯 살이 되었다. 독일군은 오늘 영국 해협에 도착했다. 그리고 드디어 여름이 왔다. 여름을 지그시 바라보며 온몸으로 느껴 보니 눈부신 아름다움과 아릿한 슬픔이 밀려든다. 오늘은 정말 여름 냄새가 난다. 향기로 가득 찬 대기와 나무가 내뿜는 연둣빛 세상은 온통 찬란하기만 하다.

카린은 태어나서 처음으로 아빠 없는 생일을 맞았다. 토요일 저녁에 모든 휴가가 금지되었지만, 스투레는 특별히 배려를 받아 일요일 오후까지 집에 머물렀다가 다시 봄비 속으로 걸어 나갔다. 당분간 스투레는 집에서 자지 못하고, 앞으로 14일을 천막에서 지내야 한다. 물론 스투레도 애를 썼겠지만, 나머지 중대원들이 그가 집에서 자도록 배려해 준 것이다.

전국적으로 외출 금지령이 내려졌다. 독일군이 스웨덴을 통과할 수 있도록 행군 허가를 요구했으며, 독일 해군이 외레순드 해협을 거쳐 올라오고 있기 때문이란다. 토요일 저녁, 경찰은 외출하거나 유흥업소에 간 군인 모두에게 소속 막사로 돌아가라는 명령을 내렸다.

하느님, 제발 내년 카린 생일에는 세상이 달라지도록 도와주소서! 카린은 마르가레타 인형에게 맞는 미니어처 차 세트와 우비, 속옷을 선물받았다. 그 밖에도 의자에 앉은 작은 인형과 케이크, 돈을 네스의 할머니와 할아버지, 또 친할머니에게 받았고, 유모차를 탄 작은 인형은 안데르스에게, 은수저와 초콜릿은 마테와 엘사레나에게, 달콤한 간식은 펠레 디에덴과 린네아에게 선물받았다. 그래서 카린은 무척이나 행복했다. 안데르스와 마테는 엄마들과 함께 왔다.

저녁에는 안네마리에, 스텔란과 함께 보름달이 뜬 스토라 에싱엔 주변을 산책했다. 보리수 꽃향기와 귀룽나무 향기가 콧속 깊이 파고들었다. 정말 아름다웠다! 그렇지만 독일군이 빠르게 진군하고 있고, 무엇으로도 그들을 멈출 수 없다.

5월 25일

어제 일시적으로 등화관제가 해제되었다. 영국에서는 사실상 독재 정권이 수립되었다. 영국인들은 이제야 이 상황이 생사가 걸린 문제라는 것을 깨닫기 시작했다.

5월 28일

오늘 레오폴드 국왕이 항복했고, "벨기에 군대는 더 이상 존재하지 않는다."라고 선언했다. 레노는 프랑스 국민을 향한 라디오 연설에서 레오폴드를 신랄하게 비판했다. 그가 연합국에게 알리지도 않고 독자적으로 항복을 결정했기 때문이다. 하지만 그에게는 선택의 여지가 없었을 것이다.

6월 5일

독일은 8일 동안 깃발을 내걸고, 3일 동안 종을 울리며 플랑드르 전투의 승리를 축하했다. 이 전투는 "독일 역사상 가장 위대한 워털루 전투•이며, 가장 위대한 세당 전투••이고 가장 위대한 타넨베르크 전투•••"라고 한다. 오늘 아침 다시 새로운 공격이 시작되었다. 처칠은 하원 연설에서 연합군이 전쟁 물자의 전례 없는 손실을 입었다는 사실을 인정했다. 하지만 다행히 영국 원정군 대부분은 무사히 해협을 건너 돌아올 수 있었다. 아슬아슬하게 말이다.

덩케르크••••는 함락되었고, 마지막 연합군 병사들은 세계 역사상 가장 피비린내 나는 전장을 적에게 넘겨주었다. 플랑드

• 1815년 워털루에서 영국·프로이센 군대가 백일천하를 수립한 나폴레옹 1세의 프랑스 군대를 격파한 큰 싸움.

•• 1871년 9월에 나폴레옹 3세가 세당에서 프로이센의 포로가 되어, 10만 병사와 함께 항복한 싸움.

••• 1914년 제1차 세계 대전 중에 발생한 독일 제국과 러시아 제국 간의 전투. 독일군의 대승리로 끝났다.

•••• Dunkerque. 도버 해협 해안에 위치한 프랑스 중소 도시로, 오랜 시간 강대국의 패권을 둘러싼 해양 요충지였다. 1940년의 전투로 유명한데, 독일군의 포위를 피해 영국으로 병력을 대량 철수하는 작전을 전개했다.

르 전투는 인류 역사상 손꼽히는 거대한 전투로 기록될 것이다.

6월 10일

오늘 새로운 소식 두 가지가 도착했다. 노르웨이가 무기를 내려놓았고 이탈리아가 프랑스와 영국을 향해 선전 포고 했다. 전 세계가 불타고 있다! 미국은 이탈리아가 개입한다면 자신들도 참전하겠다고 위협하고 있다. 이제 어떻게 될지 지켜볼 일이다.

6월 14일

오늘 저녁 신문에 "에펠탑에 하켄크로이츠•가 펄럭인다."라는 제목의 기사가 실렸다. 독일군이 파리에 도착한 것이다. 그들을 맞은 것은 텅 빈 거리와 굳게 닫힌 창문들이었다. 파리 시민에게 이 순간이 얼마나 참혹할까. 베를린에서는 미친 듯이 종이 울리고 깃발이 펄럭이고 있다.

6월 16일

베르됭이 함락되었다. 프랑스 군대는 완전히 혼란에 빠진 것 같다. 별도의 평화 협정이 체결될 것이라는 소문이 돌고 있다. 히틀러는 한 미국 기자와의 인터뷰에서 자신의 전쟁 목표에 대

• 나치스의 상징으로 쓴 갈고리 십자형의 휘장.

해 매우 냉정하게 말했다.

오늘 신문에는 네덜란드의 율리아나 공주가 런던으로 망명한 후 조산했으며, 태어난 아기가 결국 세상을 떠났다는 짤막한 기사가 실렸다. 마침내 아들을 얻었는데 이렇게나 비극적인 상황이라니……. 잔인한 운명의 아이러니가 아닐 수 없다.

6월 18일

불쌍한 프랑스! 어제 프랑스군이 항복했다. 마지노선 전체가 포위되었고, 파리는 독일군 손아귀에 떨어졌으며, 적군이 이미 프랑스 영토의 절반 가량을 점령했다. 오늘 신문은 "프랑스는 치욕적인 평화를 받아들이지 않을 것이다."라고 쓰고 있다. 하지만! 하지만! 하지만! 오늘 히틀러와 무솔리니가 회담을 갖는다. 이 힘센 두 남자는 베르사유 조약과는 비교도 할 수 없이 프랑스에게 가혹한 평화 조약을 만들 것이 분명하다. 《아프톤블라데트》•에 따르면 프랑스를 반으로 나누는 방안을 논의 중이라고 한다. 물론 영원한 것은 아니겠지만, 당분간, 아니 예측할 수 없는 기간 동안 독일군과 이탈리아군이 프랑스를 점령할 것이라고 한다. 무솔리니는 전리품을 챙기려고 독수리처럼 달려든다. 브로팔의 하녀 잉그리드가 말했듯이, "내가 그 작자에게 한마디만 해 주고 싶다!" 불쌍한 프랑스! 영국은 계속 싸울

• 1930년 창간한 스웨덴의 신문. 석간신문이라는 뜻이다.

것이다. 하지만 '계속 싸운다.'는 표현보다 '이제서야 싸움을 시작한다.'고 하는 것이 맞을 것이다. 지금까지 영국은 놀라운 능력으로 전투를 피해 왔으니 말이다. 언제나처럼 '영국은 마지막 프랑스 병사가 쓰러진 뒤에야 싸울 것이다.' 하지만 지금쯤 영국인들은 섬나라에 고립된 채, 히틀러의 다음 전격전을 예상하며 엄청난 공포를 느끼고 있을 것이다. 이제 영국 차례이기 때문이다.

가장 끔찍한 것은, 이제 독일의 패배를 희망할 수조차 없다는 것이다. 러시아군이 다시 움직이기 시작했기 때문이다. 최근 며칠 사이, 러시아군은 온갖 구실을 내세워 리투아니아, 라트비아, 에스토니아를 점령했다. 그리고 독일이 약화된다는 것은 우리 북유럽 국가들에게 오직 한 가지를 뜻한다. 바로 우리가 러시아에게 점령당하게 된다는 것이다. 러시아를 우리 땅에 들이느니 차라리 "하일, 히틀러."라고 평생 외치는 편이 낫겠다. 더 끔찍한 일은 상상조차 할 수 없다. 일요일에 엘사 굴란데르 집에서 한 핀란드 여자를 만났다. 그녀는 핀란드 전쟁에서 겪은 끔찍한 일들과 러시아가 포로들을 어떻게 취급했는지 말해 주었다. 그녀의 오빠가 막 포로 생활에서 풀려났는데, 감옥에서 귀, 코, 입으로 피를 쏟을 만큼 심하게 맞았다고 한다. 또 다른 포로는 작은 방에 100와트 전구를 켜 놓은 채 감금당했고, 결국 실명했다. 그녀는 아주 믿을 만한 사람처럼 보이니, 이 이야기는 모두 사실일 것이다. 가장 끔찍한 것은 러시아군이 폴란드 여성들과 아이들을 전열에 앞세워 핀란드군을 향해 몰아갔다는 것이다. 일부 핀란드군은 차마 그들을 쏠 수 없어 결국 자발적으로 항복하고 말았다고 한다. 하지만 이제 그들은 핀란드에서 군사 재판을 받아야 한다. 러시아 감옥에서 고문을 견디지 못하고 핀란드군에 대한 정보를 털어놓은 사람들도 마찬가지다. 하지만 불에 달군 쇳조각을 손톱 밑에 밀어 넣는 고문을 당하는 상황에서 흔들림 없이 버티기란 결코 쉬운 일이 아닐 것이다(그녀는 이것이 사실이라고 맹세했다.). 러시아군이 핀란드 여성 국방 자원봉사자 3명을 십자가에 못 박았다는 이야기도 있었다. 그녀는 이 소문을 들었지만, 실제로 일어났는지는 확신할 수 없다고 했다. 그러나 러시아군이 페차모에서 핀란드의 어린 국방 자원봉사자(8~12세 소녀) 10명을 납치한 것은 사실이었다. 이후 그들의 행방은 알 수가 없다.

오, 하느님! 제발 러시아가 이곳에 오지 못하도록 막아 주소서!

내일 나는 아이들과 빔메르뷔로 떠난다. 학교에 다니는 어린이 모두에게 이른바 대피 차표가 제공되는데, 국가는 이를 위에 800만 크로나를 썼다고 한다. 하지만 대피 열차가 새벽 5시에 떠나기 때문에 우리는 8시에 가족 표로 떠난다.

6월 21일

오늘 오후 3시 30분에 히틀러가 콩피에뉴 숲에 있는 기차 안에서 프랑스 대표단을 맞았다. 이곳은 1918년 11월 휴전 협정이 체결된 곳이다. 휴전 조건은 아직 알려지지 않았다.

6월 24일, 오후 11시 30분

1940년 6월 25일 오전 1시 35분, 약 2시간 후면 독일과 프랑스, 또 프랑스와 이탈리아 사이에 휴전 협정이 효력을 발휘할 것이다. 오늘 저녁 7시경, 프랑스와 이탈리아는 로마 근교의 한 저택에서 휴전 협정에 서명했고, 이후 치아노는 이 사실을 히틀러에게 알렸다. 그리고 6시간 후에 휴전이 발효되면서 서부 전선에서의 전쟁은 끝나게 된다. 협정의 조건은 아직 공개되지 않았지만, 48시간 안에 독일, 프랑스, 이탈리아에서 동시에 발표될 것으로 보인다. 독일에서는 늘 그렇듯이 깃발이 휘날리고 몇 시간 동안 종이 울릴 것이다. 반면 프랑스에게 6월 25일은 국가 애도의 날이 될 것이다.

이제 어떤 일이 일어날까? "Los gegen England(영국 공격을 시작하라)!" 아마도 이것이 다음 장의 이야기가 될 것이다. 영국에서는 아이들을 대피시키고 있다. 많은 아이들이 호주나 캐나다, 뉴질랜드까지 보내지고 있다.

군나르가 오늘 저녁 핀란드에서 집으로 돌아왔다. 핀란드에서는 많은 사람들이 러시아가 다시 침공할지도 모른다는 두려움에 휩싸여 있다고 한다. 만약 그런 일이 벌어져도 핀란드는 스스로를 방어할 힘이 없을 것이다. 그렇다면 우리는 독일의

'보호'를 받게 될 것이다. 정말 북유럽이 더 이상 자유롭지 못한 날이 오게 될까?

노르웨이와 덴마크는 이미 자유를 잃어버렸다.

어쩌면 이 순간에도, 휴전을 2시간 앞두고도 수많은 군인이 서부 전선에서 목숨을 잃고 있을지도 모른다. 인간은 지독히도 어리석다.

6월 27일

소련은 루마니아에 최후통첩을 보냈으며, 오늘 자정이면 그 시한이 다한다. 루마니아는 북부 부코비나와 베사라비아 지역을 포기하고, 콘스탄차와 흑해의 다른 항구들을 러시아 해군 기지에 넘겨야 한다. 결국, 루마니아는 이 요구에 굴복하고 말았다.

정말 많은 일이 벌어지고 있다! 영국 해군은 수요일, 알제리 오랑 항구에 정박한 프랑스 함대를 기습 공격했다. 영국은 프랑스 함대가 독일 손에 넘어가는 것을 막기 위해 프랑스 지휘관들에게 전함을 넘기라는 최후통첩을 보냈다. 여러 지역에서 프랑스 함선들은 순순히 명령을 따랐지만, 오랑의 지휘관은 이를 거부했고, 결국 해상에서 격렬한 전투가 벌어졌다. 처칠에 따르면 "프랑스군과 오랑 항구에서의 인명 피해가 엄청났다."라고 한다.

이 돌발적인 사건으로 인해 오늘 프랑스와 영국 간의 외교관계가 단절되었다.

요즘은 우호 조약도 순식간에 무너진다. 그렇게 히틀러는 다시 한번 자신이 바라던 목표를 이루었다. 연합국 내부의 균열 말이다.

7월 21일

금요일 저녁, 히틀러는 독일 의회에서 길게 연설하며 평화 관련 최후통첩을 발표했다. 하지만 영국은 공식적인 답변을 내놓지 않았다. 결국 전투는 계속될 것이다.

이번 전쟁은 세계가 이제껏 목격한 그 어떤 전쟁보다 끔찍한 양상을 띠게 될 것이다. 독일은 어느 때보다 철저히 전쟁 준비를 했고, 영국 역시 최상의 대비 태세를 갖췄다고 주장한다. 루스벨트도 (히틀러보다 앞서) 영국인들에게 투쟁을 계속해 가자고 독려했다. 그는 이 투쟁은 "우리가 알고 있듯이 문명을 존속시키느냐, 아니면 우리가 사랑해 온 모든 것을 궁극적으로 파괴하느냐."를 결정짓는 싸움이라고 힘주어 말했다.

오늘 에스토니아, 라트비아, 리투아니아, 이 3개의 자유국이 역사 속에서 사라졌다. 이 나라들은 1918년 11월 18일 독립을 선언했지만, 소련은 이 나라들을 다시 자신의 공화국으로 병합했고, 이들이 쌓아 온 22년간의 노력은 물거품이 되어 버렸다. 이 모든 일을 애통해 할 힘조차 남아 있지 않다. 이것은 정말 비극이다.

그래도 핀란드는 여전히 자유를 지켜 내고 있다. 어쩌면 그들의 투쟁이 헛되지 않았을지도 모른다. 만약 이 세계가 광기의 소굴이 아니라 이성이 통하는 곳이었다면, 어제 헬싱키에서 올림픽의 막이 올라야 했다. 하지만 헬싱키 스타디움에서는 올림픽 대신 전쟁터에서 목숨을 잃은 핀란드 운동선수들을 기리는 국가 선수권 대회가 열리고 있다.

어제 나는 라르스와 함께 자전거 여행에서 돌아왔다. 로스라겐을 지나 비요르쾨에 있는 노라 라틴 학교의 여름 별장까지 이어진 멋진 여정이었다. 우리는 눈부시게 아름다운 풍경을 만났다. 노랗게 활짝 핀 들꽃이 장식한 길가, 심프네스 바다 너머로 펼쳐진 탁 트인 수평선, 호수 위로 두둥실 떠오른 보름달, 여름 별장의 지붕 위로 비치는 달빛. 그리고 태양은 온 세상을 집어삼킬 듯 뜨겁게 내리쬐었다.

1940년 운명의 여름, 비 한 방울 내리지 않아 모든 것이 말라타들어 가고 있고, 흉작이 예상된다. 지난겨울의 혹독했던 한파가 신이 인간에게 내린 징벌 같았는데, 이 가뭄도 그런 걸까?

세계의 지배자—요한 계시록에 나오는 짐승—, 한때는 초 096~097p
라한 무명의 독일 수공업자, 민족의 재건자, 그리고 (나를 비롯한 많은 이들이 보기에) 문화 파괴자이자 몰락의 주범. 그의 끝은 과연 어떤 모습일까? 언젠가 말할 수 있겠지. Sic transit gloria mundi(이렇게 세상의 영광은 사라지는구나).

9월 1일

1년 전 바로 오늘, 전쟁이 시작되었다. 사람들은 점점 전쟁에 익숙해지고 있다. 매일 포탄이 비처럼 쏟아지는 곳에 살지 않는 한에서는 말이다.

1년! 단 한 해 동안 이렇게 많은 일이 벌어진 적이 있을까? 한동안 전쟁에 대해 아무것도 적지 않았다. 그동안 특별히 주목할 만한 사건이 없었기 때문이다. 일본과 영국 사이에 긴장이 팽팽하게 고조되며 언제든지 전쟁이 터질 것 같았지만, 다행히 이러한 상황은 일단락되었다. 다른 한편으로는 루마니아와 헝가리, 루마니아와 불가리아 사이에도 갈등이 끊이지 않는다. 루마니아는 영토 일부를 포기해야 할 것 같다. 추축국들은 자기들 멋대로 상황을 주도하고 있다. 그리스와 이탈리아는 충돌 직전까지 갔다.

히틀러가 지난 7월 연설에서 예고한 대규모 영국 공격은 의도한 대로 이루어지지 않은 것 같다. 물론 영국 상공은 독일 폭격기로 가득 차 있고, 독일은 최대한 많은 폭탄을 퍼붓고 있다. 하지만 영국도 이에 맞서 보복하고 있고, 아직 독일의 영국 본토 침공은 일어나지 않았다. 처음에는 밤낮 가리지 않고 공격하던 독일이 이제는 밤에만 폭격을 감행하고 있다. 너무 많은 인명 피해를 감수할 용기는 없기 때문이다. 런던과 마찬가지로 베를린에서도 한밤중이면 사람들이 몇 시간씩 대피소에 머무른다고 한다. 영국군은 함부르크를 샅샅이 폭격했다. 이제 이 항구 도시에는 남아 있는 것이 거의 없다는 얘기다.

영국의 식량 사정은 잘 모르겠지만, 독일은 식량난에 시달리고 있다고 한다. 특히 지방질 식품 부족이 심각하다. 스웨덴에 온 독일 사람들이 뷔페에 초대받았는데, 그들은 빵과 버터만 먹었다고 한다. 주인이 "다른 음식은 왜 안 드시나요?"라고 묻자, 독일인들은 "우리가 경험한 것을 스웨덴 사람들도 경험했다면, 버터와 빵을 먹을 수 있다는 것만으로도 감격할 겁니다."라고 대답했다고 한다. 노르웨이 역시 식량 사정이 좋지 않을 것이다. 지금 노르웨이는 스웨덴에 강한 적개심을 품고 있는데, 1905년•만큼 적대적이라고 한다. 그 이유는 우리 정부가 독일군 병력 수송 열차의 통과를 허가했기 때문인데, 이것은 공공연한 비밀이다. 피할 수 없는 선택이었겠지만, 우리는 독일과 석탄을 두고도 추악한 거래를 하고 있다. 또한, 스웨덴에 억류된 노르웨이인들이 부당한 대우를 받고 있다는 소문이 퍼지면서 노르웨이 사람들의 분노가 커진 것으로 보인다.

핀란드의 외교 상황도 낙관하기 힘들다. 핀란드는 항코로 향하는 러시아 군용 열차 통과를 허가해야 했고, 탄네르는 자신의 뜻이 아닌 모스크바의 지시로 정부에서 물러나야 했다. 핀란드의 자결권은 점점 더 많은 제약을 받고 있다.

이 모든 상황에도 불구하고 이 작은 나라 스웨덴에서는 궁핍

• 스웨덴-노르웨이 연합 해체 당시.

함을 크게 느끼지 못하고 있다. 다만, 모든 것이 점점 더 비싸지고 있다. 이제 배급받은 커피로 5주가 아니라 6주를 버텨야 한다. 나는 지난봄에 "가을까지 전쟁이 계속된다면 더 이상 버티지 못할 거야."라고 말했다. 그런데도 우리는 그럭저럭 살아가고 있다. 얼마 전까지 가뭄으로 땅이 타들어 갔는데, 8월 내내 비가 억수같이 퍼부었다. (올해는 모든 것이 극단으로 치닫는다.) 우리는 지난 토요일에 여행에서 돌아왔는데, 집에 돌아온 것이 이렇게 즐거운 적도 드문 것 같다. 이런 상황에서도 집을 아늑하게 꾸미는 데 관심이 간다. 아이들 방이 훨씬 예뻐졌다. 카린에게 새 서랍장이 생겼고, 라르스에게는 소파 위쪽에 놓을 독서등이 생겼다. 소파는 이제 라르스의 잠자리가 되었고, 카린은 라르스가 쓰던 커튼 달린 멋진 침대를 물려받았다. 오늘 펠레 디에덴이 코가 꽉 막힌 채 이곳에 왔다가 아이들에게 감기를 옮기고, 죽은 에밀을 애도하다 돌아갔다.

1년이 지났다! 내년 9월 1일이 오면 우리는 다시 평화를 맞이할 수 있을까? 아돌프는 이번 달이 지나기 전에 전쟁이 끝날 거라고 장담했다. 하지만 어떤 농부처럼 말해야 할 것 같다. 의사가 농부에게 "당신의 아내가 이번 달을 넘기지 못할 것입니다."라고 말하자, 그는 이렇게 대답했단다. "흥미롭군요. 어떻게 될지 한번 지켜보죠."

끝으로, 조금 웃긴 이야기 하나로 마무리하자.

어떤 스웨덴 사람이 덴마크 사람 앞에서 스웨덴의 중립 경비대가 얼마나 믿음직스럽고 민첩한지 한참 자랑을 늘어놓았다. 그러자 그 덴마크 사람이 조용히 대꾸했다. "당신이 우리 독일군도 한번 봐야겠군요."

9월 11일

격전이 계속되고 있다. 영국과 독일이 대규모 공중전을 벌이는 중이다. 9월 7일, 독일군은 런던을 무차별적으로 폭격했고, 그 이후 매일 밤 런던 상공을 뒤덮는 톤 단위의 폭탄을 쏟아붓고 있다. 거대한 화재가 발생해 불길이 치솟는데, 그 불길이 독일군에게 길을 비추는 역할을 하고 있다. 그러나 영국군도 그냥 당하고 있지는 않다. 영국군은 총력을 다해 독일군에 보복하고 있는데, 오늘 밤에는 베를린을 폭격했다. 독일 의회 건물과 예술 아카데미가 불길에 휩싸였다. 독일이 입은 피해 규모는 정확히 파악할 수 없지만, 영국 역시 손 놓고 있지 않은 것은 확실하다. 런던과 베를린 사람들 모두 대피소에서 대부분의 밤을 보내고 있다. 아……. 매일 밤 잠자리에 들면서 나는 하늘에 계신 아버지께 아직도 이 땅에서 고요히 잠자게 해 주신 것에 감사하지만, 동시에 그럴 수 없는 수많은 이들을 생각하면 가슴이 저며 온다.

그 밖에도 루마니아에서 카롤 국왕이 퇴위하고, 아들 미하이가 왕위를 이었다. 루페스쿠 부인은 카롤을 따라 망명길에 올랐고, '왕대비'라는 새로운 호칭을 얻은 엘레나 공주는 부쿠레

슈티로 돌아왔다. 이런 시대에 왕실의 일원으로 산다는 것은 말할 수 없이 파란만장할 것이다.

우리는 이제 빵 배급표를 받기 시작했다.

9월 21일

공중전이 계속되고 있는데, 그 참혹함은 이루 말할 수 없다! 처칠은 며칠 전 한 연설에서 공습으로 런던에서만 민간인 1만 명이 사망했다고 발표했다. 그런데도 독일군은 더 파괴적인 공격을 감행할 것이라고 한다. 그들은 올가을이면 전쟁이 끝날 것으로 예상하고 있고, 리벤트로프는 막 로마에 다녀왔다. 아프리카 분할을 논의하는 것 같다. 독일, 이탈리아, 스페인의 세 국가만 '새로운 질서'에 따라 이 문제를 결정할 것이라고 한다. 스페인은 언제든 추축국 편에 서서 전쟁에 참전할 것이라는 관측이 나오고 있다. 사람들은 이 불쌍한 나라가 1936~1937년의 내전을 겪은 것만으로도 충분하다고 생각하고 있다.

한편, 독일군은 노르웨이에서 총력을 다해 도로를 재건하고 북쪽 지역에 병력을 집결하고 있다. 이는 러시아에게 군사력을 과시하며 강력한 경고를 보내는 것이다.

나는 이달 15일부터 비밀 '비상 업무'를 시작했다. 너무 조심스러워 이 일을 여기에 적을 생각을 한 번도 못 했다. 일을 시작한 지 이제 일주일이 되었는데, 유럽에서 전쟁의 영향을 이렇게 받지 않은 나라는 스웨덴뿐인 것을 분명히 알 수 있었다. 물론 물가가 눈에 띄게 올랐고, 배급제가 시행되며, 실업률도 높아졌다. 하지만 외국인의 눈에 우리는 여전히 사치스럽게 살고 있는 것처럼 보인다. 우리가 받는 배급량은 충분한 것 같다. 배급받는 모든 것을 돈으로 사서 써야 한다면 말 그대로 빈털터리가 될 것이다.

그리고 어제 온수가 나왔다. 앞으로 일주일에 이틀씩 온수를 공급받을 예정이다.

오늘 신문의 카르 데 뭄마의 칼럼은 이 상황을 재치 있게 묘사했다. '월요일부터 빵 배급이 시작될 테니 식당에 갈 때도 배급표를 가져가야 한다. 어쩌면 덴마크와 같은 풍경이 펼쳐질지도 모른다.'

098~099p

모든 일에 이렇게 익숙해질 수 있다니 정말 놀랍다! 언젠가 평화로운 현관 입구에 걸린 '대피소'라는 푯말을 보고 이상하게 여길 날이 오기나 할까? 문득 이런 생각이 들었다. 지금은 머리 위로 폭탄이 떨어질 때를 대비해 건물 곳곳에 이런 대피 공간을 마련해 둔 것이 당연하게 느껴진다. 그래서 집을 나설 때 계단 아래 파란 글씨로 적힌 '대피소' 푯말을 보거나, 엘리베이터 안에서 공습경보 중에는 사용하지 말라는 안내문을 보고도 아무렇지 않다.

언젠가 손주들이 "대피소가 대체 뭐예요?" 하고 묻는 날이 온다면, 그때는 정말 평화가 찾아온 것이겠지.

9월 26일

어제, 노르웨이에 머물고 있는 독일 국가 판무관 테르보펜이 노르웨이 국민에게 라디오 연설을 했다. 노르웨이가 직접 자기 일을 결정할 수 있을 거라고 희망을 가졌던 사람들은 이 연설을 듣고 곧 실망하고 말았다. 왕실은 폐지되었고 다시는 노르웨이로 돌아올 수 없게 되었다. 뉘고르스볼의 정부도 마찬가지다. 노르웨이에서는 모든 정당 활동이 금지된 상태인데, 크비슬링의 정당인 국민연합•만 예외다. 결국 반역자 크비슬링이 승리했고, 그가 곧 신설될 국무위원회의 자리를 차지할 것으로 예상된다. 이미 임명된 다른 사람들도 모두 크비슬링과 한통속인 인사들이다. 가엾은 호콘 국왕과 올라프, 그리고 메르타! 메르타는 얼마 전 루스벨트 대통령에게 초청받아 세 아이를 데리고 미국으로 떠났다. 호콘 국왕과 올라프도 영국에 머물고 있다. 그리고 오늘 덴마크는 온 국민이 똘똘 뭉쳐 크리스티안 국왕의 일흔 번째 생일을 축하했다. 덴마크는 노르웨이보다는 침공의 피해를 덜 입은 것 같다. 덴마크와 노르웨이 양쪽 모두 자결권은 거의 상실했지만 말이다.

또 다른 소식이 있다. 일본이 인도차이나반도를 침공했고, 프랑스는 지브롤터를 폭격했다. 세계 곳곳에 이런 비참한 일들이 계속되고 있다. 대통령 선거가 끝나면 미국이 전쟁에 뛰

• Nasjonal Samling. 크비슬링이 세운 노르웨이 극우 정당.

어들게 될지 지켜봐야겠다.

9월 29일

이제 일본은 이탈리아 및 독일과 협정을 맺었다. 이 협정에 따르면, 다른 주요 강대국이(즉, 미국이) 영국과 손을 잡으면 일본이 추축국에 합류한다고 한다.

지금 스투레는 여기 앉아 전쟁이 크리스마스 전에 끝날 것이라 큰소리치고 있다. He who lives will see(살아남는 자는 보게 될 것이다).

10월 13일

말도 안 된다. 그건 거짓말이다! 그래도 노르웨이는 자신들의 100~101p
국기를 지켜야 한다.

지난 토요일부터 돼지고기 배급 쿠폰이 도입되었다. 어제는 버터도 배급제로 전환될 것 같아서 아이들을 위해 3~4킬로그램의 버터를 사 뒀다. 그러나 버터 배급에 관한 공지는 기미도 보이지 않는다. 집 냉장고만 버터로 꽉 차 버렸다.

직장에서 읽은 편지들에 따르면 점령된 프랑스에서는 한 달에 200그램의 버터만 제공된다고 한다. 벨기에의 굶주림에 관한 편지도 있었다. 편지들의 내용이 사실이라면, 식량뿐 아니라 옷가지 등 모든 것이 독일로 보내지고 있다. 편지를 읽으면 절망적인 기분에 사로잡히곤 한다. 점령당한 국가들은 모두가,

러시아 치하의 발트 삼국이든 독일이 억압하는 국가들이든, 다른 나라의 압제 아래 말할 수 없는 고통을 겪고 있다. 에스토니아에서는(아마 라트비아와 리투아니아, 그리고 폴란드도 마찬가지겠지만 그곳의 편지를 읽어 보지 못했다.) 누구도 30헥타르가 넘는 땅을 소유할 수 없다고 한다. 반 헥타르라도 초과하면 그 땅은 국유화된다고 한다. 편지를 쓴 이들은 10월 1일부터 모든 물가가 40~50퍼센트 올랐고, 그 전날 상점들은 아수라장이 되었다고 한다. 사람들은 더 이상 큰 집을 가질 수 없고, 개개인들은 지정된 일정한 공간만 사용할 수 있다. 나머지는 '낯선 이들'에게 주어지며, 이 낯선 이들은 임대료도 내지 않는다고 한다. 사람들은 편지에 속속들이 적는 대신 "만나면 다 이야기해 줄게."라고 약속한다. 학교에서 쓰던 영어는 러시아어로 대체되었고, 아이들은 1년에 1,000개의 러시아어 단어를 배워야 한다. 마지막 견진 성사가 진행되었고, 한 소녀는 올해는 크리스마스를 축하하지 못하게 되었다며 슬픔에 빠졌다고 한다.

네덜란드에서 온 편지에서 등화관제에 관해 읽었다. 새로운 법령에 따라 아무도 9시 이후와(아니 10시였던가?) 새벽 4시 이전에 집 밖에 머물러선 안 된다고 한다. 손님이 오면 아주 일찍 집으로 돌아가거나 담요를 가져와 집 안 한구석에서 자야 하는데 그렇게 손님이 4시까지 쉬기 위해 잠잘 구석을 찾을 때도(네덜란드의 믿을 만한 소식통에 따르면) 얼마든지 농담과 웃음이 넘친다고 한다. 1940년이라는 은혜의 해에 이렇게 웃을 일이 생기다니!

내 생각에는 노르웨이가 가장 극심한 고통을 겪는 것 같다. 노르웨이를 돕기 위해 의류 기부 행사가 시작되었고, 나도 몇 가지를 모아 보냈다. 그중에는 오래된 부츠도 있다. 이 부츠는 예전 도보 여행의 추억이 가득 쌓인 물건이다. 언제였는지 확실하지 않지만, 1924년에 샀던 것 같다.

핀란드는 겉으로 평온해 보이지만, 실상은 안전해 보이지 않는다. 핀란드도 스웨덴과 마찬가지로 독일 장병들이 핀란드를 통과해 이동하도록 허가했지만, 실제로 독일군이 핀란드에 머물고 있다는 소문도 있다. 한 소식통에 따르면, 물론 떠도는 이야기지만, 현재 핀란드에 10만 명의 독일군이 주둔하고 있다고 한다. 핀란드는 지금 독일에 모든 희망을 걸고 독일이 러시아로부터 자신들을 보호해 주기를 기대하고 있다. 이런 기대가 과연 현실적인 것인지는 앞으로 시간이 증명해 줄 것이다. 어쨌거나 러시아는 핀란드와 스웨덴 두 나라 모두에게 위협적인 유령처럼 도사리고 있다. 현재 우리는 핀란드 국경 근처의 방위에 집중하고 있다.

요즈음 발칸반도에서는 소란이 끊이지 않는다. 루마니아와 헝가리가 서로 의견 차이를 좁히지 못하고 있다. 독일은 루마니아에 많은 병력을 배치했다. 명목상으로는 부패가 심해지는 루마니아군을 재건하기 위한 조치라지만, 영국은 이에 반발해 루마니아와 외교 관계를 단절하겠다고 위협했다. 작은 나라

그리스도 불안에 떨고 있다. 곧 영국은 '버마로드'•를 개통할 계획이라고 한다. 그것이 무엇을 말하는지 알 수 없지만, 왠지 운명을 좌우하는 중요한 일이 일어날 것 같다.

스웨덴은 여전히 평화롭다. 온갖 편지를 읽다 보면 우리가 누리는 이 기적 앞에서 안도의 한숨이 새어 나온다. 이것은 정말 기적이다. 스웨덴은 아직도 먹을 것이 있고, 케이크와 초콜릿까지 있는 그야말로 슐라라펜란트••이다. 스웨덴을 방문한 핀란드 사람들은 핀란드로 엽서를 보내며, 이곳의 초콜릿과 과일, 케이크에 감탄하곤 한다. 지난겨울에 핀란드와 에스토니아에서는 과실수들이 얼어 버려서 올해는 과일을 거의 찾아볼 수 없다고 한다.

사실 더 비참하고 어떤 말로도 표현할 수 없는 것은, 가엾은 유대인들이다. 비자와 입국 허가서를 구하기 위해 필사적으로 노력하는 그들의 편지를 매일 읽게 된다. 내가 이해하는 한 그들은 고향을 잃고 영원히 뿌리 뽑힌 채 지구 곳곳을 헤매는 것 같다. 요즘 들어 더 많은 사람들이 새해 인사를 건네며 부에노스아이레스에서 힘겹게 정착했거나 텔아비브 폭격으로 목숨을 잃은 친지들의 소식을 묻는다.

그런데 서로 알고 지내던 여자들과 아이들이 어떻게 폭격으

• 제2차 세계 대전 당시 연합군이 중국을 지원하기 위해 만든 군수 물자 보급로. 버마(지금의 미얀마)의 라시오에서 중국의 윈난성 쿤밍까지 뻗어 있었다.

•• Schlaraffenland. 독일 중세 설화에서 유래한 개념으로, 일하지 않고도 풍요가 보장되는 게으름뱅이의 천국이라는 뜻이다. 여러 예술 작품에서 풍자나 이상향의 소재로 등장한다.

로 희생되었는지 적은 편지를 읽으면 참 묘한 감정에 젖는다. 신문에서 그런 기사를 읽으면 어느 정도 믿지 않을 수 있지만, 편지에서 "자크의 두 아이가 룩셈부르크 점령 당시 사망했다." 같은 내용을 읽으면 갑자기 끔찍한 현실로 다가온다. 가엾은 인류여! 편지를 읽으면서 나는 이 가련한 지구가 얼마나 많은 질병과 고통, 슬픔과 실업, 가난과 절망으로 출렁이는지 놀라지 않을 수 없다.

하지만 린드그렌 가족은 잘 지내고 있다! 오늘 나는 잘 먹고 튼튼하게 자란 내 아이들과 극장에 가서 〈소년 에디슨〉을 봤다. 우리는 따뜻하고 쾌적한 집에 살고 있다. 어제는 랍스터와 간으로 만든 파테를 먹었고, 오늘은 달걀 완숙과 거위 간(스투레가 미친 듯이 좋아한다.), 소 혀와 붉은 양배추 요리를 먹었다. 물론 이런 특별한 음식은 토요일이나 일요일에만 먹을 수 있지만, 그래도 나는 양심의 가책을 느낀다. 특히 프랑스인들이 200그램의 버터를 가지고 한 달을 버텨야 하는 것을 생각하면 더욱 그렇다.

나는 전쟁 덕분에 매달 385크로나를 번다. 스투레는 (전쟁 덕분에) 벌써 M•에서 사실상 디렉터가 되었고, 아마 공식 임명도 시간문제일 것이다. 오는 27일에 열리는 다음 중역 회의에서 스투레의 급여 인상안이 결정된다고 한다. 우리는 너무도 잘

• Motormännens Riksförbund. 스웨덴 자동차 협회를 뜻하는 약칭이다.

지내고 있다. 나는 넘치는 감사를 담아 간절히 기도한다. 하느님이 나의 감사에 감동해 계속 사랑을 베풀어 주시고 나와 가족을 하느님의 손길로 붙잡아 달라고.

10월 29일

어제 아침, 이탈리아가 그리스와 전쟁을 시작했다. 그러면서 이탈리아는 "전쟁의 시작은 전적으로 그리스의 책임이다."라고 말한다. 그들은 단지 지중해 동부의 정체된 전선을 좀 더 밀어붙이기 위해 그리스의 몇몇 전략 요충지 사용을 요청했을 뿐인데, 그리스가 거절했다는 것이다. 이탈리아 신문들은 이를 두고 "인내심의 한계에 달했다."라며 분개했다. 과연 영국이 그리스를 구하기 위해 뭔가 할 수 있을까! 영국의 지중해 함대가 강력하긴 하지만 북아프리카에서 자신의 제국을 방어하기 위해 공중전을 벌이는 것만으로도 벅찬 상황이다. 어쨌든 지중해에서 전투가 본격적으로 시작될 것이다. 가엾은 그리스! 유고슬라비아도 그리스를 위해 아무것도 할 수 없다. 개입하는 순간 이탈리아와 독일의 공격을 받게 될 것이다. 루마니아 역시 아무 조치도 취할 수 없고, 불가리아는 아무것도 할 생각이 없다. 터키는 개입할 이유가 충분한 것 같지만 지리적 요건이 불리하다.

그 작고 귀여운 히틀러라는 자는 이 나라 저 나라를 들쑤시고 다닌다. 먼저 프랑스로 가서 페탱을 만나 프랑스와 단독 평화 협정의 큰 틀을 짰고, 그런 다음 스페인으로 가서 스페인을 추축국 측 전쟁에 끌어들이려고 프랑코를 설득하려 했다(하지만 스페인은 영국의 해양 봉쇄를 막아 내기도 버거운 형편이라, 히틀러의 시도가 성공할 가능성은 낮아 보인다.). 그 후 히틀러는 피렌체에서 무솔리니를 만나 이번 그리스 전쟁을 계획했다. 결국 이 모든 것은 이미 오래전부터 결정된 일이었던 셈이다.

지난주 10월 24일, 스웨덴에서는 역사상 가장 큰 인명 피해 사고가 발생했다. 핀란드 국경 근처인 아르마스예르비에서 102명을 태운 군용 선박이 거친 폭풍으로 침몰해 젊은 군인 46명이 목숨을 잃었다.

11월 6일

프랭클린 루스벨트가 미국 대통령에 세 번째로 당선되었다. 미국 역사상 전례 없는 일이다. 많은 이들이 윌키의 승리를 점치기도 했지만 뚜껑을 열어 보니 루스벨트의 압도적인 승리였다. 이 소식에 영국에서 환호성이 터져 나오고 있다. 이로써 미국의 참전을 기대할 수 있게 되었으니까.

이번 전쟁에 처음 도입된 배급표는 이런 모양이다. 줄이 그 102~103p
어진 A8 배급표는 마가린을 사는 데 사용했던 것으로 기억한다.

처음 지급된 배급표로는 설탕과 커피, 비누와 세탁 세제를 구할 수 있었다. 현재까지 우리는 설탕, 커피, 차, 코코아, 밀가루, 빵, 세제, 돼지고기 배급표를 받았고, 아마 이것이 전부일 것이다. 원래 4주였던 배급 주기가 7주로 늘어나면서, 지금 커피가 천천히 바닥을 보이고 있다. 다른 배급품들은 비교적 넉넉한 편인데, 얼마 전 한 여자의 편지에서 "설탕은 너무 적고 밀가루는 얼마 되지 않으며 돼지고기는 아예 구할 수 없다."라는 불평을 읽었다. 그사이 사람들이 버터를 얼마나 사재기해 두었는지, 도시 전체를 뒤져 봐도 버터 한 조각 구할 수 없는 상황이다. 차라리 버터도 배급제로 바꾸는 것이 낫겠다. 그런데 우리의 식량 부족은 독일군이 자신의 식량을 스웨덴에서 강제로 징발하기 때문이라는 소문이 돌고 있다. 정부는 이러한 주장을 강력하게 부인하지만, 내가 보기에도 그럴 것 같다.

오늘 직장에서 편지 한 통을 읽으면서 소름이 돋았다. 더없이 거룩한 아기 예수 스벤 스톨페•가 핀란드의 한 여자에게 보낸 편지였다. 그는 독일이 핀란드에서 오는 우편물을 검열하고 있다고 전했다. 그가 받은 편지에는 분명 '독일 국방 사령관 로바니에미'라는 도장이 찍혀 있었다고 한다. 만약 이 편지가 사실이라면 — 물론 그럴 조짐은 보였지만 — 우리가 원하든 그렇지 않든 독일은 북유럽 전체를 장악하고 우리를 질질 끌고 가는 것이다. 수많은 편지를 보면 알 수 있듯이, 스웨덴 국민 전체가 이런 사실을 인식하는 것 같다. 얼마나 기이한 정치적 조합이 생겨날 수 있는지 어처구니가 없다. 북유럽 전체의 마

• 스웨덴의 작가이자 저널리스트. 기독교적 가치를 강하게 옹호하는 작가라서 '거룩한 아기 예수'라는 표현을 쓴 것으로 보인다.

음과 영혼은 민주주의로 향하기 때문에 독일식 독재 체제와 타협은 불가능하다. 독일과 러시아는 원래 철천지원수였다. 아니, 적어도 양국의 이데올로기는 완전히 상반된 것이었다. 하지만 두 나라는 이제 동맹국이 되었다. 나는 스웨덴 전체가 압도적으로 영국과 친밀한 성향을 띠고 있다고 생각하지만, 그럼에도 우리는 독일과 협력할 수밖에 없는 처지다. 핀란드는 독일군의 주둔을 러시아의 방패막이로 이해하고 있다. 하지만 이런 상황이 계속되면 결국, 러시아와 독일이 갈라서고 핀란드와 독일이 스웨덴의 도움을 받아 러시아에 맞서 전쟁을 벌이게 될 것이다. 그러면 우리는 독일 편에서 싸우게 되고 결국 영국과 적이 되는 셈이다. 이런, 이런…… 이런 난장판이라니!

작은 나라 그리스가 용감하게 싸워 승리를 거두고 있는데, 이는 이탈리아군이 그리스군보다 훨씬 무능하기 때문일 것이다.

이제 첫눈이 왔고 전쟁이 시작되고 두 번째 겨울이 찾아왔다. 이 겨울에는 유럽 모든 이들이 흘리는 눈물과 궁핍, 곤경과 비애, 그 모든 것이 담겨 있다.

11월 10일

언제나 우산을 들고 다니며 항상 모임에 지각하던, 친절한 노신사이자 1938년 평화의 비둘기였던 네빌 체임벌린이 어제저녁 세상을 떠났다. 우리는 그를 깊이 존경했다. 그가 어떻게든 전쟁을 피할 길을 찾아낼 것 같았다. 그는 이 전쟁이 어떻게 끝날지 더는 보지 않게 되었고, 그건 그를 위해 잘된 일일 것이다.

1938년 9월, 전쟁의 먹구름이 위협적으로 몰려들던 무렵의 불안했던 나날을 나는 결코 잊지 못한다. 우리는 체임벌린이 우산을 옆구리에 끼고 뮌헨을 향해 담대히 비행기에 오르던 모습을 감탄 어린 눈으로 바라보았다. 그의 노력으로 상황이 진정되었고 천년 왕국이 도래했다고 믿었다. 물론 체코슬로바키아는 제외해야겠지만• 전 세계의 찬사가 그를 향했다. 하지만 채 1년도 되지 않아 히틀러는 또다시 도발을 시작했다. 체임벌린은 친절만으로는 아무 소용이 없다는 것을 깨달았지만, 때는 너무 늦어 버렸다. 그 이후부터 그는 엄청난 비난을 받았고 민주주의의 무능함을 상징하는 대표적 인물이 되어 버렸다. 한 익살꾼은 체임벌린을 두고 독일의 비밀 병기라고 떠벌리기도 했다. 뮌헨 암살 미수 사건이 벌어지고 나서 독일이 영국을 배후로 지목하자 사람들은 이렇게 말했다. "그게 체임벌린의 계획이었던 건 분명해. 폭탄이 10분이나 늦게 터졌잖아."•• 어쨌거나 그는 아주 온화한 성품의 노신사였고, 나는 그가 분쟁만 일삼는 고통스러운 이 행성에서 벗어나 다행이라고 생각한다. 아마도 하느님은 그에게 천국의 좋은 자리를 내주실 거다. '온유한 자는 복이 있나니.' 그가 그곳에서 평화롭게 자신의 우산

• 뮌헨 협정으로 체코슬로바키아의 수데티(주데텐란트)가 독일에 양도되었다.
•• 늘 모임에 지각하던 체임벌린의 습관을 풍자하는 한편 독일의 주장이 터무니없음을 비꼬는 말이다.

을 펼치고 앉아 있길.

11월 15일

어제 나는 서른세 살이 되었다. 아침에 아이들과 남편이 가방과 반짇고리를 선물로 들고 와서 나를 깨웠다. 카린은 프릴이 달린 하늘색 무용복을 입고 있었다. 저녁에는 붉은 양배추를 곁들인 오리 요리를 먹었고 케이크까지 연달아 먹었다. 팍팍한 생활은 흔적도 찾아볼 수 없다. 고향에서 다양한 식료품과 버터 2킬로그램이 담긴 엄청난 상자가 왔다. 요즘 같은 때 이보다 더 좋은 생일 선물을 받을 수는 없을 것이다. 요즘 스톡홀름에서는 사재기 때문에 버터 구하기가 여간 힘든 게 아니다. 장을 볼 때마다 아주 작은 조각의 버터만 살 수 있다. 하지만 다른 지역은 버터가 부족하지 않은가 보다. (사실 우리가 엄청난 물량을 핀란드로 보냈는데, 독일 군대는 아마도 자신들을 위해 사용할 것이다.)

지난번 일기를 쓰고 나서 두 가지 큰 사건이 일어났다. 한 가지는 루마니아에서 지진이 일어나 수만 명이 목숨을 잃은 것이고, 다른 하나는 몰로토프가 히틀러를 방문한 것이다. 스웨덴 국민은 물론, 아마 다른 나라 사람들도 모두 이번 방문이 어떤 결과를 가져올지 골머리를 앓고 있다. 독일은 필요하다면 비열한 거래도 서슴지 않을 것이다. 우리는 이 거래가 발칸반도를 둘러싼 문제일 것으로 보고 있다. 하지만 발칸반도의 나라들은 이 문제가 우리와 관련된 것이길 바라고, 또 그렇게 믿고 있는 것 같다.

11월 17일

어제저녁, 알베르트 엥스트룀이 세상을 떠났다. 올해 들어 벌써 세 번째로 위대한 인물이 우리 곁을 떠났다. 처음에는 셀마 라겔뢰프, 그다음에는 헤이덴스탐, 이번에는 알베르트다. V 부인이 말했듯, "자랑할 만한 일인지는 모르겠지만", 그는 우리 할머니 사촌의 아들이다.

11월 23일

그리스가 마침내 이탈리아를 자국 땅에서 몰아냈고, 이제는 알바니아에서 격렬한 전투를 치르고 있다. 곧 독일이 개입해서 곤경에 빠진 추축국 동맹 이탈리아를 도와야 할 것이다. 이탈리아는 한 번도 혼자서 끝까지 전쟁을 수행한 적이 없다. 영국 사람들은 이렇게 말한다. "공평한 거지. 지난 세계 대전에서는 우리가 이탈리아를 동맹국으로 두었는데, 이번은 독일 차례야."라고. 불가리아의 보리스 국왕이 히틀러를 만났고, 헝가리는 추축국과 조약•을 체결했다. 터키는 전쟁 준비 중이다.

핀란드는 초긴장 상태라고 한다. 나는 편지에서 항코 근처의

• 1940년 독일, 이탈리아, 일본이 체결한 추축국 군사 동맹인 삼국 동맹을 말한다. 헝가리는 11월 20일 삼국 동맹 조약에 가입했다.

탐미사리•• 등 몇몇 곳의 주민 대피 소식을 읽었다(거짓말이다!). 그뿐 아니라 독일의 핀란드 철수처럼 우리를 매우 불안하게 하는 소식도 있다. 하지만 브리타 브레데가 말하길, 어제 핀란드에 있는 시동생 말에 따르면 러시아군도 항코에서 철수하고 있다고 한다. 이 사실로 미루어 히틀러와 몰로토프가 이른바 'gentlemen's agreement(신사 협정)'을 맺었다고 볼 수 있을까? 핀란드에 주둔한 군대를 다른 곳에 배치하기 위해 군대 철수를 합의했을지도 모른다. 얼마 전 스톡홀름의 그랜드 호텔에 묵고 있는 독일 육군 소장이 바사에 있는 호텔에 머무는 중위에게 보낸 편지를 읽었다. 편지에는 "1940년 가을 라플란드에서의 노고에 감사한 기억을 담아."라는 문구와 발신자 사진이 첨부되어 있었다. 또한 그는 만네르헤임에게 '핀란드 백장미 훈장'을 받았다는 소식도 전했는데, 그가 대체 무슨 이유로 훈장을 받았는지 궁금하다. 이어서 그는 자신과 편지 수신인이 전쟁이 이끄는 대로 다른 전장에서 다시 만나기를 바란다며, "그렇게 되면 정말 멋진 일이 될 것이다."라고 썼다. 하지만 전쟁이 마침내 종지부를 찍는 일이야말로 '정말 멋진 일'이 될 것이다.

어젯밤 프레드리크 뵈크가 쓴 《독일의 본질과 스웨덴의 해법》을 읽었다. 이 책은 벌집을 쑤셔 놓은 것처럼 엄청난 논란

•• Tammisaari. 핀란드 우시마 지역에 있던 도시. 스웨덴어로는 에케네스(Ekenäs)라고 한다.

을 불러일으키고 있다. 에위빈드 욘손이 딕토니우스에게 보낸 편지에서 말했듯이, 뵈크는 그 누구보다 철저한 기회주의자이다. 그는 바람 부는 대로 그때그때 입장을 바꾸는 사람처럼 보인다. 요즘에는 북유럽에 거센 바람이 불고 있다. 물론 뵈크가 나치즘의 심리적 뿌리에 대해 말하는 부분은 상당히 그럴듯해 보인다. 그러나 '마지막 날의 진리'에 따라 새로운 질서를 받아들이는 것이 이익이라는 그의 맹목적이고 순진한 믿음에는 (그가 진짜 그렇게 믿는다면) 도저히 동의할 수 없다. 나는 오라니엔부르크와 부헨발트에 강제 수용소를 짓는 정권을, 1938년 가을의 포그롬•을 계획하고 지원했으며 총통의 사진을 찢었다는 이유로 노르웨이 소녀를 1년 동안 감옥에 가둔 정권을 절대 신뢰할 수 없다.

11월 30일

1년 전, 정확히 1년 전 오늘, 핀란드 전쟁이 시작되었고, 나는 이 날을 잊지 못한다! 고통과 절망으로 가득 찬 끝없는 날들의 시작이었고, 우리의 고통과 절망이 최고조에 달한 끝에 혹독한 평화의 날을 맞은 것 같다. 그날, 스웨덴에 있던 우리 모두는 핀란드 사람들이 우리에게 얼마나 원한을 품고 있는지 뼈저리게 깨달았다. 우리 모두 핀란드를 돕기 위해 할 수 있는 모든

• 특정한 민족 집단(특히 유대인)에 대하여 일어나는 폭동과 학살.

것을 했음에도 불구하고 말이다. 하지만 우리는 가장 결정적이고 중요한 일인 적극적인 군사적 개입만은 외면했다. 거의 모든 스웨덴 사람이 감정적으로 격앙되었고 적극적인 개입을 원했음에도, 우리의 현명한 정부는 우리를 막아 세웠다. 당시에는 정부를 경멸하고 혐오했지만 그 후 세계에서 일어난 일들을 보면 정부의 판단이 옳았다는 게 증명되었다. 하지만 지난겨울에 우리는 그런 사실을 알 수 없었고, 핀란드 군인들이 가혹한 전장에서 죽을힘을 다해 홀로 싸워야 한다는 사실에 몸서리쳤다. 이제껏 어떤 민족이 다른 민족의 고통에 이처럼 깊이 공감하며 괴로워한 적이 있을까? 우리는 핀란드를 향한 불행한 사랑으로 아파하며 우리가 줄 수 있는 모든 것을 핀란드로 보냈다. 수억 크로나에 이르는 돈, 무기, 탄약, 옷, 식량, 혈액, 스키, 말 담요, 구급차, 의료 인력, 미친 듯이 뜨개질해 만든 털옷, 결혼반지, 그 외에 내가 알지 못하는 많은 것을 모아 보냈다. 수천 명의 핀란드 어린이를 스웨덴으로 데려왔고, 핀란드를 위해 휴일에도 공장을 돌렸으며 사람들은 매달 하루치 임금을 기부하는 등 끝없이 도왔다. 그럼에도 우리는 늘 충분하지 않다는 끔찍한 무력감에 사로잡혔다. 하지만 평화가 찾아왔을 때 핀란드인들이 우리를 향해 느꼈던 씁쓸함과 원망은 분명히 사라졌다. 핀란드 사람들은 전반적으로 스웨덴에 감사하고 있다. 스웨덴이 없었다면 전쟁의 결과는 훨씬 불행했을 것이기 때문이다. 내가 살아 있는 한 1939~1940년의 핀란드 전쟁을 결코 잊지 못할 것이다. 국민 전체가 자신의 한계를 뛰어넘어 자유를 지키기 위해 투쟁한 '영광의 겨울', 하얀 위장복을 입고 싸운 핀란드의 군인들, 상상도 못 할 혹독한 추위, 카렐리야 지협의 수오무살미와 페차모에서 벌어진 믿을 수 없는 전투, 이 모든 것을 온 마음을 다해 간직할 것이다. 이 기억은 그 어떤 것과도 비교할 수 없고, 그 겨울에 느낀 감정 역시 그 무엇과도 비교할 수 없다.

12월 10일

스웨덴과 노르웨이의 관계가 뒤틀리고 있다. 노르웨이 사람들을 향한 우리의 감정은 달라진 것이 없지만, 노르웨이 사람들이 우리에게 적대적이라는 이야기가 계속 들려온다. 그들은 노르웨이 전쟁 당시 우리가 독일군의 스웨덴 통과를 허가했다고 생각한다. 실제로 전쟁 중에 '의무병'과 식량을 실은 34량의 화물 열차가 스웨덴을 통과했다고 한다. 이 말이 사실인지는 알 수 없지만, 그들이 이렇게 믿는 데는 분명 근거가 있을 것이다. 노르웨이인들의 분노를 부추기는 것은 당연히 독일이다. 노르웨이에서 들리는 소식은 유쾌하지 않다. 그곳에서 실제로 테러가 일어나고 있지만, 노르웨이 사람들을 굴복시키지는 못했다. 어쨌거나 노르웨이의 국민연합과 크비슬링은 국민들을 통제하는 데 성공하지 못한 것 같다. 크비슬링은 최근에 베를린에 갔는데, 독일이 노르웨이를 이런 식으로 통제할 수 없다는 것을 깨닫길 바랄 뿐이다.

오늘도 히틀러의 연설이 있었지만, 사실 좀 힘이 빠져 보였다. 그는 독일이 군사적으로나 경제적으로 승리할 것이라고 주장했지만, 설득력이 거의 없었다. 얼마 전 독일에 초청받은 스웨덴의 한 언론인은 스투레에게 독일 국민조차 더는 승리를 믿지 않는다고 말했다. 언제나 그랬듯이 시간은 영국에 유리하게 흘러가고 있다. 그토록 떠들던 독일의 대대적인 침공이 아직 일어나지 않은 것을 보면 독일이 정말 승리할지 의심할 수밖에 없다.

이탈리아에 대해서는 말할 것도 없다! 그리스가 알바니아에서 이탈리아 군대를 점점 더 밀어내고 있고, 북아프리카에 있는 이탈리아 군대도 가망이 없어 보인다. 참모 총장 바돌리오 원수를 비롯한 고위 인사들이 자리에서 물러났다. 이러한 인사 교체는 약세를 드러내는 확실한 신호로, 무솔리니는 무척 위축되어 있다고 전해진다. 오늘 저녁 《아프톤블라데트》에 따르면, 그리스 원정 실패의 모든 책임은 치아노 백작에게 돌아갔다고 한다.

아, 핀란드 대통령 칼리오가 건강상의 이유로 사임했다는 사실을 깜빡 잊고 적지 않았다. 그는 국민에게 깊은 존경을 받고 있다. 그의 후임으로 거론되는 가장 유력한 인물은 뤼티지만, 키비매키나 파시키비도 가능성이 있다고 한다. 사실상 뤼티가 될 것이 거의 확실하다.

12월 21일

그제, 19일, '칼리오는 아무도 돌아올 수 없는 곳으로 떠났다.' 그의 후임으로 뤼티가 선출된 뒤였고, 칼리오와 그의 아내는 니발라에 있는 집으로 돌아갈 예정이었다. 만네르헤임과 뤼티, 헬싱키 주민들이 역까지 나와 그를 배웅했다. 그들은 〈비에르네보리 사람들의 행진곡〉을 연주했고, 대통령 부부는 길 양쪽으로 타오르는 횃불을 따라 걸음을 옮기고 있었다. 그때 칼리오가, 품위 있는 작은 몸집의 대통령이 바닥으로 털썩 주저앉을 뻔했다. 만네르헤임이 팔을 뻗어 부축하지 않았더라면 칼리오는 그대로 땅에 쓰러졌을 것이다. 사람들이 그를 기차로 옮겼고, 그는 그곳에서 마지막 숨을 거뒀다. 고귀한 핀란드의 심박이 멈췄다. 아마 이보다 더 극적인 방식으로 국민과 이별할 수는 없었을 것이다. 그는 스웨덴에서도 큰 사랑을 받았는데, 오늘 우리가 받은 편지들을 봐도 분명히 알 수 있다.

리비아 사막에서는 영국과 이탈리아의 격전이 계속되는데, 이탈리아군이 궁지에 몰리고 있다. 빵 한 조각, 물 한 방울, 탄창 하나까지도 긴 거리를 운반해야 하는 사막에서 어떻게 전쟁을 치를 수 있다는 말인가? 더구나 오늘 들어온 정보에 따르면 영국 함대가 아드리아해로 출발했고, 이로써 알바니아에 주둔 중인 이탈리아 군대가 처참한 상황에 내몰렸다. 이제 영국군이 이탈리아를 침공할 가능성까시 생각해 볼 수 있게 되었다. 스투레는 불쌍한 이탈리아군에 관해 우스꽝스러운 이야기를 들려주었다(하지만 이탈리아와의 무역 협정이 체결될 때까지 언론에서는 이탈리아를 비웃는 농담이 금지되어 있다.). 프랑스에서는 프랑스군과 이탈리아군이 비무장 지대 양측에서 대치하고 있는데, 스투레 말로는 프랑스군이 거대한 표지판을 하나 세웠다고 한다. "그리스는 멈춰라! 이곳부터 프랑스 영토다!"•

그 외에 보포르스 군수 공장에서, 더 정확히 말하면 비에르크보른 공장에서 끔찍한 사고가 났다. TNT••에 불이 붙으면서 엄청난 폭발이 있었고, 이로부터 걷잡을 수 없이 불이 번졌다. 8명이 목숨을 잃었는데, 피해 규모는 알려지지 않고 있다. 신문에서는 그러한 세부 정보를 공개하는 것이 금지되어 있다.

12월 28일

크리스마스가 지났다. 전쟁이 터지고 두 번째 맞는 크리스마스였다! 이번 크리스마스이브에 폭탄은 떨어지지 않았다! 베를린에서도 런던에서도 공습 사이렌이 울리지 않았다. 스웨덴에서는 전과 다름없이 크리스마스를 축하했다. 우리는 늘 그랬듯 정말 많은 음식을 배불리 먹었다. 크리스마스를 맞아 이럴 수 있는 나라는 유럽에서 스웨덴뿐일 것이다.

우리 린드그렌 가족은 예년처럼 네스에서 크리스마스를 보

• 그리스군에 밀려 너무 약화된 이탈리아군을 조롱한 유머로 보인다.

•• 트라이나이트로톨루엔. 톨루엔에 질산과 황산의 혼합물을 작용시켜 얻는 화합물. 폭약으로 널리 쓰인다.

냈다. 막 M의 디렉터로 임명된 스투레는 이등석을 타고 가야 한다고 고집했고, 그 덕분에 여행은 조금도 힘들지 않았다. 크리스마스 다음 날 스투레와 나는 다시 돌아왔지만(어쨌든 나도 출근해야 했다.), 아이들은 네스에 계속 머물 예정이다. 우리는 처음으로 잉예르(잉바르의 딸)를 보았다. 크리스마스이브 저녁에는 사무엘 아우구스트와 한나의 자녀들, 손주들, 그리고 사위와 며느리들까지 크리스마스 만찬을 나누기 위해 모두 모였다.

1940년 크리스마스를 맞아 나뿐 아니라 스웨덴 사람 대부분 이렇게 느낄 것이다. 평온하고 고요한 집에서 크리스마스를 보내는 것은 순전한 은총이며 과분한 축복이라고. 실제로 많은 사람들이 크리스마스를 병영에서 보내야 한다. 다행히 여성 방위 봉사자들이 병영을 돌며 크리스마스 선물을 나눠 줬고, 이 선물로 병영에는 분명 축제 분위기가 감돌았을 것이다.

하지만 시아버지는 조금도 행복한 크리스마스를 보내지 못하셨다. 어제 시아버지가 극심한 통증 때문에 보트와 구급차를 갈아타며 푸루순드에서 스톡순드에 있는 베타니아 재단 병원으로 이송되었다. 그는 이제 자신의 그림자에 불과하다. 아마 더는 오래 사시지 못할 것 같다. (1940년 12월 30일 사망.)

전쟁에 관한 한, 이탈리아 상황이 급격하게 악화되는 것만 빼면 요즈음 특별히 주목할 사건은 없다. 처칠은 이탈리아 국민에게 연설하면서, 한 사람이 이탈리아를 파멸의 길로 몰고 간다고 강조했다.

재미있는 이야기 하나.

: 베를린에서 떠도는 짓궂은 소문에 따르면, 크비슬링이 히틀러에게 찾아가 자신의 권력 투쟁을 다룬 책 제목을《나의 작은 투쟁》•으로 달아도 될지 허락을 받았다고 한다.

"정말 개탄스러운 일이 우리 시대에도 여전히 벌어지고 있다." 현재, 작년 12월 1일에 열 살짜리 예르드 요한손을 유괴, 성폭행, 살해한 혐의로 기소된 올레 묄러의 재판에 국민의 관심이 온통 쏠려 있다.

오늘 저녁에 나는 한스의 신간《내가 결코 만나지 못한 그녀》를 끝까지 읽었다.

• 히틀러의《나의 투쟁》을 모방하며 히틀러에게 아첨하는 모습을 조롱한 것이다.

아스트리드와 두 자녀, 카린과 라르스.

불카누스가탄의 아파트 앞에서, 1940년.

Hitler talar inför tyska riksdagen.

Världens herre – vilddjuret
i Uppenbarelseboken – en
gång en liten okänd tysk
hantverkare, sitt folks upp-
rättare och (enligt min och
mångas åsikt) ödeläggare oc
kulturskymningsmakare – va
skall hans slut bli? Får man e
gång anledning att säga: Sic
transit gloria mundi.

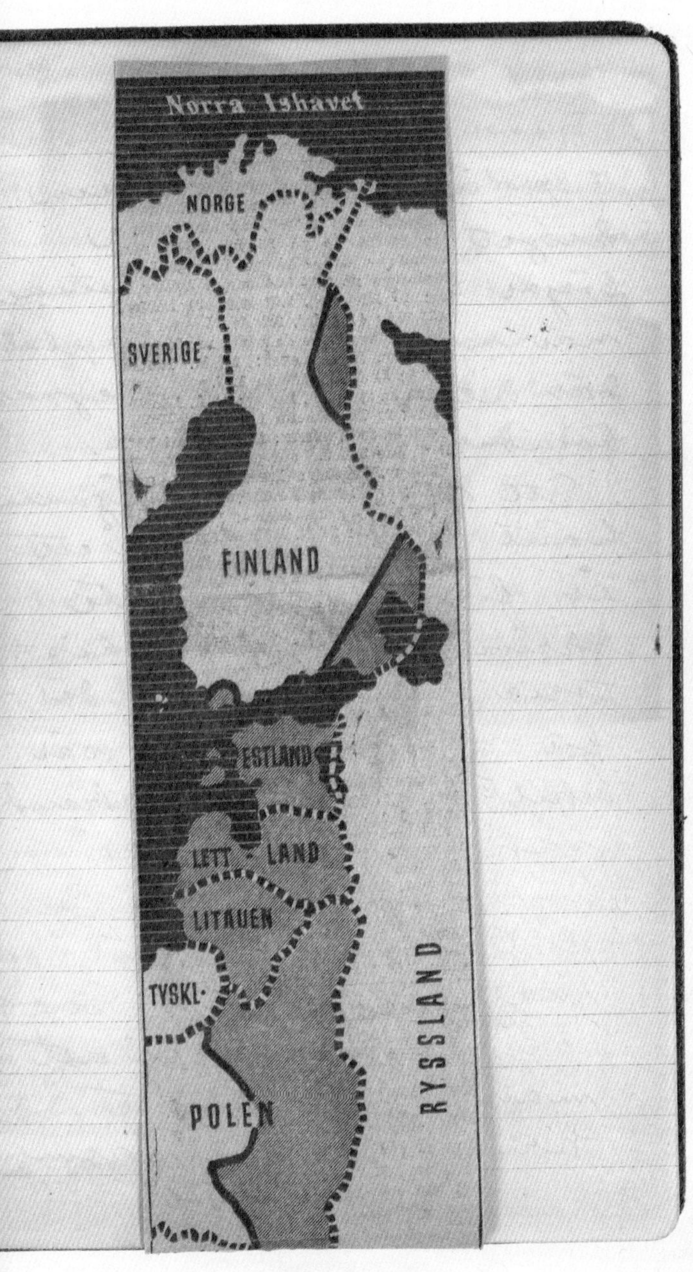

왼쪽 '히틀러의 마지막 호소', 《다겐스 뉘헤테르》(이하 DN), 1940년 7월 20일.
오른쪽 출처 알 수 없음.

dragelsen så här:

Varmvattnet kom tillbaka och var sig tämligen likt, kanske inte fullt lika varmt som sist. Vid nedstigandet i det vimpelprydda karet (badrumstaket är ljusblått och handmålat av fru Zarah Leander) deklamerade hembiträdet Hildur ett par dikter av Pär Lagerkvist. Hovkapellet spelade uvertyren till "Kyska Susanna", och sångsällskapet "De Svenske" under ledning av musikdirektör Emil Carelius tonade fram "Stilla flyter Don".

Ack ja, det var en baddag som stockholmaren sent kommer att glömma. Men så hade han heller inte fått något bad sedan i mars månad.

★

Från och med måndag är det ransonering även på mjukt bröd, så nu måste man ha med sig kuponger på restauranger också. Kanske det blir ungefär som vidstående bild från Danmark:

de tyska divisio

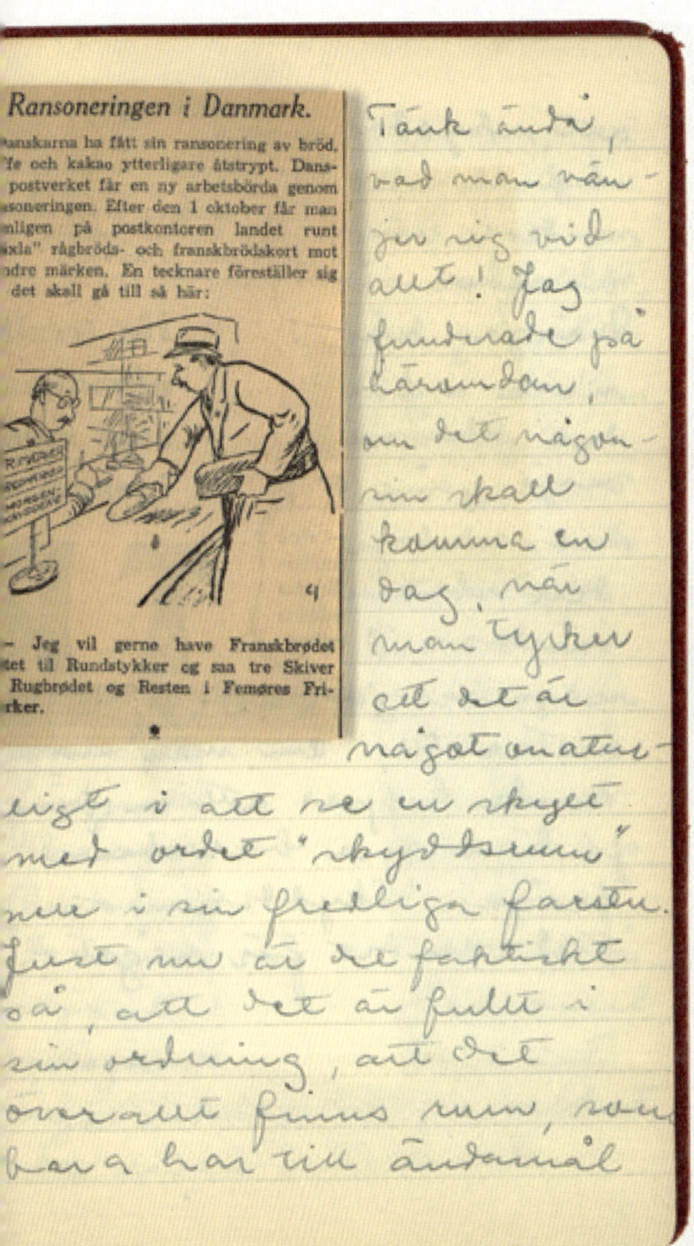

Ransoneringen i Danmark.

anskarna ha fått sin ransonering av bröd, ffe och kakao ytterligare åtstrypt. Dans- postverket får en ny arbetsbörda genom asoneringen. Efter den 1 oktober får man mligen på postkontoren landet runt äxla" rågbröds- och franskbrödskort mot ndre märken. En tecknare föreställer sig det skall gå till så här:

– Jeg vil gerne have Franskbrødet tet til Rundstykker og saa tre Skiver Rugbrødet og Resten i Femøres Fri- rker.

Tänk ändå, vad man vänjer sig vid allt! Jag fundrade på häromdan, om det någonsin skall komma en dag, när man tycker att det är något onaturligt i att se en skylt med ordet "skyddsrum" inne i sin fredliga farstu. Just nu är det faktiskt så, att det är fullt i sin ordning, att det överallt finns rum, som bara har till ändamål

왼쪽 카르 데 뭄마의 레뷔(희극 무대극), DN, 1940년 9월 21일.
오른쪽 '덴마크의 배급', 살롱 갈린, DN, 1940년 9월 21일.

D.N. 4 okt. 1940.

Norge får ny flagga, stortinget avskaffa

För att symbolisera brytningen med det gamla skall Norge få en ny flagga, meddelade Quisling i ett tal på torsdagen. Flaggan skall vara röd med gult kors. Norge skall organiseras som korporativ stat, och stortinget skall ersättas med ett riksting, uppdelat i ett näringsting och ett kulturting.

De norska politiker i administrationsrådet som drivit underhandlingar med tyske kommissarien Terboven ha nu tvingats avstå från alla tidigare innehavda förtroendeposter.

Norges flagga: röd med vit mörkblått kors, som nu skall s

13 okt. 1940.

Nej, det var lögn! Det är viss meningen, att norrmännen skall få ha sin flagga kvar.

Förra lördagen blev det fläskkort, och nu (i går) var vi allmänt inställda på smö kort, varför jag — för mina barns skull — hamstrade tre eller fyra kilo smör

de tyska divisio

men inga smörkort hördes av.
Så där står jag med mitt smör-
fyllda kylskåp.
I det ockuperade Frankrike
får dom 200 gr. smör i måna-
den enligt uppgift i våra
brev. Breven förmäler också
om svält i Belgien. Allt,
både kläder och mat, skickas
till Tyskland om man får
tro brevskrivarna. Ibland
blir man tröstlös till mods,
när man sitter och läser.
Alla dessa ockuperade
länder, antingen det nu
är de baltiska staterna
under Ryssland, eller
de länder, Tyskland under-
kuvat, lider hårt under
det främmande oket.
I Estland (och förmodligen

'노르웨이에 새로운 국기가 생겼고 의회는 폐지되었다',
DN, 1940년 10월 4일.

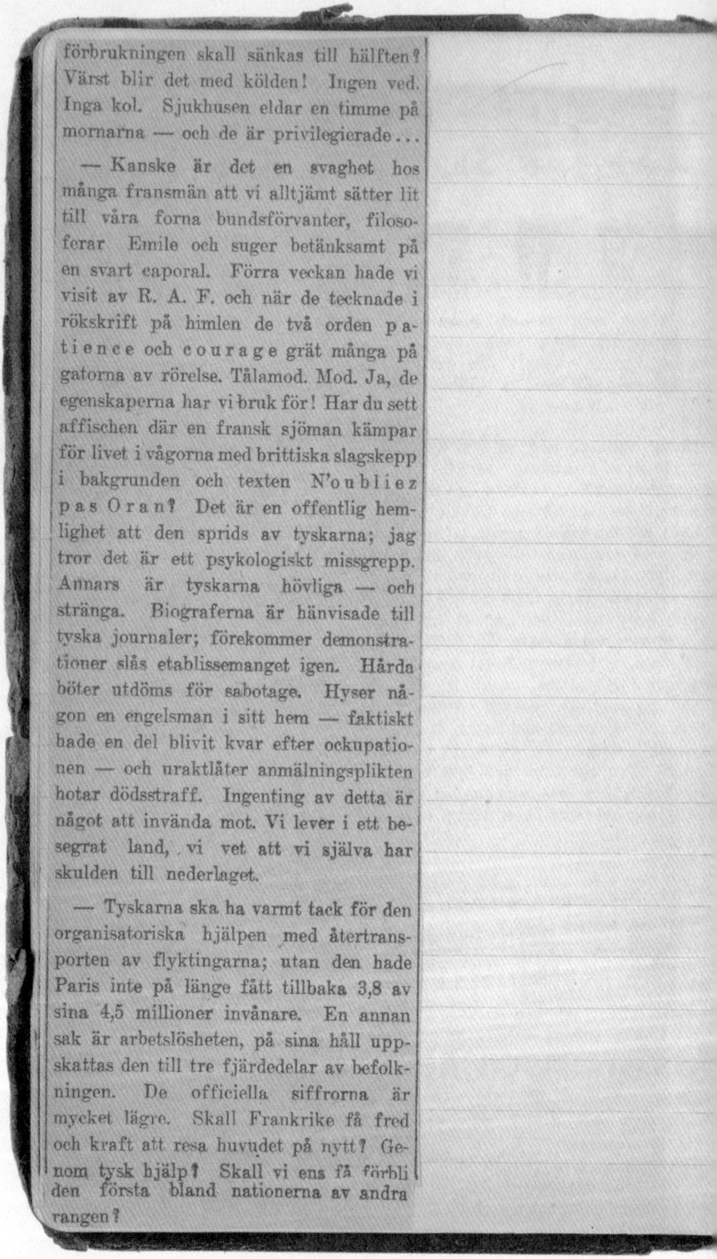

förbrukningen skall sänkas till hälften? Värst blir det med kölden! Ingen ved. Inga kol. Sjukhusen eldar en timme på mornarna — och de är privilegierade...

— Kanske är det en svaghet hos många fransmän att vi alltjämt sätter lit till våra forna bundsförvanter, filosoferar Emile och suger betänksamt på en svart caporal. Förra veckan hade vi visit av R. A. F. och när de tecknade i rökskrift på himlen de två orden patience och courage grät många på gatorna av rörelse. Tålamod. Mod. Ja, de egenskaperna har vi bruk för! Har du sett affischen där en fransk sjöman kämpar för livet i vågorna med brittiska slagskepp i bakgrunden och texten N'oubliez pas Oran? Det är en offentlig hemlighet att den sprids av tyskarna; jag tror det är ett psykologiskt missgrepp. Annars är tyskarna hövliga — och stränga. Biograferna är hänvisade till tyska journaler; förekommer demonstrationer slås etablissemanget igen. Hårda böter utdöms för sabotage. Hyser någon en engelsman i sitt hem — faktiskt hade en del blivit kvar efter ockupationen — och uraktlåter anmälningsplikten hotar dödsstraff. Ingenting av detta är något att invända mot. Vi lever i ett besegrat land, vi vet att vi själva har skulden till nederlaget.

— Tyskarna ska ha varmt tack för den organisatoriska hjälpen med återtransporten av flyktingarna; utan den hade Paris inte på länge fått tillbaka 3,8 av sina 4,5 millioner invånare. En annan sak är arbetslösheten, på sina håll uppskattas den till tre fjärdedelar av befolkningen. De officiella siffrorna är mycket lägre. Skall Frankrike få fred och kraft att resa huvudet på nytt? Genom tysk hjälp? Skall vi ens få förbli den första bland nationerna av andra rangen?

Så här såg de första ranso-
neringskorten ut under
detta kriget.
Den över-
strukna ku-
pongen A 8 fick vi margarin
på, minns
jag.
Inköpskort A
Ser. 1 Nr 091754
för Lindgren Astrid Anna Emilia
(efternamn) (förnamn)
bostadsadress Vulcanusgatan 12
Lös kupong gäller ej. Detta kort får ej överlåtas! Kupong gäller för den varumängd och under den tid, som kungöres i radio, i pressen och genom offentliga anslag. Missbruk medför straffpåföljd.
PARAGON - STHLM
A8
Inköpskort A
Ser. 1 Nr 091755
för Nils Sture Lindgren
(efternamn) (förnamn)
bostadsadress Vulcanusgatan 12
Lös kupong gäller ej. Detta kort får ej överlåtas! Kupong gäller för den varumängd och under den tid, som kungöres i radio, i pressen och genom offentliga anslag. Missbruk medför straffpåföljd.
PARAGON - STHLM
Inköpskort A
Ser. 1 Nr 091753
för Lindgren Karin
(efternamn) (förnamn)
bostadsadress Vulcanusgatan 12
Lös kupong gäller ej. Detta kort får ej överlåtas! Kupong gäller för den varumängd och under den tid, som kungöres i radio, i pressen och genom offentliga anslag. Missbruk medför straffpåföljd.
PARAGON - STHLM
A8
Inköpskort A
Ser. 1 Nr 091752
för Lindgren Lars
(efternamn) (förnamn)
bostadsadress Vulcanusgatan 12
Lös kupong gäller ej. Detta kort får ej överlåtas! Kupong gäller för den varumängd och under den tid, som kungöres i radio, i pressen och genom offentliga anslag. Missbruk medför straffpåföljd.
PARAGON - STHLM

왼쪽 출처 알 수 없음.
오른쪽 배급표, 1940년.

사진 제목 히틀러가 독일 제국 의회에서 발언하다. 096p

지도 (위쪽부터) 북극해, 노르웨이, 스웨덴, 핀란드, 에스토니아, 라트비아, 리투아니아, 독일, 폴란드. (옆) 러시아. 097p

다시 온수가 나오고 큰 변화는 보이지 않는다. 온수는 예전만큼 따뜻하지 않을 수 있다. 우리가 작은 깃발로 장식된 욕조(목욕탕 천장은 하늘색으로 사라 레안데르 부인이 직접 칠했다.)에 들어가자 가사 도우미 힐두르가 페르 라게르크비스트의 시를 몇 편 낭송했다. 궁정 오케스트라가 〈순결한 수산나〉 서곡을 연주했고, 에밀 카렐리우스가 지휘하는 합창단 '스웨덴 사람들'은 〈고요한 돈강〉을 불렀다. 098p

아, 이날은 스톡홀름 사람들에게 잊지 못할 목욕하는 날이었다. 왜냐하면 그들은 3월 이후로는 더 이상 목욕할 수 없었기 때문이다.

덴마크의 배급 099p

덴마크에서 빵, 커피, 코코아의 배급이 훨씬 엄격해졌다. 덴마크 우체국은 이제 배급 관련 추가 업무를 본다. 10월 1일부터 전국 우체국에서 호밀빵과 흰 빵 표를 더 작은 단위의 표로 '교환'할 수 있게 된다. 한 삽화가가 이 장면을 이렇게 그렸다.

"이 흰 빵을 작은 빵으로 바꾸고 싶습니다. 호밀빵 세 조각을 주시고, 나머지를 5외레 우표로 주세요."

100p **노르웨이에 새로운 국기가 생겼고 의회는 폐지되었다**

크비슬링은 목요일 연설에서 노르웨이가 구시대와의 단절을 상징하기 위해 새로운 국기를 갖게 될 것이라고 공표했다. 이 국기는 붉은색 바탕에 노란 십자가가 그려진 모습이 될 것이다. 노르웨이는 기업 국가로 조직될 것이고, 의회는 경제 회의와 문화 회의로 구성된 제국 의회로 대체될 것이다.

독일 국가 판무관 테르보펜과 협상을 주도한 이사회 소속 노르웨이 정치인들은 맡고 있던 모든 직책에서 물러나야 한다.

사진 제목 남색 십자가에 흰색 테두리를 두른 붉은 노르웨이 국기는 더는 유효하지 않다고 한다.

102p [……] 소비량을 절반으로 줄여야 한다니! 날씨가 추우면 최악의 상황이 된다. 장작이 없다! 석탄도 없다. 병원은 아침에 한 시간 동안 난방을 하는데, 그나마 특권이 주어지는 셈이다…….

"어쩌면 우리 프랑스인들에게 이런 약점이 있을지도 몰라. 과거 동맹국들을 여전히 믿으려는 버릇 말이야." 에밀은 그렇게 중얼거리며 생각에 잠긴 채 검은 카포랄• 담배를 빨았다. 지

• 프랑스에서 유래된 전통 잎담배.

난주 R.A.F.•가 상공을 지나가며 하늘에 '인내'와 '용기'라는 두 단어를 붉은색으로 써 내리자 거리의 많은 사람이 감격에 겨워 눈물을 흘렸다. 그렇다. 인내. 용기. 우리에게는 이런 자질이 필요할지도 모른다! 파도 속에서 살려고 몸부림치는 프랑스 선원의 포스터를 본 적이 있나? 배경에는 영국 전함이 있고 'N'OUBLIEZ PAS ORAN(오란을 잊지 마세요)!'이라는 문구가 적힌 것 말이다. 독일인이 이 포스터를 퍼뜨린 것은 공공연한 비밀인데, 오히려 심리적으로 자충수를 두었다고 생각한다. 평소에 독일인은 예의 바르고 엄격하다. 그렇지만 이제 영화관에서 독일 주간 뉴스를 상영하라는 명령이 내려졌고, 시위가 일어나면 영화관은 폐쇄된다. 독일 점령 후(점령 후에도 꽤 많은 영국인이 있었다.) 누구든지 영국인을 숨겨 주고 신고 의무를 게을리하면 사형에 처해진다. 그 누구도 이에 맞서 이의를 제기할 수 없다. 우리는 패배한 나라에서 살고 있고 패배의 책임이 우리 자신에게 있음을 알고 있다.

그렇지만 난민들의 귀환을 조직적으로 도와준 독일인들에게는 따뜻한 감사를 드려야 한다. 이러한 도움이 없었다면 파리는 450만 명의 주민 중 380만 명을 되찾지 못했을 것이다. 실업률은 또 다른 문제로, 인구의 4분의 3에 달하는 것으로 추정된다. 공식 수치는 훨씬 낮다. 프랑스는 평화와 힘을 되찾아

• 영국 공군 Royal Air Force의 약자.

다시 고개를 들 수 있을까? 적어도 2류 국가들 사이에서 1등을 유지할 수 있을까?

103p **배급 카드 A Ser. 1 No 091754**

: 린드그렌 아스트리드 안나 에밀리아

불카누스가탄 12 거주자

개별 스탬프는 유효하지 않습니다. 이 카드는 양도할 수 없습니다. 이 표는 라디오, 언론 및 공지를 통해 발표된 상품 수량 및 기간에 유효합니다. 오용은 법에 의거해 처벌될 수 있습니다.

배급 카드 A Ser. 1 No 091755

: 닐스 스투레 린드그렌

불카누스가탄 12 거주자

개별 스탬프는 유효하지 않습니다. 이 카드는 양도할 수 없습니다. 이 표는 라디오, 언론 및 공지를 통해 발표된 상품 수량 및 기간에 유효합니다. 오용은 법에 의거해 처벌될 수 있습니다.

배급 카드 A Ser. 1 No 091753

: 린드그렌 카린

불카누스가탄 12 거주자

개별 스탬프는 유효하지 않습니다. 이 카드는 양도할 수 없습니다. 이 표는 라디오, 언론 및 공지를 통해 발표된 상품 수량 및 기간에 유효합니다. 오용은 법에 의거해 처벌될 수 있습니다.

배급 카드 A Ser. 1 No 091752

: 린드그렌 라르스

불카누스가탄 12 거주자

개별 스탬프는 유효하지 않습니다. 이 카드는 양도할 수 없습니다. 이 표는 라디오, 언론 및 공지를 통해 발표된 상품 수량 및 기간에 유효합니다. 오용은 법에 의거해 처벌될 수 있습니다.

라르스와 카린.

불카누스가탄의 집에서, 1941년.

31 aug -41

I morgon fyller kriget två år. och jag tycker det känns som om det varit krig all-tid.

Finnarna har tagit Viborg tillbaka – det måste kännas i varje finskt bröst. Finlands fana vajar åter på Viborgs slott – även om den sytts i all hast av ett lakan. Nu har väl finnarna snart tagit tillbaka allt vad de förlorade i freden den 13 mars 1940, och sen hoppas jag, att dom slutar och låter Tyskland sköta resten.

Det är inget populärt födelsedagsbarn, som fyller år i morgon. Här bara en röst ur folkdjupet:

1941년

1월 1일

새해가 시작되었고, 부가 가치세와 버터 배급이 도입되면서 살림살이가 빡빡해졌다. 그래도 우리는 어젯밤 알리와 굴란데르 부부와 함께 랍스터와 여러 가지 별미로 차린 만찬을 먹으며 이 빡빡한 생활을 시작했다. 그리고 칼 예르하르드의 송년 프로그램에 참석했다. 이 프로그램에서는 '자유로운 스웨덴'에 대해 진지한 이야기를 나누었고, 자정이 넘도록 모두 한목소리로 〈유구한 그대, 자유로운 그대〉•를 합창했다.

올해를 맞는 기분은 작년과 사뭇 다르다. 작년에는 어떻게 흘러갈지 알 수 없는 1940년을 불안에 떨며 기다렸다. 지금도

• Du gamla, du fria. 스웨덴의 국가.

불안할 수밖에 없는 온갖 이유가 있겠지만, 그럼에도 모든 상황을 달리 바라보고 있다.

어떻게 보면 세계는 작년 말보다 더 암울해 보인다. 노르웨이는 핀란드보다 더 큰 비극을 겪고 있다. (로날드 팡엔은 그가 쓴 신문 사설 때문에 끔찍한 심문을 받고 영혼과 육체가 갈가리 찢긴 채 정신 병원으로 옮겨졌다. 옥스퍼드 그룹•은 새 정권에 협조하지 않으면 활동을 금지시키겠다는 최후통첩을 받았다.)

유럽에는 먹을 것이 점점 줄고 있고, 연료도 마찬가지다.

며칠 전 루스벨트가 연설했는데, 영국은 이 연설을 뜨겁게 환영했고 베를린은 침묵했으며 이탈리아는 땅이 꺼질 듯 탄식했다. 이탈리아는 미국에 대해 "인내심을 잃었다."라고 선언했다. 그들이 인내심을 잃어버리면 과연 무슨 일이 벌어질지 궁금하다. 최신 정보에 따르면 이탈리아는 새로운 좌우명을 내걸었다고 한다. "우리는 왔다, 보았다, 누가 이겼는지 지켜봤다."••로.

아, 새해에는 우리에게 평화가 찾아와 주기를! 하느님, 제발 그렇게 인도하소서.

• 1921년 미국 루터교 목사인 프랭크 부크먼이 설립한 기독교 단체.

•• 카이사르의 유명한 말. "Vendi, Vidi, Vici(왔노라, 보았노라, 이겼노라)."를 빌려 비겁한 이탈리아를 비튼 풍자.

1월 10일

그건 그때 얘기고!

영국이 북아프리카의 주인이 되었다. 며칠 전 리비아의 바르디아가 함락되었고, 이탈리아의 피해는 말할 수 없이 컸다. 다음은 투브루크 차례일 것이다. 독일 폭격기가 투입될 것이라는 말이 나오고 있지만, 영국에서는 '그러기에는 너무 늦었다'고 잘라 말한다. 또한 독일이 불가리아를 통과해 그리스로 이동할 것이라는 소문도 돌고 있다. 다만, 러시아가 독일의 불가리아 통과를 허용하는 대가로 다른 지역에서 자유롭게 행동할 권리를 얻는 것이 아니기를 바란다.

1월 24일

세계 대전이 한창이지만 특별한 일이 터지지는 않고 있다. 그래도 전쟁으로 날마다 겪는 불편함에 대해 쓰고, 좀 투덜대 보려 한다. 하필이면 석탄이 부족한 바로 이때, 두 해나 연달아 이렇게 혹독한 겨울이 찾아와야 하나? 집 안도 집 밖도 꽁꽁 얼어붙을 만큼 춥다. 1월 내내 강추위가 몰아닥쳤고, 우리 아파트 실내 온도는 15~16도를 넘지 않는다. 지금도 추워서 불평이 나오는데, 오늘 저녁에 만난 관리인은 상황이 더 나빠질 거라고 했다. 교외의 단독 주택들은 10~12도밖에 되지 않는다고 한다. 아, 어서 봄이 오면 좋겠다! 유럽 전체가 추위에 떨고 굶주림에 시달리고 있다. 물론 우리가 굶주리는 것은 아니지만, 파리는 1870~1871년 포위 당시•에 버금가는 상황인 것 같다. 감자 한 알이 5프랑이고, 시장에는 까마귀와 매 고기까지 등장했다고 한다. 우리는 배급용 설탕을 절약해 노르웨이와 핀란드에 보내고 있다. 다른 나라에서는 도움을 줄 수 있는 우리 형편을 부러워할 수도 있다. 우리는 전쟁으로 맺어진 핀란드와 노르웨이의 후원 아동에게 매달 30크로나를 보낸다. 정말이지 세상에는 도움이 필요한 사람들이 너무 많다. 징집되어 군 복무 중인 우리 남자들을 포함해서 말이다.

루스벨트와 교황이 평화를 위해 확실한 계획을 세웠다지만, 그 계획은 아무 성과도 내지 못할 것이다.

스웨덴 전역에 유행성 독감이 미친 듯이 돌고 있다. 몇몇 지역에서는 스페인 독감 정도로 심각한 상황이다.

커피 배급 주기가 더 길어질 것이라고 한다. 머지않아 우리는 최소한의 양만 배급받게 될 것 같다. 신문을 보니 여름부터는 고기도 배급받게 될 거라고 한다.

며칠 전 투브루크가 함락되었다. 영국과 독일 상공에서 폭격이 계속되고 있고, 히틀러와 무솔리니가 만났다.

재미있는 이야기 하나: 히틀러가 울림이 좋은 홀에서 연설을 준비하고 있었다. 그는 큰 소리로 외쳤다.

• 프랑스가 패하고 알자스로렌 지방을 독일에 빼앗긴 프랑스-프로이센 전쟁 당시를 말하는 것이다.

누가 이 큰 세계(벨트)를 다스리지? Wer beherrscht die grosse Welt?

메아리가 대답한다: 루스벨트. Ekots svar: Roosevelt.

누가 평화(프리든)를 이루지? Wer macht den Freiden?

이든(영국 외무 장관 앤서니 이든). Eden.

어디서 대혁명이 시작되어야(베긴넨) 할까? Wo soll die grosse Revolution beginnen?

안에서(인넨). Innen.

누가 가장 큰 민족인가(나치온)? Wer ist die grösste Nation?

유대 민족(치온). Zion.

그러자 히틀러는 질려 버렸다. Då tröttnade Hitler.

(위 독일어 대화에서 문법적인 실수가 있을 수 있다.)

라르스와 예란은 어제부터 춤 수업을 받기 시작했다. 세계대전 중에도 춤 수업은 계속된다. 루마니아에서는 최근 며칠 동안 내전을 방불케 하는 격렬한 전투가 벌어졌다. 스페인에 머물던 카롤 전 국왕이 자살을 기도했다는 소문도 돈다.

2월 1일

152~153p 오늘 스투레가 집에 가져온 《SE》 잡지에서 사진을 오려 이 페이지 뒷면에 붙였다. 사람들은 폴란드의 존재를 까맣게 잊고 있다. 이 가엾은 유대인에 관한 기사를 읽지, 독일인에 대한 분노가 치밀었다. 이들은 정말 다른 민족을 짓밟을 권리가 있다

고 착각하는지도 모르겠다.

2월 9일

이 사설이 훌륭하다고 생각해서 스크랩해 두기로 했다. 154~157p

우리는 코르티나에서 열린 '북유럽 세계 스키 선수권 대회'의 군사 순찰 경기에서 독일, 이탈리아, 스위스, 핀란드를 제치고 우승했다. 독일인에게 우리 군인들이 얼마나 훌륭한지 알렸으니 정말 잘된 일이다.

북아프리카에서 이탈리아가 완전히 패배했다. 맙소사, 저런 군대라니. 영국이 리비아 전역을 장악했고, 에리트레아•와 아비시니아••에서 전투가 계속되고 있다. '유다의 사자'•••인 하일레 셀라시에 황제는 영국 편에서 싸우며 왕좌를 되찾을 준비를 하고, 에티오피아인들은 영국과 함께 공동의 적, 이탈리아에 맞서고 있다.

이제 독일이 어떻게 나올까? 전 세계가 독일이 언제 영국을 침공할지 초긴장 상태로 지켜보고 있다. 올봄에는 틀림없이 침공이 예상된다. 만약 그렇게 된다면, 그때야말로 세계의 운명

• 에티오피아 북부, 홍해에 면한 나라. 19세기에 이탈리아 식민지였다가 1962년에 에티오피아와 합쳤으나 1993년에 독립하였다.

•• 에티오피아의 옛 명칭. 이탈리아-에티오피아 전쟁 당시 서구 언론은 아비시니아라는 명칭을 썼다.

••• 에티오피아의 황제들은 자신들을 솔로몬의 후손이라고 주장하며 강한 지도자상을 연출했다.

이 24시간 안에, 아니 단 몇 시간 안에 결정될 것이다. 그때가 되면 나도 어쩔 수 없이 오랫동안 듣기를 그만뒀던 뉴스를 다시 듣게 되겠지.

어제 읽은 편지에는 "독일인들이 스톡홀름에서 더 이상 잘난 체하지 못하고 있다."라고 쓰여 있었다. 사실, 독일인은 그렇게 거만하게 굴 처지가 아닌 것 같다. 어쩌면 그래서 우리도 좀 더 자신감을 갖게 되었을지 모른다. 강대국에 비하면 보잘것없겠지만, 우리는 전에 없이 군비를 확충했다. 어떤 편지에는 "천사들과 프리츠(독일)들이 스베아(스웨덴)의 호의를 얻으려고 애쓰고 있다."• 라고 쓰여 있었다. 제발 그들이 우리를 평화롭게 내버려두길. 아멘!

3월 3일

불가리아가 오늘 삼국 동맹 조약에 가입했고, 독일군이 불가리아에 배치되었다.

3월 13일

오늘은 끔찍한 핀란드-러시아 평화 조약(모스크바 평화 조약)••

• 스베아는 스웨덴을 의미하는 여성형 이름으로, 스웨덴이라는 국가를 의인화한 표현이다. 여기서는 영국뿐 아니라 독일이 스웨덴의 협조를 구한다는 맥락으로 읽힌다.

•• 1940년 3월 12일에 핀란드와 소련 사이에 체결되어 3월 21일에 비준한 평화 조약. 핀란드는 105일 동안 벌어진 겨울 전쟁을 끝내고 상당수의 영토를 소련에 넘기면서 독립을 보장받았다.

이 체결된 지 1년이 되는 날이다. 1년 전 오늘은 끔찍한 날이었다. 지난 며칠 동안 나는 작년의 전쟁을 다룬 책을 두 권 읽었다. 지난해의 전쟁은 어느새 역사적 사건으로 남게 되었다. 호칸 뫼르네의 《영광의 겨울》과 앙드레 모루아의 《프랑스의 몰락》이다. 이 두 권의 책은 독자를 압도한다. 사람들은 살아 있는 한 핀란드의 겨울 전쟁과 1940년 5, 6월의 그 따뜻한 날씨 속에서 프랑스가 몰락한 일을 기억하게 될 것이다. 프랑스와 영국이 아무런 전쟁 준비가 되어 있지 않았던 반면, 독일은 얼마나 철저하게 전쟁을 준비했는지를 읽으면 소름이 돋는다. 모루아는 이렇게 썼다. "생산이 어렵지 않고 구입도 가능한 5,000대의 탱크와 1만 대의 항공기를 제때 확보하지 못했다는 이유만으로 거대한 문명의 사망 선고를 목격하는 것은 끔찍하다."

사람들은 이제 재앙을 기다릴 뿐이다. 지난 며칠 사이에 잠수함 격전이 눈에 띄게 자주 일어났고, 영국은 상당수의 선박을 잃었다. 하지만 미국의 지원이 증가하고 있다. 오늘 《알레한다》 사설에는 이렇게 쓰여 있다. "미국이 아무리 이런저런 형식적인 조항을 내세운다 해도, 전쟁이라는 심연 앞에서 발걸음을 멈추기는 어려울 것이다."

3월 17일

토요일 저녁에 어머니 스베아가 갑자기, 이상하게도 많은 아들을 소집했다. 그 이유를 두고 온갖 추측이 나오고 있다. 그동안 한참이나 조용했기 때문에 우리는 위험에서 거의 벗어난 줄 알았다. 하지만 사실은 그렇지 않았던 것 같다. 정부의 공식 발표로는 이번 소집이 우리 군의 준비 정도와 효율성을 점검하기 위한 연습이라지만, 이 말을 곧이곧대로 믿는 사람은 아무도 없다. 소문에 따르면 독일이 우리 해군의 일부를 내놓으라는 등 터무니없는 요구를 했다고 한다. 하지만 실제로 무슨 일이 일어나고 있는지 아무도 정확히 모른다. 나는 더 이상 지난겨울과 봄처럼 초조하게 신경을 곤두세우며 걱정할 힘이 없다. 이런 일에는 상관하고 싶지 않다. 카린이 열이 많이 오르는 것과 결핵 검사 결과가 더 걱정이다.

3월 21일

토요일에 발표된 소집령은 정말 걱정스럽다. 부분 동원령이라고는 하지만 소집 규모가 엄청나다. 어제 예니 탄네르가 남편인 베이네 탄네르에게 "이곳은 지난 4월처럼 긴장된 분위기이고, 압박도 그때와 같은 방향에서 오고 있어."라고 편지를 썼다. 이 압박이 러시아로부터 온다고 믿는 사람들이 있다. 또 어떤 편지에는 일본 정부가 일본 함대의 예타 운하 통과를 허가하라며 최후통첩을 보냈다는 조금 황당한 이야기도 적혀 있다.

어쨌거나 제대를 기다려 온 수많은 소집자들에게는 정말 안타까운 일이다. 이들은 다시 소집 명령을 받아 제대를 기약할 수 없게 되었다. 포레우스 부인의 남편은 토요일 노를란드에서 집으로 돌아왔지만, 월요일에 곧장 복귀해야 한다. 6개월간의 복무를 마치고 막 제대해서 남쪽으로 향하던 I5 부대원 전체는 어떤 기차역에서 내려 당장 부대로 복귀하라는 명령을 받았다. 그들 중 몇 명은 울었다. 분명 잉에예르드•도 눈물을 흘렸을 것이다. 잉에예르드는 부활절에 셰브데의 새집으로 이사 갈 계획이었지만, 남편 잉바르는 조국의 부름으로 어딘가로 떠나야 했고, 잉에예르드는 집에 남아 있어야 했다. 그러는 동안 잉에르는 아빠 없이 자라고, 아빠 잉바르는 딸이 자라는 모습을 거의 볼 수 없다. 삶이라는 것은 어차피 행복하고 만족스럽게 돌아가는 것이 아닐지도 모른다.

지난밤 영국에 맹렬한 폭격이 쏟아졌다. 사람들은 이 폭격을 오래전부터 예상한 본격적인 독일 침공의 시작으로 여기고 있다. 수천 명의 사망자가 발생했고, 독일군은 영국을 잿더미로 만들겠다고 선언했다. "지구의 이 작은 땅덩이, 이 영국을!" 안 된다. 이런 일이 일어나서는 안 된다.

3월 27일

어제, 아니면 그제, 유고슬라비아 정부가 추축국 편에 섰다. 그런데 젊은 국왕 페타르 2세가 권력을 잡았고, 파울 왕자가 도

• 아스트리드 린드그렌의 여동생.

주했으며, 정부가 전복됐다는 기사가 오늘 저녁 신문에 대문짝만 하게 실렸다. 유고슬라비아 국민은 환호하고 있다. 이들은 독일과 손잡고 싶어 하지 않았던 것이다.

이 사태가 어떻게 흘러갈지 두고 봐야 알겠지만, 아마도 독일과 유고슬라비아 사이에 전쟁이 일어날 것 같다. 한편, 터키는 여전히 중립을 유지하며 그리스를 지지하고 있다. 발칸반도 상황을 지켜보면 가슴을 졸이게 된다. 루마니아와 불가리아는 독일에 굽실거리는 하수인이 되었다. 유고슬라비아가 독일 편에 서기를 거부하고 저항하는 것은 정말 놀라운 일이다.

북유럽도 변함없이 위태로운 상황인 것 같다. 페르 알빈 총리가 국민을 안심시키려고 라디오 연설을 했지만, 오히려 역효과만 난 것 같다.

군 관계자의 편지에 따르면(오늘 들었지만 사실 여부가 확인되지 않았다.), 무장한 독일 상선이 스웨덴령인 고틀란드 인근 3해리 경계 안으로 들어왔고, 스웨덴 해군이 이 무장 상선을 부드럽지만 단호하게 내몰았다고 한다.

오늘 나는 유대인이 보낸 몹시 슬픈 편지를 보았는데, 이 시대를 기록하는 문서 같았다. 얼마 전 스웨덴에 온 유대인이 핀란드에 있는 다른 유대인에게 보낸 편지로, 빈의 유대인들이 폴란드로 강제 이송되는 상황을 전하고 있다. 매일 1,000명의 유대인이 끔찍한 환경 속에서 폴란드로 강제 이송되는 것 같다. 우편으로 강제 이송 명령서를 받은 사람은 보잘것없는 현금과 최소한의 짐을 챙겨 집을 떠나야 한다. 이송되기 전 며칠 동안, 이송 과정 내내, 폴란드에 도착한 다음, 그 모든 상황이 너무 끔찍해서 글쓴이는 그 상황을 묘사하려 하지 않았다. 그의 형도 이런 불행을 직접 당한 사람이었다. 히틀러의 의도는 폴란드 전체를 하나의 게토•로 바꿔 놓고, 불쌍한 유대인을 오물 속에서 굶어 죽이려는 것이다. 이들은 몸을 씻을 수조차 없다고 한다. 가엽고도 가여운 사람들! 이스라엘의 신이 이제 나서야 하지 않을까? 어떻게 히틀러는 같은 인간을 이런 식으로 취급해도 된다고 생각할 수 있을까? 스투레가 어제 노르웨이 사람을 만났는데, 그 사람은 독일이 몇 달 안에 무너질 것이라고 진심으로 믿고 있었다. 하지만 그것은 희망 사항일 뿐이다.

4월 6일

독일군이 오늘 아침 유고슬라비아와 그리스를 침공했다! 물론 예상 밖의 일은 아니었다. 페타르 2세가 쿠데타를 일으킨 후로 상황은 점점 더 긴박해졌다. 세르비아 사람들은 한 번도 강압에 굴복한 적이 없다. 독일이 노르웨이나 네덜란드, 벨기에, 프랑스에서처럼 발칸반도에서도 그렇게 빠른 속도로 진군할지 지켜보는 것은 극도로 긴장되는 일이다. 또한 알바니아에 있는 이탈리아군이 한쪽에서는 그리스를, 다른 한쪽에서는 유고슬

• 예전에 유대인이 모여 살던 구역을 뜻했으나, 나치 시기에는 유대인 격리와 박해의 공간이 되었다.

라비아를 상대하며 어떻게 버틸지도 지켜봐야 한다. 히틀러는
158~161p 평소처럼 과장되고 형편없는 일일 작전 명령을 내렸다.

4월 12일

모든 일이 순식간에 일어났다. 유고슬라비아는 더 이상 존재하지 않는다. 크로아티아는 독립을 선언했지만, 그것 말고는 설명할 수 없을 만큼 혼란스러운 상태다. 세르비아군은 완전히 궤멸하고 말았다. 독일군이 며칠 전에 그리스의 살로니키•에 도착했다. 머지않아 그리스에서 독일군과 영국군이 맞붙게 될 것이다. 아프리카에서는 독일군이 참전하면서 전세가 영국 쪽에 불리하게 돌아섰다. 행운의 여신이 영국으로부터 등을 돌린 셈이다.

부활절 일요일에 이어

절망과 한탄! 며칠 전만 해도 우리는 유고슬라비아가 저항을 계속하며 독일 편에 붙은 정권을 몰아내 기뻐했다. 그렇지만 오늘 유고슬라비아로 불리던 나라는 흔적도 없이 사라진 것 같다. 요즘은 모든 일이 눈 깜짝할 사이에 벌어진다. 이제는 먹잇감을 한 조각이라도 입에 물기 위해 사방에서 독수리 떼가 몰려들고 있다. 전쟁에 적극적으로 참여한 헝가리나 불가리아,

• Saloniki. 오늘날 그리스 동북쪽에 있는 항구 도시인 테살로니키.

루마니아 등이다. 지금까지 파악한 바로는 유고슬라비아는 완전히 붕괴되었다. 그리스는 아직 버티고 있다. 우리는 영국이 남쪽에서 대비하고 있길 바랄 뿐이다. 지금 독일은 절대 무너지지 않을 것 같은 기세다. 그러나 이 전쟁의 진짜 승패는 결국 대서양에서 결정될 것이라고 한다. 현재 영국이 바다에서 입은 손실은 어마어마하다. 한 가지는 확실하다. 이 전쟁을 오랫동안 지속하면 유럽은 굶주리게 될 것이다. 곧 포르투갈과 스웨덴만 약간의 식량을 보유하게 될 것 같다.

아직도 우리가 전쟁에 휘말리지 않았다는 것이 믿기지 않을 정도다. 어떻게 이것이 가능할까? 우리는 여러 나라가 차례차례 불길에 휩싸이는 것을 보았지만, 스웨덴은 아직 건재하다.

우리는 불카누스가탄에서 10년을 보내고 이번 가을 달라가탄에 있는 비싸고 근사한 아파트로 이사한다. 앞날이 도무지 어떻게 흘러갈지 알 수 없는 이 시기에 하필 이런 계획을 세우다니, 묘한 불안감이 든다. 하지만 우리는 1층에 살게 될 것이고, 폭탄은 그렇게 깊숙이 떨어지지 않을 것이다.

4월 28일

그리스는 정말 한계에 다다른 것 같다. 국왕과 정부가 아테네를 떠났고, 지난 며칠 동안의 정보에 따르면 독일이 수도로 진입한 것 같다. 그렇다고 전쟁이 완전히 끝난 것은 아니다. 어쨌거나 그리스인들은 정말 대단하다고 말할 수밖에 없다. 작년

10월 28일부터 전투를 해 왔으니 말이다.

5월 3일

이라크와 영국 사이에 전쟁이 터졌다! 이라크 정부가 히틀러에게 도움을 요청했다. 이제 아랍이 움직이기 시작하는 것일까. 아, 이 모든 일이 얼마나 불길한지!

그리스에서의 전투가 끝났다. 영국군은 또다시 철수 작전에 성공했다(영국군은 언제나 그런 일에 능숙하다.). 왕과 정부는 크레타섬으로 옮겨 갔을 것이다.

5월 13일

오늘 충격적일 만큼 놀라운 소식이 있었다. 히틀러의 부관 루돌프 헤스가 메서슈미트기를 몰고 영국으로 날아갔는데 낙하산 덕분에 목숨을 건졌다고 한다. 그는 스코틀랜드의 어떤 농장 일꾼에게 구조되어 글래스고의 병원으로 이송됐다. 이제 정말 난리가 났다. 사건은 토요일 저녁에 일어났는데, 세상은 지금까지 그 사실을 모르고 있었다. 독일 신문은 처음에 그가 사망한 줄 알고 부고 기사를 썼지만, 그가 스코틀랜드에 착륙했다는 소식이 알려지자 독일 국민은 충격에 빠졌다. 당 지도부는 그가 극심한 육체적 고통 때문에 망상에 사로잡혔다고 주장했다. 베를린의 한 신분에 따르면 "그는 개인적인 희생을 통해 대영 제국의 완전한 파괴로 끝날 사태를 막으려 했다."라는 것이다. 하하! 루돌프 헤스는 다른 당원들보다 상식적이고 건전해 보인다. 어쩌면 그의 행동은 그가 양심적이라는 것을 증명해 보이는 것일지도 모른다. 지금은 그가 도주한 이유를 알아내는 데 전 세계의 관심이 쏠리고 있다.

5월 22일

어제 카린이 일곱 살이 되었다. 나는 작년 카린의 생일 일기에 이렇게 적었다. "하느님, 제발 내년 카린 생일에는 세상이 달라지도록 도와주소서!" 세상이 정말 달라 보이지만, 개선된 점은 보이지 않는다. 작년에 비해 북유럽이나 스웨덴이 조금이나마 덜 위협받는다고 볼 수 있지만, 이제는 전쟁의 무게 중심이 지중해와 북아프리카, 중동으로 옮겨졌다. 어제 독일군이 크레타를 폭격하기 시작했는데, 그제였을지도 모른다. 그리스 저항군은 영국의 지원을 받아 그곳에서 버티고 있을 것이다.

지난해와 마찬가지로 카린의 생일에 맞춰 여름이 찾아왔다. 작년 생일은 외투 없이 외출한 첫 번째 날이었지만, 올해는 모든 것이 아주아주 천천히 온다. 이렇게 추운 봄은 한 번도 지내본 적이 없다. 하지만 오늘은 따뜻하고, 온 세상이 갑자기 초록으로 변했다. 카린, 스투레와 함께 유다른 호수에 갔는데, 그곳은 말할 수 없이 아름다웠다. 라르스는 보이 스카우트 행사인 사슴뿔 경연 대회에 나갔다.

카린은 어제 생애 첫 자전거를 생일 선물로 받았고, 인형, 신발, 책, 찰흙 놀이, 크레파스, 손가락장갑, 돈, 초콜릿 같은 선물을 받았다. 엘사레나, 마테, 안데르스와 그들의 엄마들도 함께했다. 그런 다음 (생일을 맞은 어린이가 잠이 들고 나서) 우리 부모들은 굴란데르 부부, 비리덴 부부와 함께 '드라마텐'에서 연극을 보고 스트란드 호텔 레스토랑에서 만찬을 즐기며 생일을 축하했다.

이제 내일이 되면 카린과 마테가 입학을 신청한다. 카린은 벌써 목사님처럼 글을 줄줄 읽는다. 요즘에는 수영과 자전거 타는 법도 배우고 있다. 내년 카린의 생일이 어떤 모습일지, 평화가 올지 그렇지 못할지 지켜봐야겠다. 너무 많은 희망을 품는 것은 의미가 없다.

5월 25일

오늘은 어머니날이고, 어제는 스투레가 말한 것처럼 어머니날 전야였다. 그래서 나는 얇고 부드러운 실크 스타킹 한 켤레, 《미니버 부인》이라는 제목의 책 한 권, 초콜릿 한 상자와 분홍 장미 두 송이(장미는 내가 직접 샀다.), 카린이 그려 준 '엄마를 위해'라는 그림을 선물로 받았다. 또 오늘은 스투레와 카린이 초록색 마르지판• 토핑을 올린 케이크를 사 왔다. 라르스는 어제저녁과 오늘 이른 아침에 쿵스홀멘에 있는 방공호에 머물렀

• 아몬드 가루, 설탕, 달걀흰자 따위를 섞어 만든 과자.

다. 비상 법률 10조에 따라 소집된 것 같은데, 아마도 그곳에서 공습 훈련을 한 것 같다. 오늘은 정말 화창하고 따뜻했다. 스투레, 카린과 나는 집을 무척 어질러 놓고 아침 일찍 유르고르덴으로 출발했다. 집에 온 라르스는 우리가 집을 비운 사이 깨끗이 씻어야 했지만, 우리가 돌아왔을 때도 씻지 않은 그대로였다. 결국 욕실로 쫓겨나야 했다.

유르고르덴은 새로 돋아나는 연둣빛으로 천국처럼 아름다웠지만, 집으로 돌아온 나는 두 번 다시 집을 치우지 않고 외출하지 않겠다고 맹세했다. 오후가 되어 아이들과 칼베리 쪽으로 갔다. 그곳에서 카린은 자전거를 탔고 라르스가 자전거를 잡아줬다. 더위 속에서 몇 시간이나 자전거를 타다 보니 모두 짜증이 났다. 아이들이 서로 다퉜고, 나는 카린을 거칠게 다루는 라르스에게 화가 났다.

그런 다툼을 뒤로하고 우리는 다시 기분 좋게 저녁을 먹고, 이어서 케이크를 먹었다. 나는 설거지를 했고 카린은 내 곁을 오가며 찰흙으로 만든 사탕을 팔았다. 그런 다음 카린이 잠잘 시간이 되어《소공녀》를 읽어 주었다. 라르스는 알베르트 엥스트룀의 책을 읽었다. 이제 두 아이가 잠들었다. 스투레는 책상에 앉아 알베르트 엥스트룀의 책을 읽고 있고, 나는 소파에 앉아 분홍 장미 두 송이를 앞에 두고 이 글을 쓰고 있다.

1941년, 스톡홀름에서는 이렇게 평화롭게 살아가지만, 세계 곳곳은 정말 처참하다. 세계 최대 군함인 전투 순양함 후드

호가 그린란드 앞바다에서 독일 전함 비스마르크호에 격침당했다. 1,300명의 승조원이 타고 있었는데, 가까스로 몇 명만 구조된 것 같다. 눈 깜짝할 사이에 세계에서 1,300명이 줄어들었다.

크레타섬이 또다시 불안하다. 독일군이 섬 서쪽을 장악한 모양이다. 독일군이 공중전으로 크레타섬을 정복하게 되면, 이제 영국은 오래전부터 예상해 온 자국 본토에 대한 독일 침공을 두려워해야 할 상황이 된다.

곧 사치세가 부과될 거라고 한다.

5월 28일

이번에는 비스마르크가 영국 순양함이 발사한 어뢰에 격침되었다. 공고문에는 3,000명이 탔다고 되어 있다. 이 숫자는 과장되어 있겠지만, 실제와 크게 다르지 않을 것이다. 비스마르크의 침몰은 영국 함대가 후드호를 잃은 것보다 독일 함대에 더 큰 타격을 입혔을 것이다.

저녁 신문 머리기사에 따르면 영국군은 크레타섬에서의 저항을 포기했다.

루스벨트는 어제 긴급 성명을 발표해 미국에 국가 비상사태를 선포했다.

6월 1일

이라크가 휴전을 요청했다. 영국이 이라크에서 이번 만큼은 승리를 거둔 것이다. 하지만 크레타섬에서는 싸울 힘이 다한 듯하다.

6월 8일

오늘 영국은 전에 없이 독일보다 한발 앞서 시리아로 진군했다. 시리아는 현재 전쟁의 중심이 되었고, 드골의 프랑스 군대는 영국 편에서 싸우고 있다.

오늘 직장에서는 고틀란드에 대해 불길한 소문이 돌았다. 독일 병력 수송선이 고틀란드의 서부 해안을 지나자 사람들은 극도로 불안해했고, 몇몇 병사들은 사랑하는 이들에게 작별 편지를 썼다고 한다.

이런 와중에 빌헬름 황제가 사망했고, 네덜란드 땅에 묻힌다고 한다. 그는 지난 전쟁의 주역이었지만, 이번 전쟁의 끝은 보지 못하게 되었다.

6월 16일

연로한 우리 국왕은 오늘 83세가 된다. 그가 전쟁에서 살아남기를.

오늘 저녁 내내 우울하고 두려운 기분에 휩싸였다. 다사다난했던 작년 여름처럼 다시 후텁지근하고 추적추적 비가 내리는 여름 저녁이다. 그런 탓인지 지금 무슨 일이 벌어질 것 같은 기분이다. 독일과 러시아 사이에 긴장이 고조되고 있다. 저녁 신문에서는 러시아에 국가 동원령이 내려졌다고 한다. 독일은 이미 오래전부터 동쪽 국경에 강력한 병력을 배치했고, 지난주에는 병력을 대거 핀란드로 이동시켰다. 이 군인들이 고틀란드를 통과하며 불안감을 자아낸 장본인이다. 독일과 핀란드가 한 편이 되어 러시아와 맞붙는다면 우리는 끔찍한 상황으로 내몰릴 것이다. 과연 우리가 이러한 상황에서 벗어날 수 있을까? 독일은 고틀란드를 공군 기지로 사용하고 싶은 모양이다.

오늘 푸루순드로 떠날 준비를 마쳤다. 토요일에 함베리, 보그스탐, 플로리, 안네마리에, 교사 셀베리, 그리고 모르는 한 사람과 함께 필렌에서 기분 좋게 식사를 마치고 여름 업무를 끝냈다. 오늘 저녁 안네마리에가 우리 집에 왔는데 걱정이 이만저만이 아니었다. 나도 불안하기는 마찬가지다. 코크와 몇몇 장교들은 일을 그만둘 예정이라고 한다.

카린과 마테가 '스포츠 팰리스'에서의 수영 강습을 오늘 끝마쳤다. 이제 카린도 자전거를 탈 수 있다. 전쟁에 대한 걱정만 떨쳐 버릴 수 있다면 모든 것이 평화롭고 즐거울 것이다. 스투레는 독일과 영국이 곧 러시아를 상대로 공동 행동에 나설 것이며, 그것이 헤스의 평화 계획이란다. 하지만 이런 일이 현실이 되리라고는 도저히 믿기 어렵다.

6월 22일

오늘 아침 5시 30분, 독일군이 루마니아와 독일, 그 밖의 여러 곳에서 러시아 국경을 넘었다. 이제 이전에 동맹을 맺었던 나라 사이에서 전쟁이 벌어지고, 불쌍한 핀란드는 다시 불길에 휩싸이게 되었다. 독일은 러시아가 독일과 맺은 조약을 이행하지 않았고 독일을 해치기 위해 모든 수단을 동원했다고 주장하고, 러시아는 그와 반대로 독일이 자국을 아무 이유 없이 공격했다고 주장한다. 이제 북쪽의 북극해에서부터 남쪽의 흑해에 이르기까지 국경을 따라 어마어마한 병력이 대치하고 있다.

앞날은 커다란 물음표가 되었다. 스웨덴은 어떻게 될까? 병사들의 휴가는 한여름까지 모두 취소되었다. 푸루순드 앞바다에서는 몇몇 증기선이 항로에서 대기 중이고, 몇몇은 목적지에 가지 못해 되돌아갔다. 발트해 대부분에 독일이 기뢰를 묻어 놓았다.

오늘은 눈부시게 화창하고 무더운 여름날이었다. 스투레는 만석인 배를 타고 도시에서 돌아왔다. 8시부터 배에 앉아 있었으니 전쟁에 관해 아무것도 알지 못했다. 상황은 매우 불안정했다. 할머니만 "모든 것이 곧 지나간다."라고 침착하게 말씀하셨다. 그렇지만 나는 오히려 이제야 본격적으로 전쟁이 시작되었다고 생각한다. 기이한 점이라면 이제 우리가 독일 편에 서야 한다는 것이다. 러시아에 맞서 독일을 지지하고 다시 독일에 맞서 영국을 지지하는 곤란한 상황이라니! 모든 것이 엉망진창이다. 새로 빌린 라디오에서 천둥 치는 것 같은 대포 소리가 들려온다. 방금 확인된 사실. 이탈리아가 소련과 전쟁을 하겠다고 선포했다.

6월 28일

전쟁 발발 당시 히틀러의 연설을 오려 붙이려 했지만, 나중에 해야겠다. 나는 침대에 앉아 불안한 밤을 보내고 있다. 모기와 씨름하며 멀리서 들려오는 천둥 같은 대포 소리를 듣다 비가 오고 안개가 자욱한 바다를 바라본다. 쾨프만홀름의 도선사들은 우리가 올란드해에서 들은 소리가 대포 소리라고 믿고 있다.

지난번 일기를 쓰고 나서 스웨덴 정부는 노르웨이 북부에서 출발한 독일군 부대가 스웨덴을 통과해 핀란드로 가는 것을 허가했다. 달리 말하면 얼마나 많은 독일 군인이 스웨덴을 통과할지 알 수 없다는 뜻이다. 그렇지만 우리에게는 다른 선택지가 없다. 이제 다시 핀란드가 위험하다. 러시아가 핀란드를 다시 폭격하기 시작했고, 특히 투르쿠가 끔찍한 폭격을 당해 투르쿠성이 심각하게 훼손되었다. 헝가리는 러시아에 전쟁을 선포했다.

독일군은 자신들이 러시아로 어디까지 진군했는지 아무 정보도 공개하지 않고 있다. 러시아의 통신망이 무질서한데 독일이 굳이 자신들의 위치를 노출하고 싶지 않기 때문이란다.

발트 삼국은 자유를 찾아 나서고 있고, 러시아는 리투아니아에서 철수한 것 같다.

나치와 볼셰비즘, 이 둘은 서로 물고 뜯는 두 마리 공룡 같다. 두 마리 공룡 중 하나와 손을 잡아야 하는 것은 불쾌한 일이지만, 지금은 선택의 여지가 없다. 소련이 전쟁에서 얻은 것들과 핀란드에서 저지른 만행을 보면 소련이 완전히 망하기를 바랄 뿐이다. 하지만 영국과 미국은 이제 볼셰비즘과 관계를 맺어야 한다. 사실 이런 관계를 유지하는 건 매우 힘든 일이다. 평범한 사람들은 이러한 입장 뒤집기를 따라가지 못할 것이다. 네덜란드의 빌헬미나 여왕은 라디오에서 자신이 러시아를 지지할 준비가 되어 있지만, 전과 다름없이 볼셰비즘의 원칙에는 동의하지 않는다는 단서를 달았다.

동부 전선에 역사상 최대 규모의 병력이 대치하고 있다. 생각만 해도 섬뜩한 상황이다. 아마겟돈•이 기다리는 것 같다!

푸루순드에서 역사에 관한 책을 몇 권 읽었는데 끔찍하게 우울했다. 전쟁 또 전쟁, 다시 전쟁. 전쟁이 되풀이되는 역사 속에서 인류는 끊임없이 고통에 시달렸다. 인류는 역사로부터 아무것도 배우지 못하고 점점 더 많은 피, 땀, 눈물을 쏟고 있다.

7월 2일

그사이 독일이 상당히 앞서가고 있다. 30만~40만에 이르는

• 기독교에서 말하는 선과 악의 세력이 싸울 최후의 전쟁터.

러시아 군대는 비아위스토크에서 포위돼 죽음을 면할 길이 없게 되었다. 리예파야와 리가가 점령되었고, 오늘《아프톤블라데트》에 따르면 무르만스크도 함락되었다는 소식이 전해진다. 끔찍하게 많은 피가 흐르고 있다. 르비우도 넘어갔다. 내 기억이 맞다면 이 지역들은 지난 세계 대전에서도 전쟁터였다.

7월 13일

스탈린 전선이 뚫렸다. 이 전선은 뒤나강과 연결되어 드네프르강과 드네스트르강까지 뻗어 있다. 모스크바에서 멀지 않은 곳이다.

또한 미국은 얼마 전에 아이슬란드를 점령했다. 그리고 시리아에서 형식적으로 이어지던 프랑스의 저항이 무너졌고, 영국과 프랑스는 휴전 협정을 체결했다. 마지막으로 일기를 쓴 다음 일어난 중요한 일들은 여기까지일 것이다.

그러나 동부 전선 상황이 끔찍하다. 러시아군이 후퇴할 때 그들은 스탈린의 명령에 따라 그 지역을 비워야 하는데, 이것은 곧 주민들을 강제로 이주시켜야 한다는 뜻이다. 물론 이러한 이주가 극진한 대접 속에서 이뤄질 리가 없다. 그 모든 고통을 하나하나 그려 볼 만큼 상상력이 풍부하지 못해 얼마나 다행인지 모르겠다.

8월 19일

요사이 일기 쓰기를 완전히 소홀히 했다. 무슨 일이 벌어지는지 잘 모르겠다. 미국과 일본 사이에 팽팽한 긴장이 감돌며 언제든 전쟁이 터질 수 있다는 것, 러시아에서 힘겨운 전쟁이 계속되고 있지만 이전만큼 빠른 속도로 진행되지 않는다는 것, 그럼에도 핀란드는 라도가 호수 주변의 넓은 지역을 탈환했고, 독일군 또한 러시아 깊숙이 진격했다는 것, 루스벨트와 처칠은 대서양에서 만나 회담을 갖고 평화 관련 성명을 발표했다는 것, 영국에 대한 미국의 지원이 점점 더 증가하고 있다는 것, 그리고 오늘의 정보 보고서에 따르면 독일군조차 더 이상 최후의 승리를 확신하지 못하고 러시아는 쉽게 굴복하지 않을 거라는 것, 영국군이 함부르크에 전력으로 폭탄을 쏟아부어 도시를 완전히 파괴해 버렸다는 것, 그리고 더 이상은 잘 생각나지 않는다.

내일은 전쟁이 시작된 지 2년이 되는 날이다. 하지만 언제나 162~163p
전쟁 중이었던 것 같다.

핀란드 사람들이 비보르크를 되찾았다. 이 소식에 핀란드 사람들은 분명 감격했을 것이다. 침대보를 꿰매어 다급하게 만들었지만 비보르크성에 다시 핀란드 국기가 휘날리고 있다. 이제 핀란드는 머지않아 1940년 3월 13일의 평화 협정•으로 잃

• 모스크바 평화 조약을 말한다.

어버린 모든 것을 되찾을 것이다. 이제 여기서 멈추고, 나머지는 독일군이 알아서 마무리하기 바란다.

164~167p 내일 맞이하게 될 생일은 축하받을 일이 아니다.• 그저 심연에서 울리는 사람들의 목소리가 있을 뿐이다.

그 밖에 영국과 러시아가 이란을 점령해 강제로 항복시켰는데, 적는 것을 잊었다.

9월 6일

168~169p 숨이 막힐 지경이다! 난 그가 제발 혼자 죽기를 바랐다. 그가 심각한 불면증에 시달리고 있고, 얼마 전 수면제를 과다 복용하고 죽을 뻔했다는 소식을 들어서 기쁘다.

170~171p 독일이 유럽 전역에서 폭주하고 있다. 오, 주여, 대체 얼마나 더 이런 악몽에 시달려야 하나요? 독일은 진군하는 곳마다 모든 식량을 약탈해 간다. 마치 이집트의 메뚜기 떼처럼 날뛰고 있다. 다음 3개의 기사는 모두 1941년 9월 7일의 신문 기사이다.

9월 11일

어제 오슬로에 비상사태가 선포되었다. 첫 번째 군사 재판에서 2명이 총살되었고, 1명은 종신형, 2명은 15년 형, 다른 1명은 10년 형을 선고받았다. 총살된 사람은 전국 노동조합 지도자

• 전쟁 발발 2년에 대한 은유적 표현으로 보인다.

인 변호사 비고 한스텐과 랄프 빅스트룀 위원장이다. 북유럽 국가에서 이런 일이 일어나다니! 아무것도 할 수 없는 분노와 절망 앞에서 가슴이 찢어질 것 같다.

저녁 8시 이후에는 누구도 외출하면 안 된다. 맙소사, 노르웨이 사람들은 얼마나 깊은 증오를 안고 살아야 할까!

크비슬링의 최근 연설은 노르웨이에서 걷잡을 수 없는 분노를 불러일으켰고, 오슬로에서 총파업이 계획되었다. 그 결과 비상사태가 선포된 것이다.

한편, 러시아에서는 격렬한 전투가 벌어지고 있다. 핀란드 청년들이 전장에서 피를 쏟고 있다. 직장 일로 알게 된 몇몇 사람이 전사했고, 그중에는 스웨덴 아가씨와 약혼한 베이네 탄네르의 외아들도 있다. 레닌그라드와 러시아의 다른 지역을 잇는 통신은 두절되었다. 러시아와 핀란드 사이에 옛 국경을 기준으로 한 별도의 평화 협정이 체결될 것이라는 소문이 돌고 있다.

10월 1일

Things have happened(여러 일들이 있었다). 지난번 일기를 쓴 이후 말이다.

9월 17일, 스웨덴 함대는 호르스피에르덴에서 끔찍한 비극을 겪었다. 원인 모를 이유로 구축함 예테보리호가 폭발해 침몰하면서 함께 있던 두 대의 구축함 클라스 호른호와 클라스

우글라호까지 침몰하고 말았다. 불타는 기름이 해수면을 뒤덮었고, 불쌍한 군인들이 탈출을 시도했다. 결국 33명이 목숨을 잃었다. (다행히 대부분 휴가를 나간 상태였다.) 우리가 받은 편지들에 따르면 현장을 둘러싸고 차마 눈 뜨고 볼 수 없는 처참한 광경이 펼쳐졌다고 한다. 팔, 다리, 떨어져 나간 머리 등이 어지러이 널려 있었고, 구조대가 막대기로 너덜너덜해진 살점들과 내장들을 건져 올려야 했다. 한 병사가 제일 친한 친구를 어떻게 찾아냈는지 쓰면서, 얼굴은 멀쩡한데 나머지 몸뚱이는 갈기갈기 찢겨 있었다고 했다. 또 다른 병사는 뱃전에 서서 담배에 불을 붙이는데 갑자기 팔 하나가 얼굴을 때렸다고 한다. 현재는 부주의한 어뢰 수송 때문에 사고가 난 것으로 보고 있지만, 호르스피에르덴 상공을 돌던 비행기에서 폭탄이 떨어지는 걸 본 사람이 5명이나 있다. 만약 이것이 사실이라면, 사고의 원인은 잘못 투하된 폭탄이 분명할 것이다. 그 밖에 사보타주•에도 혐의를 두고 있다. 오늘 신문을 읽어 보니 최근 폭발물을 다루는 새로운 사보타주 조직이 체포되었다는 기사가 실렸다.

국내에서 이제 달걀도 배급품으로 바뀐다는 보도가 있었다. 한 달에 한 사람에게 7개의 달걀이 배급되는 것이다. 다행히 이때를 대비해서 20킬로그램의 달걀을 저장해 두었다.

• 비밀리에 적의 산업 시설이나 직장에 대한 시설을 파괴하는 행위.

노르웨이에서 열린 군사 재판은 시행 후 얼마 지나지 않아 중단되었다. 하지만 이러한 재판이 체코슬로바키아에 도입되어 사형 선고가 쏟아지고 있다. 노르웨이 사람들은 자신들이 덮는 담요를 독일군에 넘겨주지 않으면 견디기 힘든 일을 겪어야 한다. 점령당한 모든 국가마다 대부분의 식량을 독일에 넘겨주고 있는데도, 독일 국민은 유럽의 다른 나라 국민들과 마찬가지로 굶주리고 있다. 프랑스 전역에서 견디기 힘들 정도로 식량이 부족하고, 핀란드나 노르웨이도 마찬가지다.

저녁 신문에서는 핀란드가 페트로자보츠크를 점령했다고 한다. 무르만스크 철도 노선은 완전히 끊겼다. 그럼에도 이번 겨울에 러시아에서 전쟁을 끝낼 결정적인 승부는 나지 않을 것이다.

그리고 우리는 전쟁과 고물가에도 불구하고 불카누스가탄 12번지에서 달라가탄 46번지로 이사했다. 나는 아름다운 새집을 보고 기뻐하지 않을 수 없다. 하지만 너무 많은 사람들이 머리를 가릴 지붕조차 없는 지금, 우리가 과분하게 잘 지낸다는 생각이 든다.

이사할 때 1940년의 다이어리를 잃어버렸다.

이제 아름답고 널찍한 거실이 있고, 아이들도 각자 자기 방을 갖게 되었으며, 우리 침실도 생겼다. 우리는 가구를 모두 새로 장만했다. 정말 쾌적한 집이 되었다. 이 집이 절대 폭격당하지 않으면 좋겠다.

10월 10일

독일군이 모스크바에서 150킬로미터 떨어진 곳에 있고, 러시아 170개 사단이 포위되었다고 한다. 무엇이 사실인지 아닌지 모르겠다.

10월 11일

내일은 데니시페이스트리와 '버터가 듬뿍 들어간 반죽'으로 만든 몇몇 제과류를 즐기는 마지막 날이다. 얼마 전부터 매달 한 사람에게 7~8개씩 주어지는 달걀 배급과 관련해서 내가 아무것도 적어 놓지 않은 모양이다. 다행히 나는 꽤 넉넉한 양을 보관해 놓았는데, 전쟁이 계속된다면 보관해 놓은 것들은 내년까지 써야 할 것 같다.

사랑하는 딸이 이번 가을부터 학교에 다니기 시작했다. 요즘은 카린 때문에 애를 먹고 있다. 퉁명스럽고, 버릇없으며, 사사건건 고집을 부린다. 제발 이 시기가 지나고 좀 달라지길!

11월 5일

전투는 계속되고 세계는 극한의 고통을 견디고 있다. 어디를 보나 사악함과 무자비함이 가득하다. 어제저녁에 신문을 읽는데 세계 곳곳의 비참한 모습에 가슴이 조여 왔다. 영국은 핀란드가 러시아와의 평화 협정 체결을 거부한다는 이유로 핀란드에 선전 포고를 고려하고 있다. 미국도 핀란드를 같은 방향으로 압박하고 있다. 미국은 지난 8월에 핀란드와 러시아 간 합의를 중재하려고 했지만, 핀란드가 이를 거부했다.

독일군은 모스크바에서 40킬로미터 정도 떨어진 곳에 있다고 하는데, 러시아군은 '죽음을 각오하고' 모스크바를 방어할 것이라고 한다. 오늘의 유머에 따르면, 스탈린은 히틀러에게 이 같은 전보를 보냈다. "이렇게 성가신 국경 침범을 멈추지 않는다면 나는 동원령을 내릴 것이오." 이 말에는 뭔가 의미심장한 구석이 있다. 물론 독일군이 러시아 깊숙이 침공한 것은 사실이지만 여전히 거대하고 신성한 러시아를 그렇게 쉽게 무너뜨릴 수는 없을 것이다. 오늘《다겐스 뉘헤테르》에 겨울 전쟁에 관한 사설이 실렸다. 독일군은 겨울이 오기 전에 러시아를 굴복시킬 수 있다고 확신했겠지만 겨울 전쟁을 피하기는 어려워 보인다. 그러나 나는 이 사설을 읽기만 해도 몸이 얼어붙는 것 같다. 겨울 전쟁을 치르는 일은 얼마나 끔찍할까. 러시아군의 발표에 따르면 독일군은 크림반도를 손에 넣었지만, 막대한 희생을 치른 것 같다.

그 밖에 최근에 일어난 일은, 독일이 호송대에 있던 미국 구축함을 한 척 침몰시킨 것이다. 루스벨트는 이 일을 결코 가볍게 보지는 않았지만, 선전 포고 할 만큼의 도발로 보지는 않았다.

그리고 유럽이 굶주리고 있다. 어제 신문은 아테네에 먹을 것이 아무것도 없다고 보도했다. 프랑스에서는 채소로 겨우 연명하고 있으며, 독일은 빼앗을 수 있는 모든 것을 빼앗아 가고 있음에도 어떤 점에서는 더 어려운 상황을 겪고 있는 것 같다. 헬싱키에서는 청어를 사려고 길게 줄지어 선 군중들을 경찰이 해산시켜야 했다.

독일군은 무법자처럼 미친 듯이 질주하고 있다. 그들은 노르웨이에서 담요, 장화, 방한복, 텐트, 스키, 라디오, 그리고 거의 모든 식량과 (아이나 몰린에 따르면) 심지어 침대보까지 빼앗아 갔다. 베를린의 많은 유대인이 폴란드로 강제 이주되고 있다. 이러한 강제 이주가 무엇을 뜻하는지는 쉽게 짐작할 수 있다. 이들은 가시철조망으로 둘러친 게토에 수용되고, 만약 그곳을 벗어나려고 하면 사전 경고 없이 즉각 총살당한다. 유대인들의 식량 배급은 다른 사람들의 절반도 되지 않는다.

요즈음 베리다레반스가탄•의 한 서점에 '유대인과 유대인 혼혈인 출입 금지'라는 팻말이 나붙었고, 이에 흥분한 군중이 몰려들어 대단한 소동이 벌어졌다고 한다. 이에 스톡홀름시 당국은 거리에서 팻말이 보이지 않게 걸라고 명령했다.

잔혹 행위와 관련해서는, 러시아군이 독일에 쫓겨 발트해에서 퇴각하기 전에 어떤 만행을 저질렀는지 들었다. 엄마가 보는 앞에서 어린아이의 혀에 못을 박는, 차마 믿기 어려운 일들이 벌어졌다고 한다. 인간의 가학성에는 끝이 없는 것 같다. 수

• Beridarebansgatan. 스웨덴 스톡홀름에 있는 거리.

천 명이 실종되었고, 시베리아로 끌려갔거나 살해당했다.

모든 국경을 넘어 세계가 처참한 지경에 이르렀고 그 끝이 보이지 않는다.

12월 6일

핀란드의 독립 기념일에 영국이 선전 포고를 했다. 우리는 정말 기이한 세상에 살고 있다. 1939년 겨울, 영국은 스웨덴에 영국 군대를 통과시켜 달라고 요구했다. 당시 영국은 러시아에 맞서 싸우는 핀란드를 도와야 했고, 러시아는 작고 귀찮은 핀란드를 물리치려고 은밀하게 독일의 도움을 받고 있었다. 그런데 영국인 눈에 갑자기 러시아가 크고 신성한 영웅 같은 존재가 되었고, 핀란드는 러시아를 공격한 부끄러운 나라가 되었다. 한때 동맹 세력이었던 독일과 러시아는 지금 총구를 겨누며 싸우고 있다. 이런 식으로 세력 관계는 급변할 수 있다. 비록 영국과 미국이 겉으로는 다른 말을 해야 하더라도 속으로는 핀란드를 진심으로 이해할 것이다. 어느 신문에서 읽었는데, 폴란드와 러시아는 '해묵은 모든 원한'을 흘려보내기로 합의했다고 한다. 무려 수 세기에 걸친 러시아에 대한 적대감과 억압을 그렇게 표현하다니 얄궂다. 하지만 독일에 대한 증오가 무엇이든 가능하게 했을 것이다.

아, 이미 말했지만 글로 적어 두는 것을 잊었다. 1939년 러시아와 핀란드 사이에서 협상의 쟁점이 되었던 항코는 다시 핀란드 손으로 넘어왔다.

12월 8일

제2차 세계 대전은 이제 현실이 되었다. 일본은 어제 연합군에 맞서 하와이 진주만과 마닐라에 공습을 반복하면서 전쟁을 시작했다. 이후 도쿄 라디오는, 월요일 새벽에 태평양을 사이에 두고 일본과 미국, 영국이 대치하며 전쟁이 시작되었다고 발표했다.

일본은 태국을 공격했는데, 방콕이 폭격 위험에 직면하자 태국은 무기를 즉시 내려놓았다.

이제 미국이 독일에 선전 포고 할 일만 남아 있다. 그러면 추축국들은 민주주의 국가들에 맞서 연합할 것이고, 전 세계적으로 거대한 전투가 벌어질 것이다.

러시아의 숲과 리비아의 사막과 화창한 하와이에서 전투가 벌어지고 있다. 이 모든 일은 결국 독일이 그단스크를 차지하겠다고 나서면서 시작되었다. 이런 생각을 하면 현기증이 난다.

독일이 러시아에서 고전하며 나아가는 게 사실이다. 겨울이 시작되기 한참 전에 끝났어야 할 전쟁이 아무 일도 없던 것처럼 여전히 이어지고 있다. 모스크바를 앞에 두고 독일은 아주 더디게나마 전진하고 있지만, 남부 전선에서는 큰 손실을 입고 후퇴할 수밖에 없었다. 강력한 러시아를 그렇게 쉽게 굴복시킬 수는 없다. 아마도 독일 군인들은 올해 크리스마스 휴가를 떠나지 못할 것이다. 지구 곳곳의 가엾고 어린 군인들!

그리고 1935년 8월, 아스트리드 여왕이 끔찍한 사고로 사망한 후 줄곧 홀아비로 지내 온 레오폴드 왕이 재혼했다.

12월 11일

아침 신문은 일본이 영국의 대형 전함인 리펄스호와 프린스 오브 웨일즈호 두 척을 태평양에서 침몰시켰다고 보도했다. 영국은 크게 동요했다. 일본이 적에게 공포와 충격을 주기 위해 목숨을 던지는 자살 비행기 조종사를 배치했다는 설이 있다.

그런데 오후에 더 충격적인 사건이 터졌다. 추축국이 미국에 전쟁을 선포한 것이다. 어느 정도 예상된 일이었지만, 충격은 가시지 않는다. 이제 지구 전체가 전쟁의 소용돌이에 휘말렸다. 이것이 스웨덴의 우리에게 뜻하는 것은, 미국과의 모든 연결이 끊긴다는 것이다. 이제껏 우편을 비롯한 다른 모든 것들이 독일을 경유해 전달되었다.

그리고 중국은 독일에 선전 포고 했다.

한편, 오늘 직장에서 러시아로 끌려갔다가 이제 막 돌아온 핀란드 아이들의 끔찍한 사진을 보았다. 세계 대전, 아니 제1차 세계 대전 이후로 이렇게 뼈만 남은 기형적인 아이들의 모습은 본 적이 없다. 하지만 전쟁이 끝나기도 전에 결국 유럽의 모든 아이들이 이렇게 될 것이다.

크리스마스 다음 날

지난번 일기를 쓰고 나서 이상한 일이 벌어졌다. 독일 육군 총사령관 브라우히치가 사임하고 히틀러가 직접 군 최고 지휘권을 넘겨받았다. 그 이유를 둘러싸고 다양한 추측이 나오고 있다. 열세에 놓인 독일군을 러시아에서 이끌려면 히틀러의 직접 개입이 필요할지도 모른다. 불쌍한 군인들은 러시아 전선에서 구덩이를 파고 영하 40도의 추위를 버텨야 한다. 모스크바를 향한 11월 공격은 틀림없는 실책이었다. 사람들은 히틀러가 브라우히치의 반대에도 불구하고 명령을 강행했고, 브라우히치는 이제 희생양이 된 게 분명하다고 생각한다. 어쨌든 이번 조치는 독일 측의 약화를 드러낸 것으로 볼 수 있다.

크리스마스 연휴 동안에도 전쟁은 계속되고 있다. 일본은 태평양을 끔찍한 혼란으로 몰아넣었고, 홍콩은 점령당했고, 마닐라도 매우 위험한 상황에 빠졌다.

우리는 전처럼 네스에서 크리스마스를 축하했다. 음식은 풍족했고 날씨는 화창했다. 크리스마스이브에 굵은 눈송이가 휘날리기 시작했는데(그때는 아직 눈이 쌓이지 않았다.), 크리스마스 당일이 되자 나무와 덤불이 온통 눈으로 뒤덮였다. 온 세상이 꼭 크리스마스카드 속 장면 같아 보였다. 오늘, 크리스마스 다음 날의 날씨는 영하 10도이다.

올해 크리스마스를 맞아 이곳 스웨덴에서 느끼는 절실한 감정은 마음 깊은 곳에서 우러나는 감사다. 우리는 아직도 우리가 해 오던 대로 크리스마스를 축하할 수 있으니 말이다. (단, 올해는 어린이 1명당 초 10개로 크리스마스 소나무를 장식하는 데 만족해야 했다.)

린드그렌 가족.

불카누스가탄의 집에서, 1941년.

Warschau... Polen håller på att genomgå en märklig förvandling. I västra och centrala delarna av Polen förtyskas befolkningen i rask takt, i de östra delarna blir förryskningen alltmera kännbar och i de sydliga delarna där det judiska inslaget varit särskilt starkt, har man inrättat speciella ghettostäder vilka omgärdats med höga stenmurar utanför vilka judarna icke få röra sig. De tvingas dessutom att bära speciella armbindlar för att visa vilken ras de tillhöra. En hel del restriktioner i det dagliga livet beröra också de judiska invånarna i Polen.

Tyskarna ha arbetat energiskt för att införa en hel rad tekniska förbättringar i Polen och särskilt kan man konstatera hur de inflyttade tyskarna och folket av tysk stam som bodde i landet före erövringen, fått det väl ordnat för sig. Detta har naturligtvis skett på bekostnad av den standard polackerna själva åtnjutit. Dessa ha fråntagits en hel del rättigheter, få bl. a. icke tillgång till högre utbildning än folkskola och hålles nere som en arbetande proletärklass, fyllande de funktioner som de härskande tyskarna anvisa åt dem. På en del stora arbetsfält i Tyskland där den billiga polska arbetskraften utnyttjas ser man ofta märket som utmärker polacken och som graderar honom ett eller ett par trappsteg under tysken. Sedan Tyskland officiellt fastslagit att ett fritt Polen »aldrig mera kommer att återuppstå» ser också det polska folket sin framtid i mycket dystra färger. Man saknar också — kanske i hög grad beroende på den slaviska mentalitetens mjukhet — den fasthet i det passiva motståndet som t. ex. präglar tjeckernas tysta kamp mot den tyska överhögheten.

Detta reportage har särskil[t] korn på judarnas ställning i det [nuva]rande polska generalguvernemen[tet]. Warschau har man avskilt hel[a] ton från den övriga delen av sta[den], som f. ö. fortfarande är svårt [märkt] och bl. a. blottar ruinern[a] 4,000 sönderbombade hus som ä[nnu] återuppbyggts! — och i Lublin [har] man också en dylik strängt avsk[ild] destad. Judarna bilda det lägsta skiktet i det nuvarande Polen, stone vad beträffar de möjlighete[r] ges dem att leva ett drägligt liv. för dem komma polackerna, so[m] hänvisade till att bli en övervak[] derklass för tungt arbete, samt gen ovan dessa folkskikt de gaml[a] inflyttade tyskarna i Polen.

MURARNA

Murarna som avskär judestadsdelen från det övriga Lublin ser ut så här. De återfinnas i alla gator som leda till Ghetton.

SLÄPVAGNAR FÖR JUDAR

ndast i släpvagnarna på spårvägarna få judarna i Krakau åka medan motor-agnarna reserverats för tyskar och polacker. Observera anslagen på släpvagnen om omtalar att denne del av spårvagnståget är tillgänglig för judar. Skarpa estriktioner inskränka ej blott rörelsefriheten utan även verksamhetsfältet.

OBLIGATORISKT

o. m. dessa gamla judekvinnor måste ra den sexuddiga Sionstjärnan som erfinnes på varje gul armbindel inom dekvarteret i Lublins stadscentrum.

SEXUDDSSTJÄRNAN

Dessa kvinnor sälja den gula armbindel med den sexuddiga Sionstjärnan som numera är obligatorisk för varje polsk jude. Även polacker bära »tecken».

철저히 분리된 유대인 차별 구역 관련 기사 스크랩, 《SE》 5호, 1941년.

och ur samma nummer av SE — nytt från familjen Lindgren.

Ny direktör för "M:s" 25,000

Gengasen behärskar bilmarknaden och bilismens förgrundsfigurer äro aktuellare än någonsin. En av dem är direktör Sture Lindgren, som vid årsskiftet tillträdde befattningen som direktör för »M» — Motormännens riksförbund — som f. n. räknar omkring 25,000 medlemmar. Det är i en brydsam tid, som herr Lindgren tar hand om rodret, och det är hans förhoppning att kunna uträtta en del nytta i den position han vunnit. Han innehar också den svenska bilismens fulla förtroende. Och f. n. är det gengasens rätta användning, som han bl. a. vill verka för.

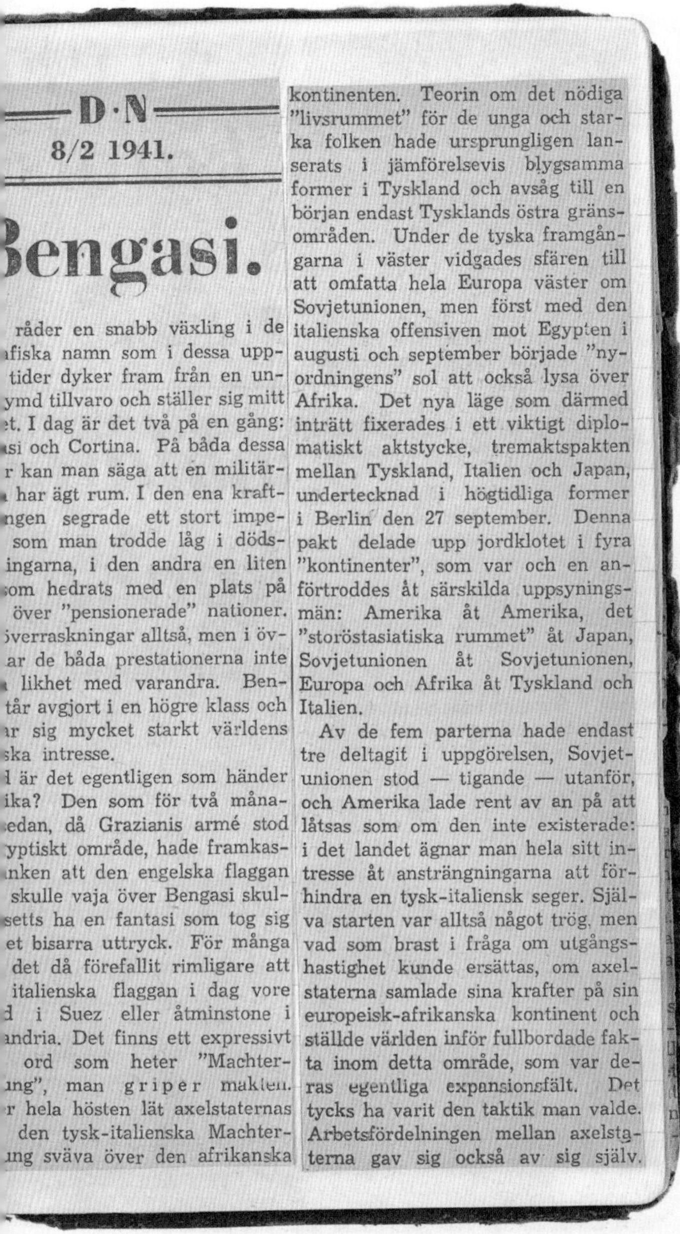

D·N
8/2 1941.

Bengasi.

råder en snabb växling i de
afiska namn som i dessa upp-
tider dyker fram från en un-
ymd tillvaro och ställer sig mitt
et. I dag är det två på en gång:
asi och Cortina. På båda dessa
r kan man säga att en militär-
a har ägt rum. I den ena kraft-
ngen segrade ett stort impe-
som man trodde låg i döds-
ingarna, i den andra en liten
som hedrats med en plats på
över "pensionerade" nationer.
överraskningar alltså, men i öv-
ar de båda prestationerna inte
a likhet med varandra. Ben-
står avgjort i en högre klass och
ar sig mycket starkt världens
ska intresse.
l är det egentligen som händer
ika? Den som för två måna-
edan, då Grazianis armé stod
yptiskt område, hade framkas-
nken att den engelska flaggan
skulle vaja över Bengasi skul-
setts ha en fantasi som tog sig
et bisarra uttryck. För många
det då förefallit rimligare att
italienska flaggan i dag vore
d i Suez eller åtminstone i
andria. Det finns ett expressivt
ord som heter "Machter-
ung", man gripe r makten.
r hela hösten lät axelstaternas
den tysk-italienska Machter-
ung sväva över den afrikanska

kontinenten. Teorin om det nödiga "livsrummet" för de unga och starka folken hade ursprungligen lanserats i jämförelsevis blygsamma former i Tyskland och avsåg till en början endast Tysklands östra gränsområden. Under de tyska framgångarna i väster vidgades sfären till att omfatta hela Europa väster om Sovjetunionen, men först med den italienska offensiven mot Egypten i augusti och september började "nyordningens" sol att också lysa över Afrika. Det nya läge som därmed inträtt fixerades i ett viktigt diplomatiskt aktstycke, tremaktspakten mellan Tyskland, Italien och Japan, undertecknad i högtidliga former i Berlin den 27 september. Denna pakt delade upp jordklotet i fyra "kontinenter", som var och en anförtroddes åt särskilda uppsyningsmän: Amerika åt Amerika, det "storöstasiatiska rummet" åt Japan, Sovjetunionen åt Sovjetunionen, Europa och Afrika åt Tyskland och Italien.

Av de fem parterna hade endast tre deltagit i uppgörelsen, Sovjetunionen stod — tigande — utanför, och Amerika lade rent av an på att låtsas som om den inte existerade: i det landet ägnar man hela sitt intresse åt ansträngningarna att förhindra en tysk-italiensk seger. Själva starten var alltså något trög, men vad som brast i fråga om utgångshastighet kunde ersättas, om axelstaterna samlade sina krafter på sin europeisk-afrikanska kontinent och ställde världen inför fullbordade fakta inom detta område, som var deras egentliga expansionsfält. Det tycks ha varit den taktik man valde. Arbetsfördelningen mellan axelstaterna gav sig också av sig själv.

왼쪽 '새로운 조타수-새해 전환기의 새로운 일꾼. M의 2만 5,000명을 위한 새로운 디렉터', 《SE》 5호, 1941년.
오른쪽 '벵가지', 《다겐스 뉘헤테르》(이하 DN), 1941년 2월 8일.

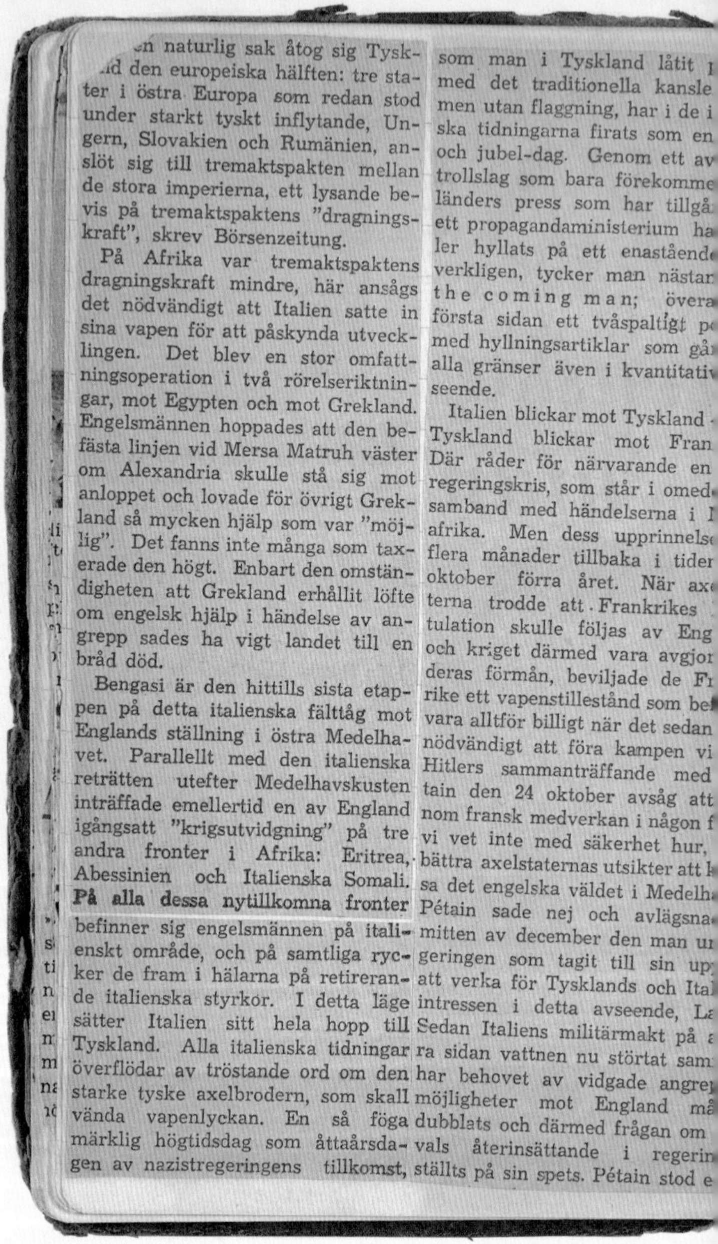

…n naturlig sak åtog sig Tysk-…d den europeiska hälften: tre stater i östra Europa som redan stod under starkt tyskt inflytande, Ungern, Slovakien och Rumänien, anslöt sig till tremaktspakten mellan de stora imperierna, ett lysande bevis på tremaktspaktens ”dragningskraft”, skrev Börsenzeitung.

På Afrika var tremaktspaktens dragningskraft mindre, här ansågs det nödvändigt att Italien satte in sina vapen för att påskynda utvecklingen. Det blev en stor omfattningsoperation i två rörelseriktningar, mot Egypten och mot Grekland. Engelsmännen hoppades att den befästa linjen vid Mersa Matruh väster om Alexandria skulle stå sig mot anloppet och lovade för övrigt Grekland så mycken hjälp som var ”möjlig”. Det fanns inte många som taxerade den högt. Enbart den omständigheten att Grekland erhållit löfte om engelsk hjälp i händelse av angrepp sades ha vigt landet till en bråd död.

Bengasi är den hittills sista etappen på detta italienska fälttåg mot Englands ställning i östra Medelhavet. Parallellt med den italienska reträtten utefter Medelhavskusten inträffade emellertid en av England igångsatt ”krigsutvidgning” på tre andra fronter i Afrika: Eritrea, Abessinien och Italienska Somali. **På alla dessa nytillkomna fronter** befinner sig engelsmännen på italienskt område, och på samtliga rycker de fram i hälarna på retirerande italienska styrkor. I detta läge sätter Italien sitt hela hopp till Tyskland. Alla italienska tidningar överflödar av tröstande ord om den starke tyske axelbrodern, som skall vända vapenlyckan. En så föga märklig högtidsdag som åttaårsdagen av nazistregeringens tillkomst,

som man i Tyskland låtit p
med det traditionella kansle
men utan flaggning, har i de i
ska tidningarna firats som en
och jubel-dag. Genom ett av
trollslag som bara förekomme
länders press som har tillgå
ett propagandaministerium ha
ler hyllats på ett enastående
verkligen, tycker man nästan
the coming man; övera
första sidan ett tvåspaltigt p
med hyllningsartiklar som gå
alla gränser även i kvantitativ
seende.

Italien blickar mot Tyskland
Tyskland blickar mot Fran
Där råder för närvarande en
regeringskris, som står i omed
samband med händelserna i I
afrika. Men dess upprinnels
flera månader tillbaka i tiden
oktober förra året. När ax
terna trodde att Frankrikes
tulation skulle följas av Eng
och kriget därmed vara avgjor
deras förmån, beviljade de Fr
rike ett vapenstillestånd som be
vara alltför billigt när det sedan
nödvändigt att föra kampen vi
Hitlers sammanträffande med
tain den 24 oktober avsåg att
nom fransk medverkan i någon f
vi vet inte med säkerhet hur,
bättra axelstaternas utsikter att b
sa det engelska väldet i Medelh
Pétain sade nej och avlägsna
mitten av december den man u
geringen som tagit till sin up
att verka för Tysklands och Ita
intressen i detta avseende, La
Sedan Italiens militärmakt på a
ra sidan vattnen nu störtat sam
har behovet av vidgade angrep
möjligheter mot England må
dubblats och därmed frågan om
vals återinsättande i regerin
ställts på sin spets. Pétain stod e

påtryckningar att återta honom
er de spännande dagar som följ-
fter hans avsked. De tyska tid-
;arna har inte ens meddelat sina
re att Laval inte är utrikesmi-
er, men till gengäld har de ut-
ska korrespondenterna i Berlin
nat för honom: i december kun-
de bäst underrättade rapportera
Laval blivit inrikesminister, i
en av januari hade han avance-
till utrikesminister, och nu får
veta att han står på vippen att
Frankrikes diktator.
all denna ovisshet, i allt detta
nde fram och tillbaka mellan
ny och Paris och Lavals fram-
gar på ryktesmarknaden och den
a regeringens försäkringar att
rör sig om en inre fransk fråga
den inte lägger sig i — mitt i
detta skär en klar och skarp
al genom rymden: den kommer
nbart långt bortifrån, men i
kligheten från en plats som för
åltningen av de fransk-tyska för-
lelserna är lika viktig som Ber-
och Vichy och mycket viktigare
Rom, från det franska imperiet,
general Weygand i ett radiotal
Alger har framfört ett budskap
sin regering. Frankrike kom-
inte att upplåta Bizerte för en
ntuell tysk aktion mot engels-
nen i Libyen. Bengasi blickar
mot Bizerte i Tunisien, där tyska
pper skulle kunna landsättas för
möta den engelska framrycknin-
. Det kommer alltså Frankrike
att ge sitt samtycke till.
ill den franska regeringen där-
l ha sagt att om Tyskland bry-
vapenstilleståndsvillkoren kom-
Frankrike att ta upp striden
l sina styrkor i kolonierna och
l de sjöstridskrafter den förfo-
över, däri inberäknat de enhe-
som internerats i England och i
xandria? Det förefaller inte
ojligt.

9.2.41

Jag tyckte, det här var en bra ledare och klistrade där-för in den.

Vi har segrat i militärpatrulltävlingen i Cortina, före Tyskland o. Italien o. Schweiz o. Finland. Det är utmärkt, att tyskarna får se, vad sorts soldater vi har i det här landet.

Det har gått rent åt helvete för italienarna

앞 페이지에서 계속, 1941년.

"Soldater vid sydostfronten! Troget pricipen att låta andra kämpa för sig utsåg England, i avsikt att i en ny strid definitivt undanröja Tyskland, år 1939 Polen för att börja kriget och om möjligt förinta den tyska försvarsmakten. På få veckor slogo och undanröjde de tyska soldaterna vid ostfronten detta de brittiska krigshetsarnas instrument.

Den 9 april för ett år sedan försökte så England att genom en framstöt i Tysklands nordliga flank nå sitt mål. I en oförgätlig strid tillbakaslogo de tyska soldaterna under det norska fälttåget anfallet, även denna gång på få veckor. Det som världen icke höll för möjligt lyckades. Det tyska rikets krigsmakt säkrar vår norra front upp till Kirkenes.

Ytterligare några veckor senare trodde herr Churchill ögonblicket vara inne för att över det med England och Frankrike förbundna Belgien och över Holland kunna företa en framstöt till Ruhrområdet. Då började den historiska stunden för soldaterna vid vår västfront. I krigshistoriens mest ärorika strid slogos den kapitalistiska västerns arméer och förintades till slut. Efter 45 dagar var även detta fälttåg avgjort. Nu koncentrerade herr Churchill det brittiska imperiets makt mot våra

bundsförvanter i Nordafri
Även där har faran avlägsn
genom samarbetet mellan
ka och italienska förband.

De brittiska krigsorganis
rernas nya mål består nu i
förverkliga en plan, som de
dan vid krigets början h
uppgjort men gång på gå
måst uppskjuta blott till fö
av de väldiga tyska segrar
I minnet av landsättningen
brittiska trupper i Salon
under världskriget fångade
först Grekland med sin gar
ti och ställde sedan definit
landet i de engelska syfte
tjänst.

Jag har gång på gång var
för ett försök att landsä
brittiska trupper i syfte att
ta det tyska riket i sydös
Europa. Denna varning h
tyvärr varit förgäves. Vida
försökte jag ständigt med sa
ma tålamod att övertyga de
goslaviska statsmännen
nödvändigheten av ett uppr
tigt samgående mellan de

ett återupprättande av frede
dessa områden intresserade
tionerna.

Sedan slutligen grundval
na för ett sådant samarb
kunnat säkras genom Jugos
viens anslutning till tremak
pakten, utan att därvid ö
huvud taget någonting ford
des av Jugoslavien utom del
gandet i återuppbyggnaden
ett förnuftigt organiserat E
ropa, i vilket även Jugoslavi

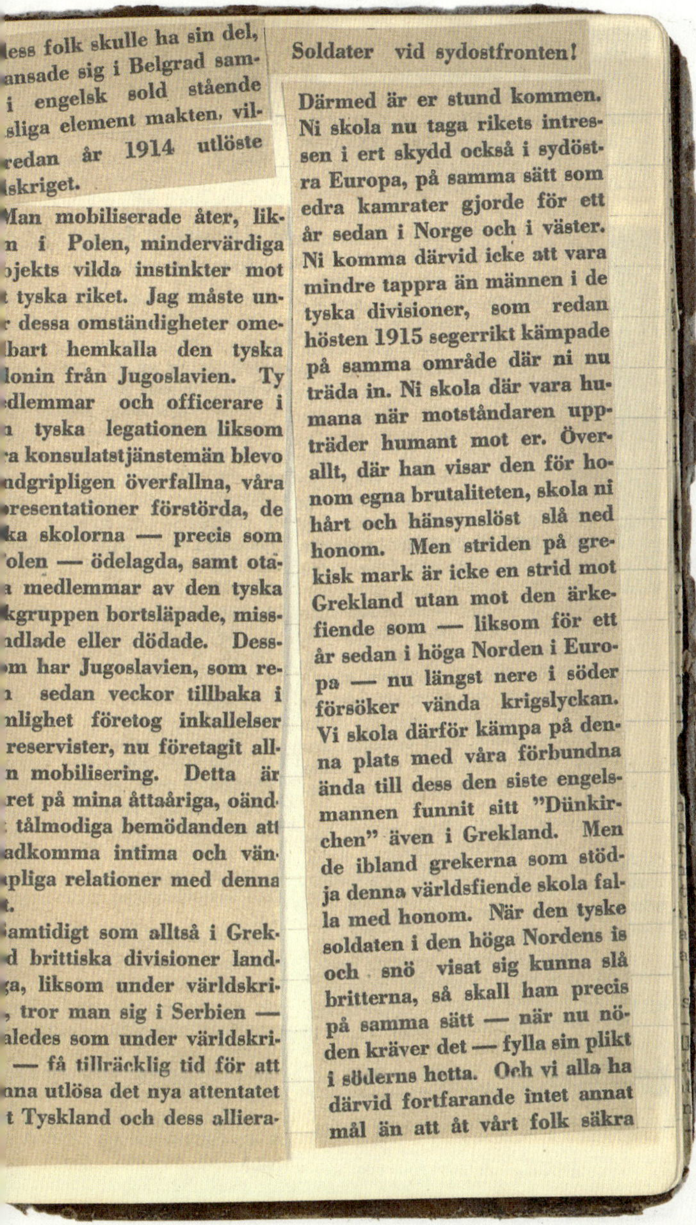

less folk skulle ha sin del,
ansade sig i Belgrad sam-
i engelsk sold stående
sliga element makten, vil-
redan år 1914 utlöste
skriget.

Man mobiliserade åter, lik-
n i Polen, mindervärdiga
bjekts vilda instinkter mot
t tyska riket. Jag måste un-
r dessa omständigheter ome-
lbart hemkalla den tyska
lonin från Jugoslavien. Ty
dlemmar och officerare i
n tyska legationen liksom
ra konsulatstjänstemän blevo
ndgripligen överfallna, våra
presentationer förstörda, de
ka skolorna — precis som
Polen — ödelagda, samt ota-
a medlemmar av den tyska
kgruppen bortsläpade, miss-
ndlade eller dödade. Dess-
om har Jugoslavien, som re-
n sedan veckor tillbaka i
mlighet företog inkallelser
reservister, nu företagit all-
n mobilisering. Detta är
ret på mina åttaåriga, oänd-
tålmodiga bemödanden att
adkomma intima och vän-
apliga relationer med denna
t.

Samtidigt som alltså i Grek-
d brittiska divisioner land-
ga, liksom under världskri-
, tror man sig i Serbien —
aledes som under världskri-
— få tillräcklig tid för att
nna utlösa det nya attentatet
t Tyskland och dess alliera-

Soldater vid sydostfronten!

Därmed är er stund kommen. Ni skola nu taga rikets intressen i ert skydd också i sydöstra Europa, på samma sätt som edra kamrater gjorde för ett år sedan i Norge och i väster. Ni komma därvid icke att vara mindre tappra än männen i de tyska divisioner, som redan hösten 1915 segerrikt kämpade på samma område där ni nu träda in. Ni skola där vara humana när motståndaren uppträder humant mot er. Överallt, där han visar den för honom egna brutaliteten, skola ni hårt och hänsynslöst slå ned honom. Men striden på grekisk mark är icke en strid mot Grekland utan mot den ärkefiende som — liksom för ett år sedan i höga Norden i Europa — nu längst nere i söder försöker vända krigslyckan. Vi skola därför kämpa på denna plats med våra förbundna ända till dess den siste engelsmannen funnit sitt "Dünkirchen" även i Grekland. Men de ibland grekerna som stödja denna världsfiende skola falla med honom. När den tyske soldaten i den höga Nordens is och snö visat sig kunna slå britterna, så skall han precis på samma sätt — när nu nöden kräver det — fylla sin plikt i söderns hetta. Och vi alla ha därvid fortfarande intet annat mål än att åt vårt folk säkra

히틀러의 연설, 출처 알 수 없음. 1941년.

friheten och därmed i framtiden livsmöjligheterna åt de tyska människorna. Alla tyskars tankar, kärlek och böner äro nu åter med eder.

Adolf Hitler."

Vaktombyte i Adua

I ett av lördagens Kairotelegram lämnades ett meddelande, som nu kanske ej kan anses ha så stor aktuell politisk betydelse men som dock kom Europa att lystra till. Man fick nämligen veta, att staden Adua i norra Abessinien erövrats av brittiska imperiestyrkor.

Adua är huvudstaden i provinsen Tigre och är beläget på en ödslig högslätt 1.960 m. över havet. Staden räknar 5.000 invånare och skulle väl aldrig särskilt ha uppmärksammats av det moderna Europa, om den ej kommit att spela en särskilt betydelsefull roll i den italienska kolonialhistorien. Då Italien mot slutet av förra århundradet började tävla med stormakterna om herraväldet i Afrika, ansträngde det sig att förvärva besittningar österut. 1885 besattes Massaua och under de närmast följande åren förvärvades definitivt det område, som vi nu känna som Eritrea.

Men man kastade också ögonen på Abessinien och lyckades efter åtskilliga allvarliga besvärligheter förmå landets konung, Menilek, att erkänna ett italienskt protektorat över det etiopiska riket. År 1893 uppsade emellertid den energiske konungen Italien tro och lydnad. Regeringen Crispi beslöt att svara med väpnad intervention. 1894 inleddes ett fälttåg, som utan tvivel var mycket illa förberett. General Baratieri bröt in i Tigre och slog Menileks underkonung. mars 1896 mötte han emellertid lek själv just vid Adua. Slaget de med det mest förkrossande lag för italienarna. Drömm herraväldet över Abessinien skrinläggas, regeringen Crispi des och man måste bekväma s fred i Addis Abeba, i vilken erkände Abessiniens oberoend förband sig att betala krigs ersättning.

Det är alltså ej underligt, att Adua sedan dess alltid erinrat narna om det mörkaste bladet tidigare kolonialhistoria. För men med dess imperialistiska a tioner har detta minne varit sä olidligt. Adua var en skamfläck med blod måste utplånas ur f medvetande.

Då den italienske diktatorn v de gamla planerna på Abess erövring till nytt liv och igån fälttåget år 1935, var det alltså e derssak för hans trupper att s sätta sig i besittning av priv Tigres huvudstad. Så skedde över erövringen av Adua kungjordes en moralisk återupprättelse för smälek, nationen led 1896.

Och nu har Adua än en gång ur italienarnas händer och den e ska krigsflaggan vajar över den stridda staden.

jöslaget om England

edan krigets början sänkta
tiska, allierade och neutrala
delsfartyg enligt senaste
gifter från

rittiska	Axelmakternas
iralitetet:	överkommand.:
4.650 ton.	10.188.163 br.-t.

edan krigets början beslag-
na och sänkta tyska, italien-
och under axelmakternas
troll stående neutrala han-
sfartyg, enligt uppgifter från

Brittiska och grekiska
kommandon:
2,385,394 br.-ton.

12 april 1941.

Det gick hastigt! Jugoslavien är icke mer. "Kroatien" har förklarats självständigt; för övrigt tycks allt vara en enda soppa, som jag inte kan göra reda för. Den serbiska armén är fullständigt uppriven. I Grekland har tyskarna redan för flera dar sen nått Saloniki. Endera dan skall det väl bli en sammandrabbning mellan tyskarna o. engelsmännens trupper i Grekland. I Afrika har har tyskarnas an-

왼쪽 위 앞 페이지에서 계속. 출처 알 수 없음.
왼쪽 아래 '아두와의 경비병 교체', 출처 알 수 없음.
오른쪽 '영국을 둘러싼 해상 전투', 출처 알 수 없음, 1941년.

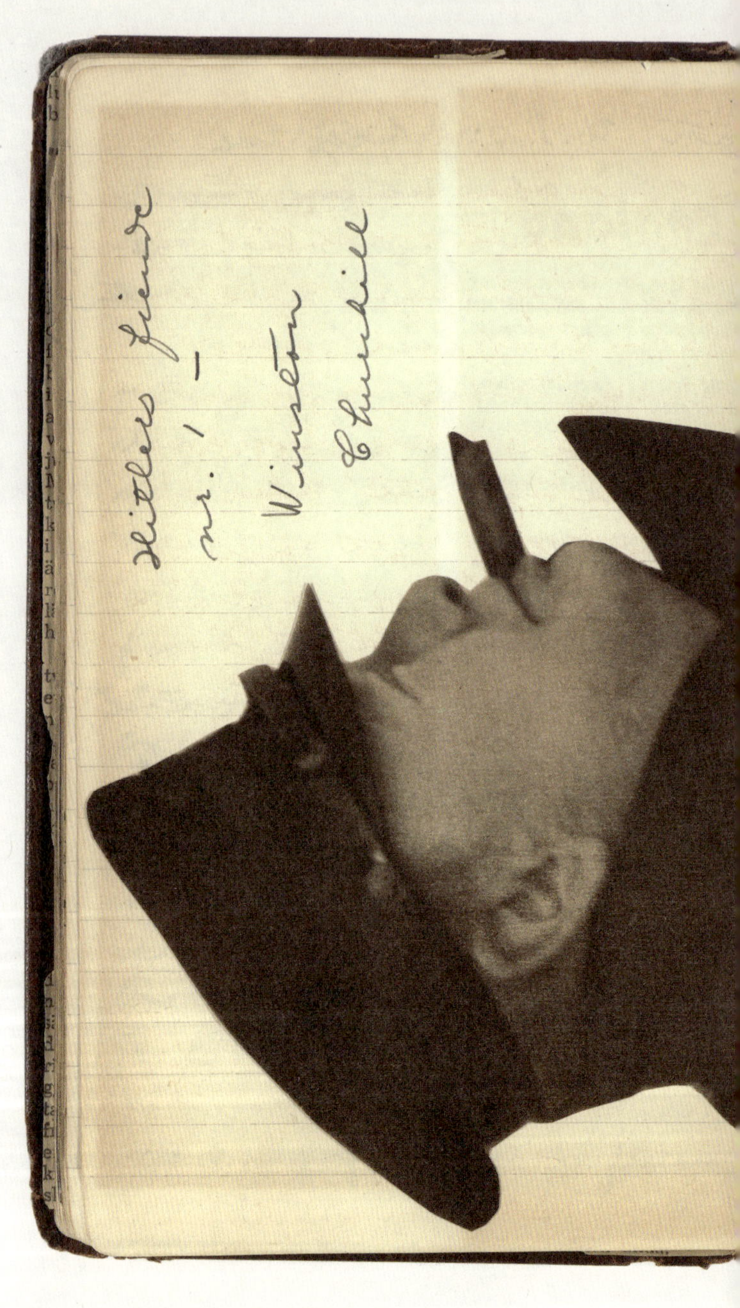
Hitlers fiende
nr. 1 –
Winston
Churchill

vå krigsår.

ı 1 september 1939 igångsatte
ska trupperna sitt angrepp mot
, vilket hade till följd att Eng-
och Frankrike två dagar se-
förklarade Tyskland krig. Mar-
ade beretts för den tyska aktio-
enom den några dagar tidigare
ade icke-angreppspakten mel-
erlin och Moskva — en av de
e årtiondenas största världs-
ska sensationer. Två år senare
ter sig de tyska och ryska ar-
na i en gigantisk kamp på liv
död utefter den längsta front
historien känner. Den tysk-
a konflikten har svällt ut till
orkrig, som blott lämnat några
Europas nationer orörda och
hotar att utveckla sig till en
världen omspännande kamp.
tåget i Polen blev en affär på
ng tre veckor. Världen fick för
gången skåda ett modernt
rig i alla dess ohyggliga aspek-
Den tyska framgången var så
att Frankrike och England
des att tro att den icke be-
så mycket på Tysklands
a som fastmer på dess mot-
ares svaghet — ett, som det
e skulle visa sig, fruktans-
ödesdigert misstag. Trots att
således fått sin krigsmakts
raft dokumenterad på ett sätt
cke lämnade något övrigt att
, ville han uppenbarligen icke
tta kriget. Allt tyder i stället
t han även före aktionen mot
varit övertygad om att han
kunna nå sitt mål endast ge-
att hota med krig, liksom han
e med Österrike och Tjeckoslo-
a. De otvetydiga engelska för-
igarna att London skulle upp-
fylla sina garantiförpliktelser mot Polen togs av allt att döma icke på allvar av Hitler — den tyska pakten med Moskva var avsedd att definitivt förta England lusten att ingripa. Italienske utrikesministern Ciano har också avslöjat att det icke ingick i axelmakternas planer att aktualisera någon fråga som kunde leda till krig. Då den tysk-italienska militäralliansen ingicks på våren 1939 hade Italien klart låtit förstå att det behövde tre år på sig för att hämta sig från aktionerna i Afrika och Spanien, och från tyskt håll angavs den önskvärda pausen till fyra à fem år. Italien kunde alltså inte bara underlåta att sluta upp på Tysklands sida i kriget, utan det tillät sig även att inta en ganska reserverad hållning ända till på våren 1940.

I sitt tal den 6 oktober uttalade Hitler direkt sin önskan om fred. Revisionen av Versaillesfördraget var avslutad, intet våld stod bakom det tyska kravet på att få tillbaka kolonierna, och en konferens utan krigets tryck borde sammankallas för att upprätta en ny internationell ordning. Hitler återkom också till ”sitt livs mål” — vänskap mellan Tyskland och England —, och han gjorde inga utfall mot Storbritannien. I London och Paris gjorde emellertid dessa koncilianta uttalanden inget intryck. Ett fredsslut skulle, förklarade man, blott betyda en andhämtningspaus före ett ännu värre krig. Striden gick vidare, men under sådana former att de krigförandes rapporter mer eller mindre blev en omskrivning av satsen ”På västfronten intet nytt”, ett tillstånd som gynnade ett otal rykten om fredstrevare och medlingsförsök.

'2년간의 전쟁', DN, 1941년 8월 31일.

31 aug -41

I morgon fyller kriget två år. Och jag tycker det känns som om det varit krig alltid.

Finnarna har tagit Viborg tillbaka – det måste kännas i varje finskt bröst. Finlands fana vajar åter på Viborgs slott – även om den sytts i all hast av ett lakan. Nu har väl finnarna snart tagit tillbaka allt vad de förlorade i freden 13 mars 1940, och sen hoppas jag, att dom slutar och låter Tyskland sköta resten.

Det är inget populärt födelsedagsbarn, som fyller år i morgon. Hör bara en röst ur folkdjupet:

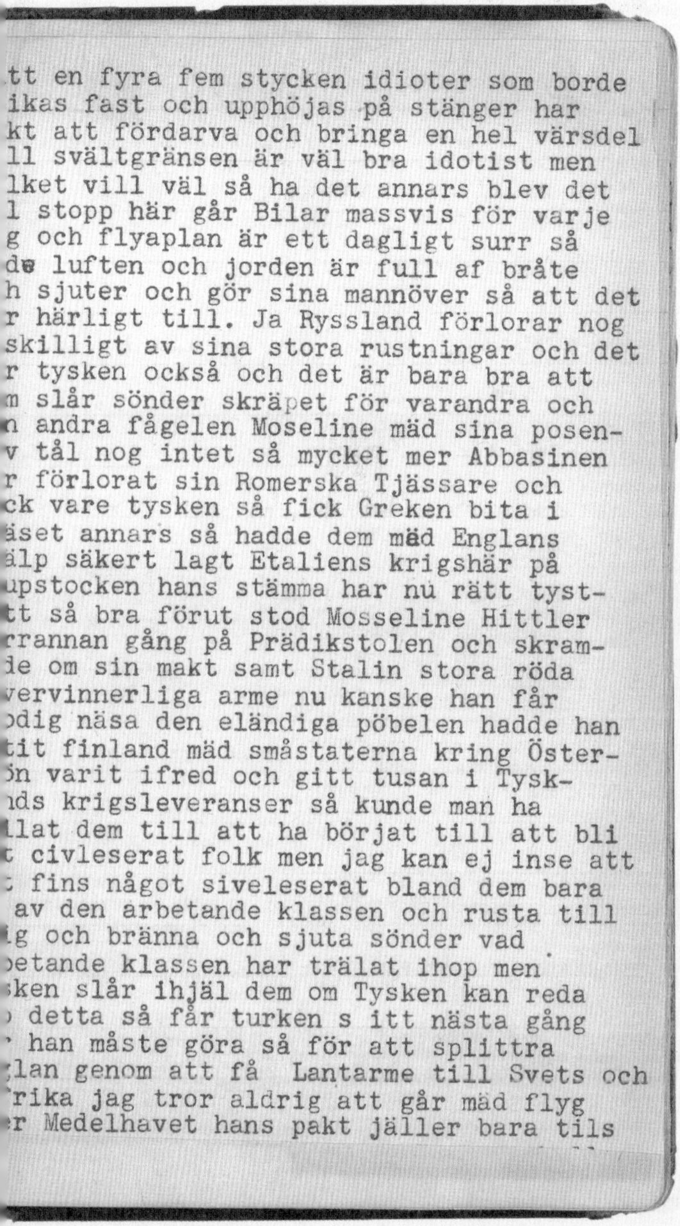

tt en fyra fem stycken idioter som borde
ikas fast och upphöjas på stänger har
kt att fördarva och bringa en hel värsdel
ll svältgränsen är väl bra idotist men
lket vill väl så ha det annars blev det
l stopp här går Bilar massvis för varje
g och flyaplan är ett dagligt surr så
de luften och jorden är full af bråte
h sjuter och gör sina mannöver så att det
r härligt till. Ja Ryssland förlorar nog
skilligt av sina stora rustningar och det
r tysken också och det är bara bra att
m slår sönder skräpet för varandra och
n andra fågelen Moseline mäd sina posen-
v tål nog intet så mycket mer Abbasinen
r förlorat sin Romerska Tjässare och
ck vare tysken så fick Greken bita i
äset annars så hadde dem mäd Englans
älp säkert lagt Etaliens krigshär på
upstocken hans stämma har nu rätt tyst-
tt så bra förut stod Mosseline Hittler
rannan gång på Prädikstolen och skram-
de om sin makt samt Stalin stora röda
ervinnerliga arme nu kanske han får
odig näsa den eländiga pöbelen hadde han
tit finland mäd småstaterna kring Öster-
ön varit ifred och gitt tusan i Tysk-
nds krigsleveranser så kunde man ha
llat dem till att ha börjat till att bli
t civleserat folk men jag kan ej inse att
t fins något siveleserat bland dem bara
av den arbetande klassen och rusta till
ig och bränna och sjuta sönder vad
betande klassen har trälat ihop men
ken slår ihjäl dem om Tysken kan reda
detta så får turken s itt nästa gång
han måste göra så för att splittra
lan genom att få Lantarme till Svets och
rika jag tror aldrig att går mäd flyg
r Medelhavet hans pakt jäller bara tils

아스트리드 린드그렌이 우편 검사소 편지 검열관으로 일하던 시절의 편지 사본, 1941년.

han har klarat av Ryssen att Turken skall hålla sig stilla Rosvelts Polletik är rät och bra ock blir vinsten på den sidan så tror jag att den kommer att träda i kraft han vill att alla nationerss folk små och stora skall ha sin egen vilja enligt folk röstning rum på jorden och frihet på have det är min tanke också."

För övrigt har jag glömt att skriva, att England o. Ryssland besatt Iran och tvingat det till underkastelse.

Att här i dag skulle ges en retrospektiv återblick på de nu förlupna 24 månadernas krigföring, vilken vi, så gott vi förmått, följt i hundratals artiklar, kan väl ingen begära eller önska. Det som skett är ju redan i mycket krigshistoria, låt vara aktuell sådan. Ett sätt att kommentera krigets tvåårsdag vore kanske att bläddra tillbaka i klippuppslagen och därur hämta fram något av det väsentligaste som där skymta bl. a. i rubrikerna och på så sätt söka åstadkomma något av en blixtkrönika, en tvåårskrigets kortfilm. Man kan ju försöka, så får man se vad det kan ge allteftersom scenerna åter rullas upp.

Polska kriget, som det hela började med — en lika kort som dramatisk upptakt till det stora skådespelet med den strategiskt vansinniga iscensättningen i Becks och Smigly-Rydz regi. Det tyska flygets våldsamma offensiv den 1 september på morgonen; den polska arméns dödskamp efter några stora inringningsslag; Warszawas vita flagga och så den ryska inmarschen i ryggen på den hjälplöst slagne.

tystnad om Polen! Den hjäl
västmakterna lovat och som
kanske räknat med kom aldr
k u n d e ej komma så som läge
Några trevande framstötar, ske
i Maginotlinjens förterräng v
som kom till stånd.

Maginotlinjen! Maginotlinje
Siegfriedlinjen och Västvallen v
man närmast hade att fundera
I övrigt stillhet, en onaturlig s
tycker man, endast då och då st
svaga ömsesidiga luftraider i
och sporadiska händelser til
Denna stillhet, denna overks
var den en medveten plan frå
karnas sida för att bryta n
franska arméns moral? I så f
kades man.

Under tiden spränger Ryssl
med Tysklands goda minne
baltiska barriären som ingress
tidpunkt då hela Baltikum ska
tas i den sovjetryska stöpslev
allt vad detta betydde och bet

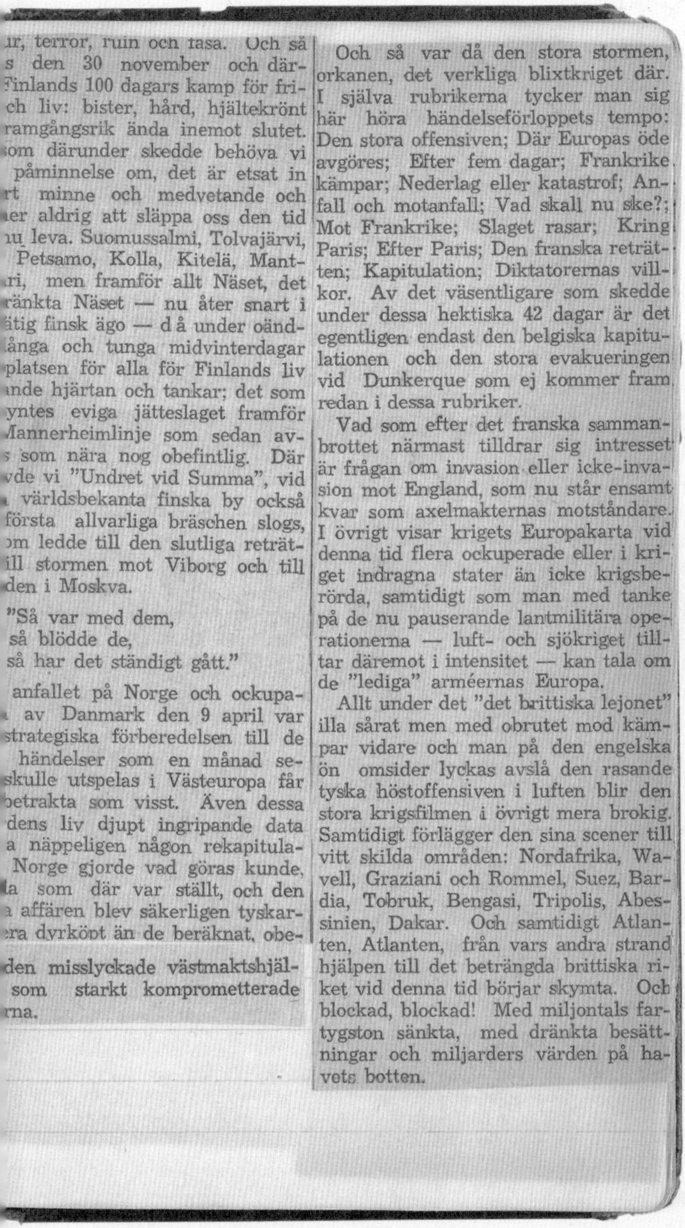

ır, terror, ruin och fasa. Och så
s den 30 november och där-
Finlands 100 dagars kamp för fri-
ch liv: bister, hård, hjältekrönt
ramgångsrik ända inemot slutet.
som därunder skedde behöva vi
påminnelse om, det är etsat in
rt minne och medvetande och
ler aldrig att släppa oss den tid
nu leva. Suomussalmi, Tolvajärvi,
Petsamo, Kolla, Kitelä, Mant-
ri, men framför allt Näset, det
ränkta Näset — nu åter snart i
ätig finsk ägo — då under oänd-
ånga och tunga midvinterdagar
platsen för alla för Finlands liv
nde hjärtan och tankar; det som
yntes eviga jätteslaget framför
Mannerheimlinje som sedan av-
s som nära nog obefintlig. Där
vde vi "Undret vid Summa", vid
världsbekanta finska by också
första allvarliga bräschen slogs,
om ledde till den slutliga reträt-
ill stormen mot Viborg och till
den i Moskva.

"Så var med dem,
så blödde de,
så har det ständigt gått."

anfallet på Norge och ockupa-
av Danmark den 9 april var
strategiska förberedelsen till de
händelser som en månad se-
skulle utspelas i Västeuropa får
betrakta som visst. Även dessa
dens liv djupt ingripande data
a näppeligen någon rekapitula-
Norge gjorde vad göras kunde,
a som där var ställt, och den
a affären blev säkerligen tyskar-
era dyrköpt än de beräknat, obe-
den misslyckade västmaktshjäl-
som starkt komprometterade
rna.

Och så var då den stora stormen, orkanen, det verkliga blixtkriget där. I själva rubrikerna tycker man sig här höra händelseförloppets tempo: Den stora offensiven; Där Europas öde avgöres; Efter fem dagar; Frankrike kämpar; Nederlag eller katastrof; Anfall och motanfall; Vad skall nu ske?; Mot Frankrike; Slaget rasar; Kring Paris; Efter Paris; Den franska reträtten; Kapitulation; Diktatorernas villkor. Av det väsentligare som skedde under dessa hektiska 42 dagar är det egentligen endast den belgiska kapitulationen och den stora evakueringen vid Dunkerque som ej kommer fram redan i dessa rubriker.

Vad som efter det franska sammanbrottet närmast tilldrar sig intresset är frågan om invasion eller icke-invasion mot England, som nu står ensamt kvar som axelmakternas motståndare. I övrigt visar krigets Europakarta vid denna tid flera ockuperade eller i kriget indragna stater än icke krigsberörda, samtidigt som man med tanke på de nu pauserande lantmilitära operationerna — luft- och sjökriget tilltar däremot i intensitet — kan tala om de "lediga" arméernas Europa.

Allt under det "det brittiska lejonet" illa sårat men med obrutet mod kämpar vidare och man på den engelska ön omsider lyckas avslå den rasande tyska höstoffensiven i luften blir den stora krigsfilmen i övrigt mera brokig. Samtidigt förlägger den sina scener till vitt skilda områden: Nordafrika, Wavell, Graziani och Rommel, Suez, Bardia, Tobruk, Bengasi, Tripolis, Abessinien, Dakar. Och samtidigt Atlanten, Atlanten, från vars andra strand hjälpen till det beträngda brittiska riket vid denna tid börjar skymta. Och blockad, blockad! Med miljontals fartygston sänkta, med dränkta besättningar och miljarders värden på havets botten.

왼쪽 위 앞 페이지에서 계속.
왼쪽 아래와 오른쪽 '전쟁은 계속된다', K.AB., DN, 1941년 9월 1일.

Quisling angrep svensk opinion

Nasjonal Samlings ledare Vidkun Quisling höll på fredagskvällen ett tal i Oslo. Nasjonal Samlings uppgift är att genomföra nyordningen i Norge och säkra Norges plats bland det nya Europas stater, förklarade han bl. a. Där för inta vi en fientlig hållning både till bolsjevikerna och England, men med hänsyn till andra länder ha vi alltid iakttagit största möjliga neutralitet och icke på något sätt blandat oss i deras inre angelägenheter. Detta gäller i första hand våra nordiska grannar, icke minst det svenska broderfolket. Quisling riktade därefter våldsam kritik mot den svenska pressen, som han beskyllde för att bedriva osann propaganda mot det nya Norge, och lämnade en del exempel på hur svenska tidningar hade kommit med felaktiga uppgifter om situationen i Norge.

Quisling betonade att svenskarna böra göra klart för sig att det Norge som de på detta sätt baktala är framtidens Norge, som Sverige blir tvunget att samarbeta med. Sverige behöver Norge mer än Norge behöver Sverige, yttrade han. Vi komma icke heller att som ledande makt i Norden erkänna ett land som så försatt att utnyttja sina chanser som Sverige gjorde vid danandet av det nya Finland 1918 och som inbillar sig att det kan stå utanför tidens stora händelser.

För oss kunna svenskarna gärna bli hundra år efter utvecklingen. Det folk som först griper och genomför en nyordning kommer att behärska framtiden. Vi se givetvis hellre att Norge gör detta än Sverige.

Vi kräva icke för Norge någon ledarställning i Norden, fortsatte Quisling, vi önska i Norden endast samarbete och likaberättigande mellan nationerna, men vi ha rätt att fordra och vi fordra att Sverige inställer sin osanna propaganda mot det nya Norge och att Sveriges ansvariga män icke godtaga mot Norge riktad fientlig verksamhet och att vi i Norge i fred kunna få ordna och bygga i vårt land utan svenska chikaner.

"11 av Nordens 17 miljoner för ett fritt Norden."

Quisling uttalade därefter den ås ten, att nyordningen fått fäste i tre Nordens länder och på alla kanter spänner Sverige. Man kan alltså v på att tanken på ett fritt Norden gr 11 av Nordens 17 miljoner och man med säkerhet räkna med att den ä kommer att gripa de resterande 6 m jonerna.

Tillsammans äro vi nordiska län näst Tyskland den största ekonomi makten i Europa. Jag tvivlar icke l ler ett enda ögonblick på att Engla och Amerikas slutliga nederlag kom att till oss återskänka en del gamla lonier: Grönland, Island och Orkn öarna, så att vi få livsrum för kraftutveckling ute i världen och haven.

6. 9. -41.

Man storknar! Jag önskar, att han måtte få dö ensam! Jag är glad att höra att han lär var sömnlös och hål på att stryka med av för mycke sömnmedel härο natten.

Svensk kommentar.

D·N

7/9 1941.

Quisling talar.

kun Quisling — situationens
dagens och framtidens man,
han kallades i en reklamnotis
t Folk inför talet på fredags-
n — har åter framlagt sina
nkter på den politiska situa-
. Att döma av det genom T. T.
la referatet var ett betydande
t av anförandet ägnat åt vårt
och förhållandet mellan Norge
Sverige. Quislings synpunkter
ssa spörsmål är väl kända, han
äst karaktäriserat sin inställ-
genom förklaringarna till sven-
ournalister att en eventuell hu-
är hjälpaktion från Sveriges si-
: att bistå de beträngda norr-
en inte bara vore onödig, utan
förödmjukande. Möjligen var
dalag han använde denna gång
arpare och än mer irriterade
rut.

av de frågor som mest intres-
Quislingfolket efter det så kal-
maktövertagandet förra hösten
om N. S.-ledaren återkom till
tal är frågan om vilken na-
som skall vara den ledande i
n. Det är möjligt att de tyska
ningarna om att Finland efter

kriget skulle tilldelas ledarställningen — antydningar som från finnarna själva fått ett svar som nästan gjort svenska inlägg i denna diskussion överflödiga — i någon mån dämpat Quislings uttalanden på denna punkt, men i fråga om Sverige var de mycket prononcerade. Han förklarade sålunda att Norge för sin del inte kräver någon ledarställning, men däremot var det honom omöjligt att ”som ledande makt i Norden erkänna ett land som så försatt att utnyttja sina chanser som Sverige gjorde vid danandet av det nya Finland 1918 och som inbillar sig att det kan stå utanför tidens stora händelser”. Sverige har tidigare med bibehållen fattning lyssnat till den tämligen ofruktbara diskussionen om ledarställningen i Norden och får väl försöka behålla sinnesjämvikten även efter detta hot. En man som är fullständigt beroende av tyskarnas stöd, som har blott några få procent av sitt eget folk bakom sig och till vilkens politiska meritlista det hör att han en gång haft starka kommunistiska sympatier, har inte någon rätt att upphöja sig till talesman för de 11 miljonerna i Norden utanför Sverige.

Bland de företeelser i Sverige som mest uppväckt hr Quislings vrede är den svenska pressen, som han anklagade för att bedriva osann propaganda och lämna felaktiga meddelanden om det nya Norge. Till detta är att anmärka att de svenska tidningarna mycket väl är medvetna om att deras nyhetsförmedling från Norge varit och är behäftad med vissa svagheter. Huvudorsaken till detta förhållande är emellertid Quis-

왼쪽 ‘크비슬링, 스웨덴의 보도를 공격하다’, DN, 1941년 9월 6일.
오른쪽 ‘크비슬링이 연설하다’, DN, 1941년 9월 7일.

Tysk framfart Europa runt.

Ack, Herre, huru länge?

Tyskarna avrätta fransmän i gisslan.

Från Dagens Nyheters specielle korrespondent.

VICHY, lördag.

U.P. De tyska myndigheterna läto på lördagsmorgonen avrätta tre fransmän, vilka hållits som gisslan, såsom represalier för ett attentatsförsök mot en tysk soldat i Paris på onsdagen.

Den franska regeringen har vid två sammanträden dryftat frågan om hur den antityska agitationen skall kunna bekämpas, och omedelbart därefter lämnade inrikesminister Pucheu Vichy för att resa till Paris.

Regeringen behandlade samtidigt vissa förslag till ändringar i dekretet om terrordomstolarnas verksamhet. Man har nämligen riktat dess uppmärksamhet på att den nuvarande formen av blixtsnabb rättsskipning icke ger en anklagad något skydd i händelse av misstag från domstolens sida, då han icke har appellationsrätt och då domarna skola verkställas omedelbart.

Ralph Heinzen.

Alla judar i Tyskla
måste bära gul stj

BERLIN, lör

T.T. fr. D.N.B. Den officiell ningen offentliggör en polisfö ning av den 1 september 194 träffande igenkänningsmärke judarna.

I förordningen bestämmes att j och med sitt 16:e år äro förb visa sig ute utan ett särskilt ningsmärke. Detta består av en gul stjärna av en handflatas sto skall bäras fastsydd på ytter vänstra sida i brösthöjd. Vidare na icke utan skriftlig tillåtelse polisen lämna sin församling. F gen, som i första hand mots praktiskt förvaltningsbehov, hela det stortyska riket och pr Böhmen-Mähren och träder i k gar efter kungörandet.

Och all mat tar di, var dom går fram. Egyptens gräs-hoppor ute på härjningståg. Dessa tre urklipp äro skörd ur dagstidningarna samma datum (7. 9. -41.)

HELA NORGE blir utan radio

Från St.-T:s specielle korrespondent.

Åtgärder vidtas f. n. i stora delar av Norge för det väntade beslagtagandet av alla radioapparater i hela landet. Nu synes det vara Oslo, som står närmast i tur att få sina radioapparater beslagtagna. Förberedelser ha redan vidtagits för att N. S.-medlemmarna skola kunna få behålla sina apparater. En passus i Quislings fredagstal löd också, att tiden snart vore ute för de s. k. "jössingarna" att lyssna på radio. Alla förberedelser från tysk sida för ett landsomfattande radiobeslag äro redan nu träffade.

11.9.41.
Civilt undantagstillstånd proklamerades i går i Oslo. Vid ståndrättens första sammanträde arkebuserades två personer, en dömdes till livstids tukthus, två till femton års och en till tio års tukthus. De arkebuserade är en av landsorganisationens ledare, advokat Viggo Hansteen, och fackföreningsordföranden Rolf Wickström. Och detta i ett

왼쪽 '독일군에게 처형된 프랑스 인질들', 랄프 헤인센, DN, 1941년 9월 7일.
'독일의 유대인은 모두 노란 별을 달아야 한다', DN, 1941년 9월 7일.
오른쪽 '라디오가 없는 노르웨이 전역', 《스톡홀름 티드닝엔》, 1941년 9월 7일.

바르샤바…… 폴란드가 기묘한 변화를 겪고 있다. 서부와 중부 152p
지역 사람들은 급속도로 독일화되고 있다. 동부 지역은 러시아의 영향이 점점 더 뚜렷해지고 있으며, 유대인이 특히 많던 남부 지역에는 높은 성벽으로 둘러싸인 게토가 세워졌고, 유대인은 그곳을 떠날 수 없다. 또한 유대인은 자신의 인종을 표시하기 위해 특별 완장을 착용해야 한다. 일상생활에서의 각종 제약 조치가 폴란드의 유대계 주민들에게도 적용되고 있다.

독일은 폴란드에 앞선 기술을 도입하기 위해 많은 노력을 기울였고, 그 혜택은 주로 폴란드로 이주한 독일인과 폴란드 정복 이전부터 폴란드에 살던 독일계 폴란드인들에게 돌아가고 있다. 물론 이는 폴란드인의 생활을 희생하는 것으로, 폴란드인들은 여러 권리를 박탈당하고 있다. 무엇보다 폴란드인들은 더는 초등학교 이상의 고등 교육을 받을 수 없으며, 노동자 계급으로 억압받고, 지배층인 독일인들이 할당한 일을 해야 한다.

폴란드의 값싼 노동력을 착취하는 독일의 몇몇 대규모 작업장에서 독일인보다 한두 단계 아래에서 일하는 전형적인 폴란드인의 모습을 보게 된다. 독일은 공공연하게 자유로운 폴란드는 절대 다시 없을 것이라고 발표했기 때문에 폴란드 국민들은 자신의 미래를 매우 어둡게 내다보고 있다. 이들에게는 독일의 강력한 군사력에 맞선 체코의 침묵 투쟁 같은 수동적인 저항도 이어지지 않고 있다. 슬라브인의 온순한 기질이 깊이 뿌리내린 탓인지도 모른다.

이 보고서는 주로 현재 폴란드 총독부 지역에서 유대인의 처우를 다루고 있다. 바르샤바의 모든 게토는 나머지 도시 지역과 완전히 분리되어 있다. 나머지 지역도 심각한 전쟁 피해를 입은 채 남아 있고 폭격당한 4,000여 채의 가옥도 아직 재건되지 않았다. 루블린에도 철저히 분리된 유대인 구역이 있다. 유대인들은 현재 폴란드에서 최하위층을 형성하고 있다. 최소한의 생계조차 이어가기 힘든 조건에서 산다. 유대인 바로 위에 중노동에 동원되기 위해 엄격히 통제받는 폴란드인 하층민이 있고, 이 위로 폴란드에 오래전부터 살았거나 새로 이주한 독일인이 있다.

사진 제목 벽

루블린에서 유대인 구역과 나머지 구역을 구분하는 벽은 어디나 이 같은 모습이다. 게토로 이어지는 모든 거리에 이런 벽이 세워져 있다.

153p 위 사진 제목 유대인 전용 객차

크라쿠프의 유대인은 전차의 뒤쪽 객차에만 탑승할 수 있으며, 앞쪽 객차는 독일인과 폴란드인만 이용할 수 있다. 표지판에는 전차의 뒤 구간만 유대인이 이용할 수 있다고 적혀 있다. 이런 엄격한 제한이 이동의 자유뿐만 아니라 직업 활동도 구속하고 있다.

왼쪽 아래 사진 제목 착용 의무

심지어 나이 많은 유대인 여성들도 다윗의 육각형 별을 착용해야 한다. 루블린 시내 중심가의 유대인 구역에서는 모두가 이 별이 그려진 노란 완장을 착용하고 있다.

오른쪽 아래 사진 제목 유대인의 별

이 여성들은 다윗의 육각형 별이 그려진 노란색 완장을 팔고 있다. 폴란드의 유대인은 모두 의무적으로 착용해야 한다. 폴란드인들도 특정 '표식'을 착용한다.

M의 2만 5,000명을 위한 새로운 디렉터

154p

목재 가스가 자동차 시장을 장악하는 가운데, 어느 때보다 자동차 업계의 주요 대표자들이 활발히 활동하고 있다. 그중 한 사람은 올해 초 M의 새로운 디렉터로 취임한 스투레 린드그렌이다. M은 현재 약 2만 5,000명의 회원을 보유하고 있다. 린드그렌은 어려운 시기에 새로운 직책을 맡았지만 여러 가지 중요한 성과를 거두기를 희망하고 있다. 그는 스웨덴 자동차 업계의 전폭적인 신뢰를 받고 있으며, 현재 무엇보다도 목재 가스의 적절한 사용을 장려하고자 한다.

벵가지

155~157p

이 혼란한 시대에 그림자에 가려 있던 지명들이 빛으로 소환되고, 이렇게 소환된 지명의 상황은 시시각각 바뀌곤 한다. 오늘날의 관심은 두 곳으로 모인다. 바로 벵가지•와 코르티나이다. 두 곳 모두 군사적 충돌이 일어난 장소로, 한곳에서는 몰락 직전의 대제국이 승리를 거두었고 다른 한곳에서는 한때 '퇴역' 국가로 불렸던 작은 나라가 의외의 승리를 거뒀다. 두 곳 모두 놀라운 대결이었지만, 그 외에는 공통점이 없다. 벵가지는 분명히 한 단계 격상되었으며 전 세계의 정치적 관심을 끌고 있다.

아프리카에서 대체 무슨 일이 벌어지고 있는가? 그라치아니 장군의 군대가 이집트를 침공했던 두 달 전, 만약 누군가가 오늘 벵가지 상공에 영국 국기가 휘날릴 것이라고 말했다면, 그는 몽상가라며 비웃음을 샀을 것이다. 사람들은 오히려 지금쯤이면 수에즈 운하나, 적어도 알렉산드리아에 이탈리아 국기가 휘날릴 것이라고 생각했다. 독일어에는 'Machtergreifung'•• 이라는 강렬한 단어가 있는데, 이는 권력을 장악한다는 뜻이다. 가을 내내 추축국의 압력으로 독일-이탈리아의 권력 장악 위험이 아프리카 대륙을 뒤덮었다. 젊고 강한 민족에게 '생활공간'이 필요하다는 이론은 처음에 독일에서 비교적 조심스럽게 제시되었고 독일 동부 국경 지역에 한정된 개념이었다. 그

• Benghazi. 리비아 제2의 항만 도시로, 제2차 세계 대전 중 북아프리카 전쟁의 주요 전장이 되면서 큰 피해를 입었다.

•• Macht는 힘이나 권력을 뜻하고, Ergreifung은 장악, 체포를 뜻한다. 두 단어가 합쳐져 '권력 장악'을 뜻하게 되었다.

러나 독일이 서쪽으로 진격하면서 그 범위가 넓어져 소련 서쪽의 유럽 전체를 포괄하는 개념으로 확대되었다. 그리고 8월과 9월, 이탈리아의 이집트 공세를 통해 '신질서'의 태양이 아프리카에도 떠올랐다. 이로써 새로 형성된 정세는 독일, 이탈리아, 일본 간의 삼국 동맹이라는 중요한 외교적 조치로 이어졌고, 9월 27일 베를린에서 의례적인 형식을 갖춘 공식 서명이 이루어졌다. 이 조약은 세계를 4개의 '대륙'으로 나누어, 각각을 특정 세력의 영향권 아래 두었다. 아메리카 대륙은 미국에, 대동아 지역은 일본에, 소련은 자국에, 유럽과 아프리카는 독일과 이탈리아에 귀속되었다.

그 다섯 주요 세력 가운데 오직 세 나라만이 실제로 이 결정에 가담했다. 소련은 침묵하며 서성였고, 미국은 애초부터 계산에 넣지 않았다. 독일-이탈리아의 승리를 막기 위해 모든 노력을 기울인 나라였기 때문이다. 추축국은 비록 출발이 다소 더뎠으나, 본래의 작전 무대인 유럽-아프리카 대륙에서 병력을 결집하며 이 지역을 확실히 장악하려 했다. 그리고 이제 그 전략을 본격적으로 실행에 옮기려는 듯하다. 임무 분담도 자연스럽게 정리되었다.

독일은 당연히 유럽의 절반에 집중했다. 이미 독일의 강한 영향권에 있던 헝가리, 슬로바키아, 루마니아 세 나라가 삼국 동맹에 합류하면서, 그 동맹의 흡인력이 입증되었다고 《뵈르젠차이퉁》지가 보도했다.

아프리카에서는 이 동맹의 영향력이 덜했으며, 이탈리아는 무력을 투입해 전쟁의 진행을 가속할 필요가 있었다. 그리하여 두 방향 — 이집트와 그리스 — 을 향한 대규모 협공이 시작되었다. 영국은 알렉산드리아 서쪽 메르사 마트루에 구축된 방어선이 버텨 주기를 바라며 그리스에 가능한 한 많은 원조를 제공하려 했다. 그러나 그 원조가 특별한 도움이 될 것이라고 믿는 이는 많지 않았다. 영국의 원조 약속만으로도 그리스는 이미 돌이킬 수 없는 죽음을 선고받았다고들 했다.•

벵가지는 이탈리아가 지중해 동쪽에서 영국군과 벌인 전투의 마지막 국면이었다. 한편, 이탈리아가 지중해 연안을 따라 퇴각하는 동안 영국은 아프리카의 다른 전선 — 에리트레아, 아비시니아, 소말릴란드 — 에서 '전선 확장'을 추진했다. 이 새 전선들에서 영국군은 이탈리아령 영토 안으로 진입했고, 퇴각하는 이탈리아군을 바짝 뒤쫓고 있었다. 이러한 상황에서 이탈리아는 모든 희망을 독일에 걸었다. 이탈리아의 신문들은 모두 전세를 뒤집어 줄 강력한 추축국 형제 독일을 찬양하며 패전의 불안을 달래고 있었다. 특이한 점은, 나치 집권 8주년이 독일에서는 전통적인 총통 연설만으로 조용히 기념된 반면, 이탈리아 언론에서는 요란한 축하의 장이 벌어졌다는 것이다. 선전부를 둔 나라의 언론에서만 볼 수 있는 기묘한 마술을 통

• 독일 측 논평으로, 영국을 '타국을 파멸로 이끄는 제국주의 세력'으로 규정하는 선전의 일환이자 추축국의 공격 목표가 될 수 있다는 경고이기도 했다.

해 히틀러를 찬양하는 기사들이 쏟아졌다. 그를 '미래의 구원자'라 떠받들며 모든 신문 1면에 그의 초상과 찬양 기사를 실었는데, 전례가 없는 규모였다.

이탈리아는 독일을, 독일은 프랑스를 바라보고 있다. 프랑스에서는 북아프리카 사태와 관련해 현재 심각한 정치 위기를 맞고 있다. 그 근원은 작년 10월로 거슬러 올라간다. 추축국들은 프랑스가 항복하면 곧이어 영국도 굴복할 것이고, 그로써 전쟁이 자신들에게 유리하게 끝날 것이라 믿었다. 그리하여 프랑스에 휴전을 허용했지만, 휴전 후에도 전투가 필요하게 되자 그 휴전을 지나치게 관대한 결정으로 여겼다. 10월 24일 히틀러는 페탱과 회담을 열어 어떤 방식으로든 — 정확한 형태는 알 수 없지만 — 프랑스의 협력을 얻어 지중해에서 영국의 세력을 약화시키려 했다. 그러나 페탱은 이를 거부했고, 12월 중순에는 독일과 이탈리아의 이익을 위해 움직이던 라발을 해임했다. 이후 이탈리아의 군사력이 남쪽 전선에서 완전히 무너지자 영국에 대한 공격력을 높여야 할 필요성이 커졌고, 라발의 복귀 문제가 다시 대두되었다. 페탱은 해임 직후 긴박한 정국 속에서도 라발을 복귀시키려는 모든 압력에 저항했다. 독일 신문들은 라발이 더 이상 외무부 장관이 아니라는 사실조차 알리지 않았지만, 베를린의 외신 특파원들은 대체로 그에게 호의적이었다. 정보통들은 12월에 라발이 내무부 장관이 되었고, 1월 중순에는 다시 외무부 장관으로 복귀했으며, 이제 그는 프랑스의 독재자가 되기 직전이라고 전했다.

이 혼란 속에서, 비시와 파리를 오가는 라발의 잦은 왕래, 그의 '정치적 성공담', 그리고 독일 정부의 보장과 확언이 이어지고 있었다. 이 신호들은 겉보기에 멀리서 오는 듯하지만, 사실상 프랑스-독일의 관계 재편에서 베를린이나 비시만큼이나 중요하고, 로마보다 훨씬 더 중요한 곳, 즉 알제•에서 비롯된 것이다. 프랑스의 베강 장군은 이곳에서 라디오 연설을 통해 프랑스 정부의 입장을 발표했다. 프랑스는 리비아에서 영국군에 대한 독일의 군사 행동이 있을 가능성 때문에 비제르테를 포기하지 않을 것이라고 선언했다. 이제 벵가지는 튀니지의 비제르테를 주시하고 있다. 독일군이 그곳에 상륙하여 영국군의 진격을 저지할 예정이기 때문이다. 그러나 프랑스는 이에 대해 동의하지 않을 것이다.

그렇다면 프랑스 정부는 이렇게 말하려는 것일까? 독일이 휴전 협정을 깨면, 프랑스는 식민지 병력과 해군력을 동원해 다시 전투를 개시하고 영국과 알렉산드리아에 억류된 병사들까지 불러들일 것이라고? 결코 불가능한 일로 보이지는 않는다.

158~160p 남동부 전선의 병사들이여!

영국은 다른 나라들이 자신을 위해 싸우게 한다는 원칙에 입

• Alger. 제2차 세계 대전 중 프랑스령 알제리의 수도. 1942년 연합군의 북아프리카 상륙 후 자유 프랑스 임시 정부의 중심지가 되었다.

각해 우리를 무너뜨리려 했다. 1939년에는 폴란드를 내세워 새로운 전쟁을 일으켜 독일군을 전멸시키려 했다. 그러나 단 몇 주 만에 우리의 병사들은 그들의 수단과 무기를 산산이 부수고 무력화시켰다.

작년 4월 9일, 영국은 우리 제국의 북쪽 측면을 공격하려 했다. 그러나 잊을 수 없는 전투에서 우리 병사들은 노르웨이로 출정해 단 몇 주 만에 그 공격을 격퇴했다. 세계가 불가능하다고 여겼던 일이 현실이 되었다. 우리는 해냈다. 오늘, 독일 제국의 병사들은 북부 전선을 키르케네스까지 단단히 장악하고 있다.

몇 주 뒤 처칠은 다시 기회가 왔다고 믿었다. 그는 영국과 프랑스, 그리고 그들과 손잡은 벨기에, 네덜란드를 통해 루르까지 밀고 들어갈 수 있으리라 생각했다. 그러나 바로 그때, 서부 전선에서 우리 병사들은 역사적인 순간을 맞이했다. 전쟁사에 길이 남을 그 전투에서 서방 자본주의 국가들의 군대는 격파되어 사실상 궤멸되었다. 단 45일 만에 그들의 야전군은 붕괴했다. 이제 처칠은 제국의 힘을 북아프리카로 돌려 우리의 동맹국들을 공격하려 했다. 그러나 그곳에서도 독일군과 이탈리아군의 협력으로 위협은 제거되었다.

영국의 전쟁 기획자들이 품어 온 새로운 목표는, 전쟁 초반부터 그들이 갖고 있던 전략을 실행에 옮기는 것이었다. 그러나 그들은 독일의 연이은 압도적인 승리에 번번이 좌절해야만

했다. 그들은 제1차 세계 대전 살로니키 상륙 작전의 기억을 되살려 그리스를 확실히 확보하고, 이를 발판 삼아 그 지역을 자국의 목적을 위해 이용하려는 것이다.

나는 여러 차례 경고해 왔다. 영국군의 상륙 시도가 남동부 유럽 제국을 위협할 것이라고. 그러나 그 경고는 안타깝게도 오랫동안 무시되었다. 나는 인내심을 가지고 유고슬라비아 지도자들에게 그 지역의 평화를 회복하려는 국가들 사이의 진정한 협력의 필요성을 설득하려 했다.

결국 우리는 성과를 거두었다. 유고슬라비아가 삼국 동맹에 가입함으로써 협력의 토대가 마련되었다. 우리는 그 과정에서 유고슬라비아에 부당한 요구를 하지 않았다. 단지 유고슬라비아와 그 국민이 합리적으로 조직된 유럽 재건에 참여하여 정당한 제 몫을 차지하게 하려는 것뿐이었다. 그러나 베오그라드의 배반자들은 영국으로부터 대가를 받고 움직이는 자들과 다를 바 없었다.* 그들은 1914년에 세계 대전을 일으킨 파괴적 무리들이다.

폴란드에서처럼, 야만적 충동을 지닌 하등한 자들이 독일 제국에 맞서도록 동원되었다. 이러한 상황에서 나는 독일의 거류민을 유고슬라비아에서 즉시 철수시킬 수밖에 없었다. 독일 대사관의 외교관과 장교들, 영사관 직원들은 매일 공격을 받

• 유고슬라비아는 삼국 동맹에 가입했지만, 이틀 뒤 베오그라드에서 영국의 지원을 받은 친서방 장교들이 쿠데타를 일으켜 정부를 전복하고, 반(反)독일 노선을 선언했다.

왔고, 영사관 건물들은 파괴되었으며, 독일 학교들은 초토화 되었고 수많은 동포들이 납치, 학대, 살해되었다. 더욱이 유고슬라비아는 이미 몇 주 전부터 예비군을 소집했고, 총동원령 체제로 돌입하고 있었다. 이것이 지난 8년간 우리가 이 나라와 우호 관계를 유지하기 위해 쏟은 노고에 대한 그들의 응답이었다.

이제 영국군은 다시 그리스에 상륙함으로써 세르비아에서 독일과 동맹국을 겨냥한 새로운 음모를 준비할 시간을 벌 수 있다고 믿고 있다.

남동부 전선의 병사들이여!

이제 그대들의 시간이 왔다! 그대들은 제국의 이익을 수호할 것이다. 1년 전 북쪽, 서쪽에서 싸운 동지들처럼, 남동 유럽에서도 그대들은 조국을 방패 삼아 싸울 것이다. 그대들은 이미 1915년 가을, 바로 이 땅에서 전투를 치른 선배들만큼 용감히 싸울 것이다. 적이 인간적으로 나오면 인간적으로 대하되, 적이 잔혹하면 가차 없이 단호하게 응징할 것이다.

그리스에서의 전투는 결코 그리스를 상대로 한 전쟁이 아니다. 그것은 북에서 그랬듯이 남쪽에서 전쟁의 흐름을 바꾸려는 우리 원수와의 싸움이다. 우리는 동맹국과 함께 끝까지 싸울 것이다. 마지막 영국군이 그리스에서 '됭케르크'를 맞이할 때까지.

그러나 만약 그리스인들이 우리의 원수를 돕는다면, 그들

또한 함께 쓰러질 것이다. 독일 병사가 북유럽의 눈과 얼음 속에서 영국을 물리쳤듯, 이제 남쪽의 뜨거운 태양 아래에서도 임무를 완수해야 한다. 우리의 목표는 단 하나, 우리 민족의 자유와 독일인의 미래를 보장하는 것이다. 독일인의 정신과 사랑과 기도가 이제 다시금 그대들과 함께한다. 제군들이여!

아돌프 히틀러

160p **아두와의 경비병 교체**

토요일 카이로발 전보 중에는, 지금으로서는 정치적 의미가 그리 크지 않지만 그래도 유럽의 관심을 끌 만한 소식이 있었다. 그것은 영국군이 에티오피아 북부의 아두와를 점령했다는 내용이었다.

아두와는 티그레주의 주도로 해발 약 1,960미터의 척박한 고원 지대에 자리 잡고 있으며, 인구는 약 5,000명이다. 오늘날 유럽인들에게 아두와가 알려진 이유는 이 도시가 이탈리아 식민 역사에서 특별한 역할을 했기 때문이다.

지난 세기말 이탈리아가 아프리카의 지배권을 두고 열강과 패권을 다투기 시작했을 때, 그들은 동쪽으로 영토를 확장하기 위해 모든 노력을 기울였다. 1885년 이탈리아는 마사와를 점령했고, 그 후 몇 년 동안 오늘날 에리트레아로 알려진 지역을 차지했다. 그러나 이탈리아의 관심은 곧 아비시니아로 옮겨 갔다. 여러 난관 끝에 이탈리아는 에티오피아의 왕 메넬리크 2세를 설득해 자국의 보호령 지휘를 인정받았다. 그러나 1893년 이 단호한 군주는 이탈리아에 대한 충성과 복종을 철회했다. 이에 크리스피 정부•는 무력 개입을 결정했다. 1894년, 준비가 매우 미흡한 상태로 출정이 시작되었다. 바라티에리 장군이 티그레로 진군해 메넬리크의 부왕을 물리쳤으나, 1896년 3월 아두와에서 메넬리크 왕과 직접 맞붙은 전투는 이탈리아의 참패로 끝났다. 그 결과, 아비시니아를 지배하려던 꿈은 무너졌고, 크리스피 정부는 몰락했으며, 이탈리아는 아디스아바바•• 에서 체결된 평화 협정을 통해 아비시니아의 독립을 인정하고 전쟁 피해에 대한 배상에 동의해야 했다.

따라서 아두와가 이탈리아 식민 역사에서 가장 어두운 장면으로 남은 것은 놀랍지 않다. 제국주의적 야망에 사로잡힌 파시즘 정권에게도, 아두와는 참을 수 없는 기억이었다. 그곳은 국민들의 기억 속에 피로 새겨진 오점이었다.

이탈리아 독재자가 오랜 계획을 되살려 1935년 아비시니아 정복을 명령했을 때, 티그레 지방의 주도를 점령하는 일은 군대의 명예가 걸린 과제였다. 그리하여 진군이 시작되었고, 아두와 점령은 1896년의 굴욕적인 패배를 도덕적으로 만회하려는 행위였다.

• 이탈리아 통일 운동가이자 이탈리아 왕국 제11대 총리였던 프란체스코 크리스피가 세운 정부.

•• 에피오피아의 수도.

그러나 이제 아두와는 다시 이탈리아의 통제를 벗어났고, 한때 치열한 전투가 벌어졌던 그 도시 위에는 이제 영국의 전쟁 깃발이 휘날리고 있다.

161p **영국을 둘러싼 해상 전투**

최신 통계에 따르면, 전쟁이 시작되고 침몰한 대영 제국, 연합군 및 중립국 상선은 다음과 같다.

대영 제국 해군 본부:	추축국 최고사령부:
[4?] 744,650톤	10.188.163 총 등록 톤수(BRT)

영국 및 그리스 사령부의 통계에 따르면 전쟁이 시작된 이래 나포되고 침몰된 독일, 이탈리아 및 추축국의 통제를 받는 중립국 상선은 다음과 같다.

: 2,385,394 총 등록 톤수

162p 린드그렌 자필 메모 히틀러의 적 1호-윈스턴 처칠

163p **2년간의 전쟁**

1939년 9월 1일, 독일군이 폴란드를 공격하면서 전쟁이 시작되었다. 그 결과 영국과 프랑스는 이틀 뒤 독일에 선전 포고 했다. 이 선전 포고의 배경에는 며칠 전 베를린과 모스크바 사이에 체결된 불가침 조약이 있었다. 이 조약은 지난 수십 년간 세

계 정치에 가장 큰 충격을 던진 사건 중 하나였다. 그리고 그로부터 불과 2년 뒤, 독일군과 소련군은 전쟁 역사상 가장 긴 전선에서 맞붙게 된다. 독일과 폴란드의 갈등은 유럽 대부분의 국가들을 직접 혹은 간접적으로 휘말리게 했으며, 전 세계적인 전쟁으로 전개될 위험을 안고 있었다.

독일군은 약 3주 만에 폴란드 전역을 제압했다. 세계는 처음으로 모든 면에서 철저히 현대화된 전격전의 참상을 목격했다. 프랑스와 영국은 독일의 진격 속도를 보고 그것이 독일의 강함 때문이 아니라 폴란드의 약함 때문이라고 믿었다. 그러나 훗날 드러난 것처럼 그것은 치명적인 오판이었다. 히틀러의 군사력은 이 전격전에서 그 위력을 분명히 입증했다.

그러나 히틀러는 전쟁을 지속할 생각이 아니라, 신속히 목표를 달성하려는 의도를 갖고 있었다. 그는 폴란드 침공에 앞서 오스트리아와 체코슬로바키아에서 그랬던 것처럼, 실제 전쟁을 하는 게 아니라 전쟁 위협만으로도 목표를 달성할 수 있다고 확신했다. 히틀러는 영국이 폴란드에 대한 보증 의무를 실제로 이행하리라고는 전혀 믿지 않았다. 베를린-모스크바 협정은 어차피 영국의 개입 의지를 꺾기 위해 계산된 조치였다. 게다가 이탈리아 외무부 장관 치아노는 추축국이 전쟁을 조장할 만한 어떤 쟁점도 무리하게 추진하지 않을 계획이라고 발표했다. 1939년 봄, 독일과 이탈리아가 군사 동맹을 체결했을 때에도, 이탈리아는 아프리카와 스페인 전쟁의 여파로부터 회복하는 데 3년이 필요하다고 밝혔고, 독일은 4~5년의 휴식이 바람직하다고 언급했다. 따라서 이탈리아는 독일 편에 즉시 참전하지 않고, 1940년 봄까지 일관되게 소극적 태도를 유지할 수 있었다.

히틀러는 10월 6일 연설에서 공식적으로 '평화에 대한 열망'을 표명했다. 그는 베르사유 조약의 개정이 완료되었고, 독일 식민지 반환 요구도 더 이상 강하게 주장하지 않겠다고 말했다. 또한 전쟁의 압박 없이 새로운 국제 질서를 수립하기 위한 회의를 소집하자고 제안했다. 히틀러는 자신의 새로운 '인생 목표'로 독일과 영국 간의 우호 관계 회복을 거듭 강조했고, 대영 제국에 대한 공개적인 비난은 삼갔다. 그러나 그의 화해 제안은 런던과 파리에 아무런 인상을 주지 못했다. 이 연설은 더 큰 전쟁이 오기 전의 짧은 숨 고르기에 불과하다는 평가만 받았다. 전쟁은 계속되었지만, '서부 전선 이상 없다'는 구호의 반복에 지나지 않았다. 그런 정체 상태 속에서 평화 협상이나 중재 시도에 관한 온갖 소문이 쏟아져 나왔다.

165~166p "몇 명 되지도 않는 바보들을 억지로 우상처럼 떠받들고, 그들이 권력을 잡아 지구 구석구석을 망가뜨리고 사람들을 기아 직전까지 몰아넣다니, 이게 얼마나 어리석은 짓일까. 그런데 더 기가 막힌 건 사람들이 그런 일을 스스로 원하고 있다는 거지. 그렇지 않았다면 이러한 상황은 진작 끝났을지도 몰라. 어떻

게 날마다 이 지구상에 셀 수 없이 많은 군용 차량이 질주하고, 비행기가 윙윙거리며, 공중과 지상이 불타오르겠어? 총격전이 끊이지 않고 군사 기동 훈련을 하는 것이 모두의 즐거움으로 여겨지니 말이야. 러시아가 엄청난 무기를 잃고 있는 것이 확실해. 독일도 마찬가지고. 이렇게 서로의 물건들을 산산조각 내 폐기해 버리는 것은 그나마 잘된 일일 거야. 그 '모셀리네' 라는 자는 부대까지 총동원하고도 더는 잃을 게 없어. 아비시니아를 잃은 로마 황제처럼 말이야. 그런데 독일이 끼어들어 결국 그리스가 무너졌지. 그렇지 않았더라면 영국의 지원을 받은 그리스가 이탈리아 해군을 진작에 무너뜨렸을 거야.

모셀리네의 목소리는 잦아들었지만, 그 전에 모셀리네와 히틀러가 연단에 번갈아 서서 힘자랑을 하고 스탈린은 그의 붉은 군대를 자랑했어. 다 허세였지. 이제 코피가 터질 거야.

그 비열한 족속들이 핀란드와 발트해 주변의 작은 나라들을 평화롭게 놓아두고 독일의 전쟁 물자 수송을 신경 쓰지 않았다면 그들이 문명화된 민족이 되기 시작했다고 할 수 있을 거야. 하지만 내 눈에는 문명화된 모습은 도무지 찾아볼 수 없고, 노동 계급이 일군 것을 빼앗아 전쟁에 쏟아붓고 노동 계급이 피땀으로 얻은 것을 모두 불태우고 총으로 파괴했어. 독일군은 할 수만 있다면 그들을 모두 짓밟아 버릴 거야. 그런 다음 터키를 노리겠지. 왜냐하면 터키는 수에즈와 아프리카로 지상군을 보내 영국의 힘을 분산시켜야 하니까. 내 생각에 독일이 비행기로 지중해를 가로지르는 건 도저히 가능할 것 같지 않아. 그 협정•도 터키가 움직이지 못하도록 러시아와 합의한 경우에만 유효하겠지. 로스벨트의 정치는 옳고 선한 것이지. 승리가 이쪽에 머무른다면 그의 선한 정치는 실현되리라고 생각해. 그는 크고 작은 국가가 모두 국민 투표로 지지를 얻고, 제자리를 찾고, 바다에서는 자유를 누리기를 원하고 있어. 나도 그렇게 생각해."

166~167p 오늘날 여기서 지난 24개월 동안 전개된 전쟁의 재검토를 요청하거나 기대하는 사람은 아무도 없을 것이다. 그동안 수백 건의 기사를 통해 그간의 전쟁 과정을 최선을 다해 다뤄 왔다. 이미 벌어진 전쟁은 역사의 일부가 되었고, 또 현재를 구성하고 있다. 전쟁 2주년에 할 수 있는 논평이라면, 신문 기사를 뒤적이며 머리기사에 반영되었던 가장 중요한 것을 추려 내는 일이 될 것이다. 전쟁 2년에 대한 연대기를 일종의 단편 기록 영화처럼 편집해 보면, 장면이 스쳐 지날 때마다 무엇이 드러나는지 보게 될 것이다.
모든 것은 폴란드 전쟁에서 시작되었다. 폴란드 전쟁은 베크와 스미글리리츠 감독이 전략적으로 뛰어나게 연출한 광기 어린

• 1939년 8월, 소련과 독일 사이에 체결된 독소 불가침 조약으로 보인다. 독일과 소련의 합의에 따라 소련과 즉각 전쟁을 피하고 서쪽과 남쪽(발칸, 터키, 수에즈)로 진출할 수 있었다. 터키의 움직임에 따라 그 협정의 안정성이 흔들릴 수 있다.

쇼의 짧고 극적인 서막이었다. 9월 1일 아침 독일 공군의 무자비한 폭격, 몇 차례의 대규모 포위 전투 이후 폴란드 군대의 사투, 바르샤바의 백기, 그리고 무력한 패배자들 등 뒤에서 벌어진 러시아의 진군. 그 뒤로 찾아온 것은 폴란드를 뒤덮은 침묵이었다. 서구 열강들이 약속했고 폴란드가 굳게 믿었던 지원도 결코 실현되지 않았고, 실현할 수 없는 상황이기도 했다. 그들이 내놓은 것이라곤 마지못해 감행한 몇 차례의 진격과 마지노선 앞에서 보여 주기 식으로 벌인 공격이 전부였다.

마지노선! 마지노선! 숙고를 거듭해도 지그프리드선과 서쪽 장벽만 있었을 뿐이다.• 대체로 침묵이, 부자연스럽고 무거운 침묵이 흘렀다. 이러한 침묵은 서쪽에서 벌어지는 빈약한 공습과 바다에서 벌어지는 산발적인 사건으로 가끔 방해받을 뿐이었다. 이 침묵, 이 무기력은 독일이 프랑스 군대의 사기를 꺾기 위해 의도적으로 만들어 낸 결과였을까? 그랬다면 그들은 성공했다.

그동안 러시아는 가장 먼저 발트해 장벽으로 내달렸다. 그리고 독일은 무심한 듯 태연한 표정을 짓고 있다. 발트해 전체가 소련에 속해 있는 모든 것과 함께, 즉 야만, 테러, 파멸 및 공포와 함께 소련의 용광로에 던져지는 시점이 왔다. 그리고 11월

• 지그프리드선은 프랑스 마지노선의 반대편에 독일이 1930년대에 세운 방어선이다. 지그프리드선은 독일에서 서쪽 장벽으로도 불리는데, 무기력하게 무너지는 마지노선과 달리 굳건한 터라 '서쪽 장벽만 있다'고 쓰고 있다.

30일, 자유와 생존을 지키기 위한 핀란드의 100일간의 투쟁이 시작되었다. 이 투쟁은 막바지까지 쓰라리고 혹독했지만 영웅적이었으며 또한 성공적이었다. 수오무살미, 톨바예르비, 살라, 페차모, 콜라, 키텔레, 만친사아리, 그리고 카렐리야 지협에서 그때 일어난 일들은 애써 떠올리지 않아도 우리의 뇌리와 의식 속에 새겨져 평생 잊히지 않을 것이다. 특히 피에 젖은 좁은 땅인 카렐리야 지협은 오늘날 핀란드가 정당한 소유권을 거의 되찾게 되었다. 끝없이 길고 힘겨운 한겨울 날 핀란드의 생사를 걸고 두려움에 떨던 모든 마음과 정신이 모인 곳이었다. 만네르헤임 전선에서 끝이 보이지 않을 것 같던 거대한 전투가 벌어졌고, 그 전선은 거의 움직이지도 않았지만, 바로 그곳에서 우리는 '숨마의 기적'을 경험했다. 이 경험은 세계적으로 유명한 이 핀란드 마을에서 처음으로 의미 있는 돌파구를 찾아낸 계기가 되었다. 이로부터 최종적 후퇴로, 비보르크의 함락으로, 모스크바 평화 조약으로 이어졌다.

"그들도 마찬가지였다.
그들도 그렇게 피 흘렸고,
언제나 그래 왔다."

4월 9일 일어난 노르웨이 침공과 넨마크 점령은 한 달 후 서유럽에서 일어날 독일 제국의 대규모 침략을 위한 전략적 준비였다. 북유럽에 광범위한 영향을 미친 이 사건들을 다시 언급할 필요는 없을 것이다. 노르웨이 사태는 독일에도 손실을 안겼고, 독일인들은 자신들이 계산했던 것보다 더 큰 대가를 치렀다. 비록 서방의 지원은 실패했고 이로 인해 서방이 체면을 구겼지만 말이다.

이후 거대한 허리케인에 비견되는 전격전의 폭풍이 몰아쳤다. 신문의 머리기사만 훑어봐도 사건의 진행 속도가 얼마나 급박해졌는지 알 수 있다. '대공세', '유럽의 운명이 결정되는 곳', '5일 후', '프랑스가 싸우다', '패배인가, 재앙인가', '공격과 반격', '이제, 어떻게 해야 할까?' '프랑스에 맞서다', '격렬한 전투', '파리 주변', '파리 이후', '프랑스의 후퇴', '항복', '독재자들의 횡포성' 등. 이 헤드라인에는 42일간의 중요한 사건 중 벨기에의 항복과 됭케르크에서의 대규모 철수 작전은 등장하지 않았다.

프랑스가 붕괴된 이후, 영국 침공 가능성이 세간의 관심을 모았다. 영국은 이제 추축국이라는 적 앞에 혼자 남아 있다. 현재 유럽 지도에서 보면 전쟁의 영향을 받지 않은 국가보다 이미 점령되었거나 전쟁의 영향을 받은 국가가 훨씬 더 많다. 현재 지상전이 휴지기를 맞은 것과 관련해(공중전, 해상전의 강도는 더 증가하고 있다.), 유럽의 군대는 사실상 '실업자' 상태에 놓였다고 할 수 있다.

'영국이라는 사자'가 중상을 입었음에도 불구하고 꺾이지 않는 용기로 계속 싸워 영국 본토에서 독일의 맹렬한 가을 공세를 끝끝내 물리치는 동안, 이 거대한 전쟁 영화는 더욱 혼란스러워졌다. 그리고 그 무대는 이제까지 거의 언급된 적이 없는 북아프리카로 옮겨졌다. 웨이벨, 그라치아니, 로멜, 수에즈, 바르디아, 투브루크, 벵가지, 트리폴리, 아비시니아, 다카르 등이 새로운 전장이 되었다. 또한, 대서양도 새로운 무대가 되었다. 대서양 연안에서는 압박받는 대영 제국을 지원하려는 움직임이 감지되고 있다. 봉쇄, 또 봉쇄! 수백만 톤의 배가 침몰하고 익사한 선원들과 수십억 달러의 물자가 해저로 가라앉았다!

168p **크비슬링, 스웨덴의 보도를 공격하다**

금요일 저녁 오슬로에서 국민연합의 지도자 비드쿤 크비슬링이 연설했다. 그는 노르웨이를 재편하고 새로운 유럽 국가 사이에서 노르웨이의 입지를 확보하는 것이 국민연합의 임무라고 설명했다. "그렇기에 우리는 볼셰비키와 영국에 대해 적대적인 입장을 취하면서도, 다른 국가들에 대해서는 최대한 중립을 유지하고 그들의 내정에 간섭하지 않고 있습니다. 이는 무엇보다도 우리의 북유럽 이웃, 특히 스웨덴 형제들에게 적용됩니다."라고 말했다. 이어서 크비슬링은 스웨덴 언론이 새로 탄생한 노르웨이에 대한 거짓 선전을 퍼뜨리고 있다고 비난하며 스웨덴 언론을 신랄하게 비판했다. 그는 노르웨이의 상황에 대해 허위 정보를 게재한 스웨덴 신문의 몇 가지 사례를 제시했다.

크비슬링은 스웨덴이 분명히 인식해야 할 것은, 미래의 노르웨이와 협력할 기회를 이런 식으로 놓치고 있다는 점이라고 강조했다. 그는 "노르웨이가 스웨덴을 필요로 하는 것보다, 스웨덴이 노르웨이를 더 필요로 합니다."라고 말하며 "우리는 1918년 새로운 핀란드가 탄생했을 때 스웨덴이 그랬던 것처럼, 기회를 놓치고 시대의 큰 사건에서 스스로 밀려나게 두는 나라를 북쪽의 지도적 강국으로 인정하지 않을 것입니다. 우리가 보기에 스웨덴은 앞으로도 100년 정도 발전이 뒤처질 수 있습니다. 기회를 제일 먼저 포착하고 새 질서를 이끄는 국민이 미래를 지배할 것입니다. 그래서 우리는 스웨덴이 아닌 노르웨이가 그런 국민이 되기를 바랍니다. 우리가 북유럽에서 노르웨이의 지도자 지위를 요구하는 것이 아닙니다."라고 크비슬링은 덧붙였다.

"우리는 북쪽 국가 간의 협력과 평등을 원할 뿐입니다. 스웨덴은 노르웨이에 대한 거짓 선전을 중단할 것을 요구할 것이며, 스웨덴 지도자들의 노르웨이에 대한 적대적인 활동을 용납하지 않을 것입니다. 노르웨이인들은 스웨덴의 괴롭힘 없이도 국가를 질서 있게 세우고 발전시킬 권리가 있으며, 우리는 이러한 권리를 요구할 것입니다."

북유럽의 1,700만 명 중 1,100만 명이 자유로운 북유럽이라는 구상을 받아들였습니다.

크비슬링은 신질서가 북유럽 3개국에 자리를 잡았고, 스웨덴이 사방으로 이 새로운 질서에 둘러싸여 있다는 견해를 밝혔다. "이로부터 자유로운 북유럽에 대한 생각이 1,700만 명 중 1,100만 명에게 이미 받아들여졌으며, 나머지 600만 명도 곧 설득될 것이라고 확신할 수 있습니다.

대체로 우리 북유럽 국가들은 유럽에서 독일 다음의 경제 강국입니다. 저는 영국과 미국의 최종적인 패배로 우리가 옛 식민지 중 상당수를 되찾을 수 있으리라는 것을 한순간도 의심하지 않습니다. 즉 그린란드, 아이슬란드, 오크니 제도 등을 되찾아 세계와 바다에서 발전할 수 있는 생활 공간을 확보할 수 있게 될 것입니다."

169p **크비슬링이 연설하다**

《프리트 폴크》• 광고에서 '상황의 주인, 오늘과 내일의 인물'로 불린 비드쿤 크비슬링이 금요일 저녁 연설에서 또다시 정치 상황에 대한 자신의 평가를 내놓았다. 전보로 전송된 자료를 보면 그의 발언 대부분은 노르웨이와 스웨덴의 관계에 관한 것이었다. 이 문제에 대한 크비슬링의 견해는 잘 알려져 있다. 그

• 오슬로에서 발행됐던 노르웨이 신문으로, 파시스트 정당인 국민연합의 공식 기관지이다.

는 스웨덴 기자들 앞에서 전쟁으로 고통받는 노르웨이인에 대한 스웨덴의 인도주의적 지원은 쓸데없을 뿐만 아니라 굴욕감까지 주는 것이라고 선언함으로써 태도를 분명히 했다. 이번에 그가 선택한 표현은 이전보다 훨씬 더 날카롭고 도발적이었을 수도 있다.

지난가을 크비슬링이 소위 권력을 장악한 이후에 그의 추종자들이 가장 관심을 가졌던 질문이자, 나치 지도자가 연설에서 다시 꺼낸 질문 중 하나는, 어느 나라가 북쪽에서 주도권을 잡아야 하는가였다. 핀란드 전쟁 이후 핀란드에게 이 자리가 돌아가야 한다는 암시가 독일 쪽에서 나오기도 했는데 이로 인해 크비슬링의 관련 발언은 다소 힘이 빠지긴 했다. 그러나 이러한 암시로 핀란드 측은 답을 얻었고, 스웨덴의 토론 발언권은 거의 불필요하게 되었다. 스웨덴에 관한 한 그는 자신의 입장을 확실히 밝혔다. 그는 노르웨이가 스스로 주도적 위치를 주장한 것이 아니라, "1918년 새로운 핀란드가 탄생했을 때 스웨덴이 그랬던 것처럼 기회를 포착하지 못하고 시대의 큰 사건에서 스스로 밀려나게 두는 나라를 북쪽의 지도적 강국으로 인정하지 않을 것입니다."라고 말했다. 스웨덴은 북방에서의 주도적 위치에 대한 이런 식의 무익한 논의에 인내심을 갖고 귀를 기울여 왔으며, 이번 위협 이후에도 평정심을 유지하기 위해 노력할 것이다. 독일의 지지에 의존하고, 자국민 극소수의 지지를 겨우 받고, 한때 열성적으로 공산주의에 동조했던 사실이 정치적 공로로 꼽히는 사람이 스웨덴을 제외한 1,100만 북유럽 주민의 대변인이라고 주장할 자격은 전혀 없다.

크비슬링이 특별히 분노한 것 가운데 하나는 스웨덴 언론이 거짓말과 선동을 일삼고 새로운 노르웨이에 대해 허위 정보를 유포한 것이 포함된다. 스웨덴 신문들은 노르웨이에 대한 자신들의 보도가 확실한 약점을 드러내 왔고 지금도 약점이 있다는 것을 잘 알고 있다. 그러나 이러한 상황의 주된 원인은 크비슬링 [……]

170p **독일군에게 처형된 프랑스 인질들**

다겐스 뉘헤테르 특파원 제공

비시, 토요일

U.P.•에 따르면 독일 당국은 수요일 파리에서 발생한 독일 군인 암살 시도에 대한 보복으로 프랑스 인질 3명을 토요일 아침에 처형했다.

프랑스 정부는 앞으로 반독일 선동에 어떻게 대응해야 할지 논의하기 위해 두 차례 회의를 열었다. 회의가 끝난 직후 푸슈 내무 장관은 비시를 떠나 파리로 향했다.

동시에 정부는 군사 법정 직무에 관한 법령 개정안을 논의했다. 현행법에서는 피고인에 대해 초고속으로 재판과 선고가

• 유피 통신사. 미국 UPI 통신사의 전신.

내려지고 최소한의 보호도 받지 못한다는 지적이 있었다. 피고인은 항소할 기회가 전혀 없고 판결은 즉시 집행되어야 하기 때문이다.

랄프 헤인센

독일의 유대인은 모두 노란 별을 달아야 한다.

베를린, 토요일

독일 뉴스 통신사의 속보. 정부 발행 신문은 1941년 9월 1일에 유대인 식별에 관한 경찰령을 발표했다.

이 법령에 따르면 16세 이상의 모든 유대인은 특별한 표식을 달지 않고 공공장소에 다니지 못하도록 규정하고 있다. 이 표식은 '유대인'이라는 글자가 새겨진 노란색 육각형 별로, 외출복 왼쪽에 가슴 높이로 꿰매 달아야 한다. 또한 유대인은 경찰의 서면 허가 없이 거주 지역을 벗어날 수 없다. 이 법령은 주로 행정적 효율을 위한 것으로, 대독일 제국 전체와 보헤미아• 및 모라비아•• 보호령에 적용되며 공포 이틀 후부터 발효된다.

라디오가 없는 노르웨이 전역 171p

St.-T.의 특파원 제공

예상했던 대로 노르웨이 전역에서 라디오 압수를 위한 조치가

• Bohemia. 중부 유럽에 있던 역사상의 국가. 현재는 체코의 서부 지방을 말한다.
•• Moravia. 체코 동부에 있는 지방.

취해지고 있다. 다음 차례는 오슬로에서 라디오를 압수할 것으로 보인다. 나치 대원들만 라디오를 소지하도록 허용되었다. 크비슬링은 금요일에 연설의 한 단락에서 소위 '에싱에'(크비슬링 정권에 저항하는 노르웨이인)가 곧 더는 라디오를 들을 수 없게 될 것이라고 말했다. 전국적인 라디오 압수를 위한 독일 측의 모든 준비는 이미 완료되었다고 한다.

30.11.42.

I fredags morse, den 27 november, borrades hela den franska Toulonflottan i sank av de egna besättningarna, då tyskarna med stora stridskrafter sökte bemäktiga sig den franska Medelhavsbasen. Besättningarna följde sina fartyg i djupet. Jag kan inte tycka annat än att detta hör till de mest dramatiska händelserna under detta krig. Överhuvud taget har hela kriget just nu på sistone blivit allt mera dramatiskt.

1942년

1월 1일

230~231p 새해가 시작됐다. 나란히 서 있는 저 세 남자가 새해에 무엇을 바라는지 궁금하다. 어쨌거나 히틀러는 잠 못 드는 밤들을 보내는 것 같고, 처칠은 슬프고 근심에 휩싸인 모습이다. 루스벨트만 미국인다운 낙관적인 인상을 풍긴다. 하지만 이 사진들은 일본이 공격을 개시하기 전에 촬영됐을지도 모른다.

실제로 독일 상황이 그다지 밝아 보이지 않는다. 독일은 자신들이 러시아에서 얼마나 힘겹게 버티는지 숨기지 못하고 있다. 이런 상황에 한숨이 나오지만 그래도 희망을 놓지 않아야 한다. 제발 독일이 러시아를 막아 낼 수 있길! 그렇지 못하면 우리는 과연 어떻게 될까?

올해가 끝나면 상황은 어떻게 될까? 그때까지도 인류가 갈

구하는 평화를 기대할 수 없을까? 얼마나 많은 영혼이 구원에 이르기 전에 '죽음으로, 죽음의 밤으로' 떠나게 될까?

최근 노르웨이에서 노르웨이 사람 11명이 총살당했다. 우리를 지켜야 한다는 자기 보존 본능 때문에 독일의 패배를 바라지 못하다니, 정말 비참하다.

2월 1일

이 기사는《스톡홀름 티드닝엔》특파원이 전하는 그리스 상황 232~233p
이다. 스웨덴을 제외하면, 유럽 상황은 어디나 크게 다르지 않은 것 같다. 신문에서는 프랑스가 독일 쪽으로 다가갈 수밖에 없다고 보도했다. 식량 부족과 극심한 궁핍을 더 이상 견딜 수 없기 때문이다. 벨기에 사람들은 굶주림으로 길거리에서 정신을 잃고 쓰러지고, 핀란드와 노르웨이의 생활도 참담하다. 물론 독일 상황도 다르지 않다. 러시아는 어떤지 모르겠지만 조금만 상상해 봐도 쉽게 짐작할 수 있다.

다시 끔찍하게 추운 겨울이 찾아왔다. 사람들은 추위에 꽁꽁 얼어 몹시 고통스러울 것이다. 생각만 해도 눈물이 날 것 같다.

일요일 오전 아케르스후스 요새에서 열린 행사에서 독일 국가 판무관 테르보펜이 노르웨이 총리는 크비슬링이 될 것이라고 발표했다.

2월 23일

지난번에 마지막으로 일기를 쓰고 난 뒤 진작 써 두어야 했던 굵직한 사건들이 있었다. 그중 하나가 싱가포르의 함락이다. 이런 일은 한 세기에 한 번쯤 일어날 법한 사건이라고 한다. 이 사건을 다룬 기사를 오려서 보관했는데, 없어져 버렸다. 일본은 태평양에서 놀라울 정도로 군사력을 과시하고 있다. 영국이 수 세기 동안 전략적 거점으로 삼은 요새, 싱가포르가 그렇게 빨리 일본에 점령될 수 있었다는 것만으로도 일본군의 능력과 영국의 끔찍한 태만함이 동시에 드러났다고 볼 수 있다.

이 사건은 영국 정부에 위기를 불러왔지만, 처칠은 여느 때처럼 이번 폭풍을 무사히 넘겼다. 그런데 일전에(날짜가 13일 아니면 14일이었던 것 같다.) 독일 전함 샤른호르스트호와 그나이제나우호가 대낮에 브레스트에서 출항한 충격적인 사건이 있었다. 브레스트는 몇 달 동안 독일 군대가 집중 포격을 받은 곳인데, 독일군이 영국군의 아무런 방해도 받지 않고 북해의 기지로 돌아가 버린 것이다. 다시 태평양으로 돌아가서, 지금 그곳에서는 가장 중요한 전투들이 벌어지고 있다. 버마 로드와 오스트레일리아는 물론 수마트라섬, 자바섬, 인도까지 일본의 공격이 임박해 보인다. 그곳에서는 군 복무를 할 수 있는 남자들이 모두 소집되어 방어하고 있다. 일본은 야수처럼 거침없이 달려드는데, 영국과 미국은 대체 무엇을 하는지 모르겠다. 싱가포르에서는 지난 몇 주 동안 끔찍한 일들이 벌어졌다고 한다. 이 싱가포르라는 요새는 바다 쪽에서만 방어가 가능한데, 일본은 말레이반도를 거쳐 기습했고, 그쪽에는 아무런 방어 시설이 없었다고 한다. 물 부족이 '컵을 넘치게 만든 마지막 한 방울'이었던 셈이다(정말 절묘한 표현이다.). 폭탄이 비 오듯이 쏟아지는 동안 여자들과 아이들은 수마트라섬으로 대피해야 했고, 영국군은 싱가포르에 항공기를 거의 배치하지 않았다고 한다. 어떻게 이럴 수 있었을까!

러시아에서는 '3만 7,000명의 남자'들이 무참히 학살당했다는 소식이 드문드문 들려온다.

핀란드는 전선을 견고하게 지키고 있다.

최근 들어 스웨덴에도 징집 명령이 많았다. 어제 정보 브리핑에서 외무부 장관 귄테르는 "우리 상황을 심각하게 봐야겠지만, 악화된 것은 아무것도 없다."라고 밝히면서 다가오는 봄을 대비해 국방을 강화해야 한다고 강조했다. 아마도 영국이 노르웨이를 공격할 가능성을 염두에 두는 것 같다. 그러나 아직 봄이 올 기미는 보이지 않는다. 스톡홀름은 1월 5일부터 기온이 계속 영하로 떨어졌다. 발트해 전체가 얼어붙었고, 고틀란드는 고립되었다. 세 번째 악마 같은 겨울을 보내며 나도 지쳐 가고 있다. 이렇게 기나긴 겨울을 겪어 본 기억이 없는데, 어쩌면 카린의 기침 때문인지도 모르겠다. 기침은 4개월 전에 시작되었고, 그때와 똑같이 기침과 콧물, 열 때문에 내 침대에 누워 있다. 엑스레이를 찍어 보니 왼쪽 폐에 있던 염증은 나았지만,

심전도 검사 결과 염증 때문에 심장 근육이 손상돼 심장에서 잡음이 들린다고 한다. 의사 오탄데르는 카린이 점차 회복될 거라지만 혹시 그렇지 못하게 되면? 카린의 끔찍한 기침과 건강 상태를 생각하면 너무 피곤하고 불안하다. 카린의 상태가 지금의 세계 대전보다 더 걱정스럽다.

3월 16일

카린이 병원에 다녀왔다. 이제 거의 다 나았고, 심장 잡음도 훨씬 약해졌다. 하지만 소변에서 염증 세포가 나와서 설폰아마이드 제제•로 치료받을 것이다.

자바섬이 항복했고 이때 9만 8,000명의 네덜란드인과 영국인이 포로가 된 것을 아직 일기에 쓰지 않았다. 이제 네덜란드 제국은 더 이상 존재하지 않는다. 영국은 어떻게 되어 가고 있을까? 오스트레일리아는 임박한 공격에 대비하고 있다. 리옹에서는 프랑스 몰락에 책임이 있는 인사들에 대한 재판이 열리고 있다.

우리 스웨덴도 원래 위태로웠는데 여전히 위태롭다. 오늘 대피 지침이 내려왔는데, 사람들은 전쟁 초기에 비해 상황을 침착하게 받아들이고 있다. 당시에는 공원에서 만나기만 하면 대피에 관해 끝없이 이야기했으니 말이다.

• 설폰아마이드제 및 설포기를 갖는 화학 요법제를 통틀어 이르는 말. 화농성 질환과 거의 모든 세균성 질환의 치료에 쓴다.

얼마 전에 17개의 신문이 압수당했다. 노르웨이 교도소 상황을 보도한 기사 때문이었다. 그 보도가 사실이라면 — 의심할 근거는 전혀 없지만 — 충격적이어서 기사를 읽는 것만으로도 구역질이 날 지경이다. 극도의 잔혹 행위와 중세식 고문이 행해지고 있다. 노르웨이 전역에서 영양실조에 걸린 사람들이 늘고 있다.

스웨덴에는 아직 먹을 것이 있지만, 점점 부족해지는 것이 확실하다. 고기 공급이 계속 줄어들어 여름이면 배급량도 얼마 되지 않을 것이다. 이런 비참한 현실에 대해 더는 쓸 기운이 없다.

성 금요일

눈이 그치고 며칠 동안 젖었던 거리가 말라 깨끗하더니, 다시 눈이 내리고 있다. 올해는 절대 봄이 오지 않을 것 같다. 기상 관측 이래로 가장 추운 겨울을 나고 있다.

노르웨이가 독일에 점령당하고 예테보리 항구에 정박해 있던 열한 척의 노르웨이 선박이 눈보라를 틈타 영국으로 탈출을 시도했다. 스웨덴 정부는 이 선박의 소유권이 밝혀질 때까지 선박들을 억류해 두었다. 예상대로 독일이 소유권을 주장했지만, 며칠 전 최고 법원의 판결에 따라 이 배들을 되찾지는 못했다. 스웨덴에 있는 노르웨이 사람들은 대부분 영국으로 갈 기회를 엿보는 것 같다. 그러나 독일은 스웨덴 바다 앞에 맹수처럼 잠복해 있다가 선박 세 척에 불을 냈고, 두 척은 예테보리로 끌고 갔으며, 여섯 척은 바다로 쫓아갔다고 한다. 우리는 편지에서 배를 타고 도망치려는 노르웨이 사람들의 이야기를 수없이 들어서 이러한 선박들의 침몰이 더욱 끔찍하게 느껴진다. 배에 오른 사람들은 이것이 마지막 항해가 될 수 있다는 각오를 했겠지만, 이는 애당초 너무 무모한 시도였다.

반면에 나는 부활절을 맞아 깨끗이 청소한 집에서 세상에 그 어떤 악도 존재하지 않는 것처럼 앉아 있다. 내일이면 결혼한 지 11년이 된다. 카린이 다시 감기에 걸렸는데 얼른 나으면 좋겠다. 오늘 달라가탄으로 이사하고 첫 번째 부활절을 맞았다. 카린은 부활절 달걀을 숨길 곳이 아주 많다며 기뻐하고 있다. 진짜 달걀은 아니고 어린이용 사탕 달걀이다. 이 도시에 진짜 달걀을 가진 사람이 거의 없는데, 나는 안네마리에에게서 12개의 달걀을 빌려 올 수 있었다. 스텔란이 아파서 추가 배급을 받을 수 있었기 때문이다.

세계 정치로 돌아와, 일본의 태평양 진격은 다소 주춤한 것 같다. 아직 오스트레일리아 침공에 관한 징후는 없다. 러시아가 어떤 상황인지 잘 모르겠다. 독일군의 봄 공세까지는 시간이 좀 걸릴 것 같다.

4월 19일

미군이 도쿄를 폭격했다. 이 일로 미국은 열렬히 환호했다. 요즈음 세계에서 무슨 일이 벌어지는지 거의 알지 못하지만, 보도되는 전사자나 학살된 사람들의 수를 보면 러시아에서 격렬한 전투가 벌어지는 모양이다.

라발이 프랑스 정부에 다시 합류했는데, 그는 프랑스를 독일 편에 두려는 크비슬링 같은 정치인으로 보인다.

영국은 독일에 대대적인 공습을 벌이고 있다.

어제는 스톡홀름 기온이 23도를 기록했다. 1880년 이래 4월 기온으로는 가장 높은 온도다. 불과 보름 전만 해도 폭설이 내렸는데, 지금은 거리가 완전히 말랐고 온 세상이 아름답고 환히 빛난다. 이미 말했듯이 정말 따뜻하다. 하지만 조만간 다시 추워진다고 한다. 오늘 오전에 가족 모두 하가 공원에 갔다. 그런 다음 카린과 나는 영화관에 가서 막스 형제의 영화를 보았다. 스투레는 M이 주최하는 전시(M. 42) 준비에 완전히 빠져 지내고 있다. 라르스는 조금 끼는 옷을 입고 산책을 나갔다. 곧 견진 성사 때 새 정장을 마련해야 할 텐데, 이를 위해 배급 쿠폰을 엄청나게 써야 할 것 같다.

여름이 되면 고기 배급량이 상당히 제한될 것 같다. 드디어 달걀이 여기저기 나타나기 시작했지만, 버터는 정말 부족하다. 앞으로 더 부족하게 될 것 같다.

국왕이 방광 결석 수술을 받았는데, 이 일을 적었는지 기억나지 않는다. 다행히 치료를 잘 받고 일어났다.

노르웨이 성직자들 사이에 격렬한 분쟁이 일어났다. 베르그라브 주교가 독일 강제 수용소로 보내질 뻔했는데, 어떤 이유에서인지 실행되지는 않았다.

방금 레마르크의 난민 소설《네 이웃을 사랑하라》를 읽었다. 유대인 이민자의 비아 돌로로사•를 다룬 책인데 너무 처참하다. 직장에서 접하는 현실에 비춰 보면 이 모든 것이 사실이라는 것을 알 수 있다. 유럽 곳곳에서 사람들이 거리에 쓰러져 굶주림으로 죽어 간다. 그리스가 가장 심각하겠지만, 프랑스와 벨기에도 참혹하긴 마찬가지다.

5월 12일

지난번 일기를 쓰고 나서 히틀러가 연설을 했다. 그 연설을 여기에 오려 붙이려고 했지만, 연설이 너무 길어 붙일 수가 없었다. 이 연설은 독일의 분열을 암시하는 것 같아 주목할 만하다. 히틀러는 이미 갖고 있는 권한 그 이상의 특별 권한을 요구했고, 실제로 받아 냈다. 전쟁 피로를 철저하게 짓밟으며 시대의 요구에 부응하지 못하는 모든 인사를 자리에서 끌어내릴 수 있는 권한이었다. 이 연설이 남긴 첫 번째 인상은, 현재 독일에서 그가 말한 '시대의 요구'가 상당히 버거워졌다는 점이다. 게다가 직장에서 편지를 읽다 보면, 독일이 전쟁에서 승리할 수 있다는 확신을 잃어 가는 분위기를 감지할 수 있다. 실제로 이번 연설은 세계 곳곳에서 비슷한 반응을 불러왔는데, 독일의

• Via Dolorosa. '고통의 길'이라는 뜻으로, 예수가 사형 선고를 받은 후 십자가를 메고 골고다까지 올라간 길을 가리킨다.

승리에 대한 믿음이 뿌리째 흔들리고 있다.

시간 순서대로 쓰려고 히틀러의 연설을 먼저 적었지만, 사실 오늘 가장 먼저 기록해야 할 훨씬 중요한 일이 따로 있었다. 오늘, 이 전쟁에서 처음으로 가스 사용에 대한 보고를 들었다. 가스 사용은 이번 전쟁이 더 끔찍한 단계로 진입하는 서곡이 아닐까 싶다. 전에 핀란드 겨울 전쟁 당시 러시아군이 가스를 사용했을지도 모른다고 쓴 적이 있다. 그렇지만 이야기가 더는 나오지 않았으니 이 일은 사실이 아니었을 것이다. 그동안 독일군은 크림반도에서 일종의 신경가스를 쓰기 시작해 러시아군을 경악하게 했다. 《아프톤블라데트》에 따르면 신경가스는 치명적이지는 않지만, 적을 일시적으로 마비시켜 체포를 돕는다고 한다. 하지만 일단 가스가 사용되기 시작하면, 끔찍한 독가스가 언제 어떻게 사용될지 알 수 없다. 처칠이 독일군을 향해 가스 사용을 경고하는 연설을 했을 때 사람들은 불행을 예감했다. 어쩌면 영국군이 독일 상공에 가스를 대량으로 살포할지도 모를 일이다. 독일의 가스전 준비는 당연히 비밀이 될 수 없었다. 어쨌거나 가스 전쟁이 독일 국민에게 어떤 결과를 초래할지 예상하면서도 독일군이 이런 경고를 가볍게 여기다니 놀라운 일이다. 이제 인류는 완전히 이성을 잃어버렸다. 영국, 미국, 러시아, 독일 등 모두가 일어나서 자신들이 얼마나 치명적인 가스를 비축해 두었는지 대놓고 자랑하는 것 같다. 전쟁 초기에 그 어떤 가스도 사용하지 않기로 합의했으면서 말이다. (하하!) 독일은 이런 무기를 동원할 만큼 동부 전선의 상황을 위태롭게 여기고 있다.

그동안 더 많은 일이 일어났다. 덴마크의 총리 스타우닝이 사망했다. 그는 오래전 룬드의 연설에서 북유럽 방위 동맹 구상을 반대했다. 세계 대전이 일어나기 몇 해 전에 이러한 연합이 결성되었다면 지금 북유럽이 어떤 모습일까……. 그랬다면 지금의 북유럽은 참화를 비껴갔을까…….

또한 영국은 프랑스의 저항에도 불구하고 마다가스카르를 점령했다. 라발은 프랑스를 추축국 가까이 끌고 가고 있으며, 이 때문에 영국 및 미국과의 관계에서 심각한 문제를 불러일으키고 있다.

그리고 히틀러와 무세(무솔리니)가 다시 만났다. 가스 사용을 논의하기 위한 것이 분명하다. 그들이 만난 뒤에는 언제나 악마의 짓거리가 뒤따른다.

오늘 우리는 정보 보고서를 통해 핀란드의 식량 조달에 관한 암울한 사실들을 알게 되었다. 핀란드에는 곡물의 씨앗도, 씨감자도 파종할 만큼 남아 있지 않다고 한다. 다가오는 겨울을 어떻게 나야 할까? 지금보다 상황이 더 나빠질 수는 없다. 모두가 당장 굶어 죽지만 않는다면 말이다. 군나르가 스웨덴에서 농업 지원을 할 수 있도록 일꾼들과 핀란드로 떠났지만, 뿌릴 것도 심을 것도 없다면 무슨 수로 도울 수 있을까? 불쌍하고 가난한 핀란드 사람들. 핀란드에서 온 상이군인들이 거리를 배회하고 있다. 몇몇은 라르스보다 겨우 한두 살 위로 보이는데, 다리 하나나 팔 하나만으로 휘적거리며 다니고 있다.

우리는 비를 기다리고 있다. 하느님이 우리를 불쌍히 여기어 풍성한 결실을 선물해 주지 않는다면, 올해 이곳에도 흉년이 닥쳐와 틀림없이 많은 이들이 굶주리게 될 것이다. 물론 다른 나라와 비교해 보면 우리는 너무 잘 지내지만, 지금도 식단을 짜는 데 꽤 어려움을 겪고 있다.

최근 보고서에 따르면 지금까지 비난받아 온 우리 스웨덴 사람들을 이제 와서 외국인들이 '사마리아 민족'이라며 무척 칭송한단다. 나도 우리가 최선을 다해 돕고 있다고 생각한다.

최근 독일군은 점령 국가에서 무수히 많은 사람을 총살했다. 노르웨이 젊은이 18명, 네덜란드인 72명, 수많은 프랑스인. 모두 독일에 대항한 폭동 때문이었다. 하지만 독일이 이렇게 모든 곳에서 증오를 자초하는 상황에서, 폭동 말고 무엇을 기대할 수 있을까.

그래, 은총의 1942년에 세계는 이런 모습인 거지! 한편으로 몹시 춥고 불쾌한 봄이 계속되고 있다. 모레 라르스와 예란은 예수 승천절을 맞아 견진 성사를 받는다. 이 전쟁이 곧 끝날 수 있을까? 그럴 수 있을까? 곧 세상으로 나갈 이 젊은이들에게 어떤 미래가 기다리고 있을까? 피비린내 나고, 끔찍하고, 황폐하고, 가스로 가득하고, 모든 면에서 비참한 세상을 물려줘야 하다니, 힘겹다.

5월 21일

가스가 사용되었다는 기사는 사실이 아닌 것으로 밝혀졌다. 책임자인 신문 기자는 곧장 베를린에서 추방당했다. 가스전은 아직 한 번도 없었다.

오늘 카린이 여덟 살이 되었다. 지난 몇 해 동안 이맘때 날씨는 여름처럼 따뜻했는데, 올해는 며칠 동안 단비가 내려 말할 수 없이 기쁘다. 오늘 비는 그쳤지만 춥고 쌀쌀하다. 카린이 라세의 오래된 시계를 물려받았다(린네아가 학교 가는 길에 보니, 카린이 몹시 기뻐하며 "이런 시계가 아직도 잘 가."라고 혼잣말을 했단다.). 그 밖에도 여행 가방, 지갑, 책 두 권, 초콜릿 한 상자, 꽃, 여러 사람이 준 12크로나, 책갈피, 석판을 선물받았다. 마테와 엘사레나는 엄마와 함께 왔고 카린 베네도 왔다.

엄마들은 늘 그렇듯 배급 쿠폰과 식량 문제에 관해 이야기했다. 핀란드에서 영양실조에 걸린 그레타 비크베리의 방문을 받은 엘사는 그나마 형편이 좋은 헬싱키의 가족이 무엇을 먹는지 말해 주었다. 호밀 가루로 쑨 죽을 빵이나 우유도 없이 아침으로 먹고, 점심에는 호밀 가루 죽을 빵 한 쪽, 우유 한 잔과 먹고, 저녁으로는 냉동 감자를 삶아 몇 시간씩 줄을 서서 받은 순무와 약간의 채소즙을 수프와 먹는다. 아니면 월귤나무 잎 차를 빵 한 조각과 먹는 것이 끝일 수도 있다. 우리는 배급량이 적다고 투덜대지만, 이런 이야기를 듣다 보면 우리는 말 그대로 폭식하며 사는 것 같다.

그리고 5월 14일, 라르스가 아돌프 프레드릭스 교회에서 43명의 남자아이들과 견진 성사를 받았다. 식을 마치고 우리는 와인, 커피, 케이크와 쿠키로 축하 모임을 가졌다. 엘사, 알리, 레카, 펠레 비리덴과 페테르가 와 주었다.

라르스는 우리에게 손목시계를 선물받았고, 레카에게 커프스 단추를, 엘사와 알리에게 4색 펜과 꽃을 받았다. 저녁 식사로 간단한 뷔페 요리와 뿔닭•과 케이크를 먹었다. 우리는 스웨덴에서 잘 지내고 있다.

아스트리드 린드그렌이 우편 검사소 편지 검열관으로 일하던 시절의 편지 사본 234-239p

7월 5일

지난번 일기를 쓰고 나서 놓쳐 버린 일들이 꽤 많다. 그중 사막에서 벌어진 전투에 관심이 집중되고 있다. 로멜이 폭풍처럼 깊이 밀고 들어가 이집트 내륙까지 상당 부분 점령했다. 이제 알렉산드리아와 카이로가 위협받고 있다. 사람들은 알렉산드리아가 언제 독일 손에 떨어질지 불안해하지만, 지금은 잠시 숨 고르기를 하는 것 같다. 격렬한 전투를 치른 투브루크가 얼마 전에 함락되었고, 이때 많은 영국군이 독일군의 포로가 되었다. 이탈리아군도 이번만은 전투에 참여한 모양이다. 영국 제8군을 격퇴한 로멜은 너무 뛰어난 전술을 구사해 영국에서

• 닭과 비슷하지만 더 작은 조류로 아프리카가 원산지이고 고급 식재료로 사용된다.

조차 국가 영웅이 될 뻔했다.

독일이 러시아로 진군한 지 이제 1년이 넘었다. 겨울이 시작되기 전에 결판 날 거라고 했지만, 독일군은 추위에 떨며 끔찍한 고통을 견뎌야 했다. 독일군이 어느 정도 진격하고 크림반도에서 피비린내 나는 처참한 전투 끝에 세바스토폴을 함락시켰지만, 그렇게 떠들어 대던 대규모 봄 공세는 기미도 없다.

스웨덴 해역에서 러시아 잠수함이 스웨덴의 증기선 아다 가르톤호를 어뢰로 공격해 침몰시켰고, 다른 스웨덴 선박도 베스테르비크 앞바다에서 러시아의 어뢰 공격을 받았다. 다행히 스웨덴의 올해 수확량은 좋은 것 같다. 아니면 기근에 시달렸을 것이다. 비가 많이 내렸고 날씨도 매서웠다. 어제 7월 4일이 되어서야 처음으로 조선소 근처에서 야외 수영을 했다. 3주를 보냈던 빔메르뷔에서는 너무 춥고 바람이 심해 수영할 수 없었다. 지금은 스투레, 카린, 군보르와 푸루순드에 있다. 이제 본격적으로 수영할 수 있으면 좋겠다. 겨울 내내 기침에 시달렸던 카린이 드디어 회복되었다. 라르스는 여전히 네스에 머물면서 농사를 짓고 있다. 라르스와 나는 나흘 동안 스몰란드 인근을 자전거로 여행했다. 빔메르뷔 - 호른 - 키사 - 노라 비 - 트라노스 - 스쿠루가타 - 에크시에 - 홀트 - 볼뢰 - 크로술트 - 빔메르뷔. 스몰란드는 얼마나 아름다운지!

현재 우리는 독일에서 석탄을 전혀 공급받지 못하는데, 장작을 구하기도 정말 힘들다. 겨울이 되면 연료 상황이 심각해질 것 같다. 더구나 허가 없이는 장작을 살 수조차 없으니, 이번 겨울에는 우리 집 벽난로를 때는 기쁨은 맛보기 힘들 것 같다. 제발 지난 3년처럼 끔찍하게 추운 겨울은 돌아오지 않기를.

8월 18일

오늘 저녁 뉴스에서 스웨덴 해역 베스테르비크 앞에서 외국 잠수함이 스웨덴 증기선을 또 격침시켰다는 소식을 들었다. 이런 도발로 스웨덴 선박이 침몰한 것은 세 번째이거나 네 번째일 것이다. 정말 기막힌 노릇이다! 여러 편지를 보면 사람들은 독일이 이 사건의 배후에 있다고 확신한다. 즉, 독일이 러시아 잠수함을 이용해 스웨덴이 러시아와 대립하도록 선동하는 계략이란다. 편지들을 보면 스웨덴 해군이 호송선을 호위하고 있으며, 수중 폭탄으로 여러 척의 잠수함을 격침시켰다고 한다. 이런 이야기가 사실이기를 바랄 뿐이다. 러시아는 이번 사건의 책임을 완강하게 부인하고 있다.

어제 스톡홀름에서 2명의 정보원이 체포되었는데, 비밀 라디오 송신기를 가지고 있었다. 그들은 부자 관계로, 아버지는 러시아에서 태어났지만 지금은 스웨덴 시민이 되었다.

배급제를 틈타 암시장이 성업 중이다. 매일 암거래상이 적발되고 있다.

처칠은 최근 스탈린을 방문했다. 카르 데 뭄마는 처칠을 쿠릴이라고 부른다. 그는 이번 방문에서 승리의 표시로 V(브이) 자를 만들어 보였고, 러시아는 이것을 제2 전선에 대한 약속• 으로 이해했다.

영국은 인도에서 골머리를 앓고 있다. 힌두교도들이 전쟁을 틈타 독립하려고 모든 수단을 동원하고 있다(그러면 인도는 영국을 두 배로 돕겠다고 주장한다.). 그러나 영국은 그럴 의사가 없고, 결국 간디와 그의 아내를 비롯한 많은 이들이 체포되었다. 폭력을 동원한 심각한 범법 행위와 소요는 일과가 되어 가고 있다.

3년간의 전쟁

9월 5일

전쟁이 시작된 지 3년이 되었고, 나는 전쟁의 세 번째 생일을 기념하지 않았다. 전쟁을 바라보는 우리의 입장은 점차 변하고 있다. 전에는 흔들림 없는 희망을 품고 전쟁을 이야기했다면, 이제 사람들은 전쟁을 어쩔 수 없는 악으로 보고 있다. 전쟁에 대해 생각하지만, 될 수 있는 대로 말하지 않는다. 사람들이 실제로 이야기하는 것은 배급표에 적힌 고기가 얼마나 적은지, 달걀을 배급표보다 얼마나 더 얻어 낼 수 있는지, 겨울이 얼마나 추울지, 콩으로 병조림을 얼마나 만들어 두었는지 등이다.

• 서방 연합군이 동부 전선에서 소련과 교전하는 독일군을 압박하기 위해, 서유럽에서 독일과 전투를 하기 위한 새로운 전장(제2 전선)을 열겠다는 전략.

식량이 생활의 전부가 되어 버렸다. 사실 먹을거리는 여전히 충분하지만, 고기는 보기 힘들고 생선도 거의 없다. 어쨌든 스톡홀름에서는 그렇다. 그런데 오늘 양고기 구이를 저녁으로 먹게 되어 축제 분위기가 났고, 정말 맛있었다. 그 순간 나는 독일 항구에 있는 러시아와 프랑스 전쟁 포로들이 떠올랐다. 스웨덴 선원들의 편지에 따르면 이들은 끔찍하게 굶주린 나머지 쓰레기통에서 감자 껍질을 찾아 먹는다고 한다. 그러니 우리는 그 어떤 상황에서도 전쟁을 잊지 못한다. 마음 깊은 곳에는 늘 절망이 자리하고, 신문 기사가 이러한 절망을 살찌우고 있다. 그리스에서는 매일 수천 명의 사람들이 굶어 죽고, 사람들은 죽은 이들을 매장할 기운이 없어 묘지에 그냥 던져 버린다. 우리는 또다시 전쟁의 겨울을 맞게 되었다. 하느님, 제발 저희를 불쌍히 여기소서. 현재 스탈린그라드를 둘러싸고 격렬한 전투가 벌어지고 있다. 독일군은 러시아에서 계속 진군하고 있지만, 겨울이 오기 전에 결판 나지 않을 것이다.

이제 여름이 그 어느 때보다 따뜻하고 아름답게 피어나고 있다. 얼마 전만 해도 날씨가 꽤 추웠는데 지금은 참 아름답다. 어느새 곡식이 무르익고 있다. 다행히 감사하게도 올해는 풍년이 들 게 분명하다. 240p

10월 5일

안 되지 안 돼. 독일군은 굶어 죽어서는 안 된다지! 감자와 채 241p

소를 언제 보았는지 기억도 안 나는 노르웨이 노동자가 절망에 빠져 독일군 화물칸에 식량 싣는 일을 거부하면, 이들은 강제 수용소로 보내진다. 점령국 어디서나 마찬가지 상황이다.

하지만 스탈린그라드에서 독일군의 전진은 점점 더 지지부진해지고 있다. 도시 전체가 하나도 남김없이 파괴되었지만, 러시아군은 여전히 물러서지 않고 있다.

10월 7일

노르웨이의 트뢴델라그에서 비상사태가 선포되었고, 이와 관련해 1942년 10월 6일 오후 6시에 노르웨이 시민 10명이 '여러 차례의 사보타주 시도에 대한 대가'로 총살당했다. 그들의 재산은 모두 압수당했다.

눈에는 눈, 이에는 이가 더 이상 통하지 않는다. 이제 완전히 무고한 사람들이 다른 이가 저지른 범죄를 대신 속죄해야 한다. 맙소사, 대체 무슨 '법질서'란 말인가! 보고서에 실린 끔찍한 편지에 어떤 노르웨이 남자 이야기가 쓰여 있었다. 그는 생니 32개를 모두 뽑히고 강제 수용소로 보내져 3개월 동안 딱딱한 빵과 소금물만 먹으며 버텼다고 한다.

11월 3일

지난 일기를 쓴 다음에도 노르웨이 사람 여러 명이 또다시 총살당했다.

그 밖에 특별한 소식은 들리지 않는다. 스탈린그라드는 여전히 함락되지 않았고, 영국군은 사막에서 로멜에게 참패를 안겼으며, 러시아군은 아직도 제2 전선을 외치고 있지만 그에 관해 아무 소식도 들리지 않는다.

이제 전쟁이 시작되어 맞는 네 번째 겨울로 접어들고 있다. 스웨덴에 있는 우리가 전쟁을 떠올리기만 해도 이렇게 지치는데, 다른 나라 사람들은 어떨까? 지난 시간을 돌이켜 보면 사람들이 전쟁에 어떻게 반응했는지 그 과정을 알 수 있다. 전쟁이 시작되고 사람들은 얼마간 끔찍한 절망감에 시달렸고 그 후 꽤 오랫동안 무심한 태도였다. 노르웨이가 점령되거나 프랑스가 몰락하는 등 심각한 충격을 받을 때만 그런 무심함에서 깨어나곤 했고, 지금은 전쟁에 대한 피로감이 널리 퍼져 있다. 사람들은 전쟁이라면 신물을 내고, 아무 해결책도 찾지 못한 채 모든 것을 암울하게 느낀다. 이번 겨울은 우리에게 상당한 고통을 줄 것이다. 도시는 말할 것도 없고 다른 나라도 어떻게 지낼지 상상조차 할 수 없다. 노르웨이가 심각한 굶주림에 시달리는 게 확실한데(독일이 모든 것을 빼앗아 간다.), 핀란드도 별반 다르지 않다. 독일에서, 특히 베를린에서 느끼는 전쟁 피로감은 어마어마하다고 한다. 덴마크에서는 혼돈과 절망이 깊어지고 있다. 크리스티안 국왕이 말에서 떨어져 죽을 뻔했지만, 다행히 회복 중인 것 같다.

린드그렌 가족은 오늘 스투레의 마흔네 번째 생일을 맞았다.

피트 이 판나•와 훈제 장어, 케이크 같은 맛있는 아침을 먹으며 축하했다. 우리는 굶주리지 않고 있다. 어쨌거나 지금까지는 말이다.

11월 8일

독일이 아프리카에서 체면을 구겼다. 로멜이 무질서하게 후퇴하면서 영국군에게 추격당하고 있다. 독일의 확실한 군사적 패배 소식을 실제로 듣는 것은 처음이다. 많은 사람들이 이번 패배를 독일의 최종 참패를 알리는 징후로 보고 있다. 이탈리아군은 사망자를 묻기 위해 휴전을 요청했다. 미군은 프랑스 영토인 아프리카 해변에 착륙했고, 이에 프랑스는 오늘 미국에 선전 포고를 했다. 이제 다시 중대한 일들이 벌어지기 시작하는 것 같다.

11월 12일

Things are happening(사건들이 터지고 있다)! 어제 독일이 프랑스의 자유 구역••을 침공하면서, 프랑스 전역을 점령했다. 페탱은 이에 항의하다 오늘 도주했다고 한다. 오늘 프랑스 함대의 운명이 결정되겠지만, 저녁 신문에 따르면 프랑스 함대가

• Pytt i panna. 양파, 감자, 고기 등을 볶아서 만든 스웨덴의 전통 가정 요리.

•• 1940년 프랑스가 독일에 항복한 후, 프랑스는 북부의 독일 점령 구역과 남부의 자유 구역으로 분할되었다. 프랑스 북부와 서부 지역은 독일군이 직접 통치했고, 자유 구역은 나치 괴뢰 정부인 페탱의 비시 정부가 통치했다.

그 어떤 공격에도 저항하겠다는 의지를 보이자, 히틀러는 툴롱을 점령하지 않기로 약속했다고 한다. 알제리는 미국에 대한 저항을 사실상 포기했는데, 애초부터 미약한 저항이었을 것이다. 연합군의 이번 작전은 히틀러의 예상을 빗나가게 만든 첫 번째 사건일 것이다. 프랑스를 점령하려면 막대한 병력이 필요하므로 러시아 전선의 병력은 줄어든다는 뜻이다. 영국은 북아프리카에서 무척 빠른 속도로 진군하고 있다. 여기에 적지 못한 모든 일들은 신문 스크랩을 읽으면 더 잘 알 수 있다. 242~243p

신문에 난 처칠의 연설은 히틀러의 연설과 얼마나 다른가! 왜 사람들은 히틀러처럼 말하는 사람은 정신적으로 결함이 있다는 것을 깨닫지 못할까?

11월 30일

11월 27일 금요일 아침, 독일이 대규모 군사력을 동원해 프랑스의 지중해 기지를 점령하려 하자, 프랑스 승조원들은 자국의 툴롱 함대 전체를 스스로 침몰시켰다. 이후 승조원들은 배와 함께 깊은 바닷속으로 사라졌다. 나는 이 사건을 이번 전쟁에서 가장 극적인 사건 중 하나로 보고 있다. 시간이 흐를수록 전쟁 전체가 점점 더 극적으로 흘러가고 있다.

그렇게 된 거다. 가여운 페탱. 그는 소문과 달리 프랑스가 점령된 다음에도 도주하지 않았다. 대신 모든 권력을 라발이라는 하잘것없는 놈에게, 히틀러의 하수인에게 넘겨주었다. 페탱은 프랑스의 육군, 해군, 공군을 해산한다는 성명을 발표했다.

독일은 프랑스에서 고배를 마신 데 이어 스탈린그라드에서도 러시아에 밀리고 있다. 아직도 이 도시를 두고 전투가 벌어져 어마어마한 피의 강물이 흐르고 있다니, 상상만 해도 괴롭다. 러시아의 공격이 얼마나 결정적인 것인지 아직 알 수 없지만, 그 공격으로 독일 전선 여러 곳이 무너졌다는 사실만 봐도 상황을 짐작할 수 있다. 러시아의 겨울을 맞닥뜨린 독일 병사들을 불쌍히 여겨야겠지만, 이들은 끔찍한 민족이다. 노르웨이에서 하는 행태를 보면 동정도 할 수 없다. 얼마 전 여자들과 아이들을 포함해 1,000명의 노르웨이 유대인이 폴란드로 이송되어 죽음을 맞았다. 악마 같은 짓이다! 그뿐 아니라 수많은 젊은 여자들이 북쪽의 독일군 막사로 끌려갔고, 이곳에서 여자들은 '우선' 독일 군인을 위해 식사를 준비해야 했다. 하지만 그게 다는 아닐 것이다! 나는 요즈음 히틀러가 내린 작고 귀여운 법령 하나를 보았다. 이 법령에 따르면 노르웨이 여자들과 독일 군인 사이에서 태어난 아이들을 값진 노르웨이-게르만족 혈통으로 진지하게 받아들여 돌봐야 한다는 것이다. 하지만 독일 여성을 사랑해 그 여성과 아이를 낳은 불쌍한 폴란드 노동자는 자신의 무덤을 직접 파고 동료들이 지켜보는 가운데 총살되었다. 폴란드 동료들에게 경고하기 위한 처형이었다.

12월 25일

전쟁이 시작되고 맞는 네 번째 크리스마스를 스톡홀름에서 축하했다. 네스에서 보내지 않은 생애 첫 번째 크리스마스였다. 하지만 정말 아름다운 시간이었고, 앞으로도 스톡홀름에서 크리스마스를 보내게 될 것 같다. 물론 일이 있어서였다. 카린이 크리스마스 한 주 전에 심한 인후염에 걸렸고, 의사는 인후 농양으로 발전할까 봐 걱정하는 상황이었다. 하지만 크리스마스 이브에 증상이 급격히 좋아져 열이 내렸고 크리스마스를 마음껏 즐길 수 있었다. 카린이 “엄마, 이리 와서 내 곁에 앉아. 내게 찾아온 행복을 즐기게 도와줘.”라고 말했다. 라르스도 행복하고 만족스러워 보였다. 라르스는 스키 바지, 재킷, 스포츠 양말, 양말, 책, 돈, 군것질거리, 사진첩을 받았고, 카린은 우산, 학교 갈 때 입을 외투, 장갑 그리고 그렇게 갖고 싶어 한《이상한 나라의 앨리스》를 포함한 한 무더기의 책들, 군것질거리, 몇몇 놀잇감 등을 받았다. 올해 우리에게는 초가 있었다. 카린에게는 10개의 초가 배당되었고, 다행히 나도 초를 모아 두었다. 음식은 부족함이 없었다. 고기 배급표를 모아 두었고, 이 표를 크리스마스 식사를 장만하는 데 썼다. 그렇게 크리스마스 햄 3.5킬로그램, 직접 만든 간 파테, 염장 소고기, 스몰란드산 송아지 신장(그렇지만 이것은 성탄 전에 먹어 치웠다.) 등을 마련했다. 스투레는 커다란 수탉, 훈제 장어와 큼직한 순록 등뼈 조각 등을 여기저기서 긁어모았다. 스코네에서 토끼도 한 마리 올

뻔했지만, 그렇게 되지 않은 게 다행이었다. 그랬다면 그야말로 폭식했을 거다. 우리는 크리스마스 쿠키와 생강 과자, 코냑을 넣은 과자를 구웠고, 어머니도 엄청 많은 종류의 쿠키를 가져오셨다.

내일 프리스 가족이 우리 집에 온다. 가족마다 파티용 음식을 들고 오는데, 으깬 감자, 청어 샐러드, 훈제 청어 그라탕, 청어, 간 파테, 훈제 장어뿐만 아니라 혼합 고기(햄, 혀 및 염장 소고기)가 있을 것이다. 정말 즐거운 날이 될 거다.

우리가 사는 세상 밖은 비참한 소식뿐이다. 러시아와 아프리카에 있는 독일군이 힘겨워 보인다. 대규모 군사 후퇴가 일어나고 있다. 이 퇴각과 더불어 마침내 전쟁의 끝이 시작되어야 한다.

펠레 디에덴이 크리스마스 전에 잠시 들러 노르웨이 사정을 조금 들려주었다.

폰투스 데 라 가르디에 백작의 딸이 노르웨이 가문과 결혼했는데, 그녀가 펠레에게 전해 준 이야기이다. 그녀의 외할아버지인 뢰벤쇨드 백작이 강제 노역에 동원되어 북부 노르웨이로 끌려갔다는 것이다. 그 이유는 독일 병사가 영화관 앞에서 줄을 밀치고 들어와 새치기를 하자, 노르웨이 사람들 몇몇이 병사의 뻔뻔한 행동을 낮은 소리로 불평했기 때문이란다. 그 불평에 대한 보복으로 지역의 저명인사들에게 강세 노역이 부과되었다. 하지만 불쌍한 백작은 그날 영화를 상영하는지조차 모르고 있었다. 이것이 독일이 말하는 정의다. 백작이 끌려간 후 트럭 두 대가 백작의 성 앞에 차를 세웠고, 독일군 한 무리가 성으로 몰려왔다. 이들은 2,000병의 와인과 저장용 음식, 비누 등을 닥치는 대로 쓸어 갔다. 그 가족은 젖먹이를 위한 비누 하나도 남겨 둘 수 없었다. 그런 다음 군인들은 정신없이 술에 취했고, 늙은 백작 부인은 새벽 3시까지 강제로 차를 끓여 내야 했다. 펠레는 또한 그리니•로 끌려간 사람들이 운이 좋으면 하루에 세 번, 그렇지 않으면 네 번 구타를 당했다고 한다. 응징의 날이 오면 그들에게 재앙이 닥칠 것이다.

그리고 우리는 사랑하는 부모님에게 크리스마스에 1,000크로나를 받았다.

• Grini. 원래 노르웨이의 교도소로 사용되던 곳이었지만, 1941년 나치 점령 이후 강제 수용소로 전환되어 1945년까지 운영되었다. 수감자들에 대한 강제 노역 및 가혹 행위로 악명 높다.

린드그렌 가족.

윗줄 왼쪽부터 스티나의 남편 한스, 아스트리드, 라르스, 군나르, 잉에예르드와 남편 잉바르, 스티나와 굴란. 가운뎃줄은 아스트리드의 부모님인 한나와 사무엘이 손주 에이보르를 무릎에 앉힌 모습. 아랫줄 왼쪽부터 잉에예르드의 딸 잉에르, 군나르의 딸 바르브로와 군보르, 맨 오른쪽이 카린. 1940년대.

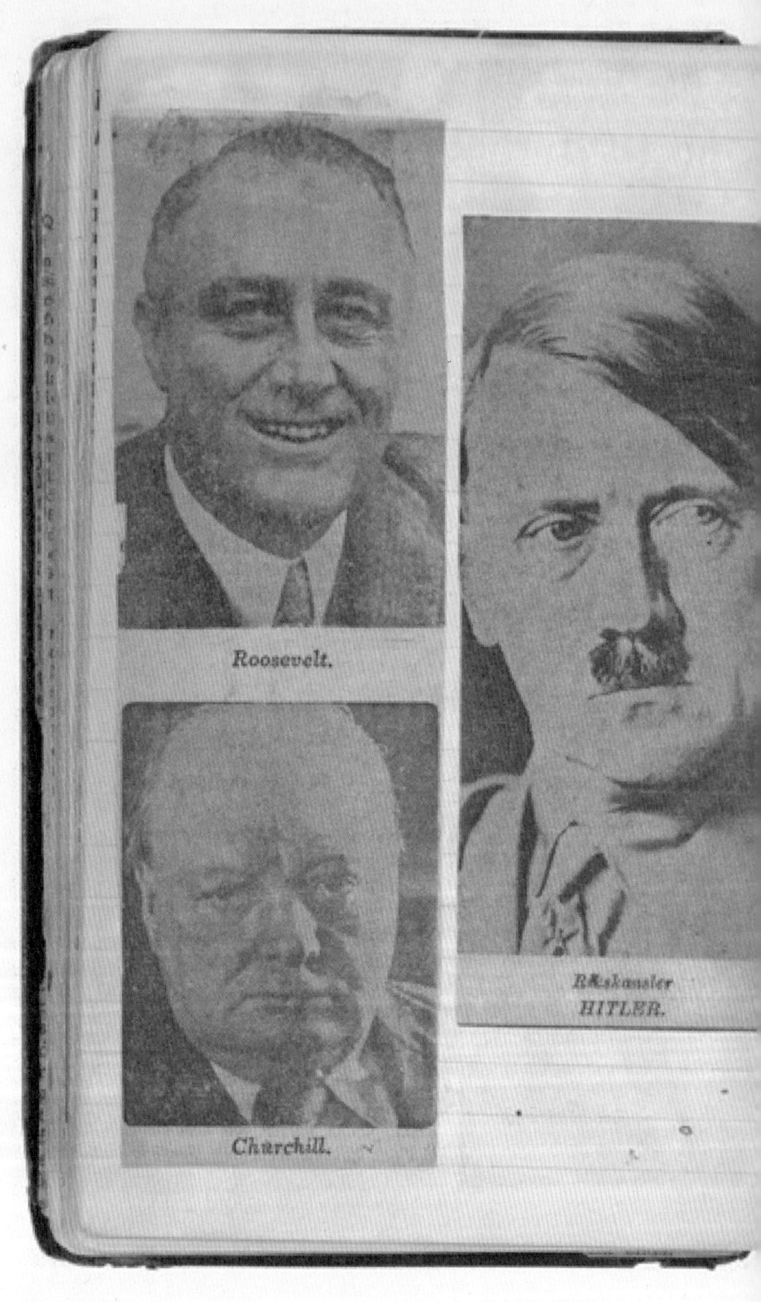
Roosevelt.
Churchill.
HITLER.

1 jan. 1942.
Ett nytt år börjar. Jag undrar
vad vidstående tre gubbar
väntar sig av det nya
året. Hitler ser då åt-
minstone ut som om han
haft åtskilliga sömnlösa
nätter bakom sig, Churchill
ser sorgsen och bekymrad
ut; endast Roosevelt
har amerikanskt förhopp-
ningsfull. Men kanske
fattat tag, innan ja-
panerna gick till anfall.
För Tyskland ser det då
faktiskt inte roligt ut.
Det kan inte fördöljas,
hur dåligt det går i
Ryssland utan en tid
tillbaka. Trots allt
måste vi sucka och hop-

출처 알 수 없음. 1942년.

Jag hörde i dag om en dam från en av Atens förmögnaste familjer, som magrat aderton kilo. Hon var ganska lång och redan förut smärt och vägde då 54 kilo. Andra av mina bekanta har magrat ännu mera. Hur det gått med de fattiga törs man knappast ens tänka på.

En utlänning, som nyligen var ett par veckor i Aten, tordes knappast ens gå ut på gatan, för han kände inte igen sina vänner, så medtagna såg de ut, och han skämdes att visa sig, rödkindad och välmående som han var.

Hur många, som dagligen dukar under, vet man inga siffror om; man ser folk stupa av svaghet på gatan.

Går kriget på några år till, lär det väl småningom bli likadant på hela jorden och slut med släktet homo, som förr kallades sapiens.

dem, då de demobiliserades oc
hade några civila kläder att sä
sig. Och det är längesedan det
några nya att köpa.

Brödransonen var redan i nov
nere på 40 gram per dag och
Kanske det nu finns lite apelsine
det är nog ungefär allt, vad ma
finna på den tillåtna marknaden
på svarta marknaden har till
minskats ytterligare och priser
i proportion. Från slutet av
ber hörde jag priserna: 1,500
mer per oka bröd (ungefär 45
d. v. s. c:a 32 kr. per kilo) och 1
för dåligt och naturligtvis oko
rat kött. En arbetare förtjän
150 dr. per dag då han lyckades
bete, en kontorstjänsteman elle
ämbetsman 3 à 4,000 dr. i måna

Detta är Grekland av idag enligt Sthlms-Tidningens korrespondent. Och så förfärligt mycket bättre är det väl just ingenstans i Europa utom här i Sverige. Frankrike måste närma sig Tyskland stod det i en tidning häromdan; dom ut-

härdar inte livsmedels-
brist och elände länge.
I Belgien svimmar
folk på gatorna av
hunger, i Finland och
Norge är det eländigt
och naturligtvis i
Tyskland också. Hur
det är i Ryssland, vet
jag inte men med lite
fantasi kan man ju
föreställa sig.
Och så kommo ohyggligt
kalla vintrar igen.
Folk får frysa och
fara illa så man
vill gråta åt det.

'그곳은 유럽에서 최악의 상황이다', 군나르 세데르쉴드, 《스톡홀름 티드닝엔》 1942년 2월 1일.

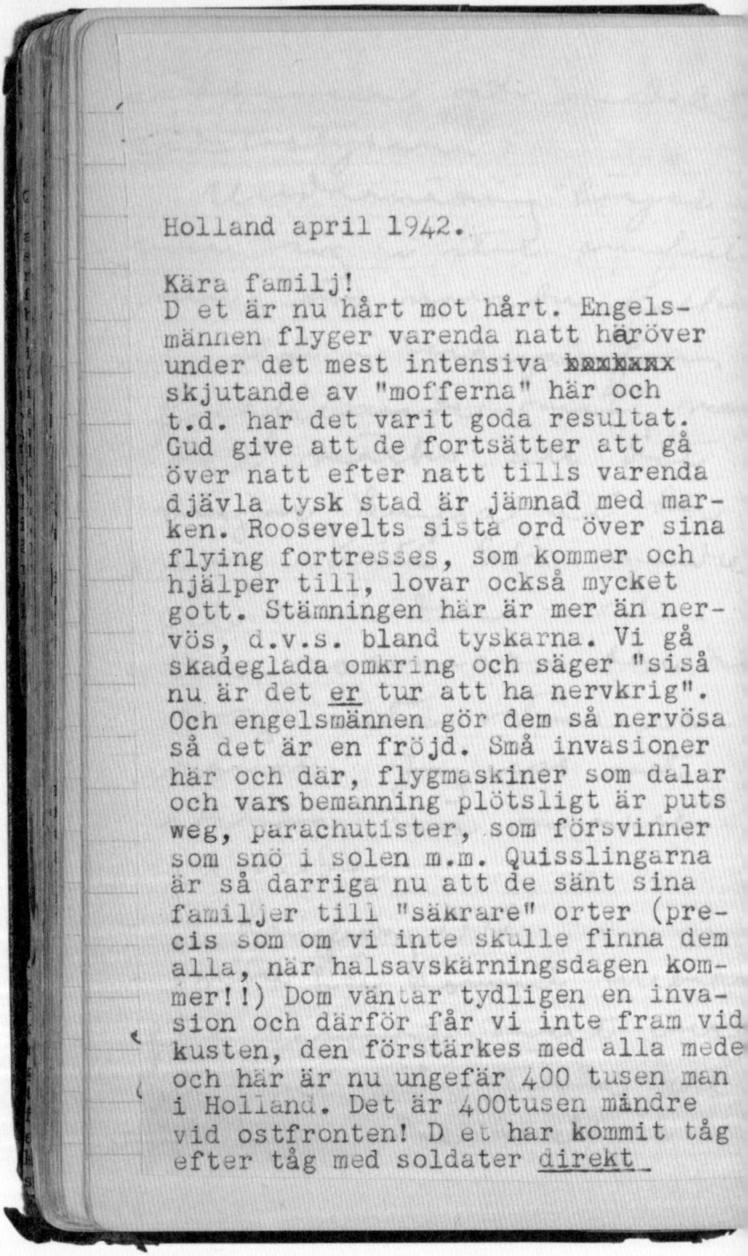

Holland april 1942.

Kära familj!
D et är nu hårt mot hårt. Engelsmännen flyger varenda natt häröver under det mest intensiva xxxxxxx skjutande av "mofferna" här och t.d. har det varit goda resultat. Gud give att de fortsätter att gå över natt efter natt tills varenda djävla tysk stad är jämnad med marken. Roosevelts sista ord över sina flying fortresses, som kommer och hjälper till, lovar också mycket gott. Stämningen här är mer än nervös, d.v.s. bland tyskarna. Vi gå skadeglada omkring och säger "siså nu är det <u>er</u> tur att ha nervkrig". Och engelsmännen gör dem så nervösa så det är en fröjd. Små invasioner här och där, flygmaskiner som dalar och vars bemanning plötsligt är puts weg, parachutister, som försvinner som snö i solen m.m. Quisslingarna är så darriga nu att de sänt sina familjer till "säkrare" orter (precis som om vi inte skulle finna dem alla, när halsavskärningsdagen kommer!!) Dom väntar tydligen en invasion och därför får vi inte fram vid kusten, den förstärkes med alla mede och här är nu ungefär 400 tusen man i Holland. Det är 400tusen mindre vid ostfronten! D et har kommit tåg efter tåg med soldater <u>direkt</u>

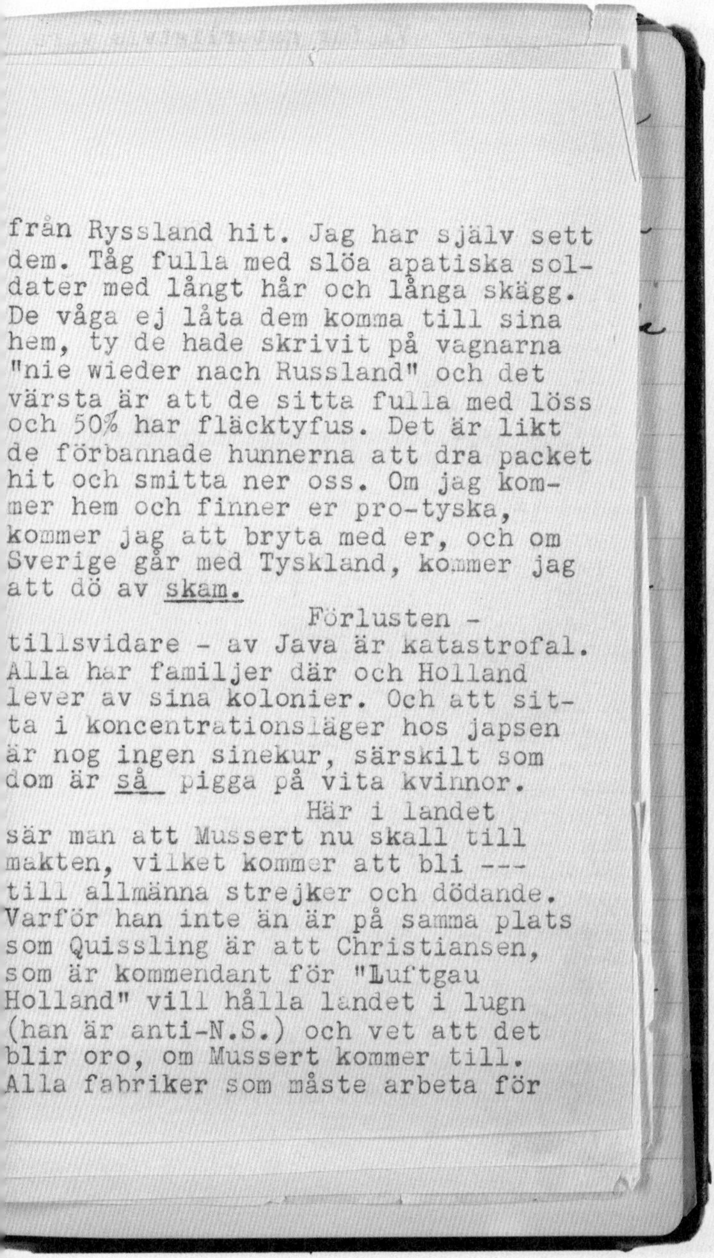

från Ryssland hit. Jag har själv sett dem. Tåg fulla med slöa apatiska soldater med långt hår och långa skägg. De våga ej låta dem komma till sina hem, ty de hade skrivit på vagnarna "nie wieder nach Russland" och det värsta är att de sitta fulla med löss och 50% har fläcktyfus. Det är likt de förbannade hunnerna att dra packet hit och smitta ner oss. Om jag kommer hem och finner er pro-tyska, kommer jag att bryta med er, och om Sverige går med Tyskland, kommer jag att dö av skam.

Förlusten - tillsvidare - av Java är katastrofal. Alla har familjer där och Holland lever av sina kolonier. Och att sitta i koncentrationsläger hos japsen är nog ingen sinekur, särskilt som dom är så pigga på vita kvinnor.

Här i landet sär man att Mussert nu skall till makten, vilket kommer att bli --- till allmänna strejker och dödande. Varför han inte än är på samma plats som Quissling är att Christiansen, som är kommendant för "Luftgau Holland" vill hålla landet i lugn (han är anti-N.S.) och vet att det blir oro, om Mussert kommer till. Alla fabriker som måste arbeta för

아스트리드 린드그렌이 우편 검사소 편지 검열관으로 일하던 시절의 편지 사본, 1942년.

Tyskland - och det är nästan alla - arbetar härligt: långsamt och dåligt, totalt saboterande "å det käckaste". Det finns ingen, som inte saboterar. Alla hästar är borta nu och alla svin är också fordrade. Samma dag "försvunno" 2000 svin. Bönderna är jättefina. Det värsta är att svinen (i detta fallet tyskarna) genom att dra in understöd tvingar arbetarna att arbeta i Tyskland. Vägrar dom, dras deras bröd-, fett-, kött- m.m. kort in. Men folk hjälper. Hos en god vän, som har en elektrisk fabrik, kom igår tre tyskar och sa: "Hur många arbetare är här?" 300. "Gut, 150 måste genast till Tyskland." Punkt, slut.

Hälften av våra vänner sitter i koncentrationsläger i Tyskland eller fängelser här, där de bevakas av quisslingar, som lär vara värre än tyskarna och använder rena sadismen. Häromdan lössläpptes 100 oskyldiga amsterdammare (av de upper ten) som tagits som repressalier för att bombattentat och suttit två månader. Alla hade magrat 30 kilo och var alla mogna för sjukhusvård! Varenda dag skjuts ett tiotal holländare. I dynerna vid Schweningen få de gräva sin egen grav, ställas så på kanten, in faller dom, lite jord över och saken är klar. Ett par veckor efteråt får familjen reda på att de är skjutna men ej var de ligger. I Amsterdam hade en fru begärt att få sin mans lik hem, det var en bekant Oranjeman. Och hon fick hem en packlår, där mannens dubbelvikta lik låg. Våra bästa professorer, präster, advokater och haut-finansierer sitter. Snart kommer turen till storindustriens huvudmän, om de ej gå med på att rätta sig efter den Nya Andan, och det gör ingen -.-.-.-.-. Fast det finns ingen som är feg, alla arbeta mot N.S.

Vi lever av svarta handeln. Äggen kostar en krona styck och jag har lagt in 200 för vintern, smör 40:- kr kilot, te vansinnigt 200:- kr kilot, kött 15:- kr kilot, bröd, mjöl står ej att uppbringa. Om vi får en krigsvinter till blir det allmän hungersnöd. Folket lider redan nu mycken hunger och tiggare - ett okänt begrepp i Holland - florerar vilt.

Det värsta av allt är Gestapo och S.S. här. De terroriserar landet förskräckligt och varannan människa är spion. Min Klara har börjat "gå med" tyska officerare, och det är en pinsam situation, ty man vågar ej avskeda dem nu. Hon vet ju att vi är intensivt anti och att vi tre gånger om dagen hör B.B.C. och att vi hamstrar etc. Men den dan det blir fred, åker hon. Först renrakas alla holl. flickor, som tjalat med tyskarna.

앞 페이지에서 계속. 1942년.

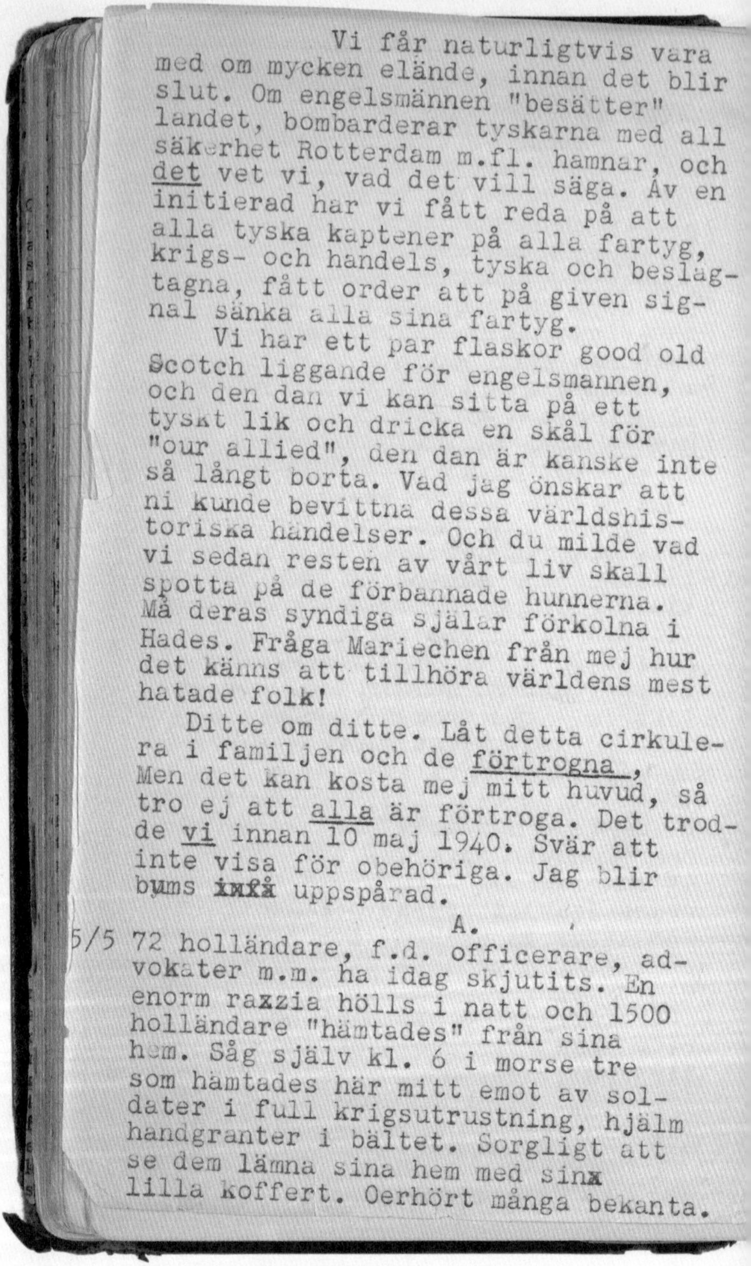

Vi får naturligtvis vara med om mycken elände, innan det blir slut. Om engelsmännen "besätter" landet, bombarderar tyskarna med all säkerhet Rotterdam m.fl. hamnar, och det vet vi, vad det vill säga. Av en initierad har vi fått reda på att alla tyska kaptener på alla fartyg, krigs- och handels, tyska och beslagtagna, fått order att på given signal sänka alla sina fartyg.

Vi har ett par flaskor good old Scotch liggande för engelsmannen, och den dan vi kan sitta på ett tyskt lik och dricka en skål för "our allied", den dan är kanske inte så långt borta. Vad jag önskar att ni kunde bevittna dessa världshistoriska händelser. Och du milde vad vi sedan resten av vårt liv skall spotta på de förbannade hunnerna. Må deras syndiga själar förkolna i Hades. Fråga Mariechen från mej hur det känns att tillhöra världens mest hatade folk!

Ditte om ditte. Låt detta cirkulera i familjen och de förtrogna , Men det kan kosta mej mitt huvud, så tro ej att alla är förtroga. Det trodde vi innan 10 maj 1940. Svär att inte visa för obehöriga. Jag blir bums ~~infå~~ uppspårad.

A.

5/5 72 holländare, f.d. officerare, advokater m.m. ha idag skjutits. En enorm razzia hölls i natt och 1500 holländare "hämtades" från sina hem. Såg själv kl. 6 i morse tre som hämtades här mitt emot av soldater i full krigsutrustning, hjälm handgranter i bältet. Sorgligt att se dem lämna sina hem med sina lilla koffert. Oerhört många bekanta.

aldrig vår i år – efter den
kallaste vinter, som
noterats i meteorologisk
tid.
Under skydd av snötjocka
försökte de 11 norska
båtarna, som legat i
Göteborgs hamn sedan
tyskarna besatte Norge,
att undkomma till England.
Svenska regeringen hade
lagt kvarstad på dem, tills
det skulle bli klart, vem
som egentligen var rätta
ägare till dem. Tyskland
har ju gjort anspråk
på dem, men fick dom
inte – enligt högsta dom-
stolens utslag häromdan.
Alla norrmän i Sverige,
nära på tror jag, säg

앞 페이지에서 계속. 1942년.

Vi får naturligtvis vara

någonsin; förut har det var
rätt kallt men nu är det
underbart och skörden [illegible]
så det knakar. Vi får nog
god skörd i år, tack och

Sommar 1942
av
Pär Lagerkvist.

Nu skräckens värld är full av blomsterdoft
och alla marker sig i fägring smycka.
I bödelsnatten svävar frömjölsstoft
och livet bävar av sin unga lycka.

Till avrättsplatsen ynglingskaran följs
av dofterna som människorna gläder,
och hemmet för de gamlas ögon döljs
för evigt vid ett vackert sommarväder.

På gravfält surrar honungsfyllda bin
och solen strålar över brända byar.
Kring Hellas skimrar havets blåa vin
och Norden drömmer under rosenskyar.

Med blodsprängd blick, o mänsklighet, du ser
på undret som till glädje allt vill smycka.
Du kan ej le, blott sommarängen ler
med ljusa drag och full av jordisk lycka.

samband med den tyska
-detacksägelsedagen höll
marskalk Göring på sön-
n ett tal i Berlin, i vilket
bl. a. förklarade att de
rades blockad- och ut-
gringsplaner mot Tysk-
l misslyckats. Den svå-
e perioden för den tyska
försörjningen har nu
rvunnits, och hädanefter
mer livsmedelstillgån
att bli allt bättre, sad
ring, som även meddela
att den tyska krigsmakten
t försörjes av de erövrad
r ockuperade områdena
smarskalken kom i sit
även in på bombardeman
mot den tyska hemorten
riktade en maning til
ka folket att icke låta sl
l sig av de allierades fly
all.

Se sidorna sex och sju.

Riksmarskalk Göring.

5.10.-42

Efter att ha framfört ett tack från Hitler till alla tyskar som bidragit till att trots all ogynnsam väderlek bärga in i ladorna en skörd som är vida bättre än man först vågade hoppas efter den tredje iskalla vintern övergick Göring till att redogöra för försörjningsläget. Den blockad och uthungring som fienden en gång tänkt sig har misslyckats, förklarade riksmarskalken. Genom de tyska truppernas framgångar ha de fruktbaraste områden som över huvud taget finnas i Europa fallit i våra händer.

Visserligen ha även där överallt ransoneringskort införts, men vad man får på korten är endast en komplettering, och man försörjer sig där huvudsakligen på smyghandel. Därför hade han uppställt den oavvisliga grundsatsen, som oryggligt skulle vidhållas: före allt annat kommer försörjningen av det tyska folket. Han var för att befolkningen i de omhändertagna områdena inte skulle lida hunger. ”Men om svårigheter uppträda genom våra motståndares åtgärder, då skola alla veta:

Blir det svält kommer det i varje fall inte att drabba Tyskland. Den tyske arbetaren och den som arbetar i Tyskland skall i försörjningshänseende få det bäst ställt, det måste oryggligt genomdrivas.” Trots alla erövrade områden förblir emellertid den egna hemortens skörd avgörande för försörjningen. Tyskland befinner sig i dag i det lyckliga läget att hela den tyska krigsmakten, vid vilka fronter den än står, förplägas uteslutande från de erövrade områdena, så att hemortens skörd kan tillfalla det tyska folket och därjämte tillskott från de erövrade områdena i stigande omfattning föras dit.

6 milj. utländska arbetare och 5 milj. krigsfångar skola underhållas.

I och för sig skulle därmed alla svå-

왼쪽 ‘1942년 여름’, 페르 라게르크비스트의 작품, 출처 알 수 없음.
오른쪽 ‘괴링: 독일의 보급 상황은 점점 더 개선되고 있다. 전체 병력이 외부에서 보급받고 있다’, DN, 1942년 10월 5일.

Tanksattrapper vilseledde axeltrupperna.

Vad beträffar överraskningsmomentet i Egypten sade premiärministern att man kunnat tillämpa en överraskningstaktik genom ett utmärkt camouflerningssystem. Fienden visste att ett anfall höll på att förberedas, men man kunde dölja för honom var, hur och när det skulle sättas in. Denna 10:e kår, som fienden sett från sina flygplan på 80 kilometers avstånd, satte sig i rörelse under natten och lämnade därvid kvar ett motsvarande antal stridsvagnsattrapper på den plats där den befunnit sig. Fienden hade ingen aning om i vilken omfattning den komme att anfallas. Vad ökenarmén åstadkom på slagfältet åstadkoms också här och i Förenta staterna i mycket större skala. Hitler kunde inte gissa det. I själva verket höll den största amfibieoperation som någonsin planerats, på att sättas in mot ett strategiskt ytterligt betydelsefullt område, vilket träffades utan minsta varning vad beträffar de platser där fartygen skulle göra sina landsättningar. Jag tror det varit en stor fördel att icke offentliggöra våra förluster i fartyg. Tyskarna ha blivit offer för sina egna osanningar. Förlusterna äro tämligen höga, men de ha ständigt överdrivit dem, och följaktligen förmodar jag att de icke trodde att vi hade fartyg i en sådan omfattning som nu använts.

Italien kommer nu mycket bättre att inse krigets prövningar och hur oklokt det var att träda in i det i ett ögonblick då man trodde att antagonisten var utmattad. (Applåder.) Detta kommer att ge hela det italienska folket en mycket klarare uppfattning om krigets prövningar och fasor.

Stora händelser att v

I dag har jag fått veta att I
eslutat invadera hela Frankrik
ärmed bryta det vapenstillestånd
Vichyregeringen iakttagit med så
ig trohet och med fruktansvärda
ader ända därhän att man offr
a fartyg och matroser genom att
a på amerikanska fartyg som k
ill undsättning.

Förvisso är ögonblicket nu ko
ör alla som vilja visa sig värdi
allas fransmän att hålla samman
ir stunden inne då alla fransmän
kjuta åt sidan sina personliga å
ch tvister och såsom gener
Gaulle endast tänka på att befr
ädernejord. Underhuset kan var
vissat om att mycket kommer att
la de närmaste dagarna, och jag
nte kunna komma med annat ä
nodanden, om jag sökte avge et
get omdöme om den blivande u
ingen i Nordafrika, Frankrike oc
ien, med undantag för att vi
kort komma att ha mycket störr
igheter att bombardera Italie
uften.

Churchill slutade: Men vi h
att glädja oss endast på villkor
icke mattas i våra ansträngning
måste använda segerstimulans
öka våra prestationer. I denna
och med underhusets orubblig
skola vi åter gå till verket.

Tänk, som skil
ned på Tal mot
Hitlers! Att in
alla människor
förstår, att
måste vara en
psykiskt defekt man, som står
upp och talar som Hitler.

30.11.42.

I fredags morse, den 27 november, borrades hela den franska Toulonflottan i sank av de egna besättningarna, då tyskarna med stora stridskrafter sökte bemäktiga sig den franska Medelhavsbasen. Besättningarna följde sina fartyg i djupet. Jag kan inte tycka annat än att detta hör till de mest dramatiska händelserna under detta krig. Överhuvud taget har hela kriget just nu på sistone blivit allt mera dramatiskt.

'처칠: 유럽 전선은 하나의 큰 전략, 영국에서 이집트 승리를 기념하는 종소리가 울리다', DN, 1942년 11월 12일.

왼쪽 위 사진 루스벨트 230p

왼쪽 아래 사진 처칠

오른쪽 사진 히틀러

오늘 나는 아테네에서 가장 명망 높은 가문의 한 여성이 전쟁으로 18킬로그램이 줄었다는 이야기를 들었다. 꽤 키가 크고 날씬했던 그녀는 전에 54킬로그램이었다. 지인들 중에는 체중이 더 심하게 줄어든 사람도 있다. 가난한 사람들은 어떻게 되었을지 감히 상상조차 할 수 없다. 232p

최근 몇 주 동안 아테네에 머물렀던 한 외국인은 자기 눈을 믿을 수가 없었다. 친구들은 너무 지쳐 보여서 거의 알아볼 수 없을 정도였다. 그는 자신의 혈색 좋은 뺨과 영양 상태가 괜찮은 모습을 내보이는 것이 부끄러웠다.

날마다 얼마나 많은 이들이 죽어 가는지 아무도 정확히 알지 못한다. 하지만 쇠약해져 거리에 쓰러지는 이들과 매일 마주한다.

전쟁이 몇 해 더 지속되면 전 세계는 이런 모습이 될 테고, 한때 사피엔스라고 불렸던 호모 종족은 결국 종말을 맞을 것이다.

[……] 그들은 제대 후 군복 대신 입을 사복이 없었다. 새 옷을 살 수 없게 된 지는 벌써 오래되었다.

11월에 1인당 빵 배급량이 하루에 40그램으로 줄었다. 오렌지를 약간 구할 수 있지만, 합법적인 시장에서 살 수 있는 것은 이것이 전부다. 암시장에서조차 물품이 계속 줄어들고, 그에 따라 가격도 올랐다. 11월 말경 물품 가격은, 빵 1오카•에 1,500드라크마(스웨덴 화폐로 45크로나 정도이고, 대략 킬로그램당 32크로나이다.)에 달하고, 신선하지 않고 검사도 거치지 않은 고기가 1,800드라크마란다. 일거리를 찾은 노동자들은 하루에 150드라크마를 벌었고, 사무직 노동자나 중간급 관리자는 한 달에 3~4,000드라크마를 벌었다.

234~238p 사랑하는 가족들에게!

이곳 상황은 최악으로 치닫고 있어요. 영국군이 우리 상공에 날아올라 '모펜'••을 집중 포격하고 있고, 이제까지 좋은 성과를 거두고 있어요. 저주 받을 독일 도시들이 완전히 무너져 내릴 때까지 야간 공격이 반드시 성공적으로 이뤄지길 빌고 있어요. 루스벨트는 지원을 약속하며 마지막 약속으로 '하늘을 나는 요새'•••를 언급했는데, 좋은 일이 많이 있을 거 같아요. 이곳의 분위기는 불안함 그 이상이에요. 물론 독일인들 사이에서요. 우리는 독일인들이 두려움에 떠는 것을 보고 기분이 좋아져서 이렇게 말해요. 이제 당신들이 불안에 떨 차례라고요. 영국이 독

• 예전에 아랍권 등에서 사용하던 무게 단위. 약 1.28킬로그램 정도이다.

•• 네덜란드어로 제2차 세계 대전 당시 독일인을 경멸적으로 부르는 말.

••• B-17기로 제2차 세계 대전 당시 연합군 승리에 가장 크게 공헌한 미군의 폭격기. 튼튼하고 멀리 날며 많은 양의 폭탄을 투하할 뿐 아니라, 방어 무기가 사방에 달려 '하늘을 나는 요새'라는 별칭이 붙었다.

일을 불안하게 하고, 그게 우리를 기쁘게 한답니다. 소규모 공격이 곳곳에서 일어나고, 추락하는 비행기와 사라지는 승무원들, 햇빛을 받은 눈처럼 녹아내리는 낙하산병 등이 목격되고 있죠. 이러한 상황에서 크비슬링 일당은 두려움에 떨며 가족들을 '더 안전한' 곳으로 데려다 놓았어요(목이 잘려 나가는 날이 오면 우리가 이들을 찾아내지 못할 줄 아나 봐요!). 그들은 침공을 예상하고 있어서, 우리는 해안에 가까이 가면 안 돼요. 모든 수단을 동원해 전력을 강화하여 해안을 지키고 있어요. 이제 네덜란드에는 40만 명 정도의 독일군이 있어요. 그러니 동부 전선에서는 40만 명이 줄어든 셈이겠지요! 러시아에서 병사들을 실은 기차가 이곳에 연달아 도착했어요. 저는 병사들을 직접 보았어요. 병사들은 머리카락과 수염을 덥수룩하게 기르고 완전히 지친 무기력한 모습이에요. 이들은 집으로 돌아가는 건 꿈도 꾸지 못해요. 기차 칸에 "러시아는 두 번 다시 오지 마."라고 쓰여 있거든요. 최악인 점은 병사들에게 이가 득시글거리고, 50퍼센트가 발진 티푸스에 걸렸다는 거예요. 이런 전염병을 끌고 와서 우리에게 퍼뜨리는 것은 꼭 저주 받은 훈족 같은 짓이에요. 집으로 돌아갔을 때 가족이 친독일파라는 것을 알게 되면 우리는 서로 등지게 될 것이고, 스웨덴이 독일 편에 선다면 저는 수치스러워 몸서리칠 것 같아요.

일단, 자바섬의 손실은 대참사라고 할 수 있어요. 이곳에 사는 모두가 자바섬에 친척이 있고, 네덜란드는 식민지에 의지해 살고 있어요. 일본인이 지키는 강제 수용소에 앉아 있는 것은 어떤 경우에도 좋을 리가 없겠죠. 무엇보다 그들은 백인 여자에게 너무 적대적이거든요.

이곳 사람들은 곧 뮈서르트가 권력을 잡을 거고, 이것이 각종 파업과 죽음의 불씨가 될지도 모른다고 해요. 뮈서르트가 아직 크비슬링과 같은 자리에 오르지 않은 것은 '루프트가우 네덜란드'• 사령관 크리스티안센 덕분이에요. 그는 이 땅을 조용히 지키려 하고(그는 반나치 성향이에요.), 뮈서르트가 권좌에 앉으면 폭동이 일어날 것을 알고 있거든요. 거의 모든 공장은, 독일을 위해 돌아가야 하는 공장은 놀랍게도 느릿느릿, 그것도 엉망으로 돌아가고 있고, 가장 교묘한 방식으로 사보타주를 하고 있어요. 사보타주하지 않는 사람은 없어요. 말들은 사라졌고, 그다음에는 돼지들도 징발되었어요. 같은 날 2,000마리나 되는 돼지가 사라졌죠. 가장 나쁜 것은 이 돼지들이(이제 독일인들을 뜻해요.) 지원을 끊고, 노동자들이 독일에서 일하도록 강요하는 거예요. 노동자들이 일을 거부하면 빵과 지방, 고기 등의 배급표를 압수당해요. 그렇지만 사람들이 서로 도와요. 전기 공장을 하는 친구네로 어제 3명의 독일인이 와서 물었대요. "여기 일꾼이 몇 명 있소?" "300명이요." "좋군요. 150명을 즉각 독일로 보내야 하오." 이상, 끝.

• 1935~1944년 사이의 독일 공군 관할 지역.

우리 친구들 절반이 독일의 강제 수용소나 이곳 감옥에 갇혀 있어요. 크비슬링 무리에게 감시를 당하는데 독일인보다 더 나쁜, 완전한 사디스트들이에요. 얼마 전 무고한 암스테르담 사람들 100명(상위 10퍼센트의 사람들)이 석방되었어요. 이들은 폭탄 테러에 대한 보복으로 체포되어 두 달 동안 복역했는데, 몸무게가 30킬로그램이나 줄어 병원에 갈 정도였어요. 매일 10명의 네덜란드 사람들이 총살당해요! 셰베닝엔 근처 모래 언덕에서 각자 자기가 묻힐 무덤을 파요. 바로 그 무덤 가장자리에서 총을 맞고 무덤으로 떨어지면, 흙을 조금 덮어 상황을 마무리하는 식인 거죠. 2주가 지나서야 가족들은 그들이 총살당한 것을 알게 되지만, 어디에 묻혔는지 끝내 알 수 없죠. 암스테르담에서 한 여성이 남편의 시신을 돌려달라고 요구했어요. 남편은 유명한 네덜란드 왕실 지지자였죠. 남편의 시신은 이삿짐 상자에 담겨 아내에게 전달되었는데, 완전히 뭉개져 있었다고 해요. 네덜란드 최고의 교수들, 성직자들, 변호사들, 회계사들은 이미 잡혀갔어요. 곧 산업을 이끄는 대표자들 차례가 오겠죠. 이들이 새로운 정신을 따를 준비가 되어 있지 않다면요. 그러나 그런 사람은 아무도 없을 거예요. 겁쟁이는 아무도 없어요. 모두 나치에 맞서고 있어요.

저희는 암시장을 통해 먹고 살고 있어요. 달걀은 개당 1크로나인데, 올겨울을 위해 200개를 저장해 두었고, 버터는 1킬로그램에 40크로나, 차는 1킬로그램에 200크로나라는 미친 가격이에요. 고기는 1킬로그램에 15크로나이고 빵과 밀가루는 더 이상 구할 데가 없어요. 전쟁 속에서 한 번 더 겨울을 나야 한다면 모두가 굶어 죽을지도 몰라요. 사람들은 끔찍한 굶주림에 시달리고 있고, 좀처럼 보기 힘든 거지를 네덜란드 전역에서 볼 수 있어요.

무엇보다 최악인 것은 이곳의 게슈타포와 나치 친위대들이에요. 이들은 끔찍한 방식으로 나라를 공포에 떨게 하고 있어요. 이곳에서 두 사람 중 한 사람은 스파이예요. 우리 클라라도 독일 장교들과 '다니기' 시작했어요. 정말 수치스러운 일이죠. 지금은 이런 사람들을 내몰 수가 없어요. 클라라는 우리가 지독한 반나치이고, 하루에 세 번이나 BBC 방송을 듣는 데다, 사재기를 한다는 것 등을 잘 알고 있어요. 그렇지만 평화가 오는 그날에 클라라는 도망쳐야겠죠. 사람들은 독일 군인들과 웃고 떠든 네덜란드의 젊은 여자들 머리카락을 제일 먼저 밀어 버릴 테니까요.

물론 우리는 끝까지 엄청난 고통을 겪게 되겠죠. 영국이 이 나라를 점령하면, 독일은 의심의 여지 없이 로테르담과 다른 항구들을 폭격할 테고, 이것이 무엇을 뜻하는지 물론 잘 알고 있어요. 우리는 소식통들로부터 모든 독일 선박의 책임자들이 해군 군함이든 상선이든, 독일 것이든 포획된 것이든, 특별 신호에 따라 모든 배를 침몰시키라는 명령을 받았다는 얘기를 들었어요.

우리는 영국군을 위해 질 좋은 오래된 스카치 위스키 두 병을 준비해 두었고, 독일군의 시체 위에 앉아 '우리 연합군'을 위해 건배할 날을 너무 오래 기다리지 않기만 바라고 있어요. 우리 가족들도 이러한 세계 역사의 소용돌이를 함께 겪을 수 있으면 좋겠어요. 맙소사, 우리는 평생 이 빌어먹을 훈족들에게 얼마나 더 침을 뱉게 될까요. 제발 죄악으로 가득한 이 영혼들이 지옥에서 불타길! 꼬마 마리에게도 내가 물었어요. 세상에서 가장 미움받는 민족에 속한다는 게 대체 어떤 기분이겠냐고요.

이렇게 쓰고 나니 좋아요. 이 편지를 친척들과 믿을 만한 사람들에게 계속 전해 주세요. 그렇지만 이 편지가 제 목숨을 앗아 갈 수도 있으니 제발 모든 사람을 신뢰하지는 말아 주세요. 1940년 5월 10일 전에 이미 한번 겪었잖아요. 이제 이 편지를 아무한테나 보여 주지 않겠다고 맹세해 주세요. 제가 발각되기는 너무나 쉽답니다.

1942년 4월. 네덜란드에서

A.

5월 5일. 오늘, 전직 장교와 변호사 등 네덜란드인 72명이 총살당했다. 한밤중에 무자비한 일제 단속이 벌어졌고, 네덜란드인 1,500명이 집에서 '끌려갔다'. 나는 오늘 아침 6시에 길 건너편에서 세 사람이 군복 차림에 헬멧을 쓰고 허리띠에 수류탄을 찬 군인들에게 끌려가는 것을 목격했다. 작은 여행 가방을 들 238p

고 집을 떠나는 이들의 모습을 비통하게 바라볼 수밖에 없었다. 지인 중 많은 이들이 끔찍한 일을 겪고 있다.

240p 린드그렌 자필 메모 1942년 여름

페르 라게르크비스트

공포의 세상 위로 이제 꽃향기가 진동하고
온 세상 들판이 단장하고 있네.
사형 집행인의 밤에는 꽃가루가 떠다니고
삶은 아직 어린 행복 속에 떨고 있네.

젊은이 한 무리가 형장으로 끌려가고
그 옆을 더없이 사랑스런 향기가 따라가네.
노인들의 두 눈에 고향이 어리고
태양만 그 모든 시간을 묵묵히 비추네.

무덤이 널린 들판 위로 꿀 가득 모은 벌들이 윙윙거리고
불타 버린 도시는 햇빛 아래 연기를 피워 올리네.
고대 그리스 바다는 새파랗게 빛나고
북쪽은 붉은 장밋빛 기쁨을 꿈꾼다네.

너, 인류는 핏발 선 두 눈으로 보아라.

죽음마저 꽃으로 장식하는 이 기적을.

너는 웃지 못하고, 여름의 풀밭만 웃고 있구나.

찬란한 생기와 지상의 행복으로 가득 차 있구나.

독일 추수 감사절을 맞아 제국 원수 괴링이 일요일에 베를린 에서 연설했다. 그는 이 연설에서 독일을 봉쇄해 굶주리게 하려던 연합군의 계획이 실패했다고 밝혔다. 괴링은 독일 국민에게 보급과 관련해 가장 험난했던 시기를 극복했고, 앞으로는 식량 공급 사정이 더 나아질 것이라고 했다. 그 밖에도 독일군은 정복지나 점령지에서 완전하게 자급할 수 있다고 언급했다. 괴링은 독일 여러 지역에 대한 폭격을 언급하며 독일 국민에게 연합군의 폭격으로 용기를 잃지 말 것을 당부했다. 241p

사진 제국 원수 괴링

1942년 10월 5일

먼저 히틀러는 모든 독일인에게 감사를 표했다. 기상 악조건에도 불구하고 세 번째의 혹독한 겨울을 견디며 기대할 수조차 없는 많은 양을 수확하는 데 모두가 기여했다는 이유에서다. 이어 괴링이 보급 상황에 대해 언급했다. 적들이 시도했던 봉쇄와 굶주림으로 독일군을 지치게 하는 전략은 실패했다고 주장하며, 독일군의 승리로 유럽에서 가장 비옥한 지역이 독일 손에 들어왔다고 강조했다.

그곳에서도 배급제가 도입되었지만, 배급은 보조 수단에 불과하며, 사람들은 물물 교환을 통해 생계를 유지해야 한다고 했다. 이에 따라 괴링은 확고부동한 원칙을 제시했는데, 독일 국민을 위한 식량 보급이 다른 모든 것에 우선한다는 점이다. 그는 보호령의 주민들이 굶주리는 것을 막고자 하지만, "적의 조치로 식량난이 발생한다 해도, 독일에서는 절대 그렇지 않다는 사실을 모두가 알아야 합니다."라고 말했다. 독일 노동자들과 독일에서 일하는 이들은 식량 공급 면에서 최상의 상황에 있게 될 것이고, 이 원칙은 확고하게 관철되어야 한다고 강조했다. 그러나 정복지가 아무리 넓더라도, 국내 수확량은 보급에 있어 결정적 역할을 한다고 했다. 현재 독일은 운이 좋은 상황에 있으며 독일의 병력이 어느 전선에 있든지 점령한 지역으로부터 식량을 조달하게 만들고, 국내 수확은 전적으로 독일 국민에게 돌아가게 하며, 그 밖에도 점차 더 많은 양이 점령지에서 본국으로 반출될 수 있을 것이라고 말했다.

600만 외국인 노동자와
500만 전쟁 포로도
먹여 살려야 한다.

그 자체로 막대한 부담을[……]

대전차 위장은 추축국을 혼란에 빠뜨렸다 242p

수상은 이집트에서 일어난 기습 공격과 관련해, 탁월한 위장술을 활용한 뛰어난 작전 덕분이라고 말했다. "적은 우리가 공격을 준비 중이라는 사실은 알고 있었지만, 언제, 어디서, 어떻게 전투가 벌어질지는 감춰져 있었습니다. 적이 항공 정찰기로부터 80킬로미터 전방에서 목격한 제10 군단이 밤에 이동했고, 그 자리에 동일한 규모의 위장 대전차 장비를 남겨 두었습니다. 그래서 적은 전투의 실제 규모를 가늠할 수 없었습니다. 사막 부대가 전장에서 거둔 성공적인 전략은 이곳에서, 또 미국에서도 더 큰 규모로 성공하고 큰 효과를 거두었습니다. 히틀러는 이러한 전술을 예상할 수 없었습니다. 그 어느 때보다 대규모로 계획된 상륙 작전은 전략적으로 중요한 지역을 목표로 했고, 선박들이 어디에 정박할지에 대한 최소한의 사전 경고도 없이 이 지역을 강타했습니다. 저는 우리 측 선박이 얼마나 손실되었는지 공개하지 않은 것이 큰 강점으로 작용했다고 봅니다. 독일은 자신들이 주장해 온 거짓말의 희생 제물이 되었습니다. 그들은 손실 정도가 상당히 크면서도 계속 과장했고, 결과적으로 우리가 이렇게 많은 함선을 보유하고 있으며 지금처럼 필요에 따라 증강할 수 있다는 것을 믿지 못했던 것입니다.

이제 이탈리아는 자신들이 얼마나 어리석은 도박을 했는지 뼈저리게 알게 될 것입니다. 이 시점, 적이 완전히 지쳤다고 착각한 채, 전쟁에 뛰어든 것이 얼마나 무모한 일이었는지 말이지요.(박수) 이로써 이탈리아 국민 전체는 전쟁이 가져오는 시련과 충격에 관해 훨씬 선명한 판단을 하게 되었을 것입니다."

예상되는 큰 사건

"저는 오늘 히틀러가 프랑스 전역을 침공해, 비시 정부가 그토록 끔찍한 대가를 치르며 충성스럽게 지켜 낸 휴전을 이제 스스로 깨뜨리려 한다는 것을 알게 되었습니다. 비시 정부는 구조를 위해 출동한 미국 선박들을 공격하기 위해 자신들의 선박과 해군력마저 희생시켰습니다.

지금이야말로 프랑스의 이름을 걸고 자신의 위엄을 입증하려는 모든 이들이 한데 뭉쳐야 할 때입니다. 우리는 개인적인 입장과 의견 차를 접어 두고 드골 장군처럼 조국의 해방만 생각해야 합니다. 하원은 앞으로 며칠 안에 중대한 사태가 일어날 것을 확신합니다. 그러나 저는 북아프리카와 프랑스, 이탈리아 등지에서 앞으로 어떤 상황이 전개될지 전망할 뿐이며, 앞으로의 일에 대해 추측할 수밖에 없습니다. 곧 이탈리아 본토를 공중에서 폭격할 훨씬 더 큰 기회를 얻게 될 것이라는 점입니다."

처칠은 연설을 마무리하며 "그렇지만 우리는 노력을 등한시하지 않았을 때만 기뻐해야 합니다. 승리의 기쁨을 발판으로 삼아 성과를 이어 가야 합니다. 이러한 의미에서 우리는 하원의 변함없는 지지를 바탕으로 다시 힘차게 나아갈 것입니다."라고 말했다.

Forts. 30 aug. 1943.
En ganska larvig artikel
från D.N. korrespondent i
Rom om Mussolini:

1943년

송년의 밤

이제 막 1943년에 접어들었다. 어린 시절 고향 네스에서 1918년을 맞이하던 순간을 기억한다. 우리는 한밤까지 깨어 있다가 난로 뒤쪽 흰 벽에 '1918년 만세'라고 적었다. 과연 1918년과 1943년은 어떤 공통점을 갖게 될까. 전쟁이 끝나야 한다는 것 말고 다른 무엇을 바랄 수 있을까? 지금의 분위기가 꼭 1918년 같다. 요즈음 여러 곳에서 스웨덴 상황이 심각해지고 있다는 이야기가 들려온다. 이 우려가 과장이면 좋겠다. 나는 지난 3년 동안 해가 바뀔 때마다 새해에는 전 세계에 평화가 찾아오기를 빌고 있다.

다를랑 제독이 크리스마스이브에 알제리에서 살해되었다.

독일의 전망이 어둡다. 러시아와 아프리카에서도 불리하게 돌아가고 있다. 곧 파멸로 치달을 수도 있을 것이다. 독일 사람들은 이미 "우리가 전쟁에서 졌다."라고 말하고 다닌다.

내 생각도 그렇다.

1월 24일

독일군 전세가 전보다 악화되었다는 점을 제외하면, 변한 것은 거의 없다. 영국군이 리비아의 수도 트리폴리를 침공했고, 러시아 전선은 참혹하다. 스탈린그라드를 둘러싸고 필사적으로 싸운 독일군 부대가 결국 포위당했다. 독일 라디오에서 스탈린그라드 영웅을 기리는 애도곡이 흘러나오고 있다. 매일 러시아군의 새로운 공세가 이어진다. 이에 독일군은 캅카스 지방에서 후퇴하고 있다. 스탈린그라드에 갇힌 가엾은 병사들은 참호를 파고 버티는 중인데, 러시아 저격수들이 그 입구를 감시하고 있다. 지금 러시아는 한겨울이다. 가여운 사람들. 나는 나치즘과 독일이 점령국에 저지른 온갖 만행을 혐오하지만, 독일 병사들에게 연민을 품지 않을 수 없다. 끔찍이 고통스러울 것이다. 게슈타포는 뿌리째 뽑혀 지구상에서 완전히 사라져야 하지만, 분명 선량한 독일인도 존재할 것이다. 그렇지 않을 리 없다.

그동안 스웨덴은 국방을 크게 강화했고, 국왕은 새해 첫 제국 의회를 열어 엄숙한 어조로 연설했다. 페르 알빈 한손 총리는 "이곳에 오지 말라. 그렇지 않으면 쓴맛을 보게 될 것이다!"

같은, 이전과 똑같은 내용으로 연설을 했다. 오랫동안 예상한 대로 올봄에는 연합군이 노르웨이에서 공격을 시도해 제2 전선이 형성될 것이라는 이야기가 나돌고 있다. 이렇게 되면 독일은 독일 병력의 스웨덴 통과 허가를 요구할 텐데, 우리가 독일의 요구를 거부한다면(우리 모두 그렇게 되길 바라고 있다.) 전쟁이 일어날 거라 예상할 수 있다. 우리는 이미 스웨덴 철도로 독일 휴가 장병과 독일 군수품을 수송하게 했는데, 나는 이것만으로도 지나치다는 생각이다.

스투레는 얼마 전 저녁에 신문사 관계자들을 만났다. 믿을 만한 정보통인 TT(스웨덴 뉴스 통신사)의 베크만은 히틀러가 완전히 무기력 상태에 빠졌다고 주장했다. 히틀러가 처음부터 무기력했더라면 얼마나 좋았을까! 히틀러를 조용하게 만들어야 한다!

요즘 스톡홀름에서 유쾌하고 뛰어난 연합군 선전 영화 〈미니버 부인〉이 상영 중이다. 이 영화는 도리어 독일군에게 유용할 것 같다.

온화한 겨울 날씨가 계속되고 있다. 카린과 나는 오늘 코아에서 스키를 탔다.

1월 29일

312p 정말 흥미롭다. 안타깝게도 노르웨이 땅에서 전투가 벌어지는 동안 우리 스웨덴이 독일군의 통과를 허가했다는 여론이 지배

적인 것 같다. 이런 주장을《예테보리 한델스 오크 셰페르츠 티드닝》•에서 퍼뜨리다니 부끄러운 노릇이다. 하지만 1940년 4월, 우리는 공포에 질려 국경에서 '경계 태세'를 취하고 있었다. 그런 우리가 어떻게 독일군을 통과시킬 수 있었다는 말인가? 그럴 수 없었을 것이다. 하지만 노르웨이에서 전투가 끝난 후에 실제로 독일 휴가 장병을 실은 기차를 통과시켰고 지금까지도 그렇게 하고 있다. 이제라도 그만두어야 한다.

카사블랑카에서 루스벨트와 처칠이 만났다. 새로운 전선을 논의하기 위해서다. 이들이 북유럽에 관해 무슨 이야기를 나누었는지 알고 싶다.

오늘 나치는 집권 10주년을 기념했는데, 히틀러는 연설조차 하지 않았다. 저녁 신문에 따르면 그 시각 히틀러는 스탈린그라드에 있었고, 그곳에 포위된 부대에게 독일의 운명이 그들 손에 달렸으니 항복하지 말고 끝까지 싸우라고 독려했다고 한다. 히틀러는 "제6군은 그들의 진지를 지켜 적의 진군을 지연하고 막아 내야 한다."라고 지시했다. 말하자면 그들은 총통에게 죽으라는 명령을 받은 것이다. 아마 그들은 의무감에 사로잡혀 명령에 따를 것이다.

어쨌든 오늘 히틀러가 연설하지 않았다는 건 무척 이례적이

• Götebors Handels-och Sjöfarts-Tidning. 직역하면 예테보리 무역 · 해운 신문. 1832년에서 1985년 사이에 스웨덴 예테보리에서 발행된 일간지로 제2차 세계 대전 당시 반나치 논조로 유명했다.

다. 히틀러 대신 괴링이 연설했지만, 예정보다 1시간도 넘게 지체되었다.

314~315p 괴링은 "지난 10년간 우리의 세계관이 지닌 본질적인 힘과 그것이 가져온 축복을 입증할 수 있었다."라고 말했다. 고통받는 독일 국민에게 이런 이야기를 하다니 정말 뻔뻔하다. 나는 독일 국민이 이러한 '국가 사회주의의 축복'에 대해 어떻게 생각하는지 알고 싶다. 청년을 죽음으로 내모는 파괴적인 전쟁, 세계의 거의 모든 국가로부터 쏟아지는 증오와 혐오, 기근과 비참함, 무방비 상태의 사람을 향한 끔찍한 인권 침해, 특히 청소년을 비롯한 국민에 대한 의도적인 우민화와 야만화, 점령국 국민에 대한 정신적이고 육체적인 고문, 밀고 체계, 가족생활의 파괴, 종교 금지, 불치병 및 정신 질환자에 대한 '안락사', 사랑을 단순한 번식 기회로 폄하하기, 정보를 통제해 독일 국민을 세계의 모든 소식으로부터 단절하기 등등. 이와 같은 믿기지 않는 일이 사실이라면, 독일은 머지않아 완전히 몰락할 것이다. 이제 많은 독일인이 총통과 나치 지도부에게 얼마나 터무니없이 말려들었는지 깨달을 일만 남았다. 하지만 내가 읽은 한 독일 여성의 편지에서처럼 〈미니버 부인〉을 단순한 선전 영화로만 여긴다면, 그들이 제대로 된 깨달음을 얻을 수 있을지 확실하지 않다. 이 영화는 인류애를 가르쳐 준다. 그런데 이런 편지를 읽으면 크비슬링 추종자의 편지를 읽을 때처럼 분노에 가까운 감정이 치민다. 한 노르웨이 여자는 편지에서 노

르웨이가 지금처럼 자유로웠던 적이 없다고 말하며 독일이 노르웨이를 점령했다는 것을 실감하지 못하겠단다. 이렇게 느끼는 사람은 크비슬링 패거리거나 나치일 것이다. 나는 이만큼 소름 끼치는 주장을 누구에게도 들어 본 적 없다. 그녀는 "거리는 독일어로 북적이고 노르웨이어로 왁자지껄하다."라고 썼다. "이 작은 가슴에 행복이 일렁인다."라며 "히틀러-크비슬링 만세!"라고 편지를 끝맺었다. 그러니까 그녀에게는 독일 지도자가 노르웨이 지도자보다 앞서는 것이다. 크비슬링은 집권 1주년을 맞은 지금 독감에 걸렸고, '국민이 바치는 충성 서약'도 받을 수 없게 되었다.

레닌그라드가 1년 반 동안 포위되었던 끝에 마침내 지원을 받았다.• 레닌그라드 시민의 고난을 견뎌 낼 수 있는 건 러시아인밖에는 없을 것이다. 오래전부터 개, 고양이, 쥐는 모두 잡아먹혔고, 메딘 부인이 핀란드에서 듣기로 최근에는 인육까지 판매되고 있다고 한다. 아무래도 그건 사실이 아닐 것이다. 사람들은 낮이 되어도 일어날 힘이 없고, 하루 식량은 빵 한 조각과 멀건 수프에 불과하다.

사람들은 러시아가 발트해를 차지했던 1년 동안 그곳에서 벌어진 끔찍한 이야기를 전해 듣고 있다. 8만 명이 시베리아나 다른 어딘가로 끌려갔는데, 아마 신만이 이들의 행방을 알고

• 소련의 노동자와 농민을 주축으로 한 붉은 군대가 1943년 1월 독일군의 봉쇄를 돌파했고, 보급로를 통해 보급품이 들어왔다.

있을 것이다. 오늘 리가•에서 스웨덴으로 편지 한 통이 몰래 전달되었다. 편지를 쓴 사람은 우리가 믿지 않을 거라 예상하면서도 그 이야기들이 명백한 사실이라고 맹세했다. 여자들과 아이들이 가축용 마차에 실려 끌려갔고, 아이들은 엄마와, 남편은 부인과 뿔뿔이 흩어졌다. 로센은 최근 발트해 연안국에서 온 사진을 본 다음 계속 힘들어했고, 보그스탐은 러시아군이 철수하기 전에 저지른 학살을 담은 사진에서 희생자 몇몇이 누구인지 알아봤다고 했다. 제발 러시아가 여기까지 들어오지 않기를!

316~320p 괴벨스의 연설문과 히틀러의 선언문도 오려 붙여야 한다. 히틀러는 이번에 직접 연설하지 못해 한동안 분노를 삼키며 카펫을 물어뜯을 것이다.

321p 히틀러의 선언문 내용은 이렇다.

위의 내용에 대해 할 말이 꽤 많지만, 《다겐스 뉘헤테르》에 실린 요한네스 비크만의 논평이면 충분할 것이다.

사실 비크만은 사람들의 생각만큼 결코 중립적이지 않다. 나는 게슈타포가 그를 붙잡는다면, 그에게 어떤 일이 일어날지 궁금할 뿐이다.

마음에 들지 않는 점은 친영 성향의 인사들이 러시아를 평화의 작은 비둘기로 미화하는 경향이다. 그러나 언젠가 러시아

• Riga. 라트비아의 수도.

가 그렇지 않다는 것을 반드시 알게 되리라.

3월 7일

새로 써 넣을 큰 사건은 없다. 다만 독일 경제가 전면 개편되고 있다는 사실은 주목할 만하다. 모든 것을 전쟁이라는 목적에 따라 재정비하고 있으며, 이제 점령지에서도 똑같이 되어 가고 있다. 요즈음 영국의 베를린 폭격이 거세지고 있다. 사라레안데르의 별장이 완전히 파괴되었다. 수백 명의 사망자가 나왔다.

어린이 인권 단체이자 구호 단체 스웨덴의 '세이브 더 칠드런'이 유럽 어린이를 돕기 위해 대규모 캠페인에 나섰다. 이런 캠페인은 꼭 필요하다.

카린의 몸무게는 지난번 쟀을 때보다 1킬로그램이 늘어나 이제 29킬로그램이 나간다.

덴마크에서 독일 여자를 겨냥한 폭탄 테러가 실패로 끝났다. 크리스티안 국왕과 히틀러가 주고받은 전보에 관한 이야기를 썼던가? 기억나지 않는다. 히틀러가 덴마크 국왕의 생일을 맞아 전보를 보냈고, 이 전보는 으레 그렇듯이 유럽의 새로운 질서 등을 언급하면서 장황하고 화려한 히틀러 스타일로 작성되었다. 크리스티안 국왕의 답신은 덴마크 특유의 소박함이 담긴 한 문장으로 이와 같았다. "매우 감사합니다. 크리스티안 렉스."

덴마크를 향한 독일의 강경한 대처가 이 전보에 대한 직접적인 반응이라는 주장이 있다.

히틀러가 이런 전보를 받고 분노한 것도 놀랄 일은 아니다. 우리 신문에는 '매우 짧은 왕의 전보'라는 기사로 슬쩍 언급되었지만, 그 의미에 대해서는 아무것도 보도되지 않았다. 나는 나머지 이야기를 크리스마스에 군나르에게 들었다.

핀란드에서는 대통령 선거가 있었다. 다시 뤼티가 당선되었고, 정부가 구성되는데 우여곡절을 겪고 있다.

어제 군사 훈련 광장 렌네슬레트에서 끔찍한 사고가 났다. 적재된 폭발물이 터져 7명의 군인이 사망했다. 그 자리에서 6명이 목숨을 잃었고, 나머지 한 사람마저 숨을 거두었다. 수많은 군인이 중상을 입었다. 평화로운 스웨덴의 방위군에서조차 사고가 많다.

히틀러는 침묵을 지키며 대변인을 통해서만 발언하고 있다. 어떤 사람들은 그가 죽었다고 주장하고, 어떤 사람들은 그가 미쳐 버렸다고 한다.

4월 1일

영국군은 아프리카에서 마레트• 전선으로 돌진했고, 로멜은 이에 겨우 대응하고 있다. 러시아 전선에서 별다른 소식이 들

• Mareth. 튀니지의 남동부에 위치하며 3월에 영국의 몽고메리 장군이 이곳의 방어선을 돌파하면서 연합군이 북아프리카에서 승기를 잡게 되었다.

려오지는 않지만, 양측 모두 어려움을 겪고 있을 것이다. 히틀러는 오랜 침묵 끝에 활동을 재개했고, 그 후 한두 번 연설했다. 독일이 붕괴되는 건 정말 시간문제일 것이다.

스웨덴에서는 최근 독일 군사 연락기 사건으로 국회에서 열띤 공방이 잇따르고 있다. 이 비행기는 렉바트네트에 불시착했는데, 이 상황에서 스웨덴군이 우려스러울 정도의 무능함을 드러냈다. 다만 17세의 한 향토 방위 대원만 기지를 발휘해 행동했고 그 공로를 인정받아 훈장을 받았다. 그 연락기에는 독일군인이 타고 있었으며 기관총도 실려 있었다. 비록 기관총이 장착되지 않은 상태였지만, 이는 영국에 큰 의혹을 불러일으켰다.•

매 순간 곳곳에서 침공이 예상된다. 덴마크에서는 사보타주가 무척 증가했다. 영국군은 독일과 이탈리아에 대규모 폭격을 쏟아 붓고 있다.

성금요일

일주일 전, 16일 금요일 즈음 33명의 승조원을 태운 스웨덴 잠수함 울벤호가 사라졌다. 이 배는 함대 훈련에 참여했다가 서쪽 해안에 정박해 있었고, 마지막으로 목격된 것은 목요일 오전이었다. 예정된 금요일 훈련에 울벤이 나타나지 않자 곧 수

• 중립국 스웨덴이 독일의 전쟁을 돕고 있다는 내용의 의혹이다.

색이 시작되었다. 그로부터 한 주가 흘렀고, 모든 스웨덴 국민의 관심은 오로지 울벤에 쏠려 있다. 사람들은 이 잠수함이 사고를 당해 조작 불능 상태에 빠졌고, 산소가 남아 있는 동안에만 승조원이 살아 있었을 것으로 보고 있다. 스웨덴이 보유한 모든 기술과 자원이 동원되었고 학자와 전문가 모두 울벤 수색에 달려들었다. 한 승조원의 아버지가 견디다 못해 베스테르보텐 출신의 '천리안'이라 불리는 칼손을 불러 항공 수색까지 의뢰했지만, 천리안 칼손조차 울벤을 찾아내지 못했다. 날씨가 너무 나빴고 폭풍까지 거칠게 몰아쳐 잠수부의 수색조차 막혀 버렸다.

처음에는 상황이 희망적으로 보였다. 신문은 "울벤의 위치를 파악했다."라고 보도했다. 하지만 그 말이 "울벤을 발견했다."라는 뜻은 아니었다. 수중 마이크를 통해 무언가 두드리는 소리가 들렸다는 보도도 있었는데, 그 소리가 모스 부호는 아니었기 때문에 잠수함에서 전한 것이라고 믿기는 어려웠다. 그러나 오늘 신문에는 "화요일 아침 6시경 수중 마이크에 두드리는 소리가 감지되었고, 그 후에는 모든 것이 정적 속에 있다."라는 내용이 실렸다. 그 시간은 산소가 유지될 수 있는 시간이자 승조원의 생존 시기와도 일치할 수 있기 때문에 사람들을 숙연하게 만들고 있다.

그런데 일요일 저녁 스웨덴 잠수함 드라켄호의 보고가 있었다. 울벤이 사라진 금요일 아침, 드라켄도 같은 해역에서 독일의 무장 상선으로부터 공격받았다는 보고였다. 드라켄의 함장, 그러니까 이 얼간이 같은 해군 지휘관은 이 사고를 일요일 저녁이 되어서야 보고했고 이로써 큰 비난을 받고 있다.

스웨덴은 즉각 베를린에 공식 항의하며 이 독일 상선이 울벤을 공격한 것이 사실인지 신속한 조사를 요구했다. 사람들은 차라리 승조원들이 빨리 죽음을 맞아 긴 시간 동안 끔찍한 고통을 당하지 않았기를 바라고 있다. 하지만 부분적으로 방수가 유지되어 승조원들이 울벤에 얼마간 살아 있었다면, 나는 일요일 저녁이 되어서야 이 사실을 털어놓은 드라켄의 함장을 심판해야 한다고 생각한다. 이번 사건은 스웨덴 함대가 마주한 거대한 비극으로, 호르스피에르덴의 경우보다 훨씬 좋지 않다.•

나는 신문에서 해군 병사의 뭉클한 편지를 읽었다. 그는 "동료들과 울벤에 관한 이야기를 나눌 때, 우리 중에 울지 않은 사람은 아무도 없었다."라고 적었다.

그래도 오늘은 정말로 봄이 찾아온 것 같다. 하지만 울벤의 남자들은 두 번 다시 봄을 맞이할 수 없다. 울벤의 함장은 결혼한 지 막 1년이 되었고, 그의 아내는 이런 나날 속에서 첫 출산을 기다리고 있다.

처칠은 독일군이 러시아에 가스를 사용할 계획이라는 첩보를 입수했다고 발표했다. 처칠은 만약 이런 일이 실제로 발생

• 1941년 10월 1일 일기 참조.

한다면 독일의 항구 도시들과 군수 산업 거점에 가스를 살포하겠다고 경고했다. 올해는 정말 멋진 봄이 될 것이다. 의심의 여지없이.

오늘은 유르고르덴의 아네모네와 노란 수선화들 사이로 눈부신 햇살이 쏟아졌다. 꼭 여름이 온 것 같았다. 라르스는 스몰란드로 떠나 스투레와 카린과 나만 공원에 갔다. 카린과 나는 '황금 구두와 황금 모자 놀이'를 했는데, 이기려면 여러 시험을 통과해야 했다.

황금 구두 얘기가 나온 김에 덧붙이자면, 오늘부터 신발 배급이 시작된다. 신문 보도대로라면 배급 규제가 결코 가볍지는 않을 것이다. 부활절 전에 카린 신발의 밑창이라도 새로 갈아두지 않은 것이 후회된다.

5월 9일

325~327p 지난번 일기를 쓰고 난 후 다음과 같은 일들이 벌어졌다. 우리는 드라켄호 사건에 문제를 제기했고 독일의 답변을 받았다. 어리석기 짝이 없는 자들의 뻔뻔한 답이다. 스웨덴 함대가 스웨덴 영해에서 어떻게 행동해야 하는지 결정할 권리를 독일이 가져야 한다는 것 아닌가! 하지만 우리의 대응은 단호했다. 이제껏 가장 강경한 입장이었을 것이다. 그러나 독일은 문서에서 울벤호에 관해 단 한 마디도 언급하지 않았다.

328~330p 그리고 스웨덴 정부의 입장은 이렇다.

이 모든 상황을 둘러싸고 가장 우려스러운 점은 망할 독일군이 스웨덴 해역을 기뢰 밭으로 만들어 놓았다는 점이다. 바로 그 기뢰 밭이 울벤의 운명을 결정했을 것이다. 며칠 전, 필사적인 수색을 벌인 끝에 드디어 울벤이 발견되었다. 울벤은 기뢰밭 한가운데 수심 52미터 지점에 침몰해 있었다. 어떤 식으로 침몰하게 되었는지는 아직 밝히지 못했지만, 충돌의 흔적도, 공격받은 흔적도 보이지 않는다. 잠수부에 따르면 선체의 머리 부분이 납작하게 눌려 있었다고 한다. 한 어선이 이를 발견했다.

승조원들이 즉사했는지를 두고 모두의 관심이 쏠리고 있다. 즉사했을 가능성이 가장 큰데, 그것이 우리 모두가 바라는 바이기도 하다. 아마도 울벤은 스웨덴 해역에서 독일의 기뢰에 걸려들었을 것이다. 이제야말로 스웨덴 전 국민을 분노하게 한 그 혐오스러운 '독일 전선 휴가 장병'의 기차 수송 허가를 끝내야 할 때다.

또한 독일이 1월부터 중지시킨 해상 안전 통행이 며칠 전부터 다시 시작되었다.• 커피나 신발 가죽 같은 몇 가지 생필품을 조금이나마 들여올 수 있을지 모른다. 그렇게 되면 엄격했던 신발 배급도 어느 정도 완화될 것이다.

물론 지금 여기에 적은 것은 전부 스웨덴 상황이다. 세계 전

• 독일 해군이 스웨덴 해역에서 선박을 호위하며 이동하는 제도를 시행하다 중단했지만, 다시 전쟁 물자 수송이 절박해지면서 스웨덴과의 무역·해상 운송을 활성화하기 위해 재개했다.

쟁 상황에서도 몇 가지 일이 벌어지고 있다. 튀니스와 비제르테가 함락되었고, 추축국은 아프리카에서 힘을 잃었다. 이번 승리는 연합군에게 무엇과도 비할 수 없는 성공이고, 이번 전쟁에서 거둔 최고의 성과이다. 추축국 군대의 나머지 병력은 카프 본 반도에서 제압되었고, 수천 명이 포로가 되었다.

또 하나는 러시아와 폴란드 정부 사이에 몰랐던 논란이 불거진 것이다. 폴란드 정부가 아직까지 있는지도 몰랐는데, 아마 런던에 있는 것 같다. 그사이 폴란드 정부는 적십자를 통해 '카틴'이라는 곳의 끔찍한 집단 매장지 조사를 요구했다.• 러시아가 폴란드를 합병한 후 이곳에서 1만 명의 폴란드 장교를 학살하고 암매장했다고 한다. 하느님, 우리를 러시아로부터 지켜주옵소서! 이들은 미래의 폴란드 국경과 러시아와의 관계를 둘러싸고 논쟁을 벌이고 있다지만, 이미 말했듯이 자세히 살펴보지는 않았다.

5월 22일

따뜻하고 사랑스러운 날씨였다. 놀랍도록 축복이 넘쳤고 믿을 수 없이 아름다웠다. 그저께 카린이 아홉 살이 되었다. 엘사레나와 마테가 우리 집에 왔다. 우리는 카린에게 손목시계, 책가방, 고급 초콜릿 상자, 책 한 권, 덧입을 바지를 선물했다. 손님

• 1940년 4월부터 2개월여 동안 소련이 카틴 숲에서 폴란드 엘리트 2만여 명을 학살한 카틴 학살에 대한 조사를 말한다.

들은 더 많은 책을 선물해 주었다. 우리 모두 게, 무, 정어리, 햄, 달걀, 케이크를 먹었다.

라르스는 같은 날 영어 시험을 봤는데 이 시험 결과로 합격 여부가 결정된다. 다행히 한 학년이 끝나 간다. 내 잔소리가 좀 심했던 것 같다. 라세의 성적으로 진급이 어려울 수 있다는 통지서를 받고 꽤 수선을 떨었으니까. 독일어는 말할 것도 없이 낙제할 것이고, 다른 과목에서는 그저 최선의 결과를 바라며 기도할 수밖에 없다.

나는 월요일에 다시 일을 시작한다. 지독한 감기 때문에 병가를 내고 매일 행복한 시간을 보낸 지 한 주 반이 지났다. 침대에 누워 지내는 동안 자질구레한 글을 몇 편 써서 투고해 보았다. 《스톡홀름 티드닝엔》에서 한 편을 채택했고, 나머지 세 편을 돌려보냈다. 반송된 글 중에 두 편을 다시 《다겐스 뉘헤테르》에 보냈다. 한 편의 글에 대해 스타판 셰르넬드가 반송 이유를 적어 보냈다. "이 젊은 여성은 글 쓰는 법을 알고 있다. 그건 조금도 의심하지 않는다."로 시작하긴 하지만, 글이 어수선하고 현실성이 너무 떨어진단다. 하하.

이런 쓸데없는 이야기는 그만하고……. 스탈린이 코민테른을 해산했다는 소식에 주목할 필요가 있다. 어제 신문에 이 기사가 실렸고, 당연히 세계적으로 이목을 끌었다. 이것은 볼셰비즘이 세계 혁명이라는 생각과 거리를 두는 것처럼 읽힐지 모른다. 하지만 그럴 리 없다. 코민테른은 다른 가면을 쓰고서라도 계속 존재할 것이며, 이런 조치는 영국과 미국의 환심을 사려는 속셈일 것이다.

전에 써 두었는지 기억나지 않지만, 영국군이 독일에 있는 2개의 댐을 폭격했다. 이 폭격으로 막대한 파손과 대규모 홍수가 잇따랐다. 독일에서 망명한 독일계 유대인이 영국에게 이 작전의 아이디어를 제공했다는데, 이 일은 곧 유대인 박해의 새로운 구실이 될 것이다.

오늘은 더 이상 기록할 힘이 없다.

6월 3일

전쟁에 있어 특별히 새로운 소식은 없는 것 같다. 일본인이 점령한 '애투'라는 섬이 함락되었다.• 남은 수백 명의 전사는 상황을 돌이킬 수 없다는 사실을 깨닫고 도쿄에 있는 황궁을 향해 몸을 돌려 깊이 고개 숙여 절한 다음, 마지막으로 만세를 외치며 적을 향해 돌격했다. 신문은 이때 모든 병사가 기관총에 맞아 쓰러졌다고 전했다. 이미 아주 많은 이들이 그전에 할복했다. 그곳이 애투섬이다. 나는 이 혼란한 와중에 이런 일들이 무슨 의미가 있는지 모르겠다.

폭격이 그 어느 때보다 더 참혹해지고 있다. 직장에서 이탈리아 측 선전용 사진을 보았다. 이탈리아의 한 산부인과 병원

• 알래스카 알류샨 열도에 위치한 섬으로, 1942년 6월에 일본군이 점령한 후 1943년 5월에 미군이 탈환했다.

이 폭격당했고 사진에는 팔다리가 절단되거나 죽은 사람들이 즐비했다. 끔찍했다.

며칠 전, 아테네에서 10만 명이 굶어 죽었다는 신문 기사를 보았다. 최악의 날에는 하루에 사망자가 1,600명에 달했다.

반면 스웨덴에서는 식량 공급 상황이 눈에 띄게 좋아졌다. 고기와 베이컨이 많아졌고, 갑자기 생선도 살 수 있어 생선 배급이 해제되었다. 이제 주부 노릇도 수월해졌다. 단, 버터를 구하는 건 여전히 힘들다.

승천절에는 날씨가 정말 따뜻하고 아름다웠다. 나는 for as usual reason(평소와 같은 이유로) 스투레에게 화가 나서 오전에 카린, 알리와 자전거를 타러 나갔다. 오후에는 카린과 단둘이 자전거를 타고 코아로 갔다. 지금은 라일락과 너도밤나무 꽃이 흐드러지게 피어나 더할 나위 없이 아름답다. 라세를 데려가고 싶었지만, 요즈음 라세는 자기만의 시간을 더 좋아한다.

성령 강림절 전날 저녁

이렇게 축복이 넘치는 저녁이라니. 믿을 수 없을 만큼 따뜻하다. 올해는 모든 것이 비정상적으로 빠르게 찾아온다. 거실에 앉아 창문을 활짝 열어 놓으니, 꼭 공원에 나가 앉아 있는 것 같다. 여름이 내는 소리가 활기차게 들려온다. 보도에는 구두가 또각또각 소리 내며 걸어가고, 공원에서는 아이들이 왁자지껄 떠든다. 쌩하고 지나가는 전차 소리를 듣고 있으면 전차가 집 안으로 들어오는 것 같다.

카린은 마테와 솔뢰로 떠났다. 카린이 이런 무더위에 솔뢰에 있다는 건 다행이지만, 카린 없는 집은 텅 빈 것만 같다. 카린은 8일부터 방학이었고 음악과 체육을 제외한 모든 과목에서 우수한 성적을 받았다. 라르스는 초라한 성적표(독일어와 수학에서는 '노력 요함', 영어 · 역사 · 화학 · 프랑스어는 '보통')를 받아 왔다. 작년에 꽤 좋은 성적을 받았기 때문에 더욱 안타깝다. 라세는 상급 학교에 다니는 것을 실감하지 못하는 것 같다. 이번 주에는 자전거 배달 아르바이트를 해서 50크로나를 벌었고, 다음 주에는 예란과 자전거 여행을 떠날 계획이다. 여름이 더할 나위 없이 아름다워서 당장이라도 도시 밖으로 떠나고 싶어진다. 나도 함께 떠날 수 있으면 좋으련만. 하지만 그렇다 해도 이 도시가 아름답다는 것을 부정할 수는 없다. 지금 이곳은 세계에서 가장 아름다운 여름을 나고 있다(아직 다른 도시를 많이 가 보지 못했지만, 확실히 그럴 것이다.). 저녁이 되면 나는 무작정 자전거를 타고 밖으로 나가 만발한 꽃, 세상 모두를 감싸안은 녹음, 짙은 향기, 환상적인 저녁 하늘을 맘껏 즐기고 싶은 마음뿐이다. 에사이아스 텡네르가 "오순절, 황홀한 날."이라고 썼듯이, 그야말로 황홀함에 사로잡혀 있다.

우리는 저녁 식사를 하며 성령 강림절을 맞이했다. 순무 요리, 앤초비를 곁들인 삶은 달걀, 아스파라거스, 송아지 기틀릿과 케이크 등을 차렸다. 갑자기 이렇게 좋은 음식이 풍족해지다니 믿기지 않는다. 이제는 살림이 세상에서 제일 간단한 일이 되었다. 물론 돈이 너무 들긴 하지만.

한편 끔찍할 정도의 폭격 끝에 이탈리아 판텔레리아섬이 결국 항복했다. 스투레가 "당신은 쓰고 또 쓰는군. 람페두사섬에 관해 쓰는 거야?" 하고 물었다. 람페두사섬은 연합군이 다음 목표로 삼은 섬이다. 이탈리아의 분위기는 더 이상 내려갈 수 없을 정도로 바닥이다. 어쨌든 판텔레리아섬을 점령한 일은 침략의 서막으로 볼 수 있다. 이곳이 원래 이탈리아 영토였기 때문이다. 요즈음 세상은 온통 침공에 관한 이야기뿐이다.

오늘 신문에 1941년 호르스피에르덴에서 일어났던 사고에 대한 조사 보고서가 나왔다. 이 재난은 사보타주로 인해 발생했을 가능성이 있다고 한다. 소름이 돋는다, 소름이!

러시아에서 독일군과 소련군이 대공세를 준비하고 있다. 연합군이 독일에 사상 최대의 폭격을 퍼부었다. 어젯밤 뒤셀도르프, 뮌스터, 빌헬름스하펜과 쿡스하펜이 폭격당했다. 오늘 로첸에서 온 편지에는 얼마 전 독일에서 댐이 폭발했을 때, 20만 명이 목숨을 잃었다는 내용이 담겨 있었다. 그 폭격을 맡은 영국 공군들은 한 달 내내 훈련받았다고 한다. 세계는 점점 극심하게 파괴되고 황폐해질 것이다. 거룩한 생명이 더 이상 존중받지 못할 것이다. 내 심장이여, 이 아름다운 여름에 밖으로 나가 기쁨을 찾으라!

7월 2일

지난번 일기를 쓰고 나서 국왕은 85세가 되었고, 이 뜻깊은 사건은 국내외 언론에서 크게 다루어졌다. 이날 스톡홀름은 무척 북적였고 축제 분위기로 들떠 있었지만, 나는 라세의 자전거 여행을 준비하느라 시내를 통과하는 국왕 행렬을 볼 틈도 없었다. 초여름 날씨가 너무 건조해 비가 오기를 간절히 기다렸다. 그런데 6월 16일 오후 5시, 하필 국왕이 오픈카로 행진하는 시간에 맞춰 비가 내릴 필요가 있었을까. 어쨌든 비가 내렸고 사람들은 비에 젖은 왕을 걱정했다. 우리의 연로한 국왕은 믿기지 않을 정도로 인기가 좋다. 전 세계에서 축하 전보를 보내왔다. 스웨덴 국민은 우리 땅의 평화가 구스타브 국왕 덕분일지도 모른다고 믿고 있다.

이제 본격적인 여름이 시작되었다. 라르스와 예란은 외스테르예틀란드와 스몰란드를 자전거로 여행하고, 카린은 솔뢰로 떠났다. 솔뢰에서 화환으로 장식한 건초 마차를 타고 놀다가 다음 날 저녁 시에 굴란데르와 함께 집으로 돌아왔다. 스투레와 나는 자전거를 타고 살트셰바덴에 다녀왔다. 정말 멋진 시간이었다.

그러고 나서 며칠 동안 스몰란드 여행을 준비하느라 정신없이 바빴다. 6월 27일 나는 카린과 함께 스몰란드에 왔고, 아이들은 마음껏 즐기고 있다. 나 또한 그렇다.

전쟁은 여전히 계속되고 있다. 오늘 아침 뉴스에서는 미국의 태평양 공습이 보도되었다. 침공, 침공, 또 침공. 뉴스에서는 쉬지 않고 침공이라는 말이 들려온다. 지금 말하는 침공이란 연합군의 대륙 침공을 뜻한다. 1940년처럼 독일의 영국 침공을 의미하던 때와는 다르다. 우리는 그때 매 순간 독일이 영국을 침공할 거라 믿었지만, 결국 그런 일은 일어나지 않았다. 그때 히틀러는 최적의 기회를 놓쳐 버렸다.

말했듯이 시칠리아 상황이 위태롭지만, 아직 연합군의 본격적인 침공은 일어나지 않았다. 미약한 추축국의 저항을 뚫고 연합군의 폭격이 계속되고 있다. 독일의 뛰어난 건축물인 쾰른 성당이 폭격으로 파손되었고, 독일 신문들은 예술 작품을 파괴한 영국의 야만적 행위에 관해 떠들어 대고 있다. 그러나 1940년에 그들은 제 손으로 무슨 일을 저질렀던가?

7월 17일

지난번 일기를 쓰고 나서 큰 변화가 있었지만 스몰란드에서 분주한 나날을 보내느라 적어 둘 시간이 없었다. 먼저 러시아의 대규모 공격이 시작되었고, 양측 모두 막대한 출혈이 있었다. 장소는 쿠르스크라고 불리는 곳 같다.• 이 대규모 전투가 시작되고 며칠 지나지 않아 연합군은 격전이 치러지는 시칠리아에 상륙했다. 보도에 따르면 연합군은 카타니아에서 불과

• 1943년 7월 5일부터 8월 23일까지 독일군이 소련 영토 쿠르스크를 침범해 벌어진 대규모 전차전 중 하나이다.

10킬로미터 떨어진 곳에 있었고, 점령은 시간문제였다. 모든 저항이 무너지면 연합군이 이탈리아 본토로 나아갈 차례다. 너무나 오랫동안 계획한 침공인데, 이제야 비로소 때가 된 것이다. 연합군은 이탈리아 상공으로 전단을 살포하며 국민에게 평화 협상에 임하도록 촉구하고 있다.

이 시대의 천재, 군데르 헤그에 대한 이야기를 잊었다. 그는 지금 미국에서 미친듯이 달리고 있다. 그는 이제까지 3개의 경기에 출전했고, 모두 다른 거리를 뛰었다. 자신의 세계 기록을 갈아 치우지는 못했지만, 미국의 경쟁자들을 넘어뜨렸다. 그는 '기적의 군데르'로 불리고 있다. 오늘 밤 군데르는 네 번째 경주에 나선다. 우리 모두 그의 성공에 대단히 열광하고, 그를 미국에서 활약하는 스웨덴 최고 외교관으로 보고 있다.

스투레와 카린과 나는 그제 푸루순드에 도착했다. 라르스는 아직 스몰란드에 있고 농사일과 독일어, 수학 공부까지 병행하며 바쁘게 지내고 있다. 우리는 어제 처음으로 꾀꼬리버섯을 찾아냈다. 올여름은 변덕이 심한 편이니 여름이 선사하는 순간들을 즐겨야 한다. 이제 나는 침대에 누워 《세계의 모든 이야기꾼》을 읽을 것이다. 지금은 모파상의 《비곗덩어리》를 읽고 있다.

7월 25일

333~334p 스크랩한 위 신문 기사에서 보듯이 히틀러와 무세가 만났다.

로마는 폭격을 당했다. 히틀러가 무세를 만나려 한 이유는 별도의 평화 협정을 맺는 것을 막기 위해서였을 것이다.

이탈리아는 연합군이 살포한 전단지에 답이라도 하듯이 "이탈리아는 명예의 길을 선택했다."라고 밝혔다. 하지만 실제 나라 안에서는 평화 집회가 열리고 있었고, 국민은 평화를 원하고 있었다. 연합군이 시칠리아에서 한 발 한 발 나아가고 있으며, 처칠은 놀라울 정도로 일이 차질 없이 진행되고 있다고 말했다. 스탈린은 토요일 일일 작전 명령을 통해 독일의 7월 공세가 중단되었고, 독일군 7만 명이 전사했다고 발표했다. 베를린에서는 러시아의 여름 공세가 아직 정점에 이르렀다고 생각하지 않는다. 러시아군 전사자는 무려 30만 명가량으로 추정된다. 양측 모두가 거짓말을 쏟아 내고 있다. 그 거짓말 뒤에 감춰진 인간의 참혹함을 생각하면 온몸이 얼어붙는 듯하다.

요즈음 나는 그림베리의 세계사를 읽고 있는데, 이 책은 고대 로마의 학살과 잔혹 행위, 추방과 정복 전쟁을 다룬다. 신문을 읽다가 책에서 읽은 지명을 발견하면 지난 수천 년 동안 인류는 역사를 통해 무엇을 배웠는지 의심하지 않을 수 없다.

그럼에도 불구하고 사람들은 희망을 품기 시작했다. 당장 내일이 아니더라도, 올해가 아니더라도, 평화가 너무 멀리 있지 않을 거라는 희망이다. 머지않아 이탈리아가 붕괴될 거라고 모두 믿고 있다.

그리고 군데르 헤그는 어제 미국에서 1마일을 4분 5초 3에 달리면서 최고 기록을 세웠다.

이제야 드디어 본격적인 여름이다. 스투레와 카린과 나는 이곳 푸루순드에서 여름을 한껏 빨아들이고 있다. 오전에는 노를 저어 수영하기 좋은 섬으로 가고, 오후에는 리니아와 딸기를 딴다. 라세는 아직도 스몰란드에 있다. 라세가 너무 그립다. 특히 저녁이 오면 더 그렇다. 하지만 라세는 스몰란드에서 행복해한다. 일주일 후면 라세가 이곳으로 와서 잠시 같이 머물다 도시로 돌아갈 것이다. 라세는 독일어와 수학을 열심히 공부해야 한다. 카린이 수영하는 모습은 작은 물고기 같다. 어디서나 물로 뛰어드는데 자신감이 붙어 신바람이 났다.

7월 26일

어제저녁, 이탈리아 소식을 기록하기 무섭게 오늘 아침 뉴스에서 폭탄 같은 소식이 들려왔다. 비토리오 에마누엘레에 의해 무솔리니의 해임이 결정되고, 그 후임으로 바돌리오 원수가 임명되었다는 것이다. 야호, 야호, 야호! 파시즘이라는 히드라의 머리가 잘려 나갔다. 이제야, 이제야! 인류가 회복의 길로 접어들기 시작한 것 같다. 1935년, 이 야비한 짐승은(무솔리니가 이탈리아 사람들을 꽤 흔들어 댔다는 사실, 그 사실은 인정해야 한다.) 평화로운 이탈리아 국민을 에티오피아 정복 전쟁으로 내몰았고, 여러 해 동안 분쟁을 불러일으켰으며, 무방비 상태의 원주민을 상대로 가스전을 일으켰다. 스페인에 개입해 끔찍한 내전을 장기화시켰으며, 파시즘을 탄생시킴으로 내전의 전제 조건을, 좀 더 정확히 말하자면 독일 국가 사회주의의 모델을 만들어 냈다. 결국 역사상 가장 끔찍한 세계 대전의 원인을 제공했다. 이런 야비한 짐승이 이제야 구석에 몰려 역사의 심판을 기다리고 있다. 판결은 분명 혹독할 것이다. 긴 글이 되어 버렸지만, 결국 이것은 세계 역사에 관한 일이다. 이제 그는 위암을 앓고 병들어 있다. 누군가 위암에 걸려야 한다면, 그건 당연히 그자여야만 한다. 그래서 베니토 무솔리니에게 병마가 찾아왔다. 이제 제발 아돌프 히틀러 차례가 오길!

처칠 수상이 하원에서 이탈리아의 상황에 대한 성명을 발표했다. 내용은 다음과 같다.

“하원은 이 참혹한 전쟁의 주범 무솔리니가 몰락했다는 소식을 만족스럽게 받아들였을 것이다. 이탈리아 국민에 대한 무솔리니의 길고 가혹한 통치가 끝났다는 것은, 의심의 여지 없이 이탈리아 역사에서 한 시대가 끝났음을 의미한다. 파시즘의 주춧돌이 무너졌고, 곧 완전히 붕괴할 것으로 여겨진다. 아직 완전한 붕괴가 일어나지 않았다면 말이다.”

7월 29일

파시스트 정당이 해체되고 있다. 밀라노의 심각한 소요. 거리의 격렬한 충돌. 민간인과 군인의 사망. 대중은 즉각적인 평화를 요구하고 있다. 군대 무기고가 습격당했다. 소련을 지지하는 시위가 벌어지고 있다.

미국의 한 신문 특파원이 비토리오 에마누엘레를 '미성숙한 작은 국왕'이라고 칭했는데, 루스벨트는 이 표현을 마음에 들지 않아 했다.

8월 4일

오늘은 울벤호의 승조원들을 위한 추모 예배가 있었다. 이들은 4월부터 물속의 축축한 무덤에 누워 있다가 마침내 인양되었다. 기뢰 폭발(물론 스웨덴 해역에 설치된 독일 기뢰다.)로 5명이 사망했고, 다른 승조원들은 익사했는데 즉사했을 가능성이 크다. 그나마 다행이다.

오늘 저녁, 시빌라는 넷째 공주를 얻었다.

8월 6일

마침내, 마침내 모든 스웨덴 국민이 혐오하던 독일군 병력 수송이 종료되었다. 이제 《예테보리 한델스 오크 셰페르츠 티드닝》, 《트로츠 알트》•는 환호성을 터뜨리고 있을 것이다! 이날이 오기까지 그들은 사자처럼 맞서 싸워 왔으니까. 독일은 이런 식으로 우리의 중립을 훼손하려 했지만, 지금은 독일의 약세가 뚜렷하고, 마침내 우리는 이런 짓거리를 중단할 '허가'를

• Trots Allt. 1939년부터 1945년까지 스웨덴 스톡홀름에서 발행된 사회주의 경향의 주간지이다.

행사하게 되었다. 이 수송 문제 때문에 노르웨이는 우리에게 배신감과 분노를 느끼고 있다. 그곳 사람들은 대부분 우리가 노르웨이에서 전쟁이 한창일 때 독일군 수송을 시작했다고 알고 있다. 정부는 이를 단호하게 부인했다. 나는 정부의 이러한 주장이 사실이기를 바라고, 또 그렇게 믿고 있다.

전쟁이 곧 끝나게 될지는 오직 신만이 알고 있다. 독일 붕괴 조짐이 감돌고 있다. 독일은 러시아에서 끔찍한 상황으로 내몰렸고, 러시아군은 오룔을 접수했다. 시칠리아에서 카타니아가 함락되었고, 곧 튀니지와 같은 상황이 벌어질 것이다. 하지만 이탈리아는 이런 상황에서도 여전히 항복하지 않고 있다. 이탈리아 국민이 평화를 위해 시위를 벌이고 평화를 원하는 데도 말이다.

독일에서는 끔찍한 폭격이 계속되고 있다. 함부르크 상황을 전해 듣는 사람들은 눈물을 흘릴 수밖에 없다. 함부르크에 아이들이 남아 있는지 파악이 안 되는데, 그런 생각을 하면 가슴이 미어지고 끔찍해 견딜 수가 없다.

나는 프랑스 작가 장 자크 아가피의《그들에게 이 일을 말해 주세요》를 읽고 있다. 이 책은 프랑스 전쟁 포로가 독일군 병원에서 겪는 지옥을 담아냈다. 책 전체가 피와 고름에 잠겨 정말 지긋지긋하다. 전쟁은 그 어떤 말에도 담기지 않는다. 이런 잔혹한 일을 코앞에서 겪는 나라는 어떨까. 이 책도 좋긴 했지만 제1차 세계 대전과 제2차 세계 대전 사이에 출간된 레마르크의 《서부 전선 이상 없다》 같은 깊은 인상을 남기지는 못했다. 《서부 전선 이상 없다》를 읽을 때 나는 밤마다 이불 속으로 기어들어 절망의 눈물을 흘렸다(아틀라스가탄에 살 때다.). 나는 그 책을 읽을 때 만약 또다시 전쟁이 일어나 스웨덴이 참전하려 한다면, 정부까지 무릎을 꿇고 기어가 세상을 지옥으로 만들지 말라고 애걸하리라 마음먹었다. 나는 라르스를 전쟁에 끌려가게 하느니 차라리 이 아이를 직접 쏘겠다고 생각했다. 이 미친 지구라는 행성의 어머니들이 도대체 얼마나 더 고통을 겪어야 한다는 말인가!

울벤호 승조원들의 마지막을 떠올리거나 이 책을 읽으면서 라르스가 침몰한 잠수함에 살아 갇혔다고 상상해 보았다. 아니면 군인 병원에서 곪아 터진 상처로 열에 들뜬 채 누워 있는 모습을 떠올려 보았다. 견딜 수 없는 고통이 몰려들었다. 그런데 이런 끔찍한 현실을 실제로 겪는다면, 당사자들은 어떠할까? 대체 인류가 이런 고통을 견디는 것이 어떻게 가능한 일이며, 전쟁은 대체 왜 존재하는가? 세계를 몰락시키고 파멸로 몰아가려는 히틀러나 무솔리니 같은 몇 안 되는 인간의 욕망 때문에? 이제 정말 끝이 날까? 정말 끝날 수 있을까, 정말로? 피를 쏟는 일만이라도 그칠 수 있을까? 그렇게 된다 해도 전쟁에 뒤따르는 고통이 찾아오겠지.

할머니는 요즈음 무척이나 활기차며 낙천적이다. 할머니는 전쟁이 끝나면 다시 평화가 찾아온다고 믿는 것 같다. 다시 커피가 들어오고 배급이 해제되면 사람들이 행복해지리라 믿고 있다. 하지만 전쟁이 할퀴고 간 끔찍한 상처는 커피 몇 모금으로 치유되지 못할 것이다. 뒤늦은 평화는 어머니에게 아들을, 부모에게 아이를 돌려주지 못한다. 함부르크와 바르샤바의 어린아이들을 살려 낼 수도 없다. 증오는 평화가 도래하는 어느 날 갑자기 사라지지 않는다. 독일의 강제 수용소에서 죽어 간 이들의 가족들은 평화가 왔다는 이유만으로 모든 것을 잊을 수 없다. 그리스에서 굶어 죽은 수천 명의 어린이에 대한 기억은 어머니들의 사무친 가슴에서 지워지지 않는다. 물론 그 어머니들이 살아남았다면 말이다. 평화가 온다고 해도 사람들은 다리 하나, 팔 하나로 휘청거리고, 시력을 잃어버린 사람도 여전히 앞을 보지 못하며, 비인간적인 대전차 전투로 신경계가 망가진 이들도 다시는 건강을 되찾지 못한다. 그럼에도, 그럼에도, 제발 평화가 오기를. 그렇게 인간들이 이성을 되찾을 수 있기만을 간절히 바란다.

평화는 과연 어떤 모습일까? 불쌍한 핀란드는 어떻게 될 것인가? 테러와 억압으로 가득한 볼셰비즘도 유럽에서 자유로운 활동 공간을 얻게 될까? 어쩌면 전쟁에서 이미 목숨을 잃어버린 사람들이 운이 좋은 걸지도.

1943년의 여름이 저물어 간다. 어쩌면 여름휴가가 끝이 나서 나만 그렇게 느끼는지도 모르겠다. 라르스와 나는 내일 스톡홀름으로 떠난다. 이곳 푸루순드는 따뜻하고 아름답지만, 오늘은 비가 내렸고 여러모로 가을 느낌이 난다. 카린과 린네아는 조금 더 머문다. 카린은 마침내 깊은 물에서 수영하는 두려움을 극복했다. 다이빙대에서 뛰어내리는 법을 배우고 대단히 뿌듯해한다. 라르스는 독일어와 수학 보충 시험을 반드시 봐야만 한다. 방학에 공부하는 것을 극도로 싫어하기 때문에 이번 여름 방학 동안 라르스와 여러 번 싸웠다.

336~337p 아스트리드 린드그렌이 우편 검사소 편지 검열관으로 일하던 시절의 편지 사본

오늘은 이만!

8월 26일

퀘벡에서 루스벨트와 처칠이 만났다. 스탈린이라는 작자는 이 자리에 참석하지 않았다. 워싱턴에 있는 러시아 대사 리트비노프가 갑자기 본국으로 소환당하고 다른 사람으로 대체되었을 때 큰 혼란이 일어났다. 이것은 러시아와 두 연합국 사이의 불화를 드러내는 신호로 볼 수 있다. 러시아는 제2 전선을 원하는데, 연합국 측에 제2 전선은 해협을 통한 침공과 다르지 않다. 현재 독일과 러시아가 평화 협정을 맺을 가능성이 예측되는데, 이렇게 되면 영국과 미국은 곤경에 빠질 수밖에 없을 것이다. 독일은 러시아와 평화 협정을 맺을 가능성을 확보함으로써 바짝 다가오는 몰락 앞에서 유일한 구원책을 찾을 것이다.

베를린에 폭격이 시작되었고, 사람들은 베를린에서도 함부르크와 같은 식의 폭격이 이어질 것으로 예상하고 있다. 덴마

크에서 지난 며칠 동안 대규모의 소요가 많았는데, 독일인과 덴마크인 사이에서, 특히 오덴세에서 사보타주와 전면 충돌이 일어났다.

라르스는 독일어와 수학 시험을 치렀고, 무사히 2학년으로 진급했다. 카린은 3학년이 되었고, '까칠한 노인네'로 불리는 아딘이라는 담임 선생님을 만났다. 라르스의 진급을 축하하려고 우리 둘은 카린의 허락을 받고 7시 영화를 보러 갔다. 스투레가 8시 반에 돌아와 보니, 카린이 구슬프게 울고 있었다고 한다. 카린은 구구단 숙제를 해야 했는데, 너무 졸린 나머지 아무것도 생각나지 않아 어쩔 줄 몰랐을 것이다. 그래서 스투레 옆에 앉아서 나를 기다리고 있다가 9시 반에 돌아온 내 품에 안겨 애처롭게 울었다. 나는 카린을 달래 주었고, 곧 모든 걱정을 잊고 잠들었다. 학교에 가기 전에 카린에게 인후염 증상이 있었는데, 내 목도 빨갛게 부어오르고 목소리가 갈라져 침대에 누워 있다. 하지만 얼른 NK 백화점에 달려가서 카린의 블라우스 천과 내 모피를 수선할 천을 사 오려 한다. 또 강낭콩 10킬로그램으로 병조림을 할 계획이다. 이렇게 오늘 하루도 헛되이 보내지 않겠다.

저녁에

《아프톤블라데트》에서 덴마크의 격렬한 소요 사태를 보도했다. 이 기사를 오려 붙일 예정이다.

8월 29일

기사를 오려 붙이는 것을 깜빡했지만, 우리는 오늘 덴마크에 비상사태가 선포되었다고 들었다. 어제 덴마크와 전화 연결이 중단되었다. 스웨덴에서는 덴마크에 무슨 일이 벌어졌는지 큰 근심에 휩싸였는데, 오늘 모든 것이 밝혀졌다. 최근 사보타주, 파업, 폭동과 같은 일로 나라의 질서가 위협받고 있다며, 이를 바로잡으라는 독일의 최후통첩을 받은 것이다. 하지만 정부는 질서를 바로잡는 일을 성공하지 못할 것이라 판단하고 비상사태를 선포했다. 반항하는 사람은 독일 즉결 재판에 즉시 회부되고, 파업에 참여하거나 파업을 선동하는 사람은 사형에 처해진다. 모든 집회가 금지되고, 어두워지면 통행도 금지된다. 덴마크와 스웨덴을 잇는 교통도 중단되었는데, 하필 스톡홀름에 덴마크 육상 국가대표 팀이 와 있다. 전화나 전보 연결은 여전히 차단된 상태다. 이제 덴마크 상황도 노르웨이처럼 나빠져 버렸다.

금요일에는 린드너 기장이 조종하던 스웨덴의 여객기 '글라단'이 영국과 스웨덴 사이를 운항하던 중 흔적도 없이 사라졌다. 이후 이 비행기에 대해 아무 이야기도 들리지 않는데 아마 격추되었을 것이다. 스웨덴 서부 해안의 국제 해역에서 평소처럼 평화롭게 조업 중이던 근해 어선이 독일의 알 수 없는 상선에게 기관총 사격을 당했다. 현재 12명의 이부가 실종된 상태다.

어제 불가리아의 보리스 국왕이 사망했다. 공식 보고에 따르면 사인은 협심증이다. 하지만 소문에 따르면 한 경위가 왕의 하복부에 총을 쏘았다고 한다. 여섯 살인 아들 시메온 2세가 왕위를 계승했다. 그래서 1943년 8월 29일 오늘, 덴마크에 비상사태 선포문이 나붙었다. 이 비상사태 선포문을 붙여 넣어야겠다.

8월 30일

지금 덴마크가 완전히 통제 불능 상태인 것 같다. 339p

무솔리니의 딸과 사위가 도망쳐 살아남은 것 같다는 소리만 340p
들린다.

노르웨이 사람 11명이 간첩으로 몰려 처형당했다.

베를린은 스웨덴 어선 피격 사건에 대한 우리의 항의에 날선 340~341p
반응을 보였다.

그 밖에 독일은 독일을 비방하는 스웨덴 신문 보도에 분노하 342p
고 있다. 사실, 스웨덴 언론들이 실제로 그렇게 하고 있다.

《다겐스 뉘헤테르》 로마 통신원의 무솔리니에 관한 무척 진 345~347p
부한 기사.

9월 1일

나는 위 지도를 오려 붙였다. 독일이 유럽을 장악하면서 작고 348~349p
가여운 스웨덴이 어떤 나라에 어떻게 포위되어 있는지 보여 주기 위해서다. 스위스도 마찬가지 상황이다. 그럼에도 우리는,

그리고 스위스는 목줄에 묶인 개처럼 독일에 맞서 저주와 욕설을 퍼붓고 있다. 지도를 보면 믿기지 않을 만큼 유럽의 극소수만이 전쟁을 피하는 데 성공한 것을 알 수 있다. 스웨덴, 스위스, 스페인, 포르투갈, 아일랜드뿐이다. 오늘은 전쟁 4주년이 되는 날이다. 우리가 아직 평화롭게 지내는 것이 얼마나 큰 신의 은총인지 실감할 수 있다.

덴마크 상황은 지옥 같다. 대량 검거가 잇따르고, 우편과 전화도 여전히 두절된 상태다.

전쟁은 이제 끝나야 한다. 이번 전쟁이 지난 대전과 같은 기간 안에 끝나야 한다면, 적어도 1943년 12월 11일에는 휴전이 이루어져야 한다.

9월 5일

9월 3일, 영국이 독일에 전쟁을 선포한 지 정확히 4년째 되던 날에 제8군이 메시나 해협을 건너 이탈리아의 '발굽'에 상륙했다. 이 글을 쓰는 동안에도 제8군은 빠른 속도로 전진하며 교두보를 확보하고, 이탈리아 국민은 항복의 표시로 커다란 흰색 천을 내걸고 연합군을 맞이하고 있다. 독일은 더 북쪽의 전선을 방어할 준비를 하고 있을 것이다. 이탈리아 국민은 독일군을 몰아내고 조용히 항복하는 것 말고는 더 바라는 것이 없다. 아이들이 옆에서 시끄럽게 굴어 너는 쓸 수 없지만, 요즈음 돌아가는 일이 흥미진진하다.

카린이《아프톤블라데트》를 들고 갔고, 라르스는 앉아서 책을 읽고 있다. 덕분에 나는 오늘은 햇빛이 눈부시고 아름다운 여름날이었다고 이어서 쓸 수 있게 되었다. 카린과 나는 자전거를 타고 유르고르덴을 거쳐 분수까지 갔다 돌아와 점심으로 닭고기구이를 먹었다. 내가 아이들과 전쟁에 관련한 책을 읽는 동안, 스투레는 지금 안락의자에 앉아 코를 골며 깊이 잠들어 있다. 이제 카린도 잠자리에 들어야 하는데, 카린에게《그란트 선장의 아이들》을 읽어 주고, 나는 처칠의《나의 청춘》을 읽을 것이다.

9월 9일

어젯밤 카린 침대에 걸터앉아《그란트 선장의 아이들》을 읽어 주는데, 라르스가 들어와 이탈리아가 무조건 항복에 동의했다는 소식을 전했다. 예상한 일이었지만 이처럼 역사에 남을 날을 직접 경험하는 것이 아주 특별하게 느껴졌다. 나는 이날을 기억하도록 두 아이에게 25외레씩 선물했다. 자신만만하던 추축국이 이탈하고, 독일에서는 이탈리아의 배신에 대해 혹독한 비난을 쏟아내며, 특히 비토리오 에마누엘레를 비난하고 있다. 물론 바돌리오에 대해서도 마찬가지다. 이미 9월 3일 시칠리아에서 휴전 협정을 체결했으나, 이탈리아 함대가 연합군 항구로 들어가 합류할 시간을 벌기 위해 그 사실을 비밀에 부치고 있었던 것이다.

독일은 이대로 얼마나 더 버틸 수 있을까?

러시아에서는 비참하게 밀리고 있고, 연합군은 이탈리아에 확고한 거점을 마련했으며, 곧 발칸반도에서도 그렇게 될 것 같다.

덴마크에서는 사형 선고가 잇따른다. 더 이상 스웨덴 신문을 구할 길도 없으니 덴마크 사람들의 고통은 더 커지고 있다. 많은 이들이 스웨덴으로 탈출하고 있다.

9월 10일

이탈리아 상황이 유쾌하지 않게 돌아가고 있다. 라디오 저녁 뉴스는 독일군이 로마 외에도 이탈리아의 다른 지역을 점령했다고 발표했다.• 이제 독일과 이탈리아가 맞붙어 싸우고 연합군까지 가세하고 있다. 비토리오 에마누엘레 국왕은 아들 움베르토에게 왕위를 물려주고 퇴위했다고 한다.•• 마리 조제 왕세자비는 네 아이를 데리고 다른 나라로 도피한 듯하다. 독일은 연합군의 침공이 예상되는 알바니아를 점령했다. 오랫동안 고통 받아 온 이탈리아 국민을 보면 안타까움이 가득하다. 아, 가

• 9월 8일에 연합군과 휴전 협정을 체결했음에도 독일군은 즉각적으로 이탈리아 북부와 중부를 점령하고 나치의 괴뢰 정부인 이탈리아 사회 공화국을 세웠다. 이는 살로 공화국으로도 불리는데, 세포된 무솔리니를 구출하여 정부 수반으로 삼았다.

•• 무솔리니를 총리로 임명하고 파시즘을 방조한 비토리오 에마누엘레의 퇴위를 요구하자 왕은 움베르토에게 왕좌를 승계했다. 하지만 국민들의 반왕정 정서가 팽배하고, 1946년 이탈리아에 공화제가 선포되면서 움베르토 2세는 폐위되었다.

여운 사람들! 이들은 이제야 한숨 돌릴 수 있을 거라 믿었을 텐데. 모든 것이 더 나빠져 버렸다.

9월 20일

모든 전선이 독일에 끔찍하게 돌아가고 있다. 이탈리아에서 살레르노 전투•가 벌어지고 있는데, 처음에는 연합군의 패색이 짙었다. 그래서 독일은 이 전투를 두고 새로운 됭케르크 전투••라고 선전했지만, 결국에는 연합군이 막대한 손실을 치르면서까지 승리한 것이 틀림없다. 러시아 전선에서도 독일군 상황은 재앙에 가깝다.

저 끔찍한 인간이 대체 무슨 헛소리를 지껄이는지 모르겠다! 이탈리아의 비참함은 이루 말할 수 없다. 독일과 연합군이 이탈리아 영토에서 격렬한 전투를 벌이면서 이탈리아 사람들은 서로 다른 편에 서서 싸우고 있다. 무솔리니는 수치심을 지우려고 더 많은 피를 쏟자고 한다. 차라리 그가 자신의 피를 쏟아야 마땅하지 않겠는가.

목요일 밤에 버섯 채집에 나섰다 기진맥진해서 돌아왔다. 10시경 잠에 들려는데 전화벨이 울렸다. 에세•••였다. 그는 코

• 연합군이 처음으로 이탈리아 본토에 대규모 상륙 작전을 감행했다. 이는 곧 독일군 축출로 이어졌다.

•• 1940년 6월 5일 일기 및 관련 스크랩 참고.

••• 린드그렌의 아들 라르스가 덴마크의 위탁모 스테벤스 부인 아래서 자라던 시절에 형제처럼 함께 자랐다.

펜하겐에서 오전 일찍 출발해 기차에서 내리자마자 곧장 우리 집으로 달려왔다. 코펜하겐에 있는 스웨덴 영사는 스웨덴 국적을 지닌 모든 사람에게 강력히 귀국을 권고했다. 스웨덴 국적을 갖고 있지만, 스웨덴어를 한 마디도 못 하는 에세가 고향으로 돌아오는 데에 세계 대전이 필요했던 셈이다. 에세는 자기 확신에 가득 찬 목표 지향적인 젊은이였고, 집에 들어서는 모습에서 강한 에너지가 느껴졌다. 그는 덴마크의 상황에 대해 폭포수처럼 이야기를 쏟아 놓았는데, 비참한 현실과 사보타주에 대한 것이었다. 그는 모든 덴마크의 젊은이가 '불법'이라는 걸 알면서도 사보타주에 가담하고 있다고 주장했다. 에세는 라세에게 독일 유니폼을 입고 공장 하나를 폭파하는 일을 도왔다고 털어놓았다. 청년이 애국 활동에 열정적으로 몸을 던지는 것은 이해할 수 있지만, 그것이 늘 좋은 방향으로 향하는 것만은 아니다. 이런 식의 파괴는 인간 내면에 자리한 파괴적 성향이 불안정한 형태로 깨어난 것으로, 공장을 폭파하거나 유리창을 깨는 것이 허락되지 않는 평범한 일상으로 돌아가는 일이 쉽지 않을 수도 있다.

9월 26일

얼마 전, 이든이 하원에서 헤스의 영국 방문에 대해 언급했다.•

• 1941년 5월 13일 일기 참고.

헤스가 제출하려 했던 것은 평화 계획이었다. 그는 영국이 제국에서 자유롭게 행동할 권리를 보장받고, 독일은 유럽에서 자유를 확보해야 한다는 생각이다. 이를 위해 독일의 과거 식민지를 반환하고 러시아를 아시아로 내몰아야 한다는 조건이 포함되어 있다. 영국이 평화를 위해 이러한 조건에 동의하지 않는다면, 독일은 영국을 완전히 제압하고 지배 아래 두겠다고 위협했다. 헤스는 히틀러의 동의 없이 영국에 왔다고 주장하지만, 어쨌거나 그가 제안한 계획은 히틀러의 의도를 반영한 결과다.

스몰렌스크가 함락되었다! 곧 키이우 차례가 될 것이다. 러시아가 독일을 국경 밖으로 내몰고 있다.

10월 3일

이제 덴마크에서도 독일인의 유대인 박해가 시작되었다. 수천 명이 강제 이송될 예정이라고 한다. 스웨덴 정부는 베를린에 강력하게 항의하는 동시에 모든 덴마크계 유대인을 수용하겠다고 제안했다. 하지만 이러한 주장은 어떤 효과도 내지 못할 것이 분명하다. 그사이 수많은 유대인이 우리에게로 도망쳐 오고 있다.

나폴리가 연합군 수중에 들어갔다. 곧 로마 차례다.

우리는 가스를 절약해야만 했고, 결과적으로 다시 따뜻한 물이 나온다. 집안일이 얼마나 수월해졌는지 모른다. 《다겐스 뉘

헤테르》의 '쉰다그스니세스트릭스'에 온수 문제에 관한 감동

351p 적인 기고문이 실렸다.

10월 10일

352p 오려 붙인 옛 나치 당원의 선언문은 최근의 기류 변화를 무척 잘 설명한다. 이것은 덴마크에서 벌어지는 유대인 박해에 대한 스웨덴의 분노도 잘 드러낸다. 현재 유대인 난민들이 외레순드 해협을 건너 몰려오고 있는데, 독일은 유대인들을 막기는커녕 신경조차 쓰지 않는 것 같다. 우리는 6,000명의 덴마크 난민을 받아들여야 하고, 그중 대부분이 유대인이라고 한다.

스웨덴의 반유대주의자들은 선동 총력전을 펼치며, 난민을 살인과 강간을 일삼는 무리로 묘사한 전단을 뿌리고 있다.

요즈음 나는 루트가 겪는 비극을 바라보며 깊은 우울감에 빠졌다. 목요일 저녁에 끔찍한 일이 벌어졌고, 아직도 그 일을 믿고 싶지 않다. 그녀는 어제 석방되었지만, 3주 동안 판결을 기다려야 한다. 오늘 루트와 통화했는데, 땅으로 꺼질 것 같은 그런 어두운 목소리는 한 번도 들어 본 적이 없다. 전쟁만 아니었다면 그녀는 그런 일자리를 얻지 않았을 테고, 그렇게 끔찍한 유혹에 노출되지도 않았을 것이다. 간접적이지만 이것 역시 전쟁에서 비롯된 비극이다.

10월 20일

깜빡 잊고 쓰지 못했는데, 며칠 전 이탈리아가, 그러니까 바돌리오의 이탈리아가 독일에 선전 포고 했다. 오늘 신문에 무솔리니가 물러날 것이라는 기사가 났다.• 당연하다. 러시아에서 독일 전선이 무너졌다. 스웨덴의 중재로 예테보리에서 영국과 독일의 전쟁 포로들이 교환되었다.

전쟁 포로가 교환되는 이 사진은 순전히 군인들의 표정 때문에 오려 붙인다. 그 표정은 마치 세상 모든 군인의 그리움을 대변하는 것 같다. 354p

10월 24일

금요일 새벽, 스뫼겐 해안 근처에서 아에로트란스포르트 그리펜 한 대가 격추되었다. 나중에 밝혀졌듯이 독일의 Ju 52의 짓이었다. 그리펜은 피격을 당한 후에도 20분이나 비행을 계속했지만, 연료 탱크가 폭발하면서 불길에 휩싸였고, 암벽에 충돌하며 추락했다. 13명의 승객이 사망했고, 2명이 구조되었다. 사망자 중에는 각각 자녀 2명을 데리고 탑승한 러시아 외교관 부인 2명도 있었다. 기장과 부기장은 부인과 어린아이들을 남겨 놓고 세상을 떠났다. 지난 일요일 스투레는 이사회를 마치

• 무솔리니는 1943년 비토리오 에마누엘레 국왕에게 해임되고 체포되었으나, 곧 독일이 무솔리니를 탈옥시키고 북 이탈리아에 세운 나치의 괴뢰 정부 살로 공화국의 수장으로 임명했다. 그 후 바돌리오가 이끄는 공식 이탈리아 정부가 연합군 편에 서서 독일과 싸웠고, 독일군이 불리해지자 무솔리니도 물러날 것으로 보았다.

고 환한 얼굴로 돌아와 영국행 비행기를 타게 되었다고 말했다. 다행히 공지가 있을 때까지 당분간 항공편이 중단되었고, 스투레가 비행기에서 죽을 일은 없게 되었다.

어제 나는 한 덴마크 유대인의 편지를 읽었다. 게슈타포가 불법 활동을 함께한 동료 이름을 추궁하며 어떤 사람의 손톱을 모조리 뽑았다고 한다. 그는 고문을 당하면서 불법 활동에 가담한 몇몇 동료의 이름을 발설했고, 발설한 사람 중에는 편지를 쓴 사람도 있어 스웨덴으로 도망쳐야 했다고 한다. 또 80세가 넘은 유대인 여성 이름도 여럿 언급했는데, 독일군이 이 여성들을 폴란드로 이송하는 도중에 배의 짐칸으로 떠밀어 목이 부러졌다고 한다. 여기서 거론된 사람 모두 편지 수신인이 알고 있는 이들이었다. 또한 이 편지를 쓴 사람은 열한 살짜리 덴마크 유대인 소녀들이 독일 사창가로 끌려갔다고 주장했다.

이제 우리가 할 수 있는 유일한 일은 이 모든 일이 사실이 아니기만을 바라는 것이다.

11월 7일

모스크바에서 연합국 회의가 열리고 있는데도 이에 관해 한 마디도 쓰지 않다니, 난 정말 미쳤나 봐.• 회의가 늘어진다. 영국과 미국의 외무부 장관 이든과 헐이 그 회의에 참여하고 있다.

• "올레가 죽었는데도 빨간 바지를 입었다니, 난 정말 미쳤나 봐."라며 불쑥 말을 뱉은 스몰란드 가정부의 말을 인용.

모든 사람이 이 회의에 관심을 가지고 있는데, 특히 핀란드와 몇몇 나라에서 이 회의 결과를 초조하게 기다리고 있다.

곧 11월 11일, 종전 기념일이 다가온다. 한 신문에서는 11월 11일 강박증이 독일을 휩쓸고 있다고 보도했다. 사실 전 세계가 독일의 붕괴를 점치고 있다. 동부 전선에서 상황이 이렇게 불리하게 돌아가고 있으니, 그리 오래 걸리지도 않을 것이다. 그제 최근 독일에 다녀온 한 부인을 만났다. 그 부인은 독일 사람들이 웃음을 잃었다고 말했다. 창백한 얼굴로 모든 것을 체념한 것 같다고 한다.

바돌리오는 비토리오 에마누엘레에게 퇴위를 요구했다고 한다. 그것이 사실인지 아닌지 알 수 없지만, 사보이 가문이 이 전쟁에서 왕좌를 지킬 가능성은 희박해 보인다.

덴마크 국왕에 관해 많은 소문이 떠돌고 있다. 독일이 덴마크에 다윗의 별을 도입하려 했을 때, 국왕은 "내가 가장 먼저 다윗의 별을 달겠다."라고 말했다는 것이다. 결국 덴마크에는 다윗의 별이 도입되지 않았다. 또 독일이 아말리엔보르 왕궁에 나치 깃발을 게양하려 하자 국왕은 "덴마크 병사가 즉시 깃발을 내릴 것이다."라고 말했다고 한다. 그러자 독일 사령관이 "그 덴마크 병사는 총살당할 것이다."라고 답했고, 국왕은 "그 덴마크 군인이 바로 나다."라고 응수했다는 내용이다.

11월 11일

오늘은 제1차 세계 대전이 끝난 지 25주년 되는 날이다. 오늘도 예전처럼 몇 분간 묵념하게 될까. 그러지 않을 것 같다. 세계 곳곳에 묻힌 '무명의 군인'을 누구라도 기억해 줄까. 아니면 매 순간 수많은 전선에서 싸우는 또 다른 무명의 군사들에 가려 그들은 오늘 같은 날에도 잊혀지는 걸까. 자비로우신 주님, 이 전쟁이 곧 끝을 맺게 될까요?

오늘 저녁 라디오에서 〈1918년 추모 공원에서〉라는 역사극을 들었다. 가슴이 아팠다. 1918년은 인류 역사상 평화롭지 못했던 마지막, 정말 마지막 해였어야 하지만, 인류는 이 쓰라린 경험으로부터 아무것도 바꾸지 못했다. 솜강•과 마른강••에서 전사한 이들에 대해 듣는 것은 정말 서글펐다. 이 모든 일이 겨우 25년 만에 반복되다니, 이들은 덧없고 헛되이 전사하고 말았다.

올해 종전 기념일에 신문은 이탈리아 유대인들에 대한 박해와 고무적인 소식을 실었다. 이 종전 기념일에 나는 처음으로 라르스를 안과에 데려갔다. 라르스의 눈이 더 이상 나빠지지 않길 바랄 뿐이다. 이 종전 기념일에 나는 카린과 알리네 집에서 열리는 커피 모임에 갔다. 이날 우리는 대여한 피아노를 서

• 1916년 서부 전선에서 벌어진 솜강 전투는 최초로 전차가 투입되었고, 미미한 성과에도 불구하고 100만 명 이상의 사상자가 발생해 대량 희생의 상징이 되었다.

•• 1914년과 1918년 마른강에서 벌어진 전투는 독일군의 파리 진격을 저지하고, 전세 전환의 분수령이 되었음에도 무고한 희생이 많았던 전투로 꼽힌다.

투르게나마 뚱땅거렸다. 이 종전 기념일에 스투레는 위원회에 참석했다. 나는 너무 피곤해서 더 이상 글을 쓸 수 없다. 아이들은 벌써 자기 침대에 누워 곤히 잠들었다.

11월 29일

이제 대림절에 접어들었고, 우리는 크리스마스를 기다린다. 사람들은 벽난로 앞에 편히 모여 앉아 집에서 보내는 시간을 즐기고 있다. 다른 사람은 모르겠지만 나는 정말 기쁘다.

크리스마스를 앞두고 베를린 사람들이 어떻게 지내는지 궁금하다. 이번 주 베를린에 무차별 폭격이 시작되었다. 도시는 차례차례 폐허가 되어 가고 있다. 너무 끔찍해서 생각도 하고 싶지 않다. 전쟁에서 승리하기 위해 영국이 이런 일을 저지르는 꼴을 보고 싶지 않다. 물론 독일이 바르샤바, 로테르담, 코번트리, 런던 등지에서 이미 본을 보였지만, 그렇다고 덜 끔찍한 것도 베를린에서 일어나는 일을 합리화할 수 있는 것도 아니다. 사람들은 영국이 독일처럼 행동하기를 원하지 않는다. 나치들만 처치된다는 보장이 있다면 모르지만, 무고한 사람들의 희생이 너무 크다. 게슈타포와 사형 집행 하수인들을 한곳에 몰아넣고 완전히 폭파해 날려 버린다 해도 나는 그들에게 최소한의 동정심도 느끼지 않을 것이다.

스웨덴에는 이제 난민들이 넘쳐난다. 이곳에 5만 명이 있다. 직장에 난민들의 우편물이 홍수처럼 밀려들고 있다.

12월 3일(금요일 저녁)

17년 전 바로 이날 금요일 저녁, 나는 산통을 겪으며 누워 있었다. 얼마나 아팠던지! 오늘 밤에는 아무 통증 없이 잠들 수 있으니 정말 다행이다. 내일 아침 라르스는 열일곱 살이 된다. 라르스가 독일에 살았다면, 라르스는 전시 복무를 위해 소집되었을지도 모른다. 전선으로 곧장 투입되지는 않더라도 말이다.

독일이 또다시 극악무도한 짓을 저질렀다. 11월 30일, 노르웨이 대학생들이 모두 체포되었고 독일로 이송될 것이라고 한다. 스웨덴 정부는 이에 대해 강력히 항의했지만, 결과가 어떨지 아직 알려지지 않았다. 아직까지는 강제 송환이 시작되지 않았다. 스웨덴에서 이에 대한 분노가 거세지면서, 스웨덴 학생들이 항의 시위를 벌이고 있다.

베를린에는 폭격이 끊이지 않고 있다. 어젯밤 폭격이 가장 끔찍했다.

크리스마스

크리스마스 아침, 나는 스투레와 카린과 함께 스칸센에 갔다(라세는 같이 가고 싶어 하지 않았다. 더 자고 싶어 했다.). 그동안 할머니가 집을 지키면서 오븐에 귀리 과자를 굽다 태우고 말았다. 요즈음은 흐리고 습한 가을 날씨가 이어지면서 땅에 서리도 앉지 않고 눈 한 송이 내리지 않았다. 땅이 얼지도 않았는데 발이 시렸다. 하지만 스칸센은 너무 아름다웠고 인적이 드물었다. 수줍어하는 다람쥐에게 먹이를 주려 하자, 박새가 날개를 퍼덕이며 날아와 우리 손으로 내려앉았다. 작은 노루도 마음대로 뛰어다니다 우리에게 다가와 킁킁거리며 냄새를 맡았다.

그런 다음 우리는 집으로 돌아와 푸짐하게 차려진 크리스마스 음식을 먹었다. 이제 벽난로 앞에 앉아 이렇게 글을 쓰고 있다.

이번이 전쟁 중에 맞이한 다섯 번째 크리스마스인데, 이전보다 먹을 것이 많다. 냉장고에는 커다란 햄 두 덩이, 수육, 페이스트와 갈비, 청어 샐러드, 커다란 치즈 두 덩이, 소금에 절인 고기가 있다. 그 밖에도 양철통마다 과자를 채워 놓았다. 진저브레드, 귀리비스킷, 반지 과자, 핀란드 막대기 과자, 향신료, 케이크, 머랭 등이다.

스톡홀름에서 맞이한 두 번째 크리스마스다. 이번에도 좋은 시간을 보내고 있다. 올해는 카린이 아프지 않아 다행이다. 카린이 예수님의 탄생 이야기를 우리에게 읽어 주었고, 산타클로스도 찾아왔다. 크리스마스 선물 자루가 너무 무거워 카린은 그 자루를 겨우 끌어다 놓았다. 스투레와 나는 서로에게 반쪽짜리 램프를 선물했다. 2개를 합해야 온전한 하나가 되는 이 램프는 파란 몸체에 은은한 비단 갓을 쓰고 있다. 당연히 아이들도 선물을 받았다. 라르스는 스포츠 셔츠, 넥타이, 모직 목도리, 스포츠 장갑, 팬티 두 장, 퍼즐, 군것질, 책 세 권(《붉은 집의 비밀》, 《채퍼 K》, 《마지막 짝꿍》) 사진 필름 두 통, 돈, 빗, 실내화를 받았다. 카린은 실내화, 스케이트, 스키 외투, 빗, 양말, 장갑, 내가 짠 하얀 스웨터, 그림물감 상자 두 통, 펠레 스반슬뢰스에 관한 책《이제 휘파람을 불 시간입니다》와《돌아온 메리 포핀스》,《잊지 못할 이야기》, 돈, 군것질거리도 받았다.

내일은 크리스마스를 맞아 프리스 가족이 밥을 먹으러 온다. 27일에는 라르스와 카린이 스몰란드로 떠난다. 나는 새해에 아이들을 따라갈 예정이다.

나는 우리만큼 운 좋은 사람을 알지 못한다. 1월 1일부터 스투레의 연봉이 4,000크로나가 오른다. 게다가 크리스마스에는 아빠와 엄마가 또 1,000크로나를 보내 주셨다.

나는 집에서 크리스마스의 행복을 만끽했다. 크리스마스 내내 우리가 크리스마스를 즐길 수 있으며 세계의 한 모퉁이에서 평화롭게 사는 것에 대한 감사에 사로잡혔다. 진부하게 들리겠지만, 이것은 진실이고 말로 표현할 수 없을 만큼 감사하다. 나는 올해가 인생에서 가장 행복한 시기라는 것을 잘 알고 있다. 누구에게도 이러한 행운이 지속될 수는 없으니까. 언젠가 내게도 시련이 닥칠 수 있겠지.

불행과 고통으로 가득 찬 세상에서는 모든 것이 훨씬 더 선명하게 모습을 드러내는 법이다. 어제 독일 어린이 합창단이 투명한 목소리로 〈고요한 밤, 거룩한 밤〉을 부르는 것을 듣다가 요동치는 감정에 부엌으로 건너가 눈물을 흘렸다. 천사 같은 목소리를 지닌 이 아이들이 타인을 향한 폭력을 목표로 삼는 나라에서 자라고 있다니.

올가을 체코 사람이 집필한 《죽은 자들이 지켜보고 있다》가 출판되었다. 이 책은 하이드리히•가 암살된 후, 독일군이 체코의 리디체라는 마을을 없애 버리는 과정을 다룬다. 마을 사람 그 누구도 암살 사건과 관련이 없었지만, 독일군은 이 마을을 본보기로 삼기로 했다. 결과적으로 열여섯 살 이상의 남자 주민들은 직접 자신의 무덤을 판 후 총살당했고, 여자들은 강제 노역에 동원되었다. 세 살 넘는 아이들은 화물차에 실려 어디로 가는지도 알지 못한 채 끌려갔다. 157명의 아이들을 원래 절반 정도만 태울 수 있는 좁은 공간에 욱여넣었다. 아이들은 계속 서 있어야 했다. 책에 따르면 7시간 동안 차를 몰았고, 목적지에 도착했을 땐 이미 많은 아이들이 죽어 있었다. 이러한 진술이 얼마나 진실과 맞닿았는지 알지 못하지만, 그중 절반만 사실이라 해도 독일은 영원히 하늘에 목 놓아 울부짖을 만큼 끔찍한 살인을 저지른 것이다. 이런 일이 있고 나서 마을 전체가 흔적도 없이 폭파되었다. 24시간이 지나자, 이 작고 평화로운 마을에 평화로운 사람들이 살았다는 것을 기억할 그 어떤 흔적도 남지 않게 되었다.

이러한 행위가 〈고요한 밤, 거룩한 밤〉을 만든 민족의 손으로 이루어졌다.

• 라인하르트 하이드리히는 나치 친위대와 게슈타포의 악명 높은 핵심 지도자다. 1942년 5월 27일 체코 저항군의 공격으로 부상 당해 병원으로 이송되었지만, 6월 4일 사망했다.

며칠 전 읽은 어떤 편지에서 아르눌프 외베를란이 쓴 이런 패러디를 발견했다.

고요한 밤, 거룩한 밤!
게슈타포가 아버지를 끌고 갔어!
아버지가 어디로 갔는지 아무도 몰라.
아버지가 살아 계신지 아무도 몰라.
게슈타포는 말했지. 옷 입어!
그렇게 아버지를 끌고 갔어.
이 땅에 평화가 있기를, 이 땅에 기쁨이 있기를!
형제의 배신을 조심해!
형제가 네게 입 맞추면 넌 잡혀갈 거야.
그러고 나면 '겨울 원조'도 너를 따뜻하게 하지 못해.
양의 탈을 쓴 늑대가
우리들 사이에 숨어서 잠자고 있어!

성탄의 기쁨, 영원한 기쁨!
오늘은 기관총 소리네!
이리 오렴, 푸른 전나무 가지로 시신을 장식하자.
예수님을 기쁘게 하자.
서 번 양쯔강에서도 천사는 영원히 노래하네.

아르눌프 외베를란

12월 27일

독일 전함 샤른호르스트호가 어제 오후 노르카프에서 영국 해군에 의해 침몰당했다. 이제 독일 함대가 얼마 남지 않았다. 356~359p

카린, 카롤리나 린드그렌, 아트스리드, 스투레.

크리스마스이브, 1943년.

Beträffande stridande militär personal ägde under hela tiden 9 april—10 juni 1940, eller den tid då norska soldater kämpade mot tyska trupper i Norge, ingen som helst transitering rum till Norge. Ej heller transiterades krigsmateriel av något som helst slag under denna tid, trots att under senare hälften av april och maj samt i början av juni 1940 officiella och inofficiella framställningar därom gjordes.

Officiell begäran om transport avböjdes.

Samtliga avböjdes av svenska regeringen. Detta skedde dels med hänvisning till Sveriges vid krigets början och senare — genom statsministerns radioanförande den 12 april 1940 och den officiella kommunikén av den 22 april samma år — deklarerade ståndpunkt, dels med framhållande av att sådan transitering skulle av svenska folket betraktas som vanärande för svensk nationalkänsla och framkalla allmän förtrytelse och skamkänsla. Hänsyn till denna det svenska folkets syn på sin heder och ära var i sista hand avgörande för svenska regeringens ställning rörande transitering av krigsmateriel.

2 läkare och 290 sjukvårdare, svensk militär tillfrågades.

Den 25 april, 1, 12, 15, 23 och 29 maj samt 6 juni 1940 transiterades i olika stora grupper, den största omfattande 81 man, sammanlagt 2 läkare och 290 man sjukvårdspersonal. Detta medgavs av svenska regeringen av humanitära skäl, då det tyska detachement som stred i Nord-Norge från början praktiskt taget saknade sjukvårdspersonal. Innan medgivandet

lämnades tillfrågades ansvarig s
militär myndighet om det begärc
talet sanitetspersonal ej kunde
vara för stort, utan stod i rimlig
hållande till den ifrågavarande
militära styrkans storlek. I
verket uppgick antalet endast
proc. av det antal som enligt g
militärt beräkningssätt borde
vid truppförband av ifrågava
styrka. De järnvägsvagnar som
iterades 20—25 april 1940 — på
av snöhinder tog transporten s
lång tid —, sammanlagt 34 st
innehöllo 24,6 ton sjukvårdsma
däribland skrymmande röntgenu
ning och annan klinisk ma
348,3 ton livsmedel samt 21,8 to
despersedlar, däribland filtar, li
del och klädespersedlar till st
behövliga för den norska civilb
ningen. Alla dessa vagnars in
kontrollerades dels av svensk tu
sonal, dels av en tjänsteman i
kesdepartementet.

D.N. 29.1.43

Detta är faktiskt intressant, tycker jag. Sorgligt nog lär det vara en spridd uppfattning i Norge, att vi i Sverige

släppt igenom tyska
trupper, medan striderna
i Norge ännu pågick.
Det är skamligt av
G. H. T. att sprida ett
sådant påstående.
Vi var ju livrädda för
tysken då – i april
1940 – och låg i "giv
akt" vid gränserna
– hur skulle vi då
kunna släppa igenom
trupper? Jag tror det
inte. Men permittent-
tåg har vi ju släppt
igenom, sedan striden
var slut, och gör fort-
farande; det kunde
vi gärna sluta med.
Roosevelt och
Churchill har träffats
i Casablanca och

'스웨덴에 해를 끼친 《예테보리 한델스 오크 셰페르츠 티드닝》의 여론 확산. 외무부 장관의 서한에 대한 언론위원회의 성명', 《다겐스 뉘헤테르》(이하 DN), 1943년 1월 29일.

— Även här hade man av våra str
dragt den slutsatsen att huvudvik
framför allt låg hos fyra vapen: stri
vagnar och pansarvärnskanoner, flygp
och luftförsvar.

Vad är Europa över huvud taget
Ryssland? När man på jordgloben
det väldiga riket och jämför Europa n
det, måste man fråga sig om vi verkli
med rätta kunna kalla oss för en e
kontinent. Denna fråga har en rysk
ficer, som stod Stalin mycket nära, k
besvarat.

**— Europa är i bästa fall en s
rysk provins, ett konglomerat av ota
stater, som inbördes ligga i fejd.
är tyskarna som hittills förmenat
tillträdet till Europa. Allt annat be
der ingenting för oss. Kunna vi öv
vinna Tyskland, då äga vi Europa.**

**— Om nu, betonade riksmarskal
vidare, i detta Europa finnas bunds
vanter och vänner eller neutrala e
mot oss fientligt sinnade stater, de
mer måste de förstå — och de veta
också — att ryssarna icke, om de
Tyskland skulle bryta samman, sk
stanna av någon inre högaktning för
svenska eller schweiziska eller nå
annan neutralitet. Bolsjevismen skul
samma ögonblick ha rasat igen
Europa ända till den yttersta spets**

**Herr Molotov lät en gång hos oss sk
ta fram att ett mycket gott samförst
i fortsättningen skulle vara möjligt m
Tyskland om vi skulle blunda vid ett an
anfall mot Finland. Det skulle ha be
det slutliga tillintetgörandet av Finla
Därutöver skulle ryssen givetvis gen
ha kastat sig över de svenska ma
områdena och lagt beslag på de is
hamnar, vilka han sedan lång tid tillb
traktat efter.**

**På den andra sidan ville han förkl
Rumänien som sin intressesfär.**

— Och nu, mina kamrater, antingen
är fältmarskalk eller rekryt, ber ja
tänka på, i vilket läge vår ledare va
han i sin politiska genialitet full
måste inse den dödliga faran. Vår le
stod inför sitt allra svåraste beslut i
liv men även inför det historiskt mes
tydelsefulla avgörandet. Det blev icke
för honom att leda det tyska folket
denna strid. Han med sin världsblick
politiska och strategiska genialitet v
att detta skulle bli den svåraste av
strider. Han fattade ett beslut om vä
landets bestånd eller undergång — b
tet att hämma den bolsjevistiska
vågen.

marskalken förklarade vidare att på tysk sida har en noggrann bild av de ryska förlusterna, vilka vid lämplig punkt skola tillkännagivas.

mber av människor offrar Stalin, det vill, för att återerövra de för n viktiga områdena. Hos bolsjeär det emellertid icke fråga om assinsats av nya årsklasser som utan till största delen är det 16-jkar och gubbar i främsta linjen, är bakom kommissariernas linjer at upp, yttrade han.

framhöll längre fram i talet att stridsvagnar som visat sig under get blivit sämre till konstruktion till följd av människomassorna enom vintern förändrade terrängdena ha ryssarna lyckats bryta in ska och de förbundna truppernas front. Tyskarna ha dock orubbligt tståndet uppe.

rden av det pågående världskriget, av striden mot Sovjetunionen, be tal. med orden: frihet eller för- Med ryssarna kan aldrig någon kommelse träffas.

nna strid måste endera av parter- tplånas, och det kommer att bli vismen. Om judarna kunde ta d på Tyskland, skulle de i sitt hat a det tyska folket.

om vidare in på frågan om veder- för de brittiska flyganfallen mot a befolkningen och förklarade, att gång i öster bolsjevismens sista dskraft brutits — och denna stund villkorligen komma — skall de dningen noga ihågkomma det fak- England terririserar den tyska ci- kningen, emedan det icke kan stri- n annan stans. Jag skall då till- ergälda slaget, sade Göring.

om nu hänt på ostfronten är, att a inför den ryska övermakten upp- liten del av det jättestora landet, tidigare erövrat för att på nytt ordna sitt försvar.

n en symbol för den gigantiska mätningen mot bolsjevismen fram- Göring Stalingrad, som han jämför- ed både Termopylæ och med Nie- garnas strid.

är besättningen i Stalingrad, som sitt blod, sitt hjältemod och sin het möjliggjort för den tyska ningen att organisera motståndet ya linjer, som nu uppnåtts. nen i Stalingrad har inte blott haft ja ärans lag utan även de hårda som krigföringen uppställer, och gjort det med en pliktuppfyllelse, te kan överträffas. Stalingrads hål- till varje pris skall alltså ingå i ka strategiska planerna. Inför den hjältesång, som skapats i Stalingrad måste nu alla småaktiga hänsyn och klagolåtar på hemmafronten tystna, sade riksmarskalken. Inför Stalingrad måste även Europas darrande inse att striden i öster gäller hela Europas räddning.

I övrigt betonades att apellen, som ju egentligen riktade sig till den tyska krigsmakten även gällde varje enskild tysk. Den fortsatta striden kommer att kräva ytterligare hårda offer och ingen får vägra att göra sin yttersta insats.

Det vore emellertid felaktigt om man på motståndarsidan inbillade sig, att de åtgärder, som de senaste dagarna träffats för den totala mobiliseringen, vore att anse som en sista kraftyttring av den tyska nationen. Dess kraft är fortfarande liksom dess segervilja obruten.

Göring slutade sitt tal med en hyllning till Adolf Hitler som hela det tyska folkets fältherre och ledare. Han gav härvid uttryck åt sin orubbliga visshet om att tyskarnas och deras bundsförvanters vapen skulle hemföra slutsegern. — Granberg och TT.

Tänk att ha mage att stå och säga något dylikt åt det stackars plågade tyska folket, att "de gångna tio åren visat, vilken inneboende kraft vår

출처 알 수 없음.

Jag måste klistra in Goebbels tal och Hitlers proklamation också. Hitler ligger väl förmodligen och tuggar mattor nu i dag igen, eftersom han inte talade själv.

BERLIN, söndag

T.T. från D.N.B. Riksministern d:r Goebbels höll på lördagseftern dagen i Berlins Sportpalast med anledning av tioårsdagen av maktö tagandet ett tal, i vilket han betonade att det sedan 1933 varit tradition Hitler varje år personligen givit det tyska folket parollen för det komm de kampåret. "Rikskansler Hitler har", fortsatte Goebbels, "givit mig i u drag att meddela er att det varit hans hjärtligaste önskan att även i dag till nationen. Han beklagar liksom vi att behöva bryta denna tradition, blivit ett inre behov för oss. Men den hårda nödvändigheten i krigs ningen tillåter honom icke för ögonblicket att lämna sitt högkvarter, från ket han leder de stora försvarsstriderna i öster. Han vänder sig därför proklamation till det tyska folket."

I en återblick över händelserna under le gångna åren påpekade d:r Goebbels att Tyskland avvärjt alla faror och kriser. "Som det varit i det förgångna skall det också bli nu och i framtiden. För oss har det sedan gammalt varit en fast och orubblig grundsats att ordet kapitulation icke finns i vårt ordförråd. Därvid förbli vi och komma alltid att förbli. Strid har alltid varit parollen för den nationalsocialistiska rörelsen, och strid har varit vår lösen ända till i dag. Liksom vi icke fingo något till skänks då skola vi icke få det nu. Vi måste själva erövra allt åt oss och arbeta oss till allt. Under de nuvarande mycket svåra striderna på östfronten tror motståndaren än gång att han kan triumfera över fientliga tidningarna innehålla up om att undantagstillstånd proklam Tyskland. Jag kan däremot slå Tyskland råder blott ett tillstånd tal beredskap från vårt folks sida att koncentrera dess krafter på kri segern. Vi skola från och med n allt upptänkligt för att påskynda Det är därvid alldeles likgiltigt om våra fiender icke ta oss på vår beslutsamhet. Att bli under av fienden är alltid en god hjälp Man kommer på fiendesidan att än man tänkt sig få känna på res av vårt fanatiska arbete.

"Vanärande att jämföra oss med England."

gelska tidningar har man i dessa
unnat läsa att den tyska lednin-
n nuvarande nöd och sitt betryck
å det engelska folkets motstånds-
ter katastrofen vid Dunkerque för
det tyska folket mod. Jag förkla-
för kategoriskt: ingen tysk stats-
:h ingen tysk tidning ha nedlåtit
något så vanärande. Jag vet ej
någon orsak varför det tyska fol-
st skulle behöva åberopa sig på
gelska folket för att komma till
ed de jättelika svårigheterna un-
ta vinterkrig. Ett folk vars historia
r en Fredrik den store behöver
ka efter förebilder i den engelska
n.

n människa tänker på att bagatel-
lenna världskamps svårigheter. Den
hård som tänkas kan, och den stäl-
ermänskliga krav på våra trupper
ras ledning. När fienden hänvxisar
itkra framgångar i vinter, så kun-
blott svara att just de skakat upp
ir vår sista bekvämlighet. Det
folket vill från denna stund kämpa
beta endast för segern. I London
man och säger att vi icke ha
reserver mer till vårt förfogande.
kall fortare än man tänker och ön-
å lära känna dessa reserver. Kam-
m vårt liv närmar sig sin drama-
höjdpunkt. Åtgärder ha vidtagit
e skola de närmaste dagarna följa
ndra vilka skola organisera och
ken genomföra den totala krigsin-
.

bbels läste därefter upp rikskan-
proklamation till det tyska folket
ortsatte:

tro på segern emedan vi ha le-
. När vi i dag se upp till honom
just i honom den kommande slut-
ns säkra garanti. Vi äro fullkomligt
t klara med att den världsavgörande
örelsen i detta krig kommer att fal-
nellan det nationalsocialistiska riket
den bolsjevikiska Sovjetunionen.
ultet av sitt tal sade Goebbels: I den-na dramatiska stund i vår jätekamp mot våra gamla fiender vilja vi blott rikta en bön till den Allsmäktige: att hålla vår ledare frisk och full av kraft och beslutsamhet. Vi veta att vi då skola övervinna alla faror och till slut vinna seger och fred. I hela det tyska folkets namn tillropar jag därför ledaren i den svåraste kampen om vår yttre frihet vår gamla paroll som bekräftelse på vår beredvillighet till allt: Ledare befall, vi följa.

Och så här lät der Führers proklamation:

Först i dag, tioårsdagen av övertagandet av makten, inse vi till fullo vad det hade blivit av Tyskland och Europa, om icke försynen den 30 januari 1933 genom rikspresidenten generalfältmarskalk von Hindenburg överlåtit makten åt nationalsocialismen. Ty systemtidens Tyskland skulle icke ha förblivit vad det var, utan dess politiska och ekonomiska utarmning och militära hjälplöshet hade med nödvändighet lett till en allt större vanmakt gentemot den omgivande världen. Under samma tidrymd bedrev emellertid bolsjevismen redan sedan tio år tidigare en planmässig upprustning av i sanning gigantisk omfattning för ett överfall på Europa.

Vad skulle ha blivit av det tyska folket och Europa, om den nya tyska krigsmakten den 22 juni 1941 icke i sista minuten hållit sin sköld för kontinenten. Vem vill tro att de löjliga garantierna eller de lika värdelösa pappersförklaringarna från anglosachsiska statsmän skulle ha räddat världen från överfall av en makt som, enligt vad amerikanska korrespondenter i dag lugnt framhålla, i tjugu år blott haft ett mål — liksom en gång under folkvandringstiden eller mongolstormarna

왼쪽 괴벨스 '우리의 투쟁이 절정으로 치닫고 있다', DN, 1943년 1월 31일.
오른쪽 '히틀러는 명백한 승리를 약속합니다', DN, 1943년 1월 31일.

— att överfalla Europa, förinta dess kultur och framför allt utrota dess människor för att erhålla slavarbetare till de sibiriska tundrorna? Vilken stat hade, förutom Tyskland, förmått att möta denna fara? När sedan 1941 största delen av Europa sluter upp kring Tyskland i striden mot österns faror, kan detta inträffa blott emedan detta Tyskland år 1933 erhöll de politiska, materiella och moraliska förutsättningarna för att föra en strid som i dag avgör världens öde. Liksom då i det inre två möjligheter funnos, nämligen antingen seger för den nationalsocialistiska revolutionen och därmed en planmässig social nyuppbyggnad av riket eller den bolsjevikiska omstörtningen och därmed förstörelsen och förslavningen av alla, finns det också i dag blott dessa två alternativ: antingen segra Tyskland och de förbundna länderna och därmed Europa, eller också bryter från öster den inreasiatiska bolsjevikiska vågen in över den äldsta kulturkontinenten, precis lika förödande och tillintetgörande som fallet redan varit i själva Ryssland. Blott världsfrånvända fantaster kunna allvarligt tro på det judiska skrytet att en brittisk eller amerikansk pappersdeklaration skulle kunna hejda en sådan folkkatastrof. Då Frankrike och England 1939 utan varje orsak förklarade krig mot Tyskland och därmed igångsatte det andra världskriget åstadkommo de omedvetet blott det goda att den största konflikten i historien utlöstes just i det ögonblick då det tyska riket nådde sin största kraft en strid som enligt vad vi i dag veta sedan lång tid tillbaka beslutats av makthavarna i Kreml och som med varje år skulle ha blivit ännu svårare. Inför omfattningen av denna jättelika kamp förblekna alla andra händelser.

Försynen skänker ej
segern.

Ty om den nya anstormninge
inre Asien mot Europa skulle ha
gång måste den nuvarande v
bryta samman precis så som de
la en gång bröt samman inför h
stormen. Ett flertusenårigt
skulle därmed åter ha varit fö
I stället för ordning i världens
nenter skulle komma kaos och i
för kultur obeskrivligt barbari.
som därför sedan år 1933 uträt
ekonomiskt, kulturellt eller p
område står trots all sin storhet
ka för den uppgift som i dag
förelagd. Om nationalsocialisme
hade skapat någonting annat
som ligger bakom den skulle d
dan vara en av de väldigaste fö
serna i världshistorien, men
skulle trots detta vara förlorat.
vår rörelses underbara väg frå
första tidens få män till makt
gandets dag och sedan fram till
är blott tänkbar och begriplig so
synens vilja att ge det tyska folk
därutöver hela Europa möjligh
med framgång kunna möta det
hot från alla håll. Det kommer
att åligga enbart oss att förstå
börden i detta krig och att fö
oss påtvungna kampen så besl
och så länge tills denna kontin
anses vara slutgiltigt räddad.

**Vad som än må drabba o
ödets slag är ingenting gentem
som alla skulle lida om österns
barhorder förmådde vältra in
vår världsdel. En gång i tiden
go tyska riddare ut i fjärran l
för att strida för sin tros ideal,
kämpa våra soldater i österns
lighet för att bevara Europa
förintelse. Varje enskilt mänr
liv som faller i denna kamp ko**

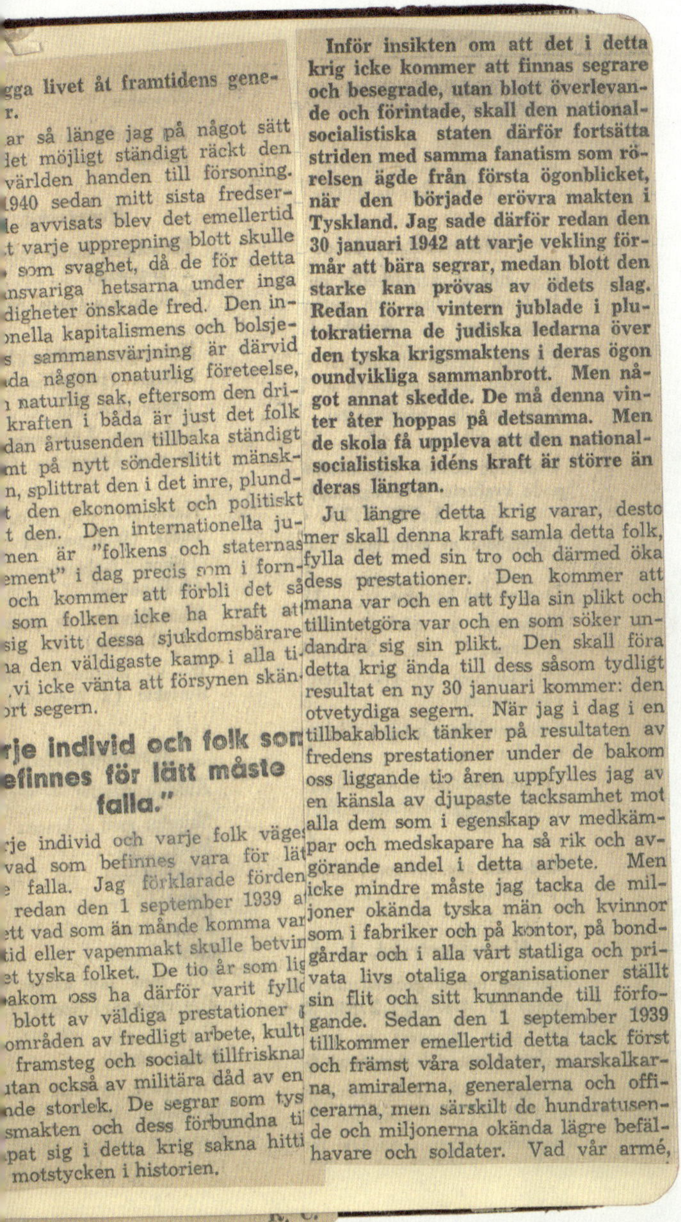

gga livet åt framtidens gene-
r.

ar så länge jag på något sätt
let möjligt ständigt räckt den
världen handen till försoning.
1940 sedan mitt sista fredser-
le avvisats blev det emellertid
t varje upprepning blott skulle
som svaghet, då de för detta
nsvariga hetsarna under inga
digheter önskade fred. Den in-
nella kapitalismens och bolsje-
s sammansvärjning är därvid
da någon onaturlig företeelse,
naturlig sak, eftersom den dri-
kraften i båda är just det folk
dan årtusenden tillbaka ständigt
mt på nytt sönderslitit mänsk-
n, splittrat den i det inre, plund-
t den ekonomiskt och politiskt
t den. Den internationella ju-
nen är "folkens och staternas
ement" i dag precis som i forn-
och kommer att förbli det så
som folken icke ha kraft att
sig kvitt dessa sjukdomsbärare
a den väldigaste kamp i alla ti-
vi icke vänta att försynen skän-
rt segern.

rje individ och folk som efinnes för lätt måste falla."

rje individ och varje folk väges
vad som befinnes vara för lätt
falla. Jag förklarade förden
redan den 1 september 1939 a
tt vad som än månde komma var
tid eller vapenmakt skulle betvin
t tyska folket. De tio år som lig
akom oss ha därför varit fyllda
blott av väldiga prestationer
områden av fredligt arbete, kultu
framsteg och socialt tillfriskna
tan också av militära dåd av en
nde storlek. De segrar som tys
smakten och dess förbundna ti
pat sig i detta krig sakna hitti
motstycken i historien.

Inför insikten om att det i detta krig icke kommer att finnas segrare och besegrade, utan blott överlevande och förintade, skall den nationalsocialistiska staten därför fortsätta striden med samma fanatism som rörelsen ägde från första ögonblicket, när den började erövra makten i Tyskland. Jag sade därför redan den 30 januari 1942 att varje vekling förmår att bära segrar, medan blott den starke kan prövas av ödets slag. Redan förra vintern jublade i plutokratierna de judiska ledarna över den tyska krigsmaktens i deras ögon oundvikliga sammanbrott. Men något annat skedde. De må denna vinter åter hoppas på detsamma. Men de skola få uppleva att den nationalsocialistiska idéns kraft är större än deras längtan.

Ju längre detta krig varar, desto mer skall denna kraft samla detta folk, fylla det med sin tro och därmed öka dess prestationer. Den kommer att mana var och en att fylla sin plikt och tillintetgöra var och en som söker undandra sig sin plikt. Den skall föra detta krig ända till dess såsom tydligt resultat en ny 30 januari kommer: den otvetydiga segern. När jag i dag i en tillbakablick tänker på resultaten av fredens prestationer under de bakom oss liggande tio åren uppfylles jag av en känsla av djupaste tacksamhet mot alla dem som i egenskap av medkämpar och medskapare ha så rik och avgörande andel i detta arbete. Men icke mindre måste jag tacka de miljoner okända tyska män och kvinnor som i fabriker och på kontor, på bondgårdar och i alla vårt statliga och privata livs otaliga organisationer ställt sin flit och sitt kunnande till förfogande. Sedan den 1 september 1939 tillkommer emellertid detta tack först och främst våra soldater, marskalkarna, amiralerna, generalerna och officerarna, men särskilt de hundratusende och miljonerna okända lägre befälhavare och soldater. Vad vår armé,

앞 페이지에서 계속.
“명백한 승리를 약속합니다……,”

ar flotta och vårt flyg åstadkommit i fråga om stolta hjältedåd skall, bekransat av det oförgängligas lager, gå till historien. Vad den okände grenadjären måste uthärda kan nutid och framtid väl knappast göra sig en föreställning om. Uppifrån den höga norden och ned till den afrikanska öknen, från Atlantiska oceanen till vidderna i öster, från Egeiska havet till Stalingrad ljuder en hjältesång som skall överleva årtusenden.

"Totala arbetet måste stegras än mera."

Att hemmafronten visar sig jämbördig med dessa enastående och just under dessa dagar så svåra prestationer är ett hedersbud för den. Även om den hittills i stad och på land lämnat sitt väldiga bidrag till genomförandet av denna strid, måste nationens totala arbete nu stegras ännu mera. Våra soldaters hjältekamp vid Volga skall vara en maning för alla att göra det yttersta i striden för Tysklands frihet och vårt folks framtid och därmed i vidare bemärkelse för bevarandet av hela vår kontinent. Det nationalsocialistiska partiet är skyldigt att, liksom alla dess medlemmar inom alla vapenslag av vårt krigsmakt, tävla med varandra i mönstergill tapperhet, även vara hemmafrontens ledare. Det har varit våra fienders vilja att hota fredliga städer och byar med de hemskaste förintelsemedel. Det har emellertid redan nu visat sig att de blott tillintetgöra hus eller människor, men icke kunna bryta andan, utan snarare stärka den. Vad som vid detta krigs utbrott ännu icke var känt för många tyska män och kvinnor har nu blivit klart för dem, nämligen att den strid som samma fiender som 1914 påtvingat oss är avgörande för vårt folks existens eller förintelse. Den Allsmäktige kommer att vara en rättvis domare. Vår uppgift är att så fylla vår plikt att vi inför honom, skaparen av alla världar, kunna bestå provet enligt den lag han

givit om kampen för tillvaron utan att någonsin svikta icke våra liv och ej heller sky någ te för att bevara vårt folks framtiden. Då skall en gång strid den stora timme slå då v befriats från den yttre fienden. dödas offer och våra städers o ruiner skall då ett nytt liv s att skapa den stat vi tro på vilken vi kämpa och arbeta, n den germanska staten av tys som evig och likaberättigad för alla män och kvinnor in folk: det nationalsocialistiska s riket. Inom detta kommer så tider den kraft att finnas som vändig för att även i framtide da den europeiska folkfamilje

emot Österns faror. Det stort ket och de med detta förbundn nerna måste dessutom ge trygga de livsrum som äro ou för bevarandet av dessa folks ella existens.

Högkvarteret den 30 januar

Adolf

Det skulle va en hel del at säga om ova stående, men jag tror Joha nes Wickman kommentare i D. N. räck til:

D·N

31/1 1943.

[illegible]bileum utan jubel.

[illegible]t är tydligt att Tysklands mot[illegible]are med en viss skadeglädje [illegible]väntat på nazistregimens tioårs[illegible]ör att se hur festligheten skulle [illegible]a. De tycks ha utgått ifrån — [illegible]ke med erfarenheterna från fi[illegible]et av de föregående årsdagarna [illegible]tt nazisterna måste fira sitt tio[illegible]bileum med jubel. Det är en [illegible]ättigad förväntan, åtminstone ur [illegible]khistorisk synpunkt — de båda [illegible]n har etymologiskt ingenting varandra att göra, det är alltså [illegible]ligt att jubilera med sinnets [illegible]erhet målad i ansiktena, om man [illegible]le anse att det passar. Nazister[illegible]har inte gjort annat än att be[illegible]a sig av denna rättighet. Flera [illegible]e mest framträdande gestalterna hållit sig alldeles borta. Norges [illegible]are, Terboven, har rest på se[illegible]ter och tillbringar dagen på ett [illegible]sthotell hos sitt norska broder[illegible]. Ministerpresidenten Quisling är [illegible]indrad av en svårartad snuva. [illegible]kansler Hitler har låtit repre[illegible]era sig av propagandaminister [illegible]bbels. Han är överhopad av [illegible]mål i högkvarteret.

[illegible]r Goebbels är en mycket lämp[illegible]ställföreträdare vid detta tillfälle. [illegible] sitt livliga temperament har kanske starkare än någon av [illegible]vännerna upplevt den stora da[illegible] för tio år sedan. Han har berättat att Hitler hade ögonen "fulla av vatten" när han kom tillbaka till partiets högkvarter med nyheten om utnämningen till rikskansler, alltjämt kom nya partivänner som "jublar och ropar", utifrån hördes talkörer, "sein Volk jubelt ihm zu". Men Goebbels kunde inte besluta sig om han skulle gråta eller skratta, så lycklig var han. På tioårsdagen skrattar han inte. Den korrespondent måste ha förstått situationen rätt som säger att dagen har stått "i det intensiva allvarets tecken".

Från Berlin ingår på högtidsdagen meddelanden att landet nu — från och med nu — skall sätta in hela folkkraften i krigföringen. Varenda man och kvinna skall delta i försvaret. Hela produktionsapparaten skall koncentreras på tillverkning av vapen. Den som skulle behöva en kastrull eller annat husgeråd får stå sitt kast, sådant får inte längre finnas i marknaden. Maningarna till tyska folket att bjuda till ordentligt och verkligen föra krig är så häftiga att man hade kunnat tro att kriget först nu har brutit ut — om det inte samtidigt hade fallit ett slagregn av krigsrapporter: oavbruten tysk reträtt på stora delar av ryska fronten, förluster i fångar och kvarlämnad krigsmateriel i stigande skala, åttonde arméns inryckning i Tunisien, Majkop förlorat. Och därtill: ett engelskt flygangrepp på Berlin just som Göring — flygministern, som hade lovat att så länge han lever skall inget fientligt flygplan komma in över Tyskland — skulle tala i radio, men nu i stället måste jämte sina lyssnare söka sig till skyddskällrarna. Det var en utstuderad oartighet mot riksmarskalken, men på samma gång en symbolisk episod: segerfanfarerna på regimens födelse-

왼쪽 앞 페이지에서 계속. "명백한 승리를 약속합니다……,"
오른쪽 '환호성 없는 기념일', 요한네스 비크만, DN, 1943년 1월 31일.

dag har ersatts med krevader av bomber från flygplan som sänts från det folk som in i det sista sökte komma till en fredlig uppgörelse med det nazistiska riket.

Den tyske kanslern har i sin stora bekännelseskrift utvecklat att mänskligheten inte bara är dum utan i lika hög grad glömsk: den måste höra om och om igen vad man vill att den skall tro. Även Göring och Goebbels har i sina anföranden på tioårsdagen anslutit sig till denna syn på "die Mitwelt". Vad de tre ledarna har haft att säga kan betraktas som olika versioner av den framställning av Tysklands nuvarande läge som under de senaste veckorna lämnats i alla tyska tidningar, särskilt under de dagar som gått närmast före tioårsminnet. Man kan inte undgå att frapperas av hur allt detta påminner om något som man har hört förr en gång, just för tio år sedan — i samband med riksdagshusbranden. Då försäkrades att bolsjevismen stod för dörren, en kommunistisk sammansvärjning hade i sista stund avslöjats tack vare konspiratörernas oförstånd att ge signal till upproret genom att sätta eld på riksdagshuset. De hade inte tänkt på att en eldstod mitt i huvudstaden inte bara observerades av de väntande konspiratörerna utan också av polisen — och därmed hade nazisterna räddat Tyskland och på samma gång Europa. För att vara i stånd att även i fortsättningen försvara västerlandet mot hotet från öster fordrade nazistpartiet och lyckades också genomdriva sin diktatoriska makt över landet.

Det är exakt samma synpunkter som nu framförs av de nazistiska ledarna till tyska folket och — liksom förra gången — till den övriga världen. De ryska bolsjevikerna är

på väg att realisera sin plan [...] ga hela Europa under sig: "i tjugu år blott haft ett mål som en gång under folkvan[...] tiden eller mongolstormarna överfalla Europa, förinta dess och framför allt utrota dess [...] skor för att erhålla slavarbet[...] de sibiriska tundrorna". Som h[...] män för detta påstående "amerikanska korrespondente[...] namnges inte, men många [...] — t. ex. Shirer, Howard Sm[...] andra — har visat sig så väl [...] rättade att det är fullt förklar[...] man i Tyskland anser sig b[...] trakta deras reportage som his[...] urkunder. Mot den nya far[...] öster framstår nu återigen [...] zistiska Tyskland som rädd[...] och begär detsamma som för [...] sedan, bara på ett betydligt [...] plan: liksom tyskarna i sitt e[...] tresse måste underkasta sig [...] ternas diktatur så måste de[...] peiska länderna rädda sig gen[...] acceptera det nazistiska Ty[...] diktatur.

Om inte Tyskland lyckad[...] nomföra sin hegemoni över [...] och hävda sig i kriget mot R[...] **skulle många allvarliga ting i[...]**

det är de nazistiska ledarn[...] om. Göring, som lämnar åt [...] konkreta detaljer från olika [...] den, intresserar sig också för [...] och Schweiz. Ryssarna skul[...] låta hejda sig "av någon inr[...] aktning för den schweizisk[...] svenska eller någon annan [...] litet", såsom Tyskland — det [...] ceras i Görings uttalande — h[...] beträffande många europeisk[...] stater, däribland våra skandin[...] broderländer. Av största intr[...] också Görings förklaring i vis[...] tydelsefulla frågor angående [...] föringen. Det var "inte fiende[...]

ıten som reste sig" när rys-
lyckades med en jämförelsevis
ısad offensiv förra vintern. Den
ı blev tyskarna överraskade av
ceptionellt hårda kylan. Varpå
det då att ryssarna kan göra
ångdubbelt kraftigare offensiv
den fullt normala vinter som
ler? Det förklarar Göring med
av sin kända drastiska upp-
net: det beror på att sjöar, flo-
ch träsk har tillfrusit. Där-
n har de tyska trupperna be-
ett värdefullt hinder mot den
framryckningen. Man är skyl-
tt acceptera denna förklaring,
om det redan före de tyska
ingarna var en allmänt spridd
att vattendragen i Ryssland
ır frysa till under vintern. Slut-
lämnar Göring en märklig upp-
ıg om flyget, hans speciella va-
Tyskland är ur stånd att be-
de engelska bombardemangen
r att det måste koncentrera sina
tyrkor på fronterna i öster och
. Rapporterna visar att det
flyget inte löser sin uppgift i
ıtsträckning, varken i öster eller
ler, där t. ex. Malta nu laddas
praktiskt taget utan att störas
yska eller italienska luftangrepp.
t kommer efter detta krig inte
innas segrare och besegrade, en-
överlevande eller förintade, ut-
r Hitler i sitt budskap enligt
föreliggande telegramreferatet.
klingar en ny ton i det stora
lverket. En annan har tystnat:
ör inte de stolta klangerna om
fria och lyckliga Europa som
te fram jämsides med de stora
a segrarna. Nazistpartiets chef
Hindenburgs uppdrag att "föra
kland uppåt", säger han i sitt
skap. Ett tusenårigt nazistiskt
grundades den dagen. Det har
efter ett årtionde nått fram till frå-
gan hur det skall kunna undgå att
förintas i den värld av fiender som
det har frambesvurit.

R. C.

Säga vad man vill
om Wickman –
men nåt vidare
neutral är han
inte. Jag undrar,
vad som skulle
hända, om Ge-
stapo fick tag
i honom.
Det enda jag
inte gillar är
den allmänna
tendensen hos
alla anglofiler
att göra ryssarna
till sina frids-
duvor. Det
tror jag, vi
kommer att bli
varse, att de
inte är.

앞 페이지에서 계속.

sitt första barn.

I England har Churchill meddelat, att man fått informationer om att tyskarna tänker använda gas på östfronten. Churchill förbjuder tyskarna på att det omedelbart i så fall kommer att släppas ner gas över tyska hamnstäder och krigsindustriplatser. Det blir nog en härlig vår, det här.

Men idag på Djurgården bland vitsippor och vårlök i solskenet, var det gynnligt. Lars har rest till Småland, så det var bara Sture, Karin och jag. Karin o. jag läste "guldskon och guldhatten", som man mötte gammingå peav för att få. Apropå guldskor: i dag är det skoransonering och får man tro tidningarna så blir den inte måttligt sträng. Jag grämer mig så vida pass, att jag inte åtminstone kom halvsula Kanis skor till påsk.

9. 5. 43.

Sen jag skrev sist har ungefär följande hänt. Vi har fått svar på vår protest ang. Draken, ett förbaskat oförskämt svar, som följer här nedan:

en i svenska legatio-
krivelse av den 19 april
da undersökningen har
um. Resultatet har bli-
tt 1) intermezzot mel-
"Altkirch" och "Dra-
ägde rum utanför tre-
gränsen och 2) den
ska u-båten genom sitt
ständigt obegripliga och

mot den svenska krigsflot-
tans order stridande uppträ-
dande själv givit anledning
till intermezzot. Svenska re-
geringens protest kan därför
på intet sätt anses vara be-
rättigad.

출처 알 수 없음.

Beträffande detaljerna kan följande onstateras:

1) I fråga om plats och tid. Den yska ångaren befann sig den 16 april på väg från Kristiansand till Stettin. ntermezzot ägde rum från kl. 6.35 till l. 6.38 tysk sommartid. Ångaren 'Altkirch" befann sig på c:a 57° 50' n. br. 11° 27' ö. l. De från tysk sida fastställda orts- och tidsangivelserna stämma ungefär överens med de svenska. Det kan därför anses vara fastslaget att det faktiskt rör sig om den svenska u-båten "Draken".

2) U-båten befann sig när den först ktades kl. 6.35 tysk sommartid ungeär fyra grader babord om "Altkich", c:a en sjömil föröver. "Altkirch" befann sig vid denna tidpunkt på c:a 57° 50' n. b. och 11° 27' ö. l. U-båten dök därefter. Ångaren "Altkirch fortsatte i sicksack-kurs länge tremilsgränsen. När u-båten andra gången siktades kl. 6.38 tysk sommartid befann den sig tvärs om styrbord. U-båten befann sig därigenom klart utanför tremilsgränsen. Därmed överensstämmer också den positionsangivelse som den svenska flottan tillställt marinattachén vid tyska legationen i Stockholm den 19 april 1943, nämligen 800 m. väster om en punkt 57° 48,5' n. b. 11° 28' ö. l.

3) Enligt meddelande från chefen för den svenska kommandoexpeditionen till marinattachén vid tyska legationen i Stockholm av den 14 augusti 1940 utfärdades den 12 augusti 1940 följande order av svenska flottan: "Order från chefen för marinen i anslutning till den av de tyska myndigheterna erhållna promemorian beträffande svenska u-båtars övningar vid västkusten: Övningar i undervattensläge i de yttre territorialvattnen skola äga rum blott vid god sikt och i den omfattning som är oundgängligen nödvändig för stridsberedskapen. De skola undvikas när tyska krigs- eller handelsfartyg befinna sig i närheten".

Den omedelbara anledningen na order var att vid denna t inom samma farvatten där n mezzot mellan "Altkirch" och " ägde rum tyska handelsfartyg pade gånger anfallits av enge båtar, t. o. m. på svenskt tee vatten.

Avsikten med ordern var al penbarligen att förhindra fö mellan svenska och engelska För u-båten "Draken" gälld ordern att övningar i undervat skulle undvikas i närheten a ren "Altkirch". Fullständigt häremot uppträdde u-båten "I på följande sätt:

När den först siktades k tysk sommartid iakttog kapte "Altkirch" ungefär fyra grad babord cirka en sjömil för öv net på en u-båt som arbetad i sjön. Kort efter det den dök u-båten. Detta skedde u dessförinnan den svenska f visats eller annars någon ig ningssignal givits. Enligt de nämnda ordern var denna d i strid mot instruktionerna.

Sedan u-båten dykt gavs u-b ombord på "Altkirch", och å fortsatte i sicksackkurs på t gränsen. Därefter följde den m från u-båtens sida som i inle till denna skrivelse betecknats fullständigt obegriplig. U-båt kl. 6.38 tysk sommartid åter perioskopdjup om styrbord. u-båtens uppträdande tvingad tenen på ångaren "Altkirch" rekt anta att det var fråga om entlig u-båt som beredde sig omedelbart torpedanfall mot kirch". Denna förmodan var så ket mera ofrånkomlig som der omnämnda ordern till de svens båtarna att de skulle upphöra övningar i undervattensläge i ten av tyska handelsfartyg var för kaptenen på ångaren "Alt Kaptenen på "Altkirch" gav och med full rätt order om eldgi

De tyska handelsfartygen ha
lag sträng order att noga iakttta
rna för handelssjöfarten. Kap-
ı på ångaren "Altkich" har icke
t mot dessa regler. Det finns
r intet skäl att av denna an-
ng ge de tyska handelsfartygen
ade order. Däremot måste riks-
ringen anmoda svenska rege-
n att genom lämpliga order till
u-båtar skapa garanti för att
så beklagligt intermezzo, som
utande berodde på den svenska
tens stridsmässiga manövrer och
vilket ingen skuld på tysk sida
finnes, icke kan upprepas."

Precis så oför-
skämt svarar
dom knölarna.
Tyskland ska
alltså ha rätt
att bestämma
hur våra svenska
u-båtar ska uppträda på
svenskt vatten! Men di
har fått svar på tal
samtidigt det skarpaste
svar vi har vågat ge dom
nån gång. Om Ulven
sa tyskarna ingenting
i sitt P.M.

Och så här lydde
den svenska regeringens
svar:

앞 페이지에서 계속.

... beträffar tiden för incidenten har en svensk radiostation uppfattat, att "Altkirch" rapporterat siktandet av en undervattensbåt kl. 6.12 svensk tid, och chefen på den svenska undervattensbåten "Draken" har meddelat, att beskjutningen ägt rum omkring kl. 6.15 svensk tid, motsvarande kl. 7.12, resp. kl. 7.15 tysk sommartid. Å svensk sida föreligger intet tvivel om att dessa uppgifter rörande tidsbestämningen äro riktiga.

2) Beträffande positionen angav chefen på undervattensbåten sin egen position vid tidpunkten för beskjutningen till lat. 57 grader 48,4 minuter N., long. 11 gr. 27,3 min. O, vilken punkt är belägen innanför tremilsgränsen. Chefen bestämde sitt läge såväl omedelbart före som omedelbart efter beskjutningen genom säkra terrestraobservationer. Chefen uppgav, att han iakttagit "Altkirch" omkring 800 meter ost om sig vid beskjutningen. Med utgångspunkt härifrån meddelades från svensk sida redan den 19 april under hand till tyske marinattachén i Stockholm en preliminär positionsuppgift beträffande "Altkirch", nämligen 2,8 sjömil i bäring 315 gr. från Stora Pölsan. Den av "Altkirch" kl. 6.12 signalerade positionen lat. 57 gr. 50 min. N., long. 11 gr. 27 min. O är belägen inemot 1.000 meter innanför tremilsgränsen. Undervattensbåten hade order att under de pågående övningarna hålla sig innanför tremilsgränsen. Att undervattensbåten skulle ha åsidosatt denna order måste anses ytterst osannolikt redan av den orsaken, att utanför gränsen föreligger minfara. "Draken" befann sig vid tiden för incidenten otvivelaktigt på svenskt område. Att detta var förhållandet beträffande "Altkirch" har icke bestritts.

3) I detta sammanhang vill svenska regeringen bringa till tyska regeringens kännedom, att vid minsvepning, som ägt rum i samband med efterforskningen av den svenska undervattensbåten "Ulven" den 22, 23 och 24 april ett antal förankrade tyska undervattensminor anträffats på svenskt område innanför tremilsgränsen. Positionen för dessa minor har angivits på ett sjökort, som med det snaraste kommer att överlämnas. Svenska regeringen ser sig nödsakad framföra bestämd protest mot utläggande av minor inom svenskt territorialvatten.

4) Vad beträffar den från tysk sida upptagna frågan om risken av en förväxling av svenska undervattensbåtar med

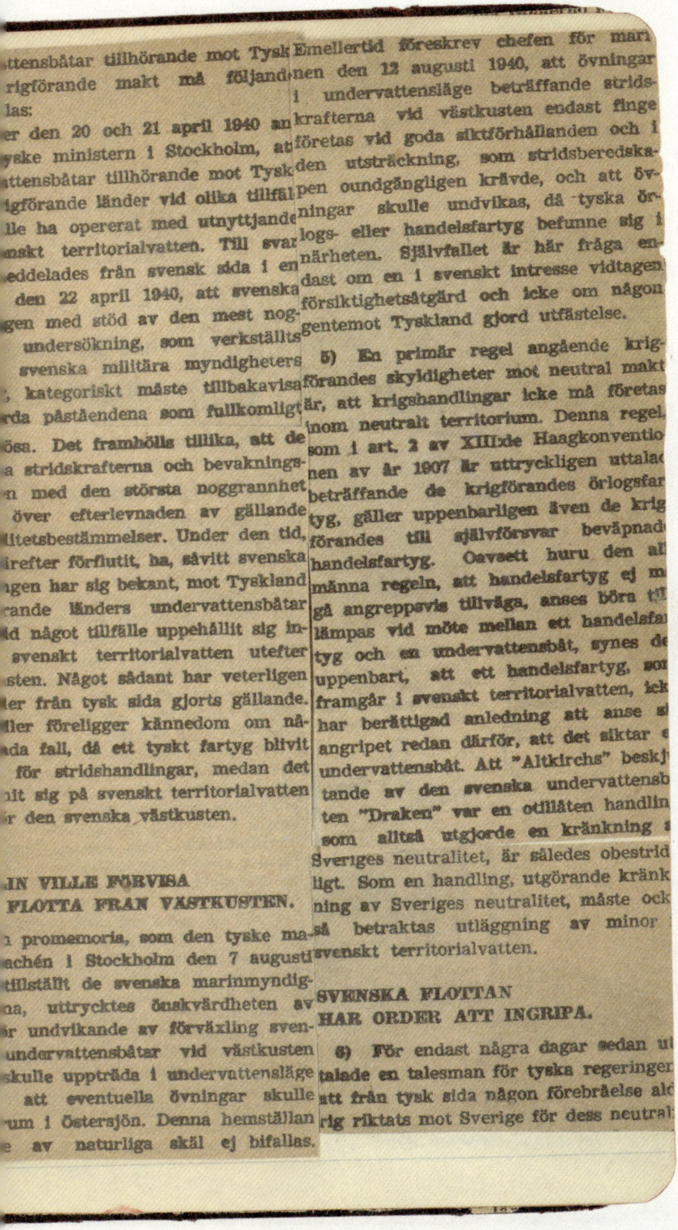

ttensbåtar tillhörande mot Tysk
rigförande makt må följande
las:
er den 20 och 21 april 1940 an
yske ministern i Stockholm, at
ttensbåtar tillhörande mot Tysk
igförande länder vid olika tillfäl
lle ha opererat med utnyttjande
nskt territorialvatten. Till svar
eddelades från svensk sida i en
den 22 april 1940, att svenska
gen med stöd av den mest nog-
undersökning, som verkställts
svenska militära myndigheters
, kategoriskt måste tillbakavisa
rda påståendena som fullkomligt
ösa. Det framhölls tillika, att de
a stridskrafterna och bevaknings-
n med den största noggrannhet
över efterlevnaden av gällande
litetsbestämmelser. Under den tid,
irefter förflutit, ha, såvitt svenska
gen har sig bekant, mot Tyskland
rande länders undervattensbåtar
id något tillfälle uppehållit sig in-
svenskt territorialvatten utefter
sten. Något sådant har veterligen
ler från tysk sida gjorts gällande.
ller föreligger kännedom om nå-
da fall, då ett tyskt fartyg blivit
för stridshandlingar, medan det
lit sig på svenskt territorialvatten
r den svenska västkusten.

IN VILLE FÖRVISA
FLOTTA FRÅN VÄSTKUSTEN.

n promemoria, som den tyske ma-
achén i Stockholm den 7 augusti
tillställt de svenska marinmyndig-
na, uttrycktes önskvärdheten av
r undvikande av förväxling sven-
undervattensbåtar vid västkusten
skulle uppträda i undervattensläge
att eventuella övningar skulle
rum i Östersjön. Denna hemställan
e av naturliga skäl ej bifallas.

Emellertid föreskrev chefen för mari
nen den 12 augusti 1940, att övningar
i undervattensläge beträffande strids-
krafterna vid västkusten endast finge
företas vid goda siktförhållanden och i
den utsträckning, som stridsberedska-
pen oundgängligen krävde, och att öv-
ningar skulle undvikas, då tyska ör-
logs- eller handelsfartyg befunne sig i
närheten. Självfallet är här fråga en-
dast om en i svenskt intresse vidtagen
försiktighetsåtgärd och icke om någon
gentemot Tyskland gjord utfästelse.

5) En primär regel angående krig-
förandes skyldigheter mot neutral makt
är, att krigshandlingar icke må företas
inom neutralt territorium. Denna regel
som i art. 2 av XIII:de Haagkonventio
nen av år 1907 är uttryckligen uttala
beträffande de krigförandes örlogsfar
tyg, gäller uppenbarligen även de krig
förandes till självförsvar beväpnad
handelsfartyg. Oavsett huru den al
männa regeln, att handelsfartyg ej m
gå angreppsvis tillväga, anses böra t
lämpas vid möte mellan ett handelsfa
tyg och en undervattensbåt, synes de
uppenbart, att ett handelsfartyg, som
framgår i svenskt territorialvatten, ick
har berättigad anledning att anse si
angripet redan därför, att det siktar e
undervattensbåt. Att "Altkirchs" beskj
tande av den svenska undervattensb
ten "Draken" var en otillåten handlin
som alltså utgjorde en kränkning
Sveriges neutralitet, är således obestrid
ligt. Som en handling, utgörande kränk
ning av Sveriges neutralitet, måste ock
så betraktas utläggning av minor
svenskt territorialvatten.

SVENSKA FLOTTAN
HAR ORDER ATT INGRIPA.

6) För endast några dagar sedan u
talade en talesman för tyska regeringen
att från tysk sida någon förebråelse ald
rig riktats mot Sverige för dess neutral

출처 알 수 없음.

…t; tvärtom önskade man endast, att Sverige måtte iakttа strikt neutralitet. En av grundreglerna för neutraliteten är otvivelaktigt, att den neutrala makten förbjuder och förhindrar, att de krigförande företa krigshandlingar inom dess område. I överensstämmelse härmed har svenska regeringen låtit avlägsna minor, som befunnits utlagda i svenskt territorialvatten inom tremilsgränsen. Därjämte äro svenska marinens fartyg beordrade att inskrida mot fartyg tillhörande krigförande makt, som genom utläggning av minor eller beskjutning av annat fartyg eller på annat sätt beträdas med att bryta mot förbudet mot krigshandlingar inom svenskt område.

I övertygelsen att tyska regeringen är fullt ense med den svenska angående det berättigade i detta tillvägagångssätt, tillåter sig svenska regeringen rikta en förnyad hemställan till tyska regeringen att söka tillse, att tyska fartyg, som passera svenskt vatten, avhålla sig från handlingar av ovan angivet slag.

Det betänk[ligaste] ut alltihop är väl, att de förgjorda tyskarna lagt ut ett minfält på svenskt vatten. Sannolikt är de[t] nog detta minfält som är orsaken till Ulvens öde. Ty häromdan hittades Ulven som så intensivt och långtansfullt sökta. Och den låg ungefär mitt opp i det där min-bältet på 52 m. djup. Ännu har man inte kunnat utröna, på d sätt den mött sin undergång, men den tycks inte ha kolliderat eller blivit beskjuten. Fören tycktes vara "hopsvetsad" berättar dykarna, som varit nere. Det var ett fiskefartyg, som liknade den. Otroligt spännande ska det bli att få reda på om besättningen avlidit omedelbart, vilket just nu förefaller troligast och som vi alla önskar och hoppas. Antagligen har den väl gått på en tysk mina och den ligger på svenskt vatten. Nu kan det väl i alla fall vara på tiden att sluta

앞 페이지에서 계속.

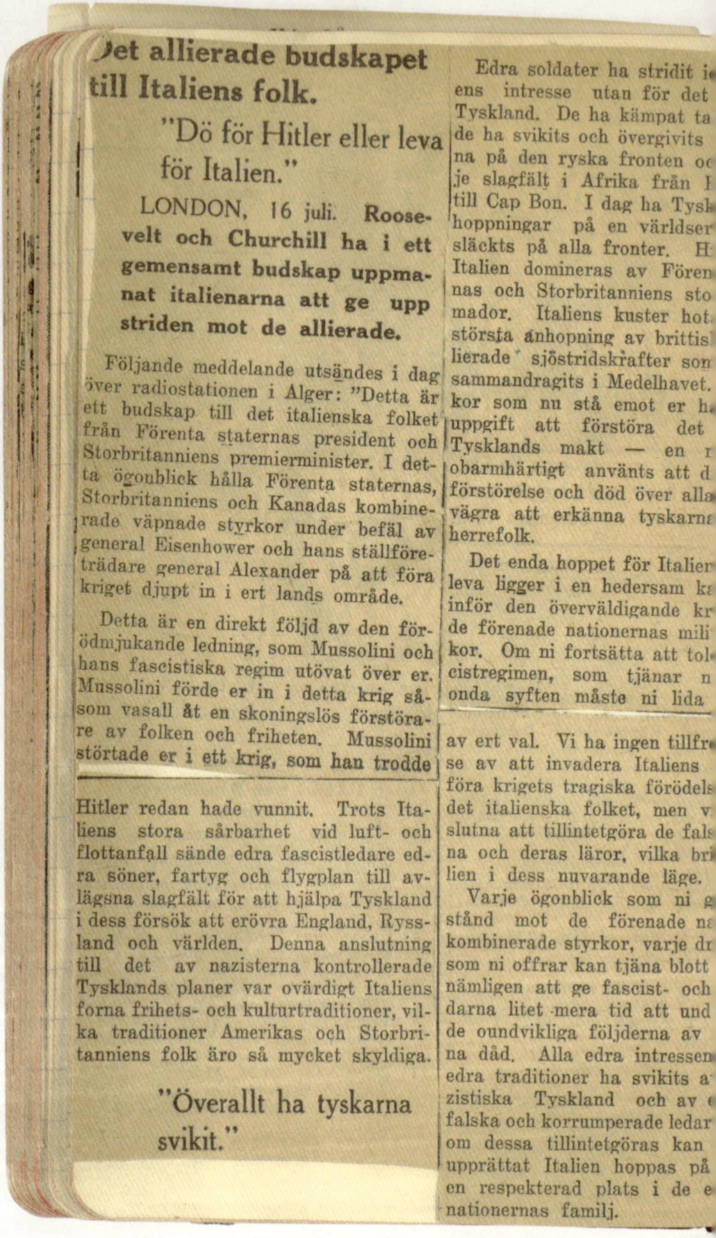

Det allierade budskapet till Italiens folk.

"Dö för Hitler eller leva för Italien."

LONDON, 16 juli. **Roosevelt och Churchill ha i ett gemensamt budskap uppmanat italienarna att ge upp striden mot de allierade.**

Följande meddelande utsändes i dag över radiostationen i Alger: "Detta är ett budskap till det italienska folket från Förenta staternas president och Storbritanniens premierminister. I detta ögonblick hålla Förenta staternas, Storbritanniens och Kanadas kombinerade väpnade styrkor under befäl av general Eisenhower och hans ställföreträdare general Alexander på att föra kriget djupt in i ert lands område.

Detta är en direkt följd av den förödmjukande ledning, som Mussolini och hans fascistiska regim utövat över er. Mussolini förde er in i detta krig såsom vasall åt en skoningslös förstörare av folken och friheten. Mussolini störtade er i ett krig, som han trodde Hitler redan hade vunnit. Trots Italiens stora sårbarhet vid luft- och flottanfall sände edra fascistledare edra söner, fartyg och flygplan till avlägsna slagfält för att hjälpa Tyskland i dess försök att erövra England, Ryssland och världen. Denna anslutning till det av nazisterna kontrollerade Tysklands planer var ovärdigt Italiens forna frihets- och kulturtraditioner, vilka traditioner Amerikas och Storbritanniens folk äro så mycket skyldiga.

"Överallt ha tyskarna svikit."

Edra soldater ha stridit i
ens intresse utan för det
Tyskland. De ha kämpat ta
de ha svikits och övergivits
na på den ryska fronten oc
je slagfält i Afrika från F
till Cap Bon. I dag ha Tysk
hoppningar på en världser
släckts på alla fronter. H
Italien domineras av Fören
nas och Storbritanniens sto
mador. Italiens kuster hot
största anhopning av brittis
lierade sjöstridskrafter som
sammandragits i Medelhavet.
kor som nu stå emot er h
uppgift att förstöra det
Tysklands makt — en r
obarmhärtigt använts att d
förstörelse och död över alla
vägra att erkänna tyskarna
herrefolk.

Det enda hoppet för Italien
leva ligger i en hedersam ka
inför den överväldigande kr
de förenade nationernas mili
kor. Om ni fortsätta att tol
cistregimen, som tjänar n
onda syften måste ni lida
av ert val. Vi ha ingen tillfr
se av att invadera Italiens
föra krigets tragiska förödels
det italienska folket, men v
slutna att tillintetgöra de fals
na och deras läror, vilka bri
lien i dess nuvarande läge.

Varje ögonblick som ni g
stånd mot de förenade na
kombinerade styrkor, varje dr
som ni offrar kan tjäna blott
nämligen att ge fascist- och
darna litet mera tid att und
de oundvikliga följderna av
na dåd. Alla edra intressen
edra traditioner ha svikits a
zistiska Tyskland och av e
falska och korrumperade ledar
om dessa tillintetgöras kan
upprättat Italien hoppas på
en respekterad plats i de e
nationernas familj.

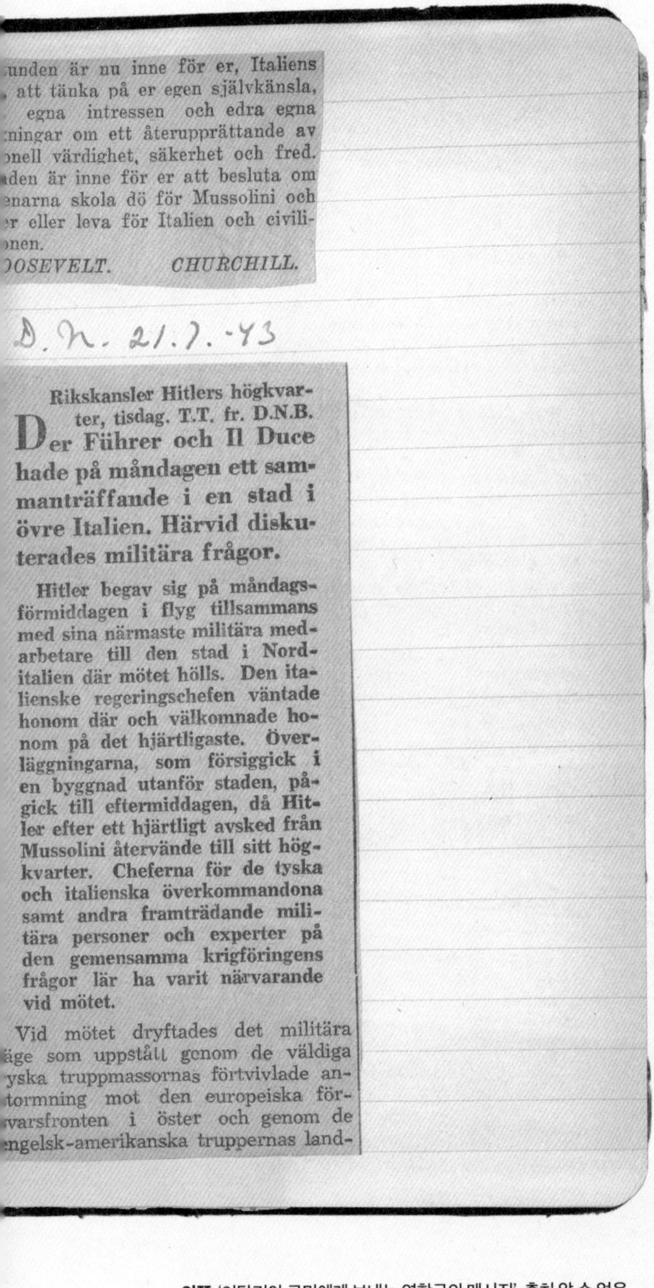

unden är nu inne för er, Italiens
, att tänka på er egen självkänsla,
egna intressen och edra egna
ningar om ett återupprättande av
onell värdighet, säkerhet och fred.
den är inne för er att besluta om
enarna skola dö för Mussolini och
r eller leva för Italien och civili-
onen.

OOSEVELT. CHURCHILL.

D. N. 21.7.-43

Rikskansler Hitlers högkvarter, tisdag. T.T. fr. D.N.B.

Der Führer och Il Duce hade på måndagen ett sammanträffande i en stad i övre Italien. Härvid diskuterades militära frågor.

Hitler begav sig på måndagsförmiddagen i flyg tillsammans med sina närmaste militära medarbetare till den stad i Norditalien där mötet hölls. Den italienske regeringschefen väntade honom där och välkomnade honom på det hjärtligaste. Överläggningarna, som försiggick i en byggnad utanför staden, pågick till eftermiddagen, då Hitler efter ett hjärtligt avsked från Mussolini återvände till sitt högkvarter. Cheferna för de tyska och italienska överkommandona samt andra framträdande militära personer och experter på den gemensamma krigföringens frågor lär ha varit närvarande vid mötet.

Vid mötet dryftades det militära äge som uppstått genom de väldiga yska truppmassornas förtvivlade anstormning mot den europeiska förvarsfronten i öster och genom de ngelsk-amerikanska truppernas land-

왼쪽 '이탈리아 국민에게 보내는 연합국의 메시지', 출처 알 수 없음.
오른쪽 '추축국 지도자들은 적의 추측을 거부한다. 슈미트, 복수를 말하다', DN, 1943년 7월 21일.

stigningsförsök i Medelhavsområdet, meddelar Deutsches Nachrichtenbüros diplomatiske redaktör. Då man i tyska politiska kretsar talar om Europas två ödesfronter understryker man därmed inte bara betydelsen av de pågående striderna utan också deras inre samband och därmed även ödesgemenskapen mellan de vid dessa fronter insatta europeiska nationerna.

På grundval av en nykter, saklig, illusionsfri prövning av situationen, varvid utvecklingen i Medelhavsområdet sannolikt stått i förgrunden, torde Hitler och Mussolini i sin egenskap av axelmakternas militära överbefälhavare ha övervägt och fattat beslut om de åtgärder som sakläget påkallar. Att dessa är av militär natur framgår av den kortfattade kommunikén, som förtjänar beaktande, därför att den visar det orimliga i fiendens politiska spekulationer. Det lakoniska meddelandet om mötets militära karaktär kan därför också betraktas som ett nytt och särskilt eftertryckligt svar på det engelsk-amerikanska försöket att politiskt slå mynt av militära aktioner mot italienskt territorium.

Att detta försök är dömt till misslyckande bevisas inte endast av att det italienska folkets hållning efter terroranfallet mot Rom förråder allt annat än mottaglighet för fiendesidans propaganda, utan kommer även att framgå genom verkningarna av de beslut som Hitler och Mussolini i medvetande om sitt ansvar för Europas öde torde ha träffat.

Skitprat

↓

D:r Schmidt: "En [dag] skall komma . . ."

BERLIN, [...] T.T. Vid en mottagning för [ut]ländska pressen i riksutrikes[departe]mentet förklarade sändebu[d] Schmidt på tisdagen att "det [...] flyganfallet mot Rom icke be[tyder] något nytt i motståndarens kr[igföring] utan måste betraktas som en [...]ning av de metoder som reda[n blivit] kända genom terroranfallen m[ot] kulturplatser i Europa". D:r [Schmidt] fortsatte:

"En dag skall emellertid k[omma], på vilken var och en i Tyskla[nd och] i Italien nu väntar, en dag [som vi] är beslutna att nå fram till: [dagen] för den hämnande vedergäll[ningen], då det sedan länge samlade [...] kommer att urladda sig. Den [dagen] kommer motståndaren förgä[ves att] vädja till världssamvetet el[ler till] humaniteten eller att å[beropa] Washingtons, New Yorks elle[r Lon]dons kulturella minnesmärke[n. För] de ständigt växande bevisen f[ör deras] egen krigföring skall vi d[öva] motståndarens klagorop."

Slutligen framhöll d:r Schm[idt att] uttalanden av detta slag icke [be]traktas som en appell till vä[rldsopi]nionen utan blott som ett uttr[yck för] den järnhårda beslutsamheten [...]va vedergällning.

21. 7. -43

…sinen fri, …lastade bilar …llar ur staden

…n Dagens Nyheters Rom-
korrespondent
AGNE HAMRIN.

ROM, tisdag.

…rst i dag börjar man få …verblick av omfattnin… av gårdagens bombar… …ang av Rom och de …id anställda skadorna antalet dödsoffer.

…n officiella kommunikén be… …er närmast den uppfattning varje ögonvittne fick redan …r det angreppet pågick, …igen att det var synnerligen … eskadrar som deltog i …n. Den ena vågen av fly… …e fästningar och andra ame… …ska bombplan följde på den …a under de tre timmar som …eppet varade. Det är sålunda …tet vis överraskande att da… krigskommuniké anslår de …ipande bombplanens antal …lera hundra. Det torde där… vara ställt utom allt tvivel …etta luftangrepp i fråga om …gande maskiner kan mäta …ned de tidigare stora raider… …not en rad andra italienska …er, såsom Neapel, Livorno Turin.

… det intryck man fick av de ma… skadorna vid den första kon… …onen med de hemsökta delar… staden bestyrkes till fullo a… …nikén. Det uppges nämlige… …t att skadorna är "betydande… …frens antal anges till 176 och … till 1.659. Man måste dock med eftertryck understryka kommunikéns ord, som antyder att det endast rör sig om preliminära beräkningar. Det slutgiltiga antalet kommer sannolikt att bli betydligt högre.

Vid ett nytt besök i de bombskadade stadsdelarna i eftermiddag kunde Dagens Nyheters korrespondent konstatera att räddningsmanskapet fortfarande var ivrigt sysselsatt med att dra döda och sårade ur ruinerna. Här och var kunde man höra stönanden från svårt sårade, vilka låg begravda under hela berg av sammanstörtade husmurar. Huruvida de nuvarande luftskyddsrummen motsvarar det moderna luftkrigets krav torde vara tvivelaktigt.

Den romerska gatubilden erbjuder i dag en sorglig anblick. För första gången sedan krigsutbrottet kan man åter se långa rader av bilar som väntar vid de åter öppnade bensinpumparna för att kunna delta i den i ganska stor omfattning påbörjade evakueringen av staden. Myndigheterna har nämligen bestämt att var och en som äger en bil och är beredd att transportera huvudstadens befolkning från staden skall få bensin för ändamålet. En oavbruten ström av alla slags motorfordon rinner sedan i morse ut genom stadens portar. Varje vagn är överfylld av människor, som till varje pris — även i ordets bokstavliga mening — önskar lämna Rom för att finna en säkrare tillflyktsort.

De flesta måste dock stanna.

Ehuru strömmen av flyktingar utan tvivel är mycket stor, får man dock inte föreställa sig förhållandena så som att Rom snart skulle vara en öde stad. Rom är dock en miljonstad, och större delen av befolkningen kan av många närliggande orsaker under inga omständigheter lämna staden, även om de skulle vilja det. Vid närmare eftertanke måste väl också det fak-

왼쪽 앞 페이지에서 계속.
오른쪽 '휘발유 공급 재개, 짐을 가득 실은 차량들이 도시를 빠져나가다', 아그네 함린, DN, 1943년 6월 21일.

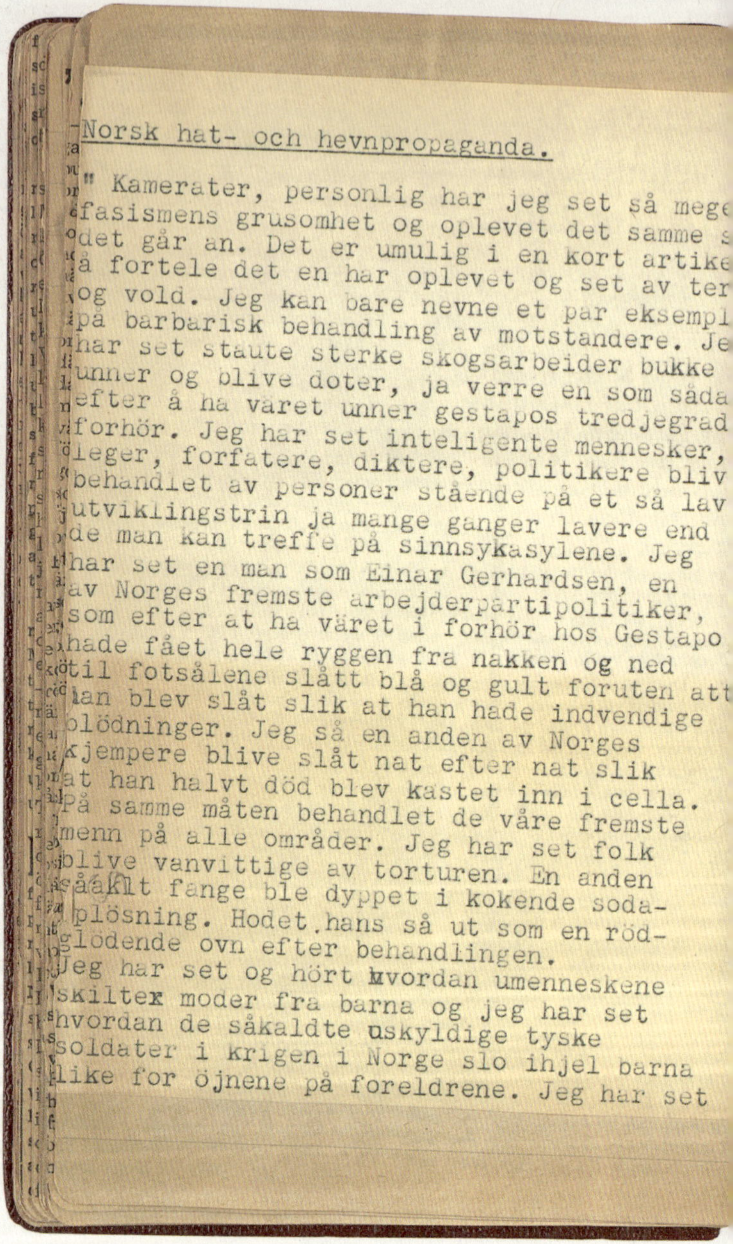

Norsk hat- och hevnpropaganda.

" Kamerater, personlig har jeg set så mege
fasismens grusomhet og oplevet det samme s
det går an. Det er umulig i en kort artike
å fortele det en har oplevet og set av ter
og vold. Jeg kan bare nevne et par eksempl
på barbarisk behandling av motstandere. Je
har set staute sterke skogsarbeider bukke
unner og blive doter, ja verre en som såda
efter å ha varet unner gestapos tredjegrad
forhör. Jeg har set inteligente mennesker,
leger, forfatere, diktere, politikere bliv
behandlet av personer stående på et så lav
utviklingstrin ja mange ganger lavere end
de man kan treffe på sinnsykasylene. Jeg
har set en man som Einar Gerhardsen, en
av Norges fremste arbejderpartipolitiker,
som efter at ha väret i forhör hos Gestapo
hade fået hele ryggen fra nakken og ned
til fotsålene slått blå og gult foruten att
han blev slåt slik at han hade indvendige
blödninger. Jeg så en anden av Norges
kjempere blive slåt nat efter nat slik
at han halvt död blev kastet inn i cella.
På samme måten behandlet de våre fremste
menn på alle områder. Jeg har set folk
blive vanvittige av torturen. En anden
såkalt fange ble dyppet i kokende soda-
plösning. Hodet hans så ut som en röd-
glödende ovn efter behandlingen.
Jeg har set og hört hvordan umenneskene
skilter moder fra barna og jeg har set
hvordan de såkaldte uskyldige tyske
soldater i krigen i Norge slo ihjel barna
like for öjnene på foreldrene. Jeg har set

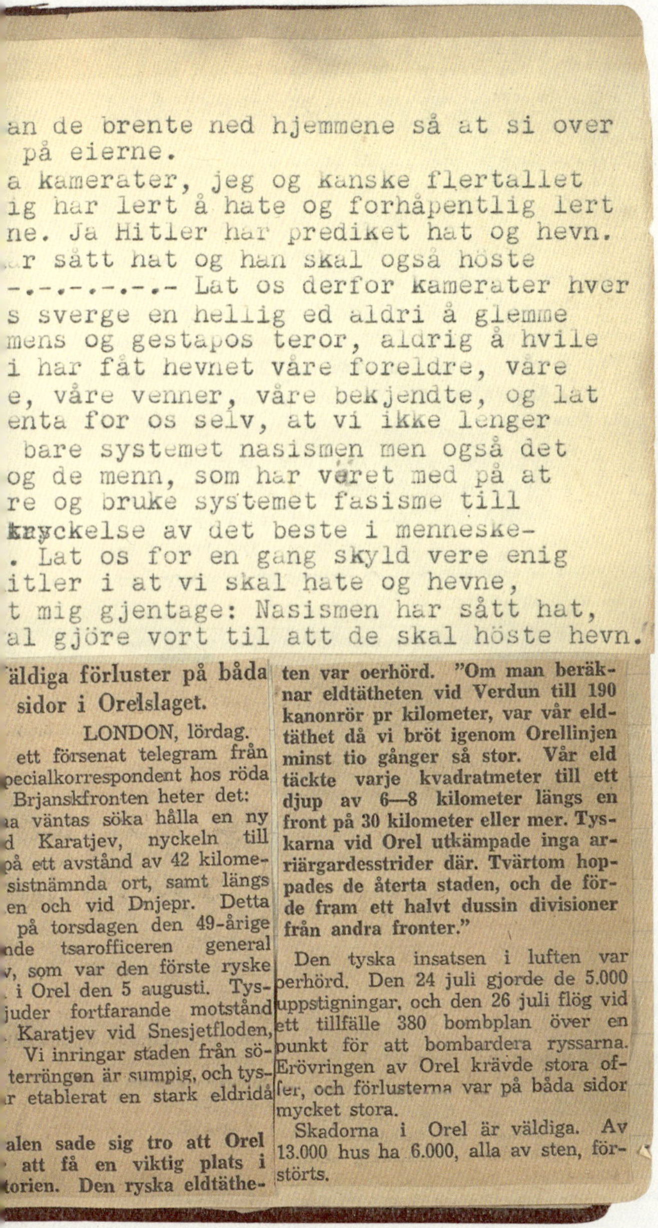

an de brente ned hjemmene så at si over
på eierne.
a kamerater, jeg og kanske flertallet
ig har lert å hate og forhåpentlig lert
ne. Ja Hitler har prediket hat og hevn.
.r sått hat og han skal også höste
-.-.-.-.-.- Lat os derfor kamerater hver
s sverge en hellig ed aldri å glemme
mens og gestapos teror, aldrig å hvile
i har fåt hevnet våre foreldre, våre
e, våre venner, våre bekjendte, og lat
enta for os selv, at vi ikke lenger
bare systemet nasismen men også det
og de menn, som har været med på at
re og bruke systemet fasisme till
kryckelse av det beste i menneske-
. Lat os for en gang skyld vere enig
itler i at vi skal hate og hevne,
t mig gjentage: Nasismen har sått hat,
al gjöre vort til att de skal höste hevn.

äldiga förluster på båda sidor i Orelslaget.

LONDON, lördag.

ett försenat telegram från pecialkorrespondent hos röda Brjanskfronten heter det: aa väntas söka hålla en ny d Karatjev, nyckeln till på ett avstånd av 42 kilome- sistnämnda ort, samt längs en och vid Dnjepr. Detta på torsdagen den 49-årige nde tsarofficeren general v, som var den förste ryske i Orel den 5 augusti. Tys- juder fortfarande motstånd Karatjev vid Snesjetfloden, Vi inringar staden från sö- terrängen är sumpig, och tys- r etablerat en stark eldridå

alen sade sig tro att Orel att få en viktig plats i torien. Den ryska eldtäthe-

ten var oerhörd. "Om man beräknar eldtätheten vid Verdun till 190 kanonrör pr kilometer, var vår eldtäthet då vi bröt igenom Orellinjen minst tio gånger så stor. Vår eld täckte varje kvadratmeter till ett djup av 6—8 kilometer längs en front på 30 kilometer eller mer. Tyskarna vid Orel utkämpade inga arriärgardesstrider där. Tvärtom hoppades de återta staden, och de förde fram ett halvt dussin divisioner från andra fronter."

Den tyska insatsen i luften var oerhörd. Den 24 juli gjorde de 5.000 uppstigningar, och den 26 juli flög vid ett tillfälle 380 bombplan över en punkt för att bombardera ryssarna. Erövringen av Orel krävde stora offer, och förlusterna var på båda sidor mycket stora.

Skadorna i Orel är väldiga. Av 13.000 hus ha 6.000, alla av sten, förstörts.

왼쪽 아스트리드 린드그렌이 우편 검사소 편지 검열관으로 일하던 시절의 편지 사본.
오른쪽 '오룔 전투에서 양측 모두 막대한 손실을 입었다', DN, 1943년 8월 15일.

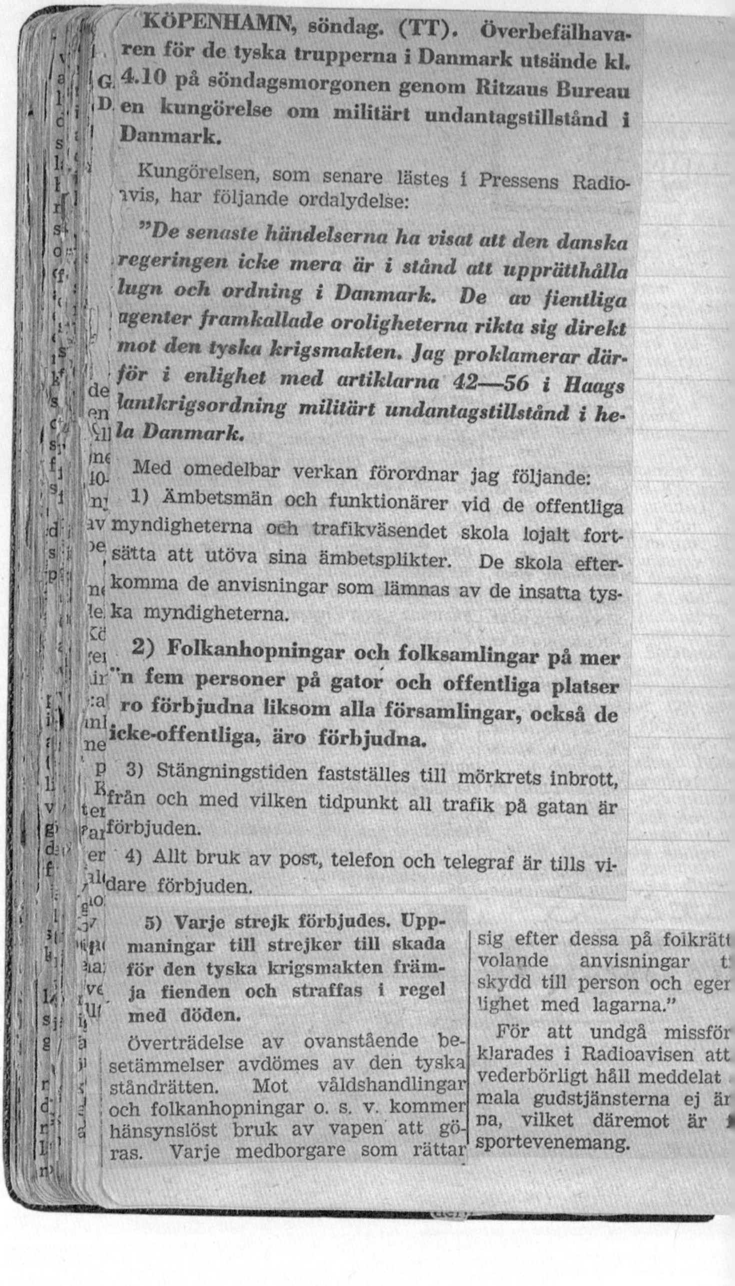

KÖPENHAMN, söndag. (TT). Överbefälhavaren för de tyska trupperna i Danmark utsände kl. 4.10 på söndagsmorgonen genom Ritzaus Bureau en kungörelse om militärt undantagstillstånd i Danmark.

Kungörelsen, som senare lästes i Pressens Radioavis, har följande ordalydelse:

”De senaste händelserna ha visat att den danska regeringen icke mera är i stånd att upprätthålla lugn och ordning i Danmark. De av fientliga agenter framkallade oroligheterna rikta sig direkt mot den tyska krigsmakten. Jag proklamerar därför i enlighet med artiklarna 42—56 i Haags lantkrigsordning militärt undantagstillstånd i hela Danmark.

Med omedelbar verkan förordnar jag följande:

1) Ämbetsmän och funktionärer vid de offentliga myndigheterna och trafikväsendet skola lojalt fortsätta att utöva sina ämbetsplikter. De skola efterkomma de anvisningar som lämnas av de insatta tyska myndigheterna.

2) Folkanhopningar och folksamlingar på mer än fem personer på gator och offentliga platser äro förbjudna liksom alla församlingar, också de icke-offentliga, äro förbjudna.

3) Stängningstiden fastställes till mörkrets inbrott, från och med vilken tidpunkt all trafik på gatan är förbjuden.

4) Allt bruk av post, telefon och telegraf är tills vidare förbjuden.

5) Varje strejk förbjudes. Uppmaningar till strejker till skada för den tyska krigsmakten främja fienden och straffas i regel med döden.

Överträdelse av ovanstående bestämmelser avdömes av den tyska ståndrätten. Mot våldshandlingar och folkanhopningar o. s. v. kommer hänsynslöst bruk av vapen att göras. Varje medborgare som rättar sig efter dessa på folkrätt[...] volande anvisningar t[...] skydd till person och egen[...] lighet med lagarna.”

För att undgå missför[...] klarades i Radioavisen att vederbörligt håll meddelat [...] mala gudstjänsterna ej är[...] na, vilket däremot är [...] sportevenemang.

30 aug. 1943.
Nu tror jag, de är rent vilda
Danmark. Hör bara:

nomförandet av undantagstillståndet i
mark möttes på flera ställen av öppet mot-
d. Ammunitionsförråd och verkstäder på
gsvarvet i Köpenhamn sprängdes i luften
anska marinsoldater då tyska trupper för-
e besätta arsenalen och bemäktiga sig de
ska fartygen. Ett 20-tal krigsfartyg sänk-
av de egna besättningarna, och de övriga
de till Sverige. Nio danska örlogsfartyg
e på söndagskvällen anlänt till Landskro-
och Malmö.

rda strider uppstod
då tyskarna skulle
a danska livgardets
ner vid Rosenborg.
ssning förekom vi-
på Amalienborgs
lats.
dantagstillståndet,
ägger hela Danmark

krigsrätt, proklame-
sedan danska rege-
t avvisat det ultima-
om d:r Best medfört
sin konferens med
ler i Berlin. D:r Best
s vid sammanträf-
t med danske stats-
tern Scavenius ha

förklarat: "Jag är en död
man i Berlin. Min politik i
Danmark har misslyc-
kats".

Säkra uppgifter om
kung Christian föreligger
ännu icke. Det meddelas
att hela danska regerin-
gen, sedan man vägrat
uppfylla de tyska kraven,
stannade kvar hos konun-
gen på Sorgenfri slott,
som nu uppges stå under
tysk militärbevakning.

왼쪽 '가차 없는 무기 사용', DN, 1943년 8월 30일.
오른쪽 스웨덴으로 도주한 덴마크 군함 아홉 척과 침몰한 나머지 군함. 코펜하겐 조선소 폭파. 로젠보르성 근위대 막사를 둘러싼 분쟁. 베스트 박사, 베를린 방문 후 나는 죽은 몸이라고 선언, DN, 1943년 8월 30일.

Mussolinis dotter och svärson tycks ha klarat sig:

Ciano flydde med familjen undan vakten.

U.P. LONDON, söndag.

Enligt vad nyhetsbyrån Transocean meddelar skall en uppgift ha varit synlig i Corriere della Sera om att greve Ciano med familj tidigt på lördagsmorgonen lyckades fly från det hus där de hölls under bevakning av 8 polismän.

Ciano skall ha varit synlig i ett fönster i sin våning på lördagsmorgonen, och vid 9-tiden på morgonen företog grevinnan med barnen en kort promenad, från vilken hon är som uppslukad av jorden. Senare har det framkommit att tjänstefolket fått sina löner utbetalda tidigt på lördagsmorgonen, och av alla tecken att döma har flykten varit förberedd sedan någon tid tillbaka.

11 norrmän ha avrätta[ts] för spioner[i]

Berlin har svarat från av bara ka[st] på vår prot[est] mot beskjutningen av norska fi[ske]re:

Deutsches Nachrichtenbüro meddelar:

Den 25 augusti observerade tyska sjöstridskrafter flera fi[ske]fartyg i det varningsområde i Skagerak som är förbjudet [för] fiske. Fartygen uppmärksamgjordes genom varningsskott [på] att de befann sig inom varningsområdet, varpå de avlägsn[ade] sig. På kvällen påträffades fartygen ånyo på samma plats [...] inne i det tyska varningsområdet. De tyska stridskrafterna [kon]staterade dessutom att av de föregående natt utlagda sju [...] bojarna blott en fortfarande lyste och att de övriga dels sa[...]des, dels gjorts obrukbara genom bortskruvande av ström[...]tarna och avlägsnande av topptecknen.

e tyska krigsfartygen anlände
atsen drog sig fiskebåtarna
amt undan och försökte und-
. De besköts därför med ar-
anater, och två av båtarna
. Fiskebåtarna uppehöll sig
två gånger samma dag inom
sområdet och var verksamma
De gjorde sig därmed skyldiga
planmässigt och avsiktligt över-
le av förbudet att befara det
arningsområdet. Genom en för-
från svenske marinattachén be-
es att det var fråga om svenska
De svenska båtarnas uppträ-
är icke blott neutralitetsstridigt,
nebär ett direkt understödjande
klands fiender. Tyske ministern
holm har på tyska riksregerin-
ägnar vid en démarche i utri-
artementet inlagt den skarpaste
g mot detta uppträdande från
a fiskefartyg och uttalat riks-
gens förväntan att svenska re-
en ställer de skyldiga till an-
å lämpligt sätt. Riksregeringen
dare meddelat att de tyska sjö-
rafterna efter denna händelse
t order att upphöra med den hit-
änga gånger visade hänsynen vid
ridandet av gränsen till var-
mrådet och att i framtiden vidta
ga åtgärder mot sådana fartyg.

U. D. avvisar tyska beskyllningarna.

förfrågan i utrikesdepartemen-
ekräftas att noten på söndagen
mnats i Stockholm. Man fram-
i departementet att den svenska
unkten redan med full tydlighet
ts i den i söndagens tidningar i
publicerade protestnoten till den
regeringen i anledning av be-
ingen och sänkningen av de två
ka fiskefartygen. I denna not
ölls att talrika svenska fiskefar-
nder sommaren regelbundet id-
ke i de vatten dar incidenten in-
, varvid de ofta varit i beröring
le tyska bevakningsfartygen utan
essa ingripit emot dem.

I noten hette det vidare att den svenska regeringen vid flera tillfällen uttalat sin fasta förvissning om att något spionage varken ägt rum eller kommer att äga rum från de svenska fiskefartygens sida. Det underströks att den svenska regeringen alltjämt är fast övertygad om att fiskarna ej gjort sig skyldiga till några handlingar som kunde föranleda tillgripande av våld.

Talesmannen för utrikesdepartementet, som betecknar de tyska beskyllningarna om åverkan på lysbojar m. m. såsom fullständigt orimliga, förklarar sig övertygad om att regeringen kommer att vidhålla den uppfattning angående de tyska krigsfartygens handlingssätt som funnit uttryck i den redan i Berlin avlämnade noten.

Och så är tyskarna rasande på den svenska pressen, som hetsar mot Tyskland. Vilket den faktiskt gör.

왼쪽 위 '치아노가 가족과 함께 경비를 뚫고 탈출하다', 출처 알 수 없음.
왼쪽 아래와 오른쪽 '어선 관련 항의에 대한 베를린의 강력한 답변', DN, 1943년 8월 30일.

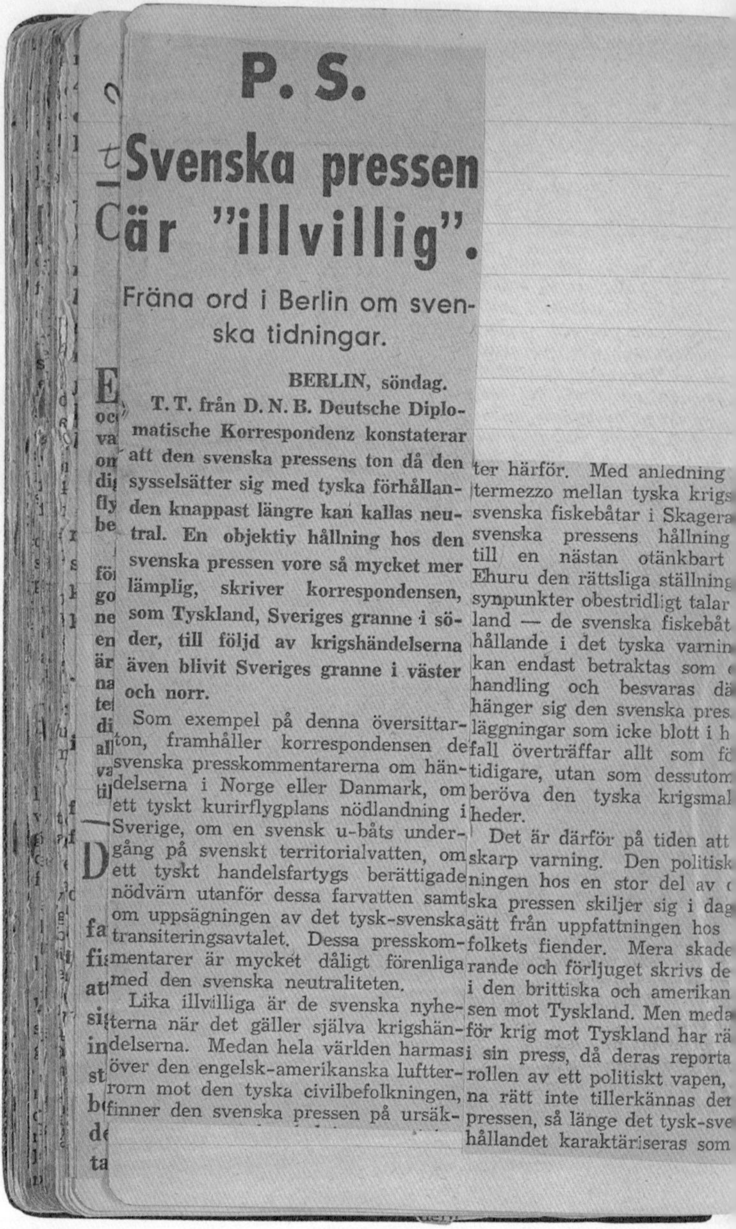

P. S.

Svenska pressen är "illvillig".

Fräna ord i Berlin om svenska tidningar.

BERLIN, söndag.

T. T. från D. N. B. Deutsche Diplomatische Korrespondenz konstaterar att den svenska pressens ton då den sysselsätter sig med tyska förhållanden knappast längre kan kallas neutral. En objektiv hållning hos den svenska pressen vore så mycket mer lämplig, skriver korrespondensen, som Tyskland, Sveriges granne i söder, till följd av krigshändelserna även blivit Sveriges granne i väster och norr.

Som exempel på denna översittarton, framhåller korrespondensen de svenska presskommentarerna om händelserna i Norge eller Danmark, om ett tyskt kurirflygplans nödlandning i Sverige, om en svensk u-båts undergång på svenskt territorialvatten, om ett tyskt handelsfartygs berättigade nödvärn utanför dessa farvatten samt om uppsägningen av det tysk-svenska transiteringsavtalet. Dessa presskommentarer är mycket dåligt förenliga med den svenska neutraliteten.

Lika illvilliga är de svenska nyheterna när det gäller själva krigshändelserna. Medan hela världen harmas över den engelsk-amerikanska luftterrorn mot den tyska civilbefolkningen, finner den svenska pressen på ursäk-

ter härför. Med anledning
termezzo mellan tyska krigs
svenska fiskebåtar i Skagera
svenska pressens hållning
till en nästan otänkbart
Ehuru den rättsliga ställning
synpunkter obestridligt talar
land — de svenska fiskebåt
hållande i det tyska varnin
kan endast betraktas som
handling och besvaras dä
hänger sig den svenska pres
läggningar som icke blott i h
fall överträffar allt som fö
tidigare, utan som dessutom
beröva den tyska krigsmal
heder.

Det är därför på tiden att
skarp varning. Den politisk
ningen hos en stor del av
ska pressen skiljer sig i dag
sätt från uppfattningen hos
folkets fiender. Mera skade
rande och förljuget skrivs de
i den brittiska och amerikan
sen mot Tyskland. Men meda
för krig mot Tyskland har rä
i sin press, då deras reporta
rollen av ett politiskt vapen,
na rätt inte tillerkännas de
pressen, så länge det tysk-sve
hållandet karaktäriseras som

ESSELTE
№ 2532

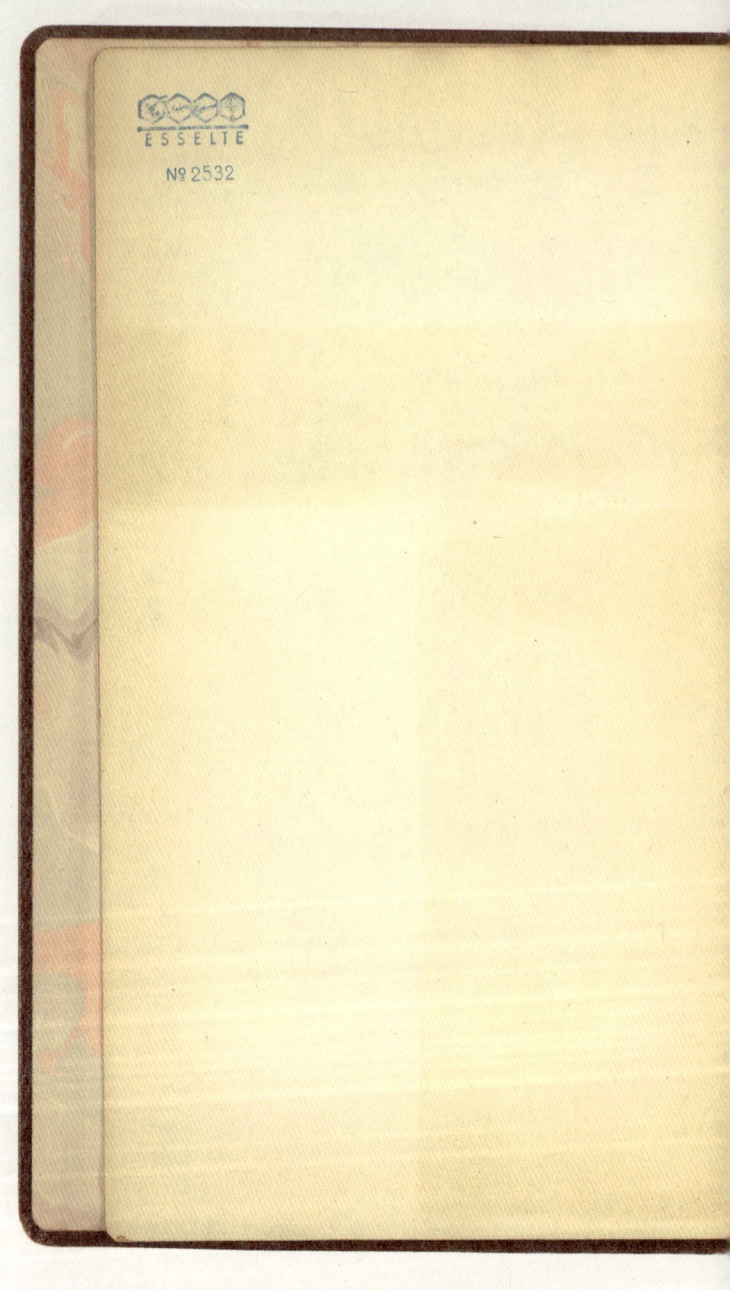

Forts. 30 aug. 1943.
n ganska larvig artikel
rån D. N. korrespondent i
Rom om Mussolini:

ROM, söndag.

Den som i morse gick genom Roms gator kunde knappast undgå observera att var och varannan romare man mötte var djupt fördjupad ningen av de nyss utkomna söndagstidningarna. Det lekte ett roat eende på mångas läppar, medan ögonen slukade en stor artikel på a sidan. När man själv hade fått sitt tidningsexemplar stod sam-hanget genast klart. Romarna läste en åldrande f. d. diktators sista kssaga...

ı och man emellan hade namnet i länge viskats. Det berättades n de mest fantastiska, ömsom de pikanta historier om de båda a systrarnas Petacci och — nåja, edje-namnet behövde aldrig näm-lla visste ändå vem som åsyfta-Det berättades att bäraren av outtalade namn på sistone allt gick upp i sina amorösa intres-ilka hade de båda systrarna till ål. En viss villa uppe på Monte spelade alltid en central roll så samtalet kom in på det där äm-Folk som aldrig satt sin fot in-r villans dörrtröskel kunde för-om den sagolika lyx som härska-r inne, om dyrbara orientaliska r, om badrum, vilkas raffinerade ning kulminerade i en dörr helt dd med bergkristall, om budoarer Pompadour. Det är denna ro-ska kärlekssaga som i ett par år folkets fantasi och tungor i rö-och som först i dag presenteras ıdets hela press på en pikant gar-bricka till nationens beskådan egrundan.

: började med att en Turintidning tt par dagar sedan innehöll en om att en viss familj Petacci, be-de av far och mor och två dött-ade arresterats och införpassats

'무솔리니에게 치명타가 된 몬테 마리오의 빌라. 독재자를 향한 해변의 유혹이 목가적인 삼각 드라마로 바뀌다', 아그네 함린, DN, 1943년 8월 30일.

ill fängelset i det närbelägna Novara.

D:r Francesco Petacci, född i Konstantinopel och utövande läkarpraktik vid en av Roms huvudgator, har två döttrar, som allmänt beskrivs som synnerligen välväxta och vackra, den 30-åriga Clara, gemenligen Claretta kallad, och hennes tio år yngre syster Maria, som plötslig dök upp i filmens värld under pseudonymen Miria Di San Servolo, där hon basunerades ut som stjärna i en för övrigt tämligen okänd film med det poetiska namnet "Kärlekens vägar".

Mötet på badstranden i Ostia.

Det begav sig en dag för några få år sedan att en man, som i detta sammanhang figurera som "en synnerligen högt uppsatt person", i sin magnifika, långcylindriga bil for ut till Ostia för att bada. Stranden där ute var full av badande romare, som vördnadsfullt vek åt sidan när den högt uppsatte personen trädde ut ur badhytten och majestätiskt klev ner i det ljumma vattnet. "Gästen", berättar den allvarligt sinnade Messaggero, "som i en raffinerad baddräkt demonstrerade sitt bronsbruna bröst, kastade härskarblickar omkring sig."

Till sin häpnad och förfäran får nu mängden plötsligt se en ung dam skynda fram till den högt uppsatte personen. Några herrar av den typ som helst bör vara anonym, men är lättare igenkänd än folk av något annat yrke, rusade skräckslagna fram för att hejda den sköna i hennes vilda förehavande. Men mannen med härskarblicken vinkade avvärjande mot dem och uppmuntrande till den unga damen, vars baddräkt enligt den citerade tidningen framhävde hennes "förvisso mycket behagliga former".

Claretta inledde nu ett samtal med den högt uppsatte personen, ett samtal som skulle komma att få vittgående följder. Respektfullt, som det höves en undersåte, försäkrade Claretta den högt uppsatte personen att hon alltid hyst den allra största beun[...] för honom, att hon i ett otal bre[...] honom låtit honom förstå det, me[...] värr aldrig fått något svar och at[...] rent av uppvaktat honom med et[...] annat poem. Den högt uppsatte [...]sonen rynkade pannan eftersinn[...]

nå, det var så många som skrev [...] brev och poem till honom, han ku[...] inte minnas — men en blick på [...] unga nymfen framför honom öve[...]gade honom om att hennes ve[...] måste äga en söt amorös doft.

En kvinnlig nödlögn o[...] en kvinnas list.

Claretta glömdes inte av den [...] uppsatte personen. Hans intresse [...] henne stegrades ytterligare när ha[...] hennes mun fick veta att hon älsk[...] blommor och hade en stark konst[...]lig böjelse. Markens alla ljuva bl[...]ster i den högt uppsatte perso[...] praktfulla trädgård stod till hennes [...]fogande, försäkrade han. När han [...] veta att Claretta även spelade fiol [...] han klart för sig att det fanns yt[...]ligare en beröringspunkt mellan d[...]

Men till råga på allt målade Cl[...]retta också tavlor. Den högt up[...]satte personen blev eld och låg[...] Det skulle genast arrangeras en u[...]ställning av hennes verk, en [...] Roms förnämsta konstsalonger r[...]kvirerades för ändamålet. Men d[...] där med måleriet var bara en lit[...] nödlögn från Clarettas sida. Hon h[...]de aldrig tagit i en pensel. Kvi[...]nans list är dock berömd även i It[...]lien. Claretta fann på råd. H[...] hyrde en fattig målarkludd, som [...] tio dagar totade ihop 40 tavlor [...] henne, porträtt och landskap o[...] stilleben, och så var den vernissag[...] räddad. Den högt uppsatte pers[...]nen köpte hela samlingen, rubb o[...] stubb.

Ett sällsamt triangeldrama.

-lekssagans följande kapitel är
-igen snart berättade. "Kärleken
-ade upp med en vådelds hastig-
Den icke mera unge beskydda-
-lir rent ut sagt vimmelkantig av
försäkrar det allvarliga romer-
-orgonbladet. Men Claretta hade
en yngre syster, den 20-åriga
-, även hon en glödande konst-
-jäl. Av dialogen blir sålunda om-
ett idylliskt triangeldrama av
-es särskilt slag.
bägge systrarnas lycka var gjord.
- giftes bort med en ung dandy,
-l. a. fick barontitel som belöning
-laretta hade varit gift, men var
- skild. Även pappa Petaccis lyc-
-ar gjord. Ingen människa hade
-re hört talas om att han skulle
någon särskilt framstående me-
-man. Men plötsligt dyker hans
- upp under långa och lärda me-
-ska artiklar i Messaggero och
- tidningar och tidskrifter.
-mensamt för pappa Petacci och
båda vackra flickor tycks emel-
- ha varit ett starkt utvecklat af-
-inne. Den gamla myten om det
-piska guldregnet som flödade över
-ë blev verklighet, om än i modern
-tion. Den okände konstantinopo-
-ske läkarens bankkonto svällde
-artat, och nådens sol fortfor att
- över Claretta och Maria.

Budoaren blev aldrig konselj.

grydde morgonen till den 26 juli
Folk som den morgonen flane-
genom Via Nazionale blev då
-en till hurusom en hop unga ro-
- yra av frihetens rus trängde in
hus, hurusom en rad fönster slogs
och en syndaflod av vita läkar-
-ar, instrument och medicinflaskor
-le ner. Det var slutet på d:r Pe-
-s praktik.

Det finns en eller två observationer av ett visst intresse att göra i detta sammanhang. För det första kan man konstatera att varken systrarna Petacci eller någon av deras föregångare i ämbetet spelat någon som helst politisk roll. De fascistiska mätressernas uppgift har varit begränsad.

Men så finns det en synpunkt till, och den är säkert inte mindre intressant eller betydelsefull. Så pass sensationellt utstyrda artiklar som dessa om familjen Petacci kan absolut inte publiceras utan höga vederbörandes samtycke.

Vår egen förklaring är denna: det har måhända förelegat en viss risk för att det skulle kunna uppstå en Mussolinilegend, vilken i ett givet ögonblick kunde tänkas bli farlig på ett liknande sätt som Napoleonlegenden. Det finns fortfarande några hundra tusen övertygade fascister i Italien, och de är kanske inte alla villiga att så där utan vidare ge slaget förlorat. Tungan kan vara ett farligt vapen. Efter publiceringen av historien om systrarna Petacci bör det bli rätt svårt att propagera en legend om den högt uppsatte person som nyss försvann från det offentliga livets skådebana. Löjet dödar.

앞 페이지에서 계속.

Samtliga danska officerare har arresterats
tyskarna. Åtgärden drabbar mellan 800 och 1
man, som kommer att interneras på Freder
bergs slott och Hotell d'Angleterre i Köpenha
Masshäktningar har även företagits bland po
tiker och intellektuella. Hela ledningen för K
servative parti med Ole Björn Kraft i spetsen
häktats, likaså universitetsmän, bl. a. filosofip
fessorn Jörgen Jörgensen, författare som d
matikern Kjeld Abell och ett antal pressmän.
geringen Scavenius, som officiellt avgått,
satts under bevakning. Mosaiska församling
ledare, C. B. Henriques, befinner sig bland
häktade. Det väpnade motståndet fortsätter.
Næstved på Själland rasade strider ännu
måndagsförmiddagen under parollen "strid
sista patronen".

Generalstrejken har från Jylland spritt sig till Svendborg på Fyn. I Svendborg har det kommit till hårda strider, varvid befälet över danskarna förts av prins Gorm, en son till prins Harald. I Viborg har den tyske prinsen Christian von Schaumburg-Lippe, ingift i danska kungafamiljen, lett den militära operationen.

Kung Christian och hela danska kungafamiljen uppges befinna sig i fångenskap på Amalienborgs slott.

All civil resetrafik i D
mark har förbjudits, n
post och telegraf har
öppnats. På måndagen
Danmark utan tidningar,
det är osäkert om de k
mer ut på tisdagen. Tiv
vars direktör var Kjeld Ab
har stängts.

En tysk pansardivision
anlänt från Norge för att
sättas på Själland.

OREL
BJELGORO
CHARKOV
TAGA
SICILIEN
100 km
ns sträckning 1/8 1943
1/9 1943
erritorium
at territorium
VIKTIGARE DATA
OREL återerövrat av ryssarna
BJELGOROD återerövrat av r
SICILIEN helt i de allierades
CHARKOV återerövrat av ryss
TAGANROG utrymt av tyskarn

출처 알 수 없음.

Varmvattnet

— Nu så ere slut på fröjden…

Av alla de många bilder, som kommer att gå till historiens under vår på sådana bilder så rika tid, blir denna kanske icke den minst attraktiva. Den är tagen vid det dramatiska mötet mellan befriaren Adolf Hitler och exdiktatorn Benvenuto Mussolini. Rikskanslern mötte sin vän på flygplatsen närmast det tyska högkvarteret och kom i sällskap med bl. a., riksutrikesministern von Ribbentrop, som står närmast bakom Hitler. Om de närmaste åtgärderna från de tid har telegrafen därefter burit nogа vittnesbörd.

왼쪽 '일요일 꼬마 요정의 장난', DN, 1943년 10월 3일.

오른쪽 출처 알 수 없음.

befinna sig om vi inte försvarad
Vid Gud, vi måste fråga oss, om
tjänar det eller om man inte hellr
önska dem att de själva en gån
uppleva den av dem så förhärliga
sjevismen. — Granberg.

A. B. 8. 10. -43

"Svin i smoking" tysk replik på hänvändelsen.

Nazistiska huvudorganet öser ur sig sitt dåliga humör.

BERLIN, fredag. (AB)

Berlins morgontidningar rasar i dag över den svenska pressens hållning gentemot Tyskland och anlägger därvid en synnerligen hotfull ton.

Främst i skottlinjen står Göteborgs Handels- och Sjöfartstidning och Aftontidningen för sina artiklar om det tyska folkets krigsskuld — och man fäster sig på tyskt håll därvid kanske allra främst vid de båda tidningarnas skymfande av den tyske soldaten — men även den svenska pressen i övrigt anses tydligen i sin inställning inte skilja sig nämnvärt från de båda nämnda tidningarna.

— Oförhindrat får sedan månader tillbaka varje tidning i Sverige högvis tömma ut sina smädelser och oförskämdheter över Tyskland, skriver 12 Uhr Blatt, och fortsätter: Man tycks på vederbörligt håll i Stockholm inte vara på det klara med att den svenska hetspressen bedriver ett farligt spel.

Partiorganet Völkischer Beobachter skriver i en längre artikel på ledande plats bl. a. följande:

— Även detta krig kommer att ta ett slut, och vi kommer att glömma månget ord från våra fiender och de s. k. neutrala av i dag, som dessa helst inte skulle ha uttalat. Men sådana skymfligheter och utslag av mänsklig mindervärdighet, som man i dag tillåter sig i Sverige, kommer inte att glömmas. Längre än olust och vrede lever äckel och förakt.

Kan det tänkas något äckligare än denna pöbel, som skymfar den tyska krigsmakten trots att den kan göra ett behagligt liv endast därför att Tyskland och dess tappra förbundna håller bolsjevismen borta från den. Var skulle dessa svin i smoking, som i dag skymfar oss,

9. 10.

"Jag tror på Gud och Mussoli

Från Dagens Nyheters speciel korrespondent.

U.P. DEN ITALIENSK-SCHWEI GRÄNSEN,

Mussolini förestavade på fr för sin nya ministär en ed, i han i likhet med Hitler ned den Högstes beskydd. De eden lyder ordagrant: "Jag t Gud, jordens och himlens på hans rättfärdighet och s och jag tror på det förrådda ens återupprättelse. Jag tr Mussolini och på vår seger. vapen, italienare, mot inkräkt

Aldo F

deförföljelserna
Danmark.

Från professor Karl Olivecrona
und har AB mottagit följande:

n Danmark komma i dessa dagar
rande underrättelser om en stor ak-
mot judarna. Det måste befaras, att
om drabbas av denna komma att
på båtar för att transporteras till
polskt ghetto. Vilket öde som vän-
em där vill man knappast föreställa

en en vän av Tyskland måste be-
ta avstånd från detta sätt att be-
a människor. Det lönar sig föga
klandra de krigförande för själva
åtgärderna. När väl kriget kommit
g, tillgripa bägge parter snart sagt
medel, som de anse verkningsfulla,
den som avstår därifrån utlämnar
själv åt fienden. Men ingen sund
balanserad person torde kunna över-
om att bortförandet av judarna i
mark är ett nödvändigt led i den
krigföringen.

n som skriver dessa rader är liv-
medveten om vilka oerhörda faror
yskt sammanbrott skulle dra med sig.
syns mig ofrånkomligt, att en sam-
nisation av Europa är nödvändig för
skapa ett bestående fredstillstånd
denna världsdel och att en sådan
nisation icke kan skapas utan Tysk-
som centrum. Alternativet härtill är
t min mening, att Europa blir ett
likt Balkan, inklämt mellan den ang-
xiska världsmakten och den ryska
ske helt eller delvis uppslukat av den
re. Skillnaden mellan detta tillstånd
det som skulle kunna skapas i ett
verkande Europa är så himmelsvid
alla de nationella motsättningar, som
hindrande i vägen, borde få träda
grunden. Då man tillika måste inse
sådana förändringar, som det här är
a om, faktiskt icke komma till stånd
de svåraste skakningar och ett högt
i mänskligt lidande, tvingas man att
se från mycket, som i och för sig är
ggligt — detta så mycket mer som
kan förstå, att ett europeiskt kaos
te dra med sig ännu mycket större

lidanden. Men vissa gränser måste dock dragas. Och dessutom kunna sådana åtgärder som nu senast dessa i Danmark icke vara nödvändiga ur europeisk synpunkt. De äro tvärtom till största skada.

Såvitt jag förstår, finns det ingen annan utväg att bringa judefrågan ur världen än assimileringen. Men just dessa förföljelser verka i motsatt riktning. De svetsa ihop judarna, och flyktingströmmarna hota att i sinom tid framkalla nya vågor av antisemitism även i andra länder, som förut varit tämligen oberörda därav.

Framförallt har det emellertid varit ödesdigert, att det europeiska enhetsprogrammet från tysk sida kombinerats med judeförföljelserna. Därigenom har man gjort förståelsen mellan tyskar och andra folk nästan omöjlig. För att man skall kunna gripas av tron att judarna utgöra en sådan fara, att de måste utrotas, förutsättes enligt min tanke en förvanskad verklighetsuppfattning. Hos de allra flesta människor inställer sig icke denna tro, och därför väcker utrotningskriget den starkaste moraliska motvilja. Så förkastas enhetsprogrammet på samma gång som förföljelserna. Härav följer i sin tur, att våld och förtryck tillgripas, där övertalning och samverkan på likställighetens basis borde ha haft sin plats.

Som läget nu är, har Europa råkat in i ett fruktansvärt dilemma. Omätliga framtidsmöjligheter ha gått till spillo, till väsentlig del på grund av dessa nerdragande judeförföljelser. Jag har emellertid svårt att tro annat än att det tyska folket i gemen känner på samma sätt som andra inför sådana åtgärder som nu dessa i Danmark, i den mån de bli bekanta. Kanske ligger däri ett framtidshopp, kanske skall den stora tanken om Europas enande uppstå på nytt i renad form, sådan att den accepteras med glädje och tacksamhet som en räddning ur svåraste nöd. Den som hyllar denna tanke kan för närvarande inför händelserna i Danmark blott säga: sådant måste man ovillkorligen fördöma.

Lund den 6 oktober 1943.

Karl Olivecrona.

왼쪽 '독일의 스웨덴 언론에 대한 반응: 턱시도를 입은 돼지들', 《아프톤블라데트》(이하 AB), 1943년 10월 8일.
왼쪽의 오른편 '나는 신과 무솔리니를 믿는다', DN, 1943년 10월 9일.
오른쪽 '덴마크의 유대인 박해', 칼 올리베크로나, AB, 1943년 10월.

En ung engelska, gift med en svensk sjöman, återfann sin bror ocl
tala med honom några minuter.

Detta foto från krigsfånge
utväxlingen tar jag med
bara på grund av soldaten
ansikte. Jag tycker, det ut
trycker all soldatlängtan i
världen.

24 okt. -43.
Natten till fredagen blev
Aerotransports flygplan (Gripen)
beskjutet utanför
Smögen, som det senare
visade sig av ett tyskt
JU-plan. Gripen flög
20 min efter beskjut-
ningen men sen explo-
derade en bensintank
och planet störtade
brinnande mot en
bergvägg. 13 passagerare
dödades, 2 räddades.
2 ryska diplomatfruar
med vardera 2 barn be-
funno sig bland de om-
komna. Flygkaptenen
o. styrmannen efterlämnar
hustrur o. späda barn.
Och efter styrelsesamman-

'예테보리, 포로 교환이 이뤄지는 모두의 섬', AB, 1943년 10월 20일.

Scharnhorsts besegrare

Det engelska slagskeppet "Duke of York", som var amiral Frasers skepp i striden mot Scharnhorst.

Apropå julen

Ur Hasse Z:s krönika i Sv. Dagbl. 29.12.-43

Barnets och barnens högtid.

"När Herodes nu såg, att han blivit gäckad av de vise männen, blev han mycket vred. Och han sände åstad och lät döda alla de gossebarn i Betlehem och hela området däromkring, som voro två år gamla och därunder."

Detta är julnotisen för 2 000 år sedan. I dag låter den så här:

"52 danska barn av judisk härkomst, i ålder från 1—12 år, som förut suttit inspärrade i Vestre Fängsel, ha nu sänts i godsvagnar till Tyskland. Avfärden iakttogs av flera danska ögonvittnen, som berättar om de hemska scener som utspelades. Barnen voro orena och vanvårdade."

Judeförföljelsernas
nnebörd.

TT STORA TAL vid krigsut-
et 1939 proklamerade Hitler de
peiska judarnas utrotning som
v den nazistiska politikens mål,
i olika anföranden under senare
ar han som bekant åter och åter
uttryck åt samma tanke, exem-
s i sitt senaste nyårstal. Det
änar att understrykas att det
cke rör sig om utdrivning, utan
trotning, förintelse i fysisk me-
I motsats till vad som var
under de första åren efter Hit-
makttillträde få judar i de av
terna behärskade länderna
längre utresetillstånd, även om
rete inresetillstånd till neutral

r skall icke skildras hur det
tt och tillgår vid de judiska
ens, kvinnornas och barnens
matiska nedslaktande. Materia-
om belyser detta är redan över-
nde rikt, ehuru givetvis oftast
att använda som historisk käl-
stora drag kan dock förloppet
ra anses vara känt. De upp-
härom som meddelas i Fred-
och Pihls nyutkomna böcker
otvivelaktigt vederhäftighetens
l, ehuru de naturligtvis skulle
a kompletteras med volymer.
författarna voro för övrigt
början ingalunda övervägande
ivt inställda till nazismen. De
a alltså icke anses ha varit a
i benägna att acceptera några
uelmärchen" om vad som för-

siggått med östjudarna i Polen eller med de dit deporterade cirka 700.000 central- och västeuropeiska judarna. Ingen omdömesgill person som tagit del av det förhandenvarande materialet torde för övrigt vara benägen att dra dessa båda svenskars uppgifter i tvivelsmål, i den mån de belysa de fasansfulla omständigheter under vilka nämnda massavrättningar ägt rum.

Svårare är det givetvis att yttra sig om de hittills avlivades antal. I en intressant artikel i aprilnumret av den i Oxford utkommande utrikespolitiska tidskriften The New Commonwealth Quarterly har professor S. Brodetsky belyst denna fråga. Han kommer till det resultatet att av de cirka 8 miljoner judar, halva världsjudenheten, som kommit under Hitlers eller hans vasallers välde cirka 2 miljoner direkt och avsiktligt avlivats, medan cirka en halv miljon dött av hunger och sjukdom. De sistnämnda kunna karaktäriseras som i regel indirekt avrättade, emedan de avsiktligt berövats existensminimum. Enligt officiella tyska förordningar få (fingo) judarna i Polen blott en fjärdedel så stor matranson som tyskarna och tilldelas barn under fem år ingen mjölk! De som drivits att ta de sinas och sina egna liv utgöra säkert många tusental. Av Polens ungefär 3½ miljoner judar ha blott cirka 400.000 undkommit, praktiskt taget alla till Sovjetunionen. Av de

왼쪽 위 '샤른호르스트호의 정복자들', 1943년 12월 29일, 출처 알 수 없음.
왼쪽 아래 '어린이와 어린이의 축제', 하세 Z., SvD, 1943년 12월 29일.
오른쪽 '유대인 박해의 의미', 후고 발렌틴, DN, 1943년 12월 28일.

cirka 5 miljonerna judar i Ryssland, inklusive deras stamfränder i Baltikum, Östpolen, Bukovina och Bessarabien, föll en stor del i nazisternas händer under de närmaste månaderna efter tysk-ryska krigsutbrottet 1941. Av dem som undkommo vistas cirka en miljon i Turkestan.

Så långt Brodetsky. Pihls siffra, hittills 4.335.000 "likviderade" judar i Europa, strider ej mot hans uppgifter. Ty dels räknar Pihl som "likviderade" även de deporterade och i ghetton instängda, som ännu ej avlivats, dels avse hans beräkningar en senare tidpunkt: oktober 1943.

Nazisternas avlivning av judarna, vilken så att säga försiggår på löpande band, har enligt Brodetsky nått genomsnittssiffran 100.000 pr månad, vilket i och för sig förefaller troligt.

Den åskådning som ligger bakom det mot judarna proklamerade utrotningskriget är den att dessa utgöra en hemlig, fantastiskt mäktig international, som med infernaliska medel arbetar på att "förinta" de ariska folken genom att hetsa dem mot varandra för att sedan upprätta ett judiskt världsherravälde. Ett led i denna judiska världskonspiration är det mot Tyskland riktade förbundet mellan det bolsjevikiska Ryssland och de "plutokratiska" anglosachsiska staterna. Såväl denna allians som det nu pågående kriget är judarnas verk. (Någon namngiven jude utpekas dock i regel icke, men i den för den bredare publiken avsedda propagandan framställes bland Roosevelt som jude.) De mot Tyskland fientliga folken äro av judarna förda bakom ljuset och tjäna, då de bekriga nazismen, icke sin egen sak, utan den judiska internationalens. De ha av denna "förbannade ras" drivits ut på slagfälten för att offras för att den interna-

tionella judendomen skall kunr
ra sina affärer och leva ut sitt
maltestamentliga hat" (Hitler
årsbudskap 1943). I lidelseful
dalag har Hitler, särskilt und
senaste åren, gång på gång fö
nat att detta krig icke skall
som judarna enligt honom ho
d. v. s. med de "ariska" folker
rotande, utan med judarnas, å
stone de europeiskas, förintan
sitt tal i Berlins sportpalats 30
ari 1942 betonade han att
tredje möjlighet icke funnes.

Denna politiska förkunnelse
pletteras av en metafysisk,
vilken "juden" är en inkarnati
det radikala onda. I den nazi
religionen intar han samma
som djävulen i den kristna.
för får han i bokstavlig mening
den för allt, särskilt för allt
är ägnat att väcka den s. k.
vreden. De grymheter som til
vas bolsjevikerna, t. ex. i Balti
betecknas i regel som judiska,
naturligtvis äro engelsmännens
rorraider" judiska. Den likri
pressen och en skickligt organi
viskningspropaganda ha under
na år övertygat miljoner männ
därom liksom om judarnas "
inflytande" på sina "värdf
moral — en lärorik illustration
H. C. Andersens "Det är ri
sant".

Utanför de nazistiska krets
torde man emellertid ingens
längre sätta tro till denna anti-j
ka mytbildning, och detsamma
de numera gälla också stora dela
nazisterna, särskilt dessas övre s
De äro säkert medvetna om att a
dödade judiska miljonerna ick
enda individ drömt om att u
"arierna" eller att upprätta ett
diskt världsherravälde. Icke h
torde de tro att judarna äro

앞 페이지에서 계속.

전투 병력과 관련하여 1940년 4월 9일부터 6월 10일까지 노르웨이에서 자국 군인들이 독일군에 맞서 싸우는 동안 스웨덴에서 노르웨이로 어떤 군사 이동도 이루어지지 않았다. 그리고 1940년 4월 하순과 5월, 6월 초에 공식·비공식적인 발표가 있었음에도 불구하고, 이 시기에는 어떤 형태의 전쟁 물자도 수송되지 않았다. 312p

공식적인 수송 요청의 거부

스웨덴 정부는 이런 종류의 요청을 모두 거부했다. 이것은 한편으로는 전쟁의 시작과 그 경과를 보며 스웨덴이 밝힌 입장 — 1940년 4월 12일 총리의 라디오 연설과 같은 해 4월 22일의 공식 성명을 통해 — 과 맞닿아 있었다. 다른 한편으로는 스웨덴 국민들은 이러한 수송 허가를 국민적 자존심을 훼손하는 일로 받아들여 분노와 수치심을 느끼게 될 것이라고 판단했기 때문이었다.

이렇게 스웨덴 정부는 국민의 명예를 존중함으로써 전쟁 물자 수송 허가에 관한 최종 결정을 내릴 수 있었다.

스웨덴군에 요청된 2명의 의사와 290명의 위생병

4월 25일, 5월 1일, 12일, 15일, 23일, 6월 6일에 의사 2명과 남성 간호 인력 290명이 다양한 규모의 그룹으로 나뉘어 국경을 통과했다. 가장 큰 그룹은 81명으로 구성되었다. 스웨덴 정부는 노르웨이 북부에서 싸우는 독일 군대에 처음부터 의료 인력이 거의 없었다는 점을 들어, 인도주의적 사유에 따라 이들의 통과에 동의했다. 이 허가가 내려지기 전, 스웨덴 군 당국은 의료진 파견 규모가 과도한 것은 아닌지, 노르웨이에 주둔한 독일군 병사 수에 비례하는지 등의 질문을 받았다. 그렇지만 군사적 계산에 따르면 이 숫자는 해당 규모의 병력에 필요한 인원의 단지 [?] 퍼센트에 불과했다.

1940년 4월 20일부터 25일 사이에 스웨덴을 통과한 기차는 모두 서른네 량이었는데, 혹독한 폭설로 수송에 장시간이 걸렸고, 24.6톤의 의료품(공간을 많이 차지하는 엑스레이 장비와 기타 임상 장비 포함)이 실려 있었다. 또한 348.3톤의 식량과 21.8톤의 섬유(담요, 식료품, 의류 등)도 실려 있었는데, 노르웨이의 민간인들 가운데 도움이 필요한 이들을 위해 사용되었다. 이 열차에 실린 모든 것은 스웨덴 세관 직원이나 외무부 관계자의 검사를 거쳤다.

314~315p [……] 결국 최종적으로 전차와 대전차포, 비행기, 공중 방어라는 네 가지 축에 전력의 무게 중심을 싣는 것으로 결론이 났다.

"소련에게 유럽은 대체 무엇입니까? 그 거대한 제국을 보다가 유럽을 돌아보면, 우리는 스스로를 별도의 대륙이라고 부를 만한지 되묻지 않을 수 없습니다. 이러한 의문에 스탈린과 가까운 소련의 장교 한 사람이 아주 분명하게 대답했습니다. '유럽은 기껏해야 러시아의 큰 지방에 불과합니다. 서로 반목하며 다투는 무수한 국가가 모인 집합체에 불과할 뿐입니다. 독일군은 이제까지 우리가 유럽으로 향하는 문을 막아 왔습니다. 다른 모든 것은 우리에게 무의미하고, 우리가 독일을 이기면 우리는 유럽을 소유하게 됩니다.'"

제국 원수는 이어서 말했다. "그렇다면 유럽에 있는 동맹국, 우방국, 중립국, 적대국은 모두 깊이 깨달아야 합니다. 독일이 무너진다고 해서 볼셰비키는 스웨덴이나 스위스 또는 다른 중립국을 존중한다는 이유로 침략을 멈추지 않을 것입니다. 독일이 무너지는 순간 볼셰비즘은 유럽 끝까지 질주할 것입니다.

몰로토프는 우리가 그들의 핀란드 제2차 공격을 눈 감으면 독일과 아주 좋은 관계를 유지할 수 있을 것이라고 말했습니다. 그러나 그것은 핀란드의 최종적인 파멸을 의미합니다. 그뿐만 아니라 볼셰비키는 즉시 스웨덴의 철광 지대를 공격함은 물론, 그들이 항상 찾아 헤맨 부동항을 확보하려 할 것입니다. 볼셰비키는 또한 루마니아를 자신의 영향권에 포함시키려 했습니다.

이제 동지 여러분, 나는 사령관이든 신병이든 여러분 모두에게 우리 총통이 그의 정치적 천재성으로 이 치명적인 위험을 분명히 인식했을 때, 그가 처한 상황을 생각해 보자고 요청합니다! 우리 총통은 이제 그의 생애에서 가장 어렵고, 역사상 가장 중요한 결정에 직면했습니다. 독일 국민을 이 전투로 이끌기는 쉽지 않았습니다. 총통은 명석한 판단력, 선견지명, 정치적·전략적 창의력으로 이 전투가 모든 전투 중에서 가장 어려운 전투가 될 것임을 알고 있었습니다. 훗날 우리는 이것이 서방을 위한 가장 중요하고 유일한 결정이었다고 평가할 것이 분명합니다. 그것은 언제든 유럽을 절멸시키려는 볼셰비키의 피의 물결에 맞서 이를 파괴하기로 한 지도자의 결정이었습니다."

이어서 제국 원수는 독일 측이 러시아의 손실 정도에 대해 정확히 파악하고 있으며, 적절한 시점에 발표할 것이라고 밝혔다.

스탈린은 어떤 대가를 치르더라도 군비 증강에 중요한 지역을 정복하기 위해 수많은 사람을 희생시키고 있다. 그러나 그는 볼셰비키가 새로운 연령대의 대원을 모집하지 않고 주로 16세 정도의 소년과 노인을 최전선으로 내몰고 정치인들은 뒤에서 진군하는 데 그쳤다고 말했다.

괴링은 연설에서 겨울 전투에 배치된 소련 전차들의 설계가 잘못되었다고 지적했다. 그러나 러시아군은 많은 병력과 겨울의 지형 변화 덕분에 독일군과 연합군의 진지에 침입할 수 있었다. 그러나 독일군은 흔들리지 않고 저항을 계속했다고 한다.

연사는 현재 세계 대전의 의미, 무엇보다도 소련과의 전투를 '자유 아니면 전멸'이라고 규정하며 러시아와 합의하는 것은 절대 불가능하다고 강조했다.

이 전투에서는 한쪽이 반드시 전멸해야 하는데 그것은 바로 볼셰비즘이 될 것이며, 유대인들이 독일에 복수할 수 있다면 독일 민족 전체를 그들의 증오로 몰살시킬 것이라는 점도 덧붙였다.

괴링은 또한 영국의 독일 민간인 폭격에 대한 보복 문제를 언급하며, 동부 전선에서 볼셰비즘의 마지막 저항이 무너지는 순간이 반드시 올 것이라고 말했다. 그때 독일 지도부는 영국이 다른 곳에서는 싸우지 않고 독일 민간인을 상대로 테러를 자행했다는 사실을 기억하게 될 것이며, 그때 이러한 공격에 대해 철저하게 보복할 것이라고 말했다.

현재 동부 전선에서 일어나는 일은 러시아의 압도적 병력에 맞서 독일군이 방어를 재편하기 위해 이전에 점령했던 광활한 땅의 일부를 포기하고 있는 것이라고 했다.

괴링은 스탈린그라드를 볼셰비즘의 전진을 막기 위한 거대한 힘겨루기의 상징으로 언급하면서, 테르모필레 전투•와 니벨룽 전투••에 비교했다.

스탈린그라드의 병사들이 피를 흘리며 영웅심과 투지를 발휘해 독일 군사 지도부가 새로운 방어선을 구축할 수 있었다는 것이다.

스탈린그라드의 병사들은 명예의 법칙뿐만 아니라 가혹한 전쟁의 법칙도 따라야 했고, 타의 추종을 불허하는 헌신으로

• 기원전 480년 페르시아 제국과 그리스 연합군 간의 전투. 7,000여 명의 그리스군이 테르모필레 협곡에서 페르시아 대군을 사흘간 저지한 역사적 사건이다.

•• 독일 서사시 《니벨룽의 노래》에 나오는 전투로, 절망적인 상황에서도 끝까지 싸우는 영웅적 저항을 상징적으로 표현한 것이다.

이를 수행했다고 한다. 그는 어떤 대가를 치르더라도 스탈린그라드를 지켜야 한다는 사실이 독일의 전략과 계획에 반영되었다고 말했다. 스탈린그라드에서 탄생했다는 영웅적인 노래를 생각하면 국내의 모든 사소한 불평과 불만은 잠잠해져야 한다고 제국 원수는 덧붙였다. 유럽의 우유부단한 사람들도 스탈린그라드를 생각하며 동부 전선에서의 전투가 유럽 전체를 구하는 일이라는 것을 깨달아야 한다고 강조했다.

또한, 독일군을 향한 이 호소가 모든 독일인에게 적용된다는 점을 강조했다. 이어질 전투로 인해 새롭게 더 큰 희생이 요구될 것이며, 누구도 최선을 다하는 것을 거부해서는 안 된다는 것이다.

그러나 적국이 지난 며칠의 국가 총동원 조치를 독일의 최후의 몸부림으로 여긴다면 그것은 잘못된 판단이라고 했다. 독일의 힘은 꺾이지 않으며 승리를 향한 의지 또한 굳건하다고 강조했다.

괴링은 독일 국민 전체의 총사령관이자 지도자인 아돌프 히틀러에 대한 찬사로 연설을 마무리했다. 이로써 그는 독일군과 동맹국의 무기가 궁극적으로 고국에 승리를 안겨 줄 것이라는 확고한 신념을 표명했다.

그란베리와 TT.

베를린, 일요일. 316p

독일 뉴스 통신사의 속보. 제국 장관 괴벨스 박사는 토요일 오후 베를린 스포츠 궁전에서 열린 권력 장악 10주년 기념 연설에서 1933년 이후 매년 히틀러가 독일 국민에게 다가오는 투쟁의 해를 위한 구호를 직접 제시해 왔다는 점을 강조했다. 괴벨스는 “총통은 오늘도 독일 국민에게 연설하는 것이 가장 큰 소망임을 여러분께 전하라고 지시했습니다. 그러나 그 역시 우리 모두와 마찬가지로 이 추모의 날을 기념하는 전통을 중단하게 된 것을 매우 안타깝게 여기고 있습니다. 그럼에도 가혹한 전쟁 상황 때문에 그는 지금 당장 동부의 주요 방어 전투를 지휘하고 있는 본부를 떠날 수 없습니다. 따라서 그는 연설 대신 선언문을 통해 독일 국민에게 메시지를 전합니다.”

괴벨스 박사는 최근 몇 년간의 사건을 되돌아보며 독일이 모든 위험과 위기를 물리쳐 왔다고 언급했다. “과거에도 그랬던 것처럼 현재도 그렇고 미래에도 그럴 것입니다! 항복이라는 단어는 우리 어휘에 존재하지 않습니다. 이것이 언제나 확고하고 반박할 수 없는 원칙이었습니다! 우리는 그 원칙을 고수해 왔고, 앞으로도 고수할 것입니다. 투쟁은 처음부터 국가 사회주의 운동의 구호였으며, 오늘날까지도 우리의 구호로 남아 있습니다.

그때 우리에게 아무것도 거저 주어지지 않았던 것처럼, 오늘날에도 그냥 주어지는 것은 아무것도 없습니다. 우리는 모든 것을 정복하고 우리의 힘으로 쟁취해야 합니다.

동부 전선에서 치열한 전투가 벌어지고 있는 지금, 적은 다시 한번 우리를 이길 수 있다고 믿고 있습니다. 적의 신문은 뻔뻔하게 거짓말을 하고 있습니다. 독일에 비상사태가 선포되었고, 국가가 분열되고 있다는 식의 이야기입니다. 저는 그와 달리 오직 확실한 사실만 말할 수 있습니다. 독일 국민은 전쟁을 위한 만반의 준비를 갖추었고, 전쟁과 승리를 위한 결의를 다지고 있습니다! 이제부터 우리는 승리를 앞당기기 위해 상상할 수 있는 모든 것을 할 것입니다. 적들이 우리의 결의를 진지하게 받아들이지 않는다 해도 전혀 개의치 않습니다. 적에게 과소평가되는 것은 전쟁에서 항상 도움이 됩니다. 우리가 상상을 초월해 노력한 결과는 생각보다 빨리 적군 측에 알려질 것입니다."

317~320p **"우리를 영국과 비교하는 것은 모욕입니다."**

"최근 영국 신문에 독일 지도부가 독일 국민을 격려하기 위해 됭케르크 참사 이후에도 버텨 낸 영국 국민이 보인 항전 의지를 본보기로 삼고 있다는 보도가 실렸습니다. 저는 이에 대해 공식적으로 단호하게 밝히는 바입니다. 어떤 독일 정치인도, 어떤 독일 신문도 이런 굴욕적인 비하 발언에 굴복하지 않았습니다! 또한, 독일 국민이 동부 전선에서 벌어지고 있는 이 두 번째 겨울 전쟁의 어려움에 대처하기 위해 영국 국민을 예로 들 필요가 있는지 이해할 수 없습니다. 프리드리히 대왕의 역사를 가진 나라가 굳이 영국 역사를 롤 모델로 삼을 필요는 없습니다!

그 누구도 이 투쟁의 어려움을 과소평가하지 않습니다. 이 전투는 극도로 혹독하여 우리 군대와 지도부에 초인적인 힘을 요구하고 있습니다. 만약 적이 이번 겨울에 이룬 군사적 성공을 들먹인다면, 우리는 그 성공이 마지막 안락과 안일함에서 우리를 흔들어 깨웠을 뿐이라고 대답할 수 있습니다! 이 시각부터 독일 국민은 오직 승리를 위해 싸우고 일할 것입니다.

런던에서는 우리에게 예비 병력이 하나도 없을 거라며 비웃고 있습니다. 하지만 사람들이 생각하는 것보다 더 빨리 우리의 예비 병력을 보게 될 것입니다! 우리의 목숨을 건 전투는 절정을 향해 극적으로 치닫고 있습니다! 총력전을 조직하고 실질적으로 수행하기 위한 조치가 이미 취해졌고, 앞으로 며칠 안에 더 많은 조치가 뒤따를 것입니다!"

괴벨스는 독일 국민에게 보내는 총통의 선언문을 낭독하고 다음과 같이 덧붙였다.

"우리는 총통이 있기에 승리를 믿습니다! 오늘날 총통을 바라보면, 앞으로 다가올 최후의 승리가 보장되어 있음을 볼 수 있습니다. 우리는 세계의 운명을 결정짓는 전투가 국가 사회주의 제국과 볼셰비키 소련 사이에서 벌어질 것을 잘 알고 있습니다."

연설 마지막에 괴벨스는 이렇게 말했다. "우리의 오랜 적들과 맞서 싸우는 이 극적인 순간에 전능하신 분께 단 한 가지 부탁을 드립니다. 총통께서 건강하시고 힘과 결단력으로 가득 차시게 해 주십시오! 그러면 우리는 모든 위험을 극복하고 결국 승리와 평화를 이룰 수 있을 것입니다. 그래서 나는 독일 국민 전체를 대표하여 우리의 외적 자유를 위한 가장 힘겨운 투쟁에서 우리의 확고한 의지를 확인하는 마음으로 총통을 향해 우리의 오래된 구호를 외칩니다. 총통이여, 명령하소서! 우리는 따르겠습니다!"

권력 장악 10주년을 맞이한 오늘, 우리는 1933년 1월 30일 제국 대통령 폰 힌덴부르크 원수가 국가 사회주의에 권력을 넘기지 않았다면 독일과 유럽이 어떻게 되었을지 분명히 깨닫습니다.

체제 시대•의 독일은 그대로 남아 있을 수 없음은 물론, 정치적·경제적 파괴와 군사적 절망감은 필연적으로 점점 더 심각한 무력감으로 이어졌을 것입니다. 그러나 같은 기간 동안 볼셰비즘은 유럽 침공을 준비하며 이미 10년 전부터 거대한 규모의 군비 증강을 체계적으로 추진해 왔습니다. 1941년 6월 22일, 새로운 독일군이 유럽 대륙을 향해 방패를 들지 않았다면 독일 국민과 유럽은 어떻게 되었을까요! 앵글로색슨 정치

• 1918~1933년 히틀러가 권력을 잡기 전까지의 독일 민주주의 체제(바이마르 시대)를 폄하하는 국가 사회주의 용어.

가들의 우스꽝스러운 보증이나 무의미한 문서상의 선언이 세계를 구할 것이라고 누가 믿을 수 있겠습니까? 오늘날 미국 특파원들이 침착하게 말하듯이, 그들은 지난 20년 동안 단 하나의 목표만 추구해 왔습니다. 그것은 마치 민족 대이동이나 몽골의 침략 때와 같이, 유럽을 침략하고 문화를 파괴하며 무엇보다도 민족을 몰살시켜 시베리아 툰드라의 노예 노동력을 확보하는 것입니다.

독일을 제외한 다른 어떤 국가가 이 위험에 대응할 수 있었을까요? 1941년 이후 유럽 대부분이 동방의 위험에 맞서 싸우기 위해 독일을 중심으로 집결했다면, 이는 1933년에 독일이 오늘날 세계의 운명을 결정하는 싸움을 이끌 수 있는 정치적, 도덕적, 물질적 조건을 모두 갖추었기 때문입니다. 그 당시도 독일 내부적으로 두 가지 가능성만 있었습니다. 국가 사회주의 혁명이 승리해 그에 따라 제국이 계획한 대로 사회를 재건하거나, 아니면 볼셰비키 혁명으로 모든 것이 파괴되고, 모든 사람이 노예화되는 것이었습니다. 오늘날에도 두 가지 대안만 존재합니다. 즉 독일군과 우리의 동맹국들 — 유럽이 승리하거나 — 아니면 동쪽, 즉 내륙 아시아•에서 밀려오는 볼셰비키의 물결이 가장 오래된 문화 대륙을 덮쳐 이미 러시아에서 그랬

• 소련을 유럽 문명권에 속한 국가로 보지 않고, 아시아 내륙에서 온 훈족이나 몽골 제국 같은 동방 유목민 침략자로 규정했다. 유럽 문명을 파괴하는 민족의 이미지를 강화하는 수사법으로 당시 독일의 반슬라브, 반볼셰비키 선전에 핵심적으로 활용되었다.

듯이 파괴와 전멸을 불러오느냐의 문제입니다. 세상 물정을 모르는 공상가들만이 유대인 허풍쟁이 편에 서서 영국이나 미국의 문서 따위로 이러한 재앙을 막을 수 있다고 진지하게 믿고 있습니다.

1939년 프랑스와 영국이 정당한 이유 없이 독일에 선전 포고 하고 제2차 세계 대전을 일으켰을 때, 그들은 의식하지 못했지만 단 한 가지 의미 있는 일을 했습니다. 즉 제국이 최고의 힘을 발휘할 때, 역사상 가장 큰 충돌을 불러일으킨 것입니다. 이 전투는 우리가 알고 있듯이 크렘린의 통치자들이 오랫동안 준비해 온 것이고 해가 갈수록 더 어려워질 수밖에 없습니다. 이 거대한 규모의 투쟁 앞에서 다른 모든 사건은 보잘것없어 보입니다.

신의 섭리가 승리를 선물하지 않습니다

유럽에 대한 내륙 아시아의 새로운 공격이 성공한다면, 옛 세계가 훈족의 폭풍에 무너졌듯이 오늘날의 세계도 무너질 것입니다. 수천 년에 걸친 인류의 노동이 다시 한번 헛수고가 되고, 지구상에서 가장 번성했던 대륙은 혼돈으로 뒤덮이고, 문화는 상상할 수 없는 야만으로 대체될 것입니다.

1933년 이후 경제, 문화, 심지어 정치 영역에서 이룬 성취는 그 모든 위대함에도 불구하고 오늘날 우리가 지면한 과제에 비하면 아무것도 아닙니다. 국가 사회주의가 지금까지 이룬 성과 이상의 것을 추구하지 않았더라도, 이미 세계 역사상 가장 강력한 현상 중 하나가 되었을 것입니다. 그러나 그렇다 해도 유럽은 여전히 길을 잃고 헤매었을 것입니다.

초기에 소수의 사람으로부터 시작되어 권력을 장악한 날까지, 그리고 그 이후 오늘날에 이르기까지 우리 운동의 경이로운 여정은 독일 국민, 나아가 유럽 전체에 역사상 가장 큰 위협에 성공적으로 대응할 기회를 주려는 신의 섭리이자 의지의 표현으로만 이해할 수 있습니다.

따라서 이 전쟁의 의미를 이해하고, 이 대륙이 마침내 구원받았다고 말할 수 있을 때까지 결연한 의지로 우리에게 부과된 전투를 끝까지 수행하는 것은 오직 우리에게 달려 있습니다.

동방의 야만인 무리가 우리 대륙을 휩쓸어 모두가 겪게 될 고통에 비하면, 개인에게 닥치는 운명의 타격은 아무것도 아닙니다. 한때 독일 기사들은 믿음이라는 이상을 지키기 위해 머나먼 곳까지 나아가 싸웠지만, 오늘날 우리 병사들은 유럽을 멸망으로부터 구하기 위해 끝없는 동방에서 싸우고 있습니다. 이 전투에서 전사하는 한 사람 한 사람의 목숨이 다음 세대의 생명을 지켜 줄 것입니다.

가능할 것이라고 판단되는 한, 나는 화해를 위해 전 세계에 반복해서 손을 내밀었습니다. 하지만 1940년 7월 마지막 평화 제안이 거부된 이후, 그 어떤 반복적인 제안도 나약함으로 해석될 수밖에 없다는 사실이 분명해졌습니다. 이 전쟁을 일으킨 선동가들은 어떤 경우에도 결코 평화를 원하지 않기 때문입니다.

국제 자본주의와 볼셰비즘의 음모는 우연적 현상이 아니라 필연적 사실입니다. 양쪽 모두의 원동력은 증오에 사로잡혀 수천 년 동안 인류를 끝없이 갈가리 찢어 놓고, 가장 깊은 내면을 부패시키며, 경제적으로 약탈하고, 정치적으로 파괴해 온 동일한 민족에게서 비롯된 것이기 때문입니다. 국제 유대인은 고대와 마찬가지로 오늘날에도 '민족과 국가의 부패를 일으키는 요소'로 남아 있으며, 모든 민족이 이 병원균을 제거할 힘을 찾지 못하는 한 그대로 남아 있을 것입니다. 역사상 가장 거대한 이 전투에서 우리는 신의 섭리가 저절로 승리를 안겨 줄 것이라고 기대해서는 안 됩니다.

너무 가볍다고 판명되는 모든 개인과 국가는 반드시 무너집니다

모든 개인과 국가의 무게가 재어질 것이고, 너무 가볍다고 판명되는 것은 반드시 무너집니다. 나는 1939년 9월에 이미 어떤 일이 닥치더라도, 시간도 무력도 독일을 절대 굴복시키지 못할 것이라고 선언했습니다. 따라서 지난 10년은 평화적 노동, 문화적 진보, 사회적 회복의 모든 영역에서 엄청난 업적을 이뤘을 뿐만 아니라, 비할 데 없는 위대한 군사적 업적으로도 충만해 있습니다. 독일군과 동맹국이 이 전쟁에서 거둔 승리는 역사상 타의 추종을 불허합니다.

이 전쟁에서 승자와 패자는 존재할 수 없고 오직 생존자와 전멸자만 존재한다는 사실을 깨달은 이상, 국가 사회주의 국가는 독일에서 권력을 장악한 첫 순간부터 지니고 있던 그 불굴의 신념으로 계속 투쟁할 것입니다. 그렇기 때문에 1942년 1월 30일에 약한 자들도 승리를 맛볼 수 있었지만, 운명의 시련은 오로지 강자만을 시험할 뿐이라고 말했습니다. 지난겨울, 자본주의 국가의 유대인 지도자들은 독일군의 붕괴가 불가피하다며 환호했습니다. 그러나 상황은 다르게 전개되었습니다. 그들은 이번 겨울에도 같은 것을 바랄지 모르지만, 국가 사회주의 이념의 힘이 그들의 갈망보다 더 강하다는 것을 똑똑히 보게 될 것입니다.

전쟁이 오래 지속될수록 국가 사회주의의 이념은 점점 더 굳건히 다져지고, 국민들의 믿음으로 채워지며, 더 많은 성취를 이뤄 갈 것입니다. 국가 사회주의 이념은 모든 사람이 자신의 의무를 다하도록 촉구하고 의무를 회피하려는 사람은 파멸시킬 것입니다. 이 싸움은 1월 30일에 명확한 결실을 거둘 때까지 계속될 것입니다,

오늘 우리가 지난 10년 동안 성취한 평화의 결과를 돌아볼 때, 나는 동료 전사이자 공동 창조자로서 이 일에 다양한 방식으로 결정적인 역할을 한 모든 사람에게 깊은 감사를 표합니다. 또한 공장과 사무실, 농장, 국가적 개인적 삶의 무수한 영역에서 성실히 능력을 발휘한 수백만 명의 알려지지 않은 독일의

남녀들에게도 감사를 표합니다. 그러나 1939년 9월 1일 이후 이 감사는 무엇보다도 우리 군인, 원수, 제독, 장군 및 장교들, 특히 수십만, 수백만 명의 이름 모를 하사관들과 병사들에게 바쳐야 합니다. 우리 육군, 해군, 공군이 달성한 자랑스러운 영광의 업적은 불멸의 월계관으로 장식되어 역사에 기록될 것입니다. 무명 전사들이 견뎌야 했던 고난은 현재는 물론 미래에도 헤아리기 어려울 정도입니다. 북쪽 끝에서 아프리카 사막까지, 대서양에서 광활한 동방까지, 에게해에서 스탈린그라드까지, 수천 년 동안 지속될 영웅의 노래가 지금도 울려 퍼지고 있습니다.

총체적인 노력이 더욱 강화되어야 합니다

이처럼 특별하고, 요즘같이 어려운 상황에서 조국이 그에 걸맞게 굳건히 서 있는 것은 명예의 문제입니다. 지금까지 이 투쟁을 이끌어 가는 데 도시와 지방에서 큰 공헌을 했다면, 이제 국가가 총체적으로 더 노력해야 합니다. 우리 병사들이 볼가강에서 벌인 영웅적인 투쟁은 모든 사람에게 독일의 자유와 우리 국민의 미래, 더 넓은 의미에서 우리 대륙 전체의 보존을 위해 최선을 다해야 한다는 것을 일깨워 줍니다. 그러므로 국가 사회주의당은 임무를 수행할 의무가 있습니다. 우리 국방군의 병과에 속한 구성원들은 모범적으로 용맹을 겨루며 조국의 수호자가 되어야 합니다. 적들은 잔인한 파괴 수단으로 평화로운 도시와 마을을 위협했습니다. 그러나 적들은 집이나 사람을 파괴할 수는 있어도 정신을 꺾을 수는 없고, 오히려 강하게 만들 뿐이라는 것이 이미 입증되었습니다. 이 전쟁이 시작될 때 많은 독일인에게 알려지지 않았던 것이 이제 분명해졌습니다. 즉, 1914년과 마찬가지로 적들이 다시금 우리에게 강요한 전투가 우리 민족의 존재와 패망을 결정한다는 것입니다. 전능자께서는 정의로운 심판자가 되실 것입니다. 그러나 우리의 과제는 그분이 주신 존재 투쟁의 법칙에 따라 창조주인 그분 앞에 설 수 있도록 우리의 의무를 다하는 것입니다. 미래를 위해, 우리 민족의 생명을 보존하기 위해, 결코 절망하지 않고, 결코 생명을 아끼지 않고, 결코 어떤 노동도 아끼지 않을 것입니다. 그러면 이 전투로 언젠가 우리 민족이 적으로부터 해방되는 위대한 시간이 올 것입니다. 죽은 자들의 희생과 마을과 도시의 폐허 위로 우리가 믿고 싸우고 일하는 국가, 즉 독일 민족의 게르만 국가, 우리 국민 모두의 영원하고 평등한 조국, 즉 국가사회주의 대독일 제국의 새로운 삶이 꽃필 것입니다. 그리고 그 안에는 미래에도 동방의 위험으로부터 유럽 민족을 지켜낼 힘이 영원히 존재할 것입니다. 대독일제국과 동맹국들은 이들 민족의 물질적 생존을 보장하기 위해 필수적인 생활 공간을 공동으로 확보해야 할 것입니다.

1943년 1월 30일, 본부에서

아돌프 히틀러

321~323p **환호성 없는 기념일**

독일의 적들은 나치 정권 수립 10주년 기념일을 앞두고, 독일의 위기 속에서 이 행사가 어떻게 진행될지 내심 쾌재를 부르며 지켜보고 있었음이 분명하다. 그들은 아마도 이전 기념일에 대한 경험에 근거해 나치가 집권 10주년을 맞아 환호성을 터뜨리며 성대히 기념할 것이라고 확신했을 것이다. 그러나 이것은 적어도 언어사적 관점에서 정당한 기대가 아니었다. 이 두 단어•는 어원적으로 서로 관련이 없다. 게다가 암울한 감정이 얼굴에 역력히 드러나더라도 기념일을 치를 수 있다. 나치는 단순히 이 권리를 행사했을 뿐이다. 그러나 그들의 가장 저명한 대표자 중 몇몇은 자리를 비웠다. 노르웨이의 해방자 테르보펜은 휴가를 떠나 노르웨이 휴양지의 한 호텔에 있었고, 크비슬링은 심각한 코감기로 참석이 어려웠다. 제국 총통 히틀러는 선전부 장관 괴벨스에게 자신을 대신하게 했다. 그는 군 본부에서 할 일이 너무 많았다.

괴벨스는 이 경우에 매우 적합한 대리인이었다. 그는 활달한 기질 덕분에 10년 전 그날을 다른 전우들보다 더 강렬하게 되새겼을 것이다. 그는 히틀러가 제국 총통으로 임명되었다는 소식을 가지고 당 본부로 왔을 때 눈물을 흘렸고, 새로운 당원들이 계속 찾아와 "환호하고 외쳤으며", 밖에서는 함성이 울려퍼졌

• 기념일이라는 뜻의 Jubileum과 환호성이라는 뜻의 Jubel.

는데, "민족이 그에게 환호를 보냈다."라고 했다. 그때 괴벨스는 너무 행복해서 웃어야 할지 울어야 할지 몰랐다고 한다. 그러나 그는 10주년 기념일을 맞아 웃지 않았다. 이날은 "대단히 심각한 분위기였다."라고 말한 특파원의 말은 의심할 여지가 없다.

베를린에서는 이날을 맞아 지금 이 순간부터 모든 국가적 역량을 전쟁에 집중해야 할 것이라는 발표가 있었다. 모든 남성과 여성은 국방에 참여해야 한다. 모든 생산 설비는 무기 제조에 집중돼야 한다. 냄비나 기타 가전제품이 필요한 사람은 누구든지 기다려야 하며, 그러한 물건은 더 이상 시장에서 구할 수 없게 될 것이다. 독일 국민에게 지금 전쟁 준비에 본격적으로 착수하라는 권고는 너무나 거세서 전쟁이 막 발발했다고 느껴질 정도다. 만약 러시아 전선 대부분에서 이어지는 독일군의 퇴각, 포로와 버려진 전쟁 물자의 손실 증가, 제8군의 튀니지 침공, 마이코프의 상실 등 전황 보도가 동시다발적으로 쏟아지지 않았다면 말이다. 항공부 장관 괴링은 라디오 연설에서 자신이 살아 있는 한 그 어떤 적군 비행기도 독일 영공을 침범할 수 없을 것이라고 공언하려 했지만, 그 순간 그는 청취자들에게 공습 대피소로 가라고 외쳐야 했다. 이 일은 제국 원수에게 이례적으로 불쾌한 일이었지만, 동시에 상징적인 에피소드이기도 했다. 정권 생일에 울려 퍼져야 할 승리의 팡파르는 비행기에서 쏟아지는 포탄 소리에 자리를 내주었다. 바로 나치 제국과 평화로운 합의를 위해 끝까지 노력한 사람들이 보낸 폭격기였다.

독일 총리는 위대한 고백을 통해 인간은 어리석을 뿐만 아니라 건망증이 심하기 때문에 무엇을 믿어야 하는지 반복해서 말해 주어야 한다고 강조했다. 괴링과 괴벨스도 이러한 인식을 수용했다. 최근 몇 주 동안 세 지도자의 발언은, 특히 10주년 바로 전날 모든 독일 신문이 보도한 내용은 독일의 현 상황을 묘사한 조금씩 다른 버전으로 볼 수 있다. 사람들은 이 모든 것이 10년 전 독일 국회의사당 방화 사건과 관련해 들었던 이야기를 떠올리게 한다는 사실에 놀라지 않을 수 없었다. 당시 사람들은 볼셰비즘이 곧 들이닥칠 것이라고 확신했고, 국회의사당에 불을 질러 봉기를 알리려던 음모자들의 어리석음 덕분에 공산주의 음모가 마지막 순간에 밝혀졌다고 주장했다. 그들은 수도 한복판에서 불이 나면 대기하고 있던 공모자들뿐만 아니라 경찰도 이를 목격할 수 있다는 사실을 전혀 고려하지 못했지만, 나치는 독일과 유럽을 동시에 구한 존재로 자리매김하게 되었다. 나치당은 향후 동방의 위협으로부터 서방을 방어하기 위해 독재적 권력을 요구했고, 결국 이를 쟁취했다.

나치 지도자들은 10년 전과 마찬가지로 이와 같은 견해를 다시금 독일 국민과 전 세계에 내세우고 있다. 러시아 볼셰비키가 그들의 계획을 실행하고 전 유럽을 정복하려 한다는 것, 다시 말해 과거 민족 대이동이나 몽골 침략 당시처럼 '20년 동안 단 하나의 목표', 즉 시베리아 툰드라를 위한 노예 노동력을 확보하기 위해 유럽을 침략하고, 문화를 파괴하며, 무엇보다도 유럽인들을 몰살시키는 것을 목표로 삼고 있다는 것이다. 이러한 주장을 뒷받침하기 위해 나치들은 '미국 특파원'을 증인으로 내세운다. 이들의 이름은 언급되지 않았지만, 샤이러, 하워드 스미스 등 많은 특파원들의 보고는 현재 독일에서 역사적 문서로 취급되고 있다. 동방으로부터의 새로운 위험 앞에서, 나치 독일은 다시 한번 구세주처럼 등장했다. 그리고 10년 전과 똑같은 요구를 내세우되, 이제는 훨씬 더 높은 차원에서, 유럽 국가들 역시 나치 독재를 받아들임으로써만 스스로를 구할 수 있다고 주장하는 것이다.

나치 지도자들은 독일이 유럽을 장악하지 못하고 러시아와의 전쟁에서 버티지 못하면 심각한 사태가 발생할 것이라는 데 의견의 일치를 보았다. 온갖 구체적인 세부 사항을 인용한 괴링은 스웨덴과 스위스에 대해서도 관심을 보였다. 괴링의 성명에서 간접적으로 암시되고 있듯이, 독일이 스칸디나비아 형제 국가들을 포함한 많은 유럽 소국에게 했던 것처럼 러시아 역시 스위스나 스웨덴의 중립성을 존중하지 않을 거라고 한다. 전쟁 수행에 관한 괴링의 진술도 주목할 만하다. 지난겨울 러시아가 비교적 소극적인 공세로도 성공할 수 있었던 것은 '적군 때문이 아니라 상황 요인들' 때문이었다는 것이다. 당시 독일군은 비정상적으로 혹독한 추위에 놀랐다. 그런데 러시아가 현재의 정상적인 겨울에 훨씬 더 강력한 공세를 펼칠 수 있는 이유는 무엇인가? 괴링은 특유의 솔직함을 과감히 드러내며 그 까닭을 설명한다. 즉, 호수, 강, 늪지대가 얼어붙었기 때문에 독일군은 러시아의 진격을 막는 중요한 장애물을 잃었다는 것이다. 독일의 실패 이전에도 러시아의 강과 호수가 겨울이면 얼어붙는 경향이 있다는 것은 잘 알려진 사실이지만, 그럼에도 이 설명을 받아들여야 한다. 마지막으로 괴링은 자신이 특히 강조했던 무기인 항공기에 대한 이상한 정보를 덧붙였다. 즉 독일은 동부와 남부 전선에 항공 전력을 집중해야 하므로 영국의 공습에 대응할 수 없다는 것이다. 그러나 보고서에 따르면 독일의 항공기들은 동부와 남부 전선에서도 임무를 제대로 수행하지 못했고, 그사이 몰타섬에서는 독일이나 이탈리아의 공습에 거의 방해받지 않고 재무장이 진행되고 있다.

통신사의 보도에 따르면 히틀러는 성명을 통해 이 전쟁이 끝나면 승자도 패자도 없고 오직 살아남은 자나 전멸한 자만 있을 것이라고 외쳤다고 한다. 이로써 거대한 오르간에서 새로운 선율이 울려 퍼지고 있다. 그러나 또 다른 선율은 침묵하고 있다. 독일의 승리와 함께 성장한 자유롭고 행복한 유럽의 자랑스러운 소리는 더 이상 들리지 않는다. 나치당 대표는 힌덴부르크로부터 '독일을 정상으로 이끌라'는 사명을 부여받았다고 성명을 통해 밝혔다. 그날 천년 제국을 꿈꾸는 나치 제국이 건국되었다. 그러나 10년이 지난 지금, 나치 제국은 스스로 불러낸 적대적 세계에서 어떻게 하면 파멸을 피할 수 있을지에 대한 문제에 직면하고 있다.

4월 19일, 스웨덴 공사관이 서신으로 요청한 조사가 진행되었 325~327p
다. 그 결과 (1) 알트키르히호와 드라켄호 사이의 교전은 3해리 구역 밖에서 발생했으며 (2) 스웨덴 해군 명령과 배치되는 스웨덴 잠수함의 이해하기 힘든 출현이 이번 충돌의 원인이라고 결론지었다. 따라서 스웨덴 정부의 항의는 정당한 것으로 볼 수 없다.

자세한 내용은 다음과 같이 설명할 수 있다.

(1) 시간과 위치의 문제. 독일 증기선은 4월 16일 크리스티안산에서 슈테틴으로 가는 중이었다. 사건은 독일 서머 타임으로 오전 6시 35분~38분 사이에 발생했다. 증기선 알트키르히는 약 북위 57도 50분 및 약 동경 11도 27분에 있었다. 독일 측에서 제시한 위치 및 시간 데이터는 스웨덴 데이터와 거의 일치한다. 따라서 이 선박이 실제로 스웨덴 잠수함 드라켄이 맞다는 것이 입증되었다.

(2) 독일 서머 타임으로 6시 35분 첫 관측이 이루어졌을 때, 잠수함은 약 1해리 전방에 있는 알트키르히의 좌현으로 약 4도 정도 기울어진 곳에 있었다. 알트키르히는 이 시점에 약 북위 57도 50분 및 동경 11도 27분에 있었다. 잠수함은 그때 물에 잠겼다. 증기선 알트키르히는 3해리 경계선을 따라 지그재그로 계속 이동했다. 독일 서머 타임으로 6시 38분, 잠수함이 두

번째로 목격되었을 때, 잠수함은 우현으로 향하고 있었다. 따라서 잠수함은 3해리 구역 밖에 있었다. 따라서 스웨덴 함대가 1943년 4월 19일 스톡홀름 주재 독일 공사관의 해군 무관에게 제공한 위치, 즉 북위 57도 48.5분, 동경 11도 28분 지점에서 서쪽으로 800미터 떨어진 위치다.

(3) 1940년 8월 14일에 스웨덴 사령부가 스톡홀름 주재 독일 공사관 해군 무관에게 보낸 통신에 따르면, 스웨덴 해군은 1940년 8월 12일 다음과 같은 명령을 내렸다. 이것은 서해안에서의 스웨덴 잠수함 기동에 관해 독일 당국으로부터 받은 각서에 따른 해군 총장의 명령이다. 즉 영해 밖에서의 수중 기동은 시야가 좋은 조건에서 전투 태세 유지가 긴급히 요구될 때만 실시해야 한다. 독일 군함이나 상선이 근처에 있으면 기동을 피해야 한다. 당시 이 명령이 내려진 직접적인 이유는 앞서 언급한 알트키르히와 드라켄 사이의 교전이 벌어지고 있던 지역에서, 심지어 스웨덴 영해에서도 독일 상선이 영국 군함에게 여러 차례 공격받았기 때문이다.

이 명령의 목적은 스웨덴 잠수함과 영국 잠수함이 혼동되는 것을 방지하기 위한 것이 분명하다. 따라서 잠수함 드라켄은 알트키르히 근처에서 수중 기동을 피하라는 명령을 받았다. 그러나 잠수함 드라켄은 정반대로 행동했다.

즉 알트키르히의 선장은 독일 서머 타임으로 오전 6시 35분에 좌현으로 약 1해리 떨어진 곳에서 잠수함의 포탑을 처음 발견했다. 목격 직후 잠수함은 잠수해 버렸다. 스웨덴 국기를 게양하거나 다른 방식으로 자신을 알리지 않은 채였다. 위에서 언급한 명령에 따르면 이러한 잠수는 규정 위반이다.

잠수 후 알트키르히에서 잠수함 경보가 발령되었고 증기선은 3해리 경계선을 따라 지그재그 코스로 계속 운항했다. 그 후 이 편지의 서두에서 이해하기 힘들다고 표현된 일이 일어났다. 잠수함은 독일 서머 타임으로 6시 38분에 다시 수면 가까이 잠망경 깊이에서 좌현으로 나타났다. 잠수함의 이러한 행동으로 인해 증기선 알트키르히의 선장은 적 잠수함이 알트키르히를 향해 어뢰 공격을 준비하고 있다고 가정할 수밖에 없었다. 앞서 언급한 스웨덴 잠수함에 대한 명령은 독일 상선 근처에서 수중 기동을 자제하라는 것이었기 때문에 이러한 가정은 불가피했고, 알트키르히의 선장은 당연히 발포 명령을 내렸다.

(4) 독일 상선은 어떤 상황에서도 상선 항해 규정을 엄격하게 준수하라는 명령을 받고 있다. 증기선 알트키르히의 선장은 규정을 위반하지 않았다. 그러므로 이러한 일 때문에 독일 상선에 대한 규정을 검토할 이유가 없다. 이와 반대로 제국 정부는 스웨덴 정부에게 이번과 같은 불미스러운 사건이 다시 일어나지 않도록 조치할 것을 요구해야 한다. 이번 사건은 명백히 스웨덴 잠수함이 규정을 위반하여 기동함으로써 촉발된 유감스러운 사건이며 독일 측에는 아무런 책임이 없다.

328~330p [……] 사건 발생 시간과 관련하여, 한 스웨덴 라디오 방송국은 알트키르히가 스웨덴 시간으로 6시 12분에 잠수함을 목격했다고 보도했으며, 스웨덴 잠수함 드라켄의 사령관은 스웨덴 시간 6시 15분경, 즉 독일 서머 타임으로 7시 12분, 혹은 7시 15분에 발사가 이뤄졌다고 진술했다. 스웨덴 측에서는 이 시간 기록의 진실성에 대해 의심의 여지가 없다고 덧붙였다.

(2) 위치와 관련하여, 잠수함 사령관은 발포 당시 자신의 위치를 북위 57도 48.4분, 동경 11도 27.3분으로 3해리 구역 내에 있었다고 보고했다. 사령관은 발사 직전과 직후에 신뢰할 수 있는 육상 관측을 통해 자신의 위치를 확인했다고 주장했다. 사령관은 발포 당시 함선 동쪽으로 약 800미터 떨어진 곳에서 알트키르히를 목격했다고 진술했다. 이 정보를 바탕으로 4월 19일 스톡홀름 주재 독일 공사관 해군 무관은 스웨덴 측으로부터 알트키르히의 잠정 위치를, 즉 스토라 퇼산에서 315도 방향으로 2.8해리 떨어진 지점으로 통보받았다. 알트키르히가 6시 12분에 신호한 위치는 북위 57도 50분, 동경 11도 27분으로 3해리 구역 안쪽 약 1,000미터 거리다. 잠수함은 당시 이 제한 범위 내에 머물라는 명령을 받았다. 잠수함이 이 명령을 위반했을 가능성은 극히 희박하다고 봐야 하는데, 이는 경계 밖이 기뢰 위험 지대이기 때문이다. 드라켄은 사건 당시 의심할 여지없이 스웨넨 영해 내에 있었다. 이 진술이 알트키르히에 적용될 수 있다는 주장에 대해서는 독일도 부정하지 않았다.

(3) 이러한 맥락에서 스웨덴 정부는 독일 정부에 다음 사실을 통보하고자 한다. 4월 22일, 23일, 24일, 잠수함 울벤호와 관련해 진행된 기뢰 수색에서, 스웨덴 영해 3해리 경계선 안에서 독일의 기뢰가 다수 발견되었다. 이 기뢰의 위치는 해도에 표시되어 있으며, 빠른 시일 내에 전달될 예정이다. 스웨덴 정부는 스웨덴 영해의 기뢰 매설에 대해 강력히 항의할 수밖에 없다.

(4) 독일 측이 제기한 스웨덴 잠수함과 독일과 전쟁 중인 강대국의 잠수함 간의 혼동 위험에 대한 질문과 관련하여 다음과 같은 점을 강조해야 한다.

즉, 스톡홀름 주재 독일 공사는 1940년 4월 20일과 21일자 문서에서 독일과 전쟁 중인 국가의 잠수함이 스웨덴 영해에서 여러 차례 작전을 수행했다고 언급했다. 이에 대해 스웨덴 측은 1940년 4월 22일 스웨덴 군 당국의 면밀한 조사 결과 해당 주장은 전혀 근거가 없는 것으로 단호히 일축했다. 동시에 스웨덴 군대와 감독 기관은 현재 시행 중인 중립성 조항을 준수하기 위해 세심한 주의를 기울이고 있다는 점을 강조했다. 스웨덴 정부에 알려진 바로는, 독일과 전쟁 중인 국가의 잠수함이 단 한 번도 스웨덴 서해안 해역에 들어온 적이 없다. 독일 측에서도 그와 같은 주장을 제기한 적이 한 번도 없다. 또한 독일 선박이 스웨덴 영해의 서해안 앞에 머무는 동안 전투 작전에 노출된 사례 역시 단 한 건도 없다.

베를린은 우리 함대를 서해안에서 몰아내려 했다

1940년 8월 7일, 스톡홀름 주재 독일 해군 무관이 스웨덴 해군 당국에 제출한 문서에는 오인에 의한 충돌을 방지하기 위해 스웨덴 잠수함이 수중에 머물러서는 안 되며, 모든 기동 작전은 발트해로 옮겨져야 한다는 내용이 담겨 있다. 물론 이 요청은 받아들여지지 않았다. 그러나 1940년 8월 12일, 해군 최고 사령관은 서해안에서 군대의 수중 기동은 시야가 좋은 조건에서 전투 태세 유지가 긴급히 요구될 때만 실시해야 하며, 독일 군함이나 상선이 근처에 있으면 기동을 하지 말라고 명령했다. 물론 이는 스웨덴의 이익을 위해 취해진 예방 조치였을 뿐 독일에 대한 의무는 아니었다.

(5) 중립국에 대한 교전국 의무의 기본 원칙은 중립국 영토에서는 전쟁 행위를 할 수 없다는 것이다. 1907년 헤이그 협약 제13조 2항에 따라 군함에 대해 규정된 이 규칙은 자위를 위해 무장한 교전국의 상선에도 당연히 적용된다. 상선은 절대 공격해서는 안 된다는 일반적인 규칙 외에도, 스웨덴 영해에서 잠수함을 만난 상선이 잠수함을 봤다는 이유만으로 공격할 근거가 없다는 것은 명백하다. 따라서 알트키르히가 스웨덴 잠수함 드라켄에 발포한 것은 스웨덴의 중립성을 훼손한 것이다. 이는 스웨덴 해역의 기뢰 설치에도 동일하게 적용된다.

스웨덴 함대가 개입 명령을 받았다

(6) 며칠 전 독일 정부 대변인은 독일이 스웨덴의 중립성을 문제 삼을 이유가 전혀 없으며, 오히려 스웨덴이 철저히 중립성을 유지하기를 희망한다고 발표했다. 중립국이 지켜야 할 기본 규칙 중 하나는, 중립국은 교전국이 중립 영토에서 전쟁을 벌이는 것을 금지하고 차단하는 것이다. 따라서 스웨덴 정부는 3해리 구역 내에 있는 스웨덴 해역의 기뢰를 제거했다. 또한 스웨덴 해군 함정은 기뢰를 설치하거나 다른 선박에 발포하는 등 스웨덴 영해에서 전쟁 행위 금지를 위반하는 교전국 선박에 대해 개입하라는 명령을 받았다.

스웨덴 정부는 독일 정부가 이러한 조치의 정당성에 대해 전적으로 동의한다는 확신 하에, 스웨덴 해역에서 독일 선박이 위에서 설명한 것과 같은 행동을 취하지 않도록 독일 정부에 다시 한번 촉구한다.

이탈리아 국민에게 보내는 연합국의 메시지 332~333p

"히틀러를 위해 죽을 것인가, 이탈리아를 위해 살 것인가."

7월 16일 런던에서 루스벨트와 처칠은 공동 호소문을 통해 이탈리아에 연합군과의 전투를 중단할 것을 촉구했습니다.

오늘 라디오 알제에서 다음과 같은 메시지가 방송되었습니다. "이것은 미국 대통령과 영국 총리가 이탈리아 국민에게 보내는 메시지입니다. 이 순간 연합국의 군대와 영국 및 캐나다의 군대는 아이젠하워 장군과 그의 부관 알렉산더 장군의 지휘 아래 협력하여 여러분의 조국 깊숙이 군을 진격시키고 있습니다.

이것은 무솔리니와 그의 파시스트 정권이 여러분에게 행사한 굴욕적인 통치의 직접적인 결과입니다. 무솔리니는 인류와 자유를 무자비하게 파괴하는 자의 종으로 여러분을 이 전쟁으로 끌어들였습니다. 결국 무솔리니는 히틀러가 이미 승리했다고 착각하는 전쟁으로 여러분을 몰아넣은 것입니다. 이탈리아가 공군과 해군의 공격에 매우 취약함에도 불구하고 파시스트 지도자는 여러분의 아들, 전함, 비행기를 영국, 러시아 및 세계를 정복하려는 독일을 돕기 위해 먼 전장으로 보냈습니다. 나치가 지배하는 독일과의 결합은 미국과 영국 국민이 많은 빚을 지고 있는 이탈리아 초기의 자유와 문화 전통에 걸맞지 않습니다.

"독일인들은 도처에서 여러분을 배반했습니다."

여러분의 병사들은 여러분의 이익을 위해 싸운 것이 아니라, 나치 독일을 위해 싸웠습니다. 그들은 용감하게 싸웠지만, 러시아 전선과 엘 알라메인에서 카프 본에 이르는 아프리카의 모든 전장에서 독일군에게 배신당하고 버림받았습니다. 오늘날 세계 정복에 대한 독일의 희망은 모든 전선에서 좌절되었습니다. 이제 이탈리아 상공은 미국과 영국의 대형 항공기가 장악하고 있고, 이탈리아 연안은 지중해에서 이제까지 본 적 없는 사상 최대 규모의 영국 및 연합군 해군이 집결하여 위협하고 있습니다. 지금 여러분 앞에 있는 군대는 나치 독일의 힘을 파괴해야 하는 임무를 맡고 있습니다. 그 힘은 독일을 지배 민족으로 인정하지 않는 모든 이들을 파괴와 죽음으로 몰고 가기 위해 무자비하게 사용되었습니다.

이탈리아가 생존할 수 있는 유일한 희망은 연합국 군대의 압도적인 힘 앞에서 명예롭게 항복하는 것뿐입니다. 잔인한 나치 체제를 섬기는 파시스트 정권을 계속 용인한다면 그 결과를 감당해야 할 것입니다. 이탈리아를 침공하여 이탈리아 국민에게 전쟁의 비극을 가져다주는 것이 애석하지만, 우리는 여러분을 현재의 처지로 이끈 파시스트와 그들의 이념을 파괴하기로 결심했습니다.

여러분이 연합국의 연합군에 저항하는 모든 순간, 여러분이 희생하는 한 방울의 피까지 모두 오직 한 가지 목적, 즉 파시스트와 나치 지도자들이 그들의 행동으로 인한 불가피한 결과로부터 벗어날 시간을 더 벌어 주는 데 사용될 수밖에 없습니다. 여러분의 모든 이익과 전통은 파시스트 독일과 거짓되고 부패한 지도자들로 인해 배반당했습니다. 이 파괴가 끝나야만 이탈리아가 유럽 국가들 사이에서 존경받는 위치를 되찾을 수 있습니다.

이탈리아 국민 여러분, 여러분은 이제 여러분의 자존심과 국가의 존엄, 안보, 평화 회복을 바라며 스스로의 이익을 먼저 생각해야 할 때가 왔습니다. 이제 이탈리아 국민이 무솔리니와 히틀러를 위해 죽을 것인지, 이탈리아와 문명을 위해 살 것인지 결정해야 할 순간입니다."

루스벨트, 처칠

333~334p

총통 본부, 화요일

독일 뉴스 통신사의 속보. 총통과 일 두체•가 월요일 이탈리아 북부의 한 마을에서 만나 군사적 문제를 논의했다.

월요일 아침, 히틀러는 최측근 군사 보좌관들과 함께 비행기를 타고 회의가 열릴 이탈리아 북부 도시로 이동했다. 이탈리아 정부 수반은 그곳에서 그를 기다리고 있다가 극진히 맞이했다. 도시 외곽의 한 건물에서 진행된 회담은 오후까지 계속되었고, 히틀러는 무솔리니와 따뜻한 작별 인사를 나눈 후 자신의 본부로 돌아갔다. 이 자리에는 독일과 이탈리아 최고 사령부의 지휘관들, 군 고위 인사, 공동 전쟁 수행 문제를 다루는 전문가들도 참석한 것으로 보인다.

독일 보도국의 외교 담당 편집인은 이 회의에서 동부 전선에서 유럽 방어선에 가해지는 대규모 러시아군의 필사적인 맹공격과, 영국과 미국 군대가 지중해에서 시도하는 상륙 작전에

• Il Duce, 총통이라는 뜻으로 무솔리니를 부르는 호칭.

대해 논의했다고 전했다. 이에 독일 정치권은 유럽의 운명을 좌우할 두 전선에 대해 이야기하면서, 현재 진행 중인 전투의 중요성뿐만 아니라 그 내부적 연관성, 또 이 전선에 투입된 유럽 국가들의 공동 운명에 대해서도 강조했다.

지중해의 정세가 중심이 되었던 이 논의에서 히틀러와 무솔리니는 추축국의 군사 총사령관으로서 현실적이고 냉정한 상황 평가를 바탕으로 필요한 결정을 내려야만 했다. 그 결정이 군사적 성격이었다는 것은 짧고 주목할 만한 공식 발표에서 드러났는데, 그들의 정치적 추측이 얼마나 빗나갔는지를 보여준다. 즉 이 공식 발표는 이탈리아 영토에 대한 군사 작전을 빌미로 정치적 이득을 취하려는 영국과 미국의 시도에 대한 단호한 대응으로 볼 수 있다.

그러나 이러한 대응이 실패로 판명된 것은 로마 테러 공격 이후 이탈리아 국민들이 적의 선전 선동을 전과 다르게 받아들이게 된 것만 봐도 알 수 있다. 또한 히틀러와 무솔리니가 유럽의 운명을 책임지고 내린 결정이 어떤 영향을 미쳤는지에서도 명백히 반영될 것이다.

다음 단락에 대한 아스트리드 린드그렌의 자필 해설 넌센스.

슈미트 박사: "언젠가는 그날이 올 겁니다……."

베를린, 화요일

속보. 화요일 제국 외무부에서 열린 외신 기자단 접견에서 공사직의 슈미트 박사는 "로마에 대한 적의 공습은 적의 전쟁 수행 방식에서 새로운 것이 아닙니다. 이는 유럽의 다른 문화 유적지를 공격하는 이미 알려진 수법의 연장으로 보아야 합니다."라고 밝혔다. 그리고 슈미트 박사는 이렇게 덧붙였다.

"그러나 언젠가는 독일과 이탈리아의 모든 사람이 기다리던 날이 올 것입니다. 우리가 반드시 이루려고 결심한 날, 즉 오랫동안 억눌렸던 증오가 터져 나올 복수의 날 말입니다. 그날이 오면 적들은 세계의 양심이나 인류애에 헛되이 호소하거나 워싱턴, 뉴욕, 런던의 문화 유적지를 끌어들일 것입니다. 그때 우리는 그들이 전쟁에서 저지른 수많은 증거를 통해 적의 탄식을 침묵하도록 할 것입니다."

끝으로 슈미트 박사는 이러한 발언이 세계 여론에 호소하는 것이 아니라, 보복에 대한 강력한 의지의 표현일 뿐이라고 강조했다.

335p **휘발유 공급 재개, 짐을 가득 실은 차량들이 도시를 빠져나가다**

《다겐스 뉘헤테르》 로마 특파원, 아그네 함린

로마, 화요일

오늘에서야 어제 있었던 로마 폭격의 규모와 그로 인한 피해 및 사상자의 규모가 파악되고 있다.

공식 발표에 따르면 어제 공격 당시 모든 목격자가 이미 확인했듯이, 대규모 폭격기 편대가 투입되었다는 것이 거의 확실하다. 공격이 지속된 3시간 동안 하늘을 나는 요새와 다른 미군 폭격기가 물결을 이뤄 그 뒤를 따랐다. 오늘 발표된 성명서에 따르면 공격에 동원된 폭격기 수가 수백 대에 달하며, 이는 놀라운 일이 아니다. 참여 항공기 수 측면에서 볼 때 이 공습은 나폴리, 리보르노, 토리노 같은 다른 이탈리아 도시에 대한 이전의 주요 공격과 동등한 수준이라는 것에 의심의 여지가 없다.

또한, 피해 지역을 처음 살폈을 때 느꼈던 물질적 피해에 대한 인상은 성명서에서 충분히 확인되었다. 피해는 공식적으로 '사망자 176명, 부상자 1,659명'으로 집계되었다. 그러나 중요한 것은 이 수치가 예비적인 추정치일 뿐이라는 것이다. 최종 집계는 훨씬 더 클 가능성이 높다.

오늘 오후 폭격이 발생한 지역을 다시 방문한《다겐스 뉘헤테르》특파원은 구조대가 잔해에서 사망자와 부상자를 끌어올리느라 계속 애쓰고 있는 모습을 목격했다. 여기저기에서 무너진 벽 더미에 깔린 중상자들의 신음이 들려왔다.

기존의 공습 대피소가 현대 공중전의 요구 사항을 충족할 수 있을지 의문이다.

오늘날 로마의 거리 풍경은 비참하다. 전쟁 발발 이후 처음으로, 재개장한 주유소 밖에 늘어선 긴 자동차 행렬을 볼 수 있었다. 대규모로 시작된 대피에 합류하기 위한 행렬이다. 당국은 자동차를 갖고 있고, 수도 밖으로 주민들을 수송할 의향이 있는 사람 누구에게나 휘발유를 지급하라고 명령했다. 이른 아침부터 모든 종류의 자동차가 쉴 새 없이 성문을 통과하고 있다. 차마다 어떤 대가를 치르더라도 로마를 떠나 더 안전한 피난처를 찾으려는 사람들로 가득 차 있다.

그러나 대부분은 남아 있어야 한다

난민 행렬은 의심할 여지없이 엄청나겠지만, 로마가 곧 황무지가 될 거라고 상상하면 안 된다. 로마는 수백만 명이 생활하는 도시이며, 인구의 상당 부분이 도시를 떠나고 싶어도 분명한 이유로 도시를 떠날 수 없기 때문이다. 다시 생각해 보면 사실 [……]

336~337p

노르웨이의 증오와 복수 선전

동지 여러분, 저는 개인적으로 파시즘의 잔인함을 너무 많이 보고 경험했습니다. 짧은 글에서 제가 경험하고 목격한 공포와 폭력을 모두 이야기하는 것은 불가능합니다. 그저 야만적인 처우의 몇 가지 예만 들 수 있을 뿐입니다. 저는 강하고 튼튼한 산림 노동자들이 게슈타포의 3단계 심문을 겪고 쓰러져 바보가 되고 더 비참한 존재가 되는 것을 보았습니다. 저는 의사와 작가, 시인과 정치인 같은 지적인 사람들이 정신병자들보다 더 미개하고 저열한 자들에게 비인간적인 취급을 받는 모습을 보았습니다. 노르웨이의 저명한 사회 민주주의 정치인 중 한 명인 에이나르 게르하르센 같은 사람은 게슈타포의 심문 끝에

목 뒤에서 발바닥까지 온몸이 새파랗고 노랗게 멍이 들도록 구타당하고 계속된 구타로 내출혈까지 생겼습니다. 저는 노르웨이의 또 다른 투사도 밤마다 두들겨 맞고 반쯤 죽은 채로 감방에 던져지는 것을 보았습니다. 그들은 우리의 모든 분야에서 최고의 인재들을 그렇게 대합니다. 저는 고문으로 미쳐 가는 사람들도 보았습니다. 또 소위 죄수라 불리는 어떤 사람은 끓는 소다 용액에 머리를 처박혔습니다. 그의 머리는 빨갛게 달군 화덕 같아 보였습니다. 나는 도저히 인간이라 할 수 없는 사람들이 아이들을 엄마에게서 떼어 놓는 것을 보고 들었고, 노르웨이 전쟁 중에 무고한 민간인을 독일 군인들이 일부러 부모 앞에서 살해하는 것도 보았습니다. 저는 집주인의 코앞에서 집을 불태우는 것도 보았습니다.

예, 동지 여러분, 저와 함께 있는 여러분 대다수는 아마도 증오하고 복수하는 법을 배웠을 것입니다. 예, 히틀러는 증오와 복수를 설교했고 증오를 심었으며 이제 복수를 거둘 것입니다. …… 동지 여러분, 그러므로 우리는 파시즘과 게슈타포의 공포를 결코 잊지 말고 부모, 형제, 친구, 지인의 복수를 할 때까지 결코 쉬지 않겠다고 신성하게 맹세합시다. 그리고 우리 자신을 향해 나치즘뿐 아니라 인류를 억압하기 위해 파시즘 시스템을 도입하고 운용하는 데 기여한 이들도 증오한다고 스스로에게 반복해 말합시다. 히틀러를 증오하고 복수하겠다는 걸 한 번 더 동의하고 다짐하겠습니다. 나치즘은 증오의 씨앗을 뿌렸고,

우리는 그들이 복수를 당할 수 있도록 우리의 역할을 다할 것입니다.

337p **오룔 전투에서 양측 모두 막대한 손실을 입었다**

런던, 토요일

속보. 로이터 통신 특파원이 브랸스크 전선의 붉은 군대로부터 늦게 받은 전보에 따르면, 독일군은 브랸스크의 관문인 카라체프에 새로운 방어선을 구축하려고 할 것이다. 카라체프는 위에서 언급한 장소에서 42킬로미터 떨어진 곳으로, 스네야강과 드네프르강 부근이다. 이는 8월 6일에 오룔에 처음 도착한 49세의 전 러시아 차르 장군 오베니코프가 목요일에 밝힌 내용이다. 그는 독일군이 여전히 카라체프 근처와 스네야강에서 저항하고 있다고 말했다. "우리는 남쪽에서 도시를 포위하고 있지만, 땅이 늪지대이고 독일군이 강력한 포격선을 구축해 놓았습니다."

장군은 오룔이 전쟁 역사에서 중요한 위치를 차지할 것이라고 확신하고 있다. 러시아의 포격 밀도는 전례를 찾아볼 수 없다. "베르됭 전투에서의 포격 밀도가 1킬로미터당 190분이었다면 오룔 전선을 돌파했을 때 우리 군의 포격 밀도는 적어도 열 배는 더 컸습니다. 우리의 포격은 30킬로미터가 넘는 전선을 따라 그 후방의 6~8킬로미터까지 모든 지역을 포격으로 뒤덮었습니다. 오룔 인근의 독일군은 후퇴전에 나서지 않았습니다. 오히려 그들은 다시 한번 도시를 점령하기를 희망했고, 다른 전선으로부터 6개 사단을 이곳으로 이동시켰습니다."

독일군의 공중 공세는 엄청났다. 7월 24일에만 5,000회에 달했고, 7월 26일에는 380대의 항공기가 러시아의 한 지점을 폭격했다. 오룔 정복은 엄청난 희생을 요구했고, 양측의 손실은 극심했다.

오룔은 광범위한 피해를 입었다. 1만 3,000채의 집 중에서 6,000채가 파괴되었는데, 모두 석조 가옥이었다.

코펜하겐, 일요일 (TT) 338p

덴마크에 주둔 중인 독일군 사령관은 일요일 오전 4시 10분에 덴마크의 리차우 통신을 통해 군사 비상사태를 선포했다.

나중에 라디오 보도 자료에서 낭독된 발표문은 다음과 같다.

"최근의 사건은 덴마크 정부가 자국의 평화와 질서를 더 이상 유지할 수 없다는 것을 보여 주었다. 적군에 의한 소요 사태는 독일의 전투력을 직접 겨냥하고 있다. 따라서 나는 헤이그 육전 규칙 42~56조에 따라 덴마크 전역에 군사 비상사태를 선포한다.

다음 법령은 즉시 발효된다.

(1) 공공 기관 및 교통 분야의 공무원과 직원은 자신의 직무를 성실히 수행해야 하며, 독일 관할 당국의 지시를 준수해야 한다.

(2) 거리와 공공장소에서 5명 이상이 모이는 집회와 단체 활동은 금지되며, 비공개 모임을 포함한 모든 모임도 마찬가지이다.

(3) 지금부터 통행금지 시간은 일몰과 동시에 시작되며, 이후에는 모든 도로 통행이 금지된다.

(4) 추후 공지가 있을 때까지 우편, 전화, 전보 서비스 이용이 금지된다.

(5) 모든 파업은 금지된다. 독일의 전투력에 해를 끼치기 위한 파업의 촉구는 적을 강화하므로 원칙적으로 사형에 처한다.

위에 언급된 규정을 위반할 경우 군사 계엄령 하의 독일 즉결 재판에 회부된다. 폭력 행위 및 대중 집회 등의 경우 가차 없이 무기를 사용해 대응한다. 전시 국제법에 따라 발표된 이러한 규정을 준수하는 모든 시민은 법이 정하는 인명과 재산의 보호를 받을 수 있다."

라디오 뉴스에서는 오해를 피하도록 정기적인 교회 예배는 위 규정에 해당하지 않지만, 스포츠 행사는 금지 대상에 포함된다고 밝혔다.

339p 덴마크에 비상사태가 선포되자 여러 곳에서 공개적인 저항이 잇따랐다. 독일군이 덴마크 군함을 탈취하기 위해 코펜하겐 조선소를 점령하려 하자, 덴마크 해병대는 탄약고와 작업장을 폭파했다. 승조원들은 약 스무 척의 군함을 침몰시켰고, 나머

지 군함들은 스웨덴으로 도망쳤다. 아홉 척의 덴마크 군함이 일요일 저녁에 란스크로나와 말뫼에 도착했다.

독일군이 로젠보르성에 있는 덴마크 근위대의 막사를 점령하려 했을 때 심각한 충돌이 있었다. 아말리엔보르 왕궁에서도 총격전이 벌어졌다.

덴마크 전역에 전시 국제법에 따라 선포된 비상사태는 베스트 박사가 베를린에서 힘러를 만나 가지고 돌아온 최후통첩을 덴마크 정부가 거부한 다음 곧 선포되었다. 베스트 박사는 스카베니우스 덴마크 총리와의 회담에서 "나는 베를린에서 죽은 몸입니다. 덴마크에서의 내 정책은 실패했습니다."라고 밝혔다.

크리스티안 국왕에 대한 확실한 정보는 아직 없다. 덴마크 정부 전체가 독일의 요구 이행을 거부한 후, 정부는 현재 독일군의 감시 아래 있는 소르겐프리성에서 국왕과 함께 머물고 있다고 한다.

치아노가 가족과 함께 경비를 뚫고 탈출하다

340p

런던, 일요일

통신사 트랜스오션에 따르면 《코리에레 델라 세라》•는 치아노 백작과 그의 가족이 일요일 아침 8명의 경찰관이 지키고 있던

• 1876년에 밀라노에서 창간된 이탈리아의 유서 깊은 일간지.

집에서 탈출하는 데 성공했다고 보도했다.

치아노는 토요일 아침에 의도적으로 아파트 창문에 모습을 드러낸 것으로 알려졌으며, 오전 9시경 백작 부인은 아이들과 함께 짧은 산책에 나섰다. 그 이후 이들은 자취를 감췄다. 직원들은 이미 토요일 아침 일찍 급여를 정산받은 것이 밝혀졌고, 탈출은 더 오래전부터 준비된 것으로 보인다.

340~341p

독일 통신사가 보도하다!

독일 해군은 8월 25일 조업이 금지된 스카게라크 지역에서 여러 척의 어선을 목격했다. 이 배들은 경고 사격으로 제한 구역에 있다고 주의를 받은 뒤 다른 곳으로 이동했다. 그러나 저녁에 이 배들은 제한 구역의 같은 지역에서 또다시 발견되었다. 또한, 독일 해군은 전날 밤에 배치한 7개의 등부표 중 하나만 불이 켜져 있고, 나머지는 전원 회로와 상단 표지판이 제거되어 사라졌거나 파손된 것을 확인했다.

독일 군함이 현장에 접근하자 어선들은 황급히 퇴각을 시도했고, 이 과정에서 포격을 받은 두 척의 어선이 침몰했다. 어선들은 같은 날 두 번이나 조업 제한 구역에서 조업했다. 따라서 어선들은 독일 제한 구역 진입 금지를 고의적이고 계획적으로 위반한 혐의를 받았다.

스웨덴 해군 무관에게 확인한 결과, 문제의 선박이 스웨덴 선박이라는 것이 확인되었다. 스웨덴 선박의 행동은 중립에 위

배될 뿐만 아니라 독일의 적을 직접 지원하는 행위였다. 스톡홀름 주재 독일 공사는 독일 제국 정부를 대표하여 스웨덴 어선들의 이러한 행동에 대해 강력하게 항의하고, 스웨덴 정부가 적절한 방식으로 관련자들에게 책임을 물을 것을 기대한다고 강조했다. 제국 정부는 또한 이 사건 이후 독일 해군은 향후 봉쇄선을 넘는 선박에 대해 지금까지 보여 준 배려 없이 직접적인 조치를 취할 것이라고 통보했다.

외무부, 독일의 비난을 일축하다

외무부는 일요일에 이에 대한 항의 서한이 스톡홀름에서 전달되었음을 확인했다. 스웨덴 어선 두 척에 대한 발포 및 침몰 사건과 관련해, 외무부는 일요일 신문에 게재된 항의 서한에서 스웨덴의 입장을 이미 독일 정부에 명확히 밝혔다고 강조했다. 해당 항의문은 사건이 발생한 해역에서 여름 내내 수많은 스웨덴 어선들이 조업했으며 독일 경비정과 자주 접촉했지만, 독일 측이 개입하지 않았다는 점을 지적했다.

또한 스웨덴 정부는 자국 어선은 어떠한 첩보 활동에도 관여하지 않았으며 앞으로도 그럴 의도가 없다는 입장을 여러 차례 표명했다고 밝혔다. 스웨덴 정부는 어민들이 독일의 무력 개입을 정당화할 그 어떤 행위도 하지 않았다는 점을 강조하고 있다.

외무부 대변인은 등부표 파손 등에 대한 독일측 비난을 전적으로 부당한 것으로 규정하면서, 정부는 베를린에 전달한 항의문을 통해 이미 표명한 대로 독일 군함의 대응에 대한 기존 입장을 고수할 것이라고 밝혔다.

342p **추신**

스웨덴 언론의 '악의적' 보도

스웨덴 신문에 대한 베를린의 강경 발언

베를린, 일요일

독일 뉴스 통신사의 속보. 독일 외교 통신은 스웨덴 언론이 그동안 독일과 관련된 사안에 관해 중립적인 어조를 유지하지 않았다고 못박았다. 전쟁의 여파로 독일은 스웨덴의 남쪽뿐 아니라 서쪽과 북쪽에서도 이웃이 되었기 때문에 스웨덴 언론은 객관적인 태도를 취하는 것이 더 적절하다고 지적하고 있다.

이 통신은 노르웨이와 덴마크에서 발생한 사건, 독일 특급 화물기의 스웨덴 비상 착륙, 스웨덴 영해에서 발생한 스웨덴 잠수함 침몰, 영해 밖에서 발생한 독일 상선의 정당한 자위권 행사, 독일-스웨덴 교통 협정 종료에 대한 스웨덴 언론의 논평을 부정적인 어조의 예로 들었다. 이러한 언론의 논평은 스웨덴의 중립성과는 양립할 수 없다는 것이다.

스웨덴 언론은 전쟁 자체에 대해서도 악의적인 보도를 쏟아내고 있다고 덧붙였다. 독일 민간인에 대한 영미권의 공습에 전 세계가 분노하는 동안 스웨덴 언론은 오히려 변명거리만 찾고 있었다는 것이다. 스카게라크 해역에서 독일 군함과 스웨덴 어선 간의 충돌 사건과 관련하여 스웨덴 언론의 태도는 상상을 초월할 정도로 저급했다고 한다. 스웨덴 어선이 독일 제한 구역에 들어온 것은 적대 행위로 간주할 수밖에 없고 그에 따라 대응해야 한다는 법적 근거가 명백해 독일은 분명 유리한 위치에 있었지만, 스웨덴 언론은 이전의 모든 것을 뛰어넘는 증오의 어조로 독일군의 명예를 깎아내리려 했다는 것이다.

그러므로 이제 강력한 경고가 필요한 때라고 한다. 현재 스웨덴 언론 대다수가 취하는 정치적 태도는 독일 국민의 적들과 전혀 다를 바 없다고 한다. 영국과 미국 언론도 독일에 대해 더 악의적, 모욕적, 기만적으로 쓰고 있지만, 독일과 전쟁을 벌이는 국가의 언론 보도는 정치적 무기의 역할을 하기 때문에 그런 보도를 할 권리를 가진다. 하지만 독일과 스웨덴의 관계가 공식적으로 중립으로 분류되는 한 스웨덴 언론은 그러한 권리를 부여받을 수 없다는 것이다.

로마, 일요일 345~347p

이날 아침 로마 거리를 걸었다면 누구나 쉽게 눈치챌 수 있었을 것이다. 거의 모든 로마인이 갓 나온 일요일 신문을 읽는 데 열중하고 있다는 것을. 많은 사람이 입가에 묘한 미소를 머금고 있었고, 눈은 1면에 실린 대형 기사에 고정돼 있었다. 신문을 집어 든 순간, 그 이유가 한눈에 들어왔다. 로마인들은 노쇠한 독재자의 마지막 연애담을 읽고 있었던 것이다.

로마 사교계에서는 은밀히 '페타치'라는 이름이 회자되고 있었다. 아름다운 두 자매 페타치에 대해 환상적이고도 외설적인 이야기들이 떠돌았고, 세 번째 이름은 굳이 언급하지 않아도 누구나 짐작할 수 있었다. 바로 무솔리니였다. 이 이름의 장본인은 최근 들어 이 매혹적인 두 자매에게 점점 더 관심을 쏟고 있었다고 한다. 몬테 마리오 꼭대기에 있는 한 빌라는 이 주제로 대화할 때 항상 중심적인 역할을 했다. 직접 이 문턱을 밟아 본 이는 물론, 그렇지 않은 이들조차도 그곳을 차지했던 멋진 사치품, 값비싼 동양 카펫, 크리스털로 뒤덮인 욕실, 퐁파두르풍 내실 등 전설 같은 사치스러움에 관해 이야기할 수 있었다. 지난 2년 동안 사람들의 상상력과 혀를 자극했던 이 로맨틱한 연애담이 이제 전국 언론을 통해 화려하게 장식된 은쟁반에 담겨 전 국민의 입방아에 오르게 되었다.

이틀 전 토리노의 한 신문이 아버지, 어머니, 두 딸로 이뤄진 페타치 가족이 체포되어 노바라의 감옥에 수감되었다고 짧게 보도하면서 사건은 시작되었다.

콘스탄티노플에서 태어난 프란체스코 페타치 박사는 로마의 주요 거리 중 한 곳에서 의원을 운영하고 있었다. 그에게는 믿을 수 없을 정도로 우아하고 아름답다고 묘사되는 두 딸이 있었다. 장녀는 30세의 클라라로 보통 클라레타라고 불렸고, 열 살 어린 여동생 마리아가 있었다. 마리아는 '미리아 디 산 세르볼로'라는 가명으로 영화계에 혜성처럼 등장해 〈마음의 길〉이라는 비교적 알려지지 않은 영화에 출연해 단숨에 스타로 발돋움했다.

오스티아 해변에서의 만남

몇 년 전 어느 날, 이 이야기에서 '특별한 고위층 인사'로 불릴 만한 남자가 화려한 다기통 엔진을 장착한 고급 차를 타고 오스티아로 해수욕을 하러 온 일이 있었다. 해변은 수많은 로마인들로 붐볐으나, 그 고위층 인사가 해변의 오두막에서 나와 따뜻한 물속으로 위엄 있게 걸어 들어가자 군중들은 옆으로 물러났다. 《메사제로》•는 "그 손님은 세련된 수영복 차림에 청동색 가슴을 과시하며 통치자의 눈빛으로 주위를 둘러보았다."라고 진지하게 보도했다.

놀라움과 흥분에 들뜬 군중들은 한 젊은 여성이 그 고위층 인사를 향해 서둘러 가는 모습을 목격했다. 노출되지 않는 편이 낫지만 쉽게 눈에 띄는 몇몇 신사가 즉시 달려와 그녀의 대담한 계획을 막았다. 그러나 통치자의 눈빛을 가진 남자는 그들을 손짓으로 물리며 젊은 여성이 다가오도록 했다. 신문에 따르면 그녀는 '매우 매력적인 곡선'을 강조하는 수영복을 입고 있었다.

• 로마에 본부를 둔 이탈리아 신문.

클라레타는 이제 고위층 인사와 대화를 나눴는데, 그 대화는 장차 큰 파장을 낳게 될 일의 시작이었다. 클라레타는 정중하게, 순종적인 국민으로서 마땅히 그래야 하는 것처럼, 고위층 인사에게 자신이 항상 그를 가장 존경해 왔고 수많은 편지에서 분명히 밝혔지만, 안타깝게도 답장을 받은 적이 없으며, 심지어 그에게 시를 몇 편 지어 바쳤다는 사실을 말했다. 그 고위층 인사는 이마에 주름을 지으며 생각에 잠겼다. 정말 많은 사람이 시와 편지를 보내서, 그는 다 기억할 수 없다고 했다. 그렇지만 그는 젊은 님프를 본 순간 그녀의 시에서 달콤한 사랑의 향기가 풍길 거라는 걸 깨달았다.

한 여인의 둘러대기와 책략

그 고위층 인사도 클라레타를 잊을 수 없었다. 클라레타가 꽃을 사랑하고 예술적 성향이 강하다고 말하자, 그녀에게 더욱 마음이 기울었다. 그는 클라레타에게 자신의 아름다운 정원에 있는 모든 화려한 꽃을 마음대로 쓸 수 있게 허락해 주었다. 특히 클라레타가 바이올린까지 연주한다는 사실을 알게 되었을 때, 그는 두 사람 사이의 공동 관심사를 명확히 확인했다.

게다가 클라레타는 그림도 그린다고 했다. 이 말을 듣고 그 인사는 크게 열광했다. 작품 전시회를 즉시 개최해야 했고, 이를 위해 로마에서 가장 중요한 아트 살롱 중 한 곳을 섭외했다. 하지만 그림을 그린다는 것은 클라레타의 사소한 거짓말에 불과했다. 그녀는 이전에 붓을 잡아 본 적도 없었다. 그러나 이탈리아에서 여성의 교활함은 익히 잘 알려져 있다. 클라레타는 어떻게 해야 할지 알고 있었다. 그녀는 가난한 화가를 고용해서 열흘 만에 초상화와 풍경화, 정물화 등 40점의 그림을 그리게 했고, 덕분에 무사히 전시회를 치러 냈다. 그 고위층 인사가 작품 전체를 사들였다.

기묘한 삼각 드라마

연애담의 다음 장이 빠르게 펼쳐졌다. "사랑이 짚풀처럼 활활 타올랐습니다. 더는 젊지 않은 예술 후원자는 이성마저 잃었습니다."라고 로마 조간신문이 엄숙하게 보도했다. 하지만 클라레타에게는 열렬한 예술가의 영혼을 지닌 스무 살의 여동생 마리아도 있었다. 이들의 대화를 통해 곧 아주 특별하고 목가적인 삼각 드라마가 탄생했다.

두 자매에게는 행운이 찾아온 듯했다. 마리아는 젊은 멋쟁이 신사와 결혼했는데, 그 남편은 보상으로 남작 작위를 받았다. 클라레타는 결혼했다가 이미 이혼한 상태였다. 아버지인 페타치에게도 행운이 찾아왔다. 그가 특별한 인물이라는 걸 그 전에 아무도 알지 못했지만, 한순간 뛰어난 치유 예술가가 되어 《메사제로》를 비롯한 신문과 잡지의 매우 길고 교양 있는 기사들 사이에 그의 이름이 등장했다.

아버지 페타치와 그의 아름다운 두 딸은 확실히 비즈니스 감각이 뛰어난 것 같다. 옛 신화 속 다나에에게 쏟아진 올림포스의 황금 비는 현대판으로 현실이 되었다. 콘스탄티노플에서 온 무명 의사의 은행 계좌는 눈덩이처럼 불어났고 은혜의 태양이 클라레타와 마리아를 계속 비췄다.

내실은 결코 의회 회의장이 되지 못한다

그리고 1943년 7월 26일의 아침이 밝았다. 그날 아침 나치오날레 거리를 산책하던 사람들은 뜨거운 자유에 도취된 한 무리의 로마 젊은이들이 어떤 집에 난입하는 광경을 목격했다. 창문이 깨지고 하얀 의사 가운과 기구, 약병이 거리로 쏟아져 나왔다. 페타치 박사의 진료는 그렇게 끝이 났다.

이와 관련해 흥미롭게 관찰할 지점이 몇 가지 있다. 첫째, 페타치 자매나 그 전임자 중 어느 누구도 정치적 역할을 수행하지 않았다는 것이다. 파시스트 정권의 정부들 임무는 매우 제한적이었다.

또 다른 관점도 있다. 흥미롭지 않거나 중요하지 않다고 볼 수 없다. 페타치 가족에 관해 쏟아지는 이러한 선정적인 기사는 최고 당국의 승인 없이 절대 게시될 수 없다는 점이다.

다시 말해 무솔리니가 영웅시되면 특정 시점에 나폴레옹의 전설만큼이나 위험 요소를 안게 될 것이다. 이탈리아에는 여전히 수십만 명의 신념에 찬 파시스트가 있으며, 그들 모두 그렇게 쉽게 굴복할 준비가 되어 있는 것은 아니다. 혀는 위험한 무기가 될 수 있다. 페타치 자매 이야기가 발표되고 나서 공공의 무대에서 막 사라진 유명 인사에 대한 전설을 만들어 내기는 매우 어려워질 것이다. 조롱은 치명적으로 작용한다.•

모든 덴마크 장교들이 독일군에게 체포되었다. 이 조치로 800명 348p
에서 1,000명에 달하는 장교들이 코펜하겐의 프레데릭스베르성과 당글레테르 호텔에 억류되었다. 정치인과 지식인 들도 대규모로 체포되었다. 올레 비외른 크라프트를 필두로 보수당 지도부 전체가 체포되었고, 철학 교수 예르겐 예르겐센, 극작가 키엘 아벨과 같은 작가, 언론인, 대학 관계자들도 체포되었다. 공식적으로 사임한 스카베니우스 내각은 전원 감시하에 놓였다. 유대 공동체 수장 C. B. 헨리크베스도 체포된 사람 가운데 한 명이었다.

한편 무장 저항은 끊이지 않고 있다. 셸란섬의 네스트베드에서는 월요일 오후에도 '마지막 탄환까지'라는 슬로건 아래 치열한 전투가 벌어졌다.

총파업은 유틀란트반도에서 퓐섬의 스벤보르까지 확산되었다. 하랄 왕자의 아들인 곰 왕자가 덴마크 지휘관으로 활동하던 스벤보르에서 치열한 전투가 벌어졌다. 비보르에서는 덴마

• 1943년 7월, 무솔리니가 해임된 직후 언론에 페타치 자매와 관련된 선정적 보도가 쏟아졌다. 국왕 비토리오 에마누엘레 3세와 바돌리오 정부는 여전히 존재하는 열성적 파시스트들이 무솔리니를 '전설적 지도자'로 추앙하며 재집결할 위험을 차단하기 위해 무솔리니를 추문에 얽힌 노쇠한 독재자로 희화하는 전략을 택한 것으로 보인다.

크 왕실과 혼인 관계인 독일계 크리스티안 폰 샤움부르크-리페 왕자가 군사 작전을 지휘했다.

크리스티안 왕과 덴마크 왕실 일가가 아말리엔보르 왕궁에 갇힌 것으로 알려져 있다.

덴마크 내 모든 민간인 여행은 금지되었지만, 우편 및 전보 서비스는 재개되고 있다. 그러나 월요일에는 덴마크에 신문이 단 한 장도 발행되지 않았고 화요일에도 발행 여부는 불투명하다. 또한 키엘 아벨이 관장했던 티볼리 공연장이 문을 닫았다.

독일의 대전차 부대는 노르웨이에서 증원돼 셸란섬에 투입되었다고 한다.

349p 지도 해설/범례

경과(전선)	더 중요한 데이터:
1943년 8월 1일	러시아군이 탈환한 오룔
경과(전선)	(러시아군이) 재점령한 벨고로드
1943년 9월 1일	연합군이 완전히 장악한 시칠리아
	(러시아군이) 탈환한 하르키우
	(독일군이) 철수한 타간로크

350p **온수**

이제 기쁨도 끝이다…….

사진 설명 우리 시대는 역사에 남을 수많은 사진들로 가득하지만, 이 사진은 그중에서도 가장 흥미로운 것 중 하나일 수 있다. 이 사진은 해방자 아돌프 히틀러와 전 독재자 벤베누토 무솔리니의 극적인 만남을 찍은 것이다. 제국 총리는 독일 본부에서 가장 가까운 비행장에서 친구를 맞이했고, 히틀러 바로 뒤에 선 제국 외무 장관 폰 리벤트로프와 함께 있었다. 이후 통신사들은 두 사람이 취한 다음 조치에 대해 보도했다. 351p

독일의 스웨덴 언론에 대한 반응: 턱시도를 입은 돼지들 352p

나치 주요 기관이 불쾌함을 쏟아내다

베를린, 금요일

베를린의 조간신문은 오늘 독일에 대한 스웨덴의 태도를 맹비난하며 극도의 위협적인 어조를 취했다.

맹비난의 최전선에《예테보리 한델스 오크 셰페르츠 티드닝》과《아프톤티드닝엔》이 서 있다. 이들이 독일 민족의 전쟁 책임에 관한 기사를 실었기 때문이다. 독일 측에서는 주로 독일군의 명예를 훼손한 두 신문에 초점을 맞춰 비난하고 있다. 하지만 다른 스웨덴 언론도 두 언론과 크게 다르지 않은 것 같다.

《12시 신문》은 "몇 달째 스웨덴의 모든 신문은 독일에 대해 점점 더 모욕적인 태도를 보이며 무례함을 더해 가고 있다."면서 "스톡홀름 사람들은 스웨덴의 선동 언론이 위험한 게임을 하고 있다는 사실을 깨닫지 못하는 것 같다."라고 덧붙였다.

당 기관지《푈키셔 베오바흐터》•에 실린 장문의 기사에는 논란이 된 내용이 다음과 같이 담겨 있다.

"이 전쟁도 끝날 것이고, 우리는 적들과 오늘날 소위 중립국들의 하지 않는 것이 더 나았을 법한 말들을 잊게 될 것이다. 그러나 현재 스웨덴에서 허용되고 있는 비열함과 인간의 열등감에 대한 표현들은 잊히지 않을 것이다. 혐오와 경멸은 불쾌와 분노보다 더 오래 지속된다.

독일과 용감한 동맹국들이 볼셰비즘을 막고 있기 때문에 안락한 생활을 누림에도 불구하고, 독일의 전쟁 노력을 폄하하는 이 오합지졸들보다 더 역겨운 것이 또 어디에 있을까? 우리가 그들을 방어하지 않았다면 오늘날 우리를 모욕하는 턱시도 입은 돼지들은 지금 어디에 있을까? 신 앞에서, 우리는 묻지 않을 수 없다. 그들이 이런 보호를 받을 자격이 있는지, 아니면 그들이 그렇게 미화하는 볼셰비즘을 직접 몸으로 겪도록 내버려둬야 할지를 말이다."

그란베리

"나는 신과 무솔리니를 믿는다."

《다겐스 뉘헤테르》 특파원으로부터

U.P. 이탈리아-스위스 국경, 금요일

• Völkischer Beobachter. 나치의 기관지로, 국민의 관찰자라는 뜻이다.

무솔리니는 금요일에 히틀러와 마찬가지로 신임 장관들 앞에서 지극히 높으신 분의 보호를 구하는 선서를 했다. "나는 하늘과 땅의 주인이신 하느님을 믿고, 그분의 정의와 진리를 믿으며, 배반당한 이탈리아의 재건을 믿는다. 나는 무솔리니와 우리의 승리를 믿는다. 이탈리아 국민이여, 침략자들에 맞서 무기를 들라."

알도 포르테

덴마크의 유대인 박해 353p

최근 덴마크에서 유대인에 관한 대대적인 조치가 취해질 것이라는 충격적인 보도가 나오고 있습니다. 희생자들을 배에 태워 폴란드의 게토로 이송할 것이라는 우려인데, 그곳에서 어떤 운명이 그들을 기다리고 있을지 상상조차 어렵습니다.

독일의 친구라 하더라도 사람을 이렇게 대하는 것에는 단호하게 거리를 두어야 합니다. 교전 당사자들의 전투 방식을 비난하는 것은 사실 아무 소용이 없습니다. 일단 전쟁이 시작되면 양측은 효과적이라고 판단되는 거의 모든 수단을 동원할 것이며, 그렇게 하지 않는 사람은 스스로 적에게 항복하는 셈입니다. 그러나 제정신을 갖고 균형 잡힌 생각을 하는 사람이라면 유대인 추방이 독일 전쟁 수행에 필요한 조치라고 결코 생각하지 않을 것입니다.

이 글을 쓰는 저는 독일 붕괴가 가져올 엄청난 위험을 충분히 알고 있습니다. 저는 이 지역에 지속적인 평화 상태를 만들기 위해서 유럽 연합의 설립은 피할 수 없으며, 독일이 그 중심에 서지 않고는 실현 불가능하다고 봅니다. 그렇지 않으면 유럽이 거대한 발칸반도처럼, 앵글로색슨계의 강대국과 러시아라는 강대국 사이에 끼어, 후에는 러시아가 유럽의 절반이나 전체를 완전히 삼켜 버릴 수도 있습니다. 이러한 상황과 유럽이 함께 협력하여 달성할 수 있는 상황의 차이는 상상할 수 없을 정도로 격차가 크기 때문에, 유럽의 협력에 장애가 될 수 있는 국가 간의 대립은 모두 뒤로 밀어내야 합니다. 동시에 우리가 여기서 이야기하는 변화는 심각한 충격과 인간적 고통의 대가 없이는 달성될 수 없으므로, 우리는 그 자체로 끔찍한 많은 사태를 눈 감아야 합니다. 유럽의 혼란이 클수록 더 큰 고통을 가져오게 될 것이기 때문입니다. 하지만 여기에는 분명 한계가 존재합니다. 게다가 현재 덴마크에서 취하고 있는 조치는 유럽의 관점에서는 결코 정당화될 수 없습니다. 오히려 가장 큰 해를 끼칠 수 있습니다.

제가 올바르게 이해했다면 유대인 문제를 해결할 방법은 동화 외에는 없습니다. 이러한 박해는 정반대의 효과를 가져옵니다. 박해를 받은 유대인들을 하나로 결속시키며, 유대인 난민의 물결은 이전에 상대적으로 영향을 받지 않던 다른 나라에서 새로운 반유대주의의 물결을 일으킬 위험이 있습니다.

무엇보다도 유럽 통합 프로그램이 독일 측의 유대인 박해와 연계된 점은 치명적이었습니다. 이로 인해 독일인과 다른 민족 간의 상호 이해가 거의 불가능해졌습니다. 사람들이 유대인은 멸절되어야 할 정도로 위험한 존재라고 믿기 위해서는 현실에 대해 왜곡된 인식을 가져야 하기 때문입니다. 그러나 대다수 사람에게는 이러한 믿음이 생겨날 수 없기 때문에 유대인을 근절시키는 전쟁은 강력한 도덕적 혐오감을 불러일으킵니다. 그렇게 되면 유대인 박해와 함께 유럽 통합 프로그램도 거부당합니다. 이는 결국 동등한 사람들 사이에서 설득하고 협력해야 할 자리에 폭력과 억압이 증가하는 상황으로 이어집니다.

현재 유럽은 끔찍한 딜레마에 직면해 있습니다. 무엇보다도 유대인에 대한 이러한 비참한 박해로 인해 미래를 향한 무한한 가능성이 사라져 버렸습니다. 그러나 저는 덴마크에서 이와 같은 조치를 목격한 독일 국민도 다른 민족들과 같은 감정을 느끼고 있다고 생각합니다. 아마도 여기서 미래에 대한 희망이 피어날 겁니다. 어쩌면 유럽 통일이라는 위대한 사상이 보다 순수한 형태로 새롭게 태어나 극심한 위기 속에서 유럽을 구원할 기쁨과 감사로 받아들여질지도 모릅니다. 이 생각을 존중하는 사람이라면 누구나 덴마크에서 일어난 일들은 비난받을 수밖에 없다고 말하지 않을 수 없을 겁니다.

1943년 10월 6일, 룬드에서

칼 올리베크로나

354p 사진 설명 스웨덴 선원과 결혼한 한 젊은 영국 여성이 오빠를 다시 만나 몇 분간 대화를 나눌 수 있었다.

356p **샤른호르스트호의 정복자들**

이전에 프레이저 제독의 기함이었던 영국 전함 듀크 오브 요크호가 샤른호르스트호와의 전투에서 승리했다.

어린이와 어린이의 축제

"헤롯은 동방 박사들에게 속았다는 사실을 알고 분노했다. 그리고 병사들을 보내 베들레헴과 그 주변의 온 마을에서 두 살 이하 남자아이들을 모두 죽이게 했다."

이것이 2,000년 전 크리스마스를 알리는 소식이었다. 오늘날에는 이렇게 전해진다.

"서부 수용소에 갇혀 있던 한 살에서 열두 살의 유대인 출신 덴마크 어린이 52명이 화물칸에 실려 독일로 이송되었다. 이 장면을 목격한 여러 덴마크인들이 그 끔찍한 광경을 전했다. 아이들은 더럽고 방치되어 있었다."

357~358p **유대인 박해의 의미**

히틀러는 1939년 전쟁 발발 당시 연설을 통해 나치의 정치적 목표로 유럽 유대인 절멸을 신포했으며 이후에도 여러 차례 반복적으로, 마지막 신년 연설에서도 이러한 생각을 표현한 것으로 알려졌다. 이것은 단순한 추방의 문제가 아니라, 물리적인 멸절의 의미임을 분명히 해야 한다. 히틀러가 권력을 장악한 후 처음 몇 년과는 달리, 나치의 통치를 받던 나라에서 유대인들은 중립국 입국 허가를 발급받았더라도 출국 허가를 받지 못했다.

여기서 유대인 남성, 여성, 어린이에 대한 조직적인 학살이 어떻게 진행되었는지, 또 여전히 진행되고 있는지에 대해 설명하려는 것은 아니다. 물론 역사적 자료로 활용하기 어려운 경우도 많지만, 관련 자료는 이미 셀 수 없이 많다. 그러나 큰 틀에서 사건의 진행 과정은 이제 널리 알려진 것으로 볼 수 있다. 이 사건에 대해 최근 출간된 프레드보리와 필의 저서를 통해 알게 된 내용은, 매우 신뢰할 만한 인상을 준다. 앞으로 더 여러 권으로 완성될 수 있겠지만 말이다. 덧붙여서 두 저자 모두 처음에는 나치에 대해 부정적 태도를 갖고 있지 않았다. 따라서 폴란드나 그곳으로 추방된 약 70만 명의 중·서부 유럽 유대인에게 일어났던 일을 '잔혹 동화' 같은 과장된 이야기로 치부했다고 비난할 수는 없다. 오히려 관련 자료를 검토해 본 사람이라면, 문제의 대량 학살에 대한 끔찍한 상황을 묘사한 이 두 스웨덴인의 진술을 의심할 수 없을 것이다.

물론 지금까지 희생된 사망자 수를 밝히는 것은 여전히 어렵다. 옥스퍼드에 본사를 둔 외교 정책 저널《뉴 커먼웰스 쿼털리》4월호에 실린 흥미로운 기사에서 S. 브로데츠키 교수가 이 문제를 다루고 있다. 그는 통계에 따르면 전 세계 유대인 중 절반에 달하는 약 800만 명이 히틀러나 그의 부하들의 통치를 받았고, 그중 약 200만 명이 직접적이고 고의적으로 살해당했으며, 약 50만 명이 기아와 질병으로 사망했다고 한다. 후자는 생계 수단을 의도적으로 박탈한 것이기 때문에 간접 처형이라고 할 수 있다. 독일의 공식 명령에 따라 폴란드의 유대인들은 독일인이 받는 식량 배급량의 4분의 1만 받았으며, 5세 미만의 어린이에게는 우유가 제공되지 않았다! 그 절망 속에서 자살을 택한 사람들과 그 가족의 수는 수천 명에 달했을 것이다. 약 350만 명의 폴란드 유대인 중 약 40만 명만이 탈출할 수 있었고, 대부분은 소련으로 건너갔다. 한편 발트 삼국, 폴란드 동부, 부코비나, 베사라비아의 주민을 포함하여 러시아에 살던 약 500만 명의 유대인들은 대부분 1941년 독일-러시아 전쟁이 발발한 지 몇 달 만에 나치 손에 넘어갔다. 이 지역들에서 탈출한 사람 중 약 100만 명이 투르키스탄으로 추방되었다.

브로데츠키의 설명은 여기까지다. 현재까지 유럽에서 '청산'된 유대인이 433만 5,000명이라는 필의 수치는 이 정보와 모순되지 않는다. 한편으로 필은 아직 살해되지 않은 추방자와 게토에 수감된 사람들도 '청산'된 것으로 간주했지만, 그의 계산은 1943년 10월이라는 보다 늦은 시점을 기준으로 삼았다.

브로데츠키에 따르면 나치에 의한 유대인 학살은 지속적으로 이어졌으며 월평균 사망자 수가 10만 명에 달했다고 한다.

이 수치는 그 자체로 신빙성이 있어 보인다.

유대인에 대한 이 공식적인 말살 전쟁에 숨은 견해는 유대인이 세계 지배를 확립하기 위해 비밀스럽고 믿을 수 없을 정도로 강력한 국제 조직을 구성하고, 아리안 민족을 '파괴'하기 위해 악마적인 수단을 사용한다는 것이다. 이러한 유대인 세계 음모론의 연결 고리는 독일에 맞선 볼셰비키 러시아와 '금권 정치'를 일삼는 앵글로색슨 국가들간의 결속으로 설명된다. 이 결속과 현재의 전쟁은 모두 유대인의 소행으로 간주된다(유대인의 이름이 직접 언급되지 않았지만, 더 많은 독자를 대상으로 한 출판물에서는 루스벨트조차 유대인으로 언급하기도 한다.). 독일에 적대적인 민족들은 유대인들에게 속았고, 나치즘에 맞서 스스로를 방어함으로써 자신의 대의가 아닌 유대인이 건설하려는 국제 조직에 봉사하고 있다는 것이다. 그들은 이 '저주 받은 인종'에 의해 전장으로 내몰려 국제 유대인이 사업을 벌이고 '구약 성서의 증오'•(히틀러의 1943년 신년사)를 실현할 수 있도록 희생되었다고 한다. 히틀러는 특히 최근 몇 년 동안 이 전쟁이 유대인들의 희망대로, 즉 '아리안' 민족의 몰살로 끝나는 것이 아니라, 유대인의 멸절로, 적어도 유럽에 있는 유대인의 멸절로 끝날 것이라고 거듭 선언했다. 1942년 1월 30일 베를린 스포츠 궁전 연설에서 그는 세 번째 선택지는 없다고 강조했다.

• 사랑과 용서를 강조하는 신약의 신과 달리, 구약의 신을 복수와 응징의 상징으로 규정하여 유대인의 종교와 존재 전체를 복수와 증오의 화신으로 왜곡하는 데 이용된 개념이다.

이 정치적 선언은 '유대인'을 근본적 악의 화신으로 규정하는 형이상학으로 완성된다. 유대인은 나치즘이라는 종교에서 기독교의 악마와 같은 위치를 차지한다. 그렇기에 유대인은 말 그대로 모든 것, 특히 대중의 분노를 자극할 수 있는 모든 것의 책임을 뒤집어쓴다. 예를 들어 발칸반도에서 일어난 잔혹 행위도 볼셰비키가 저질렀지만 원칙적으로 유대인의 소행으로 묘사되며, 영국에서 있었던 '테러 공격'도 유대인이 배후라고 한다. 최근 몇 년 동안 시류에 편승한 언론과 교묘하게 조작된 선전은 수백만 명의 사람들에게 이러한 허위 사실과 유대인이 '지배 민족들'•의 도덕에 '나쁜 영향'을 미쳤다고 확신하게 했다. 이는 H.C. 안데르센의 〈정말이라고요!〉를 떠올리게 하는 교훈적인 예시이다.••

이제 나치 세력 밖에서는 이러한 반유대주의 신화를 아무도 믿지 않으며, 나치들 대부분, 특히 고위층 나치들도 마찬가지다. 그들은 살해된 수백만 명의 유대인 중 단 한 명도 '아리안'을 멸종시키거나 유대인의 세계 지배를 꿈꾸지 않았다는 사실을 분명히 알고 있다. 그들은 유대인이 여전히 [……] 라고 믿고 있지 않다.

• '유대인이 기생하는 숙주 민족'으로 설정된 국민들을 가리킨다. 히틀러는 유대인을 도덕적 병균으로 묘사하며, 유대인은 지배 민족에 퇴폐 예술, 성적 문란, 개인주의 등 당시 나치가 규정한 비게르만적 가치를 확산시키는 역할을 한다고 말했다.

•• 거짓된 소문이 반복과 왜곡을 거쳐 진실처럼 받아들여지는 과정을 풍자한 〈정말이라고요!〉에 빗대어 나치의 선전이 사람들의 믿음을 어떻게 조작했는지 보여 준다.

23.8.-44

Paris är befriat från tyskarna. Efter fyra års fångenskap. Jag minns den dag man läste på löpsedlarna att hakkorsflaggan vajade på Eiffeltornet. Det måste vara århundraden sedan.

1944년

1월 7일

새해 들어 아무것도 쓰지 못했다. 1943년을 돌아보며 기사를 스크랩하지도 않았다. 그래도 새해는 '평화의 해'가 되리라고 굳게 믿고 있다. 1944년에는 반드시 평화를 되찾아야 하고, 무정부 상태도 막을 내려야 한다.

그저께 스베리예스 라디오에서 덴마크의 목사이자 시인인 카이 뭉크가 베데르쇠 자택에서 납치된 뒤 머리에 권총을 맞고 시골길 구덩이에 버려졌다는 소식을 접했다.

덴마크에서 폭력이 날로 심해지고 있다. 다른 어느 곳보다 심각한 것 같다. 며칠 전에는 러시아군이 폴란드의 옛 국경에 다다랐다는 보도가 있었다. 그 지역은 독일-러시아 전쟁이 벌어진 첫째 주 이후 러시아가 한 번도 손에 넣지 못한 곳이다.

독일은 발표문에서 계획에 따라 후퇴하고 있다고 주장하지만, 퇴각에 퇴각을 거듭하는 것이 독일의 현실이다.

지금 나는 아이들과 함께 네스에 와 있다. 올해 풍경은 작년만큼 신비롭지 않다. 그때는 나무와 덤불마다 눈이 두껍게 쌓여 동화 속 환상의 숲처럼 보였는데, 올해는 눈이 없다. 그래도 여전히 아름답다. 공현 축일에는 특히 아름다웠다. 이날 나는 스통온 빙판에서 카린과 군보르, 바르브로, 카린 칼손과 행복한 시간을 보냈다. 요즘 라르스와 함께한 시간이 거의 없었다. 라르스는 대부분 예란과 함께 시간을 보내고, 나와는 사이가 좋지 않다. 요즈음 라세가 무척 예민하다. 하지만 이 시간도 지나가리라. 그렇게 되기를 바라자.

핀란드 작가 헬라 부올리요키가 러시아 간첩으로 활동한 혐의로 종신형을 선고받았다.

1월 14일

카이 뭉크 살해 사건 기사를 붙여 넣을 생각이었지만, 오려 둔 기사가 사라져 버렸다. 이 사건으로 나는 충격과 슬픔에 빠져 있다. 지금 할 수 있는 건 신문 내용에 따라 사건을 재구성해 보는 것뿐이다. 카이 뭉크는 베데르쇠라는 눈에 띄지 않는 작은 교구에 살았지만, 그의 언어는 교구와 국경의 울타리를 넘어 멀리 퍼져 나갔다. 그 비극적인 날, 그는 아내와 아이들과 사냥 오두막에 다녀왔다. 집으로 돌아와 식사를 하려고 가족이 막

모여 앉았는데, 체포 명령을 갖고 왔다는 제복 입은 사람 두세 명이 들이닥쳤다. 뭉크는 얼마 되지 않는 짐을 챙겨 자동차에 올라타 이송되었고, 그 후 이마에 총알이 박혀 구덩이에 쓰러진 채로 발견되었다. 오늘자 일간 신문에 따르면 이 사건은 프리츠 클라우센의 당원들이 저지른 것으로 드러났다.

이탈리아에서는 7월에 무솔리니 퇴진을 추진했던 옛 파시스트에 대한 조사가 이루어졌고, 판결이 내려졌다.• 조사받은 옛 파시스트 대부분 사형을 선고받았으며,•• 그중에는 이미 형이 집행된 치아노도 포함되어 있다. 치아노는 눈을 가리지 않고 정면을 보며 총살당하기를 원했다고 한다. 어제 일간 신문에 따르면 무솔리니의 딸, 에다 치아노가 남편을 직접 고발했다는 풍문도 전해진다. 이런 일은 마치 고대 로마를 보는 것 같다.

1월 23일

지난번 일기를 쓴 이후, 러시아와 폴란드는 앞으로의 국경을 두고 마찰을 빚었다. 예상한 대로 러시아는 폴란드의 요구에 응할 의사가 없음을 분명하게 드러냈다.

지금 러시아에서는 레닌그라드를 두고 전투가 벌어지고 있으며, 독일군은 그곳에 완전히 포위된 것으로 보인다. 한편, 이

• 연합군과 휴전 협정을 체결한 이탈리아 중북부를 독일군이 장악하며 살로 공화국을 세웠다. 그리고 자신들을 배신한 이들을 색출해 재판에 회부했다.

•• 연합군 점령 지역으로의 도주에 실패한 옛 파시스트들이 재판에 넘겨졌다.

탈리아에서 조만간 로마를 둘러싼 전투가 벌어질 것 같다.

분명 훨씬 많은 일이 벌어지고 있지만, 지금은 잘 떠오르지 않는다.

참, 연합군이 점점 로마에 가까워지고 있다.

아르헨티나는 추축국과의 관계를 단절했다. 아르헨티나는 원래 추축국의 믿을 만한 오랜 거점이었지만, 모두 지난 일이 되어 버렸다. 아르헨티나에서 활동하는 추축국 정보 요원에게 보낸 편지가 발각되어 압수당했는데도 독일은 그 편지가 위조된 것이라고 주장하고 있다.

2월 6일

영국에서 자유 노르웨이군과 함께 싸운 노르달 그리그가 전사했다.

독일군 10개 사단이 드네프르강 지역 인근에서 포위되었고 전멸할 위험에 처했다. 독일군이 아군과 연락할 유일한 방법은 항공로뿐이었다. 사단 지휘관은 히틀러에게 날아가 항복 허가를 요청했지만, 히틀러는 이를 거절했다.

러시아군은 에스토니아 국경에 거의 도달했고, 에스토니아인들은 핀란드와 스웨덴으로 대거 이주하고 있다. 많은 사람이 작은 보트를 타고 고틀란드섬까지 속속들이 건너오고 있다. 어떻게 되더라도 러시아 손에 떨어지는 것보다는 낫다는 판단에서다.

현재 스웨덴에는 4만 명의 난민이 있다. 스웨덴에 위치한 노르웨이 난민 수용소에서 이루어지는 '경찰 교육'에 관해 쓴 적이 있는지 모르겠다. 이 교육은 공식적으로 경찰 교육이라는 이름으로 불리지만, 실제로는 실탄 사격 훈련이나 군사 훈련에 가깝다. 노르웨이 난민들 편지에 이들은 영국 군복을 입고, 영국 장교들이 이들을 훈련한다고 적혀 있다. 내가 읽은 게오르그 폰 벤트의 편지에 따르면, 스웨덴에서 이루어지는 이 무기 훈련에 대한 독일의 보복 조치로 노르웨이에서 독일로의 대규모 강제 이송이 시행되고 있다고 한다. 하지만 스웨덴은 아무것도 하지 않고 있다. 할 수도 없는 처지다. 우리도 처음에는 강력하게 반발하고 또 항의했다.

이 나라의 난민들은 스웨덴을 별로 좋아하지 않는 것 같다. 어쩌면 아주 자연스러운 일이다. 난민 생활은 우울한 법이고, 이들의 불안감은 흔히 자신들을 받아 준 나라의 국민에게 향한다. 특히 노르웨이인이 우리에게 더 큰 적대감을 보이는 것 같다.《베코요우르날렌》에 실린 악셀 산데모세의 기사를 오려 붙여야겠다. 셀리에 브루니우스는 오늘 스웨덴 일간지에 "프랑스 국민이 굶주림과 추위에 떨고 있다."라고 썼다. 모든 물자가 독일로 향한다. 다른 점령국도 너나없이 같은 처지다. 사고팔 것은 아무것도 없고 옷도 신발도 그릇도 음식도, 그 아무것도 없다. 자유 프랑스 지역•의 상황은 더 나쁘다.

• 프랑스 비시 정권의 지배를 받지 않은 지역으로, 샤를 드골을 수반으로 연합군과 함께 프랑스 해방을 주도했다.

2월 8일

그제 일기를 쓰고 나서 200대가량의 러시아 비행기가 헬싱키를 공습해 막대한 피해를 입혔다는 저녁 뉴스를 접했다. 러시아가 핀란드를 강제로 평화 협상에 끌어들이려는 작전으로 보인다. 지금 어디서나 러시아에 대한 공포가 느껴진다. 편지는 물론이고 다른 곳에서도 그렇다.

엘사 굴란데르는 어제 핀란드 지원 단체 '핀란드 돕기'에서 전화가 와 타이나를 다시 데려갈 수 있는지 물었다고 했다. 그들은 "그렇게 하면 강제로 배정받는 것보다는 좀 낫겠지요."라며, 핀란드 상황이 극도로 악화될 경우 스웨덴은 80만 핀란드 난민을 수용할 준비가 되었다고 전했다. 현재 카렐리야 전역에서 다시 대피가 시작되고 있다. 카렐리야 사람들은 또다시 얼마나 큰 비극을 감수해야 할까. 이들은 러시아군이 쫓겨났을 때, 부푼 가슴을 안고 자신들의 오랜 땅으로 돌아왔다.• 핀란드의 운명을 생각하면 끔찍하다.

발트 삼국도 마찬가지다. 발트해에서 러시아 잠수함이 운항을 재개했다. 스웨덴 상선들은 호위를 받으며 운항하고 있다. 헬싱키에서는 어린이와 노인이 모두 대피했고 학교는 문을 닫았다. 미래를 생각하면 불안해진다. 우리 스웨덴도 언젠가는 무거운 운명을 짊어져야 할지 모른다. 이곳에서만 모든 일이

• 카렐리야 지협은 핀란드와 러시아 사이에 위치하며, 두 나라의 오랜 격전지였다. 러시아와 핀란드가 할양과 탈환을 반복하며 핀란드계 카렐리야인의 강제 이주와 본토 대피가 잇따랐다.

평화롭게 유지되는 것은 불가능하다.

설령 평화가 찾아온다 해도 기뻐할 수 없을지 모른다. 아니, 기뻐하기는커녕 오히려 정반대의 상황에 놓일지도 모른다. 어쩌면 평화가 찾아오기 전에 가엾은 작은 나라들은 자유를 잃고 영원한 속박 속에서 노예처럼 살아가야 할지도 모른다.

2월 17일

신문 가판대를 장식한 헤드라인은 헬싱키가 러시아의 격렬한 폭격을 받고 있다고 전한다. 파시키비 전 핀란드 장관은 평온하게 유지하던 사생활의 영역에서 불려 나와 러시아와의 평화 협상을 논의하기 위해 스톡홀름에 도착해 있다. 적어도 세계는 그가 협상할 의무를 띠고 왔다고 믿고 있지만, 그는 개인 자격으로 이곳에 왔다고 완강하게 주장한다.

현재 핀란드와 러시아 사이에 평화로운 분위기가 감돌고 있다. 어쩌면 다시 3월 12일이 올지도 모른다.• 베를린을 향한 무자비한 폭격이 계속되고 있다. 나는 지금 슈테판 츠바이크의 《어제의 세계》••를 읽고 있다. 난민이 된 작가가 남아메리카 어딘가에서 자살한 지도 이제 막 1년쯤 지난 것 같다. 그는 세계

• 1940년 3월 12일에 핀란드와 소련 사이에 모스크바 평화 조약이 체결되었고, 이로써 겨울 전쟁이 일단락되었다.

•• 작가 슈테판 츠바이크가 부인과 동반 자살하기 전에 쓴 회고록으로, 유럽이 황금기에서 몰락기로 이행하는 과정을 기록한 중요한 작품이라 평가되고 있다. 영화 〈그랜드 부다페스트 호텔〉에 영감을 주었다.

대전을 두 번 겪었고, 인류가 환상을 간직하던 제1차 세계 대전 이전의 행복했던 시절도 경험했다.

이 책은 애달프고 구절구절 깊이 와닿는다. 독자들은 작가가 짊어졌던 쓰라린 운명이 누군가에게는 지금까지 끝없이 계속되고 있다는 것을 알고 있다. 그리고 수없이 많은 사람이 그와 같은 운명을 감당해야 했다는 사실도. 아마 그들도 그처럼 다정하고 인간적인 사람 중 한 명이었을 것이다.

저녁이 왔다. 나는 홀로 앉아 이 글을 쓰고 있다. 스투레는 예테보리에 가 있고, 라르스는 자기 방에서 숙제를 하고 있다. 카린은 방금 방으로 건너가 잠자리에 들었다. 요즈음 카린은 일종의 신경과민 상태다. 나에게 과도하게 의지하고 내게 무슨 일이 일어날지도 모른다는 불안을 드러내는데, 이런 불안은 꼭 저녁에만 찾아온다.

화요일에 스투레와 나는 앨리스의 마흔 번째 생일을 맞아 비리덴 가족의 저녁 식사에 초대받았다. 카린에게 인사를 건네고 나가려는데, 카린이 "엄마는 다시 오지 않을 사람처럼 작별 인사를 하네."라고 구슬피 말했다. 집에 돌아왔을 때, 카린은 내 가운으로 몸을 감싼 채 자고 있었다. 나는 그저 이런 증상이 얼른 지나가기만을 바란다.

앨리스 생일 기념 저녁은 대성공이었다. 우리 말고도 굴란데르 부부, 잉만 부부, 아브라함손 부부, 에베오 부부, 팔름그렌 부부, 홀트스트란드 부부 그리고 뉘베리 양이 참석했다. 시예는 바로 내 옆자리에 앉았다. 우리가 무얼 먹었는지 잘 기록해 두어야겠다. 음식에 관해 쓰는 것이 재밌기도 하지만, 앞으로 스웨덴 땅에서 얼마나 더 잘 먹으면서 살 수 있을지 알 수 없기 때문이다. 메뉴는 샌드위치 세 종류, 버섯크루스타드, 치즈스틱을 곁들인 아스파라거스 수프, 채소를 곁들인 칠면조, 따뜻한 초콜릿 소스를 얹은 아이스크림, 수프와 디저트용 셰리, 칠면조용 레드와인 등이었다. 한밤중 간식으로 고기 완자, 버섯 오믈렛, 청어 샐러드와 청어 그라탕을 먹었다. 아래층 사람들이 새벽 2시에 전화를 걸어 항의했다. 우리가 흥에 겨워 건물이 흔들릴 정도로 함보•를 췄기 때문이다. 자, 이 정도면 생일 파티 얘기는 충분하다. 이제 그만 자야겠다.

2월 23일

어제저녁 내가 일하러 갈 때, 카린은 내게 무슨 일이 생길까 봐 또 두려워했다. 나는 카린에게 불안해할 필요가 없다고 애써 설명했다. "우리가 사는 평화로운 땅에서는 아무 일도 일어나지 않아. 만약 전쟁이 일어나 폭격이 있는 나라에서 살면 그때는 이야기가 다르겠지만." 하고 말해 주었다. 겨우 카린을 안심시키고 일하러 갔는데, 밤 10시 뉴스에서 정체불명의 비행기들이 스톡홀름 상공으로 날아와 함마르뷔회이덴에 많은 폭탄

• 19세기 후반 스웨덴에서 시작된 춤으로 짝을 이루어 빙글빙글 도는 동작이 특징이다.

을 투하한 다음 쇠데르텔리에와 스트렝네스로 이동해 또다시 폭탄을 떨어뜨렸다는 보도가 나왔다. 하지만 비행기가 조난 신호를 보냈기 때문에 공습경보가 울리지 않았고, 요격도 이루어지지 않았다. 바사스탄에 폭탄이 떨어지지 않아서 정말 다행이었다. 그랬다면 카린은 충격을 받고 극도로 예민해졌을 게 분명하다. 오늘 나는 카린이 아무것도 보지 못하도록 신문을 숨겨 놓았다. 그 비행기는 러시아 것이었다.

카린과 라르스는 지금 겨울 방학 중인데, 카린은 사흘만 지나면 개학이다. 라르스는 학교에서 에나포르스로 산악 여행을 떠난다. 카린은 방학 동안 코감기에 걸려 침대에서 쉬기도 했고, 가끔 나랑 스키를 타기도 했다. 오늘은 엘사레나와 마테가 엄마들과 함께 우리 집에 다녀갔다. 아이들은 스케이트를 탔다. 햇살이 눈부시게 아름다웠다.

3월 3일

아무래도, 옆 기사로 판단해 보면 러시아와 핀란드 사이에 평 457~458p
화가 찾아올 것 같다. 하지만 핀란드는 망설이고 있다. 그럴 만도 하다. 노르웨이와 덴마크 출신 난민은 우리가 러시아를 두려워하는 것을 경멸하는데, 우리 스웨덴 사람들의 두려움에도 이유는 있다.

이 번역된 편지는 라트비아의 한 가정주부가 포르투갈에 있 459p
는 남편에게 보낸 것으로(몰래 빼돌린 것이다.), 라트비아 사람들의 심정을 엿볼 수 있다("이제 이곳에서 독일인과 함께 지낼 수밖에 없다.").

현재 러시아가 라트비아 국경 근처까지 바짝 다가갔다. 독일 전선이 무너지면, 발트 삼국에는 더 이상 희망이 없을 것이다. 누가 봐도 그렇다. 가엾은 사람들.

타게 보그스탐에 의하면 최악의 사태가 닥쳤을 때 주민들이 스스로 생을 마감할 수 있도록 독극물을 나누어 주었다고 한다. 나는 이런 최악의 상황이 실제로 벌어질 것만 같다.

3월 20일

전쟁에서 아무 일도 일어나지 않았거나, 일기 쓰는 일에 너무 게을렀나 보다. 지금 가장 주목할 만한 사건은 핀란드와 러시아의 평화 협정이다. 오래전부터 이 회담을 이어가고 있지만, 아직 별다른 성과는 없는 것 같다. 핀란드는 영국과 미국의 압박에도 좀처럼 물러서지 않고 있다.• 나로서는 이 모든 상황을 납득할 수 없다. 말하자면 이 협정은 핀란드 목에 칼을 겨누는 꼴인데도, 핀란드는 러시아의 조건에 동의할 수밖에 없다.•• 구스타브 국왕이 만네르헤임과 뤼티에게 직접 연락해 평화 협상

• 러시아는 독일과의 단절, 카렐리야 외 핀란드 영토 할양, 3억 달러 상당의 배상금 지급 등을 평화 협상 조건으로 내세웠디.

•• 1941~1944년 사이의 독일-러시아 전쟁에서 핀란드는 러시아로부터 자국을 지키기 위해 독일 편에 서서 싸웠다. 그러나 독일의 패망이 눈에 보이기 시작하고, 연합국의 압박이 거세짐에 따라 점령을 피하기 위한 불가피한 선택으로 보인다.

을 시도하라고 호소하고 있다.•

카린은 홍역을 앓고 치료를 마쳤지만, 아직 자리에서 일어나기 어렵다. 요즈음 나는 삐삐 롱스타킹••과 무척 재미있게 지내고 있다.

3월 21일

신경 써서 살펴야 했던 핀란드-러시아 평화 협정의 흐름을 놓친 것 같다. 러시아가 어떤 조건을 내걸었는지도 제대로 알지 못한다. 알려진 바에 의하면 러시아 측 주요 조건은 1940년의 국경을 회복하고 핀란드에 있는 독일군을 통제하는 문제이며, 필요할 경우 러시아군이 개입할 수 있다는 것이다. 핀란드는 "안 된다."로 일관하고 있다. 핀란드 측에서는 협정을 맺기 전에 조건을 정확하게 명시하려 하지만, 러시아는 일단 협정을 맺은 뒤에 협의해 나갈 것을 요구한다. 핀란드는 러시아를 신뢰하지 못하기 때문에 사전에 몇 가지 조건을 보장받으려는 것도 그리 이상한 일은 아니다.

• 스웨덴 구스타브 국왕은 당시 핀란드 총사령관 만네르헤임과 대통령 뤼티에게 평화 협상을 권유했다. 핀란드의 현실을 고려한 판단임과 동시에, 핀란드가 러시아에 점령될 경우 스웨덴에 미칠 위기를 예방하기 위한 권고이기도 하다.

•• 아스트리드 린드그렌의 대표작 〈삐삐〉 시리즈의 주인공. 삐삐는 엄청난 힘과 독립성을 지닌 소녀로, 전통적 아동상과 권위에 도전하는 캐릭터로서 전후 시대의 해방감과 아동 문학의 새로운 방향을 상징한다.

4월 1일

많은 사람들이 징집 통지서를 받고 있다. 며칠 전 스투레가 집에 와서 독일이 헝가리를 점령했던 식으로 핀란드를 점령하려 한다고 말했다. 그 말이 사실이 아니기를 바랄 뿐이다. 나는 이 전쟁이 지긋지긋해졌고, 더 이상 전쟁에 관해 기록할 힘도 없다. 게다가 발목까지 삐어서 침대에 누워 있다. 이런, 젠장!

4월 4일

결혼 13주년을 맞이했지만 사랑스러운 신부는 침대에 누워 지루함을 견디고 있다. 그래도 오전은 그럭저럭 지낼 만했다. 침대 위에 차와 훈제 햄을 곁들인 빵이 차려지고, 주변도 깨끗이 정리된다. 하지만 밤이 오면 정말 괴롭다. 찜질을 하려고 발에 뜨거운 주머니를 올리면 못 견디게 가렵다. 스투레는 옆에서 자고 있지만 나는 잠들 수 없다. 서머싯 몸의 《인간의 굴레》를 읽으며, 《삐삐 롱스타킹》도 계속 쓰고 있다.

핀란드에 평화가 오지 않을 것 같다. 지금 라디오에서 어린이 프로그램이 방송되고 있어서 더 이상 글을 쓸 수가 없다.

이번 일기장에는 독일의 만행에 관한 내용이 지나치게 많이 담길지도 모른다. 우리 집에서 주로 보는 일간지 《다겐스 뉘헤테르》가 어떤 신문보다 반독일적이고, 독일의 잔혹 행위를 비판할 기회를 결코 놓치지 않기 때문이다. 독일의 그런 만행이 실제로 벌어지는지 의구심이 들지만, 그사이 사건들을 보면 의심의 여지가 없다. 그런데 폴란드에 관해 스크랩한 기사 끝머리에 "다른 선택지가 없다면, 폴란드 사람들은 러시아보다 독일의 지배를 선호할 것이다."라고 적혀 있다. 발트 삼국에서도, 다른 나라에서도 마찬가지일 것이라고 한다. 이 내용이《다겐스 뉘헤테르》에 실린 것은 실수인 것이 분명하다.

4월 16일

크림반도에 있는 독일군 최후의 거점 세바스토폴에서 전투가 시작되었다. 남부 전선이 위태로운 상황이다.• 러시아는 루마니아를 침공했고, 조만간 독일의 석유 공급을 위협할 것이다. 러시아는 체코슬로바키아의 국경도 넘었다.

우리가 독일에게 물자를 제공했다는 이유로 연합국은 우리와 중립국에 화가 나 있다. 그들은 우리에게 항의 서한을 보냈지만, 응대하지 않고 있다.

우리는 늘 하던 대로 부활절을 축하했다. 스웨덴 땅에는 먹을 것이 풍족하다. 다음 부활절을 대비해 우리가 먹은 것을 모두 적어 두어야겠다. 성금요일에는 전통과 상관없이 송아지 간 요리를 먹었다. 성토요일••에는 여느 때처럼 달걀과 간단한 뷔페(수제 간 파테, 청어 샐러드, 청어 절임, 청어 삶은 것, 훈제 순록 구

• 소련군이 크림반도를 탈환하기 위해 독일군과 싸웠고, 5월에 세바스토폴을 함락시켰다. 이로써 독일은 우크라이나와 루마니아, 크림반도까지 포함된 남부 전선 전체에서 밀리게 되었다.
•• 예수가 십자가에 못 박힌 성금요일 다음 날로, 예수가 죽은 후 무덤에 머문 시간을 기리는 날이다.

이, 비트 뿌리를 곁들인 삶은 햄, 이것이 기억하는 전부다.)를 차렸다. 후식으로는 아이스크림을 먹었다. 그리고 스투레와 나는 원래 4일이었던 결혼기념일을 성토요일에 축하하면서 아주 좋은 셰리를 마셨다. 부활절에는 닭구이를, 다음 날에는 돈가스를 먹었다.

성토요일에 라세는 투레베리에 사는 어떤 여자아이 집에서 열리는 댄스 파티에 초대받았다고 했다. 나는 라세에게 늦어도 1시까지는 돌아와야 한다고 했지만, 새벽 4시가 되어서야 돌아왔다. 그때 나는 제정신이 아니어서, 여기저기 전화를 돌리다 결국 잠자는 사람들까지 깨우고 말았다. 그러다 예란에게서 라세가 브리타카사 팔크라는 여자아이와 함께 댄스 클럽에 있었다는 사실을 듣게 되었다.

카린의 신경이 너무 예민해 부활절 내내 카린을 돌보느라 정신이 없었다. 부활절이 지난 지금도 카린의 상태는 별로 나아지지 않은 것 같다. 홍역 후유증 때문인 것 같지만, 홍역을 앓기 전에도 꽤나 예민한 상태이기는 했다. 내가 발목을 삐는 바람에 꼼짝없이 집에 묶여 있게 되었으니 최소한 내 걱정은 하지 않아도 될 텐데 몹시 불안정하다. 신경질적으로 흥분했다가 깊게 상심하며 변덕을 부리거나 학교와 놀이에 불평을 늘어놓고는 한다. 요즘은 나 자신도 무척 우울하고 비관적이다. 아마 3주 동안 집에만 틀어박혀 지냈기 때문이겠지. 울어 버리고 싶다. 지금 카린 상태가 너무 좋지 않아 아이를 보는 내내 마음이 너무 아프다. 카린이 어서 낫게 해달라고 하느님께 빌고 있다. 라세는 초대를 받고 여기저기 불려 다니며 홍청망청하는데 집에도 마음을 붙이지 못하고, 별로 잘 지내는 것 같지도 않다. 그런 아이를 보면 또 슬퍼진다.

4월 23일

토요일 저녁, 모스크바 라디오는 핀란드와 러시아의 평화 협정에 관한 성명을 낭독했다. 이 내용에 따르면 3월 8일 핀란드의 답변은 불만족스럽다고 간주되었으며, 러시아 측은 파시키비에게 전달한 조건들이 최소한의 요구 사항이라고 전했다. 이후 핀란드 대표단은 3월 27일과 28일에 몰로토프와 협의를 진행했다. 그 결과 다음과 같은 조건들이 대표단에 전달되었다. 464~465p

5월 21일

이렇게 축복받은 공격이라니!

이 공격은 여러 해 동안 줄곧 말잔치에 그쳤고, 실행되지 않았다. 올봄에는 'D-Day'와 'D-Hour'까지 거론되었는데, 막상 실행은 지연되고 있다.• 여러 날짜가 언급되었지만, 침공이 일어나지는 않을 것 같다. 이것은 독일군을 서쪽에 붙잡아 두려는 신경전으로 보인다.

• 연합군의 유럽 본토 침공에 관한 논의가 여러 해 동안 지속되다가 1944년 6월 노르망디 상륙 작전으로 본격 실행되었다.

467~468p 그사이 〈릴리 마를레네〉의 열기•는 증발해 버렸지만, 그래도 나는 이 기사를 오려 붙였다. 이 노래의 멜로디는 시대를 넘어 영원히 제2차 세계 대전을 상징할 것이기 때문이다. '티퍼레리'••와 '마델롱'•••이 제1차 세계 대전을 상징하는 것과 마찬가지로.

469p 이바르 하리에가 쓴 《폴란드의 마지막 유대인》에 대한 서평도 오려 붙였다. 극히 일부분일지라도 고통받는 폴란드 땅에서 독일군이 저지른 만행을 들여다보게 하기 때문이다. 나는 이 책에서 그리는 것들이 진실이라는 것을 한순간도 의심하지 않는다. 방금 노르비트가 쓴 《민족의 순교》를 읽었는데, 상상을 초월한 잔혹 행위가 고스란히 기록되어 있다. 독일인은 더 이상 유대인을 학살했다는 사실을 부인할 필요조차 느끼지 않는 것 같다.

오늘 카린이 열 살이 되었다. 전쟁 속에서 축하하는 다섯 번째 생일이다. 이렇게 생일을 축하할 수 있다니. 어쩌면 우리가 지나치게 걱정했는지도 모르겠다. 봄에는 상황이 비관적이었

• 독일 출신의 배우이자 가수인 디트리히 마를레네가 제2차 세계 대전 중에 연합군 위문 공연에서 부른 노래. 참전 군인 사이에서 큰 인기를 끌었다.

•• 제1차 세계 대전 당시 군인들의 행진곡으로 사용된 노래 〈티퍼레리로 가는 머나먼 길 (It's Long way to Tipperary)〉에서 인용. 독일이 점령지 프랑스에 배포한 선전 포스터에 영어로 제목이 언급될 정도로 인기를 끌었다.

••• 제1차 세계 대전 중 가장 인기 있던 프랑스 대중가요 〈마델롱(Quand Madelon)〉에서 인용. 전쟁이 계속되면서 애국을 상징하는 노래가 되었다. 프랑스는 물론 스페인에서도 인기를 끌었으며, 오늘날까지도 프랑스에서 애국심을 상징하는 노래로 유명하다.

는데, 다행히 평화가 유지되고 있다.

연합군은 우리가 독일에 볼베어링을 수출하는 것에 큰 반감을 가졌고, 그건 지금도 마찬가지다. 하지만 우리가 공격을 받는다면(봄에 우리를 두려움에 떨게 한), 그 범인은 독일일 것이다. 독일이 우리를 공격해 무엇을 얻게 될지는 알 수 없다. 물론 그런 공격이 실제로 일어나는 것을 아무도 바라지 않는다.

다시 카린의 생일로 돌아와, 우리는 전처럼 카린의 생일을 축하했다. 카린은 초등학생을 위한 세 권짜리 책과 펠레 스반슬뢰스에 관한 책, 그리고 검정 파일로 예쁘게 포장한《삐삐 롱스타킹》원고를 선물받았다. 또 파란 수영복(오그랑오그랑한 면사로 만든), 나무 굽이 달린 하얀 천 신발, 비리덴과 굴란데르의 책들, 친할머니와 네스의 조부모님이 보낸 용돈도 받았다. 그 밖에 손목시계용 새 가죽끈도 선물받았다. 펠레, 알리, 페터(마테는 아팠다.), 엘사레나가 커피와 케이크를 먹으러 왔다. 이날은 올해 여느 봄날처럼 춥고 바람이 불었다. 다른 때 같았으면 카린의 생일에 맞춰 항상 여름이 시작되었는데, 올해는 그렇지 않다. 내일 같은 반 친구 몇 명이 찾아오기로 해서 카린이 매우 걱정하고 있다(어쨌든 카린은 한 해 내내 이렇게 불안한 상태다.). 카린은 같은 반 아이들을 모두 초대하고 싶지는 않지만, 초대받지 못한 아이들이 무슨 말을 할지도 신경 쓰고 있다.

라세는 지난 14일 동안 독감으로 앓아누웠다. 열이 40도까지 올랐다. 이제 겨우 회복했지만, 아직도 기침을 한다. 어제저녁 라세는 자리를 털고 일어나자마자 영화관에 가겠다고 했다. 아무리 졸라도 내가 허락하지 않자, 문이 부서져라 쾅 닫아 버렸다. 오래 누워 있었으니 짜증이 날 만도 하다.

6월 6일

마침내 연합군의 침공이 시작됐다!• 연합군은 항공 지원을 받으며 프랑스 북서부에 상륙했다. 오늘 이른 아침 수천 척의 병력 수송선과 수천 대의 비행기가 도버 해협을 건넜다.

연합군 최고 사령관 아이젠하워 장군은 점령한 나라들을 향해 연설했고(우리도 들었다.), 호콘 국왕••도 연설했다. 히틀러가 독일군 총사령관이 되었다고 한다. 오늘은 분명 역사적인 날이 될 것이고, 이는 대규모 침공으로 이어질 것이다. 앞으로 어떻게 전개될지 흥분되고 또 흥분된다. 연합군은 공중에서는 물론 해상에서도 압도적인 우위를 갖고 있다.

오늘은 스웨덴 국기의 날이자 연합군 침공 소식이 전해진 날이다. 내 기분은 저기압을 벗어나지 못하고 있다. 어제 라세가 대단히 끔찍한 성적표를 받아 왔고, 라세는 유급할 게 분명하다. 모레부터 시작되는 빔메르뷔 여행을 준비하느라 집 안이 엉망진창이다. 힘겹고 변화가 많은 시간을 보내고 있다. 카린

• 노르망디 상륙 작전을 뜻한다.

•• 독일이 노르웨이를 침공하자, 노르웨이 호콘 국왕은 영국에서 망명 정부를 운영하며 저항 운동을 지휘했다.

은 내일 시험을 치른다.

연합군이 로마에 진군해 들어갔다!

그리고 마침내 침공이 시작됐다!

6월 13일

며칠 전부터 카렐리야 지협에서 러시아의 공세가 계속되고 있다. 러시아는 핀란드를 굴복시키려는 의도를 분명하게 드러내고 있다. 이번 공격은 예상 밖의 시점에 기습적으로 이루어졌고, 러시아군은 몇몇 방어선을 돌파해 1939년에 정해진 국경을 넘어왔다. 핀란드의 수많은 어린이가 스웨덴으로 피란을 온다고 한다.

노르망디의 군사 교두보가 점차 확대되고 있다. 독일의 저항이 점점 강력해지고 있지만, 연합군은 순조롭게 나아가는 것 같다. 모든 작전을 하나하나 알아볼 엄두가 나지 않는다. 뉴스에서는 매일 베이유, 캉, 카랑탕 같은 온갖 지명이 언급된다. 처칠도 그곳을 방문해 승리의 V(브이) 자를 그려 보였다고 한다.

나와 아이들은 네스에 와 있다. 끔찍할 정도로 비가 퍼붓지만, 오늘 오후는 따뜻하고 날이 맑아 스티나와 산책에 나섰다. 코하옌을 지나 철길(앵초가 가득 핀 도랑을 지나 가장자리에서 새둥지를 발견한 곳이다.)을 따라 스통온으로 내려갔다. 철교를 건너 뉘블레까지 가서 집으로 돌아오는 멋진 산책이었다. 지금 자연은 짙은 초록으로 물들어 최고의 아름다움을 뽐내고 있다.

오늘 밤 라세는 스티나와 함께 인민 공원에 갈 것이고, 아마 집에 늦게 돌아올 것이다. 카린은 온몸을 내던지며 신나게 놀고 행복해한다. 나를 조금도 찾지 않는다. 우리는 내일 자전거를 타고 몰렌까지 가려 한다. 카린은 평소처럼 성적이 좋다. 세 과목이 '잘함'인 것 같다.

한여름 날

지난번 글을 쓰고 나서 대략 이런 일들이 벌어졌다. 러시아는 카렐리야 지협에 대한 공세를 계속 이어 가고 있다. 그 결과 러시아가 덴마크 비보르를 점령했다. 안타까운 일이다. 핀란드의 상황이 좋지 않은 것 같다. 얼마 전부터 정부의 위기가 감지되는데, 러시아와 평화 협상을 맺기 위해서는 탄네르와 린코미에스가 물러나야 할 것이다.

약 3만 명의 독일군이 노르망디의 셰르부르반도에서 고립된 채 방어선을 지키고 있다.

한편 독일군은 흉악한 무기를 새로 생각해 냈는데, 바로 무인 폭격기라는 것이다. 이 폭격기는 영국 상공으로 날아가 대형 화재와 폭발을 일으키고 있다. 조종사가 탑승하지 않는 이 무인 폭격기에 영국인은 몹시 분노하고 있다. 조종사 없이 무차별적 발사가 이루어지면서 군사 목표물을 겨냥할 수 없어 막대한 피해를 입히기 때문이다. 대략 이런 일들이 최근 일어난 중요한 소식 같다.

그 밖에 라세와 자전거 여행을 다녀왔다. 비르세룸-스키뢰-홀스뷔브룬-파예르홀트-크록스홀트를 거쳐 빔메르뷔로 돌아오는 여행이었다. 날씨는 이틀 내내 맑고 따뜻했다. 홀스뷔브룬에 계시는 엄마와 아빠도 찾아뵀다. 스몰란드는 정말 아름다웠다.

카린은 자전거를 탈 때 유난히 잘 넘어져 다리에 커다란 상처가 여러 개 생겼다.

7월 19일

사람들은 불구가 된다. 피가 철철 흐르고, 고통과 절망이 곳곳에서 넘실댄다. 그런데도 나는 신경 쓰지 않는다. 오로지 내 문제에만 관심을 쏟을 뿐이다. 평소에는 최근 벌어진 일들을 적어 두고는 한다. 하지만 지금은 산사태가 내 삶을 덮쳐 버렸고, 나는 외롭게 떨면서 홀로 남겨졌다고 쓸 수밖에 없다. 밝아 오는 아침을 기다리려고 애써 보지만, 혹시 내일 아침이 오지 않는다면?

억지로라도 지금 세계에서 벌어지는 일에 관해 적어 보려 한다.

러시아는 엄청난 진격을 거듭하며 독일이 포기했던 발트 삼국에 진입했다. 이제 러시아는 동프로이센의 국경에 아주 가까워졌다. 노르망디에서 진격 속도는 그렇게 빠르지 않지만, 그래도 여전히 전진하고 있다.

핀란드 정부 대표단은 독일의 외무 장관 리벤트로프를 만나 독일과 맺은 협정을 다시 한번 굳건히 했다. 이 일을 계기로 미국은 끝내 핀란드와 외교 관계를 단절해 버렸다.

더 이상 기억나지 않는다. 난 영혼의 고통 속에서 절망적으로 몸부림치고 있다. 가슴이 쓰라리다. 도대체 어디서 힘을 얻어야 할까? 내가 어떻게 도시로 가서 마치 아무 일도 없던 것처럼 지낼 수 있을까?

8월 2일

나는 지금 절망과 씁쓸함에 젖어 혼자 달라가탄에 남아 있다. 카린은 솔뢰에, 라세는 네스에 있으며, 린네아는 휴가 중이다. 스투레는…….

굵직한 사건들이 벌어졌지만, 글을 적을 기력이 바닥났다. 히틀러 암살 시도 같은 엄청난 사건에조차 마음을 쓰지 못했다.

오늘 신문에 핀란드의 뤼티-린코미에스 내각이 사퇴했다는 소식이 실렸다. 맞다. 뤼티가 대통령이었지만 이제는 만네르헤임이 대통령이 되었다. 새로운 정부는 러시아와 평화 협정을 맺기 위해 노력하겠다고 한다.

'터키, 독일과 단절하다.'라는 머리기사가 오늘 저녁 신문을 장식했다. 독일은 곧 무너질 것처럼 보인다.

마치 내 삶이 무너져 내린 것처럼.

8월 23일

4년이라는 포로 생활 끝에 독일로부터 파리가 해방되었다. 예전에 에펠탑에 나치의 깃발이 휘날렸다는 머리기사를 읽던 날이 기억난다. 그때가 수백 년은 된 것처럼 아득하다.

8월 27일

며칠 전(아마 23일) 루마니아가 항복했고, 독일에 선전 포고까지 했다. 독일이 아직도 버티고 있다니 상상도 할 수 없는 일이다. 오늘 《다겐스 뉘헤테르》 일요판에서 전쟁에 관한 반가운 소식을 발견했다. 이 소식을 오려 붙이기 전에, 얼마 전 《다겐스 뉘헤테르》의 '이름과 소식'란에 등장한 한 신사의 이야기를 먼저 오려 붙여야겠다. 471p

엇나가는 것 같다. 길을 잃은 것 같다. 심장이 돌덩이에 짓눌리는 것 같다.

오늘, 이렇게 따뜻한 8월의 일요일에 나는 잉바르, 아이들과 함께 스칸센에 있었다.

9월 7일

전쟁이 5년 넘게 이어지고 있다. 쉴 새 없이 사건이 터지고 있지만, 나는 도무지 길게 기록할 만한 상태가 아니다. 끔찍하리만큼 안타깝다.

핀란드는 독일과 단절했고, 러시아와 휴전 상태에 들어갔다

(9월 4일로 기억한다.).

불가리아 또한 독일과 단절했을 뿐 아니라 전쟁을 선포하기까지 했다.

연합군이 처음으로 독일의 도시들을 정복했다.

러시아군이 포메라니아 동부•로 진격하고 있다. 독일이 항복할 날이 얼마 남지 않았다.

9월 15일

오늘 저녁 신문에 핀란드와 독일 사이에 전쟁이 벌어졌다는 소식이 실렸다. 어젯밤, 독일 해군 병력이 몇몇 지점에서 상륙을 시도했다고 한다. 그사이 러시아와 핀란드의 평화 협정이 진척되고 있다.

10월 30일

일기를 쓰는 일이 점점 줄어들고 있다. 생각할 일이 너무 많고, 올가을 내내 신경이 곤두서 글을 쓸 형편이 아니었다. 지금 당장은 최악의 상황에서 벗어난 것 같지만, 정말 좋아졌는지는 확실치 않다.

473p 이따금 반가운 소식들도 들려온다.

그건 그렇고, 러시아군은 지금 노르웨이 북부에서 전투를 벌

• 폴란드와 독일에 걸쳐 있으며, 포메라니아 동부는 오늘날 주로 폴란드의 영토다.

이고 있으며, 핀란드의 독립은 사실상 위태로운 상황이다.

이 편지는 어떤 독일 장교가 스웨덴 부인에게 보낸 것이다. 474~475p
그는 이 편지를 보내고 곧 전사했다.

"현재 전국에서 가장 유명한 빔메르뷔 주민은 젊은 작가이자 477p
저널리스트, 한스 호칸손이다. 그는 스몰란드의 석공을 다룬 소설과 또 다른 여러 소설로 이름을 알렸다. 문체뿐 아니라 심리 묘사에도 뛰어나다. 올해 들어 그는 자신의 이름을 바꾸었고, 이제는 한스 헤르인으로 불린다.

한스 헤르인과 그의 부인 스티나가 이곳 빔메르뷔에서 가장 훌륭한 92세 소년 요한 페테르 스벤손의 팔짱을 끼고 빔메르뷔 시장을 산책하고 있다. 사람들은 이 노인을 흔히 '루케'라고 부른다.

아래 스크랩은 내가 태어나서 처음 쓴 서평이다. 479p

11월 26일

어두컴컴한 11월의 일요일, 나는 오늘 거실 벽난로 앞에 앉아 글을 쓴다. 라세는 지금(15시 30분) 막 옷을 입고 있고, 카린은 자기 방에서 타자기를 치고(아니, 지금 막 아이가 내게로 왔다!), 스투레는 집에 없다. 아주 멀리 가 있다. 오전에 카린과 하가 공동묘지로 산책을 다녀왔다.

지금 세계는 이런 모습이다. 노르웨이 북부에 끔찍하고 비참한 기운이 퍼지고 있다. 민간인들은 밀려드는 러시아군을 피해 독일군의 명령에 따라 강제로 대피해야 하는 형편이다. 네덜란드도 끔찍한 궁핍을 겪고 있다. 끔찍한 곤궁에 시달리지 않는 곳이 대체 어디란 말인가? 세상이 온통 절망과 궁핍에 허덕이고 있다. 독일 서부는 연합군의 끝없는 폭격으로 참혹한 상태일 것이 분명하다. 게다가 연합군은 이미 독일 영토까지 진입했다.

히틀러는 전 세계가 놀랄 만큼 침묵하고 있다. 얼마 전 나치당의 기념일에도 연설하지 않았다. 대신 힘러가 연설에 나섰고, 총통이 너무 바빠 연설할 시간이 없다고 전달했다. 전쟁이 시작되고 여섯 번째 겨울을 맞는 독일 국민은 총통의 말 한마디라도 듣고 싶었을 것이다.

481p 고틀란드 여객선 한자호가 지난밤 뉘네스함과 비스뷔 사이에서 침몰했다. 어뢰 공격을 받은 것 같다. 2명이 구조되었지만, 배와 함께 100명가량이 바닷속 깊이 가라앉았다. 이번 고틀란드 여객선 침몰은 스웨덴이 현대에 마주한 가장 큰 참사다.

얼마 전, 독일은 스웨덴 영해를 제외한 발트해 전역을 전쟁지역으로 선포하겠다고 위협했다. 스웨덴 정부는 이에 강력히 항의했다. 아마 이번 건은 그 항의에 대한 독일의 답으로 볼 수 있다.

12월 17일

이 일기장에 글을 좀 더 써넣어야 할까? 대림절 셋째 주 일요일, 나는 혼자 벽난로 앞에 앉아 있다. 라세는 영화관에 갔고, 카린은 마테네 집에서 크리스마스트리 장식을 만들고 있다. 스투레는 예테보리에 있을 거다. 아직 돌아오지 않았다면 말이다. 크리스마스이브가 꼭 일주일 앞으로 다가왔다. 어제 빔메르뷔에서 햄, 가공육, 돼지 간, 삼겹살 등이 담긴 선물 바구니가 도착했다. 도축장 파업 때문에 우리가 굶지 않도록 보내온 것이다.

평화가 금방 찾아올 것 같지 않다. 서부에서 독일의 저항이 더욱 거세지고 있다. 끔찍한 폭격을 당하는데도 독일군의 전쟁 의지를 꺾는 것은 당분간 불가능해 보인다. 러시아는 계속 진격하고 있으며, 부다페스트는 쑥대밭이 되어 간다. 그리스에서는 혁명군이 영국 침략군과 괴뢰 정부에 맞서 저항하고 있다. 그리스 혁명군의 배후에 러시아가 있을 가능성이 크다. 신문에 따르면 오직 연합군의 침공만이 노르웨이 북부에서 굶어 죽는 수십만 명을 구할 수 있다고 한다. 생각만 해도 미쳐 버릴 정도로 유럽 전체가 절박한 위기에 내몰리고 있다. 스웨덴만 이런 절망에서 빗겨 나 있는 듯하다. 전쟁의 한복판에서 맞는 여섯 번째 크리스마스를 평소처럼 축하하고 있지만, 린드그렌 가족의 크리스마스는 약간 곤란할지도 모른다. 하지만 곧 괜찮아질 거다. 그러길 바라고 있다. 한편, 나는 '브리트 마리'•를 쓰면서 무척 즐겁다.

• 라벤 앤드 셰그렌 출판사가 1944년에 개최한 최고의 여학생도서 공모전에서 《브리트 마리는 마음이 가벼워졌어요》라는 제목으로 2등 상을 수상하고 출간된다.

크리스마스

작년 크리스마스에 나는 이렇게 썼다. "나는 올해가 인생에서 가장 행복한 시기라는 것을 잘 알고 있다. 누구에게도 이러한 행운이 지속될 수는 없으니까. 언젠가 내게도 시련이 닥칠 수 있겠지." 그때 나는 이 말이 얼마나 맞는 말인지 알지 못했다. 시련이 닥쳐왔지만, 그렇다고 내가 불행하다고 우길 수는 없다. 1944년 하반기는 지옥 같았고 내가 발 디딘 땅이 송두리째 흔들렸다. 나는 절망하고, 우울하고, 실망하고, 자주 침울해졌다. 그렇다고 완전히 불행했던 것은 아니다. 내가 겪은 모든 일에도 불구하고 내 존재를 채워 주는 것이 많았다. 이런 일을 모두 겪었으니 이번 크리스마스는 끔찍한 축제일이 될지도 모르겠다. 크리스마스이브 전날 저녁, 나는 청어 샐러드를 준비하면서 복받치는 감정에 눈물을 쏟았다. 하지만 너무 기진맥진해서 그런 거다. 그러니 그 눈물은 중요하지 않다. 행복하다는 것과 잘 지낸다는 것이 같은 말이라면, 나는 아직도 '행복한' 편이다. 하지만 행복이라는 것은 그렇게 단순하지 않다. 어쨌거나 나는 무언가를 배웠다. 행복은 자신의 내면에서 비롯되어야 하며 밖에서 주어지지 않는다는 것이다. 이 모든 일에도 불구하고 나는 나를 행복하게 하는 일을 찾는 데 성공한 것 같다. 하지만 어쩐지 더 큰 시련이 닥칠 것 같은 기분이 든다. 그때가 오면 내 의지가 얼마나 강한지 알게 되겠지.

어쨌거나 나는 집에서 크리스마스를 축하하는 데 성공했다.

아이들과 시어머니는 아무것도 눈치채지 못하고 기쁨과 행복에 빠져 있다. 두 아이 모두 크리스마스 선물과 분위기에 무척 행복해했다.

라르스가 받은 선물들은 이렇다. 아노락, 부츠, 카디건, 흰색 모직 목도리, 팬티(매년 받지만), 커프스단추, 평상복 바지, 손목시계 줄, 《세상의 모든 모험》, 《우리가 사는 동안》, 마르지판 돼지 과자 등을 내가 사 주었다. 라거 블래드의 카드와 할머니 할아버지에게 용돈도 받았다. 그 밖에도 카린과 잉에예르드에게 더 많은 선물을 얻었다. 카린은 회색 주름치마, 진한 청색 카디건, 스타킹, 《블랙 브라더스》, 《섬의 아이들》, 《스웨덴의 식물》, 《구스타프 바사의 달라르나의 모험》, 잡지 《동화 왕자》와 《동화 공주》, 카드 게임, 퍼즐, 마르지판 돼지 과자, 지갑 그리고 마테에게 《메리 포핀스가 문을 열다》를, 잉에예르드에게 편지지를, 린네아에게 퍼즐을, 할머니와 할아버지에게 용돈을 받았다. 나는 크리스마스이브 며칠 전에 스투레에게 아주 멋진 알람 시계를 받았다. 카린은 내게 목욕용 브러시를 선물해 주고 아주 기뻐했다.

크리스마스이브에 수프에 빵을 찍어 먹는 풍습은 잊었지만, 그것만 빼면 모든 것이 계획대로 되었다.

오늘 아침 라세와 하가로 산책을 나갔다. 스투레는 이번 크리스마스에 스칸센에 가려 하지 않는다. 아, 안타깝다!

오후에는 거위와 붉은 양배추로 요리하고, 사과조림을 만들었다. 크리스마스와는 어울리지 않는 일을 했지만, 그래도 사과를 그냥 버릴 수는 없었다. 27일이면 아이들은 스몰란드로 떠나고, 나는 31일에 아이들을 따라갈 거다. 스몰란드가 눈물나게 그립다. 나는 '불면증을 동반한 신경 쇠약'으로 3주 동안 병가를 냈다.

모든 것이 마땅히 있어야 할 모습 그대로라면 더할 나위 없이 좋을 것이다. 하지만 지금은 그렇지 않다. 어쩌면 그렇지 않은 것도 의미가 있을 것이다. 세상을 조금만 둘러보면 알 수 있다. 세상에 마땅히 있어야 할 모습 그대로인 것은 아무것도 없으며, 앞으로도 결코 그럴 수 없다는 것을.

독일군이 서부에서 공격을 개시했다. 지옥에나 떨어져라! 전쟁은 한동안 끝나지 않을 것이다. 분명 그럴 것이다.

planen gav nödsignaler).
Jag är tacksam, att
inte bomberna sam-
lade över Vasastan,
för så hade väl Karins
nervsystem kommit
i allvarlig oordning.
Jag har undanhållit
tidningen för henne
idag, så hon vet
förstås inget. – Pla-
nen var ryska.
Karin o. Lars har
mitterminslov just
nu fast Karin bara
i tre dar. Lars är
med skolungdomars
fjällfärd i Enafors.
Karin har delvis varit
i sängen på grund
av snuva och delvis

åkte skidor med mig
I dag har Elsa-Lena
o. Matte med mammor
varit här. Barnen åkte
skidskor. Sol och
ljumligt.
D.N. 1.3-44

*De ryska villkoren till Finland offentliggjor-
les på tisdagskvällen av Moskvaradion i form
v en officiell rysk deklaration. Sovjetregerin-
en förklarar sig villig att i Moskva motta
inska delegater för fredsunderhandlingar på
huvudsak de sex villkor som Dagens Nyheter
unde meddela i sitt Londontelegram den 25
ebruari. Basen för underhandlingarna är
940 års gräns och internering av de tyska
rupperna i Nordfinland.*

Den ryska deklarationen *bekräftar att Paasikivi under sitt Stockholmsbesök varit i kontakt med minister Kollontay i fredsfrågan. Det första sammanträffandet förmedlades av en "framstående svensk industriman" och ägde rum den 16 februari, sedan minister Kollontay förklarat att "Sovjet i fredens intresse vore villigt att förhandla med den nuvarande finska regeringen". Paasikivi underrättade då M:me Kollontay*

'모스크바, 핀란드 사절단맞이 준비 완료. 러시아, 핀란드에 대한 조건 발표',
《다겐스 뉘헤테르》(이하 DN), 1944년 3월 1일.

om att han av sin regering ”bemyndigats att utröna Sovjets villkor för ett inställande av fientligheterna och Finlands utträde ur kriget”. Vid ett möte mottog Paasikivi de ryska vapenstilleståndsvillkoren.

Moskvaradion dementerar bestämt att Ryssland krävt kapitulation utan villkor samt ryktena om att Sovjetunionen av Finland begärt att Helsingfors och andra stora finska städer skulle ockuperas av ryska trupper.

I Helsingfors vägrade man i natt att göra några som helst kommentarer till offentliggörandet av de ryska villkoren. Man ansåg sig emellertid med visshet kunna förutsäga att bombardemangens tid var förbi. Redan tidigare på kvällen efter riksdagssammanträdets avslutande förklarade man i politiska kretsar att man var beredd att fortsätta fredsförhandlingarna med Sovjet.

3.3.44.

Ja, som synes av vidstående, så är det nu fråga om fred mellan Ryssland o. Finland. Men Finland tvekar — och undra på det: — Norska o. danska flyktingar talar fruktfullt om vår rysskräck, men den har nog fog för sig. Vidstående översättning av brev från en lettländsk

Hustru (utsmugglat) till hennes man i Portugal, ger besked om hur man känner det i Lettland (där man ju nu i alla fall får dras med tyskarna)

Jag hade aldrig trott att livet kunde bli så tungt att leva, och allt detta vore ändå bara bagateller och förhållandevis lätt att uthärda, om man inte som ett Damoklessvärd hade den ständiga fruktan över sig, att "vännerna" från öster kunna återvända. Du kan inte förstå denna ångest, ty du har aldrig varit medborgare i deras paradis, du har aldrig sett, hur man griper oskyldiga människor som rovdjur och bortför dem till slaveri och undergång. Det finns säkert ingenting värre i världen än det röda odjuret och dess regim. Av ångest kan jag ibland inte somna om kvällarna. Jag gråter av förtvivlan och vet inte, vad jag skall ta mig till, om det värsta skulle hända och de åter skulle bryta in i vårt land. Vart skall man fly och vad skall man göra? Om mig själv skulle jag inte vara så rädd, men de skonar ju inte ens barnen. Om de nu griper mig och Apsitis blir ensam i världen. Ack, måtte gud hjälpa vårt stackars fosterland! Måtte vi aldrig mer få se den femuddiga stjärnan! Apsitis ber varje kväll till Gud att han måtte beskydda vårt fosterland för bolsjevikerna. Hur avundas jag inte dig och alla övriga, som inte som vi äro innestängda som möss i fällan, utanför vilken den blodtörstiga katten väntar. Jag är rädd, hemskt rädd. Du kan inte göra något åt saken. Vi komma inte ut härifrån, och vad ödet har i beredskap åt oss, det kommer att ske."

왼쪽 앞 페이지에서 계속.

오른쪽 아스트리드 린드그렌이 우편 검사소 편지 검열관으로 일하던 시절의 편지 사본.

"Underjordisk" orkester.

Men tyskarna har räknat fel om de tror att de skall kunna knäcka oss med sådana metoder. Den polska befolkningen gör heroiskt motstånd, och nationalmedvetandet har blivit starkare än någonsin förr. Den polska "underjordiska" partisanarmén, som får allt mer män i sina kadrer och allt bättre utrustning, utkämpar nu verkliga drabbningar med tyskarna, och gatustrider hör till ordningen för dagen. Förrädare och tyskar som gjort sig kända för särskild grymhet döms till döden och avrättas punktligt av patrioterna. Ett enda exempel: i november steg en hatad Gestapoofficer ut från ett militärsjukhus i Warszawa.

På motsatta trottoaren spelade en gatuorkester om fyra man. Plötsligt gick en polack fram till Gestapomannen och sköt ned honom och hans hustru. Skottlossningen observerades av en tysk patrull, som skyndade till platsen. Innan den hann ingripa hade en av gatumusikanterna öppnat sin fiollåda, tagit fram en kulsprutepistol och mejat ned patrullen. Därefter kastade sig polacken som skjutit Gestapoofficeren tillsammans med de fyra gatumusikanterna upp i en bil och försvann.

300 oskyldiga människor sköts som gisslan för denna händelse, men det räddar inte tyskarna. Vi polacker har sett döden så ofta under de senaste åren att den mist sin udd. Vår kamp fortsätter vad det än må kosta oss.

Goda informationer.

Polska folket är utomordentligt väl informerat. Kontakten med Londonregeringen är ytterst god. Nyheterna därifrån uppfångas i väl gömda radiomottagare, och rapporterna mångfaldigas sedan genom våra illegala tidningar. Ibland lyckas tyskarna avslöja våra tryckerier, men ofta hinner personalen tända eld på upplagan och sedan begå självmord. Till och med i fångläger inom Tyskland är det ofta så att fångarna är bättre underrättade än sina vaktare om världshände Med gömda kortvågsmottagar man uträtta storverk, i all syn om man har en smula kaffe elle ra cigarretter att muta en eller tysk med.

Den underjordiska rörelsen i arbetar allt djärvare. Ett exe den 12 oktober 1943 skulle 1.5 riksmark transporteras från den riksbanken till Warszawa. När d ka bilarna körde genom en ga denna plötsligt spärrad av några kärror. När transportvagnarna nade öppnade polackerna eld frå håll, sköt ned personalen och p rade bilarna. Tyskarna utsatte e löning på flera miljoner zloty ti som kunde lämna sådana upplys att "rövarna" blev fast. De fick informationer.

Blommor på exekuti platserna.

Vi kan alltså försäkra att tysk inte har det lätt i Polen. På d tor och platser där de massav våra landsmän brukar polska kv lägga ned blommor och kransar Gestapos hot.

Och vet ni hur det gick när karna skulle föra bort det po flygarmonumentet i Warszawa? ka arbetare byggde med my möda ett stort träemballage k det. Nästa morgon kom några lacker förklädda till tyska sold och tog bort den väldiga lådan. der dagen byggde tyskarna seda ny, men den stal patrioterna p jande natt. Nästa dag skickade karna dit folk i en militärbil fö börja på nytt. En handgranat spr de bilen, och såvitt vi vet står numentet fortfarande kvar.

De underjordiska för också ne på andra sätt mot tyskarna. annat är det mycket populärt att jättelika inskriptioner på vägga broräcken med texter som "Polen segra" eller "Tyskland har fö kriget".

har talats en hel del om polac-
s inställning till ryssarna. Vi
ırsäkra att vårt folk inte är fient-
ställt till dem. Vi vill emeller-
kvar vårt territorium och vår
ella självbestämmanderätt. Där-
edrar man överallt i landet den
regeringen i London framför
a Wasilevskas sovjetpolska ut-

Red Top.

arszawabarn i gangsterligor

n Dagens Nyheters korrespondent.

MALMÖ, tisdag.

kronor fick jag och en god vän
ig betala fqr en middag i Wars-
bestående av lax, wienerschnit-
ch vardera två snapsar, berättar
Dagens Nyheters korrespondent
vensk som på tisdagen passerade
mö på resa hem från Polen, där
vistats någon tid.

et är bara ett exempel på de otro-
uppskruvade priserna i den f. d.
ka huvudstaden, där man likväl
få nästan allting, bara man har
ngar. Ett par damsilkestrumpor
star, om de nu går att uppbringa, i
enskt mynt omkring 400 kronor, en
en citron kostar 70 svenska kronor
s. v.

Pengar skall det vara. Ransone-
ıgskort kommer man inte långt med,
det knappast finns något att få på
ssa. Skall man ha något, måste
an köpa på svarta börsen, som i Po-
ı torde vara den mest utvecklade i
la världen. Här finns praktiskt ta-
t allting och naturligtvis till de mest
ıtastiska priser man kan tänka sig.
ı person som exempelvis kan sälja
kostym på svarta börsen får för
nna en så stor summa pengar att
t räcker till massor av mat.

Warszawa är betydligt mindr
bombskadat än den tyska rikshuvud
staden, och bombskadorna i de båd
städerna går helt enkelt inte att jäm
föra med varandra. På sina håll
Warszawa verkar det inte alls som on
staden, skulle ha härjats av bomber
medan man i Berlin inte kan finna er
fläck där man slipper se skador av
bombraiderna.

Barnen i Polen tar man inte längre
hand om. De får gå i något slags yt-
terst primitiva skolor från sju års ål-
der tills de fyllt 12 år. Sedan slipper
de vidare skolgång, då fortsättnings-
skolor och liknande läroanstalter för
närvarande helt och hållet saknar
Följden har blivit att många barn
och ungdomsligor bildats. Barnen slå
sig tillsammans och stjäl vapen oc
ger sig sedan ut på formliga gangster
raider. Dessa "babygangsters" stjä
allt de kan komma över och säljer se
dan rovet på svarta börsen till våld
samma priser. De drar sig inte en
för regelrätta rån eller att göra bru
av de vapen de lagt sig till med.

Olika biografer för tyska och polacker.

Biografer, kabareter och teatrar sp
lar för fullt i Warszawa. Biografer
spelar mellan 14 och 16.30 på dag
och sedan är det kabareternas c
teatrarnas tur till kl. 20. Ef
21-tiden får ingen polack vis
ute på Warszawas gator. Tyskar
har sina egna teatrar och biogra
och går över huvud taget inte på p
lackernas nöjesetablissemang. Natu
ligtvis får inte polackerna visa sig
de tyska biograferna och teatrar
och av rädsla för sabotagehandlinga
na kontrollerar man mycket noga
inga polacker kommer in där. I Wa
zawa finns för närvarande ett
hundra tusen tyskar, bl. a. arbet
och tjänstemän.

왼쪽 '지하 예배당', '좋은 정보력', '처형장에 놓인 꽃들', DN, 1944년 4월 5일.
오른쪽 '갱단에 소속된 바르샤바의 아이들', '독인인과 폴란드인으로 구분된 극장', DN, 1944년 4월 5일.

Polackerna hoppas givetvis få sin självständighet tillbaka, och det är hoppet på detta som kommer dem att hålla ut med en stolthet som man måste beundra. I Polen florerar ett mycket livligt partisankrig mot de tyska styrkorna, som ideligen störs, och den underjordiska verksamheten pågår utan att tyskarna förmår sätta stopp för den. Polackerna är mycket rädda för ryssarna och hyser formlig skräck för att återigen få pröva på de ryska metoderna och den ryska hänsynslösheten. De skulle föredra den tyska regimen, om det inte fanns något annat för dem att välja på.

Ungern.

BERN, tisdag.

Från Ungern kommer mycket sparsamma underrättelser till Schweiz, och dimslöjorna blir allt svårare att genomtränga.

Men ett ögonvittne som just anlänt hit från Budapest berättar intressanta detaljer från livet i det ockuperade landets huvudstad. Han betecknar stadsbilden i Budapest som präglad av fruktan.

Häktningarna började redan tidig på morgonen söndagen den 19 mar och det bevisar gott att den tyska ak tionen mot Ungern var förberedd se dan länge, då samtidigt som de först tyska soldaterna tågade in i Budapes även Gestapoagenterna anlände til staden och började sina razzior blanc de mest framstående medlemmarna av Ungerns politiska liv och affärsvärld.

Bland de häktade var den berömde kirurgen och universitetsprofessorn Ludwig Adam, som sedan flera år tillbaka var familjen Horthys läkare och ofta tillsammans med sin maka var gäst vid riksföreståndarens bord. annan häktad var amiralen Konek Norwall, en av amiral Horthys äl marinkamrater och numera chef den ungerska marinen. Häktad också general Keresztes-Fischer, till den ävenledes häktade förre i kesministern. Han stod under me ett årtionde i spetsen för riksföres darens militärstab, var dagligen sammans med denne och åtföljde nom på alla hans resor.

De häktade politikerna fördes till de i största hast uppförda k centrationslägren, dels till Wien att hållas som gisslan. Man på emellertid att Wien endast är en nomgångsstation och att de r framstående personerna förs till nigstein, den fästning där Gi hölls fången.

I Budapest lär man se förhålla vis få tyska uniformer på gatorn de tyska polisagenterna tjänstgör klädda. Stadsdelen Ofner Festung kungliga slottet, utrikes- och inr ministerierna ligger, lär vara full ligt kringsvärmad av agenter. riksföreståndarens säkerhet svara den tyska polisen.

Det är möjligt, att
denna krigsdagbok inne-
håller oproportionellt
mycket om tyskarnas
framfart beroende på
att vårt husorgan är
Dagens Nyheter, som
är mera antitysk
än någon annan blaska
och inte försummar
något tillfälle att
köra fram med tyskar-
nas grymheter. Att
grymheterna verkligen
förekommer är emel-
lertid höjt över varje
tvivel. I urklippet från
Polen står det likväl
i slutet att polacker-
na "skulle föredra
den tyska regimen"

왼쪽 위 앞 페이지에서 계속.
왼쪽 아래 '강제 수용소에 있는 헝가리 고위급 인사들과 비엔나로 끌려간 인사들', 베른 특파원 C.-A. 볼란데르, DN, 1944년 4월 5일.

1) Brytning med Tyskland samt internering av de tyska armeerna och krigsfartygen eller deras fördrivning före slutet av april månad.

2) Ett återupprättande av det finsk-ryska fördraget av år 1940 och tillbakadragande av de finska trupperna till 1940 års gräns.

3) Omedelbar repatriering av ryska och allierade fångar och civila internerade, vilken åtgärd skulle vara ömsesidig.

4) Demobilisering av den finska armén till 50 proc.

5) Betalning av ett skadestånd på 600 miljoner dollar, att erläggas under fem år.

6) Återlämnande av Petsamo till Ryssland.

7) Om dessa sex villkor godtagas, skall sovjetregeringen utan kompensation avstå från sitt krav på Hangö.

Den 19 april inform
finska regeringen sovjet
ringen via Sverige, or
den, samtidigt som de
skade få till stånd fred
Ryssland, icke kunde a
tera dessa villkor. I sitt
förklarade sovjetregerin
För närvarande har Fi
ingen oavhängighet, oc
är nu fråga om att åte
la Finlands oavhängighe
nom att fördriva tysk
Finska regeringen är
herre i sitt eget hus.

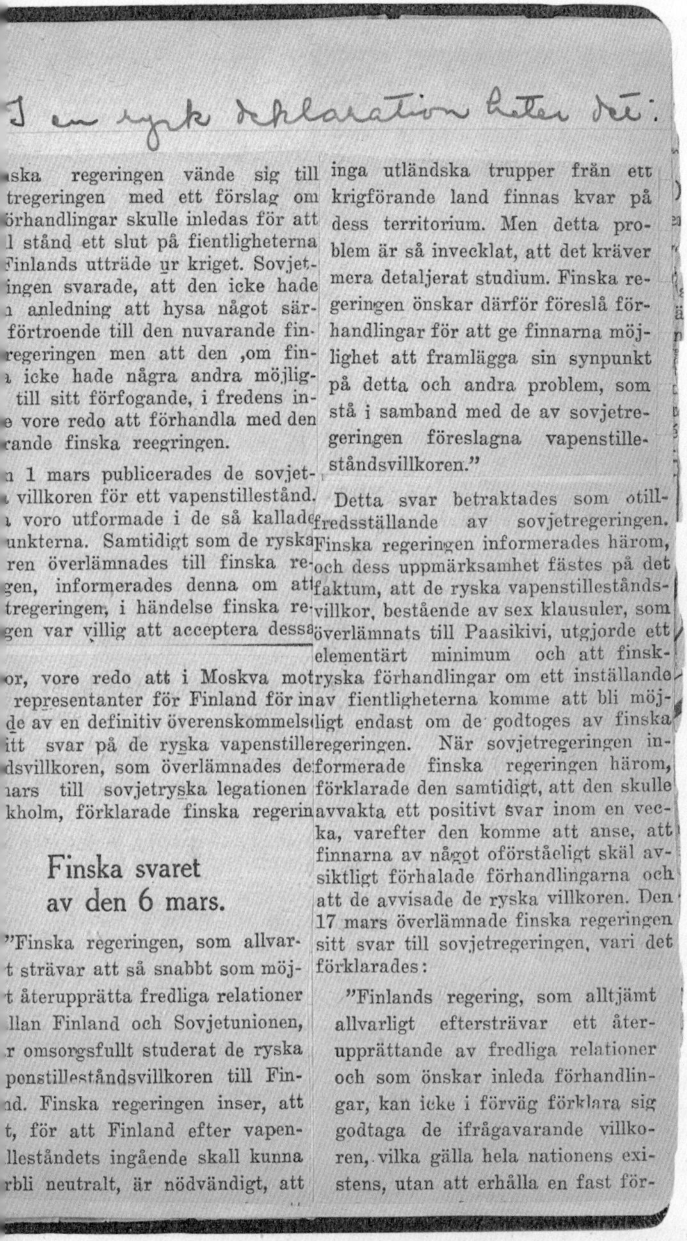

I en rysk deklaration heter det:

ıska regeringen vände sig till
tregeringen med ett förslag om
örhandlingar skulle inledas för att
l stånd ett slut på fientligheterna
Finlands utträde ur kriget. Sovjet-
ingen svarade, att den icke hade
n anledning att hysa något sär-
förtroende till den nuvarande fin-
regeringen men att den ,om fin-
a icke hade några andra möjlig-
till sitt förfogande, i fredens in-
e vore redo att förhandla med den
rande finska reegringen.

n 1 mars publicerades de sovjet-
villkoren för ett vapenstillestånd.
a voro utformade i de så kallade
unkterna. Samtidigt som de ryska
ren överlämnades till finska re-
gen, informerades denna om att
tregeringen, i händelse finska re-
gen var villig att acceptera dessa

or, vore redo att i Moskva mot
representanter för Finland för in
de av en definitiv överenskommels
itt svar på de ryska vapenstille
dsvillkoren, som överlämnades de
nars till sovjetryska legationen
kholm, förklarade finska regerin

Finska svaret av den 6 mars.

”Finska regeringen, som allvar-
t strävar att så snabbt som möj-
t återupprätta fredliga relationer
llan Finland och Sovjetunionen,
r omsorgsfullt studerat de ryska
penstilleståndsvillkoren till Fin-
nd. Finska regeringen inser, att
t, för att Finland efter vapen-
leståndets ingående skall kunna
rbli neutralt, är nödvändigt, att

inga utländska trupper från ett krigförande land finnas kvar på dess territorium. Men detta problem är så invecklat, att det kräver mera detaljerat studium. Finska regeringen önskar därför föreslå förhandlingar för att ge finnarna möjlighet att framlägga sin synpunkt på detta och andra problem, som stå i samband med de av sovjetregeringen föreslagna vapenstilleståndsvillkoren.”

Detta svar betraktades som otillfredsställande av sovjetregeringen. Finska regeringen informerades härom, och dess uppmärksamhet fästes på det faktum, att de ryska vapenstilleståndsvillkor, bestående av sex klausuler, som överlämnats till Paasikivi, utgjorde ett elementärt minimum och att finsk-ryska förhandlingar om ett inställande av fientligheterna komme att bli möjligt endast om de godtoges av finska regeringen. När sovjetregeringen informerade finska regeringen härom, förklarade den samtidigt, att den skulle avvakta ett positivt svar inom en vecka, varefter den komme att anse, att finnarna av något oförståeligt skäl avsiktligt förhalade förhandlingarna och att de avvisade de ryska villkoren. Den 17 mars överlämnade finska regeringen sitt svar till sovjetregeringen, vari det förklarades:

”Finlands regering, som alltjämt allvarligt eftersträvar ett återupprättande av fredliga relationer och som önskar inleda förhandlingar, kan icke i förväg förklara sig godtaga de ifrågavarande villkoren, vilka gälla hela nationens existens, utan att erhålla en fast för-

왼쪽 ‘핀란드에 대한 러시아의 강경한 선언. 핀란드 정부는 제집의 주인이 아니다.’, 《스벤스카 다그블라데트》(이하 SvD), 1944년 4월 23일.
오른쪽 ‘러시아, 휴전 협상 종료 선언’, SvD, 1944년 4월 23일.

denna ställningskrigsfront, utan denna måste förvärvas under fälttjänstövningar. Dylika lär också ha ägt rum. Det är dock många som skall övas, inte en, utan många gånger. Även det tar tid. Rätt utnyttjad arbetar tiden dock allt fortfarande för de allierade.

O.

Jo minsann, ovanstående är precis vad jag också tror om invasionen. Denna välsignade invasion, som har spökat nu i flera år och aldrig blir av! Det talas — i synnerhet denna vår — om "Dagen D" och "Timmen H" men den dröjer. Flera olika data har varit utpekade, men jag tror inte på någon invasion än på länge. Jag tror, det är nervkrig för att hålla tyskarna bundna i väster.

listorien om Lili Marlene, udra världskrigets schlager.

923 skrev en dussinpoet i Ham-
som hette Hans Leip och även
ilare en liten diktcykel som han
"Die kleine Hafen-Orgel". Det
efterkrigsvers av det vemodiga,
juva slaget — billig poesi kan-
men ej utan suggestion. Den
lyckade dikten handlade om
arlene, flickan som evigt trogen
på sin soldat.

det nya värdskriget pågått en
förlivade den berlinska kabaret-
rskan Lala Anderson (som en-
ngelsmännen skall vara svenska,
har tidigare hört danska) Lili
ne med sin repertoar. Populär-
positören Norbert Schultze, som
mycket annat också gjort den
oniska musiken till Harry Baur-
n "Slutackord", hade skrivit en
till dikten, och musiken ut-
kte alldeles kongenialt versens
ning. Tangon var lättfattlig, ba-
men inte alldeles billig, den hade
mörk, melodisk glamour och en
klig förmåga att bita sig fast hos
och en som hörde den.
en den slog ej igenom genast.
ör — det kan ej förklaras. Lala
erson sjöng in den på en gram-
n, men plattan såldes inte så
ket.

hände det att den tyska krigsmak-
en anföll Serbien och tog Bel-
med våld. Som seden är, eller
skulle tysk radio — Deutscher
atensender — snarast möjligt trä-
da i verksamhet i den erövrade hu-
vudstaden. Första kvällen rådde än-
nu någon oreda på radiostationen.
Man skulle sluta med en militär-
marsch, men fann i hastigheten ingen
och tog vad som låg närmast till hands.
Det var Lili Marlene i Lala Ander-
sons insjungning, varav ett exemplar
hamnat i Belgrad.

Effekten var högst oväntad. Melo-
din blev en omedelbar "hit". Från
de mot söder segerrikt fram-
trängande tyska Balkantrup-
perna inströmmade till front-
radion i Belgrad brev i hund-
ratal med samma begäran — giv
oss Lili Marlene. Budskapet härom
nådde Berlin, och Goebbels tog hand
om den väntande flickan i gatlyktans
sken. 500 kvällar i sträck stod Lili
Marlene på tyska riksprogrammet och
avlyssnades extatiskt vid alla fronter.
Hemma döptes mjölkbarer till Lili
Marlene, fester för vinterhjälpen gick
i hennes namn. Fru Göring, skåde-
spelerskan Emmy Sonnemann, sjöng
den i Krolloperan, Lala Anderson res-
te runt i de ockuperade länderna med
den.

Lili Marlene följde tyska Afrika-
kåren på dess segermarscher. Lala
Andersons mjuka röst bar den melan-
koliska tangon ut i ökennatten — des
smekte engelsmännens öron och eröv-

왼쪽 출처 알 수 없음.
오른쪽 '제2차 세계 대전의 히트곡 〈릴리 마를레네〉 이야기', A.N-r, DN, 1944년 5월 21일.

rade åttonde armén. Varenda kväll ställdes varenda radio bakom de engelska linjerna in på tyska stationer. Lili Marlene blev de brittiska truppernas nya Tipperary, den blev — när vinden äntligen vände sig — åttonde arméns segersång, som klingade vid El Alamein och Bizerte och följde med till Sicilien och Italien. Den ljöd vid landstigningar och bergsmarscher. Ideligen fick tangon nya ord — komiska och patetiska om vartannat, tillfällighetsverser, kupletter.

Men plötsligt tystnade Lili Marlene — på tysk sida. När fältmarskalken von Paulus kapitulerat i Stalingrad förbjöd Goebbels all underhållningsmusik i radio under tre dagar. Och Lili Marlene kom aldrig tillbaka. Det sades att Lala Anderson förpassats till koncentrationsläger. Hon skulle ha skrivit till sitt hemland (Sverige, Danmark?), att "det enda jag vill är att komma bort från detta förskräckliga land". Det kom order om en ny schlager, sjungen av en pålitligare sopran, Maria von der Schmitzen — "Alles geht vorüber, alles geht vorbei". Den var inte dålig, men det var ingen ny Lili Marlene.

Den detroniserade melodin togs upp av engelsk radio, i B. B. C:s sändningar, avsedda för Tyskland och de ockuperande länderna. F. d. tyskan Lucie Mannheim sjöng den. Nu var orden beska, cyniska, hånfulla. Tyskarna lyssnade till dem i hemlighet, lärde sig dem, bättrade på dem.

På den punkten står det fortfarande,

Fast Lili Ma
lena-febern
numera är
överstånden,
har jag tagi
med det här
utklippet, efte
som melodie
för all fram
tid hör ihop
med det andr
världskriget,
liksom
"Tipperary"
och "Madelon
hör till det
första.

TEFAN SZENDE:
Den siste juden från Polen.
Bonniers. Pris 10 kr.

r mycket orkar människor ut-
innan de inte vill leva längre?
urdana blir de när det enda
stående problemet är att förbli
liv, från dag till dag?

ur känns det för vanliga hygg-
människor utan särskild begåv-
g att avstå allt — bokstavligen
— som gör livet värt att leva,
en oviss chans att tillåtas vara
liv någon dag, någon timme till?

etta är numera utrönt. Ett ex-
iment har gjorts, utan tidigare
stycke i världshistorien, med ju-
na i Polen. Det gav klara be-
d. Det kostade bara, lågt räknat,
par tre miljoner oskyldiga och
värdiga människor deras liv, ära
gods.

Nej, på en punkt är detta inte
t. Äran miste de inte — den
n dem till del i stället så som
gen skulle trott om dem. Polens
lar var som folk är mest. I kraft
den utstândna skymfen och det
gjutna blodet har de blivit ett
k av martyrer.

Vittnesmålen om deras martyrium
par sig, de bildar redan en hel
teratur. Att de är autentiska git-
r knappt ens bödlarnas egen press-
inst bestrida. Men berättelser om
artyrer har en tendens att bli sti-
serade, nu liksom då förföljelserna
ot de första kristna hugfästes i
elgonakter och legender. De drö-
r antingen vid detaljerade skild-ringar av bödlarnas avskyvärda grymhet eller vid allmänt hållna bilder av blodsvittnenas beundransvärda ståndaktighet. Bödlarna ter sig omänskliga, offren övermänskliga — det är bara riktigt. Men får man bara se specificerad omänsklighet och stiliserad övermänsklighet, då förflyktigas verklighetstycket. Händelserna förflyttas bort från vardagens och jordelivets plan, där vi, de oförtjänt skonade, rör oss, där det händer sådant som verkligen angår oss, sådant vi i vår skröplighet och alldaglighet kan råka ut för innan nästa morgon grytt. Vad vi verkligen behöver veta, känna, leva oss in i, det är hur genomsnittsmartyrer, före katastrofen oss själva lika, har det i vardagslag.

Det har man fått besked om först genom d:r Stefan Szendes nya bok. Den handlar om Adolf Folkmans upplevelser i Lwow (tyskarnas Lemberg) åren 1939—1943. Folkman kom till Sverige i oktober 1943, närmast från Nordnorge, där han — med förfalskad legitimation som icke-judisk polack — arbetat i organisation Todt. Polen hade han lämnat så sent som den 18 augusti 1943 — veterligen den siste jude som kommit ut ur landet och funnit fristad utanför nazirikets maktkrets. D:r Szende har upptecknat Folkmans vittnesberättelse efter grundliga förhör som finns protokollförda: vittnet är själv kvar i landet, efterkontroll har man alltså goda möjligheter till. Hela skildringen av den historiska och politiska bakgrunden står d:r Szende för. Det hela blir ett mycket ovanligt dokument: ett genomfört vittnesmål av en enda, men i sin enkelhet och mänsklighet typisk genomsnittsmartyr, kontrolle-

왼쪽 앞 페이지에서 계속.

오른쪽 슈테판 센데 《폴란드 출신의 마지막 유대인》, 이바르 하리에, 출처 알 수 없음.

23. 8. -44

Paris är befriat från tyskarna. Efter fyra års fångenskap. Jag minns den dag, man läste på löpsedlarna, att hakkorsflaggan vajade på Eiffeltornet. Det måste vara århundraden sedan.

27 aug. 1944.

Häromdan — den 23, tror jag, kapitulerade Rumänien och har t. o. m. förklarat krig mot Tyskland.

Det förefaller otroligt att Tyskland ska kunna hålla ut länge till. En bra redogörelse för kriget hittade jag idag

i D. N:s söndagsbilaga.
Jag klistrar in den.
Men först ska jag klistra
in en herre, som satt
på namn- och nyhetssidan
i D. N. häromdagen.

Sture Lindgren.

"Kulturbuss."

— Motorismens fredsplanering är ett kolossalt arbetsfält, som Motormännens riksförbunds verksamhet till väsentlig del är inriktat på sedan någon tid tillbaka. Bland de aktuellaste programpunkterna som är föremål för vår uppmärksamhet märks de avregistrerade bilarna, trafik- och trafikekonomiska frågor, vägarna och efterkrigstidens bilturism.

Ovanstående yttrande avges av M:s ordförande, direktör Sture Lindgren, under ett samtal med Dagens Nyheter. – o. s. v.

Originalet vandrade på villo-
vägar. Och jag var svår-
liga betryckt.
I dag – denna varma
augustisöndag – har jag
varit med Ingvar och
barnen på Skansen.

스투레 린드그렌 인터뷰 '문화버스', DN, 1944년 8월.

lien med en "nyfascistisk" regering under Mussolini och i Rumänien med en regering Horia Sima.

Europa marscherar med Tyskland, sade Hitler med en stolt gest då han med sina satelliter drog ut för att krossa den plutokratisk-bolsjevikiska sammansvärjningen. Marschen fortsätter, men den går baklänges, och i de glesnande leden uppstår slagsmål väl ofta.

30.10.-44.

Jag skriver alltmera sällan i den här. Jag har så välsignat mycket annat att tänka på och har gått i en sån nervspänning hela hösten att jag inte kunnat förmå mig att skriva. Just nu ser det ut som om den värsta krisen vore över, men ännu är det kanske inte riktigt säkert, att det vänder åt rätt håll. Men det känns

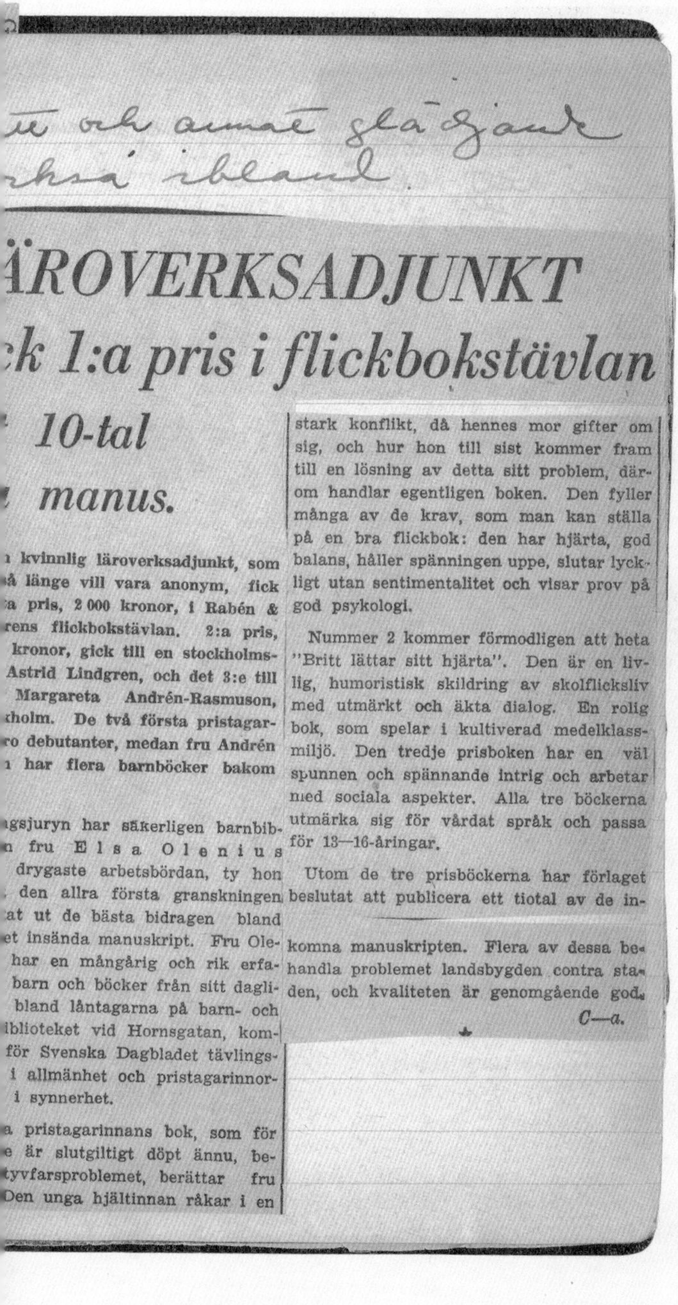

…te och annat glädjande
…ksa iblan.

ÄROVERKSADJUNKT
…ck 1:a pris i flickbokstävlan

… 10-tal … manus.

…n kvinnlig läroverksadjunkt, som …så länge vill vara anonym, fick …a pris, 2 000 kronor, i Rabén & …rens flickbokstävlan. 2:a pris, … kronor, gick till en stockholms- …Astrid Lindgren, och det 3:e till … Margareta Andrén-Rasmuson, …kholm. De två första pristagar- …ro debutanter, medan fru Andrén …n har flera barnböcker bakom …

…ngsjuryn har säkerligen barnbib- …n fru Elsa Olenius … drygaste arbetsbördan, ty hon … den allra första granskningen …at ut de bästa bidragen bland …et insända manuskript. Fru Ole- … har en mångårig och rik erfa- … barn och böcker från sitt dagli- … bland låntagarna på barn- och …iblioteket vid Hornsgatan, kom- … för Svenska Dagbladet tävlings- …i allmänhet och pristagarinnor- …i synnerhet.

…a pristagarinnans bok, som för …e är slutgiltigt döpt ännu, be- …tyvfarsproblemet, berättar fru … Den unga hjältinnan råkar i en stark konflikt, då hennes mor gifter om sig, och hur hon till sist kommer fram till en lösning av detta sitt problem, därom handlar egentligen boken. Den fyller många av de krav, som man kan ställa på en bra flickbok: den har hjärta, god balans, håller spänningen uppe, slutar lyckligt utan sentimentalitet och visar prov på god psykologi.

Nummer 2 kommer förmodligen att heta "Britt lättar sitt hjärta". Den är en livlig, humoristisk skildring av skolflicksliv med utmärkt och äkta dialog. En rolig bok, som spelar i kultiverad medelklassmiljö. Den tredje prisboken har en väl spunnen och spännande intrig och arbetar med sociala aspekter. Alla tre böckerna utmärka sig för vårdat språk och passa för 13—16-åringar.

Utom de tre prisböckerna har förlaget beslutat att publicera ett tiotal av de inkomna manuskripten. Flera av dessa behandla problemet landsbygden contra staden, och kvaliteten är genomgående god.

C—a.

왼쪽 출처 알 수 없음.
오른쪽 '여학생 도서 공모전에서 한 여성 교사가 1등을 수상하다', 출처 알 수 없음.

För övrigt håller ryssarna på att släss i Nordnorge. Och Finlands självständighet är det nog inte mycket med.

Jag befinner mig mitt inne i värsta stridsvimlet. Dock vandra tankarna ofta andra vägar. Min längtan för mig långt bort från all kamp och strid in i drömmarnas och minnenas lyckliga land.
Under en skoningslös himmel i glödande sol eller strömmande regn spelar döden upp till dans. Vem räknar alla de stunder vi genomleva som evigheter? Smärtan förlänger varje minut, när trumelden spelar över oss.
Livet lockar och ropar som en fjärran melodi. Kärleken leder tankarna åter till livet och ger viljan övermänskliga krafter. Jag har upplevat, att en sårad, som fått ettlårbensbrott, i sin dödsångest sprang upp från båren för att undgå den förföljande fienden och sprang tills han föll ihop.
Här får man lära sig att vara rädd om sit liv. Man frågar inte efter ställning elle pengar. Man hoppas bara på en smula ro och på en anspråkslös fredlig lycka.
Dagarna komma och gå och vi lider av hett och sömnlöshet. Varje dag samma öronbedövande stridslarm. Rolös och glädjelös väntar man på det som skall avgöra ens öde. Kommer jag någonsin att få se mitt barn? Det är en lugnande känsla, att jag åtminstone vet, att mitt barns framtid vilar i dina händer. Om det blir en pojke

:alla honom för Rolf och om det blir en
'licka så skall hon heta Ingrid. Lär vårt
arn att tro på Gud. Lär det anspråkslös-
:et och sanningskärlek. Endast det är av-
:örande för ett lyckligt liv. Måtte vårt
arn aldrig lära sig bedja så sent som
ag. Jag lärde det först på slagfältet.
ag önskar dig och vårt barn all lycka
ch famgång i livet.
nder det att jag har skrivt har ryssarna
terigen beskjutit oss. Kampen går vidare
tan uppehåll. Jag har inte ens kommit
t att tvätta mig. På hela dagen har jag
nte ens för ett ögonblick kunnat lämna
in grop. Men man säger sig om och om
gen: Du måste klara dig!

Brev från en tysk officer till hans svenska hustru. Han stupade strax efteråt.

아스트리드 린드그렌이 우편 검사소 편지 검열관으로 일하던 시절의 편지 사본.

1 Vimmerbys just nu mest riks-
bekante innevånare är den
unge författaren och tid-
ningsmannen Hans Håkan-
son, som skapat sig ett
namn med sina romaner
om småländska stenhuggare

och sina andra både stilistiskt
och psykologiskt goda böcker
nu har han bytt namn och
kallar sig nu Hans Hergin
—. Här ser vi Hans
Hergin och hans fru Stina
komma vandrande till
marknaden i Vimmerby,
arm i arm med stadens
absolut främste kämpe-
gubbe, 92-åringen
Johan 'Petter' Svensson,
sällan annat än 'Lucke'
kallad.[4]

빔메르뷔 시장에서, 예프,《VI》, 1944년 6호.

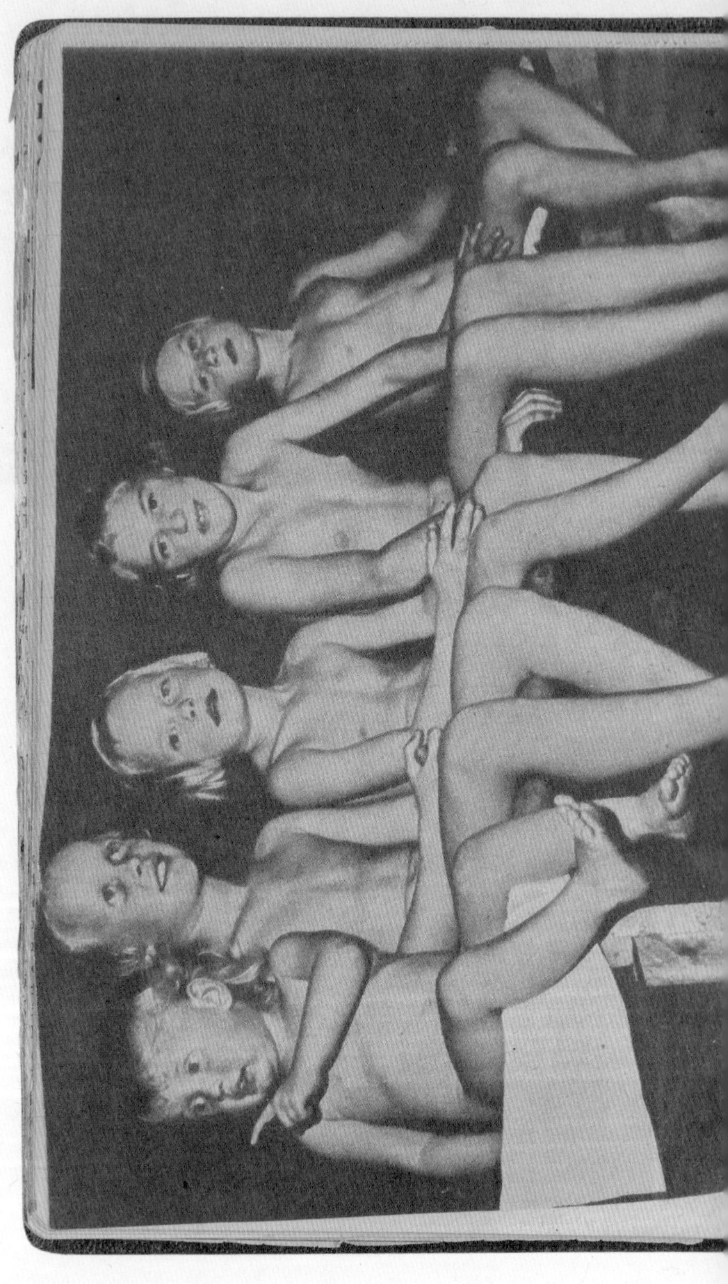

mitt livs första recension. St. Tidn.

Prisbelönta böcker

Så länge gröna nöden råder inom ungdomslitteraturen, får man vara djupt tacksam för pristävlingar på detta område, liksom för varje försök att höja den bedrövligt låga nivån. Det är därför med stora förväntningar man studerar resultatet av Rabén & Sjögrens nyligen avslutade flickbokstävlan.

Någon verklig fullträff har tävlingen knappast kommit med. Det är dock inte svårt att förstå orsaken till att Stina Lindebergs Ingrid ansetts värd ett förstapris. Den har ett genomgående, ganska väl tillvarataget motiv, svårigheterna för en trettonåring att finna sig tillrätta med en styvfar, och är såtillvida bättre komponerad, än vad man är van vid i den här sortens litteratur. Tonen är i stort sett allvarlig och fin, och man uppskattar framställningen av flickans ensamhetskänsla, bitterhet och hårdknutna trots. Men det finns också påtagliga brister. Slutscenerna har en väl söt färg, en brackig grosshandlarfamilj är enbart kliché, och det kan nog ifrågasättas, om historien tillräckligt kan fängsla en 12—13-åring. För min del tror jag nästan, att hon skulle föredra den bok, som fått andra pris, Britt Mari lättar sitt hjärta av Astrid Lindgren. Här är det dock redan till stor del fråga om det vanliga tramset. Britt Mari, som är femton år, berättar i brev — helt omotiverat, eftersom adressaten boken igenom förblir okänd såväl för henne själv som för läsaren — om sin stora och glada familj, om upplevelser i skolan och om sin förälskelse. Berättelsen har emellertid en egenskap, som försonar mycket: den är på sina ställen verkligt rolig. Gnabbet och sämjan i familjekretsen skildras med en frisk humor, som rentav kan erinra om Sigrid Boo. Bättre förebilder kan man föralldel ha, men också sämre.

Bastu är det härligaste som finns! tycker tvååriga Ejvor och hennes fyra badkamrater i Näs bastu.

왼쪽 출처 알 수 없음.
오른쪽 '수상 경력에 빛나는 도서', 에바 베너스트룀-하르트만, 《스톡홀름 티드닝엔》, 1944년 11월 23일.

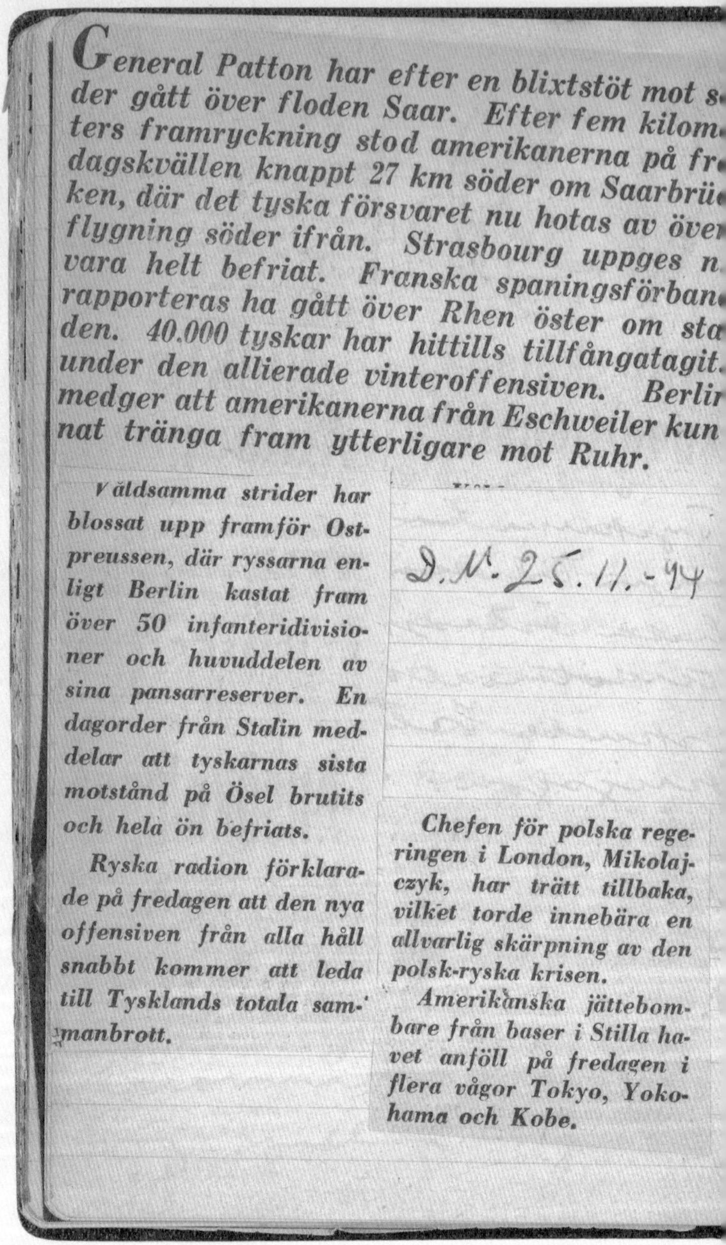

General Patton har efter en blixtstöt mot s-
der gått över floden Saar. Efter fem kilom-
ters framryckning stod amerikanerna på fr-
dagskvällen knappt 27 km söder om Saarbrü-
ken, där det tyska försvaret nu hotas av över-
flygning söder ifrån. Strasbourg uppges n-
vara helt befriat. Franska spaningsförban-
rapporteras ha gått över Rhen öster om sta-
den. 40.000 tyskar har hittills tillfångatagit.
under den allierade vinteroffensiven. Berlin
medger att amerikanerna från Eschweiler kun
nat tränga fram ytterligare mot Ruhr.

Våldsamma strider har blossat upp framför Ostpreussen, där ryssarna enligt Berlin kastat fram över 50 infanteridivisioner och huvuddelen av sina pansarreserver. En dagorder från Stalin meddelar att tyskarnas sista motstånd på Ösel brutits och hela ön befriats.

Ryska radion förklarade på fredagen att den nya offensiven från alla håll snabbt kommer att leda till Tysklands totala sammanbrott.

D. N. 25. 11. -44

Chefen för polska regeringen i London, Mikolajczyk, har trätt tillbaka, vilket torde innebära en allvarlig skärpning av den polsk-ryska krisen.

Amerikanska jättebombare från baser i Stilla havet anföll på fredagen i flera vågor Tokyo, Yokohama och Kobe.

Från Hansa-katastrofen.

Enrista Hälsning
Hill Pwlintx

Denna inskription med en sista hälsning fanns på en bärgad flotte.

**ybåten "Hansa" blev med största sannolikhet torpe-
d av ett främmande örlogsfartyg, förmodligen en u-båt.
a är den slutsats som sjömilitära experter drar efter att
uderat en uppseendeväckande redogörelse som de båda
ade, kapten Arne Mohlin och "Hansas" styrman Arne
resson, lämnat vid förhör inför militärbefälhavaren på
and. Båda hade — liksom den senare omkomne revisor
dén — iakttagit att en ljuskägla med klart, fast, gulvitt
varit riktat mot olycksplatsen från en punkt belägen ett
tusen meter bort och på en höjd av några meter över vat-
tan. Av allt att döma kom ljuset från en strålkastare
ungefär 25 centimeters kaliber — en storlek som mot-
ar den på u-båtar använda typen. Något svenskt örlogs-
g befann sig inte på platsen, och hade ljuskäglan kom-
från ett handelsfartyg, skulle detta naturligtvis undsatt
nödställda.**

26-11-44.

왼쪽 패튼이 자르강을 건넜다. 러시아 50개 사단이 동프로이센을 공격하다. 폴란드 위기가 정점으로 치닫다, DN, 1944년 11월 25일.
오른쪽 재앙에서 생존한 이들의 실제 증언. 미확인 잠수함이 어뢰로 한자호를 침몰시키다, DN, 1944년 11월 26일.

러시아가 핀란드에 제안한 조건이 화요일 저녁 모스크바 라디오를 통해 공식 발표되었다. 소련 정부는 핀란드 대표를 모스크바에 초청해 평화 협상을 진행할 준비가 되어 있다고 밝혔다. 평화 협상의 주요 내용은 여섯 가지이며, 《다겐스 뉘헤테르》의 런던발 전보 내용과 동일하다. 이 협상은 1940년에 정해진 국경 문제와 핀란드 북부에 주둔한 독일군 문제를 기초로 한다. 457~458p

러시아의 발표는 핀란드의 파시키비 대사가 스톡홀름을 방문했을 때 러시아 콜론타이 대사와 접촉했다는 사실을 입증한다. 첫 번째 만남은 스웨덴 고위급 기업가의 중개로 1월 16일에 이루어졌다. 콜론타이 대사가 "소련은 평화에 관심을 두고 핀란드 정부와 협상할 준비가 되어 있다."라고 밝힌 다음이다. 이에 파시키비는 전쟁 종식과 휴전 조건을 타진하라는 핀란드 정부의 위임을 받았다고 전했다. 이후 회담에서 파시키비는 러시아의 휴전 조건을 전달받았다.

모스크바 라디오에서는 러시아가 무조건 항복을 요구했다는 주장을 강력히 부인하며, 헬싱키를 비롯한 몇몇 대도시를 러시아의 점령 아래 두려고 했다는 소문이 사실이 아니라고 밝혔다.

지난밤 헬싱키에서는 러시아가 제시한 조건이 공개되었다. 이에 대한 논평은 모두 거부되었지만, 그럼에도 "이제 폭격의 시간이 끝났다."라는 말이 나오고 있다. 저녁 의회 이후, 정치권에서는 소련과 평화 협정을 계속 이어 가겠다는 의지를 밝혔다.

459p 사는 게 이렇게 힘들어질 수 있다는 걸 나는 도저히 믿지 못했을 거야. 사실 모든 것은 그럭저럭 견딜 만했을지도 몰라. 동쪽으로부터 친구가 돌아올지도 모른다는, 다모클레스의 칼• 같은 끝없는 두려움만 아니라면 말이야. 당신은 이런 두려움을 상상도 못 하겠지. 당신은 그들의 낙원에서 하루도 살아 본 적 없잖아. 당신은 무고한 사람들이 맹수에 내몰리듯 노예로 끌려가 파괴되는 모습을 한 번도 본 적 없어. 붉은 괴수와 그의 정부보다 더 나쁜 것은 세상에 없을 거야. 밤이 오면 나는 두려움에 사로잡혀 잠 못 들곤 해. 절망에 빠져 흐느끼면서도 내가 무엇을 해야 할지 모르겠어서. 우리 땅에서 최악의 일이 벌어지고 다시 붉은 괴수의 정부가 우리를 침공하면 어디로 도망가야 하고 또 무엇을 해야 할까. 나 혼자라면 이런 걱정을 할 필요도 없을 텐데, 세상은 아이들을 보호하지 않아. 만약 그들이 나를 데려가면 압시티스는 세상에 홀로 남겨질거야. 신이시여, 우리 불쌍한 고국을 도와주소서. 다시는 오각형 별을 보지 않게 해 주세요. 압시티스는 매일 밤 볼셰비키로부터 우리 조국을 지켜 달라고 신께 기도해. 독 안에 든 쥐처럼 웅크리고 앉아 굶주린 고양이를 기다리는 우리는 당신과 다른 사람들이 얼마나 부러운지 몰라. 두려워. 끔찍하게 두려워. 당신은 아무것도 바

• 디모클레스가 왕이 권력을 부러워하자 디오니시우스가 다모클레스를 호화로운 연회에 초대해 한 올의 말총에 매달린 칼 아래 그를 앉히고, 언제 떨어져 내릴지 모르는 칼 밑에 있는 것처럼 항상 위기와 불안 속에 왕좌가 유지되고 있다는 사실을 알려 주었다. 불안정한 상황이나 눈앞의 위험을 강조할 때 사용된다.

꿀 수가 없고, 우리는 여기를 떠날 수 없어. 곧 운명이 준비한 일들이 벌어질 거야.

'지하 예배당' 460~461p

독일이 우리를 이런 식으로 무너뜨릴 수 있다고 믿었다면 오산이다. 폴란드 국민은 영웅적인 저항을 펼치고, 어느 때보다 민족의식도 강하다. 폴란드 지하 유격군에는 점점 더 많은 사람이 합류하고 있으며, 무장도 날로 나아지고 있다. 독일에 실질적인 타격을 입히고, 거리의 투쟁은 일상이 되어 간다. 잔혹한 행위로 악명 높은 독일인은 우리 폴란드 애국자에 의해 죽음을 선고받고 즉시 처형된다. 일례로, 지난 11월 폴란드인이 혐오하는 게슈타포 장교가 바르샤바에 있는 군 병원을 떠나고 있었다. 병원 맞은편 인도에서는 4명의 남자로 구성된 거리 음악대가 연주하고 있었는데, 갑자기 한 폴란드인이 게슈타포에게 달려들어 장교와 그의 아내에게 총을 쐈다. 독일 순찰대가 그 순간을 목격했고, 순식간에 현장으로 달려왔다. 그러나 순찰대가 현장에 다다르기도 전에 거리 음악대 중 한 사람이 바이올린 케이스를 열고 기관총을 꺼내 순찰대를 제압했다. 그 후 게슈타포 장교를 쏜 폴란드 사람이 거리 음악단에 합류해 차를 타고 사라졌다.

이 사건에 대한 보복으로 300명의 무고한 사람이 총살당했지만, 그렇다고 독일이 승리하지는 못할 것이다. 우리 폴란드인은 지난 몇 년 동안 너무 자주 죽음을 목격했고, 이제 죽음은 더 이상 우리를 굴복시키지 못한다. 우리의 투쟁은 계속될 것이다. 투쟁이 우리에게 대가를 치르게 한다고 해도.

좋은 정보력

폴란드 국민은 정보에 밝다. 런던에 있는 망명 정부와의 연락도 이 이상 원활할 수는 없을 것이다. 런던의 정부 소식은 잘 숨겨진 수신기를 통해 받고, 그 소식은 불법 신문을 통해 확산된다. 독일인들이 신문 인쇄소를 습격할지도 모르지만, 그렇게 된다면 그곳에서 일하는 사람들은 신문에 불을 지르고 목숨을 끊을 것이다. 심지어 독일의 감옥에 있는 폴란드 죄수들조차 감시자보다 세상 돌아가는 일을 더 잘 파악하고 있다. 만약 독일인에게 약간의 커피나 담배를 뇌물로 줄 수 있다면, 감춰 둔 단파 수신기는 더 대단한 역할을 해낼 수 있다.

폴란드에서 벌어지는 지하 운동도 점점 더 대담해지고 있다. 1943년 10월 12일 독일은 제국 은행에서 150만 제국 마르크를 바르샤바로 이송하려고 했다. 그런데 독일 수송 차량 행렬이 거리를 통과할 때 손수레 몇 대가 갑자기 길을 막았다. 수송 차량이 서 있는 동안 폴란드인들이 양쪽에서 총격을 퍼부었고, 단원들은 총격을 가하며 차량을 약탈했다. 독일 측은 '강도'를 체포하기 위해 수백만 즈워티의 포상금을 내걸고 정보 수집에 나섰지만, 끝내 그 어떤 단서도 찾아내지 못했다.

그러므로 우리는 독일이 폴란드를 쉽게 손에 넣을 수 없다고 확신한다. 폴란드 여성들은 게슈타포의 협박을 무릅쓰고 우리 동포가 학살된 거리마다 꽃과 화환을 가져다 놓는다.

독일이 바르샤바의 폴란드 공군 기념비를 철거하려 했을 때도 특별한 일이 벌어졌다. 독일은 커다란 나무 상자를 짜서 기념비를 가렸다. 다음 날 아침, 폴란드인 몇 명이 독일군으로 위장한 채 커다란 나무 상자를 치워 버렸다. 독일인들은 새로운 상자를 다시 만들어 기념비를 가렸지만, 다음 날 밤 상자는 폴란드 애국자들에 의해 다시 사라졌다. 다음 날 독일은 군사 차량에 사람들을 태워 보냈고, 이들은 다시 철거를 시작해야 했다. 그러나 일을 시작하기도 전에 누군가가 던진 수류탄이 군사 차량에서 터져 버렸다. 그 기념비는 지금도 제자리를 지키고 있다.

그 밖에도 폴란드 사람들은 독일에 맞서 생각지 못한 방식으로 신경전을 펼치고 있다. "폴란드가 승리할 것이다."라거나 "독일은 전쟁에서 패배했다."와 같은 문구를 벽과 다리 난간에 써 붙이기로 유명하다.

러시아에 대한 폴란드의 입장이 화제가 되고 있다. 우리는 우리 국민이 러시아를 적으로 삼지 않는다고 말할 수 있다. 그렇지만 우리는 우리 영토와 우리의 오랜 역사 속에서 이어 온 자결권을 지켜 낼 것이다. 그러므로 국토 곳곳에 있는 소비에트-폴란드 위원회보다 반다 바실레프스카의 폴란드 정부를 더 원한다.

레드 톱

461~462p **갱단에 속한 바르샤바의 아이들**

《다겐스 뉘헤테르》 통신원

화요일, 말뫼

"내 친구와 나는 바르샤바에서 밥을 먹기 위해 700크로나를 지불해야 했다. 식사는 연어와 비엔나 커틀릿, 각자 마실 술 두 잔이 전부였다."라고 스웨덴《다겐스 뉘헤테르》통신원이 전했다. 그는 화요일 집으로 돌아오는 길에 폴란드에서 몇 시간을 보냈다.

이는 믿기 어려울 만큼 치솟은 폴란드 물가를 보여 주는 한 가지 사례일 뿐이다. 이곳에서는 돈만 충분하다면 거의 모든 것을 살 수 있다. 여성용 실크 스타킹 한 벌을 사 신으려면 스웨덴 통화로 400크로나 정도가 있어야 하는데, 작은 레몬 1개가 70크로나 정도다.

돈이 필요하다. 배급표가 거의 없기 때문에 배급표로 생활할 수도 없다. 무언가 필요하면 암시장에서 사야 한다. 폴란드의 암시장은 아마 세계에서 가장 성업 중일 것이다. 이곳에서는 무엇이든 구할 수 있지만, 상상을 초월한 가격이다. 예를 들어 암시장에서 양복을 한 벌 팔면, 그 돈으로 엄청난 양의 식료품을 살 수 있다.

바르샤바는 독일의 수도 베를린보다 폭격을 훨씬 덜 받았고, 두 도시의 피해는 비교할 수도 없다. 바르샤바의 몇몇 곳에서는 폭격의 흔적을 찾아볼 수 없지만, 베를린에서는 폭격으로 파괴되지 않은 곳을 거의 볼 수 없다.

폴란드에서 사람들은 더 이상 아이들을 제대로 돌볼 수 없다. 7세에서 12세까지의 어린이들은 아주 열악한 학교에 다닌다. 교육 기관이 없다는 이유로 그 이상의 학교 교육은 제한된다. 이로 인해 아동·청소년 갱단이 만들어졌다. 아이들은 무리지어 다니며 무기를 훔치고 습격에 나선다. 이러한 '아기 갱단'은 눈에 보이는 모든 것에 바가지요금을 붙여 암시장에 내다 판다. 아이들은 본격적인 강도질이나 획득한 무기 사용을 주저하지 않는다.

독일인과 폴란드인 전용으로 구분된 극장

바르샤바에서는 독일인 전용 극장과 카바레가 매일 만석을 이룬다. 오후 2시에서 4시 30분까지 영화를 상영하고, 그 이후에는 저녁 8시까지 카바레와 연극이 이어진다. 밤 9시 이후에 폴란드인은 바르샤바 거리를 다닐 수 없다. 독일인은 자기들만의 전용 극장과 오락 시설을 운영하고, 폴란드인은 독일인의 오락 시설을 찾지 않는다. 시설들은 사보타주의 공포 때문에 엄격하게 통제되고 있으며, 폴란드인은 독일인 시설에 접근할 수 없다. 현재 바르샤바에는 수백만의 독일인 노동자와 관리들이 머물고 있다.

폴란드인은 당연히 자결권을 되찾길 희망한다. 이러한 희망은 폴란드인에게 대단한 자긍심을 선사하고 시련을 견디게 하는 힘이 된다. 폴란드에서는 독일군에 맞서 매우 격렬한 게릴라 전투가 일어나고 있다.

462p 화요일, 베른

헝가리에서 스위스로 전해지는 정보는 극히 드물고, 안개처럼 자욱이 떠다니는 소문 속에서 진실을 가려내는 건 점점 더 어려워지고 있다.

그렇지만 부다페스트에서 막 도착한 한 목격자가 전한 소식은 점령 직후 수도의 공포 분위기를 생생하게 묘사한다.

3월 19일 일요일 새벽부터 체포 작전이 시작되었는데, 이는 헝가리에 대한 독일의 조처가 오래전부터 계획된 것이었음을 말해 준다. 독일군이 부다페스트에 진군해 들어오자마자 게슈타포 요원이 합류해 헝가리 정치권과 경제계의 주요 인사들을 급습하기 시작했다.

체포된 사람 중에는 유명한 외과 의사이자 대학교수인 루드비그 어덤도 있었는데, 그는 수년 동안 호르티 가문 주치의로 일했고, 그의 부인과 함께 총독의 식사에 초대받기도 했다. 또한 호르티 제독의 가장 오랜 해군 동지 중 1명이자 현재 헝가리 해군 총사령관인 코네크 본 노르벌 장군도 체포되었다. 체포된 사람들 중에는 케레스테시피셰르 장군도 포함되어 있었다. 그는 10년 이상 총통의 참모 총장 자리에 있었고, 총통과 매일 함께하며 모든 여정에 동행했다.

체포된 정치인 일부는 급히 세운 강제 수용소로, 일부는 인질로서 비엔나로 이송되었다. 그러나 비엔나는 경유지일 뿐이며, 중요한 인물들은 지로 장군이 포로로 잡혀 있는 쾨니히슈타인 요새로 보내야 한다는 주장이 제기되었다.

부다페스트 거리에 독일 제복을 입은 사람은 적은 편인데, 이는 독일 경찰이 사복으로 근무하기 때문이다. 왕궁과 외무부, 내무부가 자리한 오프네르(독일에서 헝가리의 도시 '부다성'을 이르는 말) 요새는 독일 요원들에 의해 완전히 장악된 것 같다. 이제 독일 경찰은 제국의 안전을 명목으로 삼아 헝가리 수도를 통제하고 있다.

(1) 독일 군대와 군함을 억류하거나 이달 말까지 추방하며 독 464p
일과의 관계를 단절한다.
(2) 1940년 핀란드-러시아 조약을 회복하고, 1940년 당시의 국경선까지 핀란드 군대가 철수한다.
(3) 모든 러시아 및 연합군 포로와 민간인 억류자를 즉시 송환하며, 이 조치는 상호주의 원칙에 입각해야 한다.
(4) 동원된 핀란드 군대를 50퍼센트까지 감축한다.

(5) 5년 이내에 6억 달러의 배상금을 지급한다.

(6) 페차모를 러시아로 반환한다.

(7) 이 여섯 가지 조건이 받아들여지면, 소비에트 정부는 항코에 대한 청구권을 아무 대가 없이 포기한다.

4월 19일, 핀란드 정부는 러시아와의 평화 협정을 희망하지만, 이 같은 조건은 수용할 수 없다는 입장을 스웨덴을 통해 소비에트 정부에 알렸다. 소비에트 정부는 이 답을 듣고 핀란드가 독일로부터 독립하지 못하고 있으며 독일인을 추방함으로써 핀란드의 독립을 회복해야 한다는 입장을 밝혔다. 핀란드 정부가 핀란드 본토의 주인이 아니라는 것이다.

465p 러시아의 성명에 따르면 핀란드 정부는 소련 정부에 적대 행위를 종결하고 전쟁을 종식시키기 위한 협상에 나설 것을 제안했다. 소비에트 정부는 현 핀란드 정부를 특별히 신뢰할 근거는 없지만, 핀란드에 다른 선택지가 없다면 현 핀란드 정부와 협상할 준비가 되어 있다고 답했다.

3월 1일, 소비에트 러시아는 휴전 상태를 유지하기 위한 조건을 공식적으로 발표했다. 핀란드 정부가 러시아가 제시한 여섯 가지 조건을 검토하는 동안, 소비에트 정부는 핀란드 정부가 이 조건을 수락하면 최종 합의를 위해 모스크바에서 핀란드 특사를 맞이할 준비가 되어 있다고 통보했다. 3월 6일 스톡홀름 주재 소련 공사관에서 휴전 조건을 전달했고, 핀란드 정부는 이에 대한 답신으로 다음의 사실을 알렸다.

3월 6일 휴전 조건에 대한 핀란드의 대답

"핀란드 정부는 핀란드와 소련 간 조속한 평화 회복을 위해 진중하게 노력하고 있으며, 러시아가 핀란드에 제시한 휴전 조건을 면밀하게 검토했다. 핀란드 정부는 휴전이 시작된 후 중립을 유지해야 할 때, 핀란드 영토에 더 이상 외국 군대가 주둔할 수 없다는 것을 분명히 인식하고 있다. 그러나 이 문제는 심도 있는 논의가 필요할 만큼 매우 복잡하다. 따라서 우리는 핀란드가 자국의 입장을 밝히고, 그 밖의 쟁점들을 의제로 삼아 논의할 수 있는 협상을 제안한다."

소비에트 정부는 이러한 핀란드의 반응을 불만족스러운 것으로 판단했고, 이 판단에 근거한 내용을 핀란드 정부에 전했다. 파시키비에게 전달한 러시아의 여섯 가지 휴전 조건이 최소한의 것이며, 핀란드 정부가 이 조건을 수락할 경우에만 적대 행위 종식을 위한 핀란드와 러시아의 평화 협상이 가능하다는 것이다. 소련 정부는 이 내용을 전달하면서, 일주일 이내에 긍정적인 답변을 기대한다고 덧붙였다. 만약 그 기한 안에 회신이 없으면 핀란드가 적대적인 이유로 협상을 고의로 지연한다고 간주해 러시아 측 조건을 거부한 것으로 판단하겠다고 경고했다.

핀란드 정부는 3월 17일 소비에트 정부에 다음과 같은 내용을 회신했다.

"핀란드 정부는 평화로운 관계를 형성하기 위해 진지하게 노력하고 있으며 협상을 시작하고자 하지만, 정확한 검토 없이 민족의 생존을 좌우할 조건을 수락하겠다고 선언할 수 없다 [……]

466p [……] 이런 전선은 단순히 참호전에 매달려 얻어지는 것이 아니라 실제 야전 기동 훈련을 통해 체득될 수 있다. 그런 훈련을 이미 진행하긴 했지만, 보다 더 많은 병력이 필요하고 한두 번이 아니라 여러 차례 반복되어야 한다. 당연히 시간이 걸릴 수밖에 없다. 하지만 그 시간을 제대로 활용한다면, 시간은 연합국 편에서 흐른다."

O.

467~468p **제2차 세계 대전의 히트곡 〈릴리 마를레네〉 이야기**

1923년, 함부르크의 작가이자 화가 한스 라이프는 〈작은 항구의 오르간〉이라는 제목의 짧은 연작시를 썼다. 이 시는 전후의 향수를 자극하는 씁쓸하면서도 달콤한 작품이었다. 흔히 볼 수 있는 시였지만 설득력이 없지 않았다. 이 중 가장 잘 알려진 시가 진정을 다해 한 병사를 기다리는 소녀 릴리 마를레네에 관한 것이었다.

제2차 세계 대전이 한창일 때 베를린에서 활동하던 가수 랄라 안데르손은 스웨덴인으로 알려져 있었지만, 실은 덴마크인이었다. 그는 자신의 레퍼토리에 〈릴리 마를레네〉를 추가해 넣었다. 해리 바우어의 영화 〈인생의 심포니〉의 교향곡을 만든 타악기 작곡가 노르베르트 슐체가 이 시에 맞춰 탱고곡을 작곡했는데, 이 곡은 시의 분위기를 자연스럽게 표현한다. 고급스럽지는 않지만, 아름답고 서정적인 선율을 지녔을 뿐 아니라, 듣는 이의 뇌리에서 지워지지 않는 특별한 매력을 갖추고 있었다.

그렇다고 이 곡이 나오자마자 성공을 거둔 것은 아니었다. 왜 성공하지 못했는지는 설명하기 어렵다. 랄라 안데르손은 이 곡을 음반으로 녹음했지만, 특별히 잘 팔리지는 않았다. 그러던 중 독일군이 세르비아를 침공해 베오그라드를 무력으로 점령했다. 점령한 수도에서는 관례대로 독일 군인 방송이 신속하게 송출되어야 했다. 그렇지만 첫날 밤 방송국은 무척 혼란스럽고 무질서한 상태에 놓여 있었다. 그들은 군사 행진곡으로 방송을 마치려 했지만, 빠르게 구할 수 있는 음악이 없어 손에 잡히는 곡을 틀었다. 그것이 바로 랄라 안데르손이 부른 〈릴리 마를레네〉였다.

방송의 효과로 그 노래는 즉시 히트곡이 되었다. 남쪽에서 승전을 거듭하며 진격하던 발칸반도 주둔 독일군에게 〈릴리 마를레네〉를 틀어 달라는 수백 통의 편지가 도착했다.

이 소식은 베를린에 전해졌다. 〈릴리 마를레네〉는 독일 제국 방송에 500회 연속 전파를 탔고, 모든 전선에서 열광적인 반응을 얻었다. 카페마다 '릴리 마를레네'라는 이름을 달았고, 구호 단체를 돕기 위한 파티도 '릴리 마를레네'라는 이름으로 열렸다. 괴링의 아내, 배우 에미 존네만은 크롤 오페라 하우스에서 이 노래를 불렀고, 이후 랄라 안데르손은 이 노래를 부르며 점령지를 순회했다.

〈릴리 마를레네〉는 연승의 행군을 벌이는 독일의 아프리카 군단과 동행했다. 랄라 안데르손의 감미로운 목소리가 사막의 밤에 우울한 탱고처럼 울려 퍼졌다. 이 멜로디는 영국군에게도 퍼져 나가 듣는 이들의 귀를 어루만지며 제8군을 정복했다. 매일 저녁 영국군의 라디오는 독일 방송에 맞춰져 있었다. 그렇게 〈릴리 마를레네〉는 영국군의 새로운 '티퍼레리'가 되었고, 마침내 전세가 역전되었을 때 이집트 알 알라메인과 튀니지 비제르테에 울려 퍼지며, 시칠리아와 이탈리아로 향하는 병사들을 위한 승리의 노래가 되었다. 이 노래는 육로 행군과 산악 행군 중에 울려 퍼졌다. 이 노래가 퍼져 가는 도중에 코믹하고 풍자적인 가사가 새롭게 더해졌다.

그런데 갑자기 독일에서 릴리 마를레네가 침묵하게 되었다. 스탈린그라드에서 파울루스 야전 총사령관이 항복하자 괴벨스는 3일 동안 라디오에서 대중음악을 금지했다. 그리고 릴리 마를레네는 다시 돌아오지 못했다. 전해지는 말로는 랄라 안데르손이 강제 수용소에 수감되었다고 한다. 그는 고향에 편지를 보냈다. "나는 정말 이 끔찍한 나라에서 벗어날 거예요." 새로운 유행가가 필요했고, 신뢰할 만한 소프라노 마리아 폰 데어 슈미첸이 〈모든 것은 잊혀지고, 모든 것은 사라진다〉라는 노래를 불렀다. 이 노래는 나쁘지 않았지만 새로운 릴리 마를레네까지는 되지 못했다.

왕좌에서 밀려난 그 멜로디는 영국으로 넘어갔고, 점령국을 대상으로 한 BBC 프로그램에서 송출되었다. 독일 출신 가수 루시 만하임이 이 노래를 불렀는데, 이제 노랫말은 씁쓸하고 냉소적이며 조롱투로 바뀌어 있었다. 독일인들은 이 방송을 몰래 들으면서 자기들 입맛에 맞추어 가사를 개사했다.

상황은 아직 그대로다.

슈테판 센데 《폴란드 출신의 마지막 유대인》 469p

보니에르 출판사, 정가 10크로나

인간은 얼마나 더 많은 것을 견뎌야 더는 살고 싶지 않게 될까?

하루하루 살아남는 것, 다시 말해 생존만이 삶의 유일한 과제가 된다면 사람들은 어떻게 될까? 평범하고 선량한 사람이 며칠 더, 몇 시간 더 살 수 있으리라는 막연한 희망을 위해 삶을 삶답게 하는 모든 것을, 말 그대로 포기해야만 한다면 과연 그것은 어떤 느낌일까?

우리는 이제 이에 대해 알고 있다. 폴란드의 유대인을 대상으로 세계 역사상 유례없는 실험이 시작되었다. 결과는 명백하다. 200만~300만 명에 이르는 무고하고 온전한 인간의 생명과 명예, 재산을 빼앗았다.

아니다, 어떤 측면에서는 그렇지 않다. 그들은 명예를 잃은 것이 아니라 누구도 예측하지 못한 방식으로 명예를 얻었다. 명예를 얻은 사람들 대부분이 그렇듯, 폴란드의 유대인도 그랬다. 그들에게 닥친 끔찍한 일과 그들이 흘린 피를 통해 순교자가 되었다.

순교에 대한 증언은 이미 하나의 문헌이 될 만큼 쌓여 있다. 심지어 사형 집행자의 언론 보도조차도 이러한 증언이 진실임을 부인할 수 없다. 그러나 순교자에 대한 기록은 박제되는 경향이 있다. 최초의 기독교인에 대한 박해가 영웅담과 전설로 전승된 것과 마찬가지다. 이러한 기록은 사형 집행자의 끔찍한 잔혹함을 자세히 설명하거나, 피 흘리는 순교자의 용기를 일반화한 이미지에 과하게 집착하는 경향이 있다. 사형 집행자는 비인간적이고 순교자는 초인적인 존재로 그려지는데, 이는 물론 사실이기도 하지만 지나치게 묘사된 비인간성과 미화된 초인간성에만 매달리면 현실에 대한 이해는 사라지고 만다. 그렇게 되면 사건은 일상과 우리가 서 있는 땅 위 삶의 자리로부터 멀어진다. 우리가 움직이며 실제 마주하는 곳, 밝아 오는 새벽을 앞두고, 취약한 우리가 일상 속에서 감당해야 하는 모든 일이 일어나는 삶의 현장과 멀어지는 것이다. 우리가 알고 느끼고 이해해야만 하는 것은, 보통의 우리와 다르지 않았던 순교자들이 재난 앞에서 어떻게 일상을 살아 냈는가에 관한 것이다.

슈테판 센데 박사의 새 책은 이 내용을 다룬다. 이 책은 1939년부터 1943년까지 아돌프 폴크만이 르비우에서 경험한 것을 담고 있다. 1943년 10월, 폴크만은 비유대계 폴란드인으로 위조한 서류를 가지고 토트 조직에서 일하다가 노르웨이 북부를 거쳐 스웨덴으로 건너왔다. 그는 1943년 8월 18일 처음으로 폴란드를 떠났으며, 국가 사회주의의 영향권 밖에서 피난처를 찾은 마지막 유대인 가운데 한 사람으로 보인다. 센데 박사는 그와 광범위한 대화를 나누고 그 대화를 기록으로 남겼으며 책에는 폴크만의 진술이 표시되어 있다. 이 증인은 지금도 국내에 머물고 있어 나중에 진위를 검증할 수 있다. 센데 박사는 역사적·정치적 배경에 대한 정리를 맡아 했다. 이 책은 한 개인의 세세한 증언으로, 인간성이라는 측면에서 '평범한 순교자'의 증언이기도 하다. [……]

문화버스 471p

"자동차 교통에 대한 평화 계획을 수립하는 일은 자동차 협회가 오래 전부터 관심을 두고 꾸준히 다루어 온 분야입니다. 현재 우리가 집중하고 있는 과제는 미등록 자동차 문제, 교통 및 교통 관리 문제, 도로망 확충 및 전후의 자동차 관광 문제 등입니다."

'자동차 협회'의 스투레 린드그렌 디렉터는《다겐스 뉘헤테르》와의 인터뷰에서 위와 같이 말했다.

사진 제목 스투레 린드그렌

472p [……] 무솔리니 아래의 '신파시스트' 정부와 루마니아의 호리아 시마 정부와 함께.

히틀러는 "유럽이 독일과 함께 행진하고 있다"라며, 금권 정치 세력인 볼셰비키의 음모를 분쇄하기 위해 위성국이 동참하고 있다고 자랑스럽게 말했다. 그러나 계속되는 그들의 행진은 사실상 후퇴를 향한 행진이며 느슨해진 대열에서는 난투극이 벌어지는 일이 잦다.

473p **여학생 도서 공모전에서 한 여성 교사가 1등을 수상하다**

열두 편 정도의 좋은 원고들

익명을 원하는 한 중등학교 교사가 라벤 앤드 셰그렌 출판사가 주최한 '최고의 여학생 도서 공모전'에서 1등을 차지해 상금 2,000크로나를 받았다. 2등을 수상한 스톡홀름의 아스트리드 린드그렌 씨에게는 1,200크로나가 수여되었고, 3등은 스톡홀름의 마르가레타 앙드렌라스무손 씨에게 돌아갔다. 앞선 2명의 수상자는 신인 작가인 반면, 앙드렌 부인은 이미 여러 권의 동화책을 출간한 기성 작가다.

심사 위원 중 어린이 도서관 사서인 엘사 올레니우스 씨는 심사 과정에서 막중한 부담을 짊어졌다. 1차 심사에 오른 수백 편의 원고 중 가장 뛰어난 원고들을 심사했기 때문이다. 호른스가탄의 어린이·청소년 도서관에서 근무하며 어린이와 책에 대해 오랜 시간 풍부한 경험을 쌓은 올레니우스 씨는《스벤스카 다그블라데트》에 대회 결과와 수상작에 대한 논평을 게재했다.

"아직 제목이 정해지지 않은 첫 번째 수상작은 계부 문제를 다룬다. 어머니가 재혼을 하면서 주인공 소녀는 심각한 갈등을 겪게 되는데, 주인공이 이 문제를 어떻게 해결하는지 다룬다. 이 책은 소녀 소설이 갖춰야 할 많은 요건을 충족시킨다. 진정성 있고, 서사의 긴장을 잘 유지하며, 감상에 빠지지 않고 행복하게 끝나면서도 건강한 심리 상태를 보여 준다. 2등 수상작은《브리트 마리는 마음이 가벼워졌어요》라는 제목을 달게 될 것이다. 이 작품은 한 여학생의 생활을 생동감 있고 유머러스하게 묘사하며, 뛰어난 구성과 설득력 있는 대화를 담고 있다. 교양 있는 중산층 가정을 배경으로 이야기를 펼쳐 내는 재미있는 책이다. 3등 수상작은 흥미진진한 스토리로 사회 문제를 다루고 있다. 세 권의 책 모두 잘 다듬어진 언어가 돋보이며, 13~16세가 읽기 적합하다. 출판사는 수상작 외에도 제출된 원고 가운데 열두 편 정도를 출간하기로 결정했다. 그중 몇 편은 농촌과 도시 문제를 대비해 다루고 있으며, 모두 높은 수준을 보였다."

나는 최악의 전투 한복판에 휩쓸려 있어. 하지만 내 생각은 종종 다른 길로 향하지. 그리움은 모든 전투와 싸움으로부터 아득히 떨어진 꿈과 추억이 있는 행복한 땅으로 나를 이끌어. 무자비한 하늘 아래 이글거리는 태양이나 쏟아지는 비를 맞으며 죽음은 춤을 추지. 우리가 영원처럼 느끼는 그 많은 시간을 누가 다 셀 수 있을까. 우리에게 끝없는 포격이 쏟아지면, 우리의 고통은 매 순간을 더 길게 만들어 버리지.

삶은 아득히 들려오는 멜로디처럼 우리에게 손짓하네. 사랑은 거듭해서 삶에 대한 생각을 이끌고, 초인적인 힘을 실어 주곤 해. 한번은 허벅지가 부러져 고통받던 부상병이 죽음이 두려운 나머지 들것에서 뛰어내리는 것을 본 적이 있어. 우리를 쫓아오는 적을 피하려고 쓰러질 때까지 달리더군.

전장에서는 자신의 생명을 돌보는 법을 배워야 해. 죽음은 지위나 돈 따위 관심 없지. 우리는 그저 고요한 순간과 평화로운 행복을 바랄 뿐이야. 하루하루가 왔다 가고 더위와 불면증에 괴로워할 뿐이야. 매일같이 귀를 먹먹하게 만드는 똑같은 전투의 소음만 있을 뿐이야. 안식도 없고 기쁨도 없이 우리 운명이 결정될 순간을 기다리고 있어. 언젠가 우리 아이를 볼 수 있을까? 적어도 우리 아이의 미래가 당신의 손에 있다는 것을 알기에 마음을 놓을 수 있을 것 같아. 아이가 사내아이면 롤프라고, 여자아이라면 잉리드라고 이름 지어 줘. 우리 아이에게

신을 믿도록 가르쳐 줘. 겸허와 진리를 사랑하도록. 행복한 삶을 위해서는 이 두 가지가 중요하잖아. 우리 아이는 나처럼 너무 늦게 기도하는 법을 배우지 않기를 바라. 나는 기도하는 법을 전장에서야 배웠으니까. 당신과 우리 아이의 삶에 행운과 성공이 함께하길 바라.

내가 편지를 쓰는 동안 러시아군이 우리에게 다시 사격을 시작했어. 쉬지 않고 전투가 이어지고 있지. 나는 한 번도 씻을 수가 없었어. 종일 한순간도 참호를 떠날 수가 없거든. 그렇지만 사람들은 계속 말하고 있지. 너는 반드시 해내고 말 거라고!

사진 제목 "사우나보다 더 멋진 것은 없어." 두 살배기 에이보르와 4명의 친구들이 네스의 사우나에서. 478~479p

수상 경력에 빛나는 도서 479p

청소년 문학 분야가 씁쓸함만 남기는 빈약한 작품들로 위기에 빠져 있을 때, 우울한 수준의 작품을 양질로 끌어올리려는 모든 도전에 우리는 감사해야 한다. 이 공모전을 통해 거대한 히트작이 나왔다고 보기는 어렵다. 그럼에도 불구하고 스티나 린드베리의 《잉리드》가 1위를 수상한 이유를 헤아리는 것은 어렵지 않다.

갑자기 의붓아버지를 받아들여야 하는 열세 살 아이의 문제를 기존의 익숙한 방식보다 더 잘 구성하고 있다. 어조는 전체적으로 진지하고 적절하며, 소녀의 외로움과 노여움 그리고 고집스러운 반항에 대한 묘사도 높이 평가할 만하다. 그러나 약점도 분명하다. 마지막 장면은 무척 사랑스러운 반면, 인색한 거상 가족이라는 설정은 전형적이고 진부하다. 이 이야기가 열두 살이나 열세 살에게 매력적일지도 의문스럽다.

이 연령의 아이들은 오히려 2등 수상작인 아스트리드 린드그렌의 《브리트 마리는 마음이 가벼워졌어요》를 더 좋아할 게 분명하다. 이 책은 대부분 일상적이고 사소한 내용을 다루고 있다. 열다섯 살인 브리트 마리는 책이 전개되는 내내 특별한 이유 없이 자신과 독자가 알지 못하는 수취인에게 편지를 쓴다. 활기찬 대가족과 학교 생활, 사랑에 빠지는 일 등에 관해서다. 그러나 그녀의 이야기에는 그 모든 것을 넘어 독자를 행복하게 하는 특징이 있다. 이야기 구석구석 정말 재미있다는 점 때문이다. 가족 간의 충돌과 단결은 때때로 노르웨이 여성 작가 시그리드 보를 연상시킨다. 최고의 비교 대상은 아닐 수도 있지만, 적어도 나쁜 비교 대상은 아니다.

480p 패튼 장군은 남쪽으로 전격적인 돌파 작전을 펼치며 자르강을 건넜다. 미군은 5킬로미터 전진한 후 금요일 저녁 자르브뤼켄에서 남쪽으로 약 27킬로미터 떨어진 곳에 이르렀다. 이곳에서 독일의 방어선은 남쪽에서 가해지는 공습으로 위협받고 있었다. 보도에 따르면 스트라스부르는 이제 완전히 해방되었다.

프랑스 정찰 부대가 도시 동쪽에서 라인강을 건넌 것으로 추정된다. 지금까지 연합군의 겨울 공세 동안 4만 명에 달하는 독일군이 포로로 붙잡혔다. 베를린은 미국이 에슈바일러부터 루르 지역까지 진격했다고 전했다.

동프로이센에서도 격렬한 전투가 벌어지고 있다. 베를린발 보도에 따르면 러시아는 전선에 50개 이상의 보병 사단과 주요 기갑 예비대를 배치했다. 스탈린의 일일 명령은, 외젤섬에서 독일군의 최후의 저항이 무너지고 섬 전체가 해방되었다는 소식을 전한다.

러시아 라디오는 금요일, 사방에서 쏟아지는 새로운 공세가 머지않아 독일의 최종 붕괴로 이어질 것이라고 발표했다.

런던에 자리잡은 폴란드 망명 정부의 수반 미코와이치크가 사임했는데, 그의 사임은 폴란드와 러시아 위기가 첨예해지고 있음을 시사한다.

미국의 대형 폭격기들은 금요일 태평양에 있는 기지에서 출발해 도쿄, 요코하마, 고베를 여러 차례 공습했다.

아래 기사에 대한 린드그렌 자필 메모 스웨덴으로 보내는 마지막 인사 481p

마지막 인사가 적힌 이 메모는 인양한 뗏목에서 발견되었다.

비스뷔에서 출발한 여객선 한자호는 잠수함으로 추정되는 외국 군함으로부터 어뢰 공격을 받았을 가능성이 크다. 구조된

두 사람, 한자의 선장 아르네 몰린과 조타수 아르네 투레손은 고틀란드의 군사령부에서 심문을 받고 진술했으며, 해군 전문가들은 그 진술을 토대로 연구한 끝에 이러한 결론에 다다랐다. 사망한 할덴 검사관과 마찬가지로 두 사람 모두 약 2,000미터 떨어진 지점의 수면 위에서 사고 현장을 비추는 맑고 선명한 원뿔형의 황백색 빛을 보았다고 진술했다. 그 빛은 잠수함에 사용되는 것과 동일한, 약 25센티미터 구경의 서치라이트에서 나온 것이며, 근처에 스웨덴 군함은 없었다. 만약 그 불빛이 스웨덴 상선에서 나왔다면, 그 배는 당연히 조난당한 배를 돕기 위해 즉시 접근해 왔을 것이다.

7 Maj 1945.

Detta är V-dagen! Kriget är slut! Kriget är slut! KRIGET ÄR SLUT!

Kl. 14.41 (tror jag) undertecknades kapitulationen i ett litet rött skolhus i Reims, för de allierade av ~~Jodl~~ Smith Eisenhower, för tyskarna av Jodl, varigenom alla tyska styrkor i hela Europa ger tappt. Norge är alltså också fritt nu. Ett vansinnigt jubel ligger i detta nu över Stockholm. Kungsgatan är täckt av ett flera cm. tjockt pappers-

1945년

1월 17일

부끄럽게도 얼마간 기록을 소홀히 했다. 그동안 많은 일이 일어났을 것이다. 아르덴•에서 독일의 공세가 저지되었고, 러시아는 엄청난 공격을 퍼붓고 있다. 오늘 저녁 신문에 따르면 바르샤바가 독일로부터 해방되었다고 한다. 부다페스트에서는 오랫동안 격렬한 전투가 이어지고 있으니, 이쯤 되면 도시가 남아 있을 리 없다. 《다겐스 뉘헤테르》의 '평화의 문턱으로'라는 연재 기사는, 지금 벌어지는 무수한 전투에도 불구하고 전쟁이 오래가지 않을 것으로 보고 있다. 직장에서는 모두가 자신의 앞날을 걱정하기 시작했다. 나는 여전히 병가 중인데, 오늘은 모든

• 벨기에, 룩셈부르크, 프랑스 북동부에 걸쳐 삼림이 우거진 높은 지대로, 1944년 말부터 1945년 초까지 벌어진 아르덴 대공세의 주요 전장이 된 곳이다.

것이 끔찍하게 슬프다. 뚫어져라 미래를 바라보아도 온통 어둡기만 하다. 하지만 스투레는 이제 다 지나간 일이라고 한다.

He who lives will see(산 자는 보리라).

1월 21일

러시아군이 폭풍처럼 질주하며 나아가고 있다. 그들이 베를린까지 나아갈 수 있기를! 요즈음 벌어지는 격전이 사태를 뒤엎는 결정적인 충돌이 될지도 모른다. 매일 속보를 오려 붙여 두는 게 좋을 것 같다.

스투레와 나 사이에도 결정적인 충돌이 일어나고 있다. 지난 며칠처럼 그렇게 슬프고 가라앉은 기억은 참 아득하다.

3월 2일

연합군은 서부 전선에서 전진하고 있고, 쾰른은 포병대의 집중 포격을 받고 있다. 러시아군도 동부 전선에서 진격 중이지만, 기대한 만큼 빠르지는 않다. 어차피 러시아는 내일 당장 베를린에 입성하지 못할 것이다. 최근 베를린에 엄청난 폭탄이 우박처럼 쏟아져 내렸다. 지금껏 독일이 버티는 것이 순전히 기적처럼 느껴진다.

한편 터키가 전쟁 막바지에 이르러 독일에 선전 포고 했다. 다가올 샌프란시스코 회의에서 자리를 확보하려는 속셈일 것이다.

내가 치르는 개인적인 전쟁도 거의 끝나 가는 듯하고, 승세는 내쪽으로 기울어 보인다.

그 밖에 나는《바르브로와 나》를 쓰고 있다.• 이 작업이 지금 내게 가장 큰 즐거움을 주고 있다.

3월 23일

오늘 할머니가 여든 살이 되셨다. 할머니를 찾아가지는 못했지만, 케이크와 고급 초콜릿, 책, 유리잔을 보내 축하를 전했다. 1945년 오늘은 밤과 낮의 길이가 같은 봄의 날, 춘분이다. 오늘 대기에는 봄이 스며들어 있다.

우리는 점심을 먹었다(훈제 순록 햄, 새우, 간 파테, 소고기로 차린 훌륭한 식사였다.)! 식사를 마치고 스투레는 낮잠을 청했다. 카린은 덴마크어를 공부하고, 라세는 기타를 연주하고, 나는 글을 쓴다.

신문 기사가 손에 있지 않으니, 기억을 더듬어 적어야 한다.

최근 핀란드 상황이 눈에 띄게 악화되었다. 3월 초, 노동부 장관 부오리가 라디오에서 주목할 만한 연설을 했다. 요점은 핀란드에서 나치즘의 모든 흔적을 뿌리 뽑지 않으면, 국가가 큰 고통을 겪게 된다는 것이다. 그 후 의회 선거는 (유례없는 투표율을 기록하며) 결국 민주주의의 승리로 끝이 났다. 이는 1930년

• 훗날《셰르스틴과 나》라는 제목으로 출간된다.

이후 핀란드에서 활동이 금지되었던 공산주의자들이 다시 순풍에 돛을 달게 되었다는 뜻이다.

독일은 완전히 폐허가 되어 가고 있다. 라인강 서쪽에는 이제 독일 군인이 거의 남아 있지 않다. 얼마 전《스톡홀름 티드닝엔》에 독일 상황에 관한 숨 막히는 묘사가 실렸는데, 유감스럽게도 그 기사를 잃어버렸다. 히틀러는 항복하지 않을 것이고, 그가 역사의 심판을 두려워해야 한다는 내용이었다.

린드그렌 가족과 관련해서는, "home is the sailor, home from the sea, and the hunter home from the hill(바다에서 집으로 돌아온 뱃사람처럼, 언덕에서 집으로 돌아온 사냥꾼처럼)."이라고 말할 수 있겠다.

나는 봄맞이 대청소를 했고, 때때로 기쁘고 때로는 슬프다. 가장 행복할 때는 글을 쓰는 순간이다. 며칠 전 게버 출판사로부터 출간 제안을 받았다.

기록하는 것을 잊었는데, 코펜하겐에서 독일군 사령부로 사용되었던 쉘하우스가 연합군의 폭격을 받아 완전히 무너졌다. 가톨릭 학교 한 곳이 화염에 휩싸였고, 수많은 아이가 목숨을 잃었다.

노르웨이에서 총살형이 연달아 집행되었다.

3월 26일

어제 일요일 오후, 처칠이 상륙정을 타고 라인강을 건너 미 제

9군의 새로운 교두보를 방문했다.

4월 6일

부활절이 지났다. 아이들은 스몰란드에 가 있고, 스투레와 나는 단둘이 부활절을 축하했다. 우리는 서로에 집중하는 시간을 보냈다.

독일이 조금씩 몰락해 가는 역사적인 나날을 보내고 있다. 이번이 독일 붕괴를 앞에 둔 마지막 휴일일 것이다.

4월 14일

541p 스웨덴은 적십자를 통해 굶주린 네덜란드에 식량을 보냈다. 여기, 국왕과 스웨덴 국민에게 감사를 전하는 편지가 도착했다.

4월 25일

베를린은 연기가 자욱한 폐허 더미가 되었다. 조금 전 저녁 뉴스에 따르면 베를린은 러시아에 완전히 포위되었다고 한다. 신문에서 필요한 내용을 오려 내는 데만 해도 몇 시간이 걸린다.

542~543p 특히 저녁 신문에는 독일 강제 수용소를 묘사한 잔인한 문장이 넘쳐 난다. 모든 것을 다 스크랩하지는 않을 것이다.

독일의 대기 가득 피 냄새가 진동하며, 공포스러운 멸망의 분위기가 스며 있다. 내게는 서구 문명의 몰락처럼 다가온다.

독일 여성들과 몇몇 중립국 언론인은 부헨발트 강제 수용소의 참상을 직접 볼 기회를 가졌다. 나는 덴마크계 유대인의 편지를 많이 읽었다. 이들은 적십자에 의해 테레진•에서 구출되어 돌아왔고, 지금은 스트렝네스 근처의 한 캠프에서 평화롭게 지내고 있다. 스웨덴 적십자는 노르웨이 대학생을 귀국시켰지만, 아직은 비밀에 부쳐져 있다.

테레진에서 구출된 유대인의 편지는 절절하다. 하지만 테레 551~553p
진은 비교적 상황이 괜찮은 곳이었고, 덴마크인은 테레진에서도 남다른 대우를 받았다.

오늘부터 샌프란시스코에서 회의가 시작된다(루스벨트는 참석하지 않는다.). 회의에서 또 얼마나 근거 없는 어설픈 이야기가 쏟아질까!

4월 29일

오늘 일요일 아침, 빗물이 홈통을 때리는 요란한 소리에 깨어보니 신문에 엄청나게 큰 활자로 이렇게 쓰여 있었다.

'독일, 항복하다!'

독일이 항복했다! 마침내 항복했다! 왜 조금 더 빨리 항복하지 못했을까? 폐허의 잔해만 남기 전에, 10~12세의 수많은 어린이가 죽음으로 내몰리기 전에 말이다.

사실 어제 뉴스에서 이미 소식을 들었지만, 평소의 토요일

• Terezín. 독일어로 테레지엔슈타트. 체코의 도시로 제2차 세계 대전 당시 게슈타포가 이곳에 강제 수용소를 설치했다.

저녁처럼 스투레와 이야기를 나누며 그저 흘려들었을 뿐이다. 떠도는 소문이 너무 많아 선불리 믿기 어려웠다. 괴물 같은 힘러가 평화를 제안했는데, 히틀러가 항복 후 48시간도 버티지 못할 것이라고 주장하고 있다.

이 모든 것을 스웨덴 사람인 적십자사 수장 폴케 베르나도테 백작이 중재했다고 한다. 무조건 항복이라니……. 히틀러가 죽어 가는 것은 의심하지 않는다. 어쩌면 이미 죽어 있을 수도 있고, 힘러가 히틀러를 죽였을 수도 있다. 아, 마침내 전쟁이 끝나다니! 도무지 믿기지 않는다. 스탈린그라드 전투 이후 독일은 전쟁에서 패배한 것이나 마찬가지다. 그런데 왜 이토록 무의미한 전투를 계속해야만 했을까.

며칠 전 의회에서 노르웨이 무력 개입 여부를 결정하는 비공개 본회의가 열렸다. 결과는 만장일치에 가까운 반대였다. 우리는 왜 전쟁이 끝나 가는 순간에 그 소용돌이로 뛰어들려 했을까? 다행히도 이 질문을 중요하게 다룰 필요가 없게 되었다. 독일이 연합군이 제시한 조건에 따라 전투를 치르지 않고 노르웨이를 포기했기 때문이다. 노르웨이에 있는 독일군만 미친 듯이 싸운다는 것은 있을 수도 없는 일이다.

하지만 우리나라에 있는 노르웨이와 덴마크 출신의 젊은이들, 그러니까 이 마지막 전투에 참여하려 했던 이들은 무척 상심했을지도 모르겠다. 이 청년들은 집으로 돌아가 마지막 전투에 참전할 준비를 하고 있었다. 런던에 있는 노르웨이 정부는 우리가 개입하려 하지 않았다는 사실에 실망했다. 노르웨이가 우리에게 실망한 것은 이번이 처음은 아니다. 때로는 이런 이유로 때로는 저런 이유로 실망했고, 우리는 그러한 실망을 냉정하게 받아들여야 한다. 예를 들어 1939년에서 1940년 사이에 우리가 핀란드에서 함께 싸우려 하지 않고 연합군의 통과도 허용하지 않은 것에 대해 영국과 프랑스는 얼마나 실망했던가. 영국과 프랑스는 당시 독일과 동맹 관계에 있던 러시아에 맞서 싸우려 했다. 만약 우리가 그들의 실망에 휘둘렸다면, 지금 세상은 어떤 모습이 되었을까. 독일과 러시아가 한편이 되었다면. 이런 세상에, 만약 그랬더라면 영국은 정말 나쁜 상황에 내몰렸을 것이다. 또한 독일 휴가 장병을 태운 노르웨이행 기차가 스웨덴을 지나도록 허용했을 때, 우리가 독일에 강요당하고 이용당했다며 그들이 얼마나 실망했던가. 그것은 말할 것도 없이 후회스럽고 고통스러운 이야기지만, 장기적으로 볼 때 현명한 결정이었다. 스웨덴은 전쟁 밖에서 해야 할 일이 있었기 때문이다. 돌이켜 보면 우리는 몇 가지 일을 해냈는데, 물론 자랑스러워할 만한 일은 아니지만 기뻐할 수는 있다. 우리는 핀란드에 전례 없는 물자를 지원했다. 그리고 노르웨이에도 핀란드에 버금가는 물자를 지원했을 거다. 우리는 (뭐라 해야 할지 잘 모르겠지만) 노르웨이와 덴마크 난민 10만 명을 받아들여 이들의 망명을 보장했다. 10만이라는 숫자는 과장되었을지 모르고, 제대로 알 수도 없다. 우리는 이들을 위해 경찰 수용소에서 정식 군사 훈련과 다름없는 특별 훈련을 운영했다. 스웨덴 적십자는 전쟁 마지막 며칠 동안, 독일에 억류된 덴마크인과 노르웨이인, 유대인과 다른 나라 사람을 수용해 무사히 스웨덴으로 데려올 수 있었다. 나는 스웨덴에 도착한 이 젊은이들이 노르웨이와 덴마크에 있는 친척에게 보낸 편지를 몇 통 읽었다. 편지는 "삶이 이렇게 놀라울 수 있다니!", "우리가 꿈꾸고 있는 건 아닐까?"처럼 한결같이 감격에 겨운 내용이었다. 삶은 너무나도 찬란할 수 있다. 제대로 된 침대에 누워 제대로 된 음식을 먹고, 숲을 걷고 바람꽃을 꺾고, 평범한 삶의 존재를 실감하는 것이야말로 행복이다. 어떤 젊은이는 먼저 사랑이 충만한 신께 감사하고, 그다음 스웨덴 적십자에 감사한다고 썼다. 게다가 독일의 휴전 제안을 중재한 것도 스웨덴 사람이다. 누군가는 중립을 지켜야만 한다. 그렇지 않으면, 중재자가 없다면, 그 어떤 평화도 주어지지 않을 것이다.

평화라는 것이 잘 상상되지 않는다! 며칠 후면 5월이다. 봄이 오니 나무가 푸르게 우거지기 시작하고 사랑스러운 빗줄기가 대지를 적신다. 이제 이 땅은 살아남은 인류를 먹여 살릴 풍요로운 수확물을 내어 줄 것이 분명하다. 더 이상 전쟁 속에서 겨울을 나지 않아도 된다니, 얼마나 다행인가! 전쟁이 봄에 끝나서 정말 다행이다. 이제 고통받던 가여운 사람들이 집을 짓고 물자를 모으며 겨울이 오기 전에 조금이라도 준비할 시간을 가질 수 있으니까.

1945년 봄, 우리는 이렇게 전쟁이 오래갈 줄은 정말 몰랐다.

같은 날 저녁

모두 거짓이었다니! 항복 소식은 모두 사실이 아니었다. 그래도 며칠 안에 항복할 게 틀림없다. 미국 쪽 누군가로부터 비밀이 새어 나왔다는 것이다. 폴케 베르나도테가 힘러에게 메시지를 전달받은 것은 사실이다. 다만 독일은 영국과 미국에만 항복하려 하고, 러시아에게는 항복하지 않으려는 상황인 것 같다. 그리고 스탈린 역시 독일을 완전히 굴복시키기 전까지는 그 어떤 항복도 용납하지 않으려 한다. 소문이 무성하게 나돌아 무엇을 믿어야 할지 모르겠다. 히틀러가 이번 주 초에 뇌졸중으로 사망했다는 소문도 있는데, 정말 그럴지도 모른다. 오늘 신문 보도에 따르면 무솔리니가 총살당했다고 한다.

5월 1일

조금 전 라디오에서 룬드 대학생들의 합창이 흘러나왔다. 봄을 찬미하는 세레나데처럼 〈오, 태양이 얼마나 찬란하게 미소 짓는가〉, 〈꽃이 만발한 아름다운 계곡〉 같은 노래였다. 조금 전 우리는 닭고기를 먹고 셰리를 마시고 치즈를 먹었다. 셰리를 마신 건 그날의 빅뉴스, 즉 덴마크가 자유를 얻고 독일군이 달아났다는 소식을 축하하기 위해서다(이 소식이 모두 사실은 아니었다.).

스투레와 나, 카린은 아침에 스칸센에 갔는데, 스칸센에는 봄이 와 있었다. 우리는 엘브로스 정원 앞에 앉아 햇볕을 쬐며 봄 내음을 맡았다. 어제는 춥고 비가 내렸는데, 오늘은 봄이다. 아주 특별한 봄으로, 그냥 봄이 아니라 평화가 찾아온 봄이다. 얼마나 경이로운가!

오후에는《바르브로와 나》초고 몇 챕터를 타자기로 정서했다. 출간될 때는 어떤 제목을 달게 될까.

지금 뉴스가 나온다. 베르나도테 백작은 기자 회견에서 독일에 억류되었던 1만 5,000여 명이 적십자에 의해 스웨덴으로 구조되었다고 발표했다. 그렇지만 이번에는 힘러로부터 항복 제안을 받지 못한 채로 돌아왔다. 그는 히틀러가 죽었든 살았든 베를린에 있는 것이 확실하다고 말했다.

5월 1일 오후 9시 40분

"Deutschland! Deutschland über alles!"• 지금, 바로 이 순간, 라디오에서 격양된 선율이 요란하게 흘러나오고 있다. 방금 라디오 정규 방송이 중단되고, 중대 발표가 이어졌다. 오늘 밤 9시 26분, 함부르크 라디오에서 독일 국민에게 보내는 메시지를 전했다. 우리의 지도자 아돌프 히틀러가 오늘 오후 사망했다. 마지막 숨을 거두기까지 볼셰비즘에 맞서 싸웠다는 내용이었다.

• "독일이여! 만물 위의 독일이여!"라는 뜻으로, 나치 지배 당시 독일 국가의 첫 부분이자 대중 선전의 핵심 구절로 쓰였다. 〈독일인의 노래(Das Lied der Deutschland)〉의 첫 구절이다.

되니츠 제독이 히틀러의 후임으로 임명되었고, 전투는 계속된다는 말도 이어졌다. 이어서 되니츠가 독일 국민에게 연설했고, 이어서 국가가 연주되었다. 히틀러와 나치즘이 모든 악의 정수라 할지라도, 한 국가가 심연으로 추락하는 순간은 깊은 충격을 안겨 준다. 함부르크의 프로그램이 재방송되고 있다. 되니츠의 호소가 들린다. "여러분의 믿음을 내게 달라!"

역사적인 순간이다. 히틀러는 죽었다. 히틀러가 죽었다. 무솔리니도 죽었다. 히틀러는 자신의 수도에서, 수도의 폐허에서, 조국의 폐허와 잔해 더미 속에서 죽었다.

"지도자는 지휘 본부에서 전사하셨습니다."라고 되니츠가 말했다.

"Sic transit gloria mundi!" 세상의 영광은 이처럼 덧없이 사라진다!

5월 5일

환호와 노랫소리가 터져 나온다! 덴마크는 5년의 예속 끝에 자유를 되찾았다. 네덜란드도 그렇다. 오늘 아침 7시, 독일이 항복했다. 아침 출근길 덴마크와 스웨덴, 노르웨이 국기가 나란히 있는 것을 보았을 때, 나도 모르게 눈물이 차올랐다.

우리는 업무를 보던 11시에 크리스티안 국왕의 연설 '덴마크의 여성과 남성에게'를 들었다. 시청 첨탑의 종소리에 맞추어 국왕이 메시지를 전했고, 이어 덴마크 왕실의 국가 〈크리스티안 국왕이 돛대에 높이 섰다〉가 울려 퍼졌다. 우리는 자리에서 일어나 이 노래를 들었다. 덴마크가 자유를 되찾은 오늘, 태양이 빛나고 있다.

신문은 관련 기사로 뒤덮여 있다. 나는 이렇게나 많은 기사를 어떻게 오려 내야 할지 모르겠다. 스웨덴 적십자를 통해 스웨덴으로 넘어온 덴마크와 노르웨이(그리고 다른 나라)의 수감자에 관한 내용이 많은 지면을 차지하고 있다.

나는 점심시간을 쪼개 서둘러 이 글을 쓰고 있다.

5월 5일 오전 7시 경

지금 스벤 예링이 코펜하겐에 있다. 덴마크 사람들의 미친 듯한 환호성이 라디오를 통해 들려오고 있다.

5월 7일

오늘은 승리의 날이다! 전쟁이 끝났다! 전쟁이 끝났다! 전쟁이 끝났다!

오후 2시 41분(이었을 거라고 나는 생각한다.) 프랑스 랭스의 한 작은 학교 빨간 건물에서 항복 문서 서명이 이루어졌다. 연합군 측을 대표해 아이젠하워(아이젠하워 정부의 참모 총장 베델 스미스가 서명을 대신했다.)가, 독일군 측을 대표해 요들 장군이 서명했으며, 이에 따라 모든 독일군이 유럽 전역에서 무조건 항복했다. 이제 노르웨이도 자유를 찾았다. 미친 듯한 환호성이 스톡홀름을 뒤흔들고 있다. 쿵스가탄 거리는 전쟁 종식을 축하하는 종잇조각으로 뒤덮였고, 사람들은 모두 제정신이 아닌 것처럼 굴었다. 오후 3시 라디오 프로그램이 끝나고, 우리는 직장에서 노르웨이 국가를 불렀다. 스투레는 집에서 저녁을 먹지 못했지만, 평화를 축하하도록 집으로 셰리 1병을 보냈다. 지금 라디오에서는 미국 국가가 흘러나오고 있다. 나는 린네아와 라르스와 함께 셰리를 마셨고, 약간 취기가 올랐다. 지금은 봄이고, 이 축복받은 날에 태양이 빛나고, 전쟁도 끝났다. 나는 절대로 독일인이 되고 싶지 않다. 전쟁이 끝났고 히틀러가 죽었다는 것만 생각하자(지금 라디오에서 환호성과 만세 합창이 들리고 스톡홀름은 제정신이 아니다.). 아나운서는 "기쁨의 물결이 쿵스가탄을 휩쓸고 있습니다.", "오늘은 황홀하도록 멋진 날입니다."라고 말하고 있다.

나는 라세에게 2크로나짜리 동전을 쥐어 주었고, 라세는 혼잡한 거리로 쏜살처럼 뛰어나갔다. 카린은 1크로나로 평화를 축하하며 군것질거리를 샀다.

방금 라디오에서 한 노르웨이 여성이 평화가 찾아왔을 때의 심정에 대해 이야기했는데, 그녀는 지금 영국에 있는 아들이 너무 보고 싶다고 한다.

이제 고문과 강제 수용소, 폭격과 도시의 '완전한 파괴'가 끝났다. 고통에 시달리던 인류가 조금이라도 쉼을 얻을 수 있을 것이다.

사람들은 독일과 독일인을 증오한다. 하지만 모든 독일인을 증오할 수는 없으며, 오히려 연민하기도 한다. 전쟁이 끝났다. 지금 중요한 것은 전쟁이 끝났다는 사실뿐이다.

전쟁이 끝났다! 영국, 미국, 러시아가 동시에 공식 발표할 예정이다.

나는 알리와 카린, 마테와 함께 시내로 갔다. 이 역사적인 날, 스톡홀름은 어떤 모습인지 직접 보고 싶어서다. 우리는 쿵스가탄 거리에서 발 디딜 틈 없이 환호하는 인파를 헤치고 집으로 겨우 되돌아왔다. 저녁 뉴스에서 기쁨에 가득 찬 노르웨이 사람들의 모습을 다루고 있다. 사람들은 숨 막힐 정도로 악명 높은 묄레르가타 19번지•에 모여 그곳에 수감된 사람들을 위해 노르웨이 국가를 불렀다. 수감자 중 일부는 벌써 석방되었다. 스웨덴 구스타브 국왕은 드로트닝홀름 궁전에서 스웨덴 국민을 향해 연설했다. 그는 호콘 국왕에게 전보를 보냈다고 한다. 항복과 동시에 독일과의 외교 관계도 단절되었다. 우리가 쿵스가탄에 있는 독일 관광청을 지날 때 그 앞에 3명의 경찰이 서 있었고, 창문은 커다란 천으로 가려져 있었다. 이곳은 독일의 선전과 선동이 이루어지던 곳이다. 전쟁 중에 이곳의 창문이 얼마나 많이 깨져 나갔는지조차 모를 정도다! 독일인으로 살아가는 것보다 더 괴로운 일은 없다.

• 오슬로의 나치 본부.

독일에 패배한 나라들은 그나마 다른 국가가 보여 준 연대와 공감 속에 위로받고 있다. 그러나 독일이 패배했을 때는, 전 세계가 환호했다. 어떻게 한 나라가 그렇게까지 증오의 대상이 될 수 있었을까? 왜 그런 만행을 저질렀고, 또 왜 그렇게 인류를 위협해야만 했을까?

(나는 에세와도 셰리를 마셨다. 에세는 주저 없이 덴마크로 돌아갈 생각인 것 같다.)

내일은 처칠이 연설할 것이고, 스탈린과 트루먼, 그리고 영국 국왕도 연설할 예정이다.

5월 8일, 오후 2시 15분

역사적인 순간이 계속되고 있다. 방금 처칠이 유럽 내 모든 독일군의 무조건 항복을 세계에 공식 발표하고, 마침내 'V-Day'• 를 축하할 수 있게 되었다고 전했다. 그는 1939년 9월 3일 체임벌린이 독일에 선전 포고 할 때 사용했던 바로 그 라디오 마이크로 이 소식을 전했다.

Good old Winston, 사실 전쟁을 승리로 이끈 것은 바로 그였다.

그는 5월 8일 목요일 자정 1분 후, 모든 전투 행위가 공식적으로 종료될 것이라고 발표했다. 일흔이 넘은 이 노인이 이 소

• Victiory in Europe Day. 유럽 승리의 날을 의미한다.

식을 영국 전역에 알리는 심정은 어떠했을까? 처칠은 한창때의 남성처럼 힘차고 뚜렷한 목소리로 말했고, 나는 그 어느 때보다 그가 좋았다. 그 후 〈신이여 왕을 구하소서〉가 연주되었고, 그 웅장한 포효에 나는 울음을 터뜨릴 뻔했다.

나는 오늘 몸이 아파서 결근했고, 운 좋게 이 연설을 들을 수 있었다. 어젯밤 스투레는 스트란드 레스토랑에서 10시에 한 번, 11시에 한 번 전화를 했다. 내가 그곳으로 와서 함께 승리를 축하하길 바랐지만 나는 너무 피곤했다. 스투레는 1시간 후에 집에 오겠다고 했다. 그는 새벽 3시나 되어 다정하고 쾌활한 모습으로 돌아왔다. 그때까지 나는 바보처럼 걱정이 돼 미쳐 버릴 지경이었다. 밤을 꼬박 새운 덕분에 두통이 일었다. 덕분에 오늘 집에 머물며 처칠의 연설을 듣고 있다. 어젯밤 스톡홀름의 레스토랑들은 무척 북적였을 것이다. 사람들은 레스토랑 뒤편에서 노래를 부르고 글을 낭송하며, 장기를 뽐냈다. 평화가 찾아와 진정한 기쁨이 넘치고 있다!

저녁 9시

방금 영국 왕이 제국 전역을 향해 연설하는 것을 들었다. 왕은 천천히 말했고, 눈치채지 못할 만큼 약간 더듬었을 뿐 생각보다 말을 잘했다. 곧 그 연설문을 붙여 넣으려 한다.

그전에 나는 오늘 올라프 왕세자, 호콘 국왕, 뉘고르스볼 총리의 연설을 들었다. 이제 승리의 날도 저물어 가고 있지만, 대포가 침묵하는 12시 1분까지는 깨어 있지 못할 것 같다. 대포는 벌써 침묵을 지키고 있다. 인명 피해를 막기 위해 어제 이미 '사격 중지'가 선포된 것 같다.

성령 강림절 월요일

카린의 생일, 햇살 드는 창가에 앉아 이 글을 쓴다. 성령 강림절 연휴답게 날씨는 화창했지만, 게으른 우리 가족은 아침 외출을 거부했다. 나는 시골을 그리워하며 바사 공원의 꽃이 만발한 벚나무 앞에 혼자 앉아 있었다. 오늘 아침 우리는 케이크, 서류 가방, 만년필, 책, 치맛감을 선물하며 카린의 생일을 축하했다. 곧 닭고기와 케이크로 저녁 식사를 할 참이다. 우리 항해사는 집에 돌아와 있는데, 최근 너무 오랫동안 여기저기를 항해하고 다닌다.

7월 1일, 나는 '비정상적인 일(우편 검사소의 편지 검열)'을 그만두게 된다. 동료들이 그리울 것이고, 수입도 아쉬울 것이다. 하지만 이제 전쟁이 끝났고 더 이상 보안도 필요하지 않다. 그런데 아직 진정한 평온을 되찾지는 못한 것 같다. 샌프란시스코에서 열린 회의는 진전이 없고, 러시아는 새로운 요구 사항을 내걸고 있다. 폴란드 문제가 골칫거리다. 러시아가 보른홀름섬을 점령하고 있는데, 이곳을 순순히 내줄 것 같지 않다. 발트해 전체를 장악하기 위해서다.

나는 러시아가 두렵다. 554~557p

6월 2일

지난주에는 벌어진 사건을 그날그날 챙기지 못했다. 레반트 지역에서 불쾌한 일이 벌어졌다. 드골은 화가 났고, 공군 원수 테더가 스웨덴과 노르웨이를 방문했다. 난민은 고향으로 돌아가고 있다. 7월 1일, 나의 '비밀스러운' 업무도 종료된다. 이제 평화가 찾아온 듯하다. 하지만 승자들이 서로 다투는 모습은 믿기지 않는다. 러시아군은 여전히 보른홀름섬에 있다.

나는 《바르브로와 나》(아직 확정된 제목은 아니다.)를 800크로나에, 《브리트 마리는 마음이 가벼워졌어요》 남은 부분을 300크로나에, 핀란드어 번역본을 300크로나보다 약간 높은 가격에 팔았다. 그 밖에도 라디오에서 《브리트 마리는 마음이 가벼워졌어요》를 낭독한 대가로 58크로나를 받았다. 작가가 된다는 건 정말 즐거운 일이다. 지금은 《삐삐 롱스타킹》을 수정하고 있는데, 이 말썽꾸러기가 무엇이 될지 궁금하다.

요즈음은 서늘한 초여름 날씨다. 나는 불안할 때도 있고 침착할 때도 있다. 직장 동료들과 헤어지는 게 힘겹게 다가온다. 얼마 전부터 제대로 자지 못하고 있다. 카린은 목요일에 김나지움 입학시험을 마친다. 라르스는 모든 학생 파티를 쫓아다니고 있고, 영국으로 가는 배의 선원이 될 거라며 뜬구름 잡는 소리를 한다. 스투레는 거의 날마다 저녁 회의가 잡혀 있다.

6월 17일

한동안 세계 정치가 나 없이 굴러가게 놓아두었다. 실은 정치에 관심을 쏟을 시간이 없었다. 그사이 카린은 다행히 스베아플란 김나지움 입학시험에 합격했고, 마테와 함께 입학하게 되었다.

라세는 그사이 실제로 아르데니아라는 배에 고용되었다. 순스발을 거쳐 로테르담으로 가는 배다. 라세가 어떻게 지내게 될지 자꾸 생각하게 된다. 카린은 빛나는 성적을 받았고, 라세는 세 과목에서 부족하다는 평가를 받았다. 이 가여운 아이는 앞으로 무엇이 될지 잘 모르겠다.

스투레는 다시 돌아온 듯하다.

호콘 왕과 마르타 왕세자비가 노르웨이로 돌아왔다.

레오폴드 국왕도 벨기에로 돌아가고 싶어 하지만, 벨기에 국민은 그의 복귀를 원하지 않는 것 같다. 더 많은 일이 있었겠지만, 지금은 기억나지 않는다. 스투레와 나는 이곳에 단둘이 앉아 있고 아이들은 바람처럼 흩어졌다. 저녁이 되면 아이들이 보고 싶어 마음이 아리다.

지독히 쌀쌀하고, 바람 불고, 비 내리는 나날이 이어지고 있다, 쯧쯧. 오늘 스투레와 나는 영화관에 가서 〈공작부인〉을 보았다. 스투레가 좋아하지 않는 스타일의 오래된 영화였다.

한여름의 하루

한여름이 찾아왔다. 오늘보다 더 좋은 날씨는 이제껏 없었을 거다. 무척 춥고 습했던 초여름이 지나고 드디어 휴가철에 걸맞은 온기가 찾아들었다. 하지만 이러한 온기마저도 언제 수그러들지 모른다.

스투레와 나는 달라가탄에서 다정한 시간을 보내고 있다. 술기운 때문에 약간 들뜬 채로 서로의 곁에서 한여름을 축하하고 있다. 곧 닭고기를 먹고 호텔 스트란드의 테라스에서 커피와 리큐어를 마신 다음, 블랑쉬 극장으로 카르 데 뭄마의 풍자극을 보러 갈 거다.

오늘 아침, 집 정리를 마치고 스투레가 집에서 신문을 보는 동안 혼자 자전거를 타고 하가까지 갔다. 카페 모르 포 회이덴에서 햇볕을 쪼이며 앉아 있다가 몸이 녹아내릴 뻔했다.

카린이 솔뢰에서 아름답고 유쾌한 한여름 축제를 즐겼으면 좋겠다. 라세는 순스발에 있는데 그제 저녁에 전화를 걸어 왔다. 예테보리를 거쳐 영국과 네덜란드 여행 중이란다. 잠시나마 라세와 이야기할 수 있어 정말 좋았다.

어제 스투레와 나는 카프라 감독의 오래된 영화 〈우리 집의 낙원〉을 재방송으로 시청했다.

《삐삐 롱스타킹》 수정 작업을 마쳤고, 이제 평범한 어린이가 주인공인 새로운 책을 쓰고 싶다. 그런데 페르마틴이 라디오 가족 드라마 시리즈를 써 보자고 제안해 왔다. 해낼 수 있다면 무척 좋겠지만 엉망이 될까 두렵다.

일주일 뒤면 우편 검사소 업무가 끝난다. 그러면 시골로 떠날 거다.

7월 18일

너무 더워서 글을 쓰기도 힘들다. 처칠과 트루먼이 베를린에 와서 히틀러가 쓰던 총리 관저와 다른 중요한 장소를 둘러보고 있다고 한다. 스탈린도 그곳에 도착할 예정이다. 이것 말고는 세계에서 무슨 일이 일어나는지 잘 모르겠다. 일본에서는 여전히 치열한 전투가 벌어지고 있다.

여기 푸루순드에서도 우리 나름의 전투를 치르고 있다. 할머니와 햄 같은 것을 두고 말이다. 우리는 폭염 때문에 뭍으로 밀려온 물고기처럼 숨을 헐떡거리고 있다. 지금 스투레와 카린 그리고 나는 이곳에 함께 있다. 작년 7월 7일 이후, 어딘가 비어 있던 우리 가족도 이제 온전한 모습을 되찾았다.

라세는 출렁이는 바다를 떠돌고 있는데, 지금 어디에 있는지 모르겠다. 매일 밤 라세를 떠나보낸 것을 후회하고 있다. 지금쯤이면 분명 돌아와 있어야 하는데.

우편 검사소 일이 6월 30일로 끝이 났다. 우리는 그 전날 저녁에 벨만스로에서 송별회를 가졌다. 송별회는 축제 분위기가 흘러넘쳤고, 즐거움이 가득했다. 하지만 마지막 근무일인 그 다음 날은 어딘가 침울했고, 이곳저곳에서 눈물이 흘렀다. 우리는 빅토리아에서 안네마리에, 루트 닐손, 나, 뉘그렌 양, 뤼디크, 두보이스, 스퀼레르스테드트, 빅베리와 함께 점심을 먹었다. 니르슈도 잠시 자리를 같이했다. 그다음 우리는 쿵스트레드 정원에서 작별 인사를 나눴다. 한 시대가 막을 내렸다.

나는 푸루순드에서 물에 들어갔다 나왔다 하면서 시시한 일기를 쓰고 있다. 오늘 저녁에는 린네아와 자전거를 타고 마테를 데리러 갈 예정이다.

라르스만 집에 돌아와 있다면 얼마나 좋을까!

8월 15일

오늘 제2차 세계 대전이 끝났다. 일본과 연합국의 전쟁이 끝났다는 소식이 오늘 아침 뉴스에 보도되었다. 먼저 애틀리의 연설을 들었고, 영국, 미국, 러시아, 중국 국가가 연이어 흘러나왔다. 이에 앞서 스웨덴 청취자는 에위빈드 욘손이 평화에 대해 말하는 것을 들었다.

드디어 끝났다. 6년이라는 긴 시간이 2주 만에 정리되었다. 아직도 기억이 생생하다. 우리는 바사 공원에 앉아 있었고, 알리가 다가와 독일군이 폴란드를 침공했다고 말했다. 그날은 아름답고 따뜻했는데, 전쟁이 끝난 오늘도 그날처럼 아름답고 따뜻하다. 나는 슬레퇴에서 귀리 수확을 도우며 평화의 날을 축하했다. 정말 덥고 햇볕이 쨍쨍했다. 카린과 군보르는 말이 끄는 수레를 타고 다니며 지지대를 나누어 주면서 귀리 단을 세우도록 도왔다. 스티나도 함께했다.

스투레가 맹장 수술을 받는 바람에 스몰란드에 가지 못하고 스톡홀름에서 14일을 보냈다. 이제 학기 시작까지 쉴 수 있는 시간은 단 일주일뿐이다. 라르스가 해외여행을 마치고 집으로 돌아와 노라 라틴어 학교 기숙사에 머물고 있다. 곧 여름이 끝날 거다.

어젯밤 페탱 원수에게 사형 선고가 내려진 것은 사실이다. 그러나 그의 나이를 고려해 형이 집행되지는 않을 것 같다.

나는 지금 이 순간 정말로 세상이 고요한지 궁금하다. 어디에도 폭탄이 떨어지지 않고, 대포가 발사되지 않으며, 전함이 침몰하지도 않는다면. 세계가 정말 이런 모습이라면 얼마나 낯선가!

11월 20일

영국 사람들은 우리보다 천천히 차를 몰고, 《삐삐 롱스타킹》은 558p
웃기다. 얼마 전까지 끔찍한 일을 다루는 기사들을 스크랩했는데, 이런 한가하고 여유로운 관찰로 오늘의 스크랩을 마무리한다.

오늘 저녁 내내 지난 한 달 동안 미뤄 둔 신문 기사를 오려 붙이고 정리했다. 지난번 일기를 쓰고 나서 정말 오랜 시간이 흘렀다. 스크랩한 신문 기사를 통해 그동안 일어난 많은 일을 다시 돌아보면 좋겠다. 안타깝게도 크비슬링 처형에 관한 기사를 아무것도 보관해 두지 못했다. 어느 날, 아니 좀 더 정확히 10월의 어느 밤에 일어난 일로, 그는 감옥에서 끌려 나와 죄수 수송차를 타고 아케르스후스•로 이송되어 총살을 당했다. 이 남자는 자기가 노르웨이를 위해 진심으로 최선을 다했다고 생각하는 것 같다. 정말 이상한 느낌이다. 어찌 됐든지 이제 벌레들이 그를 파먹게 될 것이다. 프랑스에서 처형당한 라발처럼. 오늘 재판을 시작한 독일의 거물급 악당들도 곧 그렇게 될 것이다. 이제 어느 나라에서나 숙청이 이루어지고 있다. 희생양이 될 사람을 골라내고 있다.

560~569p 크리스마스 대청소를 하다가 크비슬링 처형과 관련한 스크랩을 발견해 이 공책 끝에 붙였다.

독일에서 겪는 끔찍한 고난은 내가 오려 붙인 기사만으로는 잘 드러나지 않을 것이다. 빈과 베를린의 젖먹이들이 이번 겨울을 나지 못하고 목숨을 잃게 되는 모습을 떠올리지 않을 수 없다.

11월 1일부터는 커피가 배급에서 제외되면서 자유롭게 판매할 수 있게 되었고(커피 애호가에게 큰 기쁨이다.), 차와 코코아도 마찬가지다. 여기저기서 바나나도 눈에 띄고 있다. 담배 배급도 해제되었고, 향신료도 그렇게 되었다.

그리고 나는《삐삐 롱스타킹》으로 1등 상을 받았다. 이제 삐삐는 세상에 나갈 준비를 마쳤다. 스투레는 어느 한구석도 마음에 들지 않는 런던에 가 있다. 전쟁이 끝난 후 런던에 기쁨이

• Akershus. 오슬로와 더불어 노르웨이의 주요 도시 중 하나. 아케르스후스 요새가 유명하다.

머무르는 곳은 한 군데도 없다. 우울하고, 더럽고, 슬픔이 번져 있다. 음식이, 아니 모든 것이 심각하게 부족하다.

카린은 스베아플란 학교 1학년에 다니는데, 학교생활에 열의를 보이며 잘 지내고 있다. 라세는 세 과목 재시험을 치르고 진급했는데, 어떻게 될지는 지켜봐야 한다.

나는 국가조사위원회에서 파트타임으로 일하고 있다. 가끔 우편 검사소에서 일하던 시절이 그립다. 13일에는 함께 일하던 동료들과 모임을 가졌다. 우리가 더 자주 만날 수 있으면 좋으련만.

최근에 라디오에서 뉘른베르크 재판을 재방송했다. 우리는 학살자 모두가 하나같이 스스로를 "nicht schuldig(무죄)"라고 선언하는 것을 직접 들었다. 폴란드 학살자 프랑크, 유대인 박해자 슈트라이허와 괴링, 헤스 모두 한결같은 목소리로 자신은 양처럼 결백하다며 스스로 무죄를 선언했다.

11월 25일

사람들은 요즈음 스웨덴 정부가 러시아의 요구를 수용하기로 결정한 것에 대해 논쟁하며 반발하고 절망에 빠져 있다. 러시아는 발트 삼국 출신 난민을 대거 송환하라고 요구했다. 이들을 고향으로 데려가 죽이려는 것이다. 우리가 그 요구를 수용하다니. 꼭 휴가 장병을 실은 기차를 통과시키라는 독일의 요구에 굴복했을 때처럼 수치스러운 감정을 느낀다. 곧 대규모 시위가 일어나 시끄러워질 것이다. 이 수치스러운 결정이 실제로 시행될지 지켜봐야겠다. 이런 것을 요구하는 러시아는 얼마나 어리석은가! 겪어 본 이들은 알고 있다. 러시아 역시 발트해에서 일어난 대규모의 잔혹 행위에 (독일 못지않은) 책임이 있다는 것을. 하지만 사람들은 그런 것을 이야기하기에 지금은 적절한 때가 아니라고 여긴다. 스웨덴에서 굳이 더 데려가지 않아도, 이미 러시아에는 죽일 사람들이 넘쳐 난다.

신발과 섬유 배급이 월요일에 종료되고, 휘발유는 오늘부터 자유화될 것이다.

그리고 나는 어제 서점에 가서 《삐삐 롱스타킹》을, 이 어이없고 웃긴 책 한 권을 샀다. 1944년 늦은 겨울에 발목을 삐지 않았다면 이 책은 세상에 태어나지 않았겠지만, 그래도 세상은 잘 돌아갔을 것이다!

크리스마스

창밖에는 눈이 내리고, 집에는 고요한 평화가 깃들어 있다. 할머니가 전혀 모르는 사람들에 대해 장황하게 얘기할 때만 빼면 말이다.

우리는 기쁨과 행복 가득한 크리스마스이브를 보냈다. 작년과는 사뭇 다르다. 올해에는 청어 샐러드에 눈물을 떨구지 않았다. 기진맥진하지도 않았다. 파트타임으로 일하면서 제시간에 모든 것을 끝내려고 초과 업무를 많이 했는데도 말이다.

카린은 크리스마스이브에 정말 행복해했고 오늘도 여전히 들떠 있다. 스투레와 카린과 나는 오늘 아침에 유르고르덴에 가고 싶었지만, 14번 버스를 너무 오래 기다리게 되어 칼베리의 도로를 따라 성 에리크 광장까지 짧은 구간을 걸었다.

오늘은 하루 종일 눈이 내려 크리스마스다운 분위기를 자아낸다. 어제 나는 라디오에서 크리스마스 캐럴을 들으면서 완벽한 기쁨에 젖어 들었다. 과분할 정도로 풍족한 기분이다. 모든 일이 쉽게 풀리고, 친구도 많고, 집도 있고, 아이들도 있고, 스투레도 있다. 모든 것을 가진 셈이다.

평화 속에서 맞는 첫 번째 크리스마스다. 스웨덴은 전쟁 중에도 풍족했던지라 그 차이가 특별히 크지는 않다. 하지만 다른 나라도 크게 달라지지는 않았을 것이다. 궁핍은 힘겹고 끔찍하다. 따뜻하고 아늑한 거실에서 우리 집을 둘러보면, 특히 하얀 히아신스와 양초, 크리스마스트리, 바움쿠헨이 식탁 위에 놓인 것을 볼 때면 세계 곳곳에 숨어든 가난이라는 악마와, 크리스마스가 뭔지도 모르는 아이들이 함께 떠오른다.

아이들은 크리스마스 선물을 받았다. 라세는 스키 재킷과 스키 모자 상품권,《일곱 바다에서》라는 선집과 내 책 두 권, 장갑, 면도기, 마르지판, 그리고 카린에게 면도솔을, 사촌들에게 비누를, 할머니와 할아버지 그리고 안나 이모에게는 용돈을, 그리고 스토를리엔에서 쓸 일주일 치 용돈과 린네아에게 카멜 담배를 받았다. 카린은 책 한 무더기를 선물받았다.《달에서부는 바람》, 《물음표처럼 생긴 코》, 《네덜란드 쌍둥이》, 샤프펜슬, 바느질 상자, 칫솔, 속옷 세트, 마르지판, 안네마리에에게 귀여운 팔찌, 그리고 할머니와 할아버지와 안나 이모에게 용돈을 받았다. 알리와 마테가 준 《메리 포핀스》와 《트라이앵글》, 브릿마리에 롬이 준 '달라헤스트'라는 목각 말 인형, 린네아가 준 바느질 상자……. 이 정도면 충분하다.

내일은 린드스트룀 부부가 저녁을 먹으러 온다. 순록 구이와 샐러드를 먹을 예정이다. 오늘은 조금 있다가 검은뇌조를 먹을 것이다.

내가 받은 크리스마스 선물도 적어 두어야겠다. 스투레는 헤드네르 부부와 쇼핑을 가서 많은 물건을 사 왔다. 고급 장갑 한 켤레, 점퍼와 카디건, 고급 실크 스타킹 두 켤레, 모피로 덮은 덧신을 선물해 주었는데 카디건과 덧신은 교환하려 한다. 라세는 지금 일기를 쓰고 있는 이 중고 만년필을 사 주었고, 카린은 파우더 퍼프와 향수를 선물로 주었다.

스투레는 《O.A.의 캐리커처 앨범》, 하세 Z.의 《즐거웠던 모임들》, 프란스 G. 벵트손의 《붉은 뱀》, 옷걸이 한 묶음, 코냑 반 리터와 아이들이 준 자잘한 것들을 받았다. 《붉은 뱀》은 라세가 주었고, 카린과 라세는 《리더스 다이제스트》 정기 구독권도 함께 선물했다. 더는 기억나지 않는다.

깜찍한 말썽꾸러기 삐삐는 성공적으로 뻗어 나가는 것 같다. 이 책은 《브릿마리》와 《셰르스틴과 나》처럼 노르웨이에 판권이 팔렸다.

12월 31일

또다시 새해를 맞는다! 시간의 바퀴가 얼마나 빠르게 굴러가는지.

1945년은 곱씹어 봐야 할 두 가지 사건이 일어난 해다. 제2차 세계 대전 종전에 따른 평화와 원자 폭탄의 등장이다. 과연 미래는 원자 폭탄에 대해 뭐라고 말하게 될까. 원자 폭탄은 정말 인류의 역사에 완전히 다른 시대를 알리는 시작이 될까. 평화는 아무런 안전도 보장하지 못하고, 원자 폭탄은 평화에 그림자를 드리우고 있다.

지금 모스크바에서 회의가 열리고 있다. 신문들은 이 회의가 끝나면 세계 평화에 더 큰 희망을 걸어 볼 수 있다고 주장하지만, 그건 믿고 싶은 사람이나 믿겠지. 독일은 끔찍한 궁핍을 겪고 있다. 이곳 스웨덴을 제외하면 세계 대부분이 식량난에 허덕이고 있다.

모레 나는 카린이 있는 스몰란드로 떠난다. 라세는 어젯밤 스토를리엔으로 떠났다. 스투레와 나는 할머니와 함께 새해 전야를 축하하고 있다. 할머니는 금요일이면 푸루순드의 외로운 노인으로 돌아가게 될 거다. 가여운 할머니. 나는 내일 스투레와 스트란드로 밥을 먹으러 갔다 쇠드라 극장의 레뷔 초연을 보러 갈 예정이다. 작년 이맘때는 상황이 아주 달랐다. 내가 침착하게 마음을 다스린다면 모든 것은 잘될 것이다.

올해 나의 '문학적인' 커리어는 껑충 발돋움했지만, 앞으로는 내리막길을 걷게 될지 모른다. 《삐삐 롱스타킹》은 비평가에게 호평을 받았고, 대중에게도 마찬가지라고 생각한다. 《셰르스틴과 나》는 다소 엇갈린 반응을 얻었지만, 그래도 나쁘지 않다. 예안나 오테르달은 청소년이 이 책을 좋아할 것이라고 썼는데, 사실 내 생각도 그렇다. 청소년들은 부담 없는 수다 같은 이야기를 좋아하니까. 《중요한 것은 건강하다는 거죠》에 대한 약간의 논란이 있었는데, 솔직히 언급할 필요조차 느끼지 않는다.

1946년을 앞두고 긴장과 설렘이 뒤섞인다. 1945년은 때때로 매우 힘들었는데, 특히 상반기와 지난가을이 그랬다. 종전과 함께 우편 검사소 업무도 끝났고, 나는 9월 10일부터 국가조사위원회에서 파트타임 속기 타자수로 일하고 있다.

카린은 상급 학교에서 첫 학기를 잘 마쳤다. 라르스의 영어 실력은 부족하다는 평가를 받았지만, 화학과 다른 과목은 보통이었다. 라르스에게 정말 잘된 일이다. 이 아이는 성별을 가리지 않고 친구도 아는 사람도 많아서 외출이 잦다. 그에 비해 스투레는 집에 있는 경우가 많다.

나는 내게도 행복을 빌어 주고 싶다. 새해 복 많이 받으라고. 나와 우리 가족 모두! 그리고 전 세계 사람이 행복하기를. 하지만 너무 무리한 바람일지도 모른다. 비록 좋은 새해가 될 수는 없을지라도, 더 나은 새해가 될 수는 있을 거다.

Stalins länge väntade dagorder om Wiens erövring offentliggjordes på fredagskvällen, sedan de sista tyska motståndsnästena i staden kapitulerat. Under striderna om staden tog ryssarna 130.000 fångar och krossade elva tyska pansardivisioner, däribland sjätte SS-pansararmén.

Slaget i Italien beskrivs i Berlin som en jättedrabbning, i vilken de allierade satt in alla resurser för att nå en avgörande seger. Både tyska och allierade rapporter talar om fortsatt allierad frammarsch i flera avsnitt.

En i finsk inrikespolitik epokgörande händelse har inträffat i det riksdagens tre största grupper, yttersta vänstern, socialdemokraterna och agrarerna — det från krigsåren kanske mest komprometterade partiet! — enats om ett samarbetsprogram. Detta går bland annat ut på "planmässig ekonomisk politik, som syftar till att höja levnadsstandarden för det arbetande och mindre bemedlade folket".

Ytterligare två danska fångar har utan dom och rannsakning skjutits av tyskarna. Danska frihetskämpar har i Köpenhamn sänkt det stora passagerarfartyget "Kjöbenhavn".

I England har man nu avslöjat att det under krisen efter Frankrikes nederlag fanns en engelsk "maquisrörelse" organiserad in i minsta detalj.

äl Amerikas nye presi- Truman som utrikesmi- Stettinius förklarar offi- att regering och folk inte svika då det gäller att nå mål för vilka Franklin sevelt gav sitt liv. Konfe- n i San Francisco börjar 25 april enligt planen.

hurchill ville gärna fara begravningen på lördagen, krigsläget tvingar honom sända Eden i sitt ställe. land inser hur stor förlus- är, ty man betraktade sevelt såsom ett säkrare are än Churchill i efter- stidens stormar. Stalin har at fredsorganisatören Roo- lt, men det ryska folket r fruktan för att isolatio- nen åter skall få vind i seg- i Amerika.

Mrs Roosevelt följer extra- et med makens stoft. Det ar sakta mot Washington. rande scener utspelades vid ärden från Warm Springs, neger spelade "Närmare d till Dig" på sitt dragspel. lå Gud bevara honom", l folket längs processionens .

I Tyskland väntar man po- ska återverkningar på lång t av Roosevelts död. Den la tidningskommentaren hit- s är hållen i en sällsport rå .

Sverige har genom Röda Korset skickat livsmedel till det nödlidande Holland. Här ett tackbrev till kungen och svenska folket.

"Som en av de lyckligaste bland tusenden hänvänder jag mig till Eder för att betyga min uppriktiga tacksamhet för den gåva vilken vi fått motta från Eder och Edert folk. Vi bor med två damer, därför tog vi emot två härliga bröd och 1/4 kg smör; det var härligt.

Sire och svenska folket. Må den gode Guden välsigna eder alla för det ni gjort, ty svälten och kylan var fruktansvärd, och därför var Eder gåva dubbelt välkommen. Tack, tusen gånger tack. Också tack till Svenska Röda korset för deras förmedling. Gud välsigne denna förmedling i denna vanskliga tid. Högaktningsfullt och mycket tacksamt

Mej L. Koens och Mej Kardinaal, Bernissestraat 58, Amsterdam, Holland."

왼쪽 출처 알 수 없음.

오른쪽의 왼쪽 출처 알 수 없음.

오른쪽의 오른쪽 스웨덴에 감사를 전하는 네덜란드인의 편지, DN, 1945년 4월 14일.

Geschichten a

Ohyggliga pino-
Förvånande livs

BUCHENWALD, Tyskland, 25 april. (Sv.
av denna rapport att icke söka uppta t
Buchenwald. Rekorden i detta avseende
träffas genom hopandet av nya skräckd
wald vore att kompromettera det specie
ska journalister satts i tillfälle att se me

Från denna utgångspunkt har jag beslutat utesluta många nogsamt upptecknade, oberoende men samstämmiga nya rapporter om vad som tilldragit sig här, som givits mig av fångar och lägrets nya ledare, även där hela situationen och intrycket av sagesmännens egen personlighet gjort dem trovärdiga. Jag skall i stället koncentrera mig på att först i korthet registrera de scener, som jag sett med egna ögon, därefter söka framställa det allmänna händelseförloppet, förklara hur det kunde hända och slutligen något diskutera Buchenwalds betydelse för förståelsen av dagens, gårdagens och kanske även morgondagens Tyskland.

Mitt ögonvittnesmål är jag beredc
att beediga. Resten kan endast bli an-
satser och uppslag, vilka borde följa
av en ingående historisk och veten
skaplig undersökning. Det viktigast
jag sett är följande: 1) de sex krema
torieugnarna, 2) undersökningslabora
toriet för experiment och studium me
levande och döende fångar, 3) likhö
garna, 4) anordningarna för hängnin
5) "de levande liken", d. v. s. Buchen
walds ohjälpligt dödsdömda. Det öv
riga av vad jag sett i skräckväg ska

jag bespara läsaren som sekund
riationer på ett grundtema.

Klara vittnesbörd.

Krematoriugnarna äro sex
talet, ursprungligen konstrueral
elektrisk drift. I en av ugnar
jag ett svartbränt bäcken av e
niska, i en annan en bröstkorg
extremiteter, samtliga alltjämt
dant skick att varje tvivel om
zoologiska identitet är uteslutet.

I institutet för experiment oc
dium med fångmaterial såg jag
ordentligt fint gjorda dissektions
rat av mänskliga inälvor med t
olika stadier.

Likhögarna lågo ute i det fri
krematoriet. De bestodo av två
mestadels hela lik. Det överv
antalet lik jag såg hade ansikt
fötter med ofört ydbart judiska
drag. De flesta voro stämplade
nummer och namn präntat i blå
ett ben läste jag "1942, 6 — 6
Lichtenstein".

Av hängningsanordningar har
sett en galge av trä med sex
samt i vad lägrets invånare dö
tortyrkällaren en rad krokar i vä
na nära taket.

...n Buchenwald.

...rstörelseredskap.
...s många fångar.

...orr.) **Det finnes goda skäl för författaren ...ckskildringar från koncentrationslägret ...slagna på ett sätt som knappast kan över- ... falla för den frestelsen inför Buchen- ...m annars kan ligga däri att några sven- ... och bilda sig ett omdöme på ort och ställe.**

"De levande liken."

...levande liken" fann jag i en ..., som ännu icke hunnit utren- ...r mötte jag hundratals skinnbe- ... skelett, som ännu andades, av ...nationaliteter och åldrar. Jag ...rd med flera av dem. De flesta ... voro judar. Somliga voro gub- ...ndra medelålders, andra ynglin- ...ndra bara barn. En del låg var ... på madrasser på golvet, andra ...s två och två på samma mad- ...fånga hade endera benet ampu- ...En omkring fjorton års judisk ...gad mig hjälpa honom stiga upp ... honom en cigarrett. När jag tog ...honom, sjönk mina fingrar in- ... hans ryggrad, men det tycktes ...ra honom illa, och med den ena ...s grepp praktiskt taget runtom ...den för att stödja honom fum- ...ng med den andra fram cigar- ... som han lyckligt rökte.

...har sökt komma över ovanstå- ... snabbt och kortfattat som möj- ...n märker hur förfärligt det lik- ...lir. Jag kan endast be läsaren ...lindring i förhållandet att han ...ehöver läsa, icke se det och än ... själv vara ett av offren. Till ...era visso måste erinras, att vad ...t av fasor var vad som var kvar ...över en veckas frenetiskt sam-arbete av fångarna, de amerikanska militärmyndigheterna, läkarna och sjukvårdspersonalen för att sanera lägret. Ett mått på snabbheten i denna process fick jag i den påfallande skillnaden mellan vad som ännu kunde ses första och andra dagen av mitt besök i lägret. Den sista likhögen har just försvunnit på ett lastflak.

Men ännu hänger i varje vrå av och runtom det väldiga området, som är Buchenwalds koncentrationsläger, en tung atmosfär blandad av liklukt, ruttnande exkremeter och desinfektionsmedel.

Maskineriet gick sönder.

Till tolkningen av de ovan registrerade scener och deras inbördes betydelse vill jag lämna följande bidrag: Tillvaron av de sex krematorieugnarna ger en antydan om dödsfrekvensen i lägret vare sig av ena eller andra dödsorsaken. Närvaron av ofullständigt brända skelettdelar i ugnarna anger att i varje fall den senaste tidens kremeringar icke kunde utföras ordentligt, varo sig orsaken härtill var brådska eller bränslebrist eller kanske bådadera. Fångarna berättade för mig, att man efter hand övergick till att elda med kol och därefter med ved. Denna tolkning och dessa uppgifter stämma

위쪽 끔찍한 고문 도구와 장치들. 많은 수감자들의 경이로운 삶의 의지, 《스벤스카 다그블라데트》(이하 SvD), 1945년 4월 26일.
아래쪽 분명한 증언, 살아 있는 시체들, 망가진 기계 장치, SvD, 1945년 4월 26일.

Kungafamiljen snart åter i Haag

NÅGONSTANS I HOLLAND, lördag. (AB)

Prinsessan Juliana har anlänt till södra Holland och planerar att resa till Haag och Amsterdam tillsammans med prins Bernhard, så snart vägarna rensats från minor och ordning inträtt efter kapitulationen.

Drottning Wilhelmina anlä- södra Holland i torsdags.

Förtvivlan är den tyska ungdomens öde i dag. Den sextonårige soldaten gråter bittert efter att ha blivit tillfångatagen under ame- nernas framträngande på andra sidan Rhen. Ännu barn och föga krigets blodiga hantverk är han uppfostrad till tro på Hitler — men den var för hemsk och fångenskapen smärtsam.

7 Maj 1945,

Detta är V-dagen! Kriget är slut! Kriget är slut! KRIGET ÄR SLUT!

Kl. 14.41 (tror jag) undertecknades kapitulationen i ett litet rött skolhus i Reims, för de allierade av ~~Jodl~~ BEDELL-SMITH Eisenhower, för tyskarna av Jodl, varigenom alla tyska stridskrafter i hela Europa ger tappt. Norge är alltså också fritt nu. Ett vansinnigt jubel ligger i detta nu över Stockholm. Kungsgatan är täckt av ett lager cm. tjockt pappers-

'곧 헤이그로 돌아갈 왕실', 《아프톤블라데트》, 1945년 5월 5일.

lager, alla människ
bär sig åt som om de
var tokiga. Vi sjöng
"Ja, vi elsker" på ögonbl
efter radioutsändnin
klockan 3. Sture är int
hemma till middag, m
han skickade hem en
flaska sherry för att
vi skulle kunna fi
freden. Just nu spela
dom Stjärnbanret
på radion. Jag har
druckit sherry med
Linnea och med Lars
och är något yr. Det
är vår och solen ski
denna signade dag och
kriget är slut. Jag
skulle inte vilja vara
tysk. Tänk, kriget ä

ent, Hitler är död (nu
jublar det och brusar
radion; Sthlm är kom-
plett från vettet)
"Alltjämt brusar glädje-
vågorna över Kungsgatan"
säger hallåmannen.
"En gränslöst underbar
dag är det."
Jag har gett Lasse en
extra 2-krona, och
han störtade ut i
världsvimlet. Karin
fick en krona, och hon
firade freden med att
köpa godis.
Just nu talar en
norska om hur hon
kände det, när freden
kom: hon längtar
efter sin son, som är

앞 페이지에서 계속.

i England.
Ack, ack, nu är s
slut, med tortyr och
koncentrationsläger
och bombraider och
"Ausradierung" av st
der, och den plågade
mänskligheten kan ka
få lite ro.
Tyskland och tyskarn
hatas — men inte k
man hata alla tysk
man kan bara bekla
dom.
Kriget är slut. —
Det är det ända just
nu.
Kriget är slut!
Det skall tillkännages så
tidigt från Storbritanni
Amerika och Ryssland

앞 페이지에서 계속.

ESSELTE
№ 2532

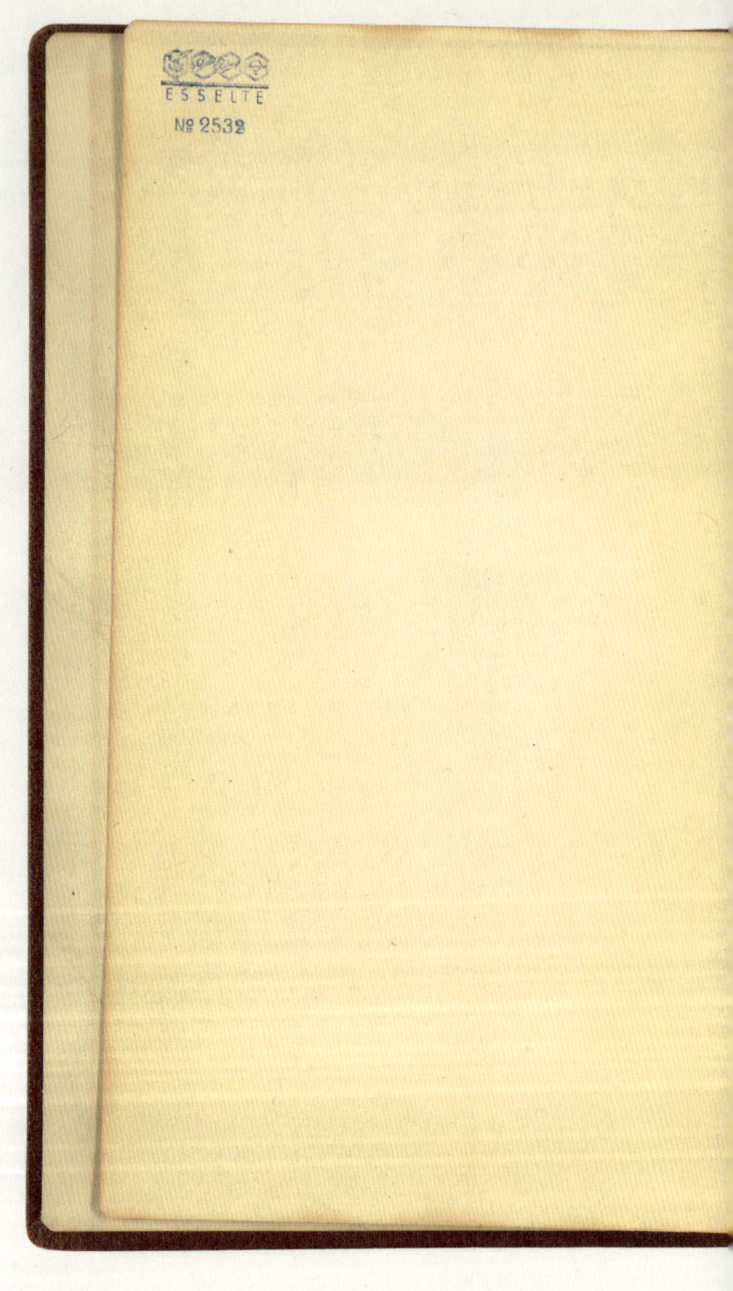

Kriminligt uttrycksbord.

ne tiden har värt så vond, at hvis jeg
e hade fået hjelp av Vårherre vilde jeg
rig kommet gennem det uten å bli van-
tig. Ikke på grunn av egne lidelser
jönt de var såpass hårde på Grini och
lergaten at det var ikke mer en såvidt
en bar, satt på nr 19 fra 10 dec. till
ble sendt nedover i april, hele tiden
men med en sinnsyk kvinne. Dr Henning
t var vel det eneste menneske der som
stod vilkenkjempepåkjenning det var.
syntes jeg enecelle var himmerike)
over å se hvordan tusener andre måtte
e. Å Alvilde, de slag en ~~selv får~~ er
enting mot det å höre pisken suse inn
ndres kropper, som jeg ustanselig hörte
om natten på Grini eller å se det som
gjorde i Rawensbrück. Å höre voksne
n ule som dyr var for meg verre tortur
selv å bli torturert. Det er kanskje
talt å fortelle deg sånt men jeg må
ve det litt av meg. Om du viste hvor
kelig jeg var efter å ha klart de
tene på Terrassen uten å si ett navn,
uten å si noe. Men jeg var dum, jeg
ken skrek eller besvimte (det siste
jeg bare gjort en gang i mit liv, på
ell i Rawensbrück) Jeg skulde vaere
kk, vet du, å vise att norske jenter
te alt, men av den grunn slo de hodet
t for meget den förste natten och skruet
t for hårt den andre natten. På den
re ~~nxtx~~ siden var det kanskje årsaken
l att jeg hade gläden av å höre dem si,
num spurte sjefen på Terrassen:Skal vi
det andre benet med det samme. Han
rte: Nej, det nytter ingenting med
ne.

한 여성의 증언이 담긴 편지, 아스트리드 린드그렌이 우편 검사소 편지 검열관으로 일하던 시절의 편지 사본.

Da var jeg blek som ett lik å svette å
tårer silte men det kom ikke en lyd fra me
På forhånd hade jeg sagt, at de kunde gjör
vad pokker de vilde med mig, skyde eller
knekke vert ben i kroppen (som sjefen på
Grini lovet meg) jeg hade ingenting å for-
telle å jeg tror de forstod att det var mi
fulle alvor. Jeg stolte på Vårherres kraft
och mente att hver man ute i arbejde var
viktigere enn meg, så de vilde aldrig fåt
no utav meg. Men da det var som verst den
andre natten foldet jeg henderne och sa hö
och tydelig: Kjäre Gud, hjelp meg! Det var
unödvendig for meg å si det höjt men jeg
vilde se hvordan de reagerte, tenkte de ha
gott av å vite att jeg ikke fölte meg alen
Til tyskernes äre och vor skam må jeg for-
telle, att det var en nordmann, som lo, lo
rått och sa, att nej, når de ikke vil snak
kan nok inte Vårherre hjelpe dem her. Jeg
svarte: Det er ihvertfall tydelig, att der
ikke kan tro på Vårherre, siden dere orker
göre slikt som dette. Vad sen foregikk eft
husker jeg ikke tydelig, bare att jeg merk
hvordan munnen min skalv og tårene som lyd
silte under forklädet, de hade bunnet runt
hodet. De likte ikke å se meg i öinene. Na
för hade jeg bare sett och sett på ham som
slo. Han blev vildere og vildere i öinene
ju lenger han holdt på - till han tillsis
hylte: Tar de ikke de forbannede öinene ti
dem, så dreper jeg dem. Med den fölge att
neste natt bandt ett törkläd rundt hodet o
sjefen dernede måtte apsolutt ha noe som h
samvittighet, for efterpå undgikk han omhy
lig å se på meg. Under hvert forhör var fe
menn tillstede, og fire av dem kryssforhör
oavbrutt i timesvis. Jeg bet riktig kjever

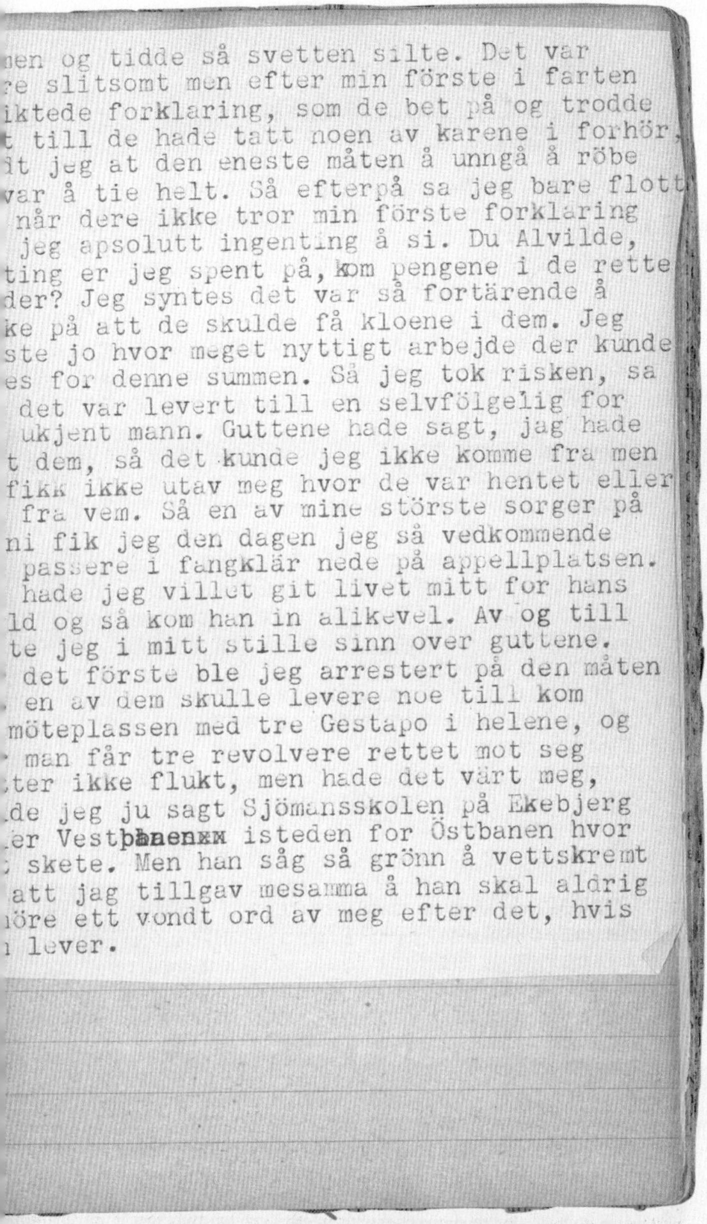

ıen og tidde så svetten silte. Det var
re slitsomt men efter min förste i farten
iktede forklaring, som de bet på og trodde
t till de hade tatt noen av karene i forhör,
it jeg at den eneste måten å unngå å röbe
var å tie helt. Så efterpå sa jeg bare flott
når dere ikke tror min förste forklaring
jeg apsolutt ingenting å si. Du Alvilde,
ting er jeg spent på, kom pengene i de rette
der? Jeg syntes det var så fortärende å
ke på att de skulde få kloene i dem. Jeg
ste jo hvor meget nyttigt arbejde der kunde
es for denne summen. Så jeg tok risken, sa
det var levert till en selvfölgelig for
ukjent mann. Guttene hade sagt, jag hade
t dem, så det kunde jeg ikke komme fra men
fikk ikke utav meg hvor de var hentet eller
fra vem. Så en av mine störste sorger på
ni fik jeg den dagen jeg så vedkommende
passere i fangklär nede på appellplatsen.
hade jeg villet git livet mitt for hans
ld og så kom han in alikevel. Av og till
te jeg i mitt stille sinn over guttene.
det förste ble jeg arrestert på den måten
en av dem skulle levere noe till kom
möteplassen med tre Gestapo i helene, og
man får tre revolvere rettet mot seg
ter ikke flukt, men hade det värt meg,
de jeg ju sagt Sjömansskolen på Ekebjerg
er Vestbanen isteden for Östbanen hvor
skete. Men han såg så grönn å vettskremt
att jag tillgav mesamma å han skal aldrig
höre ett vondt ord av meg efter det, hvis
ı lever.

앞 페이지에서 계속.

Och muligt...

Ja, nu er da endelig infernoet i de tysk
koncentrationsleire slutt. Jeg har dog
heldigvis greiet meg ganske bra om det
dog likevel har satt sine merker. Håret
er blitt nokså grått men livsviljen har
hele tiden varit i orden-.--.-.Vil nu
fortelle litt om når lysningen begynnte.
22 mars drog jeg ut av porten i Sachsen-
hausen (Oranienburg) for siste gang og
satte meg i en svensk rödekorsbuss og
ble så fört till Neuengamme nær Hamburg.
Det var en forfärdelig leir hvor vi fram-
deles var under tysk kommando. Det var
tidligere en 5-6000 fanger, vesentlig
polacker, russere, holländere, mange
dansker og nogen få nordmänd. Det döde
mindst 140 i dögnet da vi kom av det
tidligere belägg, vesentlig sult, tuber-
kulose, scheisserei, tyfus, flegmone, en
sygdom som visst bare kendtes i koncentra-
tionsleire. En stor stenbarakke måtte vi
rydde. Her var forlagt bare ikke arbeids-
dygtige. S.S. gav ordre kl. 1 om natten
till att alle skulde ut for å gi plass
till oss. De lå 2 och 3 i hver seng.
Levende og döde om hinanden. Vi bar ut
9 döde og flere döde under flytningen.
Tyskerne kommanderte alle i badet, för
de blev båret inn i andre blocker og
placeret i senger sammen med andre
syke. Det var bare kold dusj og mange
döde i badet. Ja, det var hjertskjerende
scener. De fleste av de syke gik vel i
krematoriet, inden de allierte kom. I
mange leire syntes S.S. ikke att de syke
döde fort nok, så hjalp de til med gas-
kammer. Da het det så smukt at de skulde

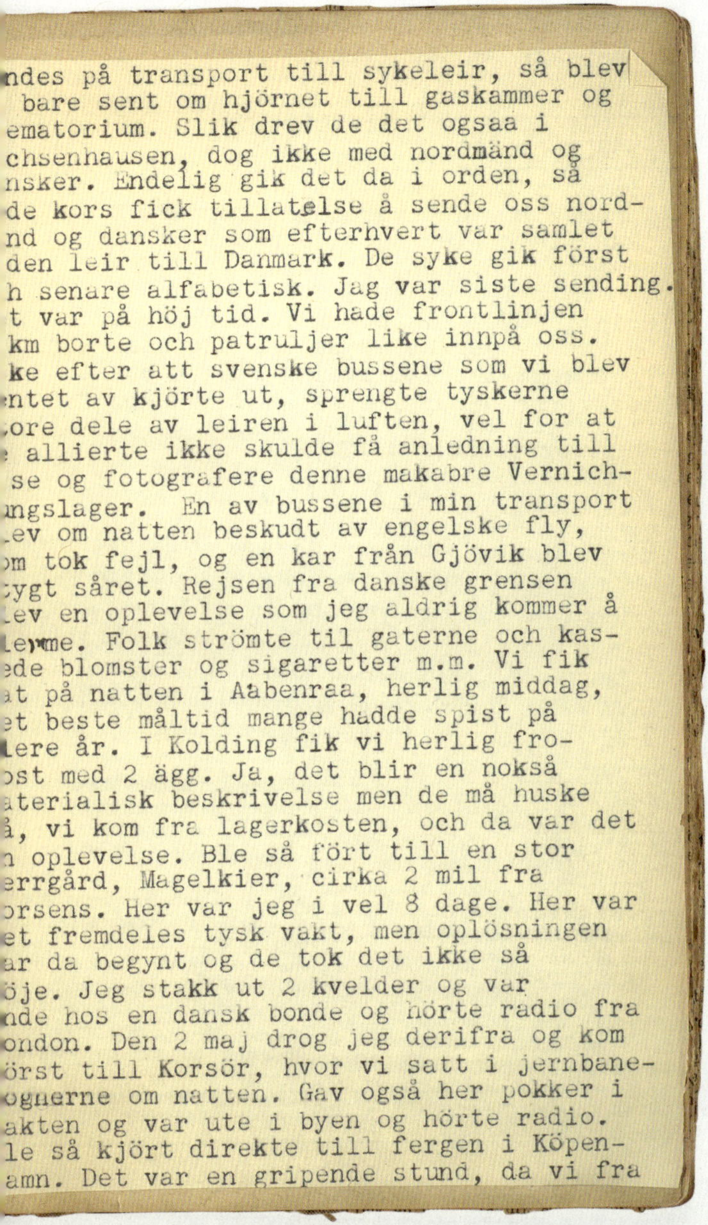

ndes på transport till sykeleir, så blev
bare sent om hjörnet till gaskammer og
ematorium. Slik drev de det ogsaa i
chsenhausen, dog ikke med nordmänd og
nsker. Endelig gik det da i orden, så
de kors fick tillatelse å sende oss nord-
nd og dansker som efterhvert var samlet
den leir till Danmark. De syke gik först
h senare alfabetisk. Jag var siste sending.
t var på höj tid. Vi hade frontlinjen
km borte och patruljer like innpå oss.
ke efter att svenske bussene som vi blev
ntet av kjörte ut, sprengte tyskerne
ore dele av leiren i luften, vel for at
allierte ikke skulde få anledning till
se og fotografere denne makabre Vernich-
ngslager. En av bussene i min transport
ev om natten beskudt av engelske fly,
m tok fejl, og en kar från Gjövik blev
ygt såret. Rejsen fra danske grensen
ev en oplevelse som jeg aldrig kommer å
emme. Folk strömte til gaterne och kas-
de blomster og sigaretter m.m. Vi fik
t på natten i Aabenraa, herlig middag,
t beste måltid mange hadde spist på
ere år. I Kolding fik vi herlig fro-
st med 2 ägg. Ja, det blir en nokså
terialisk beskrivelse men de må huske
, vi kom fra lagerkosten, och da var det
oplevelse. Ble så fört till en stor
rrgård, Magelkier, cirka 2 mil fra
rsens. Her var jeg i vel 8 dage. Her var
t fremdeles tysk vakt, men oplösningen
r da begynt og de tok det ikke så
je. Jeg stakk ut 2 kvelder og var
de hos en dansk bonde og hörte radio fra
ondon. Den 2 maj drog jeg derifra og kom
rst till Korsör, hvor vi satt i jernbane-
gnerne om natten. Gav også her pokker i
kten og var ute i byen og hörte radio.
le så kjört direkte till fergen i Köpen-
amn. Det var en gripende stund, da vi fra

한 남성의 증언이 담긴 편지, 아스트리드 린드그렌이 우편 검사소 편지 검열관으로 일하던 시절의 편지 사본.

ovre däkk på den svenske färge sa farvel till det tyske Gestapo og soldater, som ha fulgt os og stod på bryggen,med å synge "Ja vi elsker" mens färgen langsomt gled ut fra kajen. Det var dagen för kapitulationen i Danmark-.-.-.-.-.-.-.-.-.-.-.-
For meg har det väret en stor tröst at ikke flere blev tatt på grunn av min arrestasjon. Det var nogen fele dager på Viktoria Terasse, Möllergatens og Grini, förde fik nogen forklaring av meg. Da visste jeg at de karene jag hade varsle hade kommet unda. Erling Staver bukket dessverre unner i Tyskland. Han kom fra en fejl till en forferdelig leir og döde av sult og misshandling.

19. 5. 1945

Under Berlins "sista dagar" förekom ständigt pöbelupptrá ute på gatorna, uppträden vari ofta civilklädda polismän de Poliser i uniform blev lynchade eller nedskjutna på öppen utan att någon tog notis om det. Inom poliskåren rådde fulls dig upplösning, polismännen kastade sina uniformer, och kvällen den 22 april flydde så gott som hela polispresid smärre grupper från Alexanderplatz.

Den som berättar detta är en ung estnisk dam, fröken Antonie Karu, som nu befinner sig i Stockholm. Hon har de tre senaste åren varit receptionschef på det exklusiva Hôtel Esplanade i Berlin och kan ta åt sig äran att ha varit den sista kvinnan som fem minuter före klockan 12 lyckades slå sig ut ur den dödsdömda tyska huvudstaden. Hennes skildring av de sista dagarna i Berlin innan järnringen drogs åt om den brinnande och sönderslagna staden och av livet på det en gång förnäma representationshotellet, som de sista veckorna och dagarna före stadens fall inrättades till stabskvarter för SS och folkstormen, är lika dramatisk som rättelsen om hennes strapatsrika till Danmark och Sverige.

Esplanade var fram till den 22 då fröken Karu lämnade Berlin, mera än Hôtel Adlon ett tillhål de högre nazistkoryféerna. En tidigare hade Goebbels anordna stor middag för samtliga gene som befann sig i Berlin, men midd fick ett brått slut. Det kom ett b angrepp på kvällen, hotellet fic fullträffar — förut hade nio bo lagt större delen av det stora plexet i ruiner — och Goebbels hans generaler fick flytta ner i laren.

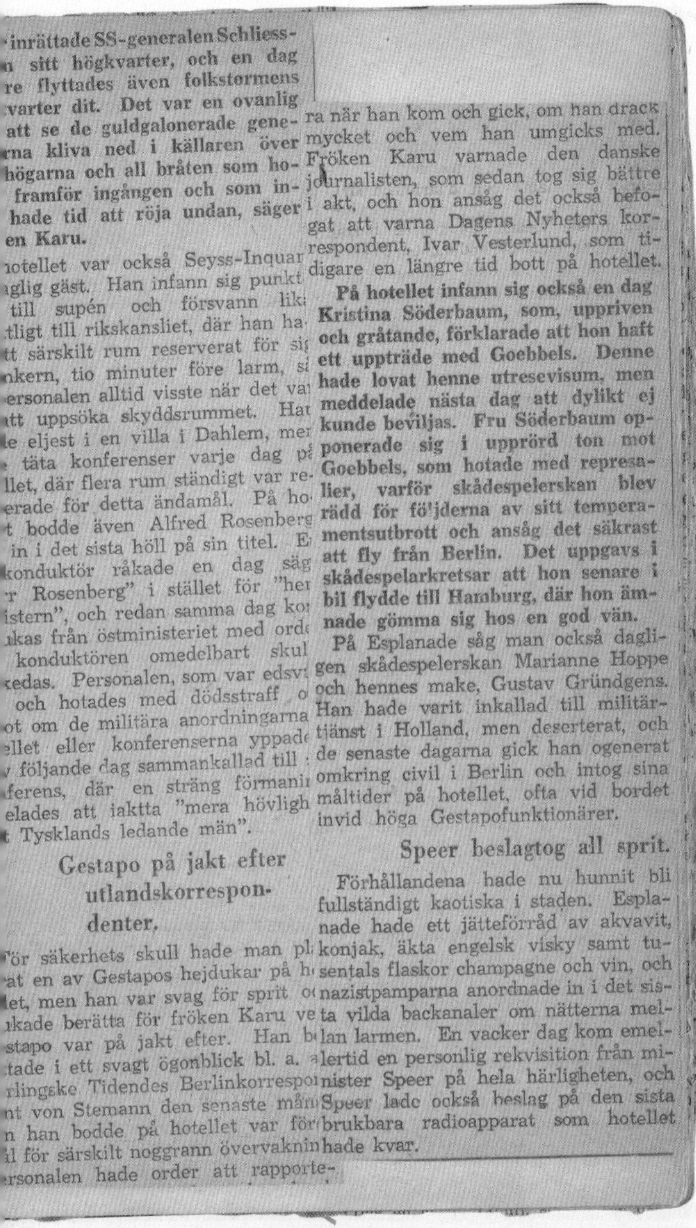

inrättade SS-generalen Schliess-
n sitt högkvarter, och en dag
re flyttades även folkstormens
varter dit. Det var en ovanlig
att se de guldgalonerade gene-
na kliva ned i källaren över
högarna och all bråten som ho-
framför ingången och som in-
hade tid att röja undan, säger
en Karu.

hotellet var också Seyss-Inquar
glig gäst. Han infann sig punkt
till supén och försvann lik
tligt till rikskansliet, där han ha
tt särskilt rum reserverat för si
nkern, tio minuter före larm, s
ersonalen alltid visste när det va
tt uppsöka skyddsrummet. Ha
e eljest i en villa i Dahlem, me
täta konferenser varje dag p
llet, där flera rum ständigt var re-
erade för detta ändamål. På ho
t bodde även Alfred Rosenberg
in i det sista höll på sin titel. E
konduktör råkade en dag säg
r Rosenberg" i stället för "he
istern", och redan samma dag ko
kas från östministeriet med ord
konduktören omedelbart skul
edas. Personalen, som var edsv
och hotades med dödsstraff o
ot om de militära anordningarna
llet eller konferenserna yppad
följande dag sammankallad till
ferens, där en sträng förmani
elades att iaktta "mera hövligh
Tysklands ledande män".

Gestapo på jakt efter utlandskorrespondenter.

För säkerhets skull hade man pl
at en av Gestapos hejdukar på h
let, men han var svag för sprit o
kade berätta för fröken Karu ve
stapo var på jakt efter. Han b
tade i ett svagt ögonblick bl. a.
rlingske Tidendes Berlinkorrespo
nt von Stemann den senaste mån
n han bodde på hotellet var för
l för särskilt noggrann övervaknin
rsonalen hade order att rapporte-
ra när han kom och gick, om han drack mycket och vem han umgicks med. Fröken Karu varnade den danske journalisten, som sedan tog sig bättre i akt, och hon ansåg det också befogat att varna Dagens Nyheters korrespondent, Ivar Vesterlund, som tidigare en längre tid bott på hotellet.

På hotellet infann sig också en dag Kristina Söderbaum, som, uppriven och gråtande, förklarade att hon haft ett uppträde med Goebbels. Denne hade lovat henne utresevisum, men meddelade nästa dag att dylikt ej kunde beviljas. Fru Söderbaum opponerade sig i upprörd ton mot Goebbels, som hotade med repressalier, varför skådespelerskan blev rädd för följderna av sitt temperamentsutbrott och ansåg det säkrast att fly från Berlin. Det uppgavs i skådespelarkretsar att hon senare i bil flydde till Hamburg, där hon ämnade gömma sig hos en god vän.

På Esplanade såg man också dagligen skådespelerskan Marianne Hoppe och hennes make, Gustav Gründgens. Han hade varit inkallad till militärtjänst i Holland, men deserterat, och de senaste dagarna gick han ogenerat omkring civil i Berlin och intog sina måltider på hotellet, ofta vid bordet invid höga Gestapofunktionärer.

Speer beslagtog all sprit.

Förhållandena hade nu hunnit bli fullständigt kaotiska i staden. Esplanade hade ett jätteförråd av akvavit, konjak, äkta engelsk visky samt tusentals flaskor champagne och vin, och nazistpamparna anordnade in i det sista vilda backanaler om nätterna mellan larmen. En vacker dag kom emellertid en personlig rekvisition från minister Speer på hela härligheten, och Speer lade också beslag på den sista brukbara radioapparat som hotellet hade kvar.

왼쪽 위 앞 페이지에서 계속.
왼쪽 아래 '나치 친위대와 다른 범죄자들의 테러로 죽어가는 베를린', 탄야 비나코프라비츠, 《다겐스 뉘헤테르》(이하 DN), 1945 년 5월 19일

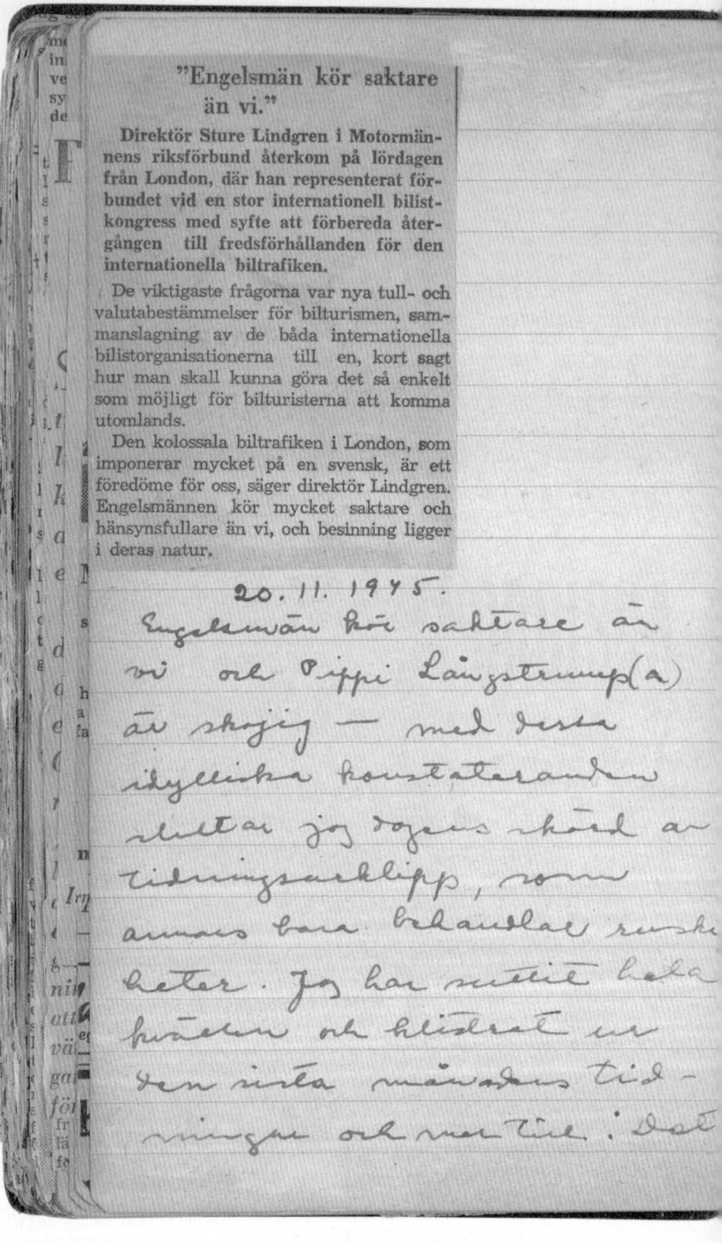

"Engelsmän kör saktare än vi."

Direktör Sture Lindgren i Motormännens riksförbund återkom på lördagen från London, där han representerat förbundet vid en stor internationell bilistkongress med syfte att förbereda återgången till fredsförhållanden för den internationella biltrafiken.

De viktigaste frågorna var nya tull- och valutabestämmelser för bilturismen, sammanslagning av de båda internationella bilistorganisationerna till en, kort sagt hur man skall kunna göra det så enkelt som möjligt för bilturisterna att komma utomlands.

Den kolossala biltrafiken i London, som imponerar mycket på en svensk, är ett föredöme för oss, säger direktör Lindgren. Engelsmännen kör mycket saktare och hänsynsfullare än vi, och besinning ligger i deras natur.

20. 11. 1945.

Engelsmän kör saktare än vi och Pippi Långstrump(a) är skojig — med dessa idylliska konstateranden slutar jag dagens skörd av tidningsurklipp, som annars bara behandlar ruskigheter. Jag har suttit hela kvällen och klistrat ur den sista månadens tidningar och mer till: Det

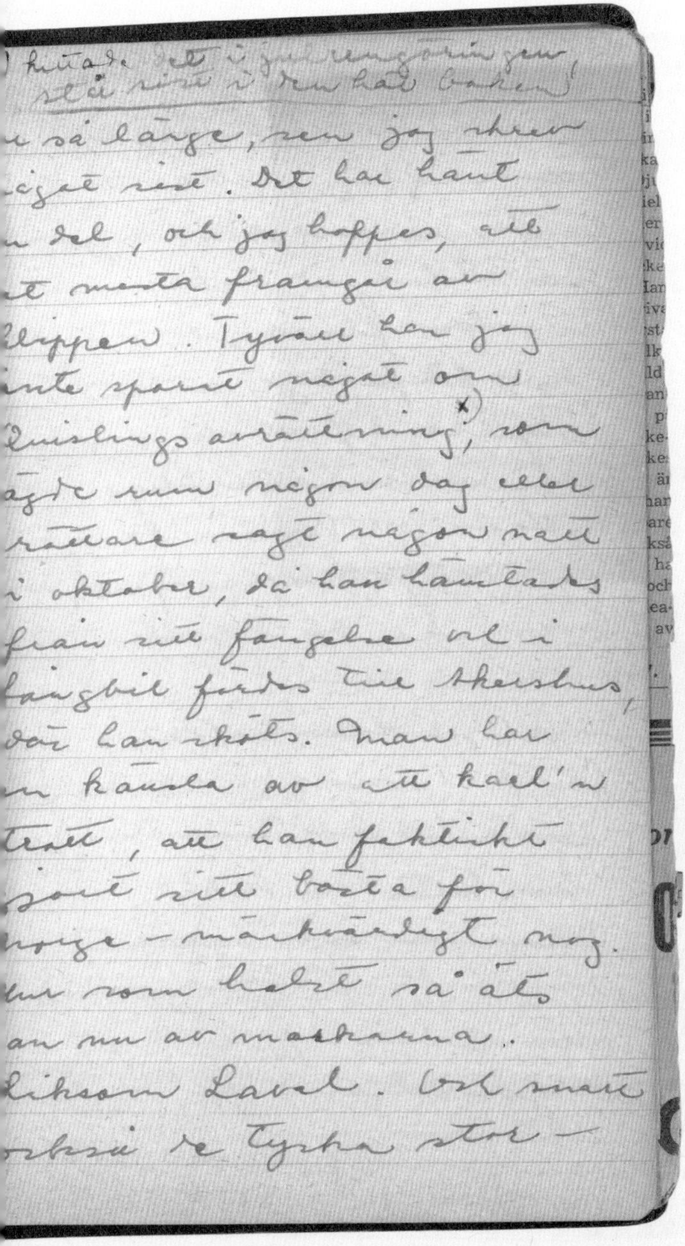

'영국인은 우리보다 천천히 운전한다', 출처 알 수 없음.

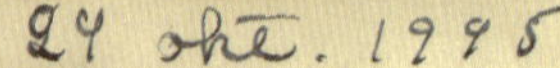

Vidkun Quisling avrättades i natt kl. 2.40, och statsminister Gerhardsen har bekräftat att dödsdomen gått i verkställighet.

Quisling fördes i nattens mörker med polisbilen "Svarta Marja" från Möllergatan 19 till Akershus. Där marscherade den utvalda truppen av prickskyttar ut på fängelsegården. Mörkret låg tungt över platsen som nödtorftigt upplystes av elektriska lyktor. Regnet strilade ned när förrädaren Vidkun Quisling fördes ut för att möta sitt öde.

Den dödsdömde uppträdde lugnt och behärskat när han ställdes mot muren. Kommandoorden skar genom luften, ett sakta rassel hördes från vapnen och därefter brakade salvan lös. Vidkun Quisling var icke längre bland de levandes antal.

24 okt. 1945.

OSLO, onsdag.

Vidkun Quisling är avrättad. Kl. 2.35 i natt öppnades dörren till cellen i Möllergaten 19 av en uniformerad fångkonstapel. Quisling som legat försänkt i djup sömn, väcktes och blinkade mot det a ljuset. Fängelseprästen Peder Olsen, som tillbringat natten gelset, underrättade den dödsdömde om att stunden nu var inne. benådningsansökan hans fru insänt i samråd med försvarsadvokaade avslagits.

ng reste sig och omgiven av bevaktmanskap fördes han ut ur atan 19. I den nermörka natten regnade lätt — kördes Quisling i Marja" (det inofficiella namnet isbilen) till Akershus fästning. rden varade blott några minuter.

stningen väntade exekutionsplutoen bestod av tio äldre, erfarna och ra polismän, beväpnade med arméQuisling fördes direkt från bilen till ngsplatsen på översta bastionen av mla fästningen. Där ställdes han ren och sköts. Ända in i det sista e Quisling sitt lugn. Avrättningen m omkring kl. 2.45.

"Äntligen . . ."

st några myndighetspersoner var närvid exekutionen, dock varken åklaeller försvararen. Uppgiften om avgen skulle officiellt hemlighållas till förmiddag, då Quislings närmaste anmakan Maria och brodern, dr Jörquisling, hade underrättats. Emellerprade nyheten ut trots alla försiktigatt, som myndigheterna vidtagit, och första Oslotidningen, Aftenposten, meduppgiften först i en kort notis enare i ett extranummer. Avrättninlev därigenom snabbt bekant i hela orska huvudstaden, där folk kommenden med orden: "Det var bra att ntligen skett."

Statsministern bekräftar.

förmiddagen bekräftade statsminis-Gerhardsen personligen vid samtal Expressens korrespondent att Quisavrättad. Statsministern hänvisade i övrigt till en officiell kommuniké som skulle komma senare.

Vidkun Quislings kvarlevor kommer varken att bli begravda eller brända omedelbart, utan kommer att vetenskapligt undersökas och dissekeras. Den kände vetenskapsmannen, professor Monrad-Krohn, kommer att undersöka Quislings hjärna och kommer senare att lägga fram resultatet av detta i en medicinsk publikation.

Den officiella kommunikén.

OSLO, onsdag. (UP)

Justitiedepartementet meddelar att Vidkun Quisling blev dömd till döden genom Högsta domstolens utslag av den 13 oktober, då Högsta domstolen inte anbefallde benådning och ej heller riksadvokaten. Quisling hade tillställt kungen en framställning, vari han hävdade att han blivit oskyldigt dömd, men sade att han inte anhåller om benådning. Fru Maria Quisling däremot hade anhållit om benådning för sin man.

Kungen avslog i statsråd på tisdagen Quislings benådningsansökan och fastställde att domen skall gå i verkställighet. Domen verkställdes genom skjutning i morse kl. 2.40 och Quislings släktingar underhättades kl. 9 på förmiddagen.

왼쪽 출처 알 수 없음.
오른쪽 크비슬링 처형 기사들, 《엑스프레센》, 1945년 10월 24일.

Processens första da
kväljande sensatione

Från Dagens Nyheters utsända medarbetare
BARBRO ALVING.

OSLO, måndag.

Mannen som lade Norge under fem års träldom, som drev tu sentals norska medborgare i döden, som sålde norska liv för mak och tvang Norges hela folk ut i bittersta nöd — det var inte Hitle Det var norrmannen Vidkun Quisling.

Quislingprocessens första dag blev kväljande sensationell. Här Oslo har i dag blottlagts ett historiskt skeende mer fullt av svek oc besatthet än någon trots förebud kunnat vänta: det var Quisling so i Tyskland genom påverkan, lögn och förvridet tänkande utlöst Norges 9 april. Och som medelpunkt för dessa oerhörda avslöjar den i rättegångens första timmar sitter en tjurig herre som flacka med underliga ögon, slingrar sig bakom medbrottslingar inför frå gor vilkas rätta svar sätter signaturen under hans dödsdom och en minuten kallar Tysklands diktator för Chefen, andra minuten si själv för Norges och Nordens räddare.

it kan fastslås med en gång efter na första dags insyn i Vidkun slings skadade psyke: han kommer ig själv att inse vad han gjort. u inför arkebuseringsplutonen mer han att stå som en missför- d ljusgestalt, en man av ära i en d av blinda. Medvetandet om att själv varit blind och blivit en bol för allt ärelöst kan aldrig ga igenom den dimridå av för- la politiska föreställningar och isk personlig hävdelselust som han omkring sig. Kunde det det, så

han inte ha kunnat stå här i
om centralfiguren i historiens
lakartade förräderimål och full-
t omedveten om det beskt ro-
set i rättssalen förkunna:

är har rests stora och svåra
elser mot mig. Det gäller inte
politiska anklagelser. Jag har
blivit stämplad som tjuv och
are — man försöker frånta mig
oda namn och rykte.

lig och rävaktig

**l andra ord: mannen tror själv
d han säger. Det goda skall i
sans namn konstateras om
n, även om det han säger vitt-
om en mer djupgående be-
sförgiftning än man trodde vara
g hos en icke öppet sinnessjuk
n. Därmed dock icke sagt att
försvar är ärligt: Quisling i
örhör är en ynklig figur, men
m inte saknar en viss kallblo-
ävaktighet. Att han direkt lju-
nför besvärande detaljfrågor är
ıbart. Han behagar glömma
och landsförrädiska samman-
nden när det passar.**

r graverande fakta och doku-
försöker han antingen sväva u
blå eller slingra sig undan bak-
nstruerade historier, att vad son
agt eller skrivet till hans nack-
r privatpolitik av underhuggar
a situationer. Det är ofta skick-
ch ger belägg för hans goda hu-
— och det är framför allt e
t konsekvens i alla hans manöv
Ytterst bottnar hela hans upp
ng i en besatthet, att han egent
är att betrakta som Norges oc
ns räddare, att ingen kämpat fö
som han, att endast en tys
ation vid den givna tidpunkte
räddа Norge från att sönder
som Polen — för dagen komme
ckså med sensationen att det va
som genom en hemställan ti
hjälpte Finland att få fred me

Ryssland 13 mars! Sett från denna hans förblindade synpunkt blir inga av hans handlingar landsförrädiska, tvärtom, och förbi den punkten kan ingen domare i världen komma. Ju längre rättegången framskred i dag, desto starkare och kusligare blev ens spökintryck att domaren och den anklagade talade om skilda saker på skilda språk.

Och Qusling är ingalunda en slagen man. Inom loppet av rättegångens första timmar föll den bomb som ändar hans liv lika säkert som en kula i hjärtat —, men när Quisling efter sex timmars fruktansvärda anklagelser, förkrossande bevis och pressande förhör lämnade rättssalen var han lika envetet på försvarshumör som när han kom in.

Väl sållat auditorium

Det skedde kl. 9.50 på morgonen — det sker nu! Det är en historisk entré — alla vi här i Losjens stora sal i skuggan av Akershus har en känsla av att väggarna slagits ut och hela världen utanför ser in i detta dödens väntrum, där en man skall malas mellan rättvisans käftar tills ingenting finns kvar av hans eländiga liv. Men entrén sker ändå ganska obemärkt. Ett väldigt polisuppbåd har slagit ring kring huset, inte mindre än fyra spärrar med beväpnade vakter skall man igenom för att komma in, och den 400-hövdade församlingen är utomordentligt väl sållad — man får hålla hårt i minnet vem den gråklädde mannen är som mitt i sorlet snabbt kommer in genom en dörr vid sidan av domarbordet för att inte ett ögonblick gripas av en känsla av overklighet. Kontrasten mellan det öde, de tragedier och det världsintresse som Quisling frambesvurit och hans egen föga imposanta figur kan ge vem som helst en svindelförnimmelse.

Ljuset från två väldiga strålkastare vräks över honom, den stora fotografskocken blixtrar i ett — minsta skiftning i hans ansikte går fram i hela

'숨이 멎도록 충격적인 재판 첫날', DN, 1945년 8월 21일.

salen. Det första man ser är ett le-
ende — på vägen till sin plats till
vänster framför domarbordet stannar
han och trycker hjärtligt försvars-
advokaten Henrik Berghs hand. Inte
väl hinner han ned på trästolen i bå-
set med sina två pistolbeväpnade sol-
datvakter bakom sig förrän han vän-
der ryggen åt församlingen och ger sig
in på överläggningar med försvars-
advokaten om den digra lunta aktstyc-
ken som han bar med sig in.

Han är inte nedbruten

Men då och då vänder han sig om
och ger fotograferna en blick som inte
står någon diktators efter, och därmed
har man svaret på en fråga som folk
ställt sig i jordens alla hörn. Nej
Quisling är inte nervös och inte ned-
bruten. Ser man honom i det perspek-
tiv som han måste ses, är hans attityd
nästan ohygglig: den här mannen i de
anklagades bås kunde vara en svarta
börs-haj som skall få sina böter eller
en förskingrare som skall få sitt enk-
lare straff. Han har magrat betydligt

och han är cellblek och har sina två
nygrodda rynkor i pannan, men från-
sett en svettrand på överläppen och
en viss iver att ögonblickligen få en
klunk vatten tyder ingenting på att
han är en människa inför det yttersta
provet. Men det är något underligt
med hans ögon — kan det förstås, så
skulle jag vilja karaktärisera det in-
tryck han gör som flackande lugnt.

Blicken är besynnerlig, men händerna
darrar inte minsta aning.

I nästa ögonblick står han. Rätten
kommer in, hela salen kommer på föt-
ter — de 150 journalisterna, varav
många i krigskorrespondenternas uni-
form vid långbord i mitten, jurister
och andra experter och intresserade
i bakgrunden, vid ena kortväggen diplo-
mater och högre militärer på röda
stolar, vid den andra bland andra de
svenska advokaterna i rad och på läk
raren gamle psykiatrikern Scharffen
berg, vars genomskådande blick int
ett ögonblick tas från Quislings an

sikte. Domaren Solem och han
kolleger Kruse-Jensen, Knudsen
Ryen är i långa, svarta kåpor med
da sammetskanter, de fem lekma
domarna är i vardagskostymer.
som är vem är inte gott att säg
ser alla ut som vanliga, strävsa
norska män: barberarmästare Sc
barberare Hegeroll, rörläggare
deby, kemiarbetaren Johnsen och
hållare Belle. Mitt emot den ank
de sitter åklagaren Schjödt me
suppleant, båda i kåpor, mitt en
borden två flitiga stenografdar
blommiga sommarklänningar —
ovanför scenen Norges gyllene l
örn som ett stumt vittne att rätt
Norges namn skall skipas.

*Krigsförbrytare för-
råder krigsförbrytare*

**Med något besvär får domaren
lem fotografblixtarna att slockn
och nu först sänker sig den
spänningen och stämningen öve
len. Alla vet att åklagaren
sensationer i sina aktstycken,
vet exakt hur kraftiga de är —
ingen kan trots förebud och ry
tro att de skall blotta ett så ge
stycke historia som de gör. De
maste två timmarna i Oslo rä
blir av oerhörd verkan; den ty
som råder är tystnaden inför e
där för nationen livsavgörande
nism, besatthet och beräkningar
las upp. Döda vittnar mot en
dömd, krigsförbrytare förråder k
förbrytare — när det ligger
mentariskt fastlåst att Vidkun
ling övertalade Hitler att a
Norge är han fälld.**

Ingen kan se det på honom
försöker se ut som huggen i st
han sitter med hakan framsk
men det är inte en mask av be
ning inför det överväldigande
materialet, det är hans dikta
vana. Hans oberördhet inför va
sägs och blottas är uppenba
hemsk. Han lyssnar uppmärksam

anteckningar, bygger flitigt på
ret i en sak som är långt bortom
örsvar. Praktiskt taget varje
hans namn nämns slänger han
n rad, och när åklagaren kom-
ı på hans cyniska inställning till
folket, hans maktsträvanden
sykologiska särdrag över huvud
flyger pennan till papperet och
av bister förföljd oskuld hård-
Nej, denne tunge, bleke herre
den förorättade hållningen är
n varje möjlighet att känna igen
ıgen.

ce skyldig på någon kt"

som väntar klargörs redan i
rens uppläsning av den långa an-
seakten eller rättare sagt av
illägg. Det viktigaste är: Quis-
tällde sig själv och NS till den
ockupationsmaktens disposition
ar med om att planlägga en ak-
Oslo som den 9 april 1940 skulle
regeringens och kungens myn-
; vidare mottog han ekonomiskt
från Tyskland. Quisling ombeds
ig. Hans stund att yttra sig om
ånga brottsregister är kommen.
i hans ögon är inga brott be-
a. Med låg och litet grumlig röst
han om vad han heter, att han
pril 1940 var NS:s ledare till pro-
nen, vad hans hustru heter och
tor förmögenhet han ägde tidi-
Siffran mumlas bort, och han
tet grubbel för sig över hur man
räkna med dåvarande penning-
t. Men hans svar på den cen-
frågan kommer högt och klart:
Jag erkänner mig icke skyldig
gon punkt.
let går till åklagare Schjödt, vars
a och i Stockholm välkända pro-
jer sig över åklagarbordet. Det
gens centrala anförande, och han
et all den uttrycksfullhet det för-
r. Det här är inte i första hand
en yrkesjurist som läser upp en akt
det är framför allt en norrman som vi
att varje ord om Quislings förrädar
gärning skall höras ända ut till den
yttersta världspressen.

Åklagaren började med att andra de
lagparagrafer som anklagelsen i det
väsentliga bygger på och fastställer att
Quislings mål var att genomföra och
upprätthålla en statsförfattning efter
führerprincipen, men att han varit på
det klara med att han inte kunde ge-
nomföra och upprätthålla en sådan
utan hjälp av tyska maktmedel.

Grovt landsförräderi

Därpå faller bomben.

Dokument som på den allra senaste
tiden framkommit i olika tyska arkiv
och i Norge, bl. a. på Quislings eget
Gimle, bevisar otvetydigt att Quis-
ling gjort sig skyldig till grovt lands-
förräderi redan före den 9 april. Det
viktigaste dokumentet är undertecknat
av Alfred Rosenberg; vidare har man
funnit Rosenbergs dagbok från denna
tid. Ett annat fällande dokument är
ett protokoll från ett möte den 11 de-
cember 1939 mellan representanter för
det tyska överkommandot och Quis-
ling och Quislings förbindelseman med
Tyskland, Hagelin — som så småning-
om kommer upp som vittne i målet —
samt ett protokoll från ett möte ho
Hitler följande dag. Även dokumen
undertecknade av Raeder har hittats
Och inte minst viktigt: så sent som
förra veckan har på norsk begäran
och med allierat tillmötesgående för-
hör hållits med en rad tyska krigsför-
brytare, Rosenberg, Ribbentrop, Gö-
ring, Keitel och Jodl. Papperen kom
inte i översättning till rätten förrän
dag, vilket ger ett klart belägg för
åklagarens påstående att man blott e
månad tidigare skulle ha haft målet
ett helt annat läge. Brev från Quis-
ling till Hitler har man också funnit.

Vad som med hjälp av dessa doku-
ment kan fastslås är i huvudsak fö

jande: Redan före kriget inledde Quisling förbindelser med det tyska nazistpartiets utrikesavdelning under Rosenbergs ledning. Under första halvåret 1939 underrättade Quisling Tyskland att England ämnade besätta Norge. Han blev mottagen av Rosenberg och påpekade då Norges geopolitiska betydelse och att det gällde för tyskarna att komma först. Rosenberg såg till att Quisling och Hagelin kom i kontakt med Göring, och det blev tal om att finansiera en administration i Norge under Quislings ledning som kunde undersöka och förbereda alla möjligheter. Quisling hävdade att det rysk-finska kriget stärkte tyskfientligheten i Norge och kom återigen in på att man kunde vänta engelsk landstigning, bl. a. för att engelsmännen ville säkra sig kuststödjepunkter.

NS-folk på "sällskapsresa"

Quisling utbad sig också tyskt understöd för sig och sitt parti, och sommaren 1939 bad han att få sända en del pålitligt partifolk för utbildning i Tyskland. 25 sändes dit på "sällskapsresa". Under hösten 1939 höll han Tyskland à jour med den politiska utvecklingen i Norge genom Hagelin. Under senare delen av 1939 var han flera gånger i Tyskland och underströk ivrigt sin uppfattning för Rosenberg att en norsk neutralitet inte gick att upprätthålla och sin tro på tysk seger. Han påstod sig kunna ställa en liten men beslutsam minoritet till Tysklands förfogande och framhöll att det förelåg ett militärt avtal mellan England och Norge. Grunden för allt detta var hans uppfattning att det norska stortinget var olagligt efter det att fristen med nyval varit uppskjuten ett år.

Quisling skröt hela tiden med sina goda förbindelser i Norge, bl. a. i järnväg, post och telegraf. Hans plan var att göra en statskupp och sedan kalla Tyskland till hjälp. Han förklarade sig villig att gå till aktion tillsammans med tysk m
Den 11 december deltog han
möte i Berlin med Hagelin och
amiral Raeder och meddelade
vid att han hade säkrat sig folk
norska kustdistrikten, vid järn
post och telegraf.

Detta stämmer väl med en ra
från Amtleiter Scheidt — en ma
kommer att spela en mycket sto
i Quislingmålet — om att Qu
hade säkrat sig folk på viktiga p
Quisling framlade på mötet en
att norska nazister skulle skicka
Tyskland för militär utbildning
sedan föras i tyska kolbåtar till
när anfallsplanen var mogen. R
blev starkt påverkad av Quisling
gumentering. Han tog Quisling
sig till Hitler, och planerna dry
vidare, troligen den 14 och 15 sep
ber. Hitlers önskan var att Sk
navien skulle hålla sig neutralt,
han förklarade att om Quisling
rätt i fråga om Englands plan
måste Tyskland säkra sig mot
eventualitet. Quislings upplysn
verkade övertygande på Hitler,
mitten på december gav han ord
att förbereda anfallet på N
Scheidt skulle upprätthålla kont
med Quisling. Quisling motto
understöd på 200.000 guldmark
åklagaren anser sig ha bevis fö
han också fick ut pengarna. De
med hjälp av dem som Quislings
ning Frit Folk plötsligt — den 11

— kunde svälla ut till daglig oc
fick nya, flotta lokaler.

"Anglofilt sällskap"

Hela hösten gav Quisling så
nom Hagelin ideligen allt st
försäkringar om den norska
ringens illojalitet. Dessa försä
gar stämde inte med den tysk
gationens rapporter från Oslo,
gick ut på att den norska reger
ärligt strävade efter att upprät
neutraliteten. Med andra ord:

ǀuislings konsekventa försäk-
att regeringen var e t "ang-
ällskap" och att England pla-
ett militärt ingripande i Nor-
derblåstes de tyska ockupa-
lanerna och sattes i verket ef-
sista skri i mars från Quis-
matt varje försättande av tid
skabelt.

are har aldrig ett fall av grovt
ıot ett land lagts i dagen. Och
r Quisling själv att säga till den
ldigande strömmen av fakta
vis? Efter lunchpausen, som är
sensationsmättat surr i press-
ch korridorer, får han tillfälle att
domarförhör ge sin version av
Tror någon att han reser sig

de? Tvärtom, det är med en
v spöklik myndighet och tydlig
m han griper tillfället.

t gör han ett försök att använda
la...ska taktik och smita ifrån
a frågor till politisk demagogi.
omar... Solem leder honom med
and tillbaka: det gäller att be-
några direkta frågor. Första frå-
r: "Det påstås att ni har haft
delse med Rosenberg före 9
" "Ja", säger Quisling, "men
r inte som det framställts här"
svar som han ofta tar till. På
om herrarna haft konferenser
er också ett ja med ett påhakat
Efter en försäkran från Quis-
tt han aldrig träffat Hitler förrän
mber 1939 kom domaren så in
pitlet med Hagelin, där Quislings
lev en provkarta på slingringar.
han hade träffat honom första
n? 1936. Hur? Han kom bara
å Quislings kontor. Vilken ställ-
hade Hagelin då? "Vet inte rik-
vanlig affärsman, tror jag." Att
illsammans med Hagelin blivit
älld för Hitler i Berlin erkänner
men i övrigt har hans förbindel-
ed Hagelin varit märkligt klena:
nda besök av Hagelin hos Quis-
edan Hagelin flyttat till Oslo, och

varför han över huvud taget flyttade dit vet Quisling inte. Ändå gjorde han honom till sin inrikesminister.

Prov på slingertaktiken

— Handelsminister, rättar Quisling småviktigt.

— Hur kunde det komma sig, när ni kände så litet till honom? Och en man som mest vistats i Tyskland?

— Just därför. Norge hade ju främst affärer med Tyskland, och Hagelin var synnerligen insatt i Tysklands förhållanden.

— Men var han lika väl insatt i norska förhållanden?

— Kan inte säga.

— Men han blev ju inrikesminister hos er 1942?

— Ja, då hade han ju varit handelsminister och hade hunnit sätta sig in i norska förhållanden.

Som ett litet prov på Quislings slingerteknik är detta ganska belysande. Att Hagelin var tysk agent förnekar Quisling blankt.

Förhören går vidare till frågan om ett sammanträffande som Quisling enligt dokumenten på tysk order hade under den kritiska tiden före 9 april i Köpenhamn med en tysk generalstabsöverste. Där sviker Quislings minne totalt. Han minns med nöd och näppe att han var i Köpenhamn alls, men om han träffade någon tysk, så var det ingen överste, eller om det var en överste, så var det en camouflerad överste. Om det hade talats om militära förhållanden i Norge kunde han inte erinra sig.

"Helt oskyldigt"

Kapitlet om de tyska pengarna följer sedan. Då är Quisling definitiv inne på linjen att neka: att effekte blir komisk märker han inte själv. D 200.000 guldmarken förnekar han bestämt, han har aldrig hört talas o dem förrän i dag. Några förhandlin

앞 페이지에서 계속.

gar med tyskarna före 9 april om un derstöd åt NS har han inte haft. Ha erkänner att han känner amtsledare Scheidt sedan ett sammanträffand våren 1939 i Oslo, men är övertyga om att dennes verksamhet i Norge va helt oskyldig. Åklagarens undra över att Fritt Folk den 11 mars plötsligt kom ut som daglig tidning me uppenbarligen god ekonomi efter et knappert förflutet får en serie nästa burleska svar. Dels hade Quislin planlagt att göra den till daglig för stortingsvalet, dels hade tidninger med sin skrala finansiella ställnin sparat ihop 50.000 kronor, vilka av någon anledning inte hade hamnat i bank utan låg i kontanter, dels hade mar fått pengar "från olika håll", dels hade Quisling ingen aning om hur finanserna skötts tidigare.

Långt före 9 april

Den lätta skugga av skämtsamhet som vilar över detta avsnitt mörknar omedelbart. Domaren läser upp hela det aktstycke som nyligen hittats i nazistpartiets arkiv i Berlin och där Quislings stämplingar mot Norge kommer fram i gräll belysning: däri fastslås att Quisling långt före 9 april orienterat tyskarna om norska förhållanden, vidare att han avtalat om ett intimt samarbete i den krigsuppgörelse som började den 15 mars och därefter skulle motta 10.000 pund månatligen av Scheidt. Att metoderna för den tyska ockupationen var avtalade ledes också häri i klart bevis.

Korsförhöret blir fullt av Quislingska utvikningar och bortförklaringar. Att han figurerat så mycket i dessa tyska dokument berodde bara på att Rosenberg var missnöjd med utvecklingen i Norge efter 15 april och därför angelägen att framhäva Quisling "på ett sätt som då var mig till ära, men nu är mig till skada". Motsatt skäl gäller för Scheidts skildring av Quislings förrädiska verksamhet: De var inte alls så, det var bara som Scheidt lade ut texten för att försvara sig själv mot all kritik för de tysk synpunkt ogynnsamma ut lingen i Norge sedan Quisling ringen måst avgå.

Domaren: Skulle alltså Scheid att rädda sig själv ha hittat på "rene tull" med en historia o ni skulle ta makten med en bemäktiga er kungen och allt det trupptransporter i kolbåtar osv.?

— Nej, jeg mener ikke på den ten — den frasen får man tyd ställa in sig på att höra ofta u Quislingrättegången. Men Scheid vände sig på ett lömskt sät Quislings namn — det är inte gången det missbrukats, tillägger

Sina förbindelser med Rosenber han mycket svårt att redogöra Varje tillfälle de träffats har va utomordentligt oskyldigt. Första gen var det vid NS:s stämma i T heim 1930, dit Rosenberg kom a ren slump, en annan gång var de en nordisk stämma i Lybeck, där gick på konserter och museer. när Quisling kommer in på sina tal med Rosenberg upphör det o och talföra mumlet. Då höjer ha första gången rösten, halskrävan upp och ned, upprörda fläckar s på halsen och han blir storpolitisk føreren.

— Mina samtal med Roser sträckte sig aldrig längre än til jag redogjorde för samma åsikter jag ofta framlagt offentligt i N

"Norge riskerade Polens öde"

Framför allt framhöll jag att de svårt för små nationer att bevar neutralitet och att Tyskland var ligare som fiende till Norge än land. Jag var fullkomligt på det med att det skulle vara den st olycka om England och Fran satte sig fast i Norge, som deras var, vilket alla vet. Det skulle till att Norge fick dela Polens öde insåg att det var detta som hotade Folk inser det inte nu, men en skall de förstå att jag var inte

ges utan hela Nordens räddare.
plan var hela tiden att arbeta på
mellan Tyskland och England;
för gjorde jag mina hänvändelser
Chamberlain och Hitler. Hitlers
a intresse gentemot oss var ett
tralt Norge. Raeders intresse var
slutande av defensiv karaktär, att
hindra att England tog Norge och
n Sverige.

omaren med samma tålmodiga ky-
et som han visat hela tiden: Hans
ällning blev ju rätt offensiv se-
e.

Quisling: Ja, men då hade de —
elsmännen och fransmännen — re-
satt i gång. Det var deras avsikt
ockupera Norge som gjorde att jag
ste be Tyskland om hjälp, men det
hela tiden min avsikt att om möj-
hålla landet utanför krig. Jag är
nnen som räddat Norge och Nor-
från att dela Polens öde. Aktio-
mot Norge kom som en fullkom-
överraskning för mig.

**Två minuter senare: Jag har un-
er hela ockupationen kämpat en
rtvivlad kamp mot det tyska her-
väldet (vart tog storgermanismen
gen?). Jag räddade Sverige från
t bli ockuperat 9 april, och ingen
an ta ifrån mig min fasta tro att
g är Norges och hela Nordens räd-
re.**

Åklagaren övergår så till att läsa
p bladen ur Rosenbergs dagbok, där
isling's direkta samspel med Hitler
rläggs — de blad som mer än några
dra dokument dömer Quisling till en
slig död. Referatet återfinns på an-
n plats i tidningen.

Vid ett tillfälle under detta förhör
bryter domaren en harang från
isling med orden:

— Ja, allt det där om England och
ankrike är utmärkt, men var det
rför nödvändigt med de tyska vålds-
ärderna?

Har man stirrat på Quisling förut, så
rrar man än ihärdigare på honom ef-
ter hans svar på den frågan. Det ha
han inte någon makt över — han må
te överlåta att bestämma det
"Chefen". I Berlin alltså. Och d
gjorde han, men att på förhand gö
upp planer på en ockupation av Norg
det skulle inte fallit honom in som go
norrman.

Och hur skall han slutligen unde
kommande dagar förklara inlednings
raderna i sitt brev till Hitler av den 1
juli 1940:

**"Ers excellens. När jag hade äran
att vid skilda tillfällen informera er
excellens om den politiska situatio-
nen i Norge och fästa eder uppmärk-
samhet på de hotande farorna, hand-
lade jag under den förutsättningen
att målet för den strid som jag har
fört i många år var ett Storgermani-
en med Norges frivilliga anslutning
till ett stortyskt rike. Jag hade hop-
pats att detta kunde ha genomförts
utan blodsutgjutelse genom en para-
lysering av motståndet i det rätta
ögonblicket, och det var i detta sam-
manhang som jag för ers excellens ut-
vecklade en handlingsplan gentemot
Oslo."**

앞 페이지에서 계속.

금요일 저녁, 빈 정복을 위해 오랜 시간 기다려 온 스탈린의 특별 명령이 발표되었다. 끝까지 저항하던 독일군이 항복한 이후 벌어진 일이다. 빈을 둘러싸고 전투가 벌어지는 동안 러시아군은 13만 명을 포로로 붙잡았고, 11개의 대전차 부대를 제거했다. 그중에는 제7 SS 기갑 부대도 포함되어 있다. 540p

베를린에서 이탈리아 전투는 연합군이 결정적인 승리를 거두기 위해 모든 수단을 총동원한 거대한 전투로 묘사되었다. 독일군과 연합군의 보도에 따르면, 연합군은 여러 단계에 걸쳐 계속 진격했다.

핀란드 정치에 획기적인 사건이 일어났다. 의회에서 가장 큰 대표성을 지니며, 전쟁으로 인해 가장 많은 것을 타협한 3개의 정당인 극좌당, 사회민주당, 농민당이 노동자와 빈곤층의 생활 수준을 높이기 위한 경제 정책 프로그램에 합의한 것이다.

덴마크 포로 2명이 재판이나 조사도 없이 독일군에 의해 총살당했다. 또한 덴마크의 자유 투쟁가들이 코펜하겐에서 대형 증기 여객선 쾨벤하운호를 침몰시켰다.

영국은 프랑스 패전 이후 위기 상황에서 영국에서 일어난 마키단 운동•이 아주 작은 단위까지 조직적으로 이루어졌다는 것을 확인했다.

• Maquis-Bewegung. 제2차 세계 대전 중에 활약한 프랑스의 저항 운동 조직.

541p 미국의 신임 대통령 트루먼과 국무 장관 스테티니어스는, 프랭클린 루스벨트가 목숨 바쳐 달성하려던 목표를 포기하지 않겠다고 공식 선언했다. 샌프란시스코에서 열리는 회의는 4월 25일에 시작된다.

처칠은 토요일에 루스벨트의 장례식에 참석하고 싶었지만, 전쟁 상황으로 외무부 장관 이든을 대신 보내야 했다. 영국은 전후에 불어닥칠 폭풍 속에서 처칠보다 루스벨트를 안전한 닻으로 여겼기 때문에 사태의 심각성을 알고 있었다. 스탈린은 평화주의자인 루스벨트에게 경의를 표했지만, 러시아 국민은 미국의 고립주의가 다시 힘을 얻게 될까 봐 두려워했다.

루스벨트 여사는 남편의 유해와 특별 열차에 탑승했다. 열차는 워싱턴을 향해 천천히 움직였다. 웜스프링스에서 출발할 때 한 흑인 남성이 아코디언으로 〈주께 가까이 가오니〉를 연주하는 감동적인 장면이 연출되었다. 사람들은 행렬의 가장자리에서 "주여, 그에게 은혜를 베풀어 주소서." 하고 기도했다.

독일에서는 루스벨트 사망으로 인한 정치적 파장이 장기적으로 이어질 것으로 예상한다. 이제까지 발표된 유일한 신문 논평은 이 사건을 무례한 논조로 보도했다.

541p 수천 명 가운데 가장 운 좋은 사람으로서, 여러분과 여러분의 나라가 보내 주신 선물에 진심으로 감사드립니다. 저희는 함께 사는 두 여자인데, 맛있는 빵 2개와 버터 0.25킬로그램을 받고

얼마나 기뻤는지 모릅니다.

스웨덴 국왕 폐하와 국민 여러분, 굶주림과 추위가 너무도 혹독한 지금, 여러분의 선물은 두 배의 감동을 선물했습니다. 감사합니다. 수천 번 감사드립니다. 중개해 주신 스웨덴 적십자에도 감사드립니다. 신께서 이 어려운 시기에 여러분을 축복하시기를. 깊은 감사를 담아.

베르니세스트라트 58, 암스테르담, 네덜란드.

쿤스와 카르디날 올림

끔찍한 고문 도구와 장치들 542~543p

많은 수감자들의 경이로운 삶의 의지

부헨발트, 독일, 4월 25일

SvD 특파원

이 기사를 작성한 특파원이 부헨발트 수용소에 대한 끔찍한 묘사 경쟁에 뛰어들지 않는 데는 충분한 이유가 있다. 이미 수용소에 관한 구체적인 증언과 더 이상 능가할 수 없을 만큼 잔혹한 기록들이 쌓였다. 부헨발트를 기록하는 데 있어 단순히 끔찍한 장면을 과장하는 보도 방식은 의미가 없다. 중요한 것은 기자들이 현장에서 눈으로 확인한 사실 그 자체다.

나는 이곳에서 일어난 일에 관한 정보를 독자적으로 조사해 왔지만, 이러한 이유로 세부적인 묘사를 생략하기로 했다. 여기 기록하는 정보는 수감자들과 수용소의 새로운 지도자들로부터 얻은 것이며, 전반적인 상황과 정보원의 성격을 고려할 때 충분히 신뢰할 만하다는 인상을 받았다. 이제 내가 본 장면을 간략하게 설명한 다음, 사건의 전체적인 경위를 설명하려 한다. 마지막으로 오늘, 어제, 그리고 아마 내일의 독일을 이해하기 위해 부헨발트가 지닌 중요성을 논하고자 한다.

나는 내가 증언한 내용이 사실임을 맹세할 준비가 되어 있다. 나머지 보도는 역사적이고 과학적으로 심층적인 조사가 이뤄지기 위한 출발점이자 밑그림이라고 할 수 있다. 내가 목격한 가장 중요한 것은 (1) 6개의 소각로 (2) 생존해 있는 포로와 죽기 직전의 포로에 대한 실험과 관찰을 위한 실험실 (3) 시체 더미 (4) 교수형 집행 장치 (5) 살아 있는 시체. 즉, 부헨발트에서 사형 선고를 받은 사람들이다. 나는 내가 본 끔찍한 것에 관해 묘사하지 않는 것으로 독자를 보호하겠다. 이러한 묘사는 동일한 주제에 관한 부차적인 변주에 지나지 않는다.

분명한 증언

부헨발트 강제 수용소에는 본래 전기로 작동하는 6개의 소각로가 있다. 어떤 소각로에서는 불에 탄 사람의 골반을, 다른 곳에서는 사지가 붙은 채로 남아 있는 몸통을 보았다. 그 유해는 사람임이 명백해, 동물일지도 모른다고 절대 의심할 수 없는 상태였다.

포로를 생체 실험 재료로 이용해 실험을 진행하는 연구소에서 믿기 힘들 정도로 정성스럽게 만들어진 해부 표본들을 보았다. 장티푸스에 걸린 인체의 장기를 단계 별로 제작해 둔 것들이었다. 시체 더미는 화장터 바깥에 놓여 있었다. 산처럼 쌓인 2개의 시체 더미가 남아 있었는데, 대부분 온전한 상태였다. 내가 본 시신들은 얼굴과 발의 특징으로 보아 유대인이었다. 대부분의 시신에 파란 도장으로 번호와 이름이 찍혀 있었다. 나는 한 시체의 다리에서 '1942. 6-61 (U) 리히텐슈타인'이라는 글자를 보았다.

교수형 집행 구역에서 6개의 갈고리가 달린 나무 교수대를 보았다. 수용소 수감자들이 '고문실'이라고 이름 붙인 방에서도 천장 아래 벽을 따라 줄지어 걸려 있는 갈고리들을 보았다.

'살아 있는 시체들'

나는 아직 정리되지 않은 막사에서 '살아 있는 시체들'을 발견했다. 그곳에는 여러 나라에서 온 다양한 연령대의 해골 수백 구가 있었다. 이들은 뼈에 가죽만 두르고 겨우 숨을 쉬는 모습이었다. 나는 그들 몇몇과 대화를 나누었다. 그들은 대부분 자신이 유대인이라고 했다. 일부는 노인이었고, 일부는 중년이었으며, 젊은이와 어린아이도 있었다. 어떤 이들은 바닥에 놓인 매트리스에 누워 있었고, 다른 이들은 매트리스 하나에 2명씩 누워 있었다. 많은 이들의 한쪽 다리가 절단되어 있었다. 열네 살쯤 된 한 유대인 소년이 몸을 일으킬 수 있도록 도움을 청하며 담배 한 대를 달라고 했다. 그를 일으킬 때 내 손가락이 그의 척추 깊숙이 파고드는 것 같았지만, 다행히 아파하지 않았다. 나는 한 손으로 그의 허리를 잡아 그를 지탱하면서 다른 손으로 담배를 건네주었다.

위 장면을 최대한 간결하게 쓰려 했지만, 그럼에도 얼마나 끔찍하게 들릴지 잘 알고 있다. 독자들이 이 상황을 직접 보거나 겪지 않았다는 점, 나아가 그곳이 더 이상 존재하지 않는다는 점이 그나마 위안이 된다. 기억해야 할 것은, 내가 수용소를 찾은 때가 수감자와 미군 당국, 의사와 간호사 들이 일주일 동안 온힘을 다해 수용소를 치운 다음이었다는 것이다. 수용소가 얼마나 빠르게 정비되었는지는 수용소 방문 첫날과 둘째 날 사이의 차이에서 느낄 수 있다. 산더미 같던 시체는 치워져 있었다.

그러나 부헨발트 강제 수용소가 자리했던 곳과 그 주변에서는 여전히 악취가 감돌고 있다. 시체 썩는 악취와 부패하는 배설물 냄새, 소독약 냄새가 뒤섞여 풍기고 있었다.

망가진 기계 장치

위에서 묘사한 장면과 그 의미를 이해하기 위해 다음 사실을 덧붙이고자 한다. 소각로가 6개나 존재한다는 것은, 원인이 무엇이든 수용소에서 발생하는 사망 빈도가 높았음을 암시한다. 완전히 타지 않은 뼈들이 화덕에서 발견된 것은 너무 서둘렀거나 연료가 부족했거나 혹은 두 가지 모두이거나, 더는 규정

대로 화장이 이뤄지지 못했음을 보여 준다. 수감자들은 어느 순간부터 석탄 대신 나무가 연료로 사용되었다고 말했다. 이 설명과 정보는 정확하다. [……]

곧 헤이그로 돌아갈 왕실 544p

네덜란드 어딘가에서

토요일(아프톤블라데트)

율리아나 공주가 네덜란드 남부에 도착했다. 도로의 지뢰가 제거되고, 질서가 회복되는 대로 베른하르트 왕자와 함께 헤이그와 암스테르담으로 계속 이동할 계획이다.

빌헬미나 여왕은 목요일에 이미 네덜란드 남부에 도착했다.

사진 설명 절망은 오늘날 독일 젊은이들의 운명이다. 열여섯 살의 독일 병사는 포로로 잡힌 뒤 라인강 건너편 미군을 바라보며 쓰라린 눈물을 흘리고 있다. 아직 나이 어린 소년은 피비린내 나는 전쟁의 기술을 겨우 익히고 히틀러를 믿으며 자랐지만, 전투는 가혹했고 포로 생활은 고통스러웠다.

신이 돕지 않았다면, 지옥 같던 그 시간에 나는 살아남지 못했을 거야. 미치지 않고는 버틸 수 없었겠지. 내가 너무 고통스러워서가 아니라(그리니 수용소와 묄레르가타 교도소에서 가까스로 버텨 냈지만, 12월 10일 금요일부터 4월에 아래층으로 끌려가기 전 551~553p

까지 19번방에서 어떤 미친 여자와 함께 지내야만 했어. 헨닝 휘트 박사만 이런 일이 얼마나 큰 고통인지 아는 유일한 사람이었지. 내게는 독방이 천국처럼 보였어.) 수천 명의 사람들이 고통받는 모습을 지켜봐야 했기 때문이야.

아, 알빌데! 자기가 매질은 당하는 건 다른 사람들의 몸에 채찍이 휘감기는 소리를 듣는 것에 비하면 아무것도 아니야. 나는 그리니에서 끊임없이 채찍 소리를 들었고, 라벤스브뤼크에서도 같은 것을 들었어. 성인 남자가 짐승처럼 울부짖는 소리를 듣는 것이 나한테는 직접 당하는 것보다 더 극심한 고문이었지. 누구의 이름도 말하지 않고, 아무 말도 하지 않고 군사령부에서 밤을 꼬박 새우고 나서 얼마나 행복했는지 네가 알 수 있다면. 하지만 난 어리석게도 소리를 지르지도 않았고 기절하지도 않았어(기절은 라벤스브뤼크에서 점호를 할 때 딱 한 번 해봤어.). 나는 강해지고 싶었어. 노르웨이 여성들은 무엇이든 견딜 수 있다는 것을 보여 주고 싶었지. 하지만 그들은 첫날 밤부터 내 머리를 너무 세게 때렸고 둘째 날에는 다리를 몹시 거칠게 비틀었어. 그렇지만 그들이 곧 이렇게 말하는 것을 듣고 기뻤어. 된눔이 군사령부의 상사에게 "다른 쪽 다리로 다시 시작할까요?"라고 물었고, 그는 "아니, 이 여자한테서는 아무것도 건지지 못해."라고 답했거든.

그때 나는 고통에 숨이 막혀 시체처럼 창백했고 온몸이 땀과 눈물로 흠뻑 젖었지만, 끝내 아무 소리도 내지 않았어. 나는 이전에 "너희들은 내게 무엇이든 할 수 있고, 나를 쏘거나 내 몸의 뼈를 모두 부러뜨릴 수도 있다. 그래도 나는 할 말이 없다." 라고 말한 적이 있거든. 그래서 그들도 내가 절대 흔들리지 않을 것을 알아차린 것 같아. 나는 신의 힘에 의지했고, 밖에서 저항 운동을 펼치는 한 사람 한 사람이 나보다 중요하다고 생각했어. 그래서 나를 아무리 심문하더라도 그들은 결코 어떤 정보도 얻어 낼 수 없었을 거야. 그렇지만 특히 고통스러웠던 둘째 날 밤, 나는 두 손 모아 분명하게 말했어. "사랑하는 신이시여, 저를 도와주세요." 크게 말할 필요는 없었지만, 나는 그들이 어떻게 반응하는지 보고 싶었어. 그리고 내가 혼자가 아님을 알게 하고 싶었지. 독일인의 명예를 부추기고 우리가 수치심을 느끼도록 끌어내린 것은 노르웨이 사람이었어. 그는 비웃었지. 거칠게 웃으면서 "아니, 당신이 말하려 하지 않는다면 신도 여기서 당신을 돕지 않을 거요."라고 말했어. 나는 대답했어. "적어도 당신들이 신을 믿지 않는다는 것은 분명하군요. 그러니까 당신들이 이런 일을 할 수 있겠죠."

그다음 무슨 일이 있었는지는 또렷하게 기억나지 않아. 다만 입술이 떨렸고, 눈물이 소리 없이 흘러내려 눈을 가린 천에 스며들었던 것 같아. 그들은 내 눈을 쳐다보고 싶어 하지 않았지. 전날 밤, 나를 때리는 사람을 똑바로 쳐다보고 또 쳐다봤어. 나를 때리면 때릴수록 그의 눈빛은 점점 더 사나워졌고, 결국 그는 울부짖었어. "네 망할 눈을 돌리지 않으면, 널 죽여 버릴 거야!"라고. 그래서겠지. 그들은 다음 날 밤 내 머리에 천을 씌웠어. 저 아래 있던 상사는 소위 양심이랄 게 있었는지 일부러 나를 보지 않으려 했어. 심문당할 때마다 5명의 남자가 있었는데, 그중 4명은 쉬지 않고 교차 심문을 했지. 나는 이를 악물고 침묵을 지키느라 땀이 줄줄 흘러내렸어. 이루 말할 수 없이 고통스러웠지만, 급하게 지어낸 첫 번째 진술이 그들의 관심을 끌었고, 그들이 그 진술에 따라 한 소년을 심문할 때까지 나는 철저히 침묵을 지켰어. 그래야만 아무것도 발설하지 않을 수 있었어. 그 후 나는 "내 첫 진술을 믿지 않는다면 더는 할 말이 아무것도 없다."라고 건방지게 말했지.

알빌데, 정말 궁금해서 말인데, 그 돈은 제대로 전달되었니? 그들이 가져갔을지도 모른다고 생각하면 너무 끔찍해. 그 돈을 얼마나 유용하게 쓸 수 있는지 너도 알잖아. 그래서 나는 위험을 무릅쓰고 전혀 모르는 남자에게 그 돈을 넘겨주었다고 말했어.

그래도 그들은 나한테서 아무것도 알아내지 못했어. 어디서 혹은 누구에게 그 돈을 받았는지 말이야. 그런데 집합소에서 죄수복 차림의 한 사람을 본 날부터 그리니에서 품은 가장 큰 걱정이 시작되었어. 나는 그를 위해 내 목숨을 바치려 했는데, 그가 체포되었다는 것을 알게 되었으니까. 가끔 나는 소년들에게 끔찍하게 화가 났어. 무언가를 전달하기로 한 소년이 게슈타포 3명에게 미행을 당하면서 약속 장소로 왔기 때문에 내가 체포되었던 거야. 물론 연발 권총 세 대가 자기를 겨누고 있으니 겁이 났겠지만, 나였다면 사건이 일어난 곳이 동부 기차역이 아니라 에케베르그에 있는 선원 학교나 서부 기차역이라고 말해 위기를 모면했겠지. 하지만 그 소년은 너무 어렸고 겁에 질려 보였기에 나는 그를 용서했어. 그가 아직 살아 있다고 해도, 나는 그에게 절대 나쁜 말을 하지 않을 거야.

554~556p

자, 마침내 독일 강제 수용소에서의 지옥도 끝이 났다. 나는 다행히 살아남았다. 비록 강제 수용소에서의 흔적이 남긴 했지만 말이다. 내 머리칼은 희어졌지만, 삶을 향한 의지는 모든 시간 변함없이 꺾이지 않았다. 터널 끝에서 빛을 찾았으니, 지난 일들에 대해 조금 이야기해 보려 한다.

3월 22일, 나는 마지막으로 작센하우젠(오라니엔부르크)의 문을 통과해 스웨덴 적십자 버스를 타고 함부르크 근처 노이엔감메로 이동했다. 그곳은 여전히 독일군의 통제 아래 있는 끔찍한 수용소였다. 5,000에서 6,000여 명의 수감자가 있었는데, 주로 폴란드인, 러시아인, 네덜란드인이었고, 적지 않은 덴마크인 그리고 약간의 노르웨이인도 섞여 있었다. 우리가 그곳에 도착했을 때, 이전 수감자 중 최소 140명이 매일 죽어 나갔다. 굶주림과 결핵, 설사, 장티푸스, 봉소염 같은 수용소에서 유행하는 질병들 때문이었다. 우리는 캠프에서 커다란 돌 막사를 치워야 했다. 그러나 그곳에 노동할 힘이 남아 있는 사람만 있는 건 아니었다. 나치 친위대는 새벽 1시경 모두 막사에서 나가라고 명령했다. 침대에는 두세 명씩 누워 있었고, 산 자와 죽은 자가 함께였다. 우리는 시신 아홉 구를 밖으로 옮겼고, 그러는 중에 몇 사람이 더 죽었다.

독일군은 병자들을 모두 세면장으로 보내라고 명령했다. 그리고 그들을 다른 동으로 옮겨 이미 누워 있는 환자들과 함께 눕혔다. 그곳에서는 찬물 샤워만 할 수 있어서 많은 이들이 세면장에서 목숨을 잃었다. 정말 가슴이 찢어지는 장면이었다. 병자들 대부분 연합군이 도착하기 전에 화장터 주변에서 죽음을 맞이했다.

나치 친위대는 수용소에서 병자들이 빨리 죽지 않는다고 판단했고, 그들을 가스실로 보내 죽음을 재촉했다. 병자들은 병원으로 이동한다고 들었지만, 실제로는 가스실과 화장터로 끌려갔다. 작센하우젠에서도 같은 일이 벌어졌다. 다만 노르웨이인과 덴마크인은 예외였다.

마침내 모든 일이 정리되었고, 적십자사는 그동안 수용소에 모여 있던 노르웨이인과 덴마크인을 덴마크로 데려갈 수 있도록 했다. 환자들에게 우선권이 주어졌고, 다음은 이름의 알파벳순이었다. 나는 마지막 수송 버스에 올랐다. 전선은 불과 4킬로미터밖에 떨어져 있지 않았고, 순찰대가 우리 곁을 바짝 붙어 지나갔다. 우리를 태운 스웨덴 버스가 출발하자 독일군은 곧 수용소 대부분을 폭파해 날려 버렸다. 이 무시무시한 학살 수용소를 사진으로 남길 가능성을 없애 버린 것이 분명하다.

우리를 태운 수송 버스 중 한 대가 밤중에 영국 비행기의 오인 사격을 받았고, 그로 인해 예비크에서 온 한 남성이 중상을 입었다. 덴마크 국경에서 출발할 때 평생 잊지 못할 장면이 이어졌다. 사람들이 도로로 몰려 나와 꽃과 담배 등을 던져 주었다. 한밤중에 오벤로에서 저녁을 먹었는데, 몇 년 만에 먹어 본 최고의 식사였다. 우리는 콜링에서 달걀 2개를 곁들인 황홀한 아침 식사를 했다. 그렇다. 다소 물질적인 설명에 치우쳤지만, 당신은 우리가 수용소의 음식에 익숙해 있고, 그래서 그곳에서의 식사가 잊지 못할 경험이었다는 것을 잊지 말기 바란다. 그런 다음 호르센스에서 약 20킬로미터 떨어진 큰 저택인 마겔키르로 이동했다. 나는 이곳에서 8일 정도를 지냈다. 그곳에는 여전히 독일 경비병이 있었지만, 이미 모든 것이 해체되는 중이었고 특별히 엄격하지도 않았다. 이틀 저녁은 이곳을 떠나 덴마크 농부와 함께 지내며 런던의 라디오 프로그램을 들었다.

5월 2일, 우리는 계속 이동했고 코르쇠르에 도착해 객차에서 하룻밤을 보냈다. 그곳에서도 나는 경비원에게 휘파람을 불어 보이고 마을로 들어가 라디오를 들었다. 그리고 곧바로 코펜하겐으로 가는 페리로 이동했다. 우리가 스웨덴 페리 갑판 위에서서 노르웨이 국가를 부르며 천천히 부두에서 멀어지는 동안, 정박지에 서 있던 독일 게슈타포와 군인을 뒤로하고 떠나오던 순간은 말할 수 없을 정도로 가슴 벅찬 순간이었다. 이날은 덴마크 해방 바로 전날이었다.

내가 체포된 일로 인해 다른 사람까지 추가로 붙잡히지 않았다는 사실은 큰 위안이었다. 빅토리아 테라스와 묄레르가타, 그리니에 있는 군사령부에서 그들이 나의 진술을 받아 내기까지 그 며칠은 끔찍한 시간이었다. 그때 나는 내가 도망치라고 알렸던 사람들이 빠져나갔다는 것을 알았다. 엘링 스타베르는 안타깝게도 독일에서 사망했다. 사무 착오로 인해 그는 끔찍한 수용소에 갇혀 굶주림과 학대를 당하다 목숨을 잃었다.

556~557p 베를린의 마지막 날들• 동안 거리에서는 민간인 복장을 한 경찰이 개입하는 수치스러운 장면이 반복되었다. 제복 경찰은 쥐도 새도 모르게 거리에서 린치를 당하거나 총에 맞았다. 경찰은 완전한 혼란에 빠져들었고, 거의 모든 경찰이 제복을 벗어 던지고 4월 22일 저녁 알렉산더 광장을 빠져나갔다. 에스토니아 출신 여성 안토니에 카루 씨가 제보한 내용이다. 스톡홀름에 거주 중인 카루 씨는 지난 3년 동안 베를린의 고급 호텔 에스플라나데에서 리셉션 책임자로 일해 왔다. 그는 12시 5분 전, 죽음이 번져 가는 독일 수도 베를린을 탈출한 마지막 여성이었다. 이 여성은 불길 속에서 올가미처럼 조여들며 폐허로 변해 가던 시간을 증언한다. 또 도시가 함락되기 몇 주, 며칠 전

• 1945년 4월 말, 나치 독일 수도 베를린이 함락되기 직전의 시기를 뜻한다.

까지 한때는 명성이 자자했지만 나치 친위대와 독일 민방위 본부로 사용되었던 호텔에서의 생활에 관해서도 들려준다. 이 이야기는 덴마크와 스웨덴으로 탈출한 험난한 여정만큼이나 극적이다.

에스플라나데 호텔은 4월 22일 카루 양이 베를린을 떠날 때까지 아돌론 호텔보다 더 많은 고위층 나치 인사들의 숙소였다. 일주일 전 괴벨스는 베를린에 체류하는 장군들을 위한 성대한 만찬을 준비했는데, 이 만찬은 갑작스럽게 끝이 나 버렸다. 그 날 저녁 폭격이 이어졌고, 이미 그 전에도 9개의 폭탄이 떨어져 거대한 건물 대부분이 잿더미가 된 상태였다. 괴벨스와 장군들은 지하실로 이동해야 했다.

슐리스만 장군은 호텔 지하실에 군사령부를 두었고, 하루 뒤에는 독일 민방위 본부도 그곳으로 옮겨 왔다. 카루 양은 호텔 입구에 쌓여 있는 잔해들과 쓰레기 더미를 헤치고 훈장을 단 장군들이 하나둘 지하실로 내려가는 모습이 흔치 않은 광경이었다고 말한다.

악명 높은 나치 고위 관료 제위스 인콰르트도 이 호텔의 단골이었다. 그는 저녁 식사를 위해 매일 같은 시간에 이곳에 도착했고, 마찬가지로 정시에 제국 총리실 쪽으로 사라졌다. 그는 그곳에 자기만의 공간을 미리 마련해 두었다. 따라서 호텔 직원들은 그가 움직이는 시간을 보며 언제 공습 대피소로 향해야 할지 짐작할 수 있었다. 그는 달렘의 호화 저택에 살았지만,

호텔에서 매일 회의를 갖는 등 실제 업무는 이곳에서 처리했다. 이를 위해 몇몇 객실이 늘 예약되어 있었다.

마지막까지 자신의 직함을 고집했던 알프레드 로젠베르크도 이 호텔에서 생활했다. 어느 날 승강기 기사가 실수로 그를 '장관님'이 아니라 '로젠버그 씨'라고 불렀고, 그날 즉시 승강기 기사를 해고하라는 최고 당국의 명령이 내려왔다. 호텔 내 군사 시설이나 회의에 대해 입을 열면 사형에 처하겠다는 협박을 받은 직원들은 이를 누설하지 않겠다고 선서한 다음 날 한자리에 모여 "독일의 지도자를 더욱 정중하게 대하라."라는 엄중한 경고를 받았다.

사냥에 나선 게슈타포

외신 특파원

보안상의 이유로 게슈타포 앞잡이 한 사람이 호텔에 배치되었다. 그는 술에 약했고, 술에 취해 카루 양에게 게슈타포가 현재 누구를 찾고 있는지 알려 주었다.《베를링스케 티덴데》의 베를린 특파원 폰 슈테만이 이 호텔에 머무는 지난 몇 달간 특별한 감시를 받고 있다고 말이다. 직원들은 그 기자가 언제 들어오고 나가는지, 술을 많이 마시는지, 누구와 어울렸는지 등을 보고해야 했다. 카루 양은 덴마크 기자에게 주의해서 행동해야 힌디고 말했다. 또한 이 호텔에 오래 머물렀던《다겐스 뉘헤테르》의 특파원 이바르 베스터룬드에게 그 사실을 알렸으며, 다행히 별다른 오해 없이 받아들여졌다.

스웨덴 출신 배우 크리스티나 쇠데르바움도 어느 날 호텔에 나타났고, 분에 겨워 울면서 괴벨스와 말다툼한 이야기를 털어놓았다. 괴벨스는 그녀에게 출국 비자를 약속했지만, 다음 날 비자를 발급해 줄 수 없다고 말을 바꿨다. 쇠데르바움이 괴벨스에게 항의하자 괴벨스는 보복하겠다고 위협했다. 그는 보복이 두려워 베를린에서 도주하는 것이 안전하다고 판단했고, 인맥을 통해 자동차를 타고 함부르크로 도주할 수 있다고 생각했다. 실제로 그는 함부르크 친구 집에서 숨어 지낼 계획을 세우고 있었다.

에스플라나데 호텔에서는 배우 마리안네 호프페와 그의 남편 구스타프 그륀트겐스도 날마다 목격되었다. 그륀트겐스는 군 복무를 위해 네덜란드로 갔지만 곧 탈영했고, 최근에는 평상복 차림으로 거리낌 없이 베를린을 돌아다니며 호텔에서 식사했다. 고위 게슈타포 장교들이 종종 옆 테이블에 앉아 있었다.

스피어가 모든 술을 압수하다

그사이 도시는 완전히 혼돈에 빠져들었다. 에스플라나데 호텔에는 아쿠아비트, 코냑, 스카치위스키, 수천 병의 샴페인과 와인이 비축되어 있었고, 거물급 나치 인사들은 공습 중에도 요란한 술잔치를 벌였다. 그러나 어느 화창한 날, 스피어 장관이 직접 나서 사치스러운 술을 모두 압수하고, 호텔에 남아 있던 작동 가능한 라디오까지 압수했다.

558p **"영국인은 우리보다 천천히 운전한다."**

자동차 협회 디렉터 스투레 린드그렌은 토요일에 런던에서 돌아왔다. 그는 협회를 대표해 국제 자동차 회의에 참석했다. 본 회의는 국제 자동차 교통이 어떻게 평화 상태로 복귀할지 다루었다.

가장 중요한 쟁점은 두 국제 자동차 기구의 합병과 새로운 세관 및 통과 규정이다. 간단히 말해 자동차 여행객이 최대한 편리하게 해외여행을 할 수 있는 방법이다.

린드그렌 디렉터는 "런던의 자동차 통행량은 우리 스웨덴인들에게 깊은 인상을 남겼고, 본보기가 되어 준다. 영국인들은 우리보다 훨씬 더 천천히 사려 깊게 운전하며, 그런 신중함은 영국인의 본성에서 우러나온다."라고 말했다.

560p 1945년 10월 24일

비드쿤 크비슬링이 오늘 새벽 2시 40분 처형되었다. 예르하르센 총리가 집행을 확인했다.

그는 어둠의 보호를 받으며 '스바르테 마르야'•를 타고 묄레르가타 19에서 아케르스후스로 이송됐다. 특별히 선발된 저격

• 스톡홀름 경찰의 검은색 죄수 수송차를 가리키는 별명이다.

수 출신 집행인들이 교도소 마당에 집결해 있었다. 어둠이 짙게 깔려 있고, 희미한 전등 불빛만이 주변을 비추고 있었다. 반역자 비드쿤 크비슬링이 최후의 운명을 맞이하기 위해 끌려 나올 때는 비가 내렸다.

벽 앞에 선 사형수는 침착하고 차분한 모습이었다. 명령이 공기를 갈랐고, 장전하는 소리가 희미하게 들려오더니 곧 발포가 시작되었다. 비드쿤 크비슬링은 더 이상 살아 있지 않았다.

오슬로, 수요일 561p

비드쿤 크비슬링이 처형되었다. 오늘 새벽 2시 35분, 제복을 입은 이름 모를 교도관이 사형장으로 향하는 문을 열었다. 깊은 잠에 빠져 있던 크비슬링이 잠에서 깨어 강렬한 불빛 속에서 눈을 깜빡였다. 감옥에서 밤을 보내던 교도소 목사 페데르 올센이 그에게 시간이 다가왔다고 알렸다. 크비슬링의 아내가 변호사와 합의하여 제출한 사면 요청은 기각되었다.

크비슬링은 무장 경비병에게 둘러싸여 묄레르가타 19 밖으로 끌려 나갔다. 가랑비가 내리는 칠흑 같은 밤에 크비슬링은 '스바르테 마르야'를 타고 아케르스후스 요새로 옮겨졌다. 단 몇 분밖에 걸리지 않았다.

요새에서 집행자들이 기다리고 있었다. 사형 집행자는 군용 소총으로 무장한 연장자들로, 경험이 풍부하고 명중률이 뛰어난 10명의 경찰로 구성되었다. 크비슬링은 수송 차량에서 요새의 가장 위쪽에 있는 처형 장소로 곧장 끌려갔다. 그곳에서 그는 성벽 앞에 세워졌고, 총살되었다. 크비슬링은 마지막까지 침착함을 유지했다. 처형은 새벽 2시 45분경 이루어졌다.

"드디어……"

국가를 대표하는 몇 명만 집행에 입회했다. 검찰이나 변호인단은 참석하지 않았다. 사형 집행 소식은 (그의 아내 마리아와 동생 예르엔 크비슬링 박사에게 알려질) 수요일 오전까지 비밀로 유지될 예정이었다. 그러나 당국의 모든 사전 조치에도 불구하고 이 소식은 외부로 유출되었다. 오슬로에서 가장 큰 신문《아프텐포스텐》이 이 소식을 단신으로 먼저 보도했고, 나중에 특별판으로도 보도했다. 그 결과 노르웨이 수도에서 곧 사형 사실을 알게 되었고, 시민들은 "드디어 일어날 일이 일어났다."라는 반응을 보였다.

예르하르센 총리의 시인

오늘 오전, 예르하르센 총리가 스웨덴 신문《엑스프레센》특파원과의 대화를 통해 크비슬링이 처형되었다는 사실을 직접 확인했다. 추후에 공식 발표가 있을 것이라고 덧붙였다.

비드쿤 크비슬링의 유해는 즉시 매장하거나 화장하지 않고 과학적인 조사와 해부가 이루어질 예정이다. 저명한 과학자 몬라드 크론 교수가 연구 결과를 통해 그 내용을 발표할 예정이다.

공식 발표

오슬로, 수요일 (UP)

법무부는 비드쿤 크비슬링이 10월 13일 대법원에서 사형 선고를 받았으며, 대법원이나 검사장의 사면 권고도 없었다고 발표했다. 크비슬링은 국왕에게 편지를 보내 자신이 무고하게 유죄 판결을 받았다고 주장했으나, 사면을 요청하지는 않았다. 한편, 부인 마리아 크비슬링은 남편의 사면을 요청했다.

국왕은 화요일 국무회의에서 이 사면 요청을 거부하고 판결 집행을 청구했다. 형은 오늘 오전 2시 40분에 총살로 집행했으며, 크비슬링의 가족은 오늘 오전 9시에 이 사실을 통보받았다.

숨이 멎도록 충격적인 재판 첫날

562~569p

《다겐스 뉘헤테르》의 바브로 알빙 특별특파원

오슬로, 월요일

노르웨이를 5년간의 노예 생활로 이끈 인간, 수천 명의 노르웨이 시민을 죽음으로 몰아넣은 인간, 권력을 위해 노르웨이 시민의 생명을 팔아넘긴 인간, 노르웨이 국민 전체를 극심한 고난 속으로 몰아넣은 인간. 그 사람은 히틀러가 아니다. 바로 노르웨이인 비드쿤 크비슬링이다.

크비슬링 재판 첫날은 숨이 멎을 정도로 충격적이었다. 반역과 광기의 정도가 예상을 뛰어넘었기 때문이다. 설득과 거짓말 그리고 왜곡된 사고를 통해 4월 9일 역사적인 침공을 촉발한 인물이 바로 크비슬링이라는 사실이 오늘 이곳 오슬로에서 명확해졌다. 재판 초반부터 전례 없는 폭로가 이어지며 그의 가면이 벗겨졌고, 폭로의 한가운데에는 불만을 품은 한 신사가 앉아 있었다. 그는 눈을 껌뻑이며 놀라는 듯했고, 사형 판결에 연관된 질문을 받았을 땐 공범자 뒤에 숨어 버렸다. 한순간에는 독일의 독재자를 상관이라고 부르고, 다음 순간에는 자신을 노르웨이와 스칸디나비아의 구원자라고 불렀다.

비드쿤 크비슬링의 손상된 정신세계를 들여다본 지 단 하루 만에 모든 것이 분명해졌다. 그는 자신이 무슨 짓을 저질렀는지 결코 깨닫지 못할 것이며, 눈먼 자들의 세계에서는 대중에게 이해받지 못한 빛나는 인물이자 명예롭게 총살당한 사람으로 기억될 것이다. 그는 자신을 둘러싼 정치적 망상과 개인적 야망의 연막을 끝내 걷어 내지 못하고, 자신이 눈먼 자가 되어 불명예스러운 모든 것의 상징이 되었다는 인식에도 결코 도달하지 못할 것이다. 만약 그럴 수 있었다면, 그는 오늘 전 세계 역사상 가장 혐오스러운 반역자 재판의 주인공이 되어 분노로 들끓는 사람들의 웅성거림을 알지 못한 채 이런 말을 하지는 않았을 것이다.

"나와 관련한 중대하고 심각한 고발이 이루어졌다. 이는 단순한 정치적 고발이 아니다. 나는 도둑이자 사기꾼으로 낙인찍혔고, 사람들은 나의 선한 이름과 명예까지 빼앗으려 하고 있다."

다시 말해, 그 사람은 자신이 말하는 것을 믿고 있다. 정의의 이름으로 그 사실만큼은 인정해야 한다. 비록 그의 발언이 제정신인 사람이 생각하는 것보다 훨씬 심하게 병든 관념에서 비롯된 것일지라도 말이다. 그렇다고 그의 변호가 정직하다는 말은 아니다. 교차 심문을 받는 크비슬링은 딱하고 비참한 모습이지만, 침착하고 교활한 대응을 해내는 데도 부족하지 않다. 그는 자기에게 불리한 세부 질문에 거짓말로 대답하고, 날짜나 반역적인 모임들은 기억나지 않는 것처럼 행동한다.

심각한 사실과 문서 앞에서, 그는 모호한 설명이나 꾸며 낸 이야기로 자신을 구하려 애쓴다. 자신에게 불리한 말이나 글은 부하 직원의 사적인 동기로 돌려 버리는 식이다. 그는 노련하고 예리하게 머리를 써서 주장을 펼친다. 무엇보다 그의 모든 행동에는 절대적인 일관성이 있다. 그의 모든 신념은 그의 강박에서 비롯된다. 그는 사람들이 자신을 노르웨이와 스칸디나비아 전체의 구세주로 여겨야 하며, 자기처럼 노르웨이를 위해 싸운 사람도 없었고, 독일의 노르웨이 점령이야말로 노르웨이가 폴란드처럼 찢기는 것을 막을 수 있었다고 말한다. 게다가 그는 히틀러에게 요청해 폴란드를 돕고 3월 13일 러시아와 평화를 맺도록 도운 사람도 바로 자신이라는 주장을 덧붙였다! 그의 망상적인 관점에서는 자신의 어떤 행동도 반역으로 간주될 수 없으며, 반대로 그 어떤 판사도 그 점을 간과할 수 없다.

오늘 재판이 시간을 끌며 계속될수록 판사와 피고가 서로 다른 언어로 전혀 다른 이야기를 한다는 인상만 더욱 강해졌다.

크비슬링은 결코 망가지지 않았다. 첫 재판 내내 그를 겨냥한 폭로와 공세가 쉴 새 없이 쏟아졌다. 6시간 동안 그를 무너뜨릴 만한 끔찍한 비난과 증거, 모욕적인 심문이 이어졌음에도 그는 법정에 들어설 때와 다름없는 완강한 방어 태세를 취하고 있었다.

엄선된 방청객

오늘 아침 9시 50분, 바로 지금이다. 그야말로 역사적인 등장이다. 우리 모두는 아케르스후스의 그림자가 드리운 로겐 홀• 에 앉아 마치 벽이 무너져 내리는 것 같았다. 한 인간의 비참한 삶이 사법의 맷돌에 갈려 그 흔적조차 모조리 사라져 가는 사형 대기실을 바라보는 느낌이다. 그러나 그의 입장은 의외로 조용히 이루어지고 있다. 거대한 경찰력이 에워싸고 있었고, 무장한 경비의 장벽을 통과해야만 들어갈 수 있다. 400여 명에 달하는 방청객은 엄선된 사람들이다.

이런 비현실적인 느낌에 압도되지 않으려면, 판사석 옆문을 통해 회색 옷을 입고 소란한 법정 안으로 들어오는 남자가 누

• 노르웨이 오슬로 프리메이슨 홀의 대강당. 나치와 노르웨이 당국이 행사·재판 장소로 사용했다. 1945년 비드쿤 크비슬링 재판이 열린 장소이기도 하다. 처형은 아케르스후스 요새의 성벽 앞에서 1945년 10월 24일 새벽 2시 40분 총살형으로 집행되었다.

구인지 명확히 기억해야 한다. 크비슬링이 불러일으킨 비극과 엇갈린 운명, 세계적인 관심과는 극명하게 대조되는 그의 평범한 모습은 정말 현기증을 일으킨다.

2개의 거대한 서치라이트가 그를 비추고, 수많은 사진사는 쉴 새 없이 플래시를 터뜨린다. 그의 표정이 조금만 변해도 방청석 어디서든 다 보일 정도다. 사람들이 가장 먼저 본 것은 그의 미소다. 판사의 왼쪽 좌석으로 향하던 그는 걸음을 멈추고 자신의 변호인 헨리크 베르그와 따뜻한 악수를 나눈다. 나무로 된 피고인 의자에 앉자마자 그는 권총으로 무장한 인력을 등지고, 방청객에게도 등을 돌린 채, 변호사가 가져온 두꺼운 서류 더미를 보는 데 몰두한다.

그는 무너지지 않았다

그가 가끔 몸을 돌려 사진사를 볼 때면, 우리는 그동안 알고 있던 독재자의 표정을 그대로 마주한다. 그 순간 사람들은 세계 곳곳에서 제기되던 의문들에 대한 답을 얻게 된다. 크비슬링은 초조해하지 않는다. 무너지지도 않았다. 그에게서 마땅히 기대될 법한 태도를 생각하며 그를 본다면, 그의 모습은 불가사의하기만 하다. 피고인석의 이 남자는 벌금형을 선고받을 암시장 상인으로 보이기도 하고, 단순한 횡령죄로 간단한 처벌을 받아야 할 사람처럼 보이기도 한다. 그는 야위었고 창백하며 이마 주름이 깊지만, 윗입술에 송골송골 맺힌 작은 땀방울이나 당장

물 한 잔을 마시고 싶어 하는 간절한 표정만 아니라면 극형을 앞둔 사람이라고는 믿기 어렵다. 그러나 그의 눈에는 무언가 이상한 것이 담겨 있다. 마치 불안정한 고요 같은. 그의 시선은 낯설지만, 그의 손은 조금도 떨리지 않는다.

곧 그가 일어선다. 법관들이 입장한다. 중앙의 긴 테이블 쪽에는 종군 기자 유니폼을 입은 150명의 기자가, 뒤쪽에는 법률가와 전문가, 이해 당사자가 앉아 있다. 한쪽 벽에는 빨간 의자에 외교관과 고위 장교들이 앉아 있고, 또 다른 쪽에는 스웨덴 변호단이 일렬로 앉아 있다. 방청석 위쪽에는 노년의 정신과 의사 샤르펜베르그가 자리해 크비슬링을 뚫어지게 보며 시선을 거두지 않는다. 솔렘 판사와 동료 판사인 크루세 옌슨, 크누센, 뤼엔은 넓은 벨벳 장식을 댄 길고 검은 예복을 입고 있고, 5명의 배심원은 정장을 입고 있다. 누가 누구인지 구분하기 쉽지 않은데, 모두 열심히 일하는 평범한 노르웨이 남성으로 보이기 때문이다. 미용장 셴, 이발사 헤예롤, 배관 수리공 플라데뷔, 화학 공장 노동자 욘센, 회계사 벨레 등이다. 이들의 맞은편 중앙에는 가운을 입은 검사 셰디트가 조수와 함께 자리해 있다. 테이블 사이에는 꽃무늬 여름 드레스를 입고 열심히 일하는 속기사 2명이 있으며, 무대 위에는 노르웨이의 이름으로 정의가 실현될 거라 믿는 금빛 왕관을 쓴 독수리가 침묵하는 증인처럼 앉아 있다.

전범이 전범을 배신하다

솔렘 판사가 주의를 주자 사진사들의 플래시가 멈췄다. 비로소 법정에 긴장이 감돈다. 검사의 서류에 충격적인 내용이 감춰진 것은 누구나 알지만, 그 내용이 어느 정도의 폭발력을 갖는지는 아무도 정확히 알지 못한다. 그런 암시와 소문에도 불구하고 그 불쾌한 부분이 역사 앞에 사실 그대로 드러날 것이라 믿는 사람은 없다.

이어진 오슬로 법정의 다음 2시간은 전례 없는 충격으로 다가온다. 법정을 지배한 침묵은, 한 나라를 생사의 기로로 몰아넣은 냉소와 집착, 계산이 어떻게 작동했는지 눈앞에서 목격했을 때의 충격이다. 죽은 자들이 사형을 선고받은 사람들을 향해 증언하고, 전범이 전범을 배신한다. 비드쿤 크비슬링이 히틀러에게 노르웨이 침략을 권유했다는 사실이 드러난 순간, 판결은 이미 내려진 것이나 다름없다.

아무도 그의 얼굴에서 그 사실을 읽어 낼 수 없다. 그 독재자는 턱을 내밀고 앉아 돌에 새겨진 사람처럼 보이려고 스스로를 통제하지만, 쏟아지는 증거 앞에 끝내 미동도 없이 가면처럼 앉아 있을 수는 없다. 그를 발가벗기는 증언과 폭로 앞에서 그의 태도는 혐오를 불러온다. 그는 주의 깊게 경청하고, 열심히 메모하고, 더 이상 방어할 수 없는 것을 방어하기 위해 열심히 변호한다. 검사가 그의 노르웨이 국민에 대한 냉소적인 태도, 권력욕, 심리적 특이점을 지적하면서 그의 이름을 언급할 때마다 그의 펜은 종이 위를 날아다닌다. 그는 죄 없는 자가 박해받는 억울한 표정으로 씁쓸하게 굳어 간다. 아니, 감정이 상한 아둔하고 창백한 이 신사는 진실을 받아들일 모든 가능성 저편에 있다.

“나는 아무 죄가 없습니다.”

판사가 긴 기소장과 그에 딸린 자료들을 읽어 내릴수록 판결은 분명해진다. 가장 중요한 것은 크비슬링이 자신과 NS•의 처분을 독일 점령군에 맡겼고, 1940년 4월 9일 오슬로에서 정부와 국왕의 권한을 폐지하기 위한 행동을 계획하는 데 동참했다는 것이다. 이뿐 아니라 그는 독일로부터 재정적 지원도 받았다.

크비슬링은 자리에서 일어서라는 요청을 받는다. 그가 저지른 범죄 기록에 대해 그가 진술해야 할 순간이 온 것이다. 그러나 그의 눈은 어떤 범죄도 저지르지 않은 사람의 눈처럼 보인다. 약간 가라앉은 목소리로 그는 조용히 자신의 이름을 밝히고, 4월에 노르웨이 NS의 지도자였다는 사실, 아내의 이름, 그리고 그의 과거 자산 정도에 대해 말한다. 그가 말한 수치들은 웅성거리는 소리에 묻혀 사라졌지만, 그 당시의 금전적 가치를 감안해야 한다고 간단히 덧붙인다. 그러나 가장 중요한 질문에 그는 분명하고 크게 답했다. “나는 아무 죄가 없습니다.”라고.

• Nasjonal Samling. 국민연합의 약칭.

이어서 셰디트 검사가 자리에서 일어나 말한다. 스톡홀름에도 잘 알려진 그의 날카롭고 예리한 옆모습이 드러난다. 그의 말이 곧 이날 재판의 핵심이다. 그는 표현력을 발휘해 인상 깊은 진술을 이어 간다. 이곳에서 기소장을 낭독하는 사람은 직업 변호사이기에 앞서 노르웨이 국민이다. 그는 무엇보다 크비슬링의 모든 배신행위가 세계 언론이 닿을 수 있는 가장 먼 구석까지 전파되기를 바라고 있다.

검사는 기소 근거가 되는 법률 조항을 제시하며, 크비슬링의 목표가 나치 독일의 핵심 이념에 따라 국가를 형성하고 조직하는 것이었음을 지적했다. 그는 독일 권력 수단의 도움 없이 이러한 목표를 달성할 수 없다는 것을 잘 알고 있었다.

심각한 반역 행위

그러고는 치명타가 잇따랐다. 최근 독일 기록 보관소와 노르웨이, 특히 최근 크비슬링의 자택 임레에서 문서들이 발견되었다. 그 문서들은 4월 9일 이전부터 그가 중대한 반역 행위를 저질렀음을 명백하게 입증했다. 가장 중요한 문서에는 알프레트 로젠베르크의 서명이 있었고, 같은 시기 로젠베르크의 일기도 발견되었다.

또 다른 중요한 문서는 1939년 12월 11일 회의 기록이다. 이 회의에는 독일 최고 사령부 대표와 크비슬링, 크비슬링의 독일 주재 연락책이었던 하겔린이 참석했다. 하겔린은 재판에도 증인으로 출석할 예정이었다. 이어 다음 날, 히틀러와 회동한 기록도 담겨 있다. 이 밖에도 에리히 레더가 서명한 문서도 발견되었다. 그리고 지난주에야 노르웨이 측 요청에 연합군이 협조하면서 일련의 독일 전범들이 심문을 받았다. 로젠베르크, 리벤트로프, 괴링, 카이텔, 요들이 바로 그들이다. 이 문서들은 오늘에서야 법원에 번역본이 제출되었다. 검사가 말했듯, 만약 재판이 한 달 전에 열렸더라면 이 증거들은 존재하지 않았을 것이며, 그렇다면 재판의 양상은 지금과는 전혀 달랐을 것이다.

크비슬링이 히틀러에게 보낸 편지들도 발견되었다. 무엇보다 이 문서들의 도움을 받아 확인할 수 있는 사실은 다음과 같다. 먼저, 전쟁 전에도 크비슬링은 로젠베르크가 이끄는 독일 나치당 외무부와 관계를 맺고 있었다. 1939년 초에 그는 영국이 노르웨이 점령을 위해 움직이고 있음을 독일에 알렸다. 로젠베르크는 크비슬링을 맞이했고, 크비슬링은 노르웨이의 지정학적 중요성을 강조하며 독일이 먼저 행동해야 한다고 주장했다. 이후 로젠베르크는 크비슬링과 하겔린을 괴링과 접촉하게 했고, 크비슬링의 지휘 아래 노르웨이 내 부서에 자금을 지원하는 방안을 논의했다. 또한 크비슬링은 러시아 핀란드 전쟁(이하 러-핀 전쟁)으로 노르웨이에서 독일군에 대한 적대감이 고조되고 있다고 주장했고, 영국이 해안에 기지를 확보하려 할 것이므로 영국의 상륙을 예상해야 한다는 점도 거듭 강조했다.

'친목 여행'에 나선 당원들

크비슬링은 독일에 자신과 당에 대한 지원을 요청했고, 1939년 여름에는 믿을 만한 당원들을 독일로 보내 훈련시켜 달라고 요청했다. 그렇게 25명이 '친목 여행'이라는 명목으로 독일로 파견되었다.

1939년 가을, 크비슬링은 하겔린을 통해 노르웨이의 정치 상황을 지속적으로 보고했다. 1939년 하반기, 그는 독일에 여러 차례 방문해 로젠베르크에게 자신의 판단과 신념을 열성적으로 알렸다. 노르웨이의 중립은 유지될 수 없다는 점과 독일의 승리를 믿는다는 점이었다. 그는 독일이 규모는 작지만 단결된 소수 세력의 지원을 받을 수 있다고 주장했고, 영국과 노르웨이 사이에 군사 협정이 존재한다는 점을 강조했다. 이 모든 것의 기저에는 크비슬링의 신념이 깔려 있었다. 이미 선거 시한이 1년이나 지났기 때문에, 노르웨이 의회는 합법성이 없다는 것이었다. 크비슬링은 우체국, 철도, 통신 등 노르웨이에서 자신이 맺은 인맥을 항상 자랑했다. 그는 쿠데타를 계획했고, 쿠데타를 일으킨 뒤 독일에 도움을 요청하고 싶었다. 또 독일군과 함께 행동하겠다는 의사도 밝혔다. 그는 1939년 12월 11일 베를린에서 하겔린과 레더 대제독과 함께 회의에 참석했다. 그는 이 자리에서 노르웨이 해안 지역의 철도, 우편, 통신 분야 인물들을 이미 확보해 두었다고 주장했다. 이는 크비슬링 재판에서 중요한 역할을 하게 될 나치 측 간부 샤이트의 보고와도 일치한다. 보고서에 따르면 크비슬링은 중요한 위치에 사람들을 심어 두었고, 회의에서 한 가지 계획을 제안했다. 노르웨이 나치들을 독일로 보내 군사 훈련을 시킨 뒤, 공격 계획이 임박하면 독일 석탄 증기선에 태워 노르웨이로 다시 데려온다는 것이었다. 레더는 크비슬링의 주장에 영향을 받아, 크비슬링과 함께 히틀러를 찾아갔고, 그곳에서 이 계획을 더 자세히 의논했다. 아마도 9월 14일과 15일 무렵으로 추정된다. 히틀러는 스칸디나비아의 중립을 원했지만, 영국의 계획에 대한 크비슬링의 판단이 사실이라면 독일은 각종 경우에 대비해야 한다고 말했다. 크비슬링의 보고는 히틀러가 납득시킨 듯했고, 히틀러는 12월 중순부터 노르웨이 공격 준비에 착수했다. 샤이트는 크비슬링과 계속 연락을 취했다. 크비슬링은 20만 골드 마르크를 지원받았으며, 검찰 측은 그가 이 돈을 노르웨이로 가져왔다고 보고 있다. 이 자금을 기반으로 노르웨이에서 크비슬링의 잡지《프리트 폴크》가 돌연 창간되었고, 3월 11일부터 매일 발행될 수 있었다. NS는 화려한 새 당 본부를 차지했다.

'친영 성향의 사회'

가을 내내 크비슬링은 하겔린을 통해 노르웨이 정부의 책무 불이행을 강조했다. 그러나 이러한 주장은 오슬로 주재 독일 공사관의 보고와 모순되는 것이었다. 보고에 따르면 노르웨이 정부는 중립을 지키기 위해 힘쓰고 있었다. 그러나 크비슬링은

"정부는 '친영 집단'이며 영국은 노르웨이에 군사 개입을 계획하고 있다."라고 일관되게 주장해 왔고, 이 주장은 결국 독일의 점령 계획을 부추겨 실행에 옮겨진다. 크비슬링이 "3월에 더 이상의 시간 낭비는 위험하다."라고 강력한 주장을 펼친 이후다.

이보다 더 심각한 국가 반역 사건이 입증된 적은 아마 없을 것이다. 그렇다면 대처할 수 없는 사실과 쏟아지는 증거 앞에서 크비슬링은 무슨 말을 할까? 점심시간이 지나고, 기자실과 복도를 가득 메운 흥분된 목소리가 가라앉자, 그는 판사의 심문에 자신의 입장을 밝힐 기회를 얻었다. 그가 주저하며 일어설 것이라고 생각하는 사람이 있을까? 전혀. 정반대다. 오히려 으스스하게 권위적인 표정과 열의를 내보이며 그는 즉시 기회를 잡으려 할 것이다.

그는 먼저 자신의 고전적인 수법인 정치적 선동을 통해 문제를 회피하려고 시도한다. 하지만 솔렘 판사는 구체적인 질문에 답하는 것이 중요하다고 단호하게 말한다.

첫 번째 질문이 이어졌다. "당신은 4월 9일 이전부터 이미 로젠베르크와 연락을 주고받았다고 하는데, 사실입니까?" 크비슬링은 "예."라고 답했지만, "하지만 여기 설명된 것과는 달랐다."라고 덧붙였다. 그가 자주 사용하는 방식이었다. 남성들이 회의를 위해 만났느냐는 질문에도 거듭 "하지만……."이라고 덧붙였다.

1939년 12월에야 히틀러를 처음 만났다는 크비슬링의 진술에 관해, 판사는 하겔린 관련 부분을 파고들었다. "크비슬링은 하겔린을 언제 처음 만났나요?"라고 묻자, "1936년."이라고 답했다. 판사는 다시 "어떤 상황에서요?"라고 물었다. 그러자 그는 하겔린이 그저 자기 사무실에 나타났을 뿐이란다. "당시 하겔린은 어떤 직책을 맡고 있었나요?"라는 질문에도, "잘 모르겠고, 평범한 사업가였던 것 같다."라고 답했다. 그는 베를린에서 하겔린과 함께 히틀러를 소개받았다는 점을 인정하면서, 그렇지 않았다면 하겔린과의 관계는 매우 짧았을 것이라고 주장했다. 하겔린이 오슬로로 이사한 후 단 한 번 만났다고 했는데, 그가 왜 그곳으로 이사했는지 알지 못한다고 했다. 그럼에도 불구하고 크비슬링은 하겔린을 내무부 장관으로 임명했다.

회피 전술의 예

크비슬링이 거만하게 정정했다. "무역부 장관입니다."

"그에 대해 아는 게 별로 없는데, 어떻게 그를 장관으로 임명할 수 있었나요? 게다가 그는 주로 독일에 살았던 사람인데요."

"바로 그 이유 때문입니다. 노르웨이는 주로 독일과 거래했고, 하겔린은 특히 독일의 상황을 잘 알고 있었습니다."

"그렇다면 그는 노르웨이의 상황에 대해서도 그렇게 잘 알고 있었나요?"

"그건 말할 수 없습니다."

"그러나 그는 1942년에 내무부 장관이 되었죠?"

"네. 그는 무역부 장관이었고, 그 과정에서 노르웨이의 상황을 잘 파악했습니다."

이는 크비슬링의 회피 전술에 대한 전형적인 사례로, 이러한 질문과 답은 상당히 시사하는 바가 크다. 크비슬링은 하겔린이 독일 정보원이었다는 것을 강력하게 부인한다. 이제 심문은 중요한 시기인 4월 9일, 코펜하겐에서 크비슬링이 독일 대령과 가졌던 회합에 대한 질문으로 옮겨 가고 있다.

이 지점에서 크비슬링의 기억이 전혀 작동하지 않는다. 그는 자신이 코펜하겐에 있었다는 것을 어렵게 기억해 냈지만, 그곳에서 독일인을 만났는지는 모르겠다며 만약 만났다 해도 그는 대령이었을 리 없으며, 혹 대령이 있었다면 위장했을 것이 분명하다고 했다. 그때 노르웨이의 군사 상황에 대해 논의했는지 여부도 더 이상 기억하지 못한다.

'완전한 결백'

이어서 다시 독일의 자금 문제를 다룬다. 이제 크비슬링은 전면적으로 부인한다. 그는 이러한 부정이 오히려 수상한 인상을 준다는 사실조차 깨닫지 못하고 있다. 그는 20만 골드 마르크에 대해서도 오늘 처음 듣는 이야기라며 전면 부인했다. 4월 9일 이전에 독일 측과 NS를 위한 기부금 지원을 결코 논의한 적이 없다고 한다. 그는 1939년 봄 오슬로에서 사무소장 샤이트 씨를 만난 사실을 인정하지만, 노르웨이에서 그의 활동은 전혀 해가 되지 않았다고 확신했다. 검사는《프리트 폴크》가 빈곤 속에 있었다가 어떻게 3월 11일 갑자기 재정 상태가 급격히 좋아지며 일간지로 창간될 수 있었는지 묻는다. 수상쩍은 대답이 이어진다. 선거 이후에 신문이 매일 발행되기를 원했고, 재정 상황이 좋지 않았음에도 불구하고 5만 크로나를 저축해 두었기 때문이라는 것이다. 5만 크로나는 은행 계좌에 입금되지 않고, 현금으로 보관되어 있었다. 그는 여러 군데에서 돈을 받았다고 했지만, 과거에 재정이 어떻게 관리되었는지 전혀 알지 못했다는 모순된 주장을 했다.

4월 9일 훨씬 이전부터

이 문제를 다루면서 스쳐간 웃음기는 곧 사라지고, 분위기는 다시 가라앉는다. 판사는 베를린에 있는 나치당 문서 보관소에서 최근 찾아낸 문서를 읽어 내린다. 이 문서로 노르웨이를 배반한 크비슬링의 행적이 샅샅이 드러난다. 이 자료에서 크비슬링은 4월 9일 훨씬 전부터 독일에 노르웨이 상황을 보고했고, 3월 15일부터 시작된 전쟁 준비에 긴밀하게 협력했으며, 샤이트로부터 매월 1만 파운드를 받기로 했다는 사실이 확인되었다. 독일 점령 과정이 합의되었다는 점도 분명하게 입증됐다.

교차 심문을 통해 크비슬링의 새로운 회피와 변명들이 밝혀지고 있다. 그는 독일 문서에 자신의 이름이 그렇게 자주 등장하는 것은 로젠베르크가 4월 15일 이후 노르웨이에서 전개된 상황에 불만을 품었기 때문이라고 주장했다. 로젠베르크가 "당시에는 나의 공로였지만 지금은 나에게 해가 된다."라는 이유로 크비슬링을 과도하게 부각시켰다는 것이다. 또한 샤이트가 묘사한 크비슬링의 반역 행위에 대해서도 전혀 다른 이유를 내놓았다고 그는 주장했다. 실제로는 그런 일이 없었으며, 다만 크비슬링 정권이 물러난 뒤 노르웨이 사태가 독일에 불리하게 흘러가자 샤이트가 자신에게 쏟아질 비난을 피하려는 목적으로 그런 글을 꾸며냈다는 것이다.

판사: "그럼 샤이트가 자신을 지키려고 '터무니없는 이야기'를 지어냈다는 말이군요? 이를테면 당신이 쿠데타로 권력을 장악하려 했고, 왕좌를 비롯한 모든 것을 탈취했고, 석탄 수송선으로 군대를 수송하려 했다는 그 모든 이야기 말입니다."

크비슬링: "아니요, 꼭 그런 뜻은 아닙니다."

이 말은 크비슬링 재판에서 더 자주 듣게 될 것이 틀림없다. 그는 샤이트가 자기 이름을 악의적으로 사용했다고 주장하면서, 이런 일이 처음이 아니었다고 덧붙였다.

로젠베르크와의 관계 역시 정당화하기는 어려워 보인다. 크비슬링은 두 사람의 만남 전부가 결백하다고 주장했다. 첫 만남은 1930년 트론헤임에서 열린 나치 회의에 로젠베르크가 우연히 참석했을 때였고, 또 한번은 뤼벡에서 열린 스칸디나비아 단체 모임에서 콘서트와 박물관을 방문했을 때였다고 한다. 하지만 로젠베르크와의 대화에 관해 묻기 시작하자 크비슬링의 불확실하고 산만한 중얼거림도 끝이 난다. 그는 처음으로 목소리를 높인다. 옷깃이 오르내리고, 목에 핏대가 서더니, 거물급 정치인이자 지도자의 모습이 된다.

"로젠베르크와의 대화는 제가 그동안 노르웨이에서 공개적으로 밝혀 온 견해를 표현하는 것 그 이상은 아니었습니다."

"노르웨이가 폴란드의 운명을 위협했다."

"나는 무엇보다 작은 나라가 중립을 지키기는 어렵다는 점 그리고 노르웨이에게는 독일이 영국보다 더 위험한 적이 될 수 있다는 점을 강조했습니다. 나는 모두가 알고 있듯이 영국과 프랑스가 노르웨이를 점령하려 했다는 사실을 나는 알고 있었고, 그것은 가장 큰 불행이 될 것을 명확히 인식하고 있었습니다. 그것은 노르웨이가 폴란드와 같은 운명을 겪게 된다는 것을 의미합니다. 우리가 그런 위험에 처해 있었다는 것은 분명했습니다. 지금 사람들은 그것을 깨닫지 못하지만 언젠가는 제가 노르웨이의 구원자일 뿐만 아니라 스칸디나비아 전체의 구원자였다는 사실을 알게 될 것입니다. 저는 줄곧 독일과 영국 사이의 평화를 위해 일하려 했고, 바로 그 때문에 체임벌린과 히틀러에게 접근했습니다. 히틀러의 유일한 관심사는 중립국인 노르웨이에 있었고, 레더의 관심은 순전히 방어적이었으며, 영국이 노르웨이와 스웨덴을 점령하는 것을 막으려는 것이었습니다."

판사는 그날 내내 보여 준 냉정한 인내심을 유지하며 이렇게 말했다. "그렇지만 그의 입장은 추후 상당히 공격적으로 변했습니다."

크비슬링이 답했다. "네, 하지만 그때는 이미 영국과 프랑스가 행동을 시작했습니다. 영국과 프랑스가 노르웨이를 점령하려 했기 때문에 저는 독일에 도움을 요청할 수밖에 없었습니다. 가능하면 노르웨이를 전쟁에서 벗어나게 만드는 것이 저의 의도였습니다. 저는 노르웨이와 스칸디나비아가 폴란드와 같은 운명에 빠지지 않도록 막은 사람입니다. 노르웨이에 대한 조치는 저에게도 전적으로 놀라운 일이었습니다."

2분 후 그는 이렇게 말했다. "점령 기간 내내 저는 독일의 지배에 맞서 필사적으로 싸웠습니다." (대게르만 제국•의 지향은 어떻게 된 것일까?) "저는 4월 9일 스웨덴이 점령당하는 것을 막았고, 제가 노르웨이와 스칸디나비아의 구원자라는 확고한 믿음을 그 누구도 빼앗을 수 없습니다."

이어서 검사는 크비슬링이 히틀러와 직접 협력했다는 내용이 담긴 로젠베르크의 일기장을 읽어 내렸다. 이 기록이 크비슬링을 신속한 사형 선고로 몰아넣은 치명타라고 할 수 있다. 이 발췌문은 이 신문의 다른 지면에 요약되어 실릴 것이다.

심문 도중, 판사가 크비슬링의 장황한 설명을 중단시켰다.

• 나치가 구상한 (네덜란드, 스웨덴, 노르웨이, 덴마크 등) 게르만계 민족 전체의 초국가적 통합 제국.

"예, 영국과 프랑스에 관한 이야기는 잘 알겠습니다. 그러나 그런 이유로 독일의 무력이 정말 필요했습니까?"

이미 크비슬링을 바라보던 사람들도 이 질문에 대한 그의 대답을 듣자 더욱 넋이 나간 표정이 되었다. 그는 독일의 무력 사용에 아무 영향도 미치지 않았다고 했다. 모든 결정을 '보스'에게 맡겨야 했다는 것이다. 이미 알아차렸겠지만 보스는 베를린에 있는 바로 그자를 뜻한다. 그리고 무력 사용은 베를린에서 지시한 일이지만, 그는 노르웨이인으로서 노르웨이 점령을 위해 사전 계획을 세우는 일은 단 한 번도 생각해 본 적이 없다는 것이다.

그렇다면 앞으로 이어지는 공판에서 1940년 7월 1일[?],그가 히틀러에게 보낸 편지의 서두를 어떻게 설명할 것인가?

"각하, 저는 여러 차례 노르웨이의 정치 상황을 보고드리며, 위험이 임박했을 때 각하의 주의를 환기할 수 있는 영광을 누렸습니다. 저는 이러한 영광을 바탕으로 수년 동안 노르웨이가 자발적으로 편입될 대게르만 제국을 목표로 행동했습니다. 저는 적절한 순간에 저항 세력을 무력화시켜 피를 흘리지 않고 노르웨이가 대독일에 합류하기를 바랐고, 이러한 맥락에서 각하를 위해 오슬로에 대한 행동 계획을 수립했습니다."

아스트리드, 카린, 라르스.

1943년.

후기

카린 뉘만

제2차 세계 대전이 발발했을 때 나는 다섯 살이었다. 우리 스웨덴 아이들에게 전쟁은 곧 일상이었고, 세계 곳곳에서 전쟁이 벌어지는 것을 무척 자연스러운 상태처럼 느꼈다. 그때 우리는 전쟁이 우리 나라를 비껴가는 것이 확실하다고 생각했고, 그 사실을 당연하게 여겼던 것 같다. 우리는 끝없이 주문 같은 말을 들었다. "아니야, 아니야. 너희들은 전혀 불안해할 것 없단다. 스웨덴으로는 전쟁이 절대 번지지 않아." 이런 말은 우리에게 뭔가 특별한 존재라는 느낌을 안겨 주었고, 우리가 안전하게 머물러 있는 것이 당연하다고 생각했다.

엄마가 신문 사설을 일기장에 붙이는 건 특별한 일이 아니었다. 나는 어렸을 때 부모라면 누구나 그런 일을 하는 줄 알았다. 그렇지만 이제는 엄마가 그런 일을 했던 유일무이한 사람이었을 거란 생각이 든다. 32세, 비서 교육을 받았고 정치적인 일에는 특별히 골몰해 본 적 없는 주부이자 엄마에게, 전쟁이 벌어지는 6년 동안 유럽과 세계에서 벌어진 일들을 오려 붙이고 생각을 덧붙이는 행위는 너무나 중요했다. 이렇게 엄마가 재빠르게 써 내려간 기록들이 손대지 않은 채로 곧장 매력적인 읽을거리가 되는 점 역시 특별했다.

이런 점 때문에 살리콘 출판사가 이 일기들을 출판하게 되었다. 이 기록은 전쟁 당시 스톡홀름에 사는 한 가족의 일상을 잘 보여 주고, 아침마다 신문에서 만행을 접한 사람들의 무기력과 절망을 생생하게 전달한다. 그 당시 사람들은 신문을 통해 소식을 접했다. 텔레비전은 없었다. 라디오가 있었지만 생방송이 아니었고 특파원도 나오지 않았다. 라디오 소식들은 통신사가 보낸 전보를 바탕으로 재구성되었다.

전쟁이 발발한 지 한 해가 지났을 때 아스트리드는 더 넓은 정보의 출처에 접근할 수 있게 되었다. 엄마는 소위 비밀 편지 검열이라는 비상근무를 제안 받았고, 스웨덴으로 오거나 외국으로 가는 개인 우편과 군사 우편을 검토하는 일을 했다. 수증기를 쏘여 편지를 개봉해 읽은 다음, 군사적으로 유의미한 주소나 군사 비밀을 찾아 읽을 수 없게 하는 일이었다. 그 일은 매우 비밀스러웠기 때문에, 우리들은 엄마가 왜 늦은 저녁에 일하는지 전혀 몰랐다. 하지만 엄마가 비밀을 지키는 대신, 점령국의 상황을 알 수 있는 흥미로운 편지 일부를 일기장에 인용하거나 전체를 베껴 적는 걸 아무도 알지 못했다.

이 일기들은 아스트리드 린드그렌이라는 작가의 또 다른 면을 보여 준다. 엄마는 이때 아직 작가가 아니었고 작가가 될 생각도 없었다. 하지만 1941년 겨울 어느 날, 이러한 혼란의 시기 한가운데서, 엄마는 갑자기 거칠고 자유롭고 제멋대로 살아가는 삐삐 롱스타킹 이야기를 들려주기 시작했다. 처음에는 잠자리에 들기 전에 나한테 들려주다가, 점점 더 많은 아이들 — 우리 집 아이들과 언제든지 시간만 나면 삐삐 이야기를 듣고 싶어 하는 다른 집 아이들까지 — 을 앞에 놓고 이야기했다. 그러다 엄마는 1944년 초반에 몇 가지 이야기를 원고로 정리했다. 이렇게 묶인 이야기가 본니에르스 출판사로부터 거절을 당하고 1945년 라벤 앤드 셰그렌 출판사에서 처음으로 출간되었다. 이것이 시작이었다. 생각해 보면, 약간 현기증이 날 정도다. 이 세상에 삐삐 롱스타킹이 존재하지 않았던 때가 그리 오래 전이 아니었으며, 그때 아스트리드 린드그렌은 어린이책 작가로 자신 앞에 어떤 커리어가 펼쳐질지 전혀 눈치채지 못했던 것이다.

어쩌면 엄마가, 그리고 우리가 이런 앞날을 알 수 없던 것이 행운이었는지도 모른다! 그때 엄마가 미래로 잠깐 눈을 들어 이후의 세계적 명성을 알아챌 수 있었다면 이러한 명성을 절대 납득할 수 없었을 거다. 나는 엄마가 도저히 이해가 안 돼 고개를 절레절레 흔들 거라는 것을 알고 있다. 명성이 현실이

된 나이에 엄마는 눈이 나빠져 산처럼 쌓인 감사 편지들을 직접 읽을 수가 없었다. 그 편지들은 엄마 책의 이런저런 점들이 독자 개개인의 삶에 얼마나 소중했는가에 대한 감동 어린 증언이다. 내가 엄마에게 이러한 편지들을 큰 소리로 읽어 드리면 엄마는 때때로 눈을 들어 나를 멈추게 한 다음 떨리는 목소리로 말했다. 여기 이 모든 것이 참 이상하지 않니? 그러면 나는 이렇게 대답했다. 그러게. 내 생각도 그래. 아주아주 이상하고 놀라워.

안네마리에 프리스, 아스트리드, 그리고 우편 검사소 동료 비르이트 스코그만.

리딩에에서, 1945년.

Stockholm den 27 april 1944.

Albert Bonniers Förlags A/B,
Sveavägen 54-58,
Stockholm.

Inneliggande tillåter jag mig översända ett barnboksmanuskript, som jag med full förtröstan emotser i retur snarast möjligt.

Pippi Långstrump är, som Ni kommer att finna, om Ni gör Er besvär att läsa manuset, en liten Uebermensch i ett barns gestalt, inflyttad i en helt vanlig miljö. Tack vare sina övernaturliga kroppskrafter och andra omständigheter är hon helt oberoende av alla vuxna och lever sitt liv ackurat som det roar henne. I sina sammandrabbningar med stora människor behåller hon alltid sista ordet.

Hos Bertrand Russell (Uppfostran för livet, sid.85) läser jag, att det förnämsta instinktiva draget i barndomen är begäret att bli vuxen eller kanske rättare viljan till makt, och att det normala barnet i fantasien hänger sig åt föreställningar, som innebära vilja till makt.

Jag vet inte, om Bertrand Russell har rätt, men jag är böjd för att tro det, att döma av den rent sjukliga popularitet, som Pippi Långstrump under en följd av år åtnjutit hos mina egna barn och deras jämnåriga vänner. Nu är jag naturligtvis inte så förmäten, att jag inbillar mig, att därför att ett antal barn älskat att höra berättas om Pippis bedrifter, det nödvändigtvis behöver bli en tryck- och läsbar bok, när jag skriver ned det på papperet.

För att övertyga mig om hur det förhåller sig med den saken, överlämnar jag härmed manuskriptet i Edra sakkunniga händer och kan bara hoppas, att Ni inte alarmerar barnavårdsnämnden. För säkerhets skull kanske jag bör påpeka, att mina egna otroligt väluppfostrade små gussänglar till barn inte rönt något skadligt inflytande av Pippis uppförande. De ha utan vidare förstått, att Pippi är en särling, som ingalunda kan utgöra något mönster för vanliga barn.

Högaktningsfullt

Fru Astrid Lindgren,
Dalagatan 46, I
Stockholm.

Bonniers
BOK- och TIDSKRIFTSFÖRLAG
FIRMAN GRUNDADES I
KÖPENHAMN 1804
GÖTEBORG 1827
STOCKHOLM 1837

STOCKHOLM den 20 september 1944.

K.P.

Fru Astrid Lindgren,
Dalagatan 46, I,
STOCKHOLM

Vi ber om ursäkt för det osedvanligt långa dröjsmålet med vårt svar. Det har berott på att vi gärna skulle ha velat ge ut Er bok och manuskriptet har därför fått vandra runt inom förlaget för läsning, vi har försökt ändra på våra planer så att Ert manuskript skulle kunna passas in, men tyvärr förgäves. När vi i förra veckan gick igenom vårt barnboksprogram, visade det sig att det för Bonniers Barnbiblioteks del finns manuskript inköpta för hela 1945 och 1946 års produktion och att redan nu binda oss för 1947, det vill vi inte.

Manuskriptet är mycket orginellt och underhållande i all sin otrolighet och vi beklagar verkligen att vi inte skall kunna åtaga oss utgivandet. Vi återsänder det samtidigt med detta brev som assurerat postpaket.

Med utmärkt högaktning

ALBERT BONNIERS FÖRLAG A.B.
Karin Fahlson

왼쪽 아스트리드 린드그렌이 〈삐삐〉 시리즈와 함께 알베르트 본니에르스 출판사에 보낸 편지.
오른쪽 알베르트 본니에르스 출판사가 아스트리드 린드그렌에게 보낸 편지.

1944년 4월 27일, 스톡홀름 **616p**

알베르트 본니에르스 출판사 A/B

스베아베겐 54-58, 스톡홀름

어린이책 원고를 동봉해 보냅니다. 빠른 회신을 주시리라 믿습니다.

원고를 읽어 보시면 아시겠지만, '삐삐 롱스타킹'은 어린이의 모습을 하고 있는 작은 초인입니다. 아주 평범한 환경에서 살고 있지요. 자신의 초자연적인 체력과 처한 상황에 힘입어 삐삐는 모든 어른으로부터 완전히 독립해 자기 마음대로 삶을 살아갑니다. 어른들과 시비를 따지는 경우에도 최종 결정을 내리는 것은 항상 삐삐입니다.

버트런드 러셀의 책《교육론》에서 읽었는데, 유년을 관통하는 가장 중요한 본능적인 특징은 어른이 되고 싶은 욕망이라고 합니다. 좀 더 정확히 말하자면, 힘을 향한 의지인데, 보통의 어린이는 환상 속에서 힘을 향한 의지와 관계된 상상에 몰입합니다.

저는 버트런드 러셀이 옳은지 아닌지 알지 못하지만, 몇 년 동안 제 아이들과 아이의 또래 친구들이 병적이다 싶을 정도로《삐삐 롱스타킹》을 즐겁게 읽는 것을 보고, 그들의 말을 믿는 쪽으로 마음이 기울었습니다. 제가 몇몇 어린이가 삐삐를 즐겨 읽었으니 책으로 나올 가치가 있다고 착각할 만큼 경우가 없는 것은 아닙니다. 제가 이 이야기를 종이에 옮겨 놓았다 해도 마찬가지입니다.

저는 이 원고가 책이 될 가능성이 있는지 판단하기 위해 이 원고를 귀사의 노련한 손에 맡깁니다. 단, 담당자께서 청소년 복지국에 알리지 않기를 바랄 뿐입니다. 만약을 대비해 말씀드리는데, 제 아이들은 믿을 수 없을 정도로 잘 교육받은 어린 천사들이며, 삐삐의 행동을 통해 그 어떤 해도 입지 않았습니다. 어린이들은 삐삐가 괴짜이면서 평범한 어린이들에게 모범이 될 수 없다는 사실을 곧장 깨달았습니다.

존경을 담아

아스트리드 린드그렌

달라가탄 46, 1층, 스톡홀름

617p **1944년 9월 20일, 스톡홀름**

아스트리드 린드그렌

달라가탄 46, 1층, 스톡홀름

답신을 기다리신 시간이 꽤나 길어진 점에 대해 사과드립니다. 시간을 이렇게 끌게 된 것은 보내 주신 원고를 출판하고 싶어 여러 명이 검토했고, 출판 계획을 바꿔 원고를 출판할 시간을 마련해 보려 했지만 안타깝게도 헛수고가 되었기 때문입니다. 지난주에 어린이책 출간 일정을 전체적으로 살펴보았지만 1945년과 1946년의 제작 일정이 이미 꽉 짜여 있고, 1947년 출간 일정은 아직 세울 수 없다는 결론에 이르렀습니다.

보내 주신 원고가 매우 독창적이고 믿을 수 없을 정도로 재미있어 저희가 출판할 수 없게 된 점을 무척 유감으로 생각합니다. 원고는 같은 우편으로 돌려보내 드리겠습니다.

가장 존경받는 기업

알베르트 본니에르스 출판사

카린 폴손

인명 찾아보기

ㄱ

괴링, 헤르만 1893~1946 나치 독일 정치인, 1932~1945년 제국 의회 의장, 게슈타포 창설자, 1935~1945 공군(루프트바페) 사령관.

괴벨스, 요제프 1897~1945 1933~1945년 나치 독일의 선전 장관.

구루스, 사부로 1886~1954 1939~1941년 독일 주재 일본 대사, 이후 미국으로 파견되어 평화 협상 시도, 1941년 진주만 공격 후 억류됨.

구스타브 5세 1858~1950 1907~1950년 스웨덴 국왕.

굴란데르, 닐스 에밀 시구르드(시예) 1884~1971 엘사 굴란데르의 남편.

굴란데르, 엘사 1900~1997 바사 공원에서 만난 젊은 엄마 중 한 명.

귄테르, 크리스티안 1886~1966 1939~1945년 스웨덴 외무 장관.

그리그, 노르달 1902~1943 노르웨이 작가·언론인·독립운동가.

그림베리, 칼 1875~1941 스웨덴 역사학자·출판인.

기에로우, 칼 라그나르 1904~1982 스웨덴 연출가·작가, 1964~1977년 스웨덴 아카데미 상임 이사.

ㄴ

노르비트, 스테판 타데우시 1902~1976 폴란드 작가 타데우시 노바츠키Tadeusz Nowacki의 필명.

노무라, 기치사부로 1877~1964 1933~1937년 일본 해군 제독, 1939~1940년 일본 외무 대신, 1940~1942년 주미 대사.

노이라트, 콘스탄틴 폰 1873~1956 1932~1938년 독일 외무 장관.

뉘고르스볼, 요한 1879~1952 노르웨이 사회 민주당 정치인, 1935~1945년 총리, 1940~1945년 런던에서 망명 정부를 이끌었다.

뉘만, 카린 1934~ 결혼 전 성은 린드그렌, 아스트리드 린드그렌의 딸.

니르슈 아스트리드 린드그렌의 우편 검사소 동료로 추정.

닐손, 루트 아스트리드 린드그렌의 우편 검사소 동료로 추정.

ㄷ

다를랑, 프랑수아 1881~1942 프랑스 해군 제독이자 정치인, 1940~1941년 비시 정부에서 해군·상선부 장관, 1941~1942년 부수상·외무부 및 내무부 장관.

데 라 가르디에, 폰투스 1884~1970 스웨덴 백작.

두보이스, 닐스 1900~1971 아스트리드 린드그렌의 우편 검사소 동료.

드골, 샤를 1890~1970 1940~1944년 준장·프랑스군 사령관, 1944~1946년 프랑스 임시 정부 수반, 1959~1969년 대통령.

딕토니우스, 엘메르 1896~1961 핀란드계 스웨덴 작가·작곡가·비평가.

ㄹ

라게르크비스트, 페르 1891~1974 스웨덴 작가, 1951년 노벨 문학상 수상.

라겔뢰프, 셀마 1858~1940 스웨덴 작가, 1909년 노벨 문학상 수상.

라그렐리우스, 바르바라 1907~1995 남편 에이나르를 통해 린드그렌 부부와 교류했다.

라그렐리우스, 에이나르 1895~1977 스투레 린드그렌의 동료.

라발, 피에르 1883~1945 프랑스 정치인, 비시 정권의 일원, 1942~1944년 총리.

랭, 코스모 고든 1864~1945 영국 성공회 대주교.

레노, 폴 1878~1966 프랑스 정치인, 1940년 3개월간 프랑스 총리.

레마르크, 에리히 마리아 1898~1970 독일 작가.

레안데르, 사라 1907~1981 스웨덴 가수·배우, 제2차 세계 대전 중 독일에서 가장 유명한 영화배우 중 한 명.

레오폴드 3세 1901~1983 1934~1951년 벨기에 국왕.

로그베리, 마르틴 1896~1966 스웨덴 작가.

롬, 브릿마리에 1932~ 아스트리드 린드그렌의 푸루순드 여름 별장 이웃의 외손녀.

로멜, 에르빈 1891~1944 독일 육군 대장, 독일 아프리카 군단 사령관.

뢰벤스키올드 뢰벤보리 칼 오스카르 헤르만 레오폴드 노르웨이 백작. 칼 오스카르 헤르만 레오폴드는 세례명이다.

루들링, 아르비드 1899~1984 아스트리드 린드그렌이 속기사로 근무한 사무실 변호사.

루스벨트, 프랭클린 D. 1882~1945 1933~1945년 미국 대통령.

루페스쿠, 마그다 약 1895~1977 1947년 루마니아 국왕 카롤 2세와 결혼했다.

룬스트룀, 군보르 1934~ 본명 에릭손, 아스트리드 린드그렌의 조카딸.

뤼디크 아스트리드 린드그렌의 우편 검사소 동료로 추정.

뤼티, 리스토 1889~1956 1940~1944년 핀란드 대통령.

리벤트로프, 요아힘 폰 1893~1946 1938~1945년 독일 외무 장관.

리트비노프, 막심 1876~1951 소련 정치인·외교관, 1941~1943년 워싱턴 주재 대사.

리티에이넨, 카린 바사 공원에서 만난 젊은 엄마 중 한 명.

린드그렌, 닐스 1868~1940 스투레 린드그렌의 아버지.

린드그렌, 라르스(라세) 1926~1986 아스트리드 린드그렌의 아들.

린드그렌, 스투레 1898~1952 아스트리드 린드그렌의 남편, 1941~1952년 스웨덴 자동차 협회 디렉터.

린드그렌, 카롤리나 1865~1947 스투레 린드그렌의 어머니이자 아스트리드 린드

미스트랄, 가브리엘라 1889~1957 칠레 시인·교육가, 1945년 노벨 문학상 수상.

미하이 1세 1921~2017 1927~1930년·1940~1947년 루마니아 국왕.

ㅂ

바돌리오, 피에트로 1871~1956 이탈리아 정치인·군인, 1943~1944년 총리.

베너그렌, 악셀 1881~1961 스웨덴 기업가·금융가.

베네, 안데르스 카린 베네의 아들.

베네, 카린 바사 공원에서 만난 젊은 엄마 중 한 명.

베델 스미스, 월터 1895~1961 미국 군인·외교관, 아이젠하워 행정부 참모 총장, 1946~1948년 소련 주재 미국 대사.

베르그라브, 에이빈드 1884~1959 노르웨이 주교·신학자, 크비슬링 반대파로 1942~1945년 가택 연금을 당했다.

베르나도테, 폴케 1895~1948 스웨덴 군인·외교관.

베크만 스웨덴 통신사(TT) 소속 기자로 추정.

벤트, 게오르그 폰 1876~1954 핀란드 학자·정치인.

보그스탐, 타게 1917~2004 삽화가, 린드그렌과 우편 검사소에서 근무한 동료로 추정.

보리스 3세 1894~1943 1918~1943년 불가리아 차르(황제).

뵈크, 프레드리크 1883~1961 스웨덴 문학 사학자·비평가.

부올리요키, 헬라 1886~1954 에스토니아 출신 핀란드 작가.

브라우히치, 발터 폰 1881~1948 1938~1941년 독일 육군 총사령관.

브레데 아프 엘리메, 브리타 안나 1894~1973 작가·영화제작자.

브루니우스, 셀리에 1882~1980 스웨덴 언론인.

비르타넨, 라우노 아스트리드 린드그렌의 오빠 군나르 에릭손의 핀란드인 지인으로 추정, 스웨덴의 핀란드 지원에 참여했다.

비리덴, 마르가레타(마테) 1934~ 아스트리드 린드그렌의 딸 카린의 소꿉친구, 앨리스 비리덴의 딸.

비리덴, 앨리스(앨리) 1904~2003 아스트리드 린드그렌과 가까운 친구, 바사 공원에서 만난 젊은 엄마 중 한 명.

비리덴, 페르(펠레) 1902~1986 앨리스 비리덴의 남편.

비리덴, 페테르 앨리스 비리덴의 아들.

비스마르크, 오토 폰 1815~1898 1871~1890년 독일 제국 수상.

비오 12세 1876~1958 1939~1958년 교황.

비크만, 요한네스 1882~1957 스웨덴 언론인, 1918~1948년 《다겐스 뉘헤테르》 외교 부장.

빅스트룀, 랄프 1912~1941 노르웨이 노동조합 지도자, 크비슬링 정권에 의해 처형됨.

비토리오 에마누엘레 3세 1869~1947 1900~1946년 이탈리아 국왕.

빌헬름 2세 1859~1941 1888~1918년 독일 황제이자 프로이센 국왕, 이후 네덜란드 망명 생활을 했다.

빌헬미나 1880~1962 1890~1948년 네덜란드 여왕.

ㅅ

산데모세, 악셀 1899~1965 덴마크 출생의 노르웨이 작가.

산들레르, 리카르드 1884~1964 스웨덴 사회민주당 정치인, 1925 – 1926년 총리, 1932~1936·1936~1939년 외무 장관.

샤흐트, 얄마르 1877~1970 독일 정치인·금융 전문가.

샨케, 플로렌스 1918~ 본명 메딘, 아스트리드 린드그렌의 우편 검사소 동료.

세게르펠트 아스트리드 린드그렌의 아들 라르스의 어린 시절 친구.

셀라시에 1세, 하일레 1892~1975 1930~1974년 에티오피아 황제.

셰르넬드, 스타판 1910~1989 스웨덴 언론인·작가.

셸베리, 렌나르트 1913~2004 아스트리드 린드그렌의 우편 검사소 동료.

슈트라이허, 율리우스 1885~1946 독일 국가 사회주의 정치인.

스벤손, 요한 페테르 《빔메르뷔 신문》에서 '빔메르뷔 최고의 인물'이라 불림.

스퀼레르스테드트 아스트리드 린드그렌의 우편 검사소 동료로 추정.

스타우닝, 토르발 1873~1942 덴마크 사회민주당 정치인, 1924~1926년·1929~

1942년 총리.

스탈린, 이오시프 1878~1953 1922~1952년 소비에트 공산당 서기장, 1941년부터 공식적으로 정부 수반. 레닌 사후 독재자로 통치.

스테키그, 시그네 엘리사베트 1899~1974 본명 룬드스트룀, 예란 스테키그의 어머니.

스테키그, 예란 1926~2007 라르스 린드그렌의 어린 시절 친구.

스톨페, 스벤 1905~1996 스웨덴 작가·언론인·문학비평가.

스트린드룬드, 예르하르드 1890~1957 스웨덴 정치인, 농민연합당 소속, 1936년 사회부 장관, 1938~1939년 교통부 장관.

스테벤스, 존(에세) 1925~2007 라르스 린드그렌이 생후 첫 3년간 덴마크 코펜하겐의 스테벤스 가정에서 지낼 때의 양형제.

시메온 2세 1937~ 1943~1946년 불가리아 국왕.

시빌라 1908~1972 스웨덴 왕자비, 구스타프 아돌프 왕자와 결혼했다.

실란페, 프란스 에밀 1888~1964 핀란드 작가, 1939년 노벨 문학상 수상.

ㅇ

아가피, 장 자크 프랑스 작가.

아딘 부인 아스트리드 린드그렌의 딸 카린의 교사.

아브라함손 부부 앨리스·페르 비리덴의 친구이며, 이들을 통해 린드그렌 부부와도 알게 됨.

아스트리드 1905~1935 1926년 벨기에의 레오폴드 왕세자와 결혼한 스웨덴 공주. 1934~1935년 벨기에 왕비.

아이젠하워, 드와이트 D. 1890~1969 제2차 세계 대전 중 서유럽 연합군 최고 사령관, 1953~1961년 미국 대통령.

알브테겐, 바르브로 1937~ 아스트리드 린드그렌의 조카딸.

애틀리, 클레멘트 1883~1967 1945~1951년 영국 총리.

에릭손, 군나르 1906~1974 아스트리드 린드그렌의 남동생, 1936~1942년 스웨덴 농촌청년연합 중앙사무국장, 1946~1956년 중앙당 소속 하원 의원.

에릭손, 사무엘 아우구스트 1875~1969 아스트리드 린드그렌의 아버지.

에릭손, 안나 1889~1986 아스트리드 린드그렌의 고모.

에릭손, 테클라(레카) 군 에릭손의 형수, 아스트리드 린드그렌이 스톡홀름에 처음 이사했을 때 함께 살았던 인물.

에릭손, 한나 1879~1961 아스트리드 린드그렌의 어머니, 본명 욘손.

엘레나(그리스) 1896~1982 루마니아 왕 카롤 2세의 첫 부인이자 미하이 1세의 어머니.

엥베리, 아르투르 1888~1944 스웨덴 사회민주노동자당 정치인, 1932~1936년·1936~1939년 교육·종교부 장관.

엥스트룀, 알베르트 1869~1940 스웨덴 작가·화가.

예르하르드, 칼 1891~1964 스웨덴 연출가·배우·레뷔 작가, 나치즘에 반대했고, 전쟁 중 독일을 비판하는 공연을 올렸다.

예링, 스벤 1895~1979 스웨덴 라디오 진행자.

옌손, 가브리엘 1892~1984 스웨덴 작가이자 시인.

오탄데르 아스트리드 린드그렌의 딸 카린을 진료한 의사.

오테르달, 예안나 1879~1965 스웨덴 작가·교사.

올라프 5세 1903~1991 1957~1991년 노르웨이 국왕, 제2차 세계 대전 당시 황태자.

올리브, 엘사레나 1934~ 아스트리드 린드그렌의 딸 카린의 어린 시절 친구, 엘사 굴란데르의 딸.

올손, 에리크 빌헬름(에베오) 1891~1970 스웨덴 작가·언론인·영화감독.

외베를란, 아르눌프 1889~1968 노르웨이 작가·시인.

요들, 알프레트 1890~1946 독일 장군, 1945년 독일의 무조건 항복 문서에 서명했다.

요한손, 예르드 1929~1939 스웨덴 소녀, 살해되었다.

욘손, 에위빈드 1900~1976 스웨덴 작가, 1974년 노벨 문학상 수상.

움베르토 2세 1904~1983 1946년 31일간 이탈리아 국왕.

윌키, 웬델 1892~1944 미국 공화당 정치인, 1940년 대선에서 루스벨트를 상대로 출마했다.

율리아나 공주 1909~2004　1948~1980년 네덜란드 여왕, 제2차 세계 대전 당시 왕세자비.

이든, 앤서니 1897~1977　1935~1938년·1940~1945년·1951~1955년 영국 외무 장관, 1955~1957년 총리.

잉그리드(브로팔)　아스트리드 린드그렌의 사촌 에리크의 부인.

잉만, 닐스　브리타 잉만의 남편.

잉만, 브리타　닐스 잉만의 아내. 린드그렌 부부는 비리덴 부부를 통해 이들과 교류했다.

ㅈ

작센코부르크고타　독일의 왕가.

ㅊ

처칠, 윈스턴 1874~1965　1940~1945년·1951~1955년 영국 총리, 1953년 노벨 문학상 수상.

체임벌린, 네빌 1869~1940　1937~1940년 영국 총리.

츠바이크, 슈테판 1881~1942　오스트리아 작가.

치아노, 갈레아초 1903~1944　이탈리아 정치인·외교관, 1936~1943년 외무 장관.

치아노무솔리니, 에다 1910~1995　베니토 무솔리니의 딸, 갈레아초 치아노의 부인.

ㅋ

카롤 2세 1893~1953　1930~1940년 루마니아 국왕.

카르 데 뭄마(본명 에리크 제테르스트룀) 1904~1997　스웨덴 풍자 작가·칼럼니스트.

칼 16세 구스타브 1946~　1973년 즉위한 스웨덴 국왕.

칼리오, 퀴외스티 1873~1940　1937~1940년 핀란드 대통령.

칼손, 구스타프 아돌프 1884~1960　스웨덴 원거리 관측가.

칼손, 카린　요한 칼손의 딸, 아스트리드 린드그렌이 성장한 네스 농장의 마구간 관리인의 자녀로, 린드그렌의 딸 카린과 동갑이다.

쿠시넨, 오토 빌레 1881~1964 핀란드 공산당 정치인, 1921~1939년 코민테른 사무총장, 1939~1940년 테리요키에 세워진 핀란드 민주 공화국의 수장.

크리스티안 10세 1870~1947 1912~1947년 덴마크 국왕.

크비슬링, 비드쿤 1887~1945 노르웨이 정치인, 파시스트·국가 사회주의 정당 '국민연합Nasjonal Samling' 창당자, 1942~1945년 독일 점령하에서 노르웨이 총리.

클라우센, 프리츠 1893~1947 1933~1944년 덴마크 국가 사회주의 노동당 지도자.

키비매키, 토이보 미카엘 1886~1968 1932~1936년 핀란드 총리, 1940~1944년 베를린 주재 대사.

ㅌ

타이나 핀란드 전쟁고아 중 한 명으로 추정, 엘사 굴란데르 집에 머물렀다.

탄네르, 베이네 1881~1966 핀란드 사회민주당 정치인, 1937~1939년 재무 장관, 1939~1940년 외무 장관, 1940~1942년 무역·산업 장관.

테더, 아서 1890~1967 영국 공군 고위 장교.

테르보펜, 요제프 1898~1945 독일 국가 사회주의 정치인, 1940~1945년 노르웨이 점령지 국가 판무관.

트루먼, 해리 S. 1884~1972 미국 민주당 정치인, 1945년 부통령, 루스벨트 사후 1945~1953년 대통령.

ㅍ

파시키비, 유호 쿠스티 1870~1956 핀란드 정치인·외교관, 1936~1940년 스톡홀름 주재 대사, 1940~1941년 모스크바 주재 대사, 1944~1946년 총리, 1946~1956년 대통령.

파울(파블레) 왕자 1893~1976 유고슬라비아 왕국 마지막 국왕 페타르 2세의 사촌으로, 1934~1941년 페타르 2세가 미성년인 동안 섭정으로 통치했다.

파펜, 프란츠 폰 1879~1969 1939~1944년 독일의 터키 주재 대사.

팔름그렌 부부 앨리스와 페르 비리덴의 친구로 추정되며, 그 인연으로 린드그렌 부부와 알게 되었다.

팔크, 브리타카사 라르스 린드그렌의 친구.

팡엔, 로날드 1895~1946 노르웨이 작가·언론인·평론가.

페타르 2세 1923~1970 1934~1945년 유고슬라비아 국왕.

페탱, 필리프 1856~1951 1940~1944년 비시 정부 시기 프랑스 국가 원수.

펠레 디에덴, 엘세베스 1906~1995 린드그렌 가족의 친구.

프랑코, 프란시스코 1892~1975 1939~1975년 스페인 국가 원수·독재자.

프랑크, 한스 1900~1946 나치 독일 정치인, 뉘른베르크 재판에서 사형당했다.

프리스, 스텔란 1902~1993 안네마리에 프리스의 남편.

프리스, 안네마리에 1907~1991 아스트리드 린드그렌의 소꿉친구이자 절친, 제2차 세계 대전 중 우편 검사소에서 함께 근무했다.

ㅎ

하리에, 이바르 1899~1973 스웨덴 언론인, 1944~1960년《익스프레센》편집장.

한손, 페르 알빈 1885~1946 1925~1946년 스웨덴 사회민주당 당수, 1932~1946년1936년 여름 3개월 제외) 스웨덴 총리.

한스텐, 비고 1900~1941 노르웨이 변호사·공산당 정치인, 크비슬링 정권에 의해 처형되었다.

함베리, 안나 페르마르틴 함베리의 아내.

함베리, 페르마르틴 1912~1974 우편 검사소에서 아스트리드 린드그렌과 함께 근무했으며 가까운 친구.

헐, 코델 1871~1955 미국 민주당 정치인, 1933~1944년 미국 국무 장관.

헤그, 군데르 1918~2004 스웨덴 중거리 육상 선수.

헤드네르, 군넬 칼에리크 헤드네르의 두 번째 아내.

헤드네르, 브리타 칼에리크 헤드네르의 아내.

헤드네르, 칼에리크 1915~1980 변호사, 스웨덴 자동차 협회 법률 고문, 스투레 린드그렌의 절친한 동료로 헤드네르 부부와 린드그렌 부부는 친구였음.

헤르긴, 스티나 1911~2002 에릭손 출생, 아스트리드 린드그렌의 여동생.

헤르긴, 한스 1910~1988 호칸손 출생, 스웨덴 노동자 작가, 아스트리드 린드그렌의 여동생 스티나의 남편.

헤스, 루돌프 1894~1987 나치 독일 정치인, 1933~1941년 부총통, 1941년 영국과의 평화 협상 시도 중 스코틀랜드에서 체포됨.

헤이덴스탐, 베르네르 폰 1859~1940 스웨덴 작가이자 시인, 1916년 노벨 문학상 수상.

헬비그, 잉예르 1940~ 린드스트룀 가문 출신, 아스트리드 린드그렌의 조카, 잉에예르드의 딸.

헴메르스, 얄 1893~1944 핀란드계 스웨덴 작가.

호콘 7세 1872~1957 1905~1957년 노르웨이 국왕.

훌트스트란드 부부 앨리스와 페르 비리덴 부부의 지인으로 추정.

히틀러, 아돌프 1889~1945 나치스(국가 사회주의 독일 노동당) 당수, 1933~1945년 독일 총리, 1934~1945년 독재자.

힘러, 하인리히 1900~1945 1929~1945년 SS(친위대) 총수, 1943~1945년 독일 내무부 장관.

옮긴이의 말

전쟁의 기록, 평화의 기도

〈삐삐〉 시리즈의 작가 아스트리드 린드그렌은 국장으로 장례가 거행되고, 스웨덴 지폐의 인물이 될 만큼 온 국민의 사랑과 존경을 한 몸에 받았다. 스웨덴 정부가 '아스트리드 린드그렌 추모상(ALMA)'을 제정해 전 세계 어린이책 작가와 활동가에게 이 상을 수여하는 것도 그가 삶과 작품을 통해 실현하려 했던 '더 나은 내일'이라는 꿈을 기리기 위함이다.

《린드그렌 전쟁 일기》는 제2차 세계 대전을 겪으며 그가 품었던 그 꿈의 뿌리를 보여 주는 방대한 기록이다. 전쟁의 역사를 굵직하게 짚어 낸 공적 기록이자, 무엇보다 평화를 향한 그의 열망을 담은 사적 기록이다. 그는 1939년 9월 1일 전쟁이 발발한 날부터 1945년까지 개인사와 가정사, 세계사를 넘나들며 수백 편에 이르는 일기를 써 내려갔다. 두 아이의 엄마이자 비서로 일하는 분주한 일상 가운데서도 주요 기사와 논평, 각종 자료를 오려 붙이며 전쟁의 일상과 전황을 열일곱 권의 가죽 노트에 담았고, 이 기록은 640쪽에 달하는 이 책으로 태어났다.

이 일기는 전쟁의 큰 흐름뿐 아니라 우리에게 낯선 북유럽의 전황도 전해 준다. 핀란드와 노르웨이, 덴마크 점령 상황과 시민의 저항, 스웨덴의 중립 정책과 인도주의적 행보도 생생하게 기록되어 있다. 또한 나치즘의 선전과 수사가 적나라하게 드러난 히틀러와 괴링의 연설문, 무솔리니 스캔들에 관한 기사처럼 흥미로운 사료도 빼곡하다.

그러나 이 기록의 중심에는 군사 전문가나 역사 연구자의 기록이 담아내지 못한, 한 인간의 내면을 가득 채운 평화의 열망이 자리한다. 이성을 잃어 가는 세계 앞에 선 한 인간의 절망과 분노, 피로 얼룩진 세계를 자녀에게 물려주게 될지도 모른다는 두려움, 광란에 사로잡힌 지구의 한쪽에서 홀로 안전하다는 자책과 무력감……. 린드그렌은 그 속에서 하루도 전쟁을 잊지 않았다. 적과 아를 넘어 자식을 전쟁터로 빼앗긴 엄마들의 사무치는 고통에 공명했고, 스러져 가는 생명들 앞에서 애통해했고, 전쟁으로 크게 고통받는 어린이를 바라보며 눈물 흘렸다. 그의 모성은 가족의 울타리를 넘어 타인의 고통에, 세계의 신음에 감응하는 감수성으로 확장되었다.

일기가 거듭될수록 그는 묻고 또 묻는다. 끝없이 되풀이되는 전쟁이라는 역사에서 인류는 과연 무엇을 배웠는가. 이 고통은 어디서 비롯되었으며, 우리는 무엇을 해야 하는가. 내일을 낙관할 수 없는 현실 앞에서 이렇게 썼다.

> "우리 삶의 길을 주관하는 당신, 내년에는 우리를 자유로운 세상에서 살게 하소서."

이 기도는 하늘로 향하지만, 동시에 그 자신에게로, 우리 모두에게로 향한다. 중립국 시민 생활에 안주하지 않고 거대한 폭력을 마주하면서 외면 대신 직면을, 포기 대신 모색을, 방관 대신 실천을 택한 그는 기록으로 저항했다. 전쟁의 참상을 기록하는 동시에 그 전쟁의 한복판에서도 지치지 않는 저항과 투쟁, 인간애의 발자취를 좇았고, 보다 인간적인 세상을 그리며 기도했다. 그렇게 평화를 향한 의지를 굳건히 했다.

1945년, 종전을 맞이한 그는 전쟁의 끝이 곧 평화의 시작이라고 여기지 않았다. 실제로 전쟁이 남긴 증오와 상처는 쉽게 사라지지 않았고 원자 폭탄으로 마무리된 종전이야말로 평화에 또 다른 그림자를 드리웠기 때문이다. 그럼에도 그는 '더 나은 세계'를 향한 믿음으로 전쟁 일기를 마감했다. "'좋은' 새해가 될 수는 없을지라도 '더 나은' 새해가 될 수는 있을 것"이라는 일기의 마지막 문장은 실현 불가능한 완전한 평화가 아니라 우리가 실제로 만들어 갈 내일을 향한 기도이자 실천의 다짐이었다. 전쟁 후에 이어지는 그의 삶과 작품이야말로 바로 이 기도와 다짐의 오랜 여정이 아니었을까.

이제 우리는 그의 기도와 다짐 앞에 서 있다. 우크라이나, 중동, 아프리카에서 전쟁이 계속되고 제3차 세계 대전이 거론되는 지금, 그는 여전히 우리 곁에서 묻는다. 우리는 역사로부터 무엇을 배울 것인가. 다음 세대에 어떤 내일을 물려줄 것인가. 그리고 '더 나은 내일'을 위해 무엇을 시작할 것인가. 그의 일기는 끝이 났지만, 그의 기도는 여전히 유효하다. 우리는 자신의 삶 속에서 그의 부름에 어떻게 응답할 것인가?

복잡한 지명과 인명, 역사적 사실을 꼼꼼히 확인해 오류를 바로잡고, 책이 완성될 수 있도록 최선을 다해 주신 윤보영, 서효원 편집자께 깊이 감사드린다.

이명아

작가 연보

스웨덴을 대표하는 세계적인 작가 아스트리드 린드그렌

(1907-2002)

1907년 11월 14일, '아스트리드 안나 에밀리아 에릭손' 스웨덴 남부 스몰란드주 빔메르뷔시에서 태어남.

1914년 빔메르뷔에 있는 학교 입학.

1924년 중등학교까지 마치고, 빔메르뷔의 지역 신문사에 수습기자로 들어감.

1926년 미혼모가 되고, 따가운 시선에 고향을 떠나 스톡홀름으로 감. 직업학교에서 영어, 타자, 속기를 배움. 덴마크 코펜하겐에서 아들 라르스를 낳음. 혼자 키울 수 없어 아들을 위탁 가정에 맡기고 홀로 스톡홀름으로 돌아감.

1927년 스웨덴 도서거래중앙회, 자동차 협회에서 일함.

1930년 농장 네스에서 부모님이 아들 라르스를 키움.

1931년 스투레 린드그렌과 결혼. 라르스와 함께 스톡홀름으로 이사. 이따금 자동차 협회에서 맡긴 원고를 쓰거나 짧은 동화를 신문에 기고.

1934년 딸 카린이 태어남

1937년 형법학자 하리 쇠데르만의 조수로 일함.

1939년 제2차 세계 대전이 일어남. 당시 상황을 일기로 씀.

1940년 남편 스투레가 군대에 감. 린드그렌은 국가 기밀 정보기관에서 극비로 편지 검열하는 일을 담당.

1941년 스투레가 자동차 협회 회장이 되고, 가족은 달라가탄의 새집으로 이사. 폐렴에 걸린 딸 카린에게 '삐삐 롱스타킹' 이야기를 들려줌.

1944년 빙판길에 미끄러져서 다쳐 누워 있는 동안 딸 카린의 생일 선물로 《내 이름은 삐삐 롱스타킹》을 씀. 출판사에 보냈지만 거절당함. 다음 작품 《브리트 마리는 마음이 가벼워졌어요Britt-Mari lättar sitt hjärta》로 라벤 앤드 셰그렌 공모전에서 2등 상 수상.

1945년 다듬어 쓴 《내 이름은 삐삐 롱스타킹》이 라벤 앤드 셰그렌 공모전에서 1등 상 수상.

1946년 《꼬마 백만장자 삐삐》, 《떠들썩한 마을의 아이들》 출간. 청소년 탐정 소설 《소년 탐정 칼레》로 다시 한번 라벤 앤드 셰그렌 공모전에서 1등 상 수상. 한스 라벤에게 라벤 앤드 셰그렌 출판사의 편집자 자리를 제안받고 일함.

1948년 《삐삐는 어른이 되기 싫어》 출간.

1949년 독일 함부르크의 출판인 프리드리히 외팅거를 알게 되고, 독일에서 《내 이름은 삐삐 롱스타킹》 출간. 《엄지 소년 닐스》 출간.

1950년 《엄지 소년 닐스》로 닐스 홀게르손 훈장 수여.

1952년 남편 스투레가 세상을 뜸.

1954년 《미오, 우리 미오》 출간.

1955년 《지붕 위의 카알손》 출간.

1956년 《미오, 우리 미오》로 독일 청소년 도서 상 특별상 수상, 《라스무스와 방랑자》 출간.

1957년 《라스무스와 폰투스》 출간.

1958년 《라스무스와 방랑자》로 한스 크리스티안 안데르센 상 수상.

1960년 《마디타》 출간.

1961년 《말썽꾸러기 로타》 출간.

1963년 《에밀은 사고뭉치》 출간.

1967년 스웨덴의 라벤 앤드 셰그렌 출판사와 독일의 프리드리히 외팅거 출판사가 아스트리드 린드그렌 상 제정.

1968년 《카알손은 반에서 최고》 출간.

1970년 라벤 앤드 셰그렌 출판사에서 퇴직.

1971년 스웨덴 한림원 금상 수상.

1973년 《사자왕 형제의 모험》 출간.

1974년 《사자왕 형제의 모험》으로 스웨덴 도서협회의 메달 수여.

1978년 독일 출판협회 평화상 수상. 소감으로 "폭력은 절대 안 돼."라는 연설을 함. 다음 해 스웨덴은 어린이 체벌금지법 제정.

1980년 3월 3일, 원자력에 반대하는 입장을 신문에 발표.

1981년 《산적의 딸 로냐》 출간.

1984년 《장난을 배우고 싶은 꼬마 이다》 출간.

1985년 《에밀의 325번째 말썽》 출간.

1986년 아들 라르스가 세상을 뜸.

1987년 동물 사육에 관한 인식을 바꾼 공로로 스웨덴 동물보호협회로부터 금메달 수여. 11월 14일, 린드그렌의 여든 번째 생일을 맞아 잉바르 칼손이 '린드그렌 법안'으로 불리는 새로운 동물보호법 초안 마련.

1990년 핵전쟁에 반대하며 당시 소련의 지도자 고르바초프에게 편지를 씀.

1993년 알베르트 엥스트룀 상, 유네스코 국제 문학상 수상.

2002년 1월 28일 세상을 뜸. 스웨덴 정부에서 린드그렌의 업적을 기리기 위해 '아스트리드 린드그렌 추모 문학상' 제정.

린드그렌 전쟁 일기 1939-1945

린드그렌이 남긴 전쟁의 기록과 삶의 고백

초판 1쇄 인쇄일 2025년 12월 5일
초판 1쇄 발행일 2025년 12월 15일

지은이 아스트리드 린드그렌
옮긴이 이명아

발행인 조윤성

편집 윤보영, 서효원 **디자인** 정은경 **마케팅** 나진희
발행처 ㈜SIGONGSA **주소** 서울시 성동구 광나루로172 린하우스 4층(우편번호 04791)
대표전화 02-3486-6877 **팩스(주문)** 02-598-4245
홈페이지 www.sigongsa.com / www.sigongjunior.com

ISBN 979-11-7125-871-0 (03850)

*㈜SIGONGSA는 시공간을 넘는 무한한 콘텐츠 세상을 만듭니다.
*㈜SIGONGSA는 더 나은 내일을 함께 만들 여러분의 소중한 의견을 기다립니다.
*잘못 만들어진 책은 구입하신 곳에서 바꾸어 드립니다.